Universale Econo

PAUL SMAÏL
ALI IL MAGNIFICO

Traduzione di Yasmina Melaouah

Feltrinelli

Titolo dell'opera originale
ALI LE MAGNIFIQUE

Traduzione dal francese di
YASMINA MELAOUAH

Prima edizione ne "I Narratori" novembre 2002
Prima edizione nell'"Universale Economica" febbraio 2005

ISBN 88-07-81831-0

Su richiesta dell'Autore sono state tradotte solo alcune citazioni da lui ritenute le più significative per la comprensione del personaggio.

I vocaboli stranieri e le sigle maggiormente ricorrenti nel testo sono tradotti nel glossario al termine del volume.

a Élisabeth

Colui che corre da solo è sicuro di arrivare primo.

Proverbio arabo

"Lui seul! pour témoin de sa gloire et de sa raison."*

ARTHUR RIMBAUD

Je me souviens qu'on
était tellement pliés
on a envié deux secondes
le monde ouvrier.

MAGYD CHERFI, *paroliere del gruppo Zebda*

* Solo se stesso! come testimone della propria gloria e della propria ragione.

Avvertenza

L'autore del presente romanzo non ha inteso offendere chicchessia, morto o vivente; né Dio, si chiami egli Dio, Geova o Allah. I discorsi pronunciati nel monologo interiore del miserabile protagonista di questo romanzo sono le parole di un demente, di uno schizofrenico, puramente fittizie e totalmente deliranti. Le enormità proferite da quel folle imprecatore tradiscono, per la loro stessa enormità, qualunque volontà di verosimiglianza o di realismo dell'autore, il quale declina ogni responsabilità quanto agli eventuali errori di interpretazione in cui potrebbe incorrere un lettore che leggesse male, malevolo o semplicemente distratto.

L'autore, che vive in un secolo illuminato in cui la libertà di espressione, almeno nel suo bel paese inventore dei Diritti umani, è riconosciuta dalla Costituzione, l'autore si è ritenuto dispensato dal dover ricorrere al piccolo artificio, prudente ma un poco ipocrita, cui dovevano ricorrere, in epoche più oscure e meno libere, un Molière o uno Stendhal, i quali aggiungevano tra parentesi, dopo le frasi di uno dei loro personaggi che avrebbero potuto risultare scandalose: *È uno scellerato che parla*, *È un ipocrita che parla*, *È un repubblicano che parla*, *È un invidioso che parla*, *È un ateo* ecc...

Questo romanzo è opera di pura immaginazione e, secondo la formula consacrata che faccio mia, *Ogni riferimento*... ecc. Sappiamo che *Il rosso e il nero* si ispirava al caso Antoine Berthet; che ci fu una vera Madame Bovary chiamata Delphine Couturier, e un vero Edmond Dantès chiamato François Picaud. E qualsiasi lettore appena un po' avvertito, contemporaneo di Balzac e appartenente alla Parigi che conta, sapeva benissimo chi fossero in realtà Rastignac, Nucingen, Rubempré o Vautrin: li aveva incontrati, in carne e ossa, in un salotto o all'Opéra. E tuttavia i romanzi di Balzac, di

Dumas, di Flaubert e di Stendhal rimangono nient'altro che romanzi, romanzi romanzi, romanzi romanzeschi. Lo stesso vale, modestia a parte, e fatte le debite proporzioni, per *Ali il Magnifico*.

Almeno a partire da Cervantes la civiltà occidentale ha aggiunto alle arti conosciute dall'alba dei tempi l'arte singolare, e necessariamente insolente, ironica, miscredente, di rifare il mondo sulla pagina, secondo la sua immaginazione, ma un'immaginazione realistica. In questo risiedono il fascino e lo splendore della civiltà occidentale, e in questo essa è unica. Ed è ciò che ogni giorno di più viene messo in pericolo dall'alleanza tra il fanatismo religioso, il conformismo sociale, il fascismo mercantile e la schiavitù volontaria delle masse rincretinite dalla società dello spettacolo. Io rivendico sommamente, orgogliosamente, ma anche serenamente, la mia libertà fondamentale di romanziere – peraltro riconosciuta dalla Costituzione della Repubblica francese di cui sono un rispettabile cittadino.

Paul Smaïl

I

Alcuni detenuti sbraitavano non so cosa. La porta di ghisa si è richiusa alle mie spalle. I cilindri dei chiavistelli si sono mossi con fracasso di ferraglia arrugginita. Poi lo spioncino scorrevole si è abbassato di colpo come una mannaia. Ero in trappola. Ora la mia vita sarebbe stata scritta all'imperfetto.

Di colpo mi è tornata in mente la mia professoressa di francese. Non quella che ho ucciso, la titolare della cattedra: l'altra, la supplente che voleva fare la zelante:

"In realtà in arabo non esiste l'imperfetto. Esistono il *compiuto* e l'*incompiuto*".

E allora tutta la classe, una volta tanto unita, unanime, i *beurs*, i bianchi, i black, quelli arabo facoltativo e quelli no:

"Uau! Il compiuto e l'incompiuto!".

Tutti a pigliarla per il culo. In coro.

Ho riso. Buffo. Mi sono sentito ridere tra quelle pareti di cemento grezzo. Il compiuto e l'incompiuto!

I detenuti che mi avevano dato il benvenuto alla maniera dei detenuti si erano zittiti.

Mi sono ricordato anche dell'altra, quella che era stata sostituita, quella che mi piaceva – quando ci recitava Rimbaud. *Una stagione all'inferno* qui: *La vraie vie est absente. Nous ne sommes pas au monde...** Eccetera.

Qualcosa del genere. Sì. Del genere. Ne sapevo pagine intere a memoria. La precedevo, sottovoce:

"*La raison m'est née. Le monde est bon. Je bénirai la vie. J'ai-*

* La vita vera è assente. Noi non siamo al mondo. Le traduzioni delle citazioni di Rimbaud sono tratte da: Arthur Rimbaud, *Œuvres/Opere*, trad. di Ivos Margoni, Feltrinelli, Milano 1993. Tutte le note sono della traduttrice.

*merai mes frères. Ce ne sont plus des promesses d'enfance. Ni l'espoir d'échapper à la vieillesse et à la mort".**

Oppure recitava solo a me, solo per me, con gli occhi negli occhi: "*La dernière innocence et la dernière timidité. C'est dit*".**
Si rivolgeva a me. Lo so. Ero il suo preferito. L'affascinavo.

I suoi occhi sbarrati mi fissavano attraverso il sacchetto del Virgin Megastore – avevo scelto un sacchetto del Virgin Megastore. La plastica traslucida fremeva piano davanti alla bocca e si appannava, si appiccicava alla narici. Poi quello stropiccìo crocchiante ha smesso, cazzo. Era fatta. Compiuto e incompiuto.

E questo: *Moi, je suis intact, et ça m'est égal.****

* Mi è nata la ragione. Il mondo è buono. Benedirò la vita. Amerò i miei fratelli. Non sono più promesse da fanciullo. Non è la speranza di sfuggire alla vecchiaia e alla morte.
** L'estrema innocenza e l'estrema timidezza. È detto.
*** Io, sono intatto, e non me ne importa niente.

Sono Sid Ali B., l'assassino dei sacchetti di plastica. Alla fine del secolo scorso, quest'inverno, il mio cognome è stato sulle prime pagine di tutti i quotidiani. No, solo l'iniziale del mio cognome – così vuole la legge: al momento dei fatti ero minorenne. Ma il mio nome da gran signore era per esteso. E il mio ritratto presunto, schizzato a matita, con cappellino o senza cappellino, in bianco e nero o a colori, su carta e su schermo, al tiggì delle venti. Tra la marea nera, il baco, gli alberi centenari sradicati dal vento e la grande paura del millennio... "Il criminale più ricercato dell'area Schengen." Ma il mio avvocato ha ricordato che io ero un presunto innocente. E non mi riconoscevo granché, non più di quanto mi fossi riconosciuto sugli identikit contraddittori che si erano susseguiti all'inizio della caccia all'uomo, tutte quelle facce orribili, da tiro al fantoccio. Perché per la gente tutti i beur si assomigliano, hanno tutti l'aria losca. Oppure tutti i beur sono dei robot. Oppure sono dei mostri. Potenziali assassini. Incompiuti o compiuti. E fanno paura. Come no.

Prendevo i giornali dove comparivo in prima pagina. Non avevo bisogno di nascondermi, di abbassare la visiera del mio cappellino Nike be'! dovrei proprio batterle cassa, alla Nike, con tutta la pubblicità che le ho fatto con il mio cappellino –, soprattutto quando era un Fila! Mi divertivo come un pazzo: nessun edicolante avrebbe potuto fare il collegamento. Non ero io. Ero io ma non ero io. D'altronde non sono mai stato davvero io nella realtà.

Mi divertivo come un pazzo ma ero anche un po' incazzato: sono bello, molto bello, lo so – me l'hanno detto spesso.

Alla fine l'hanno scritto, sui giornali: *un sorriso d'angelo, la bellezza del diavolo* – minchiate del genere.

Anche il mattino del mio arresto.

All'edicola internazionale del Rossio ho preso "Libération" e "France-Soir". Poi mi sono diretto con passo augusto lungo rua Augusta, verso il Tago. Un cieco suonava la sega musicale – l'*Hymne à l'amour*, cazzo. L'aria era tiepida. Il Mare di Paglia luccicava sotto un cielo brumoso ma azzurrissimo e luminoso, come non l'avevo mai visto.

All'Estação Fluvial sono entrato in una cabina per richiamare Djamila. Con due dita tese verso la visiera, ho salutato il mio riflesso sul vetro. Ero incantato. Ho sorriso a me stesso. "Ali il Magnifico" ho mormorato a me stesso... *Souvenir. Souvenir.** Ho infilato la carta telefonica: mi restavano cinquanta scatti. Ho composto lo 00... il 33... A quel punto ho visto lo sbirro in borghese avvicinarsi, tirare la porta a vetri; ho visto il cannone che aveva in pugno; e ho capito. Come hanno scritto i giornali: non ho opposto resistenza. Ero io e non ero io quello cui l'altro ha infilato le manette. Non ero davvero io, Sid Ali B.

* Parole di una famosa canzone francese degli anni sessanta.

Eppure era chiaro. Già visto. Già vissuto. Era quella sensazione, fin dall'inizio. E in effetti forse inconsciamente sapevo quello che mi sarebbe successo: il giorno prima, come per caso, avevo buttato via il passaporto e la carta d'identità, passando davanti a un cestino... Così. Quasi senza pensarci. Ma era fatta. Conoscevo la storia, conoscevo il seguito. Era quella sensazione. Ero morto, lo sapevo. Avevo il mio biglietto aereo per Siviglia, dove Manuel sarebbe venuto a prendermi: mi sarei rifatto una vita. Ma ero morto. E passando davanti a quel cestino, al Rossio, lì dove si vede quel mostro elefantiaco che giorno e notte chiede l'elemosina addossato alla vetrina di un ufficio cambio, ho buttato via i documenti. Il fatto è. È il destino, ho pensato, credo. *Al-hamdulillah!*

Cerco di raccontare le cose come vengono. Come le vedo. Quello che mi è successo, che io lo voglia o no. E quello che è successo prima del concatenarsi degli eventi, come dicono sui giornali – prima che cominciassi a – come dire? il mio passato, che interessa tanto i giornali – potrei vendere la mia storia, dopo averla ricostruita... Vabbé. Zapping. Riprendo. Capisco che non ne verrò mai fuori se cercherò di spiegarmi troppo. Non c'è niente da capire. Faccio una fatica bestiale a mettere ordine nelle mie idee. Ero bravissimo nei temi, ma qui non ce la farò mai. Troppe cose da raccontare. E così poche, in realtà. Cose da niente. Niente di male, in verità. Nient'altro che banalità. Non ho visssuto niente di particolare, prima. Che io sappia. Sono d'accordo con gli psicologi – del resto sono sempre stato d'accordo con loro (stronzi). Quello che dicevano di me mi sembrava sensato. Mi sembrava vero. Mi sembra ancora vero. Ho avuto un'infanzia come un'altra. Come quella dei miei fratelli, che non hanno ucciso nessuno. E mio padre e mia madre mi hanno voluto bene. Né più né meno.

Scrivo tutto questo a matita, per cancellarlo più facilmente. E per ricominciare, se è il caso. Ho una gomma, comprata al refettorio del gabbio – *uma borracha*. Ho imparato un'altra parola stamattina.

Ma da dove cominciare? E come? A che punto della mia storia? Quale inquadratura? Quando ho dodici, tredici anni?

Scenario: una *cité* qualsiasi nel dipartimento 93. La cité dei Poeti. Una delle cité dei Poeti del 93. Via Verlaine, via Rimbaud, via Apollinaire... Epperò complesso A, caseggiato B, porta C, scala D... Come in tivù – diretta o fiction, telegiornale, telefilm, documentario, sceneggiato, reportage –, paro paro: i palazzoni, i casermoni, le parabole, i sacchetti di plastica appesi alle inferriate dei balconi, il mosaico con il ritratto di un poeta, la porta del locale dell'immondizia tutta arrugginita e scassata, il prato giallognolo e spelacchiato di un'area giochi recintata, la rete metallica contorta, l'asfalto rosa screpolato, il vetro incrinato della pensilina alla fermata dell'autobus, la stella e la falce di luna islamici sul muro taggato... I randa appoggiati al muro che se la tirano da duri per l'obiettivo come nella realtà. Tutto è falso e tutto è vero.

"Un quartiere difficile," come dice il conduttore o il presentatore. Difficile!

"Un buco di culo nel Nove-Tre," aggiunge l'altro buffone, sgamato di gergo con una risatina distaccata, complice, volendo fare il figo, per sembrare autentico e citarci – pensa lui.

Gli avranno fatto credere, a quegli sfigati, che siamo così ignoranti da non sapere che un nove seguito da un tre si legge *Novantatré*. E che se non ci allacciamo le scarpe è perché non siamo capaci. *M'dereh!*

Tutto è falso e tutto è vero. Falsificare non costa niente. E a noi non costa niente assomigliare all'immagine che tutti si fanno di noi.

"Te li inquadro?"

"Seee. Motore!"

Ne so qualcosa. Ai Poeti, due o tre anni fa – prima che cominciassi a –, abbiamo visto arrivare un'intera troupe televisiva su due 4x4, finestrini e fari antisassaiola, equipaggiamento da savana – a cinque chilometri dalla tangenza, dodici da Notre-Dame, da una carreggiata a quattro corsie, asfaltata, nel nostro angolo sperduto, la nostra cité del Nove-Tre. Con materiale leggero da reportage di guerra, venivano a raffazzonare un soggetto sul campo: la droga nelle periferie. Sopralluoghi: ci hanno visti cazzeggiare in zona, me e i miei amici. Facevamo che eravamo una tribù, gli facevamo "fuck you" con il dito. Come si aspettavano, probabilmente. Non bisogna mai deludere gli ospiti. Li abbiamo presi per il culo quando hanno parcheggiato le Rover davanti al caseggiato B – lasciando i motori accesi, quei figli di, per ripartire in fretta, casomai.

Casting brutale, sul posto:

"Tu, tu, tu... Va bene?".

Mio fratello Aziz:

"Se ci dai del lei va meglio".

L'altro:

"Avete ragione, scusate. Massimo rispetto!".

Massimo rispetto! Il tipo conosceva il linguaggio adeguato. Buffone! Aveva guardato troppo Jamel, ascoltato gli Zebda.

Aveva bisogno di cinque tipi: ci avrebbero dato cinquecento carte a testa...

"Mille!"

"Cinquecento, ultimo prezzo. È in nero."

In nero! Buffone! In nero, minchia! Non avrebbe potuto pagarci che in nero, sennò tanto valeva confessare al produttore o al distributore del programma che era tutta una bufala... Ci prendeva davvero per dei minorati? Sarebbe stato presentato come un reportage, roba reale, mica fiction, ci aveva precisato. E anonimato assicurato in postproduzione; ci avrebbero pixellato le facce: tavola grafica, ritocco digitale e tutto l'ambaradan. Niente da temere. In fondo rischiavano grosso anche loro – "questione di deontologia". L'hai detto l'hai! *Se ti beccano sei fuori.*

Oppure ci avrebbero messi fuori fuoco, se preferivamo. Cioè, insomma, ci facevano un'immagine flou. Ci hanno tenuto a specificare il significato dell'espressione usata in questo senso.

Mio fratello:

"Mica ci fottono, naa! Abbiamo sgamato".

Karim, Meurad, Rachid, Yared (*i nomi sono stati cambiati*) spacciavano davvero il fumo. E io idem, un po'. Allora è stato proprio il massimo giocare a fare gli angioletti: no, noi non ci avevamo mai provato, ma l'avevamo visto fare nella cité, figuratevi se accetteremmo di recitare davanti alla telecamera se fossimo davvero nel giro, siamo mica scemi – tipo. Informati ma innocenti. E nemmeno degli infamoni.

"Infamoni?"

"Cioè non facciamo le spie."

"Non c'è problema. Non ve lo chiediamo nemmeno, non siamo sbirri."

Round di studio: la troupe si chiedeva se non prendeva pan per cuscus. Se non li pigliavamo per il culo. I manipolati che manipolano i manipolatori.

No. Avevamo la loro parola – parola! Niente gabole.

E il regista cercava di metterla giù tipo "siamo fratelli": anche lui veniva dal 93, un figlio delle cité, madre di origine marocchina ('nculo a tua). Tutto un numero. Il mezzo beur dal pelo grigio che se l'è cavata con merito e ringrazia la Repubblica. *L'azouz.*

Tant'è. Abbiamo preso il grano. E prima di interpretare la nostra parte, Aziz – Meurad sullo schermo – e io siamo subito saliti a cambiarci: braghe coi tasconi, mimetiche, stile guerriglia urbana, felpa con cappuccio, occhiali con lenti polarizzate marca Police... Travestirci da pusher – da pusher come li vedi conciati nei telefilm polizieschi. Troppo tarocchi! Assomigliare ai falsi per sembrare più veri! Essere simili a quelli che dovremmo impersonare sullo schermo. Visto che tra il piccolo venditore di fumo delle cité e il grossista di crack del quartiere il costumista non fa differenza... Loro mettevano i soldi, noi facevamo il lavoro. Tutto a posto. Collaborativi. Buoni e a cuccia.

Ci avrebbero ripreso con la telecamera a mano, focale un po' lasca, immagine un po' sfocata e tremolante, punto di vista mutevole, luce naturale: far credere che ci avevano filmati di nascosto, a nostra insaputa, correndo dei rischi.

"Parola d'onore."

Yazid, Gamal, Fuad, Aziz e io saremmo stati al gioco. *Scopri la star che è in te. Clicca per entrare nella storia.*

Ci siamo ammassati in controluce nel portico del caseggiato B. Non fissavamo l'obiettivo, ma ci guardavamo intorno con aria ansiosa. Tutto a posto. Passavamo furtivi i tocchi di fumo avvolti nella stagnola in cambio di un pezzo da duecento carte – zoomata sul biglietto da 200 franchi piegato in quattro. E poi la canna accesa che passa di mano in mano – zoomata sulla canna. Ognuno di noi aspira profondamente, con lo sguardo perso... Che sballo!

"Tutto il rituale in versione tarocca, capito."

Come disse Aziz.

Ma erano soddisfatti di noi. E noi, figuriamoci.

"Tornate a girare quando vi gira!"

Tanto non potevano identificarci. Per loro, ognuno di noi sarebbe stato un qualsiasi beur di periferia, fatto di tutti i beur, e che li equivale tutti e che vale quanto uno qualsiasi di loro. Sfocato sullo schermo. La vita fuori onda. Off.

Pubblicità:

Il futuro come lo vedo io.

Pubblicità:

Perché io valgo.

"Il mondo, per il soggetto, cessa immediatamente di essere reale al momento dell'atto."

Aquilino e Roque bisticciavano affettuosamente, pomiciando nell'angolo cucina. Come ogni sera.

Sono comparso nel riquadro del passavivande. Ho detto:

"È una sit-com, qui".

Mi hanno sorriso senza capire cosa dicessi. Ho fatto un gesto per dire che era una cosa senza importanza. Ci capivamo senza capirci: loro, un po' di francese, un po' di inglese, e quando mi parlavano in portoghese si prendevano la briga di articolare bene le parole, di pronunciarle forte e chiare; io, in francese, in inglese – sono molto bravo in inglese: ho l'accento americano – un po' spagnolo – la mia terza lingua facoltativa – quando non capivano cosa volevo dirgli in francese; e qualche parola araba che mi veniva spontanea quando mi innervosivo.

Mi innervosivo di rado davanti a loro: erano così gentili, tutti e due, così generosi – cazzo! Aquilino preparava un vero e proprio pasto tutte le sere: primo e secondo, più dolce ogni tanto – cazzo! mi venivano le lacrime agli occhi. Non avevo mai mangiato così tanto in vita mia. E mangiare mi tranquillizzava. Stoccafisso quasi ogni sera, preparato in una maniera o nell'altra – con pomodori, cipolle, patate, cavoli, olive, mollica di pane, tuorlo d'uovo... *No forno, escaldado, na brasa...* Era un buon cuoco e voleva insegnarmi. Diceva che sarebbe stato un bene se avessi imparato a cucinare, per quando avessi abitato a Xeres, con Manuel. Ci credeva molto più di me.

Oppure c'era il *cozido*: carne e verdure bollite, con il riso. E stava attento a far cuocere, come carne, solo manzo e pollo.

"Niente porco per il moro! Lo so."

La prima volta ho creduto che dicesse il morto. Ho fatto gli scongiuri e mi sono alzato da tavola. Aquilino si è spiegato. E Roque ha fatto notare ridendo che per i musulmani anche il vino era proibito. Mi sono riseduto. Ho vuotato tutto il mio bicchiere di Minho. Mi sono servito di nuovo. L'avevo portato io. Ho finito la bottiglia. Ne ho aperta un'altra. Bere mi tranquillizzava.

Tutte le sere, verso le sette, quando erano in cucina, prendevo una birra e andavo a stravaccarmi davanti alla tivù. Adducevo come scusa la solita gran botta di stanchezza, tutte le sere, verso le sette. Dovevo assolutamente stendermi un attimo, sul letto, in camera loro, dove c'era la tivù.

"*Até logo.*"

Era l'ora di guardare il tiggì su TV5.

Come tutte le sere da quando mi trovavo a Lisbona: dopo la marea nera, con cui apriva sempre il telegiornale di France 2, la caccia al killer dei sacchetti di plastica.

"Gli ultimi elementi delle indagini. I fatti nuovi. Il concatenarsi degli eventi."

Quel che si ipotizzava avessi vissuto, da presunto omicida, negli ultimi giorni: ero stato visto ad Angers, a Orange, a Reims, a Bilbao. Sul Parigi-Hendaye. Sul Parigi-Mulhouse. Al volante di una Fiesta bianca, nel parcheggio di un supermercato. Il testimone non era riuscito ad annotare il numero, ero ripartito troppo in fretta. Avevo aggredito una studentessa a Nanterre, avevo tentato di strangolarla con un sacchetto di plastica: aveva ancora i segni sul collo. Aveva reagito, io ero scappato. Poi ero stato visto prelevare denaro a un bancomat della stazione Lyon-La-Part-Dieu. Avevo in mano un sacchetto di plastica della Fnac. Ero io. Mi vedevano ovunque. Qualsiasi giovane maghrebino con un cappellino come quello del mio identikit. Ma nessuno l'aveva ancora individuato a Lisbona.

Poi, come ogni sera o quasi, interviste per strada. La gente vera! Una giovane donna: "Sì, dobbiamo stare attente, abbiamo paura". Un'altra: "Non prenderò più il treno finché quello sarà in libertà". Un uomo: "Se non ci fosse questa guerra tra polizie...".

Poi, il parere dell'esperto psichiatra: "Nel caso in questione, si tratta probabilmente di quella che definiamo una personalità fittizia".

E l'altra sera – ieri, o l'altro ieri, non so più –: "Il mondo, per il soggetto, cessa immediatamente di essere reale al momento dell'atto" (Stronzo).

E stasera – l'indomani sera, due sere dopo: non so più tanto bene che giorno è, mi sento improvvisamente così stanco, stanco per davvero, non ho dovuto fare la solita commedia quando ho annunciato che avevo bisogno di stendermi un attimo –: non posso crederci! il tiggì non apre con la marea nera – gli uccelli invischiati nella nafta, i volontari in tute di triacetato bianco che raccolgono i ciottoli sporchi per metterli nei sacchetti di plastica –, ma con la ricostruzione dell'assassinio di Donata sul Parigi-Genova; il modo in cui la vittima sarebbe stata gettata, morta o ancora viva, dal treno; scoprire se il killer aveva potuto agire da solo per sbarazzarsi del cadavere.

"Guardate! Cose mai viste prima d'ora! Tutta la tecnica di un film spettacolare al servizio della giustizia. Per la prima volta, su richiesta del procuratore di Digione, i periti del tribunale hanno fatto appello al più famoso stuntman e a tutta la sua squadra. Gli esperti di effetti speciali cui dobbiamo i più bei film d'azione..."

Avevano fatto costruire in più copie un manichino modellato in un lattice spesso e pesante simile alla carne, della statura e del peso esatti di Donata – 1 metro e 62 per 52 chili –, l'avevano vestito come era vestita Donata – pantaloni di velluto color prugna, dolcevita di mohair viola... L'avrebbero gettato – gettata – da un treno lanciato a 130 chilometri all'ora.

"Il Consiglio superiore dell'audiovisivo, in accordo con il ministero della Giustizia, ci ha autorizzato a mostrarvi queste terribili immagini, filmate contemporaneamente da quattro telecamere. Tutto è stato minuziosamente calcolato. Per un'inquadratura di cinquanta secondi, la preparazione delle riprese ha richiesto quasi mezza giornata.."

E il treno correva a tutta velocità, con il finestrino dello scompartimento abbassato fino al parapetto, e il corpo della vittima appariva, sollevato dallo stuntman, scivolava con le braccia penzoloni contro il vetro inferiore, rimbalzava contro la parete, si sfracellava sulla massicciata...

"Guardate! Si è dovuto ripetere l'esperimento quattro volte..."

E la scena ripassava, vista da quattro angolature diverse. A velocità normale, poi al rallentatore – replay. E la bambola rimbalzava di nuovo, si rompeva in maniera diversa. Di nuovo a velocità normale, poi al rallentatore – replay. E Donata appariva di nuovo... Il finestrino abbassato, il vento... Se non fosse che era stato filmato di giorno, era così. Era così. Era esattamente così – cazzo. Al rallentatore, era esattamente così. La realtà.

Dopo, ho spento il televisore, e mi sono addormentato.

Aquilino e Roque mi hanno svegliato: era pronto in tavola. Volevano vedere *X Files*, dopo. *La verità è altrove.*

Volevo fare l'attore. "*Haram!*" diceva mio padre. È peccato. E con la lingua puntata tra i denti davanti, sputava la parola come il nocciolo amaro e fibroso di un dattero molle, con tutto il disgusto che ispirava in lui la menzogna, il male. Il male occidentale. Haram, il vino e la birra, haram, mangiare il maiale, haram, baciare sulla bocca una donna, haram, baciare in pubblico, haram tutto ciò che era dare spettacolo. Haram, tutto ciò che era spettacolo. Avrebbe ucciso i figli con le sue stesse mani, ci diceva, li avrebbe strangolati, se avessero scelto di "mettersi in mostra". *H'chuma!* Gli guardavo le mani – la mano sinistra, i moncherini delle quattro dita tranciate da un tornio, quasi una punizione della macchina per aver rispettato l'*as siyam*. No, non ci avrebbe strangolati. Lo diceva, ma non l'avrebbe fatto. Non è particolarmente devoto. Rispetta mia madre. Non ha mai avuto altre donne. Non la picchia. Comunque, non davanti ai figli. E né lei né mia sorella hanno mai portato il velo.

Tra i dodici e i tredici anni – nel momento in cui, da quando sono al fresco, ho deciso di far cominciare i miei ricordi, quelli che scrivo per me a matita e quelli che il mio avvocato mi ha consigliato di annotare per la mia difesa –, sono cresciuto tantissimo, tutto in una volta. Tra le vacanze di Ognissanti e l'inizio del ramadan, che quell'anno, il 1995, cadeva il giorno del mio compleanno, il 1° febbraio. Ero stato per molto tempo il più basso della classe, adesso ero il più alto. Mi davano tranquillamente sedici, diciassette anni. Potevo essere preso per mio fratello Aziz. A volte ci confondevano. Non i raga dei Poeti, ma altrove sì. Attraversato il ponte sulla via a scorrimento veloce, potevo dire di avere sedici, diciassette anni... Di chiamarmi Aziz – già già. Provare, perché no? Ahmed... Ahmed, nostro fratello maggiore, se n'era andato di casa già da due anni, non lo si vedeva più nel quartiere. Ci avrei provato, più avanti. Fuori dal nostro territorio – alle Halles, o a Barbès.

Scoprivo che potevo easy farmi passare per un altro. Un me stesso più vecchio. Un me in meglio... Chiunque. Ne approfittavo, al centro commerciale, o a scuola; ne approfittavo con i pischelli delle cité vicine e ne approfittavo con i prof. Ma soprattutto da solo, per me stesso.

Adesso che sembravo un uomo, potevo no problem mollare un po' la banda dei caseggiati A, B e C. Quando ne avevo fin qui dei loro passatempi di merda: cazzeggiare nelle cantine, reggere il muro con le spalle, fregare un carrello da Auchan per personalizzarlo stile Ferrari – me la filavo, adesso! Ci si vede raga! Due palle, ne avevo, dell'intifada contro i poeti della cité, il giochetto da mongoli di prendere a sassate i loro ritratti in mosaico, di sbrecciare uno a uno i cubetti di ceramica fino a farli cadere sberciando:

"Maaallarmé! Apoollinaire! Victorr Hrugo! El-Huard! René Chahhar! Bauuudelaire!".

O, ancora più demente!, di bombardare di lattine di Coca vuote i cartelli di DIVIETO DI SOSTA. E siccome i più grandi, gli amici di Aziz, che sapevano la verità su di me, il più delle volte mi trattavano da sbarbato, oppure mi tenevano in quarantena, basta! Preferivo lasciarli alle loro cazzate, anche se più eccitanti – moto, gimkane, figa e birra 8.6 – piuttosto che rompergli i coglioni. Avevo troppa paura di rompere i coglioni. Avrei recitato solo.

Me la sarei recitata solo. D'altronde mi piaceva davvero ritrovarmi da solo. Ritrovarmi. Io, Sid Ali. L'uomo nobile e solitario, il lupo: esattamente quello che avrei risposto a PPDA Patrick Poivre d'Arvor se mi avesse interrogato sul significato del doppio nome datomi da mio padre – "che Dio lo benedica!". Leggera rotazione verso la telecamera che stringe l'inquadratura sull'ospite solo nel momento in cui si accende la spia, siamo in diretta, gli occhi offuscati dalle lacrime fissi nell'obiettivo, umile, sincero, commosso, commovente, pudico e contemporaneamente un filo ironico, mica il tipo che ci casca – per dire –, avrei spiegato al telespettatore che Sid è un titolo nobiliare, in arabo, ma che significa anche: il lupo. E Ali: il superiore, il sublime.

Allora io ero Sid Ali, e ne andavo fiero. Non avrei voluto che mi scambiassero per mio fratello Aziz o mio fratello Ahmed. Né per nessun altro.

Ho detto che volevo fare l'attore. E in verità, facevo l'attore. A tredici anni, sono diventato attore. E rapper. E cantante di raï. E presentatore di varietà in prima serata. E sportivo di alto livello. E regista. E indossatore. E top model. E ospite di *Nulle part ailleurs*. E unico superstite di un massacro in Algeria intervistato in apertura del telegiornale, su TF1. E star. Star che saluta con noncuranza la folla che lo applaude... Accecato dai flash... Che sale la scalinata coperta da un tappeto rosso tra due ali di guardie del corpo... Che ne scende un'altra, speculare, al suono del suo ultimo successo... Che prende il microfono teso da Michel Drucker. Che confida a Bruno Masure di aver avuto un'infanzia povera ma felice, in fondo; che suo padre e sua madre erano brave persone, dignitose, coraggiose, lavoratrici; che si erano svenati per tirare su i loro cinque figli nel rispetto dei veri valori. Ma non volevo dire altro. L'intimità, per noi musulmani, è sacra.

Oppure raccontavo ad Antoine de Caunes, ridendo, tutte le cazzate che avevamo fatto a dodici, tredici anni, io e gli sbarbati della cité dei Poeti, che intanto salutavo – a questo punto, furtivo saluto con la punta delle dita –: il nostro segno di riconoscimento segreto. E Antoine de Caunes: "La stanno guardando tutti, stasera, Sid Ali, vuole dire loro qualcosa?".

Oppure rispondevo bello sciolto a Nagui che Sid Ali, come diceva il suo stesso nome, sì, era un lupo alquanto solitario.

Distaccato, parlavo di me in terza persona.

Oppure, quando Aziz non c'era, chiudevo la porta di camera nostra, mettevo una sedia davanti alla porta in modo che nessuno mi disturbasse, mi cambiavo e mi piazzavo davanti allo specchio. A piedi nudi, a torso nudo, solo un paio di braghe oversize di mio fratello che mi scendevano basse sui fianchi e che scoprivano l'alto elastico degli slip bianchi con la grossa scritta in maiuscolo nero CALVIN KLEIN – un calvin che avevo ciulato alle Halles. Slip bianchi, 90% cotone, 10% elastane. Come nella pubblicità. E mi mettevo in posa. Come nella pubblicità, eh! Cazzo se ero bello.

Poi, musica a manetta, che nessuno sentisse che minchia ci facevo in camera degli *abna*, tiravo fuori l'uccello dalla patta e mi facevo una sega davanti a me.

Oppure afferravo un microfono immaginario e diventavo Cheb Sid Ali, il principe del raï. E intonavo *Didi* davanti al mio pubblico in delirio:

Ana b'har 'âliya u entia lla...

Peggio per me ma non per te.

Ma c'era di meglio assai che cazzeggiare in casa chiuso da solo in camera mia tra le mie ossessioni: lasciare la periferia, andare all'avventura. Mi sono rotto di lumarmi davanti allo specchio! A me, Parigi! Barbès! Le Halles! Gli Champs! Molla la banda e schizza in città, a sbavare davanti alle vetrine! Downtown! Come una scheggia, alla RER! Tagliando per il parcheggio Baudelaire, poi per Rimbaud – *lui seul! pour témoin de sa gloire et de sa raison.*

Percorrevo tutto allegro il ponte che passa sopra la strada a scorrimento veloce, mi sentivo spuntare le ali, con le braccia tese facevo l'aereo, decollavo, l'aria gonfiava come una vela il mio giubbotto bianco mezzo aperto – la giacca a vento in tela spinnaker Sergio Tacchini! E le mie dita tese grattavano come una chitarra, dai due lati, le reti metalliche di protezione... Tutto il ponte rimbombava! Un fracasso ritmato di ferraglia su cui scandivo rappando la prima cazzata che mi veniva in mente:

I am who I am who I am...

alla maniera di Funkmaster Flex, o di Grandmaster Flash.

Ero Lonesome Woolf Ali. (*Parental Advisory. Explicit Content.*)

Se lungo la strada incrociavo una qualche zecca che mi voleva distogliere dalla mia idea e propormi un programma suo, prendevo un'aria smart ma pensierosa.

"Adesso no, ho da fare."

E se l'altro insisteva, insistevo anch'io:

"Fanculo! Aria! Fuoridalcazzo!".

E se a quel punto proponeva di unirsi a me, di seguirmi nel mio giro:

"Leave me alone, cazzo, t'ho detto! La capisci o no la lingua? Esse-o-elle-o!".

Il fatto è che andavo a fare lo scemo nella RER, il mio giochetto preferito quando ero nella RER; ed era un giochetto che bisognava fare da soli, un giochetto in cui non potevo tollerare nessun testimone che mi conoscesse anche solo di sguincio; la sua presenza mi avrebbe impedito di rimanere serio, e rimanere seri era indispensabile al gioco. A fare il buffone c'ero portato, ma non avrei mai potuto scatenarmi come si deve con la fauna della cité tra i coglioni.

Andavo a sfoderare sul treno quell'incredibile capacità affabulatoria che avrebbero poi scoperto in me gli educatori e gli psicologi (stronzi). Aspettavo tranquillo sul marciapiede: se il treno arrivava da Mitry-Claye, aspettavo quello dopo, che veniva da Roissy-Charles-de-Gaulle. Lì si trovava il mio pubblico preferito: i viaggiatori provenienti dall'aeroporto. Salivo in prima classe, ovviamente: lì si trovava il mio pubblico più interessante, gli uomini d'affari che preferivano il treno al taxi per non ritrovarsi bloccati negli ingorghi mattutini in direzione di Parigi. E anche perché a quell'ora i corvi non controllavano granché i biglietti in prima...

Se su quel vagone ce n'erano, individuavo subito quelli di ritorno dall'America. L'aria stanca: il lungo volo di notte, il fuso orario... Mi avvicinavo a loro *timidamente*. Se trovavo un posto a sedere vicino a loro, mi sedevo *rispettosamente*. Altrimenti rimanevo in piedi, senza fare il cazzone, senza piantare casino, anzi, tutto sorrisi, stando bello dritto e tenendomi ben saldo alla maniglia situata all'altezza dello schienale, mite, educato, gentile, umile ma fiero: il tizio ben integrato, a suo agio, pulito – l'eccezione rispetto alle statistiche. Inoffensivo – ecco. Innocente. In bianco, del resto: tuta e giacca a vento bianche; bianche, le sneakers, e allacciate, le sneakers – la prima cosa che pensavo arrivando alla fermata della RER: allacciarmi le scarpe. E idem bianco il cappellino Fila... E messo diritto! Come nessuno dei randa aveva il coraggio di portarlo, troppo una figura di merda davanti ai soci – la seconda cosa che pensavo arrivando alla fermata della RER: girarlo, con la visiera sugli occhi... E il capello cortissimo e in ordine, ma non rapato a zero.

Allora, dai che si va, potevo lanciarmi: avviare come a sua e a mia insaputa la conversazione con l'uomo d'affari, come se niente fosse, senza dare l'impressione di volerne ricavare qualcosa. Free, in tutti i sensi. Gratuito. Spontaneo. Improvvisavo da professionista. Non ero uno di quei relitti da sussidio di povertà Senza Fissa

Dimora che percorrono tutto il treno recitandoti, monotòni, atoni, la tiritera classica, la storia banale della loro sfiga, per uno o due franchi: "Passo fra di voi. Mi affido al vostro buon cuore, una monetina o un ticket restaurant...". Qualche spicciolo – cazzo! *Esclaves, ne maudissons pas la vie!**

No, io, solo la voglia di comunicare, insomma. Poetico. La voglia di rivolgermi allo sconosciuto di fronte a me. O almeno di fingere di. E non in *verlan* né in francoarabo, no, in buon francese – sì, sì. Corretto. Come nei testi studiati a scuola. *Dai! Fingiamo, fannulloniamo...* Ciance, ma super regolari. Esempio:

"CDG... Charles-de-Gaulle. Proveniente da LAX... Arriva da Los Angeles? La città degli Angeli! È bella Los Angeles? E la notte, in aereo? Si vedono le stelle in cielo? Io, signore, non ho mai preso l'aereo in vita mia... Un giorno, magari."

Dopodiché, mettevo su un'aria assorta.

Spiavo con la coda dell'occhio le prime reazioni del mio spettatore suo malgrado: un filo a disagio, sorriso un po' tirato, oppure chiaro sbuffo di irritazione o, cosa ancora più offensiva ma più rara, discreta risatina di disprezzo, o bisogno compulsivo di immergersi nella lettura di un quotidiano o, in mancanza, di una piantina della metropolitana, oppure finta impassibilità; spesso, furtivo sguardo di sottecchi verso i passeggeri vicini, e francesi purosangue – capire se era meglio ignorarmi o rispondermi, assicurarsi la loro solidarietà casomai le cose avessero preso una brutta piega, se avessi provocato. Ma ero forse uno che provocava? Non ero sincero, persino un po' ingenuo? Le domande che facevo! Un ragazzino che non aveva mai preso l'aereo ma che conosceva il codice dell'aeroporto di Los Angeles, che sapeva cosa voleva dire *Los Angeles*. Un bravo ragazzo, per niente minaccioso. Che fare? Perché non rispondermi, dopo tutto, e risparmiarsi la brutta figura dell'eterno sospetto basato sull'aspetto? Di beur, ce ne sono di a postissimo nella nazionale di calcio francese! E perché non rispondermi gentilmente?

Se mi rispondeva, soprattutto se mi rispondeva gentilmente, era fatta. Se non mi rispondeva, meglio ancora! A quel punto l'animale da palcoscenico che era in me si scatenava: e proseguivo, parlando come a me stesso. A mezza voce.

"Da giù, noi siamo venuti in nave! Siamo dell'interno, delle montagne. Prima di venire in Francia non avevo mai visto il mare. Siamo arrivati l'anno scorso. Mio padre ha chiesto asilo politi-

* Rimbaud: Schiàvi, non malediciàmo la vita!

co. Laggiù è stato condannato a morte dai terroristi. E mio fratello pure. È terribile, sa, quello che sta succedendo in Algeria...”

Ormai non eravamo molto lontani dalla fermata La Plaine, che non era ancora Stade-de-France. E io giù con il racconto del massacro cui avevo assistito l'estate prima, nel mio villaggio natale della pianura della Mitidja... Tocca a te, adesso! Dacci dentro, Sid Ali!

Con il terrore negli occhi, gli occhi fissi nel vuoto, come assalito dai ricordi, cominciavo a raccontare con voce strozzata, rotta, con una specie di calma allucinata, e più impressionante, credo, che se fossero state grida, scene; dicevo quello che avevo visto, quello che avevo vissuto quella notte... Tutto quello che da un anno cercavo inutilmente di dimenticare.

Rivedevo, rivivevo la scena: la notte che scende sul nostro villaggio, un'esplosione, le luci che di colpo si spengono, gli assassini hanno fatto saltare in aria il trasformatore, i cani abbaiano forte, le donne e i bambini urlano, si sentono lanci di razzi, poi raffiche di kalashnikov... Le urla, gli spari si fanno più vicini, mio zio Abdallah ha acceso i fari del suo furgoncino in modo che si possa vedere un po' meglio cosa succede nel buio, grida a tutti noi di scappare per i frutteti, ma alcuni vicini ci corrono incontro: impossibile! La strada verso l'ued Harrach è minata... Gli assassini avanzano, vanno di casa in casa, si vedono le loro torce elettriche danzare nel buio.

Via via l'emozione mi faceva venire il groppo in gola e si diffondeva tra il mio pubblico, in un disagio crescente. Proseguivo, come esaltato: mio zio è riuscito ad avviare il vecchio gruppo elettrogeno della cella di maturazione, una rimessa brucia, io e alcuni cugini corriamo a rifugiarci nel garage dei trattori, chiudiamo le porte con il lucchetto, cerchiamo di intravedere quello che sta succedendo da una fessura fra le assi; le armi automatiche ora tacciono, ma non le urla nelle fattorie più vicine, il massacro continua con coltelli e mannaie, al grido di “Allahu akbar!” – il GIA. Sono parecchie decine... Ci siamo rintanati in una fossa per le riparazioni in fondo al garage, terrorizzati. I passi si avvicinano, le voci, un neonato piange, poi non piange più... Mia zia Assia implora gli assassini di lasciare salva la vita agli altri bambini, *Bismillah*. Ma quelli fracassano le porte del garage con il calcio delle armi, con le asce, con gli scarponi. Le loro lampade frontali mi abbagliano. Non hanno il passamontagna, siamo condannati. Avanzano verso di noi, saltano nella fossa, cominciano a colpire. Decapitano mio cugino Bualem, mio cugino Wahid, mio cugino Fuad... Il sangue mi schizza addosso. Ma io ho avuto la prontezza di lasciarmi cadere prima che gli assassini mi vedessero. E non ho urlato. Faccio il morto. E questo mi salva... Mi ha salvato.

Ero esaltato: mi erano stati a sentire, avevo suscitato interesse. Lo sconosciuto con cui all'inizio avevo attaccato bottone in tono faceto era ammutolito, scioccato, sconvolto ma incapace di esprimermi la sua compassione. Come gli altri due passeggeri sui sedili di fronte. Osavano a stento guardarmi, accennare tra loro sottovoce un commento terrorizzato. A volte mi chiedevano come mi chiamavo, quanti anni avevo. Avevo quindici anni, o sedici, o quattordici, a seconda dell'ispirazione del momento. Ma mi chiamavo invariabilmente Sid Ali. Sid Ali ero io.

Arrivavamo alla Gare-du-Nord. Riemergevo pian piano dallo stato di sbalordimento in cui mi aveva gettato quel ricordo da incubo. Mi scusavo *dignitosamente*:

"Ma vi sto importunando con la mia storia...".

Loro protestavano:

"No, no...".

Aggiungevo, *pudico* – cazzo:

"Non ne avevo mai parlato con nessuno, finora. Mi sento sollevato".

E arrivavo al punto di invocare il nome di Allah! Avevo ancora due minuti da recitare. Facevo finta di rendermi di nuovo conto di dove mi trovavo: nella RER. Poi mi alzavo di scatto, salutavo con un gesto noncurante, senza dire una parola di più: e lì scendevo – Le Halles!

*Farce continuelle! Mon innocence me ferait pleurer. La vie est la farce à mener par tous.**

* Rimbaud: Farsa continua! La mia innocenza quasi mi fa piangere. La vita è la farsa in cui ognuno ha la sua parte.

Le Halles! Eccomi!

Prima di lanciarmi, allegro, svelto, danzante, sciolto, sulla scala mobile che dal marciapiede sale verso l'uscita Forum, devo rimettere il cappellino come si deve, girato all'indietro, visiera bassa sulla nuca, e slacciarmi di nuovo come si deve le sneakers: così eviterò di farmi pigliare per il culo di brutto dalla fauna che cazzeggia nei corridoi al Piano –3 e dà voto e parere su qualsiasi tipo che passa da solo, sulla sua andatura, il suo aspetto, il tessuto lucido o meno della sua tuta, la posizione del cappellino, la marca di quello che ha ai piedi – sapere se è vero o no, se è credibile o se si esclama al suo passaggio: "Minchia, non ci credo!".

Andare in solitaria, apparentemente sordo alle prese per il culo, indifferente ma caricato, pimpante – *Io è un altro.* E dalla fermata della RER accesso diretto al centro commerciale. Senza dover uscire all'aperto.

Ah! Risalire alla vita! La vita, la vita vera è qui, sottoterra, in questi centri commerciali: la merce! l'accumulo della merce! E più che la merce, più che il suo accumulo vertiginoso, lo spettacolo della merce: spettacolo infinito, mobile, ripetitivo, invariabile e insieme sempre nuovo, irreale, allucinante, alla lunga, come il luccichio del sole sul mare d'estate... In spiaggia, ad Algeri. Il mio annebbiamento. Quando sono caduto. Come morto. "Il morbo sacro."

I fiotti di luce artificiale, la musica continua, l'acciaio lucido che sfavilla, i riflessi negli specchi, i manichini con gli occhi chiusi, la superficie vetrosa dei pavimenti... Le Halles! *Al-Jena!* Gironzolerò per ore nel dedalo della più bella *kissaria*, fino a strafarmi di marche! Nike – *Just do it!* Schott! Caterpillar! Harrington! Hanes! Outdoor! Cargo! Celio! Columbia! Catarth! Cossby!

Creeks! Chevignon! Reebok! Converse! Police! Vuarnet! Ray Ban! Bollé! Mexx! CB! Newman! New Balance! Adidas! Gap! Jap! Zara! Fila! Trussardi! Sergio Tacchini – lo voglio! Calvin Klein! CK di Calvin Klein! Ralph Lauren! Polo Ralph Lauren! Hugo Boss! Helly Hansen – cazzo, Helly Hansen! Run! Umbro! Ellesse! Aigle! C17! Doc's! Y's! "Il male non può colpirmi." Non qui.

Il mio è un piacere solitario – *Just do it.* Schivo gli incontri che posso fare lungo il percorso, il flippato che cerca di rifilarmi il suo fumo di merda sotto gli occhi di uno sbirro in borghese. Sto sulla difensiva, all'erta. Passo da un negozio all'altro, da una vetrina all'altra, da un espositore all'altro. Giro. Ho il mio itinerario personale. Entro, guardo, tocco, tasto, accarezzo, annuso come se sniffassi, stacco dall'appendiabiti, apro, a volte provo, infilo sotto l'occhio sospettoso dei buttafuori – buttalo in culo a tua madre. I vestiti sono una droga, e una droga pesante: voglio quei baggy, voglio quegli occhiali, voglio quella cerata bianca Helly Hansen! Li voglio.

E so tutto sulla qualità della roba: il materiale, la provenienza, se è tagliata bene o no, il misto e il 100%, l'autentico e il tarocco. I logo, i marchi, le etichette: ho imparato via via, a forza d'errare sottoterra, Piano –3, Piano –2, Piano –1, Nouveau Forum. Ma ho imparato parecchio anche da mio fratello Aziz. Per molto tempo abbiamo ciulato in coppia alle Halles: mi accettava perché lo coprivo – insomma, facevo la posta per lui, gli facevo da palo. All'epoca avevo undici, dodici anni, e ne dimostravo nove o dieci. La gente diffida meno di uno sbarbato. Aziz mi ha insegnato a verificare di nascosto, al tatto, se il coccodrillo è quello di una vera Lacoste o, cosa ancora più perversa, ma che ogni tanto si vede sulle bancarelle di Barbès, se è un coccodrillo originale tagliato via da una vecchia Lacoste e ricucito su una falsa, made in Mali. Mi ha insegnato a distinguere il vero dalla copia, oltre a due o tre grandi principi generali:

"Tu sei quello che indossi".

Non conciarti come un barbone da Tati, o da Auchan. Wannabee, lo lasci ai vorrei-ma-non-posso e ai mutuo-casa-agevolato: sono i prof delle medie che fanno il percorso vita intorno al municipio in Wannabee, non tu, uno dei Poeti!

"I capi stock sono il colmo del disonore!"

Come le marche vendute solo negli ipermercati e gli articoli primo prezzo. Rifiuta l'imitazione! Hai il dovere di possedere quello che c'è più di classe, e l'atteggiamento che viene appresso. Vestirsi è una morale. Ne va del tuo onore. Sei un uomo. Non andrai a mendicare, siiignori, una monetina o un ticket restaurant nella

RER. Meriti di meglio. "Apparteniamo a un popolo che ha sofferto molto."

"Nella bassa qualità traspiri, nell'alta respiri."

Il povero suda in poliammide, il ricco indossa Goretex. Nei capi 100% poliestere puzzi della tua razza, come si usa dire. Il materiale è stagno e troppo lucido, fa uno sgradevole scrocchio e si sciupa in fretta, come il rayon. C'è sintetico e sintetico: una bella differenza tra il nylon qualunque e i tessuti nuovi, microporosi, doppio telo, trattati *silent*® – sì, silenzioso! Il massimo del lusso! Questa giacca a vento da golf – il golf, cazzo!, come le star del calcio, per rilassarsi tra una partita e l'altra – in doppio telo microporoso trattato *silent*®: 2700 carte, Ralph Lauren... Lo voglio.

Ma non puoi vestire Ralph Lauren nella tua cité, né nel tuo quartiere, né a scuola, né nella RER: Aziz e la sua banda ti piglierebbero per il culo: "Minchia, che ridicolo; *prolo* Ralph Lauren!". Ma la Fila ha creato una linea per noi: *Pro-race*. Si chiama così: *Pro-race*. Per non puzzare della propria razza, *Pro-race*!

Altre marche italiane possibili, nello sportswear: Ellesse e Sergio Tacchini – "ma, al limite". Le tute scamosciate, tipo daino o pelle di pesca, fanno frocissimo: lasciale alle checche. Tu sei un uomo, puoi permetterti solo la tuta in presgualcito opaco beige o blu. Oppure la giacca a vento in tela spinnaker bianca... La mia, che non ho fregato direttamente ma che ho beccato da uno che me l'ha venduta – il mio avvocato mi ha consigliato di insistere su questo punto: prima dei reati per i quali sono imputato, ho avuto da rimproverarmi solo bazzeccole, ragazzate; a quattordici anni uno può anche ignorare il concetto di ricettazione, non rendersi conto che si commette un delitto a comprare da un compagno di classe un bene rubato senza informarsi sulla sua provenienza... "Con cognizione di causa? Su, andiamo! Non avete mai avuto quattordici anni? Provate a ricordare!" E sicuramente sono stato trascinato da persone più grandi di me, signori della Giuria.

Trascinato, sì, in tutti i sensi. Sputtanare – chiedo scusa, disattivare – il dispositivo d'allarme appuntato nella stoffa, camuffare un codice a barre, falsificare un cartellino sono cose che si imparano. Non dirò come agivo: voglio lasciare una chance a quelli che verranno dopo di noi. Ma tutto si impara. E – *allegato al fascicolo* – il soggetto ha un QI di 137: è superiormente intelligente. Un po' debole di carattere, d'accordo, signore e signori della Giuria, ma chi sarebbe in grado di resistere? "In questi centri commerciali, il desiderio è scientemente provocato, eccitato, l'avidità è costantemente alimentata, costantemente stimolata dal negoziante.

La vittima di questi piccolissimi reati di appropriazione è, oserei dire, quasi consenziente: nel suo negozio, tutto incita l'adolescente ad appropriarsi dell'oggetto."

"Reato di appropriazione!" "Ammanco di cassa." Le parole lo dicevano chiaramente – le loro parole –, non era una ladrata propriamente detta. Non era esattamente un furto, no. Non era davvero un furto. Non era un furto, in realtà. Era un reato di appropriazione. Era un ammanco di cassa. Roba che ammanco te ne accorgi. Era un calo delle scorte, al massimo.

Svendita. Liquidazione. Tutto in offerta – lo voglio. *Svendita totale* – lo voglio! Voglio la giacca da marinaio Nautica, quella bianca con gli sproni gialli e blu, voglio il parka, voglio il piumino lucido, no, voglio la cerata Helly Hansen, quella bianca con gli sproni gialli e blu in stormbreaker, cuciture termosigillate. Con passamanerie catarifrangenti e colletto doppia fibra ehm polare ehm imputrescibile ehm – la Helly Hansen, la voglio. Voglio vestirmi da skipper, per andare all'avventura sottoterra, far scorrerie nelle Halles... Rifare un giro: Porte Berger, Porte Lescot, Porte Rambuteau, Pavillon des Arts, Maison de la Poésie... Ritorno al Go Sport. Nike! Adidas! Converse! Reebok! New Balance! Voglio calzare scarpe da sportivo di alto livello per praticare quello sport di alto livello che è il giro dei negozi su tre piani: Piano –3, Piano –2, Piano –1... Quello sport di resistenza.

Procedo, incantato, tra i bagliori danzanti del neon sul vetro e sui pavimenti, procedo con l'andatura ritmata ruotando le spalle al suono del rap, della techno o della new wave che satura negli altoparlanti. Death Machine, al reparto Flush. Chemical Brothers al banco Flash. Più in là, Plastikman – unz unz unz. *One more time.*

Torno sui miei passi. Cazzo, Plastikman! *One more time.*

E riprendo il mio vagabondare, ricomincio il percorso, scendo al contrario tre, quattro scalini di una scala mobile, li scendo di nuovo, e ancora e ancora, immobile anche se in movimento per un po'... Il tempo si è abolito. Torno da Go Sport, a rivedere la cerata bianca Helly Hansen. *Tasca interna di sicurezza*: con questa non ti ripulisce nessuno. La voglio.

C'è anche il nuovo modello di piumino Helly Hansen. *Disponibile in nero e in bianco*. In bianco: troppo una figata. Logo HH sul petto. E sulla schiena, scritto in verticale, a lettere giganti, bianche su sfondo nero o nere su sfondo bianco, *Helly Hansen*. Troppo una figata.

E, non l'avevo notata prima, la giacca da marinaio Aigle. Sempre in tela cerata bianca. Di un bianco più luminoso. Abbagliante.

E niente strisce gialle e blu come sulla Helly Hansen... Tutta bianca. Tinta unita. Troppo una figata.

Poi mi intravedo in uno specchio, girato l'angolo di un corridoio: cammino incontro a me, al sottoscritto, Sid Ali. Sid Ali prova davanti allo specchio un cappellino *Pro-race*. Individuo l'antifurto, poso il cappellino, poso anche i guanti, chiedo di provare gli occhiali a specchio – un paio di Police – incatenati all'espositore. Occhiali a specchio davanti allo specchio... Ti curano, Sid Ali. Un buttafuori alla tua destra, un altro bestione attaccato al culo – il rottinculo. Li restituisco.

"Grazie. Ci penso su."

Ci penso su.

Esco. Ricomincio il giro. L'ultimo... "Il male non può colpirmi." Ma di colpo sono in preda allo sconforto. Mi piego in due, senza fiato. Sensazione di vaghezza, di vuoto... Vampata di angoscia. E come un bisogno improvviso, che reprimo a fatica, di piangere. La voglia di appoggiarmi a un palo, di sedermi lì; di accovacciarmi come un *fellah*, di lasciarmi cadere mollemente per terra e di abbandonarmi alle lacrime. Io. H'chuma!

"Sei un uomo, no?"

Torno alla RER. Rientro.

Nell'orecchio, la persistenza del tempo binario della techno – unz, unz, unz. Plastikman. Il ritmo mi insegue nei corridoi. Del 60. Il mio ritmo cardiaco.

Sul treno, per un attimo mi chiedo se cercare qualcuno cui raccontare la mia storia: l'attacco al treno fra Algeri e Orano, il deragliamento sotto il tunnel di Arioua, i richiami, le urla nel buio, il fumo, poi le raffiche di kalashnikov che si avvicinavano, gli assassini che percorrevano il convoglio un vagone dopo l'altro... Ma ho la testa altrove. A Gare-du-Nord, cambio vettura, salgo in seconda. Mi sedio su uno strapuntino. Tiro fuori dal mio Sergio Tacchini i sacchetti di plastica che ho fregato. Quattro, oggi.

È stato in quel periodo che ho cominciato a collezionare i sacchetti di plastica.

"I sacchetti di plastica, sì. E la musica di Plastikman. Ma... Questa fissa del bianco...? Di vestirsi di bianco?"

Insomma, di sbiancarsi. Se crede che io non sappia dove vuole andare a parare, 'sto stronzo! Dall'inizio del colloquio intuisco cosa vuole insinuare: la sua risposta bell'e pronta alla domanda, e che vorrebbe che gli dessi. Spontaneamente. Come se fosse farina del mio sacco. Come se scaturisse dal profondo della mia sofferenza. Sì, soffro per via del razzismo! Ovvio. Sì, vorrei cambiare identità! Ovvio. E vestirmi di bianco è sicuramente rivelatore. E lui, fatto altrettanto rivelatore, certo, lui mi parla come tutti gli altri educatori e psicologi: lentamente, con voce dolce, come se avesse a che fare con un ritardato. Si rivolge a me con benevolenza, con tatto: in modo da non darmi l'impressione che tenti di forzare la situazione, lo so; ma in modo che io arrivi da solo alla sua conclusione, lo so... Da me! Buffone!

Conosco la domanda, che non è una domanda. Me l'hanno già fatta. Prima di lui un altro psicologo, che faceva l'amicone, e se la tirava di meno. Mi dava del tu. Tastando la manica della mia felpa col cappuccio Hanes, con l'aria di non toccarla, mi ha detto:

"Ti piace il bianco, Sid Ali...".

"See."

Non "sì": "see", visto che mi dava del tu.

E sempre con l'aria di non toccarla, lo scassacazzo mi ha portato dove voleva arrivare; dove alla fine avevo capito che mi voleva far arrivare e dove io facevo finta di volerlo seguire – per non avere casini, che non mi spaccasse i coglioni. Stare al gioco. Coincidere con l'idea che si fanno di te. Sciolto. E cioè che sarei stato a disagio nella mia pellaccia scura, che avrei volentieri fatto cambio con un bianco che più bianco non si può. Vestirmi di bianco mi avrebbe tranquillizzato... Bella lì.

"Ti senti meglio in bianco, Sid Ali?"

Bella lì. L'hai detto l'hai! Buffone!

"Ma... Questa fissa del bianco?... Di vestirsi di bianco?..."

Conoscevo la domanda, conoscevo la risposta, ma conoscevo anche un'altra risposta; un'altra spiegazione più raffinata che mi aveva suggerito in un colloquio al consultorio un dottore, uno psi psichiatra, non uno psi psicologo, uno psi psichiatra che aveva riflettuto un po' meglio sul problema, forse, e ne sapeva qualcosa di più sulla nostra cultura, me l'aveva discretamente fatto capire, da due o tre osservazioni buttate lì en passant – e che era ebreo ma conosceva i riti della nostra religione e aveva letto il Corano –: il bianco è il colore del lutto per i musulmani.

Perciò, vestito Hanes, Helly Hansen, Sergio Tacchini, sarei stato in lutto. Avrei portato il mio lutto: sarei stato in lutto di me stesso. Una spiegazione che ne valeva un'altra. Una spiegazione come un'altra. Nessuna importanza, sia detto tra noi. Aria fritta. Cazzate. Zero pure questo! Come dire, chissenefrega.

Ma avrei potuto smerdare l'altro psi, lo psi psicologo, rifilandogliela fresca fresca, a quella mezzasega: dai che si va! missile terra-terra, heb heb!

Era lì, davanti a me, ben saldo nella sua poltrona ergonomica e nella sua benevolenza strettamente professionale; con il limpido sguardo azzurro inquisitore perso dietro le spesse lenti tonde dalla montatura d'oro, mi osservava in controluce. Alle sue spalle, la tapparella a listelle di acciaio striava di un bianco accecante la penombra del suo studio, odore di similpelle calda. Un ventilatore smuoveva l'aria densa, canicolare, e il disagio tra noi. Ha ripetuto:

"Lei si veste sempre di bianco...".

E io, dopo aver fatto finta di riflettere un attimo, mettendo su un'aria profonda, profondamente turbata e triste, per meglio dosare il mio effetto, balbettando un filino.

"Il bianco è il colore del lutto per i musulmani."

Rimane a bocca aperta. Come tramortito. Che ne dici? Giustifico il mio QI: sono molto intelligente. E gli apro nuovi orizzonti. Non ci aveva mai pensato. L'ho illuminato. Il colloquio non sarà inutile per lui. D'ora in avanti, ogni volta che dovrà curare un giovane arabo vestito di bianco, proverà a suggerire al ragazzino che porta simbolicamente il lutto di qualcuno.

Ma di chi?

In teoria, la domanda seguente avrebbe dovuto essere: "Di chi porta il lutto?". Alla quale avrei risposto, dopo un altro lungo silenzio pensoso: "Porto il lutto di me stesso, Sid Ali". Minchia, che effetto!

Invece no: lo psi ha incassato e adesso tace. Come se aspettasse che gli consegnassi il seguito come una pizza a domicilio – spontaneamente. Che venisse solo da me.

Manco per sogno! Io: atteggiamento massimo rispetto ma fuori campo ti inculo – dentro di me. Dissimulatore, sono. Sì. See. È pure scritto nella mia cartella. L'ho letto.

Avrei anche potuto tirarmela da giovane scalmanato di un quartiere difficile, caricare la dose: parlare rappato, ogni parola un sobbalzo, ciondolamento hip hop, gergo e tutto l'ambaradan... L'one man show. Anche questo so farlo da dio. Un successone nella cité quando ci do dentro a nastro per far spisciare i raga.

Invece no: il più delle volte davanti agli psi mi astenevo dal fare lo scemo. Mica scemo! Mi mostravo gentile, quasi sottomesso, quasi beneducato: mi presentavo puntuale ai colloqui, e pieno di buona volontà manifesta. Entrando nel loro studio, mi veniva spesso voglia di dirgli: "Mi dica". E poi di recitargli il numero che si aspettavano. Un giorno ho sorpreso uno di loro che nella sala comune confidava sottovoce a un collega, a proposito del "piccolo Sid Ali": "Che numero!". Potevo interpretarlo in due modi: per loro io sono un buffone, oppure per loro io sono soltanto un numero su una cartella. Per loro non ho più realtà di un numero. E tenete presente che all'epoca il piccolo Sid Ali era alto un metro e settantaquattro e dimostrava tranquillamente quindici, sedici anni – peluria sul mento, vociona.

Comportamento collaborativo. Che mi pareva il modo migliore per non dargli nulla di me, per non lasciarmi intaccare – *moi, je suis intact, et ça m'est égal*. Davanti a voi sono quello che voi desiderate segretamente che io sia. Vi indovino.

Liscio, brillante, bianco come la cerata Helly Hansen che alla fine ero riuscito a ciulare. *Grande plasticità dell'io*. Anche questo era scritto nella mia cartella. Plastica. Infatti.

In realtà non dovevo forzare molto la mia indole. Non li contraddicevo, per il semplice motivo che non vedevo perché contestare l'idea che si facevano di me lì, una volta chiusa la porta dello studio, fuori dalla vista e dalle ghignate dei raga della cité che altrimenti mi avrebbero svergognato; né che vantaggio ne avrei ricavato ribellandomi e affermando di essere un altro – chi altro? Diverso, lo ero, non lo ignoravo. Diverso, e come un altro.

Perché mi lasciassero in pace, mi bastava assomigliare al Sid Ali descritto. Tutto sembrava vero e andare da sé. Sulla mia famiglia, visto che si occupavano anche del caso Aziz, e da più tempo che del mio, sapevano parecchio – quando addirittura non ci confondevano.

Nonostante le apparenze, mio padre non aveva una grande autorità sui figli. Ci spaventava con le sue urla, le sue minacce, i suoi accessi di collera, ma inconsciamente sapevamo qual era il suo punto debole: era menomato fisicamente dopo l'incidente e da sempre umiliato dal proprio semianalfabetismo, tanto in francese quanto in arabo. Man mano che i suoi figli erano cresciuti, e soprattutto da quando erano alle medie, Ibrahim B. aveva maturato un forte risentimento verso di loro. I successi scolastici del maggiore, Ahmed, lungi dall'inorgoglirlo, l'avevano ferito.

Se lo dicevano gli psi!

Ahmed era il fratello maggiore venerato perché aveva avuto il coraggio di tenere testa al padre, e ora era tanto più presente nell'immaginazione dei fratelli minori, tanto più idealizzato, in quanto era sparito: se n'era andato di casa, cacciato dal padre, si vuol far credere; in realtà di testa propria, per condurre un'esistenza che potevamo immaginare avventurosa, piena di pericoli, di tragedia e di allegria, una vita da eroe – la vera vita, insomma.

Se lo dicevano gli psi!

Mia madre era molto più evoluta, quindi troppo protettiva nei confronti dei figli, avendo il coraggio non da poco per una donna musulmana di prendere le loro difese davanti al padre, e dimostrando per me in particolare, in quanto suo figlio più fragile, una smodata indulgenza.

Se lo dicevano gli psi!

Peraltro, non lo dicevano mai. Nulla era mai detto, schiettamente detto. Appena insinuato... Ma quando mi facevano le domande, o meglio quando mi lasciavano fare il fenomeno anche se ogni tanto mi interrompevano buttando lì una parola falsamente banale per dirigermi verso ciò che gli interessava, io subodoravo quello cui alludevano. Non era detto, no. Ma era scritto nero su bianco tanto nella cartella di Aziz quanto nella mia, che di sicuro era in parte ricopiata da quella di Aziz. Tutta una letteratura! Il romanzo della famiglia B., dei Poeti.

Entravo nella pelle del mio personaggio. Brillante ma liscio, inafferrabile. D'accordo con tutto quello che gli veniva suggerito. Se vuole... Quello che vuole... Come vuole.

E tuttavia – vedi cartella – *una forte personalità*. In questo caso, si trattava di me. Bella lì.

Avevo la mia personalità, certo, ma volevo essere come gli altri. Ripetevo ostinatamente:

"Sono come un altro".

Poteva intendersi in due modi: sono simile a chiunque altro, non più anormale di un altro. Oppure: quando agisco così, quando faccio il male, ho la sensazione di non essere più me stesso. Sono fuori di me. Non sono più il vero Sid Ali. Non mi riconosco più. Non sono io. *Je est un autre*.

"Ha l'impressione di non essere lei a commettere il..."

"Se vogliamo."

"In un certo senso, lei si scinde in due, si dissocia da se stesso?"

"Sì, se vogliamo."

Se voleva, come voleva, quello che voleva. In fondo era lui lo psi, lo psi psichiatra: doveva saperne più di me sul mio caso, nel caso fossi stato un caso. Come mio solito, facevo quello docile e attento, della serie "sul serio, capo! Troppo una figata cazzo, da cinema".

Il mondo cessava per me di essere reale nel momento del passaggio all'atto? Se lo diceva lui, se gli faceva piacere.

Gli rivolgevo il mio sorriso più seducente: sì.

Ma io, che piacere potevo trarre dal fregare uno o due sacchetti di plastica, per esempio? Che piacere, visto che il rischio era come dire nullo se mi facevo prendere per un furto così misero, e la soddisfazione, quindi, risibile? e visto che, peggio ancora!, sarei stato per sempre disonorato di fronte ai raga della cité se la banda mi avesse beccato a farlo – "cazzo, Sid, sfigatissimo, come furto!" – ma che comunque non potevo trattenermi? Era più forte di me!

È più forte di me, dottore. Sono io e non sono io.

Flippato per i sacchetti di plastica! Una piccola mania giudi cata peraltro innocente, inoffensiva. Una mania da collezionista. Senza un reale significato. E innocua. Infatti.

Infatti. Ma di colpo, associazione di idee a proposito dei sacchetti di plastica... Per una volta, mi sarei confidato con lui. Dovevo parlargliene. Dovevo dirlo. Dovevo! Mi toccava forse cantare, tradire la banda rivelando al nemico, incarnato qui in uno psicologo, uno dei suoi più scottanti segreti? Sì, e con ogni probabilità non sarei stato molto fiero di me, in seguito, dopo aver raccontato. Ma dovevo farlo: potevo lasciarci le penne se quel giochetto del cazzo continuava, uno di noi un giorno o l'altro poteva lasciarci le penne... Non volevo essere io. Non sarei stato io.

Non ricordo più chi ce l'avesse insegnato. Uno psicopatico di Saint-John Perse, mi pare. O forse Idir. Idir della cité dei cosmonauti. O Tariq-il-tarato.

Ci riunivamo per la megastronzata in una cantina occupata del caseggiato B: un po' di vecchi cuscini e di tappeti per star comodi, un ghetto-blaster, musica a manetta, quindi, e Kronenbourg a fiumi, e colla in tubetti, e canne e pippe... E adesso quella sciccheria che ci aveva insegnato Idir, o Tariq-il-tarato e per cui ci volevano un po' di sacchetti di plastica. Un qualunque sacchetto del supermercato andava bene – Leader Price, Carrefour, Auchan... Il più indicato, per questa pratica, è infatti il sacchetto trasparente, il sacchetto da frutta e verdura Servitevi-da-soli, il sacchetto senza logo, senza marca (l'unico che, per questo motivo, non collezionavo): ci potevamo vedere meglio attraverso gli uni con gli altri, mentre venivamo e agonizzavamo.

Infatti il procedimento consisteva prima di tutto nell'aprirsi la patta, poi: inspirare profondamente e in fretta infilarsi in testa il sacchetto di plastica, coprirsi la faccia, attorcigliare i bordi intorno al collo in modo da chiuderlo ermeticamente per non far più passare l'aria –; a quel punto espirare, inalare l'anidride carbonica emessa, e ricominciare daccapo, provocando così un principio di soffocamento: alzabandiera assicurato! Menarsi freneticamente l'uccello, dimenarsi con quella plastica che ti si incolla alle narici, strappar via il sacchetto in extremis, prima dello svenimento, dopo l'eiaculazione se possibile, altrimenti ricominciare, o forarlo premendo l'indice nella plastica tesa, tirata al massimo all'altezza della bocca spalancata che grida, muta, che cerca di aspirare la minima bollicina d'aria che potrebbe ancora contenere il materiale stagno ormai appannato dal fiato e dal sudore – cazzo! godo! cazzo, mo' schizzo! Cazzo, meglio della colla! Cazzo, il massimo, da morire! Cazzo! muoio! Cazzo!

Near death experience. Avvicinamento alla morte mediante soffocamento e nel piacere... È vietato barare!

Il nostro amico Gamal preferiva usare i sacchetti della spazzatura azzurri da venti o trenta litri: lo chiamava "un tuffo nel Grande Blu" – ognuno ha le immersioni e le avventure mistiche nei mari del Sud che può permettersi. E l'odore, e gli esteri di polietilene dei sacchetti della spazzatura azzurri, se sniffi di brutto, ti fanno flippare molto più forte – con il passare del tempo ho acquisito una grande competenza sui sacchetti di plastica. Sui sacchetti delle grandi marche c'è scritto: *Pericolo. Tenere fuori dalla portata dei bambini.* In più, traduzione inglese sui sacchetti delle marche più care: *Avoid danger of suffocation. Keep children out of reach.* Ma, ho notato, niente sui sacchetti cheap del supermercato né sui banali sacchetti della spazzatura: i pupi dei ricchi sono tenuti *out of reach*, ma quelli dei poveri possono pure crepare?

In quella cantina schifosa, dentro quel sacchetto della spazzatura, raggiungere i limiti mortali dell'estasi... Lo si sarebbe potuto cantare a ritmo di rap. L'hit di SWA – Sid Woolf Ali. (*Parental Advisory. Explicit Content.*)

Non barare. Non farsi prendere dal panico. Gli altri ti tengono d'occhio. Era Go quando un amico ti tendeva il sacchetto: "Sta a te, Sid!".

Just do it. La forza sia con te. No limit.

Organizzavamo delle gare: chi avrebbe retto di più. Sei un finocchio, sei senza palle, se ti piglia subito il panico, oppure se recuperi un po' d'aria non tirando bene la plastica sulla faccia, o se fai in modo di strapparla un filino con un'unghiata, non mi vedi, non mi cucchi... E il tuo onore?

"H'chuma!"

E per i più temerari c'era un grado in più di audacia e di piacere, che consisteva nel fare un megatiro di canna prima di infilarsi il sacchetto in testa e poi di soffiare dentro il sacchetto: sballo assicurato! Se tossisci, sei frocio.

Uno alla volta, in solitaria – dai, a me, naa, cazzo, naa, sono troppo fuori, a te, figa se gli si è rizzato, uah, quel figlio di troia! Oppure in coppia: in piedi, uno di fronte all'altro, e sincronizzati, gli occhi negli occhi – cazzo, non siamo mica froci, flippati siamo, go! Sguardo di sfida fisso negli occhi dell'altro – l'altro i cui lineamenti si deformano, si fanno vagamente spaventosi visti attraverso la plastica trasparente resa opaca dal fiato, resa pian piano traslucida, il suo sguardo vitreo, disumano come quello di un manichino in una vetrina... L'aspetto di un neonato, perfino. Ancora lucido di placenta. E resistere. Resistere così in apnea il più a lungo possibile, a chi batterà il record! Oppure smanettarsi a vicenda – Cazzo, non siamo mica froci. Siamo uomini. "Il male non può colpirmi."

Il dottore:

"E non capitano mai incidenti?".

Sì. Ce ne sono stati. Soffocamenti, vomito, svenimenti. Ma Kevin, che è asmatico e per questo motivo non prendeva parte al gioco, ci assisteva. Aveva del ventolin, e aveva imparato il primo soccorso in caso di asfissia. Kevin, lo dice il suo stesso nome, è un francese cento per cento, genitori purosangue, apostolicoromani. L'avevamo comunque accettato nella banda, l'unico non musulmano della banda. Quello che è successo è che l'altro giorno Salah si è sentito male appena dopo aver fatto il record. Era livido, con gli occhi rivoltati, tutto agitato da tic nervoso violentissimo, non riusciva più a parlare: il fumo, un cartone di Kronenbourg, più tre volte il sacchetto di plastica... Kevin ha valutato bene la situazione e ha fatto la cosa giusta: è salito su di corsa a chiamare l'ambulanza, e come se fosse per lui che sentiva arrivare una crisi – sa cosa dire per fare arrivare i soccorsi più in fretta.

È arrivata l'ambulanza. Intanto, in quattro, avevamo portato fuori Salah: guai se i soccorritori scoprivano il nostro nascondiglio. Gli hanno prestato le prime cure mentre lui era steso sull'asfalto del parcheggio, davanti al caseggiato B, prima di portarlo al pronto soccorso di Delafontaine.

Salah si è salvato. E dopo abbiamo saputo che è rimasto tre giorni sotto osservazione e non ha mai parlato del fumo né dei sacchetti di plastica ai dottori che lo visitavano. È un vero uomo.

Quanto a Kevin, anche lui non ci tradirebbe – ce l'ha giurato su Dio. Ma a cosa valgono i suoi giuramenti? È un Infedele, e non ha la fede. E non doveva chiamare l'ambulanza – cazzo! soprattutto se poi ci toccava vederla sbarcare ai Poeti. E perché non gli sbirri allora?

"Allora l'abbiamo messo in quaranta," dico io.

E il dottore, allibito:

"In quarantena?".

"Insomma, l'abbiamo escluso dalla banda. Non lo vogliamo più."

"E dopo quella volta, avete ricominciato."

Lo butta lì in un tono più affermativo che interrogativo. Ha capito la verità. E io non lo smentirò. Dico sottovoce:

"Sì".

"E lei ha paura."

Gli confesso con un vago sorriso tirato che muoio di caga: so che andrà a finire male, ma non voglio perdere la faccia davanti agli amici, come dicono nei telefilm. E non pronuncerò davanti a lui la frase disonorevole: "Sì, ho paura" – le parole che si aspettava. Sono un uomo.

E non gli racconterò nemmeno che gioco ho fatto ieri, da solo, in casa. A riprova del fatto che quel gioco mortale non lo faccio solamente per conservare la stima degli amici: visto che ci ho giocato da solo, in casa, tornato da scuola. Per me stesso.

Allora: ho preso in un cassetto della cucina il rotolo di Domopak... Quel foglio di plastica sottile ed estensibile con cui si avvolge la roba da mangiare, per motivi igienici. Pellicola alimentare, si chiama. Pellicola alimentare, cazzo! Pellicola! Mia madre è una casalinga moderna: ce l'ha sempre, in cucina, per gli avanzi, quando, ehm, ne avanzano, prima di metterli in frigo... Mi sono piazzato davanti allo specchio e ho srotolato la pellicola sul mio bel muso, stendendola bene – cazzo! e ho resistito così fino al soffocamento, fino alla nausea, e ho tirato via la pellicola solo all'ultimo momento... Al momento fatale.

Ritrovavo – cosa? Massì, la sensazione, sì, la sensazione di pienezza e insieme di vuoto, la beatitudine, il torpore, e la mia paura quando sono crollato sulla spiaggia, ad Algeri.

Contemplavo il luccichio infinito della luce sull'acqua – *la mer allée avec le soleil.** Ero incantato. La calura mi intorpidiva. Faceva così caldo. E all'improvviso fu come se tutti i giochi, tutti i rumori sulla spiaggia fossero cessati... E anche il frastuono delle onde. Più niente. Avevo la sabbia appiccicata alla pelle, ce l'avevo sulle labbra. Mi sono alzato – il ragazzino che ero ancora. Poi sono caduto.

Ciò che è successo, dopo, non mi ha lasciato alcun ricordo. Alcuna traccia. So solo quello che mi hanno detto dopo. Che ero stato colpito da quello che da noi, nel mio paese, chiamano "il morbo sacro". Era l'anno scorso. No: l'anno prima adesso ho quattordici anni. Era estate.

Non gliene parlerò. Il dottore segue la sua idea.

"È un suicidio," dice.

Eh, esagera! Taccio. Lo sfido con lo sguardo.

Adesso tace anche lui. Benevolo. Come per incoraggiarmi a

* Rimbaud: il mare mischiato con il sole.

esprimermi. Come se sperasse che gli spiegassi, finalmente; che lo facessi di mia iniziativa – spontaneamente.

Io, tra me e me:

Oh! dis donc, t'as vu ce qui se passe?
*Je veux le feuilleton, à la place!**

Mi canticchio la canzone di Bashung.

Perché facciamo tutte 'ste cazzate? – se è questa la domanda.

Domanda da un milione di dollari. Che ne so, io! Quello che vuole. Come vuole. Di noi due, è lui il *fqih*, no? lo scienziato è lui, no? Avrà la risposta giusta, ha studiato il caso della famiglia B. E quello di alcuni altri figli dei Poeti.

Perché facciamo tutte 'ste cazzate? Ma senti questo! Ma perché ci rompiamo i coglioni! E perché giochiamo con la morte? Ma perché ci rompiamo i coglioni da morire! Perché abitiamo in una cité di merda, ascensori rotti un giorno su due, scarico dei rifiuti intasato un giorno su due, porta del locale per le bici e i passeggini rotta, vista sulla strada a scorrimento veloce, decibel della strada a scorrimento veloce, pareti divisorie tra un appartamento e l'altro di due centimetri e mezzo, urla, pianti, colpi, scenate, radio, piazzate dei vicini di sopra attraverso i condotti di areazione – "Se aggiungete a questo, gli odori!" come dice giustamente Chirac. E ci rompiamo subito di fare a pezzi i mosaici dei grandi poeti francesissimi. *Je veux le feuilleton, à la place!*

Perché facciamo tutte 'ste cazzate? Ma senti questo! Ma perché siamo iscritti a quella che al telegiornale chiamano elegantemente una scuola media spazzatura. *Visto in tivù*... Ma, cazzo, questo qui lo sa cosa succede nella realtà? Non lo vede mai il tiggì delle venti? Non lo vede mai PPDA? Nemmeno il suo pupazzo? "Guardate troppo la televisione." A me il medico – l'altro, il neuro – ha detto che non avrei dovuto guardare troppo la televisione, né lo schermo dei videogiochi o dei computer: fissare troppo a lungo lo sfarfallio dei pixel può scatenare una crisi epilettica – è scientificamente provato. Come fissare i riflessi del sole sul mare d'estate... Conseguenza: i lavori belli, i lavori negli uffici mi saranno preclusi da grande poiché sono tutti davanti a uno schermo.

Ma tanto i lavori belli non sono per noi, noi marocchini, noi africa, noi terra da pipe, i vucumprà, le macchie nere, gli schiavi, gli arabi, i mussu. Laurea breve, ciccia! Laurea, ciccia! Laurea più

* Oh! di' un po', hai visto cosa succede? Al posto di questo, voglio la telenovela!

specializzazione, ciccia! Zero! Nada! "Non ha il profilo giusto." Bella lì. Né la faccia!

"Lo sfarfallio dei pixel": eppure ho il voto più alto in lessico. E a tredici anni sono in terza media, come mio fratello Aziz che ha tre anni più di me. E ho sempre il voto più alto in francese... Ma nonostante il mio QI di 137, ce l'avrò anche nel culo. Ahmed è un genio eppure, stando alle ultime notizie, un anno fa consegnava le pizze a domicilio per Speedzza, in attesa di meglio. A me piacerebbe diventare un divo delle interviste per strada: il giovane sconosciuto che tutte le sere, o quasi, al telegiornale, viene a dire per venti secondi ehm cioè il malessere dei giovani ehm cioè nelle cité. Verrei bene, in primo piano... E dopo il primo piano su di me, piano d'insieme (conosco anche un po' di quella terminologia lì, posseggo un piccolo dizionario del cinema): ci esibiscono tutte le sere o quasi, noi o i nostri simili di un'altra periferia, ammassati dietro le reti metalliche del campo da basket, sempre ammassati dietro le reti metalliche del campo da basket! come scimmie allo zoo – le smorfie, gli sputi, le dita "fuck you", e come li insultiamo quegli stronzi dietro le telecamere, tutte le sere o quasi, al telegiornale... Tutte le sere, cazzo, come li insultiamo!

Come loro insultano noi! Ed è ancora peggio dopo l'inizio degli attentati e della caccia a Khaled Kelkal. Come se tutti noi beur avessimo nello zainetto una pentola a pressione: la bomba con la manciata di chiodi nella pentola a pressione per fare più male – *'Llah!* Anche a me, cazzo, giovedì scorso, all'uscita da scuola, gli sbirri mi hanno perquisito lo zainetto... E quello di Karim, e quello di Salim, e quello di Salah, guarda caso! Dei prof hanno protestato che era uno scandalo, ma fregava zero, agli sbirri! Bella lì. In primo piano, in diretta, risponderei, giusto per rompere i coglioni, che Khaled Kelkal è un eroe... "A voi, studio." L'hanno fatto fuori come un cane. Onore a Khaled Kelkal! come dice mio fratello Aziz giusto per rompere i coglioni. Giusto per rompere i coglioni, ha ritagliato dal giornale la foto dell'eroe e l'ha appiccicata al muro di camera nostra. Onore a Khaled Kelkal! Onore a Karim Koussa! Onore ad Abdelkader Bouhadjar e ad Abdelkader Maameri! Onore ai terroristi!

Perché mio fratello fa 'ste cazzate? Perché io, con il mio QI di 137 faccio cazzate quasi quanto lui?

Be'! Perché da solo alle Halles, o a zonzo con la banda, è sempre un'angoscia. *Je veux le feuilleton, à la place! "Vertiges de l'amour."*

Perché per le fighette sono ancora soltanto un amicone che le fa ridere... Perché le più grandi manco mi vedono... E perché adesso i fanatici vengono a integralistizzarci le sorelle per fargli portare il velo, fin qui da noi ai Poeti!

Perché mio padre ci grida dietro dal mattino alla sera. Si chiama Ibrahim, mio padre. Il vostro Abramo, dottore – l'ho letto sul dizionario. Ma lui dice che ci sgozzerebbe volentieri. Non avrebbe aspettato neanche un attimo che Dio gli fermasse il braccio nel momento di sacrificare il figlio. A volte cita il versetto del sacro Corano che dice: *Diffida dei tuoi figli, possono seminare la discordia*... E brandisce la mano con le dita mozzate... Oppure, come lei, dottore, non dice una parola per ore! Per giorni interi! E noi dobbiamo interpretare i suoi ordini muti, il suo gesto della mano mutilata; capire cosa vuole. E piangeva dentro al cesso, l'ho sentito piangere, quando è tornato dal colloquio con il giudice minorile che l'aveva convocato per stabilire una misura di affidamento per Aziz.

Perché mia madre, Dalia, be', è mia madre! Si è data da fare perché Aziz non fosse affidato; perché rimanesse con noi. Mia madre è una madre.

Perché sono un tipo preciso, mi piace che tutto sia in ordine, invece Aziz riduce sempre camera nostra un troiaio... Perché mio fratello minore Azzedine, dieci anni, è eccessivamente turbolento – *vedi cartella clinica*. Perché anche nostra sorella, la più piccola, otto anni, è la smentita del nome che porta, Amina – Amina, la costante, la degna di fiducia, in arabo, dottore.

Perché Ahmed mi manca...

Perché non ci sto dentro né con il calcio né con il basket.

Perché la guerra tra le bande delle cité, la guerra tra i comuni del 93 mi ha rotto il cazzo.

Perché ne ho pieni i coglioni anche dei cosiddetti amici, che poi ti pestano, ti taglieggiano, ti spennano! E quelli che vengono ancora a suonarti a casa e ti invadono in massa mentre tu volevi startene tranquillo a leggere, volevi immergerti nel dizionario, o scrivere, o declamare versi, o lumare Sid Ali nello specchio, a torso nudo, in pantaloni oversize, con i calvin che spuntano, o ascoltare bello tranqui la compilation di Bashung... E gli amici ti fanno a pezzi se osi ammettere che ti piace Bashung! O Eddy Mitchell. Bella lì. *Ultimo spettacolo*.

E ne ho pieni i coglioni dei pusher che cominciano a intossicare la cité: ero, crack, coca e compagnia bella!

Ne ho pieni i coglioni dei ninja e dei corvi nel metrò e nella RER che ti piombano sempre addosso come apache appena girato un corridoio per controllare se hai l'abbonamento o il biglietto se puzzi della tua razza!

Ne ho pieni i coglioni dello sguardo cattivo delle guardie giurate che ti insegue mentre ti lustri gli occhi nei centri commerciali: niente niente avessi fregato qualcosa!

Ne ho pieni i coglioni dello sguardo degli altri sempre addosso! Oppure, al contrario, ne ho pieni i coglioni che gli altri non mi guardino nemmeno!

Se minacci, gesticoli, la metti giù dura da duro, tiri un 'vaffanculo via l'altro, ti disprezzano. Se stai defilato, se sei gentile, pulitino, discreto, sei un coglione: e ti disprezzano lo stesso. Sei comunque feccia. Puzzi sempre della tua razza. Cazzo! Puzzi sempre della tua razza! Cazzo! Sono incazzato! Incazzato!

Ma non dico niente. No. Continuiamo a tacere, continuiamo a fissarci; io e il dottore.

Il silenzio perdura, si prolunga. Provo a ricordare: la quinta, la sesta volta che vengo da lui? *Ultimo spettacolo*... E sempre puntuale alla seduta, cordiale, beneducato, attento a non offendere l'interlocutore, comprensivo, seducente, seduttivo... Come vuole.

Ma a un certo punto gli urlo in faccia:

"Stronzo! Stronzo!".

Di colpo mi alzo, fuori di me, esco sbattendo rumorosamente la porta.

Batto il pugno contro la parete lungo tutto il corridoio verso l'uscita del Centro medicosociale.

Batto il pugno contro la parete della cella, fino a scorticarmi la mano sul cemento grezzo.

Nei primi tempi della mia carcerazione qui, ero rimbambito dai tranquillanti che mi facevano ingoiare mattina, mezzogiorno e sera. Adesso non mi fanno più tanto effetto. Mi sveglio in piena notte. Sono al buio: non abbiamo luce, di notte, nelle celle. Ma ho imparato a scrivere al buio. Posso rileggermi quando ci danno di nuovo la luce, al mattino... Eventualmente cancellare quello che ho scritto a matita, al buio. Il mio quaderno è a portata di mano – *un caderno*. Appena sono di nuovo calmo, lo riprendo. Ho le dita doloranti per aver picchiato così forte contro la parete.

Anche il detenuto della cella vicina non dormiva, altrimenti l'avrei svegliato. Comincia a tossire, come quasi tutte le notti. Aspetta come me di passare in giudizio. Ma lui è portoghese: non verrà estradato. Non dovrà tornare in Francia, dove ha lavorato per anni. A volte i secondini lo lasciano venire per un po' nella mia cella, o io nella sua.

Da dietro il muro, mi dice:

"Oh! picolo!".

E intona la sua canzone, l'unica che conosca, a quanto pare. Un fado. Mi ha detto che questo si chiama fado.

Nasci para ser ignorante...

Sono nato per essere ignorante – cazzo.

Se potessi piangere – ma un uomo non piange. Cancello, al buio, quello che ho scarabocchiato a matita – *um lápis*. Riprendo. Il mio avvocato mi ha consigliato di annotare con esattezza tutto quello che sarebbe potuto essere all'origine della mia infelicità, la crisi epilettica sulla spiaggia di Algeri, i drammi della mia adolescenza, le sevizie che ho subito, le umiliazioni, come sono stato violentato, i massacri cui ho assistito, le mie sofferenze... Tutte le cose terribili che gli ho raccontato al parlatorio – vere o false. E di provare a farne un racconto coerente, se possibile, una storia della mia vita... Scrivere nero su bianco che *il primo che mi ha inculato nel vero senso della parola era uno psi* – per esempio. Affinché lui possa sostenere la mia irresponsabilità, il mio stato di confusione mentale al momento dei fatti... Io sarei stato la vittima, dall'inizio alla fine... Ero – che cosa di più normale, dopo quello che avevo vissuto? – pazzo. Affinché lui possa almeno ottenere per me circostanze largamente attenuanti. "Sid Ali è ancora un bambino, signore e signori della Giuria. E un bambino gravemente ferito dalla vita."

Mi ha detto di datare, di indicare il meglio possibile i luoghi, i nomi degli eventuali testimoni che avrebbe potuto chiamare alla sbarra per la mia difesa, di fornirgli particolari veri – particolari che sembrino veri. Di raccontare cronologicamente tutto ciò che mi avrebbe portato al crimine. "L'ingranaggio fatale, disperante, del male patito e del male inflitto agli altri." Bella lì. L'orrore che ciò fu per me.

Ma mi sento incapace di mettere ordine nei miei ricordi – il concatenarsi dei fatti, come si usa dire. Buona parte della mia vita mi sfugge, come cancellata, eliminata: la monotonia dei giorni che si susseguivano tutti uguali, ai Poeti, con vista sulla strada a scorrimento veloce e sulla rete metallica sgangherata del campo da gioco. Allora scrivo le cose come vengono, come le associo, anche se questo è successo prima o dopo... Il mio passato mi sembra talmente sfocato. E non sto scrivendo un romanzo. Il montaggio lo farò dopo. Se posso.

La scena seguente si colloca, nella mia vita, all'incirca due anni dopo, alla fine dell'estate del 1997, qualche giorno dopo l'inizio della scuola – sono in seconda superiore, ho quindici anni e mezzo. Diana e il suo amante Dodi, un arabo pieno di grano, sono morti sotto il tunnel dell'Alma in Mercedes. La Mercedes è una macchina di merda. A me piacciono solo le Biemme. Tanto per scassare il cazzo, nella cité tutti dicono che è stato un complotto della corte inglese: affinché la principessa non sposasse un Credente. Io, Sid Ali, dico che non ho un'opinione, che aspetto le conclusioni dell'inchiesta – esattamente come al tiggì. E in Algeria? Trecento persone sono state massacrate a Rais, il villaggio natale del nostro vicino di casa, il signor Yahia. E anche di questo hanno parlato al tiggì. Quello che il presidente Zeroual chiama "terrorismo residuale". Si sentiva il signor Yahia che gridava davanti alla tivù: "*Haluf! Haluf!*".

Sono cambiato. Non vado praticamente più a cazzeggiare alle Halles. Non fa più per me. Il mercoledì pomeriggio, o il sabato, se non rimango a leggere a casa – *Islam e cristianità*, *Zanna Bianca*, *Lo straniero*, *Il malato immaginario* – vado sugli Champs. Sulla RER non faccio più il mio numero, come un tempo: mi siedo, se posso, e leggo. Indifferente agli sguardi beffardi della teppaglia – uah, ma guarda questo, legge! Devo cambiare una volta e fare due fermate in più per l'Étoile. Continuo a fregare ogni tanto, qua e là, un sacchetto di plastica, just for the fun of it, ma non me la meno più tanto con i vestiti. Adesso quello che mi attizza sono le macchine... Esclusivamente le auto BMW. Pubblicità: "Sid Ali B. ama BM!".

Sugli Champs è dove si vedono esposte meglio. Infatti il concessionario non è un concessionario ma uno show-room. Lo show-room BMW. Le Biemme sembrano ancora più belle di quando sono parcheggiate in strada o di quando percorrono l'avenue... Cazzo, quel roadster Z3 2.8, che percorre scappottato gli Champs nello splendore di un cielo azzurro di fine estate, hifi a manetta – unz unz unz. *Ascoltate il canto di questo motore. Cerchioni in lega leg-*

gera sedici pollici. La nuova passione automobile. Luci intelligenti. Luci intelligenti. L'uomo possiede cinque sensi. Questo roadster ve li fa riscoprire.

Le Biemme sembrano finte, in vetrina, sotto la luce dorata dei faretti: nuove, accuratamente lucidate, sembrano più vere. Sono ancora più desiderabili. È più facile crederci.

Conosco tutte le caratteristiche: colleziono i dépliant e le schede tecniche. Potrei recitare a memoria i dati motoristici del roadster Z3: *accensione senza parti mobili, catalizzatore trifunzionale, sonda lambda preriscaldata, filtro al carbone attivo, riciclaggio regolato dei vapori di benzina, anticipo dell'accensione servoassistito al limite del battito in testa cilindro per cilindro, comando bilanciere a cuscinetto, diagnostica di bordo* – diagnostica? di bordo? Bella lì. *Quattro valvole per cilindro, testata in lega di alluminio* ecc. E il catalogo dei colori: *Alpinweiss, Hellrot, Schwarz, Titansilber, Sienarot, Stahlgrau* ecc. La mia sarà *Alpinweiss.* Bella lì. E conosco i prezzi tasse incluse: 162.500, la Z3 1.8, 186.000, la Z3 2.0, 220.000 la Z3 2.8.

La BMW fabbrica anche accessori e sportswear: tute, magliette, polo, felpe con cappuccio, cronografi automatici bracciale in titanio, occhiali da sole in titanio, cinture in pelle e in titanio, astucci in pelle, penne in titanio, accendini in titanio, valigeria in pelle e in tela idrorepellente, nécessaire da viaggio in pelle, teli da bagno ecc. Puoi vivere totalmente in BMW. *Prodotti derivati.* Che figata!

L'ultima volta che ero sugli Champs sono entrato e ho chiesto i cataloghi. E ho fatto un figurone da paura davanti al salesman:

"La BM dovrebbe installare un differenziale autobloccante al 25% sulla Z3 2.0 come c'è sulla 2.8!".

Beccati questa! Smerdato.

Il primo che mi abbia mai inculato nel vero senso della parola era uno psicologo. O almeno, tale sosteneva di essere. Un affabulatore, probabilmente. E la verità è che sono stato io a incularlo. È stata la mia prima marchetta.

Dunque. Sono davanti alla vetrina dello show room BMW. Contemplo il roadster esposto, uno Z3 2.8 *Titansilber* metallizzato e, in fondo, nella luce di uno specchio collocato di traverso dietro il roadster Z3 2.8 *Titansilber* metallizzato, Sid Ali che contempla lo Z3 2.8 *Titansilber* metallizzato. Sid Ali porta una maglietta bianca aderente cotone 100% Hanes, i suoi pantaloni bianchi in microtech doppio telo idrorepellente, cuciture stagne Aigle, modello militare: stretti con elastico alle caviglie, tascone quadrato con soffietto sulla coscia, comodo per infilarci il libro, un grosso tascabile, *I miserabili*, l'elastico dei calvin sotto che spunta un filino; niente cappellino; bello rapato, taglio arruolamento di cinque, massimo sei millimetri, perfetto per lasciare ai capelli l'aspetto crespo; e, posati sulla fronte, occhiali a lenti polarizzate Bollé, fregati al fratello Aziz, il quale li aveva fregati mediante scippo a uno sconosciuto sulla RER, fermata Auber... Nella tasca posteriore, il passaporto di Aziz, preso in prestito all'insaputa del proprietario.

Iridazioni argentate, sfavillii grigi del titanio, riflessi cangianti dell'acciaio, aloni nei finestrini... E accanto al così sexy kid Sid, il riflesso di un'altra presenza umana, un vecchio, sulla quarantina, che finge di lumare il roadster e invece cura lui, Sid, di profilo.

Biondo dalla carne rosea, bianco di pura razza europea, un filo grasso, paffutello, giubbotto blusante di pelle scamosciata azzurro checca by checca, Levi's 501, mocassini Timberland, polo autentica Lacoste color lavanda, occhiali Vuarnet, orologio Tag-Heuer. Lo sconosciuto mi lancia un'occhiata in tralice: ti desidero. Bella lì.

Mi torna in mente, a fagiolo, quello che mi ha insegnato Djebril, l'atteggiamento da tenere per rimorchiare il merlo senza sembrare una marchetta, lasciandogli l'impressione di essere lui a cuccarti, e conservando l'aria da pupattolo inesperto... Innocente. "Fai come se," come dice Djebril.

Sorriso ambiguo, mezzo ironico, mezzo invitante, metà metà, tutto sta nel dosaggio, come mi ha mostrato lui. E sguardo @gli occhi, poi, occhi bassi, @ il manico. E mormorare educatamente:

"Ti piaccio?".

Il cliente; emozionato, timido ma temerario, ti – mi – risponde sottovoce:

"Sì".

A quel punto, non dargli il tempo di riflettere: andare dritto filato allo scopo per non sembrare una marchetta:

"Io prendo mille".

Prima di arrivare al dunque, la cula classica tirerebbe fuori due o tre cazzate tipo "Hai buon gusto... Anche tu mi piaci". Aspetterebbe che il cliente chiedesse quanto, prima di dire il suo prezzo. Naaa! Tu rispondi "Io prendo mille" – punto. Fine del messaggio. Così.

Semplicissimo. Funziona come sullo schermo, come in una replica: hai già visto la scena dieci volte, cento volte. L'hai già vissuta. Lo conosci, 'sto cinema. Sei tu e non sei tu. È la tua controfigura schermatica a recitare. Fai un po' di cine. Sei il perfido beur autentico delle periferie difficili che fa qualche marchetta occasionale.

"Fai come se.." Io prendo mille. Due Lacoste. Due Levi's 501 stonewashed. Un paio di Vuarnet. Praticamente niente, per lui. Vendi il culo per niente. Del resto, non lo vendi: sei tu che lo metti in culo. Il perfido beur autentico delle periferie difficili non lo prende in culo, lo mette.

*À vendre les corps sans prix, hors de toute race, de tout monde, de tout sexe...** "Rimbaud! – Benissimo, Sid Ali."

E in effetti il cliente ferrato, benché un po' preso alla sprovvista dalla schiettezza, non discute sul prezzo. Oppure, may be, non avrò chiesto abbastanza? Da novellino che sono.

Sentimentale, mi chiede come mi chiamo.

"Aziz."

E lui?

"Jean-Claude."

Si chiamerà Jean-Louis, o Jean-Jacques, o Jean-Pierre, o come quell'altro haluf: Jean-Marie. Classico. Il cliente usa quasi sempre un nome inventato per darci una botta, così mi ha spiegato Djebril. Non gli chiedo niente, ma lui ci tiene a sciorinarmi il suo curriculum vitæ: è di passaggio a Parigi, abita a Cannes, ha una 316 i, fa lo psicologo. Gliela metto giù mezzo rincoglionito, mezzo intensamente interessato:

"Psi?!".

"Sì, psi."

"Ma guarda un po'."

Psi, my ass! E di passaggio a Parigi, my ass pure. Io, l'innocenza allo stato puro, non ho idea di dove si possa trombare tranquilli in questa grande città sconosciuta che è Parigi, sono origgginario del Nove-Tre, ma lui lo sa benissimo, guarda caso: da quella parte c'è una casa di appuntamenti, non troppo cara, nella via in salita...

"Una casa di, cioè, appuntamenti?"

Minchia, che effetto! Il paolotto del Nove-Tre, il candido che prima di allora non aveva mai sentito l'espressione *casa di appuntamenti*.

"...Balzac. Un bordello, se preferisci."

Bella lì. Un suo amico una volta ci è andato, accettano le coppie di uomini. Bella lì. Vabbé, anda! Ho sempre dietro qualche guanto, da quando esco con Djamila. Per tirarmela da occasionale, gli chiedo comunque se lui ne ha.

"Hai dei goldoni?"

* In vendita i corpi senza prezzo, al di fuori di ogni razza, di ogni mondo, di ogni sesso..."

"Sì. Non ti preoccupare!"

Ma siccome non vorrei nemmeno che questo babbione mi prendesse per uno più babbione di lui, gli butto lì nel tono gelido voluto la risposta assassina, anche questa presa da Djebril:

"Non che abbia paura dell'Aids, o delle malattie a trasmissione sessuale, ma non mi va che mi si smerdi l'uccello".

Minchia, che effetto! La cula è sconvolta. Mi tocca rassicurarlo:

"Scherzavo!".

Cazzo! Uno psicologo.

"Il male non deve colpirmi."

Un palazzo di uffici nella via. Un passaggio. Nel cortile sul retro una porta, un campanello e una semplice targa coperta dal vetro: *Détente Balzac.*

Da cosa si capisce che è una casa di appuntamenti? La targa Licenza IV avvitata in basso sulla porta: è possibile farsi servire degli alcolici. Il custode tende al cliente una chiave in cambio di un cinquecentone senza degnarmi di uno sguardo – massimo disprezzo. Quando si toglie la chiave sotto ogni uncino si avvia un contatore. 500 la prima ora. 100 per ogni ora supplementare. Sfiga! Mi sono svenduto il culo. 2000, avrei anche potuto chiedere. Non siamo mica a Clichy. E quell'haluf ha un Tag-ehm-Heuer. E delle Timberland. *Enter the land of Timberland.*

La camera ha le pareti rivestite di velluto giallo, tende doppie e copriletto trapuntato di satin rosa, un grande specchio di fronte al letto, un altro, inclinato, sopra. Appena chiusa la porta, Jean-Claude mi si butta addosso. Mi accarezza brutalmente, mi bacia, io non lo bacio, lo respingo piano. Non ho shiftato: non dimentico perché sono salito con lui, e ho visto abbastanza scene del genere alla tivù per ricordarmi che il cliente paga sempre prima. Sfrego tra le dita gli invisibili bigliettoni che mi deve. Lui mi fa:

"Ah sì, già!".

Mi porge un pezzo da cinquecento, io faccio la V: due, ne voglio! avevo detto mille. Cazzo, sono un mito: non una parola, la flemma del professionista. E lui provvede all'istante.

All'istante, pure, comincia a spogliarsi come per andare a dormire. Con calma. Interamente, compresi i calzini. Slip? Dim di lycra neri. Uccello non circonciso... La prima volta in vita mia che vedo dal vero, fuori dallo schermo, un incirconciso. Come sulla tavola di anatomia del Larousse, che mio padre ha proibito a mia sorella di consultare – "h'chuma!". Diavolo, se adesso ci penso, di fronte al suddetto Jean-Claude. Ha tenuto solo il Tag-Heuer. *Il tempo ti appartiene*. Ce l'ha già abbastanza duro perché io gli veda il glande, violaceo, spuntare in cima al prepuzio. Io per niente. Nisba! Quell'haluf ha tutto di un maiale: grasso, con la pelle rosea e pelosa – dentro di me lo soprannomino Maialozzo. È in imbarazzo: capisco che vorrebbe chiedermi una cosa, ma non sa come metterla giù. Credo di capire: vorrebbe che lo violentassi in piedi, alla dura. La loro fantasia ricorrente, mi ha avvertito l'arcangelo Djebril: tu sei l'Arabo, lo violenti, lo inculi in piedi, e a secco! Nessuna pietà per il francesotto! L'Arabo incanna, il francesotto è incannato. Lo stereotipo. Il cliché.

Non riesco ancora davvero a rendermi conto di cosa ci faccio lì – *Lo straniero*. Non sono davvero io, qui. – *Il malato immaginario*. E non mi sono ancora spogliato. Riuscirò a far rizzare il manico? E a tenere l'angolo di tiro?

Alla fine lui ammette cos'è che lo eccita di più: passivo, se ne sta in piedi e io lo sorprendo da dietro, lo insulto, faccio finta di violentarlo, lo inculo – ecco. Pari pari quello che pensavo io! Come mi aveva detto Djebril: "Fai come se".

Lui precisa:

"Brutale, ma non troppo".

"Come desideri."

Quindi non c'è bisogno che mi spogli. Mi limiterò a tirarmi giù i pantaloni e i calvin – perfetto. *Islam e cristianità*.

Lui, previdente, aveva un tubetto di gel nel giubbotto, e mi porge un preservativo imbustato. In fondo al letto, si spalma il culo di gel, afferra saldamente con una mano il montante di rame del letto e con l'altra comincia a menarselo. Luma noi due nello specchio. Me lo meno anch'io per potermi infilare il preservativo, e il preservativo mi aiuta a farmelo venire più duro. Lui sembra soddisfatto delle dimensioni e che io gli ringhi all'orecchio qualche "Haluf!" irto di roche *h* strappate come sputi dal profondo della mia gola. Cazzo, sono un mito. Lui va in estasi. Ci crede. Crede in me.

Quello che alla fine mi aiuta a mettermi un po' di impegno, e di buzzo buono in quel che sto combinando, e farmelo venir duro – bella lì! – è il ricordo inaspettato di una brutta storia che mi ha raccontao Djebril: un cliente francese purosangue che dopo essersi sbiottato si era messo nella posizione adorante della preghiera, e proprio rivolto verso la santa Mecca, eh, sud-est, verso la Gare-du-Nord stando in rue des Martyrs, e dopodiché aveva implorato Djebril di incularlo a secco, senza gel, senza materie grasse, *nature*, recitandogli i sette versetti dell'*Al-Fatiha!* Quel depravato! Demonio! Satana! Blasfemo! Djebril l'ha castigato da paura, denti davanti, labbra, naso, sopracciglia! e l'ha pure ripulito! E ha detto a quell'haluf che, se lo denunciava, si beccava dieci anni, visto che lui, Djebril era minorenne (falso) e violentato con violenze (falso pure questo) – la povera vittima di un depravato, di un Dutroux! È così che bisogna dire in questi casi. Me l'ha detto lui.

Balek! Io gli faccio giustizia con le mie scarpe, se si mostra scorretto, il Jean-Claude, – Louis, – Jacques, – Pierre, – Marie.

"Inculo a tua madre che t'ha fatto frocio!"

L'insulto lo fa godere, lo psi.

Sono costretto a piegare le ginocchia per incannarlo: devo essere alto quindici centimetri più di lui – 1 metro e 87 per 70 chili all'ultima visita medica. Bella lì.

Lo placco, lo blocco con una presa a chiave, con le braccia mezzo piegate sotto le sue ascelle. Suda, quel porco. Il suo sudore mi cola lungo le pieghe dei gomiti. Mi macchierà la tish e le braghe in cotone idrorepellente – le mie Aigle. Il doppio, avrei dovuto chiedere: 2000. Lo strapazzo quel tanto che ci vuole, brutale ma non troppo – "Il signore è servito." Gli palpo i pettorali flaccidi, gli massaggio la ciccia molle dei fianchi. Lui luma noi due nello specchio inclinato al di sopra del letto. Fa smorfie di dolore e di piacere, geme, e io, Sid Ali, sembro vero, nella cornice e nell'infinito degli specchi uno di fronte all'altro. Bello, cazzo, bello! Mi sorrido – *Zanna bianca*.

"Il male non può colpirmi." L'ho infilzato fino in fondo – quattordici centimetri (ce li siamo misurati, io e Aziz; lui sedici, ma solo 92 di QI) – stantuffo – in, out, in, out, in, out. Replay. "Fai come se."

Il rottinculo sbraita e schizza abbondantemente sul satin rosa del copriletto trapuntato. *Détente Balzac* glielo farà pagare, spero. Così mi dico fuori onda. Io non sono praticamente venuto. Nisba, gli esco dal culo, ancora tutto rizzato, serbatoio del Durex vuoto, una goccia calda in cima al cazzo infiammato, e il preservativo che scivola miseramente dalla tega già moscia – plof sulla Nike Air. Un flop. Ma frega zero. Visto che il contratto è *honoré* (de Balzac! Ah ah). Visto che il cliente è venuto.

Gratificato, appagato, acquietato, lucido, con la peluria imperlata di sudore, si volta e mi chiede quasi umilmente:

"Adesso posso abbracciarti, Aziz?".

Se vuole. Come vuole. Tanto non sono io. Mi lascio abbracciare, accarezzare un pochino. Ma niente baci sulla bocca. Per carità non la sua lingua da porco nella mia bocca.

Poi mi dice che va a farsi una doccia e una pisciata. Chiude la porta del cesso. Vabbé. Fiducioso, il tipo! Uno psicologo! Non ha mai guardato i telefilm polizieschi? Non ha mai visto la scena seguente alla tivù? Naaa. Il suo giubbotto di camoscio azzurro checca appeso allo schienale di una sedia... Mi tenta. E, tentato, frugo: sono il baluba. Perciò: vai che si ruba.

La quantità di cards! Un'intera sfilza: la blu, la gold, la Master, l'Amex, l'Allure, la Total, la Elf, la Printemps, la Privilège, la Èvasion, la Client Plus, la Madeleine conseil, la Méridien, l'Avis, la Hertz, la Frequent traveller, la Parking Étoile, la BMW Servizio Assistenza – uno psicologo! Affabulatore! Nome? Jean-Michel. Affabulatore. E il cognome? Un cognome puro ebreo kasher. Un ebreo non circonciso? Mi puzza. E mi puzza quella paccata di soldi, cazzo: tre Curie, cinque Eiffel, un Cézanne! Tutti quei contanti! Chiaro: lo psi, se di psi si tratta, si fa pagare in nero. Bastardo!

Mi servo, ma ci vado piano: due Curie, tre Eiffel. Lascio il Cézanne. Che classe! Dico a Sid Ali: la prossima volta ricordati di comprare dei guanti di lattice: non lasciare impronte digitali... Né genetiche. Non lasciare tracce. E se sono colto in flagrante? Minorenne e violentato da questo figlio di troia – "che oltre tutto froda il fisco! Vostro onore!".

Lo sento fare una lunga pisciata. Sento scorrere la doccia. Canta, allegro, sotto la doccia, *Tennessee*:

On a tous en nous quelque chose de Tennessee...

Bella lì. L'hai detto, l'hai, Jean-Zero! E lo canti pure!

Che minchia ci faccio qui io?

Lo so: esco richiudendo pianissimo la porta. Scendo le scale a passi felpati. Dietro il bancone il portiere è immerso nella lettura di "Paris-Turf". Non ha alzato gli occhi su di me. Mi dico che avrei potuto benissimo tramortirlo con una lampada, sorprenderlo sotto la doccia e fracassargli la testa contro le piastrelle, soffocarlo nella tenda della doccia di plastica trasparente, farlo fuori come se niente fosse, quel rottinculo di Jean-Michel. E ciulargli i Vuarnet.

Naa, niente casini! Il portiere non ha alzato gli occhi su di me, ma mi ha aperto, con un dito, meccanicamente, sul pulsante di comando a distanza, la porta d'ingresso del *Détente Balzac*.

Détendu, percorro rue Balzac. *Quelque chose de Tennessee...*

Torno sugli Champs, allo show-room BMW.

Mi manca la documentazione sul roadster M. Entro, chiedo il catalogo. Me lo danno gentilmente.

Lo sfoglio percorrendo spensierato l'avenue verso la fermata Étoile. *Scopri l'autentica sensazione Roadster. Ascolta la musica del suo motore. Percorri le strade con la sicurezza dei sensori ultrasensibili. Impugna il volante rivestito di pelle. Sentirai immediatamente che questo roadster è fatto per gli appassionati. Finalmente un vero contatto con la natura. L'inizio di una meravigliosa relazione.* Lo voglio.

Per strada mi chiedo cosa regalerò a Djamila con tutta la grana che ho fregato a quel rottinculo. Dei dischi? Dei libri?

Dietrofront: Virgin Megastore.

Ero al settimo cielo, pazzo di gioia, non toccavo più terra: avrei pagato, avrei regalato – unz unz unz. Al suono della tecnomerda che pestava duro dalle casse sui soffitti della Virgin, avrei scelto quello che le piaceva, quello che le sarebbe piaciuto... Sapevo cosa le piaceva, cosa le sarebbe piaciuto. Adesso la conoscevo bene. E sapevo che quel coglione di suo fratello Nabil le aveva scassato il suo vecchio e merdosissimo radioregistratore, ma che recentemente si era comprata un lettore, con quello che aveva guadagnato d'estate facendo la baby-sitter, adesso bisognava regalarle dei CD.

Nel reparto Musiche del Maghreb: l'*oûd*, il Foundou di Béchar, Alla. E due Nass el Ghiwane. Nel reparto raï, le novità: Faudel – *Tellement je t'aime, tellement n'brik*, Djamila! E l'Orchestre National de Barbès... *Raï* adesso è diventato un marchio. Maaahrketing! Ma non si trovano più i vecchi maestri del raï, Belkacem Bouteldja o Cheb Abdelhak, di cui mio fratello Ahmed comprava le cassette made in Orano al *trabeudo* della Chapelle. Prendo anche Rachid Taha. Prendo Cheb Mami. Ah! E quello lì che non vale un cazzo ma che ci fa spisciare tutti dal ridere: Gnawa Diffusion.

Oh! je voudrais être un fauteuil dans
un salon de coiffure pour dames,
Pour que les fesses des belles âmes s'écrasent
contre mon orgueil...

Grandioso! Sciocca troppo i nostri âbâ. Ne prendo uno.

E in libreria, anche dei libri per il mio amore dagli occhi di gazzella, la mia *aziza*. Devo ricordarmi i nomi dei suoi autori preferiti... Sì. Nagib Mahfuz, l'egiziano: *Il palazzo del desiderio*, *Il giardino del passato*. E Tobie Nathan: *Dieu Dope*. Ecco fatto. Tre tascabili. Ci siamo. *Labès*. Go.

Cassa.

Sì, è il sottoscritto, Sid Ali, che si dirige alla cassa. Stupefacente, no? Non smetterò mai di stupirvi.

Totale: 995 franchi (145,58 euro).

Cinque franchi meno del prezzo della marchetta. I 1600 che ho grattato in più restano per me – il prezzo del pericolo.

Carta?

Naa: cash.

Due sacchetti: uno per i libri, uno per i dischi.

"Posso avere un altro sacchetto?"

"Ma certo, signore, prego, prenda pure."

Signore! Prego! Prenda pure!

Djamila, amore mio.

"Quanto te la tiri!"

Le prime parole che mi ha rivolto.

Era detto in tono di rimprovero, ma senza aggressività. Anzi, quasi con una sorta di tenerezza intristita. Come detto da una sorella che mi volesse bene ma che stavolta facevo troppo incazzare. Era vero: dicevo cazzate, volevo attirare l'attenzione. Lei si occupava di un collettivo Ma Ychali: si trattava di raccogliere di casa in casa le testimonianze degli abitanti del comune che avevano avuto parenti o conoscenti uccisi nei recenti massacri, e di aiutare quelli rimasti senza notizie dei familiari al paese a ottenerne da quegli idioti del consolato algerino. Ovviamente io raccontavo per l'ennesima volta, con dovizia di particolari truculenti, e veri, gli orrori che avevo visto e vissuto: alla fattoria, la massa ripugnante delle viscere umane che straripavano dalla fossa di cemento dove gli abitanti del villaggio solevano venire a sgozzare il montone dell'*Aid-el-Kebir*, gli intestini che gli assassini si erano divertiti a srotolare e appendere come ghirlande sugli alberi di arancio, le rovine carbonizzate del garage, il fetore, cazzo, il fetore tremendo e lì, al lavatoio, quel neonato decapitato che era stato ritrovato in un sacchetto di plastica di Tati – sì! il sacchetto con il celeberrimo motivo a quadrettini... E quella povera *jadda* che aveva avuto la sventura, diceva: la sventura – "meskina!" –, di essere sopravvissuta. La sentivo raccontare la sua sventura, povera jadda, quando una fitta mi ha crivellato l'orecchio, ho sentito il sangue colare una frazione di secondo prima dell'esplosione, e il fatto è che in realtà avevo il timpano sinistro perforato dal risucchio che precede di una frazione di secondo la deflagrazione e lo spostamento d'aria, che scaglia via i corpi a brandelli, le schegge di vetro, i parafanghi dell'auto imbottita di esplosivo che volano, i frammenti di pneumatici incandescenti. E a quel punto, a quel punto dal cervello, una pozza di sangue, il fumo nero che ti acceca! e non sentivo più nessuno urlare perché ero diventato sordo. Ero sordo, ero. Da allora, avete notato?, quando qualcuno mi parla all'orecchio sbagliato, quello sinistro, sono costretto a inclinarmi un po', a voltarmi verso chi mi parla. Così.

Dopo quell'attentato cui non avevo assistito, Djamila lo sapeva. Non ero più tornato in Algeria dall'estate del '94. Né nessun altro della mia famiglia. A meno che mio fratello Ahmed... Ma...

Djamila, irritata, mi ha gentilmente ripreso:

"Sid Ali... Sid Ali... Sid Ali...".

Solo un discreto cenno del capo. E il tutto detto sottovoce. Era, sì, mormorato. Non mi è venuta voglia di prendermela. Non so: il suo tatto, l'arte e il modo. Non cercava di umiliarmi davanti agli amici. Sono stato zitto. Una volta tanto non mi è venuta voglia di prendermela. Non era la tipa che ti stressa la vita, non era la classica femmina che ti cazzia con cattiveria per il solo piacere di cazziarti... Djamila sapeva mettere al suo posto uno senza ferire troppo il suo "orgoglio": una sorella maggiore che ti fa la ramanzina, ma gratis. E con total respect. Senza commenti offensivi, capito? Solo quello che la faceva star male: quello che dovevi sapere solo tu – fine.

Non una sorella, no. Djamila detestava sentirsi dire che era una sorella, tranne dai suoi fratelli di sangue, cioè i figli dei suoi genitori, Tufiq e Nabil. Non le piaceva che tra noi beur dicessimo, per indicarci orgogliosamente, o fraternamente, "i fratelli, le sorelle...".

"Non sono tua sorella: sono un'amica, o una vicina, o una compagna di scuola."

Del resto non le piaceva nemmeno il termine beur. E tanto per cominciare non capiva perché dovesse essere scritto minuscolo, anche sul dizionario: quella parola designava degli esseri umani, no? Mica degli oggetti. Djamila aveva idee di questo genere, che non ti sarebbero mai venute in mente prima di incontrarla.

Cose cui non avresti mai pensato! *Rebeu* poteva ancora andare, per esempio. Ma beur no: troppo usato, troppo sfruttato dai non-beur – sui giornali, nei telefilm, nei talk show, a *Nulle part ailleurs*... Bleah! E se Djamila sentiva pronunciare la parola al femminile, *beurette*, se la sentiva dalle labbra di un francesotto purosangue, sclerava. Djamila poteva anche rivelarsi molto violenta, a parole. E andare via di testa.

"Cazzo, che stronzo! Mi ha detto che gli piacevano le ragazze con i lineamenti esotici – esotici, proprio così. E che gli faceva piacere assumere delle beurette perché la maggior parte di loro erano serie e lavoratrici! Non come i loro fratelli. Cazzo, l'avrei ammazzato! Beurette! Ma io sono della terza generazione, eh!... E fino a quando ci lasceremo insultare così?"

Su questo tema la diatriba era senza fine, al giornale delle periferie cui lei collaborava, "Pote à pote": se dovevamo definire noi stessi come beur e beurette, e restituire al mittente, mossa di judo, tutta la potenza del nome che ci affibbiavano e ornarcene come di una maschera da guerra; o, al contrario, a viso scoperto, fare la guerra a tutti quelli che avevano sputtanato la parola e lasciarla definitivamente al nemico – in modo che rimangano solo i fasci del Front National a usarla. Non sono un beur, sono uno come un altro! Bella lì.

Djamila aveva un anno più di me. Era all'ultimo anno, sezione S, la prima della classe e, tranne che in ginnastica, la migliore in tutte le materie – tutte. Eppure riusciva a farsi rispettare.

Ci eravamo conosciuti a maggio: lei era in quarta, io in terza. La trovavo molto bella, e mi piaceva molto come si vestiva. Cazzo! mi piaceva persino il suo modo di aspirare le sigarette, di mandare fuori con grazia il fumo, di disperderlo con un gesto carino. Così. Da solo, davanti allo specchio di camera mia, mi esercitavo a imitare il suo gesto, ma non era mai esattamente uguale. E quando ci lasciavamo, a due passi da casa sua, mi chiedeva sempre se non puzzava di tabacco: temeva che suo padre scoprisse che si faceva più di un pacchetto al giorno. Di Stuyvesant... Da allora, ovviamente, ho fumato solo Stuyvesant.

Era bellissima. Snella, polsi e caviglie sottili, bel seno, occhi a mandorla, l'iride di un nero profondo, la cornea azzurrata: quelli che da noi chiamano occhi da gazzella, le labbra carnose e ben disegnate: quelle che da noi chiamano labbra da Lamia; una folta chioma riccia, di un nero così nero da sembrare quasi blu, e di cui lei sollevava continuamente la massa dietro l'orecchio, con un gesto che pure mi piaceva molto.

Aha! J'aimerais être un peigne et caresser vos mèches...

Ombre-Elle, Gnawa Diffusion. Gliel'avrei cantata se non avessi avuto troppa paura che mi prendesse per un cretino, per un ganassa... Se ahimè, forse, non era già così. Djamila era molto seria. Ma anche molto allegra.

Sapeva vestirsi bene. Come tutte le ragazze della sua classe: scarpe da ginnastica, jeans o gonna lunga di jeans, felpa con il cappuccio sopra una maglietta Benetton o Kookaï – Djamila, quasi sempre in nero. Ma metteva un tocco di brio alla divisa: una fibula berbera d'argento appuntata sulla tuta a tre strisce Adidas, oppure un foulard di seta a righe leggerissimo con gli zecchini drappeggiato sulla spalla... Cosette carine, dell'artigianato marocchino, che trovava la domenica mattina sulle bancarelle, alla kissaria della Chapelle. Come cartella, usava una *chekkara*: la borsa a frange, di pelle ricamata. Cose di questo genere. La moda la interessava, ma non le marche. La sua originalità mi incantava.

Non era di una cité: suo padre gestiva l'unico negozio di alimentari aperto fino alle undici, mezzanotte, sulla piazza del Municipio, e loro abitavano lì sopra. La casa sarebbe stata demolita di lì a due o tre anni – risanamento del quartiere.

Cos'altro sapevo, di lei?

Che aveva due fratelli e una sorella, Madiha, di un anno più giovane. Che i suoi genitori erano molto fieri di lei, severi sui principi ma in realtà concilianti, e molto aperti. Djamila se la prendeva con il bigottismo idiota delle ragazze che pensavano che portare il velo significasse emanciparsi, e dei fratelli maggiori che se la tiravano da boss, che si credevano in diritto di tenerle d'occhio. Aveva scritto degli articoli su questo, per "Pote à pote".

Ho saputo da lei, in seguito, che il padre di suo padre era stato un eroe della liberazione della nostra patria – Al-Jazair! Ma che per sfuggire a non so quali oscuri regolamenti di conti era tornato in Francia nel 1966 o '67, dove aveva ottenuto asilo politico, e aveva poi riottenuto la cittadinanza francese per servigi resi alla Francia, durante la guerra – la loro guerra: '39-45. La Resistenza.

C'erano tra loro pesanti segreti di famiglia, cose di cui non si parlava mai. Come da noi. E anche questo, sicuramente, ci avvicinava, Dja e me. Mio padre non era venuto in esilio per trovare lavoro in Francia, ma per salvare la pelle. Un'oscura storia di politica, che lo contrapponeva a mio zio Abdallah. Era questa, la verità. Forse Ahmed ne sapeva un po' più di noi, suoi fratelli minori?

Quando i miei genitori sono venuti via dall'Algeria lasciandosi dietro tutto il poco che possedevano, Ahmed aveva sei anni, Aziz tre. Io sono il primo figlio nato in Francia. Francese di nascita – 'Llah! *Allons! Enfants de la patrie*... I miei fratelli maggiori, mio padre, mia madre sono stati naturalizzati dopo la mia nascita. So no, Sid Ali, il primo francese. Posso cantare la Marsigliese, o la canzone di Trenet, come Rachid Taha. Meglio di Rachid Taha: esagerando da paura quella che dovrebbe essere la pronuncia beur, giusto per fare un po' il coglione e far ghignare i raga:

Dzouce Frh'aince
Tcher pays de mon h'enfaince
Bhercé de tant d'hinzouciaince,
Che t'ai gh'ardée dans mon cuheur.

E ovviamente non mi tiravo indietro. Visto che avevo un pubblico.

E ovviamente Djamila passava davanti a me proprio nel momento esatto in cui facevo il coglione, e la sua furtiva alzata di spalle, e il suo vago sorriso seccato che, credo, ero stato l'unico della banda a notare, bastavano comunque a farmi sentire una merda per tutto il resto della giornata.

Djamila aveva capito che esisteva un altro Sid Ali, primo della classe in francese, inglese, storia, economia e matematica e che bazzicava la biblio della scuola, e camminava rasente i muri di cemento grezzo quando ci andava dopo le lezioni – paura di farsi beccare, specie tra gli scaffali "Romanzi e poesia", da qualche raga, ma di quelli veri: solo le femmine e i finocchi potevano leggere altro che fumetti o, al limite, un giallo stampato grosso.

In biblioteca si trovavano anche i quotidiani e i settimanali. Djamila consultava le cose apparse negli ultimi giorni sui massacri in Algeria. Fotocopiava gli articoli che le interessavano per il suo archivio.

Abbiamo ripreso la conversazione dove l'avevamo interrotta il giorno prima. Le ho chiesto se dopo voleva fare la giornalista. Lei mi ha corretto:

"Non *fare*, Sid Ali: essere".

Ci sono rimasto. Dettaglio. E non era solo una correzione grammaticale. Afferravo confusamente il messaggio che cercava di farmi arrivare alla chetichella: tu vuoi *fare* l'attore, *fare* il cantante di raï, *fare* lo scrittore, *fare* la star – fare finta. Cazzo, lei, secondo me, avrebbe fatto – no, sarebbe stata – una grande giornalista. Dieci, dodici testoni al mese! Me la vedevo benissimo in tivù, a condurre una trasmissione politica in prima serata, a dire il fatto suo in diretta al ministro, a riprenderlo come aveva ripreso me; per una semplice parola, una parola di troppo – Chirac e "gli odori"... Bella lì. Me la vedevo, in tono asciutto, cazziarlo di brutto, il Chichi. Me la vedevo, glaciale, metterlo alle corde, quello stronzo: "Mi risponda, signor ministro! Conferma la parola 'odori', signor ministro?".

Non era ancora presidente, quello stronzo – o sì?

Me la vedevo: "Le ho fatto una domanda, signor presidente! Puzzo, io che sono nata in periferia in una modesta famiglia di immigrati, signor presidente? La Francia la sta guardando, signor presidente! Mi risponda! Conferma di aver parlato di 'odori'? Lei ha detto, testualmente: 'Aggiungete a ciò gli odori!'". Bella lì. Me la vedevo in un tailleur rosa acceso, elegante, attillato, YSL, sotto la giacca niente, i revers rasenti la punta del seno... E giusto per rompere le balle, degli orecchini di yariya e tintinnanti braccialetti berberi, e un ciondolo d'oro. Me la vedevo a passarsi sensualmente le dita nella folta chioma facendo urtare fra loro i braccialetti, e continuando a tempestare di domande, con ostentata freddezza, quel figlio di puttana! Bella lì. Dodici punti di audience in più per la bella Djamila; dodici punti in meno nei sondaggi per Chichi!

Lei mi vedeva agitarmi, scaldarmi: avevo un'irrequietezza nelle gambe, come se tentassi di fronteggiare il beccheggio, il rollio sul ponte di un'ondosa realtà, di mantenermi in equilibrio, un passo avanti, un passo indietro; continuavo ad accennare la mossa ondeggiante delle spalle, leggeri ancheggiamenti... L'ebbrezza di un amore nascente? Mi vedeva fingere, oppure no – nemmeno io avrei saputo dire se fossi sincero o no –, di interessarmi molto al dossier che stava mettendo insieme sugli ultimi massacri nella Mitidja, il "terrorismo residuale", ancora più efferato del terrorismo puro e semplice: il terrorismo degli assassini di mio zio Abdallah, di mia zia Assia, dei miei cugini e delle mie cugine.

Io:

"Residuale tua madre!".

Djamila:

"Se per un attimo la smettessi di stressare, Sid Ali? Un attimo. Solo un attimo... Sei un peso, sei. Devo consegnare prima di domani a mezzogiorno questo pezzo che mi ha chiesto Eric Cheb Rush. Hai un bel libro no? Hai tutto quel che ti serve qui...".

"Sì."

"Fa' vedere cosa leggi."

"Un racconto di Maupassant, *Le Horla*. Ci ritrovo tutto me stesso, in *Le Horla*. Bellissimo. È la mia storia."

"Bella lì? E tu chi saresti, tu?"

Cazzo! Massacrato! Come Chichi. Dodici punti in meno nei sondaggi di popolarità! Sei uno zero, Sid Ali! Un vero zero, *Le Horla!*

Djamila, con un quarto di giro sullo sgabello, si è rimessa allo schermo del computer.

Avrei voluto darle un bacio sul collo, essere ehm un pettine per accarezzarle i capelli, come nella canzone. Sono uscito dalla biblio con la coda tra le gambe. Ho spinto la porta senza voltarmi. Ma nel doppio vetro della porta ho visto il riflesso di lei che si voltava verso di me – un mezzo giro sullo sgabello... Che mi seguiva con lo sguardo... O Djamila!

*Je lui dirai les mots bleus, les mots qu'on dit avec les yeux... Les Mots bleus,** Bashung la canta su quel disco a favore della ricerca sull'Aids – Sid Ali. E sulle scale mi metto a cantare in crescendo, alla Bashung, forte! Fortissimo! Cantare come se urlassi, da perdere la voce – proprio così, perdere la voce

> *Je lui dirai les mots bleus,*
> *Les mots qui rendent les gens heureux*
> *Je lui dirai! Je lui dirai!***

Ma chi, l'indomani, nel cortile della scuola, mi suggerisce di nuovo un passatempo troppo del cazzo se non le Horla? Quale cattivo *djinn*? Mentre sono in mezzo alla banda dei trombatori, dei chiavatori, degli sfondagnocche, degli scopatori folli o che perlomeno, si dichiarano tali, e che io, di fatto, non sono! Quale spirito maligno quando sparo, con loro, a voce alta, orrendi commenti macho su tutta la figa che passa, con tanto di voto sulle capacità sessuali, vere o presunte:

"Sette e mezzo! A quella le piace stare sotto!".

Che coglione! E che sfiga! Non mi ero accorto che Djamila era tre passi dietro di me... E, damned!, ha sentito tutto. Ovviamente.

Mi si avventa contro, mi colpisce con la borsa, la chekkara appesantita da un grosso raccoglitore, mi urla:

"È orrendo quello che hai detto! Chiedi scusa! Chiedi scusa! Immediatamente!".

Be', credetemi, ho mentito molto in vita mia, ho affabulato molto, ma giuro sulla vita di mia madre che qui dico la verità vera: mi sono scusato! Senza esitare. No, anzi: orgoglioso di farlo, mi sono scusato. Non ho addotto la presenza dell'Horla. Non ho cercato di scaricare la responsabilità. Con la mano sul cuore, ho detto pacatamente, a voce alta e comprensibile:

"Faccio schifo. Scusami, Djamila".

* Le dirò le parole azzurre, le parole che si dicono con gli occhi.

** Le dirò le parole azzurre, / Le parole che fanno felici / Le dirò! le dirò!

E non era cinema. E i trombatori non hanno nemmeno ghignato. Djamila aveva, come dire?, autorevolezza. Ecco, autorevolezza.
Mi ha risposto a voce bassa, rivolta esclusivamente a me: "Porca puttana, sei migliore di così, Sid Ali!".

Ero migliore di così. Esattamente quello che mi aveva detto l'educatore dell'AEMO – azione educativa in ambiente aperto, se volete sapere il significato della sigla. In ambiente aperto, fateci caso. Forse perché mio padre era un po' troppo chiuso.

Era stupito, quello stronzo (parlo dello psi)? Eccome! Non smetterò mai di stupirvi. Bastava aprire la mia cartella: risultati scolastici superiori alla media: eccezionali. *Soggetto brillante*. Così era scritto. Nero su bianco. Aziz aveva fregato per me alcune schede di valutazione, in modo che le fotocopiassi, e poi le aveva rimesse con discrezione, come se niente fosse, nella cartella della famiglia B.

"Con tutte le cavolate che hai fatto in questi ultimi due anni è un miracolo che finora tu abbia avuto un percorso scolastico normale, Sid Ali. Nonostante i reati che hai compiuto, sei ammesso in seconda, e in una buona scuola. Non sprecare questa opportunità! Non deludermi!"

Ma quale miracolo? Io sgobbavo, no? Mica ce la facevo, alla scazza – senza sforzo, voglio dire. Dopo tutto, non era colpa mia se imparavo in fretta, tre volte più veloce degli altri, e mi ricordavo tutto: le poesie di Rimbaud, la prosa BMW, i primi trenta decimali del numero pi greco... I quaranta titoli del CAC 40... I quaranta ladroni di Ali Baba, i loro nomi. Ali Baba: colui che riesce a fare tutto senza sforzi – io.

E mi ricordavo anche le parole delle canzoni:

Derna lamur fi beraka mranika
Ana diteha u huma ya gh'du iraniku.

E intere sure del sacro Corano... Vabbé, le ultime del Libro, le sure più corte. E in traduzione – avevo difficoltà con l'arabo.

E tu sei certo di una moralità imminente.
Tu vedrai e loro vedranno
Chi di voi ha perso la ragione.

Il Libro, in francese, a volte sembrava di leggere Rimbaud – *Una stagione all'inferno*.

Ero migliore di così. Ma come, così? Meglio di cosa?

Andrò ad aspettarla fuori dalla sua classe, glielo chiederò. *Je lui dirai les mots bleus... Je lui dirai!*

Le sono andato incontro, sorridente, tranquillo, cordiale, tenero, premuroso, seducente, attento, affettuoso – quello che volete. Come volete. Djamila mi ha sorriso.

Ah! Anche galante:

"Posso portarti la borsa?".

"Grazie, sei gentile."

Sei gentile! Detto così gentilmente. Non mi temeva. Aveva fiducia in me.

La sua migliore amica, Malika, l'ha raggiunta e vedendomi ha ghignato:

"Guarda guarda, il divo!".

Con mia grande sorpresa, Djamila le ha risposto in modo brusco:

"Dacci un taglio, Malika!".

E siccome Malika la fissava incredula e non se ne andava, lei ha messo i puntini sulle i:

"Mollami, porca troia! Claro? Aria! Sgomma. Vado con Sid Ali. A domani. Bye!".

Ahia! Mi ero inimicato la sua migliore amica. Io, così affettuoso! Così buono!

Ho preso la chekkara di Dja, quella con cui mi aveva colpito.

"Bella. Da dove viene?"

"Dal Marocco... Dal Tafilalt... È pelle di capra."

"Prendi l'autobus?"

"No, ho voglia di camminare. E di..."

Avevo capito: le ho teso, aperto, il mio pacchetto di Stuyvesant. Mi ha guardato con un'aria dolcemente canzonatoria.

"Fumavi le Marlboro, prima."

Prima! Non le sfuggiva niente. E aveva capito benissimo il significato della mia conversione alle Stuyvesant. *Je lui dirai les mots bleus... Je lui dirai!*

"Posso accompagnarti a casa?"

Je lui dirai les mots bleus... Je lui dirai! Je lui dirai!

"Se vuoi."

"No, se vuoi tu."

Sì, ero io, Sid Ali, a risponderle così, a metterla di fronte alle sue responsabilità: la sua scelta, la sua libertà! *Je lui dirai les mots bleus... Je lui dirai! Je lui dirai! Je lui dirai!*

"Allora voglio. Ma prima voglio passare da Mussa: dobbiamo

organizzare una festa a sorpresa per Meziane che ha firmato con Blue Silver... E per i suoi diciotto anni. Conosci Cheb Meziane, no? Meziane, degli Stains."

"Vagamente. E i tuoi ti lasciano?..."

"Sì. Perché gli dico tutto. Tutto quello che faccio. Appendo un foglio sul frigo, con una calamita. Ogni lunedì mattina... A parte le sigarette, gli dico tutto. Claro! Non mi fanno storie. Si fidano di me."

"Che fortuna che hai!"

Abbiamo cominciato a camminare, così vicini l'uno all'altra che le nostre spalle si toccavano, che a momenti inciampavamo l'uno contro l'altra. Evitavo le zecche che lungo la strada cercavano di sviarmi dalla retta via: mi facevano segno, con gli occhi, di raggiungerli – divertirci un po', prima di tornare a casa a fare i compiti. Li squadravo: non vedete che sono occupato? Non vedete con chi? – banda di tonti! Con la famosa Djamila! Djamila scrive per "Pote à pote", conosce gente che lavora per Blue Silver – "the" label. L'ambra è il suo profumo. Si pettina, si spettina, si ripettina, si rispettina... Con quel gesto involontario eppure così bello! E la sua borsa non è una banale Lafuma, o una Outdoor, o una Reebok, ma una chekkara – che per lei porterò fino in capo al mondo... *Je lui dirai les mots bleus, les mots qu'on dit avec les yeux... Je lui dirai!*

La mia cortesia, le mie attenzioni, la scombussolano un po'. Sta per attraversare con il rosso, la trattengo con il gomito – io! Sid Ali.

"Too young to die!"

La faccio ridere: uno dei miei numeri, che fa sempre ridere: pronunciare l'inglese all'araba: *Htuhu hyaangk tuh dhaii.* O giù di lì. Pura caricatura. Djamila capisce benissimo che se voglio ho un buon accento.

La faccio ridere: sarò invitato alla festa in onore di Cheb Meziane, la star degli Stains. Ci sarà musica e casino: ci saranno i migliori musicisti, i grandi nomi del raï... Verrà Mami, se quella sera è libero. Michel, il produttore di Meziane, è stato generoso con Meziane: ci sarà *mechui* e champagne. E... fumo? Che domanda! Fumo. Champagne e fumo per tutti!

Djamila è una ragazza a posto: non fuma solo Stuyvesant.

Mi chiede se ho finito *Le Horla.*

"Sì, è solo un racconto lungo. Alla fine... Alla fine..."

"Sì?"

"No, niente."

Ho troppa paura di rovinare la magia del momento confessandole quello che mi ha tanto angosciato nel racconto di Maupassant, troppa paura di farle paura rivelandole ciò che mi tormenta. L'aspetto ritenuto torbido del personaggio Sid Ali. E con cui, è vero, ogni tanto posso giocare, io, Sid Ali. "È vero." Quasi inconsciamente, ho messo il cappellino per diritto. Sono colpito dalla mia gentilezza. E dalla sua.

Lei mi dice che in questi giorni sta leggendo un grosso romanzo, di uno scrittore egiziano, che ha vinto il premio Nobel...

"Bella lì! Il premio Nobel! Un bel ventimilioni!"

"Nagib Mahfuz."

Non siamo più molto lontani dal ponte. Giuro a me stesso che lì, sul ponte, oserò – *Je lui dirai! Je lui dirai! Je lui dirai les mots bleus, les mots qui rendent les gens heureux...*

Mi dico che devo tenere a mente la data, il luogo, le circostanze: il 10 giugno 1997, faceva molto caldo, molto afoso, il cielo era velato di ozono, gassoso, azzurro, viola, giallo, con le tracce fuligginose di un temporale che striava l'orizzonte e veniva verso di noi; l'aria, puzzolente, carica di elettricità... Devo tenere a mente la data, imprimermela nella memoria. Sarà, più avanti, la ricorrenza del giorno in cui le avrò detto "Ti amo, Djamila".

Può farlo! Lo farà! Tutti applaudono l'artista per incoraggiarlo! "Il male non può colpirmi." *Tous les êtres ont une fatalité de bonheur.** Succederà qui, proprio a metà del ponte di ferro, lungo l'invisibile linea di confine tra i due comuni, sopra la strada a scorrimento veloce, nel frastuono e nel fumo, e nell'odore di benzina... "Aggiungete a ciò gli odori." (Bastardo.)

Da una parte e dall'altra della linea invisibile, al centro del ponte: prima – dopo. La linea del destino, Sid Ali. I due tempi verbali della lingua araba: il *compiuto* – la amo –; l'*incompiuto* – non gliel'ho ancora detto. Il futuro, in francese: *Je lui dirai! Je lui dirai!* L'imperfetto: svalvolavo da bestia, me la menavo. Il presente: la amo, è vero. Il passato remoto – remoto, eccome –: allora Sid Ali disse "Ti amo". Futuro anteriore: glielo avrà detto una sera del giugno 1997, poco dopo le sei del pomeriggio... Lì, a metà del ponte.

Glielo dirò. E se ho coraggio bacerò Djamila. Non la forzerò, no, ma se lei vuole, se mi dice: "D'accordo". Raccordo: Sid Ali bacia Djamila. Sul ponte. Esterno giorno. Sotto gli occhi di tutti. Senza vergognarsi? Senza vergognarsi. *H'chuma alik!*

Mio padre, quando vede sullo schermo gli amanti che si accarezzano a lungo, che si baciano appassionatamente, spegne la tivù con una smorfia schifata, o come minimo cambia canale: con quel che gli resta del mignolo nella mano mutilata, quel pezzetto di fa-

* Rimbaud: Tutti gli esseri posseggono una fatalità di felicità.

lange che preme il bottone del telecomando – zap. Mi fa pietà, lo ucciderei.

Ripeto a me stesso che non è mai la donna a fare il primo passo. Sta all'uomo di...

Ma lì, sul primo scalino del ponte, mentre il cuore mi batte da scoppiare, Djamila si volta verso di me e mi sussurra all'orecchio:

"Ti voglio bene, Sid Ali".

E io, sconvolto, trovo comunque la risposta giusta:

"...appena? Io invece ti amo, Djamila!".

E come un pazzo, pazzo di vergogna, pazzo di orgoglio, pazzo di desiderio, pazzo di gioia, mi precipito sulla scala, facendo tremare sotto i miei passi gli scalini di ferro che rimbombano come tamtam, e senza voltarmi, adesso urlo, proprio urlo:

"Ti amo, Djamila!".

Poi, arrivato a metà del ponte, sempre senza voltarmi verso di lei, butto per terra lo zainetto e la sua chekkara e la aspetto, senza fiato, la aspetto!

E allora la sento che corre verso di me, facendo tremare con il suo passo così leggero la scala così rumorosa...

Mi ha raggiunto, mi dice con un sospiro che anche lei mi ama, e si lascia abbracciare, si lascia baciare sulla bocca... Non ho avuto bisogno di chiederglielo. Il male non può più colpirmi; lo dice il Libro. *E tu sei certo di una moralità imminente*. Sei salvo. Sono salvo!

Djamila si è addossata alla rete di protezione, alla rete che i due comuni limitrofi hanno fatto mettere qualche anno fa, compreso sopra le nostre teste, verso il cielo, per impedire alla fauna delle cité di lanciare sassi contro le belle Biemme e le Mercedes che passano sotto a gran velocità – io non l'ho mai fatto, giuro.

Il cielo si fa scuro, la massa grigio ardesia delle nuvole temporalesche si dilata, lasciando all'orizzonte solo qualche traccia nebbiosa di giallo, di rosa, di azzurro.

Poi: un fulmine, allo zenit... Il tuono. La pioggia è imminente, come la mia moralità.

"Chi se ne frega."

Djamila si lascia baciare da Sid Ali, Djamila gli dice che lo ama.

E, lo crediate o no, è la realtà. Sì, è vita vissuta.

Dire cosa furono – passato remoto – i giorni, le settimane miracolose che seguirono? Dire cosa fu il nostro amore? Dire cosa fu, perlomeno, il mio amore... Chi ha mai potuto sapere quale amore provasse l'altro, quanto amore? Chi ha mai potuto dire con certezza: lui o lei mi amava quanto lo amavo io; lui, o lei, mi amava come lo amavo io? Lui, o lei, era assolutamente sincero? Lui, o lei, non giocava un po' con i sentimenti che credeva di provare? E se la verità fosse che lui, o lei, si era ritrovato prigioniero, ritrovata prigioniera, del proprio gioco? – cazzo! sei un mito, Sid Ali. Sei un mito. Sei convincente. Piangeresti dalla felicità. È la felicità.

Fra due uomini, o fra due donne, ciascuno, o ciascuna, può intuire qualcosa di ciò che l'altro sente nel profondo, può immaginarlo nella sua carne: gli è sicuramente più difficile mentire a se stesso o ingannare l'altro, che sia in buona fede o meno. Ma fra un uomo e una donna? Rimane sempre l'enigma dell'altro sesso: i desideri sono diversi, i pudori sono diversi; diverse le aspettative; e diversi il piacere, la sofferenza o la gioia.

Dire cosa fu la nostra storia, di Dja e me? Scriverla ora, nero su bianco, al buio, tra i muri della mia prigione?

"Oh, picolo!"

Nasci para ser ignorante...

Nato per rimanere ignorante in amore in quanto uomo, in quanto figlio di genitori musulmani e sradicati, in quanto (vedi cartella) *lacerato tra due culture*? Nato per avere difficoltà ad amare, nato per non sapere? Ma chi ha mai saputo? Chi impara ad amare? Chi ve l'ha insegnato, a voi?

No: ignorante in amore come chiunque, ignorante come qualsiasi altro.

Ma un altro uomo nell'attimo stesso in cui ho detto "Ti amo!". Un altro Sid Ali.

Scrivere questo ora! scriverlo nero su bianco, al buio! evadere con la mente; per respingere le pareti della cella, per provare a esprimere l'esaltante sensazione di volo, di assenza di gravità, di leggerezza, di libertà che si impadronì di me allora: planavo, ero al settimo cielo, volavo sul tappeto volante dei racconti arabi... Ritrovarla, quella sensazione esaltante – dietro i muri. Non cancellare niente

Di colpo mi sembrava di dare un taglio definitivo alle mie sfighe, ai miei sbattimenti, e al caos che era stata la mia vita negli ultimi anni. Dja era la mia fatina buona.

Il mio avvocato, ieri, al parlatorio, mi ha consigliato di non insistere troppo su quegli anni; di sorvolare sui piccoli reati che ho potuto commettere – passato prossimo; che avrei potuto commettere – condizionale. *L'assassino dei sacchetti di plastica era un genio in grammatica.*

Raccomandazione inutile: anche se lo volessi, avrei molte difficoltà a ricostruire mentalmente il fascicolo Sid Ali B.

Del resto, niente di molto grave da rimproverarmi: qualche oltraggio a pubblico ufficiale – "l'insultatore ha tredici anni" –, complicità in taccheggio – "ammontare del furto: un centinaio di franchi" –, abbonamento del metrò scaduto – "un abbonamento del metrò scaduto, signore e signori della Giuria!" –, uso deviante di sostanza proibita – "la colla per plastici è una sostanza proibita, non la colla per plastica: il bambino, male integrato nonostante il buon curriculum scolastico, avrà scambiato una *i* per una *a*, signore e signori della Giuria!" –, ricettazione, "l'oggetto è una cerata di nylon bianca" –, cos'altro? Nessun ricordo. Visto che non mi vedi, non mi prendi – vabbé, nove volte su dieci –, nessun ricordo! *Il soggetto è astuto* – bella lì.

Delinquenza minore, minorile. Ma la paura, a volte, la bugia che genera la bugia e metastatizzava come un cancro dentro di me, l'odio verso se stessi. Ma la sensazione di essere preso in un ingranaggio, di essere in trappola e di continuare a farmi intrappolare, di diventare pazzo... Di che mobilitare educatori e psicologi e magistrati: azione educativa in ambiente aperto, misura così e misura cosà, e l'hai detto l'hai – tua madre!

E quelli che vorrebbero i particolari, veri o del tutto inventati, e fatti, più o meno accomodati – letteratura in ogni caso – facciano come me: consultino i quotidiani e i settimanali apparsi nel gennaio scorso. Non uno che non abbia tirato fuori il suo dossier speciale! Esclusivo! Rivelazioni inedite! Elementi finora sconosciuti della torbida personalità del criminale Sid Ali B.

In una cartelletta di cartone che diventa ogni giorno più spessa, raccolgo i ritagli più interessanti. Ho evidenziato in rosa i titoli più cazzuti o quelli più sensazionali, presi sia dalla stampa ritenuta seria sia dalla stampa cosiddetta spazzatura.

Storia di uno sbando annunciato. Come il ragazzino della cité dei Poeti è diventato un assassino. L'adolescenza inquieta di un serial killer. Il primo della classe era anche il re dei teppisti. I suoi professori ricordano la sua intelligenza e la sua simpatia. Nessuno prima di me l'aveva mai baciato, ci confida la sua migliore amica – no, non tu, Dja! *I suoi occhi vuoti, che mi fissano, sono gli occhi di un pazzo. Quando ho incrociato il suo sguardo sul treno, mi si è gelato il sangue. Sid Ali ha il vizio nel sangue* – nel sangue, sì!, quel sangue impuro che doveva irrigare i vostri campi se non avessimo perso l'Algeria. *Di notte, in prigione, invoca la madre!*

Ma in che lingua la invoco, questa donna che secondo loro non mi ha mai abbracciato ma che insieme alla vita mi ha dato il vizio nel sangue?

Mamma! *Yema*! Mamma! Yema! Yema! Yema!

Ho forse urlato nel sonno?

"Oh, picolo! Non piangere!"

Tutto è così confuso nella mia memoria, e così insignificante. Se ci ripenso, vedo solo una scena sfocata in cui si confondono diverse scene simili.

Scenario: un banale ufficio moderno – interno giorno. Colloquio in presenza dei genitori del giovane delinquente, con un educatore, o un magistrato, o uno psi, oggi senza volto, se mai ne ebbe davvero uno per me, e senza nome. I loro nomi, i loro volti, non li ho tenuti a mente, io che ho tanta memoria.

Mia madre ha quel sorriso contratto, umile e dolente, così simile a un ghigno. L'interlocutore non immaginerà mai che lei è bella, e buona, se vuole: la vergogna la imbruttisce. La sua vergogna mi riempe di vergogna, cazzo, più del male che ho potuto fare.

Mio padre nasconde il moncherino nella tasca sinistra della giacca lisa delle Galeries Rochechouart invece di esibirlo come avrebbe potuto fare per impietosire colui che mi giudica, suggerendo una vita di fatica, i ritmi infernali, un difetto nel meccanismo di sicurezza sul tornio per filetti alta velocità alla PMV – *Préci-*

sion Mécanique Vincennes. E la prego di ricordarsi questa sigla, dottore, per quando, al momento opportuno, si affronterà il mio feticismo nei confronti di una certa prestigiosa marca tedesca di automobili; tenendo presente che un orecchio arabo fatica a distinguere la *p* dalla *b*.

O forse punizione secondo la *sharia*, per apostasia, laggiù, quelle quattro dita mozzate della mano sinistra?

O forse regolamento di conti politico tra clan rivali, vendetta di uno zio, fedele sostenitore di Chadli tradito dal fratello?

Nessun album di fotografie, in casa nostra, in cui cercare la verità sfogliando le pagine.

E forse nessuna risposta, se avessimo osato fare apertamente la domanda in famiglia: cose di cui non si parla a tavola! H'chuma!

No. Solo le parole di Ahmed ai fratelli minori. E nei fratelli minori, che lo ascoltano, il pensiero straziante che così facendo tradiscono il padre?

Insomma, insomma! Dopo tre bei quarti d'ora di parole per non dire niente, i genitori del piccolo Sid Ali B. hanno la buona idea di ricordare al magistrato le sue ottime pagelle, quelle pagelle che loro mostrano con orgoglio al vicino, il signor Yahia, come un tempo mostravano quelle di Ahmed. Ma Ahmed sosteneva che non fosse orgoglio, no! ma una maniera contorta per verificare se l'*ibn* adorato non raccontava balle: loro facevano fatica a decifrare quelle valutazioni tanto lusinghiere. Il signor Yahia era un letterato, e un *haji*. Yahia gli faceva i complimenti: Sid Ali seguiva le orme di Ahmed.

"Ah sì," sospirava allora il magistrato in imbarazzo.

E io, ghignando dentro di me: e qui t'inculo. *Quand nous sommes très forts, qui recule? très gais, qui tombe de ridicule?*

Non mi lascerò stritolare dalla macchina giuridicomedicosociopoliziesca come mio padre la mano sinistra sul tornio ad alta velocità. Il successo scolastico è la *sicura* – così è detto nella mia cartella. Quindi non possono togliermi la mia unica possibilità di integrarmi, come dicono loro, lo so benissimo. Il povero Aziz sarà condannato a tre mesi con la condizionale, poi a tre mesi senza condizionale. Perché ha tre anni più di me? Perché ne ha fatte molte più di me? Perché ha distrutto un commissariato – bella lì? Certo. Ma anche, ma soprattutto perché è indietro di tre anni a scuola – tre anni senza condizionale! Bastardi!

Ma mi viene in mente la tirata di Figaro. E il successone che avevo ottenuto, a scuola, cambiando solo qualche parola. Dalle qualità... Dai meriti... No: *Dalle virtù che si esigono*... Dalle virtù che si esigono da un beur, conoscete molti giovani francesotti purosangue che sarebbero degni di esserlo?

Avreste sopportato senza mai fiatare lo sguardo a priori sospettoso dei buttafuori, degli sbirri, dei pulotti, dei corvi, dei ninja, delle guardie giurate, insomma, di tutti quelli che portano un'uniforme, quando entrate, quando passate davanti, quando provate a entrare, quando provate – see! – la Helly Hansen?

Dicono che siamo eccessivamente suscettibili?

Ma avreste tollerato quella frazione di secondo di esitazione, l'impercettibile smorfia di dubbio, l'impalpabile lampo di stupore negli occhi del giudice nell'istante in cui legge, a bassa voce "*Soggetto brillante*"?

No no! Il documento non era falsificato. Anzi: era vidimato dal Centro medicosociale. *Parere favorevole, si consiglia misura di sostegno psicologico.*

Ero totalmente medicosocializzato.

Ero totalmente umiliato.

Ma era finita! Adesso correvo, mano nella mano con Dja, verso un nuovo destino, sotto la pioggia battente: insieme attraversavamo il ponte di ferro – "Musica!".

La moralità è imminente, come dice la sura *Al-Qalam* (Il Calamo). Volo... Plano... Non può succedermi più nulla di male. Non dovrò più recitarmi, come si recita a memoria, tra sé, un versetto del Libro, la formula magica che un marabutto mi aveva insegnato a pronunciare ogni volta che mi fossi sentito sopraffare dallo spirito negativo: "Il male non deve colpirmi. Il male non può colpirmi". Quel professor Si Kif, di rue des Poissonniers, da cui mia madre mi aveva portato, di nascosto da mio padre, al nostro ritorno dall'Algeria, nell'estate del '93 – o '94? – consegnando al sant'uomo il tributo voluto, la gallina nera viva comprata da un certo pollivendolo del mercato Saint-Bernard che le era stato indicato.

Il segnalibro del sacro Corano è stato annodato e riannodato, l'acqua della *zawiya* di Moulay-Idriss mi è stata versata sulla fronte. Mi consiglia di pulirmi bene e di tirare lo sciacquone immediatamente dopo aver cagato, perché proprio dalle colonne di scarico i djinn malefici possono riemergere dalle profondità della terra e assalirmi, e penetrare in me dal – bella lì!

"È Sid che ha il morbo sacro, non Sid Ali."

La gallina nera verrà sacrificata domani... O rivenduta dal marabutto al venditore – Si Kif era un ciarlatano.

Solo Djamila ha detto il vero:
"Sei migliore di così, Sid Ali!".

Continuare a scrivere al buio, senza lasciare niente nella penna – no: in una bic. Perché questo non lo scrivo a matita, voglio non poterlo più cancellare: non c'è nulla da cancellare nella storia del nostro amore, di Dja e mio. Non voglio dimenticarla né riscriverla. È vera. È.

Ridire quella sensazione di assenza di gravità, di volo... I baci rubati – qualcosa che finalmente potevo rubare senza timore, lontano dagli sguardi sospettosi dei bestioni della security –, le nostre risate, i nostri silenzi emozionati gli occhi negli occhi, un'improvvisa quiete tra noi, tanto eravamo felici, appagati, un dito sulle labbra mordicchiato, pettinarla e spettinarla io, quei muti "ti amo", mimati, sottolineati da una smorfietta maliziosa... Tutto il cinema dell'amore, che è l'unica verità dell'amore, forse. La sua unica prova visibile. Dja mi ama, io amo Dja. Bacio, *The End*. Come al cinema.

The End? No: l'inizio. Il mio esordio nella vita. Nella vita vera.

Ah! La festa in onore di Cheb Meziane! L'orgoglio di arrivare alla festa tenendo teneramente per la spalla colei che è ufficialmente da otto giorni, ehm, cazzo, la strafiga che esce con Sid Ali. Djahaamila? L'hai detto l'hai! Non ci credo! Sono vivo o che cosa?

Ci accompagna suo fratello Tufiq: Djamila non avrebbe mai avuto il permesso di rientrare dopo mezzanotte, né tanto meno all'alba, se non fosse uscita con il fratello maggiore a farle da chaperon. Ma grazie a Dio, Tufiq non se la tira da fratello maggiore: fratello maggiore geloso delle sue prerogative virili di fratello maggiore, sostituto dell'autorità paterna sulla sorella. Nessuna arroganza nei confronti di uno sbarbatello di quindici anni – lui ne ha diciannove –, che certo è più alto di lui di almeno dieci centimetri, ma la cui reputazione non è limpidissima, né la fama molto pulita. Mi ha accettato subito – massimo rispetto: tu sei un uomo, e io pure. Mano sopra, mano sotto, poi pacca fraterna del palmo della mano contro l'altro palmo... E abbiamo suggellato il nostro accordo rollandoci un cannone che abbiamo fumato sul tram davanti a tutti i passeggeri – *nota bene*: avevamo tutti e tre il biglietto: pagavo sul tram, sul metrò e sulla RER da quando avevo dichiarato il mio amore a Djamila. L'amore è la più bella "Azione educativa in ambiente aperto".

Ed eravamo già belli carichi, io e Tufiq, quando abbiamo fatto il nostro ingresso nel capannone dove i festeggiamenti erano già iniziati scortando la nostra star tipo guardie del corpo.

Disc-jockey, tamburi, *bendir*, *derbuka*, sax, chitarre, *gaitas*, liuti elettrici... Incenso e luci, mechui, frutti di bosco, gelati e dolci al miele, tè alla menta, vino bianco, vino rosé, vino *gris*, champagne, erba e fumo a volontà.

C'è la *hul*: l'atmosfera nel senso maghrebino del termine. Balliamo, cantiamo, scandiamo il tempo con le mani, moduliamo yuyu, riprendiamo in coro il ritornello dei motivi più conosciuti: *Didi*, *Beraka*, *Ya Rayah*, *Salma ya salama*, *N'sel Fik*... È su una registrazione di Carte de Séjour, *Douce France*, che Rachid Taha non è potuto venire di persona a cantare con noi.

Urliamo dalle risate, ci gira la testa e ci lasciamo cadere sui tappeti e sui cuscini, le canne passano di mano in mano, i bicchieri di champagne o di tè... Un djinn benefico è tra noi, a diffondere il buonumore: niente di eccessivo, niente di rotto, niente di violento né di avvilente. Riascoltiamo per l'ennesima volta il demo del futuro album di Meziane: anche lui canta *Ya Rayah*... Io e Dja balliamo il valzer alla oranese su *Ya Rayah*.

Oppure usciamo un attimo dal capannone per riprendere fiato, per confidarci importanti segreti da niente e scambiarci grandi promesse per scherzo, sotto il bel cielo stellato. Un lungo bacio, poi torniamo verso i piaceri più chiassosi, più agitati, della hul della festa.

E vai di nuovo con *Ya Rayah*.

Cris, *tambour*, *danse*, *danse*, *danse*, *danse!**

Usciremo all'alba, suonati, sfiniti, dopo aver bevuto un po' troppo, fumato un po' troppo, ma felici, ma più innamorati che mai. E Tufiq sorride alla sorella: sono piaciuto. Amo Dja, Dja mi ama.

È il primo giorno d'estate. L'anno scolastico è finito. Il cielo è azzurro chiaro. Il riflesso viola di un neon difettoso trema sull'asfalto. Corriamo verso il primo tram agitando vistosamente i nostri tesserini sotto gli occhi assonnati del manovratore – sì! ce l'abbiamo. Canticchiamo *Beraka*:

Derna lamur fi beraka mranika...

Abbiamo fatto l'amore in una baracca schifosa...

* Rimbaud: Grida, tamburo, danza, danza, danza, danza!

Sì, giusto, a proposito: non abbiamo ancora fatto l'amore, Dja e io.

"*Jbed?*" dico io due giorni dopo, esprimendo le cose nel modo più volgare, al solo scopo di provocarla.

Ma poi chi di noi due si ritrova più spiazzato? Quel peso di Sid Ali – chi va per suonarle rimane suonato. Infatti, con suo grande stupore, è la sua bella a fare per così dire il primo passo, come se niente fosse.

Lei, la serissima ragazza musulmana perbene? Sì.

In che modo? Niente, un'allusione al fatto che la sua amica Agnès, che non è mai in casa durante il giorno, è così carina da lasciarle le chiavi: Dja può andare da lei a studiare e a leggere, tranquilla, di pomeriggio; può usare il suo computer per il collettivo Ma Ychali, in cui anche Agnès milita. È meglio di una baracca. Dja e io potremmo benissimo...

"Ti va?"

Se mi va!

"Si va?"

"Sì, però durante la settimana, quando Agnès non c'è."

"Lunedì, allora."

"Lunedì."

E non sarebbe stato né per leggere, né per trascrivere e inserire a computer le testimonianze delle vittime del "terrorismo residuale".

Dire cosa fu quel lunedì? Dire cosa fu la mia primissima volta con lei, la sua prima volta con un uomo – Dja ha sanguinato?

Emozioni condivise, piacere, piacere ravvivato da un pizzico di goffaggine da parte sua come da parte mia, fremiti, piacere, urlo... H'chuma! Un residuo di pudore musulmano mi vieta di dire di più, anche se forse è più facile redigere testi del genere nel buio e nel fetore di una prigione di notte. H'chuma – non vergogna, ma decenza, delicatezza. E il nostro segreto, di Dja e mio.

Basti sapere che ci siamo ritrovati, un giorno sì un giorno no, per tutto il mese di luglio, a casa di Agnès, stesi su un kilim di cui mi resta nella memoria il contatto un po' ruvido, sotto un manifesto del Comitato per l'Abolizione della Duplice Pena: *No alla duplice pena!* E che non dimenticherò mai.

Da soggetto brillante, adesso ero forse diventato un buon soggetto?

Perlomeno, facevo come se. Perché avevo finalmente una ragione di fare come se: conservare la stima di Dja. Ero, credo, abbastanza credibile. Lo ero abbastanza per crederci io stesso.

Ovviamente ci fu qualche ricaduta: non si cambia tutto in una volta. E allora mi disprezzavo: non sono io, non sono davvero io. Ma qualcosa di più forte di me. Le Horla?

Avevo ancora una vita parallela, giri, ma veloci, alle Halles, sugli Champs, a Barbès; oppure rimanevo da solo a casa a leggere. Dja aveva la sua vita: non mi dava tutto, non le davo tutto – e andava benissimo così. Non ci facevamo vedere insieme: per sfuggire come meglio potevamo a quella piaga delle periferie, e più ancora dell'ambiente maghrebino, che è la *namîna* – la calunnia. Eravamo felici, credo, di vivere il nostro amore in segreto.

Facevo soffrire Dja?

Non lo so, a dire il vero. Non credo. Ero abbastanza remissivo. Me la prendevo di rado. Avevo smesso di ribellarmi.

A volte mi sentivo completamente assente da me stesso. Come un altro. Come morto.

Luglio passò – passato remoto – così. Come ogni estate la cité si svuotava. Eppure ogni anno erano sempre meno quelli che tornavano in Algeria. Ma si prendevano qualche giorno di vacanza in Francia. Noi B. no. Io no.

Azzedine e Amina partirono per il campo estivo, due settimane su una spiaggia del Pas-de-Calais – *con personale di supporto*. Mi spiego?

Anche Dja sarebbe partita. Ad agosto.

Prima frattura.

"Yema! Yema!"

"Oh picolo."

Dja aveva trovato un lavoro pagato bene che per lei sarebbe stato anche un po' una vacanza – a Marrakech.

Un giovane avvocato super ricco ma generoso, che aveva tra i suoi clienti alcune star del raï, un grande stilista di origine algerina e delle top model originarie del Maghreb, dava parecchi soldi alla causa Ma Ychali e a "Molla la roba!". Così aveva conosciuto, e apprezzato per la sua serietà e la sua intelligenza, Djamila. Possedeva una villa nel Palmeto di Marrakech: le offriva di badare ai suoi tre bambini – quattro, sei e nove anni. E lei avrebbe preso nota delle telefonate provenienti dallo studio di Parigi mentre lui avrebbe giocato a golf con la moglie – loro, capito, non si portavano dietro il cellulare quando andavano a farsi un diciotto buche.

Cioè, capito, golf? Cioè, capito, d'estate? A Marrakech? – Trendissimo! Il massimo dello chic. Bella lì. Hai le tue macchinine elettriche, portatori di ombrelloni e portatori di acqua e foschie artificiali sul green. Bella lì. Non male. Soprattutto se indossi tipo come del microporex aerato doppio telo traspirante *no rustle*®. Tipo come Jack Nicklauss. *Put it for a great putt*. Porca puttana.

E porca puttana che casa! Djamila mi aveva mostrato un bel librone di arredamento d'interni che l'avvocato le aveva prestato e dove la sua villa compariva su non meno di dieci pagine. *Dimore di sogno in Marocco* – l'hai detto l'hai –: in modo che Djamila si facesse un'idea di cosa l'aspettava.

Leggevo e rileggevo avidamente le descrizioni e le didascalie delle foto, scritte in una prosa lirica come quella dei cataloghi BMW. *Dove la modernità più audace ritrova il segreto delle tradizioni*.

Era uno *ksar*, ma costruito da un architetto americano: *uno ksar moderno, di un'austerità tutta minimalista, intorno a un lussureg-*

giante riad. Le stanze pressoché vuote: un letto, un'alogena, una poltrona di pelle nera, *il lusso estremo della sobrietà.* Pareti nude, *una rilassante monocromia ocra vivacizzata qua e là dalla luminosità di una tela in tinta unita tessuta a mano, azzurro tuareg... "Non abbiamo voluto l'aria condizionata,"* ma lo spessore dei muri, le aperture a feritoia, l'ombra, e la *tecnica ancestrale delle torri da vento.* Ogni camera da letto ha il proprio bagno, la possibilità per ognuno di isolarsi: "Questa semplicità così riposante per l'occhio, che mi permette di ricaricarmi dopo un anno sfibrante". Ma anche la piscina, *pavimentata con mattonelle smaltate all'antica da abilissimi artigiani locali, gelosi custodi di un mestiere antichissimo*, intorno a cui tutta la famiglia ama ritrovarsi. Dove Djamila avrebbe badato a Zoé, Silvestre e Balthasar.

Il datore di lavoro le aveva dato un cellulare per la durata del soggiorno, e due schede prepagate: in modo che noi potessimo chiamare Djamila dal nostro lontano 93 – uno sbrego al minuto dalla Francia al Marocco, da fisso a cellulare! Ne aveva data una ai suoi genitori, e l'altra a me.

Ma la chiamai solo due volte in quel mese. E riattaccai quasi subito. E le due volte in cui mia madre mi riferì che una certa Djamila mi aveva chiamato da Marrakech e chiedeva che la richiamassi, io non lo feci.

Perché? Ancora adesso non lo so. Non avevo voglia. Voglia di scivolare nella depressione. O invidia, nel senso religioso del termine: peccato di invidia. Invidiavo Dja di ricaricarsi, dopo un anno sfibrante, in quella semplicità così riposante per l'occhio, sul bordo di una piscina pavimentata con mattonelle smaltate all'antica... Cazzo! La grana che si faceva quell'azzeccagarbugli! E di sinistra, pure! E generoso!

Leggevo nelle *Illuminazioni*: *...les habitations et les migrations, sports, féerie et conforts parfaits, et le bruit, le mouvement et l'avenir qu'ils font!** Ecco. La loro vita.

Avevo ripreso a divertirmi in solitaria al soffocamento nei sacchetti di plastica. Auchan, But, Continent, Fnac... Quel che capitava. La trasparenza del materiale stagno non è indispensabile quando si gode da soli.

Avevo anche ripreso a cazzeggiare a lungo alle Halles o sugli Champs. I parigini avevano lasciato Parigi. Ma con i turisti ti potevi concedere il *lusso estremo della ladrata.* Fregai gli occhiali da so-

* ...le abitazioni e le migrazioni, sport, fantasmagorie e comodità perfette e il rumore, il movimento e l'avvenire che fanno!

le a un italico con videocamera. Troppo bello, il design italiano. Ma quella sega di uno ci aveva montato su le lenti da vista! E che vista! Vidi sfocate, e più piccole che nell'arrapante realtà, le Biemme esposte nella vetrina dello show-room. Glieli buttai in un cestino, i suoi begli Occhiali Armani... Il lusso estremo della ladrata: il *bateul* (gratis, signore e signori, nell'arabo dialettale delle periferie).

Djamila è tornata da Marrakech – Business class, con l'avvocato, la sua signora e i loro tre bei bambini biondi con gli occhi azzurri. Non ha fatto alcun commento, al ritorno, non mi ha fatto alcun rimprovero. Indifferenza o vero amore?

Abbiamo ripreso a vederci, a ritrovarci a casa di Agnès il mercoledì pomeriggio – jbed, sì, sotto il manifesto *No alla duplice pena!* Abbiamo ripreso a uscire insieme. Ma meno spesso. Anche perché avevamo molto più da studiare: io entravo in seconda, Dja in terza: indirizzo classico – ladies and gentlemen, standing ovation, please! Nella classe considerata più letteraria delle tre a indirizzo classico: la classe della famosa professoressa Rénal.

Nel cortile, nei corridoi o in biblioteca, facevamo spesso finta di non vederci. Abile stratagemma per preservare il nostro rapporto d'amore dalle classiche prese per il culo e dai classici tagliaecuci. Malika però ne dedusse che tra noi era finita e ghignò come la iena del deserto che era, senza pietà. Mi ha tagliato i panni addosso taglia XXL. Uno sfigato, il Sid Ali. Indegno della divina Dja. Dja aveva avuto un attimo di sbandamento come può capitare a tutte noi, troione che non siamo altro, davanti a quel tipo di fighi da paura con il sorriso a doppia fossetta, l'occhio nero truccato al naturale, i denti bianchi "denti splendenti". L'aveva sempre detto, lei: Dja avrebbe sofferto. E poi, intelligentemente, avrebbe mollato il colpo. Una QI 135!

Ma Dja era davvero sincera e disinteressata quando mi riferiva, con l'intenzione spacciata per complice di farmi sbellicare dal ridere, le carognate sparate su di me dalla sua migliore amica, quella povera troia! invidiosa, frustrata, che mi cazziava a ogni interclasse? Prima di Marrakech, Dja non l'avrebbe fatto di sicuro. All'epoca, aveva verso di me la sensibilità di coloro che amano davvero: sapeva che riferire le maldicenze di un terzo alla persona presa di mira, fosse anche per riderne affettuosamente insieme, è un modo come un altro, raffinato, se non perverso, di ferire, come se niente fosse, la persona presa di mira – presa d'amore. Apparentemente amata.

Quanto a me, non so perché, presi in antipatia la professoressa Rénal, di cui Dja continuava a parlarmi così bene. Non me ne parlava come della sua prof di francese, ma della "sua insegnante" – all'antica. Non la chiamava mai semplicemememente "la Rénal", ma "la professoressa Rénal". Così facendo seguiva, peraltro, una consuetudine che si era ampiamente radicata a scuola: come una parola d'ordine che da un anno all'altro si passavano le seconde e le terze in cui la professoressa Rénal faceva lezione: "la nostra insegnante, la professoressa Rénal" – l'espressione di un sentimento, così raro tra gli allievi per i loro prof, di "massimo rispetto".

In effetti, la professoressa Rénal sapeva suscitare il loro rispetto e conosceva abbastanza la nostra cultura per coinvolgere i figli degli immigrati maghrebini e riceveva a casa propria quelli che chiamava "i suoi migliori elementi". Credo fosse il concetto di "migliore elemento", la parola "elemento" che cioè mi stava sul cazzo. Da sboccare!

Ma Dja era affascinata: la professoressa Rénal aveva insegnato in Marocco, la professoressa Rénal aveva avuto una figlia da un intellettuale algerino... la professoressa Rénal poteva parlare del Corano come di Rimbaud – ah. Con la professoressa Rénal ci si poteva confidare. La professoressa Rénal capiva i nostri problemi, le nostre difficoltà personali.

Quali problemi, quali difficoltà?

Dja alzava le spalle. Eravamo in crisi? No, solo un momento un po' così. Ma no, chissà cosa mi mettevo in testa. Non era cambiato niente. Era tutto come prima. Prima di Marrakech. Prima delle vacanze – le sue vacanze, pagate come un buon lavoro; io non c'ero stato, in vacanza. No. Ci amavamo ancora. Dja mi amava, io amavo Dja. Amavo Dja, Dja mi amava. Avrei potuto cantarlo alla oranese, alla new raï. Che successo! Come Faudel, dai, che con il suo primo disco era appena entrato nella classifica dei più venduti, e in fondo aveva solo due anni più di me. Appena.

Be', avrei regalato a Dja il CD di Faudel! *Tellement je t'aime... A la foholie!* A Dja sarebbero piaciuti i dischi che le portavo, e i romanzi di Nagib Mahfuz – credo che questi due non li abbia.

Correvo sul ponte di ferro, facendo ruotare in aria i sacchetti Virgin abbastanza veloce da non far cadere il contenuto. Correvo con passo leggero, danzante, verso di lei. Mi tornava in mente la festa di giugno, i nostri mercoledì pomeriggio stesi a jbed come dannati sul kilim, e i miei baci rubati sulla sua nuca... Mi tornava in mente come ancora il giorno prima, mentre attraversavo la strada dopo averla baciata, lei mi avesse chiamato dolcemente: "Sihid!" – mi avesse fatto tornare indietro per un bis di coccole.

Un uomo non piange, lo so, ma mi venivano le lacrime agli occhi solo a ripensarci. Il male non può colpirmi. Sono benedetto, sono salvo. Che miracolo la vita!

Tre ore fa ero a bocca aperta davanti alle vetrine dello showroom BMW sugli Champs-Élysées.

Due ore fa inculavo quel rottinculo in una casa d'appuntamenti di rue de Balzac.

Un'ora fa sceglievo dei dischi e dei libri alla Virgin per il mio amore dagli occhi di gazzella, dalle labbra di Lamia – Dja!

Tra qualche minuto sarei stato davanti alla sua porta e avrei suonato. *Je lui dirai! Je lui dirai!*

Suono. Lei apre. Mi sorride ma mi fa capire che è presa: ha un tema da fare e forse non mi sono ricordato che mi aveva pregato di non passare da lei oggi, di lasciarla studiare. Come se niente fosse, mostro i sacchetti della Virgin, tiro fuori i dischi, i libri.

"Che cos'è, Sid? Cosa significa?..."

"Per te! È tutto per te. È un regalo, Dja! Sorpresa!"

Ma lei esclama, furibonda:

"Li hai rubati, eh? Non li voglio! Non li voglio!".

Protesto:

"Ma no! Guarda!".

E le mostro lo scontrino facendo attenzione a coprire con l'indice l'ammontare totale. Così come ho tolto le etichette – si fa così, prima di dare un regalo, lo so: non si lascia il prezzo su un regalo, questione di tatto, di gentilezza d'animo. La nostra *karama*. La nostra *akhlaq*.

Fatica sprecata. Djamila non si calma.

"Ah sì! Allora chi hai ripulito, per avere tutto quel grano? Cosa mi prendi, per scema?"

"Ma no, ti assicuro! Te lo giuro sulla testa di mia madre!"

"Lasciala stare, tua madre! Ma senti un po', com'è che adesso puoi scialare tipo mille carte alla Virgin? Mica lavori, se non sbaglio? Puttana merda, tu sei losco, Ali!"

"Sid!... Ali."

"Allora spacci?"

"Naaa."

"Non spacci?"

"Ehi! Però non ti fa schifo trovare ogni tanto un po' di erba da fumare, vero Dja!"

"Dja-mi-la! Non ti sto parlando di 25 grammi al massimo di erba o di fumo, ti sto parlando di roba pesante! Ti parlo di ero! Non fare lo stronzo con me, hai capito benissimo quello che volevo dire!"

"Tu sei fuori! Ti ho detto che io quella roba non la tocco! Te l'ho già detto, cazzo, non la tocco! Non la tocco! Non voglio finire come Yazid."

"Vabbé! Allora vendi il culo, allora?"

"Cosa? Ripeti un po' quello che hai detto?"

"Ho detto: vendi il culo! Hai sentito benissimo. Ti ho visto in giro con Djebril, figurati."

Risentito, urlo in assoluta malafede:

"Quale Djebril? Quale Djebril?".

"Djebril-l'Arcangelo! Vi ho visti insieme!"

"Cos'è, adesso è proibito uscire con Djebril-l'Arcangelo?"

"Mi hai rotto i coglioni, Sid! Non ti reggo più! Vattene! Togliti dai piedi! Aria! Non ne posso più! Più!"

E Djamila mi ha spinto verso il pianerottolo e ha sbattuto brutalmente la porta alle mie spalle. E siccome avevo lasciato nella sua anticamera i sacchetti di plastica pieni di libri e di CD, lei ha riaperto immediatamente la porta per gettarli al volo giù dalle scale... E l'ha sbattuta una seconda volta altrettanto forte. E i dischi di Faudel, di Taha, di Mami, di Alla, e i due di Nass el Ghiwane, e quello di Gnawa Diffusion sono rotolati giù per gli scalini... E la custodia dell'Orchestre National de Barbès si è rotta... E un piano sotto, al pianoterra, ho raccattato i libri di Nagib Mahfuz: *Il palazzo del desiderio* e *Il giardino del passato*.

E poi ho sentito che apriva di nuovo la porta, e per un attimo ho sperato che fosse per richiamarmi indietro, per dirmi di tornare su, e che mi amava ancora... Manco per idea! Era per buttare anche il catalogo del roadster M della BMW che avevo dimenticato – *L'inizio di una grande relazione*.

Tra noi era finita, lo sapevo. E non ero fiero di me, no. Ma ero fiero di non averla picchiata. Avrei potuto. Cazzo! avrei potuto sì.

Cronaca di una carneficina annunciata

Era il titolo dell'ultimo articolo che Djamila aveva consegnato a "Pote à Pote". Quattro fogli: una cartella su quello che si era potuto sapere dei massacri compiuti la notte tra il 22 e il 23 settembre, nel Triangolo della paura, il Triangolo della morte, a Benthala. Più di trecento morti in tre, quattro ore, a meno di venti chilometri da Algeri, nella Mitidja. E numerosi indizi dimostravano che quell'attacco terrorista non era affatto inaspettato: per l'ennesima volta le autorità, con cognizione di causa, avevano probabilmente lasciato fare.

Raffiche di mitra, sgozzamenti, stupri, incendi: la routine omicida, il solito copione. Le cose si sono svolte come nel villaggio natale di mio padre e di mio zio Abdallah: il trasformatore che salta, la gente che picchia sui barili per allertare l'esercito accampato sulle alture. Ma i militari non si muovono. E non interverranno neppure le guardie comunali armate.

Un centinaio di uomini del GIA assaltano Benthala. Uccidono, stuprano, incendiano al grido di "Allahu akbar!". Non massacrano a caso: le case in cui abitano le famiglie condannate a morte sono state individuate nei giorni precedenti. Le testimonianze concordano: il giorno prima, due giorni prima, alcune persone hanno visto sconosciuti percorrere il paese, con l'aria di perlustrare la rete stradale, prendendo appunti. Hanno segnalato il fatto alle guardie comunali, alcuni si sono presi la briga di telefonare alla Wilaya, come si raccomanda di fare sui manifesti della difesa civica: *Avete visto qualcosa di sospetto nel vostro quartiere? Chiamate il 730073... Na'din'mok'!* Come al solito nessuno ha voluto rispondere, ha voluto prendere nota delle deposizioni.

E come al solito, prima di andarsene, gli assassini hanno versato olio di motori nelle cisterne per rendere l'acqua imbevibile e hanno esposto alcuni cadaveri scorticati con la mannaia nei giardini pubblici. Esattamente quello che è successo nel villaggio natale di mio padre e di mio zio Abdallah. Come l'ho visto, come l'ho vissuto.

"Tranne che in realtà non l'hai visto. Non c'eri Sid Ali. Ma adesso devi dirmi quello che hai visto tu."

"Non mi ricordo. Mi hanno raccontato quello che mi è successo, il massacro, la bomba in quella via di Algeri, rue N'Fissa, ma non mi ricordo niente. Come se fosse tutto cancellato. Era orribile! Il sangue, il cervello, ne avevo addosso ma non era mio, e tutti i vetri rotti, e il fumo nero, soffocavo... Quella donna che urlava, ma non sentivo più, ero sordo. Mi hanno raccontato. L'ho visto. Dopo sono svenuto."

"Aspetta! Qui non ti seguo più."

"Anch'io non mi seguo più. Ho perso le mie tracce."

"La puoi piantare un attimo con questo giochetto! La puoi piantare di giocare con le parole, di giocare sulle parole, Aziz!"

"Sid Ali! Io sono Sid Ali! Aziz è mio fratello maggiore. È più basso di me ma è mio fratello maggiore – 'Llah!"

"Sì, scusami. È che ho incontrato anche tuo fratello Aziz..."

"Un bell'elemento."

"Sid Ali!"

"Ci assomigliamo molto. Cioè, soprattutto io."

"Sid Ali, ne ho le scatole piene!"

"Le spatole tiene..."

"Non se ne può più, Sid Ali! Tu non sei pazzo: tu mi pigli per il culo!"

"Io?"

Che stronzo. Quasi mi rinfacciava di mostrarmi un po' troppo docile, di non contestare mai niente, di rispondergli con un sì o con un no senza mai aggiungere niente, oppure di tacere... Come se non fosse un colloquio, ma un semplice questionario – *sì*, – *no*, – *non risponde*. Eccolo servito – al suo servizio, Sidi!

Ha i nervi a pezzi. Mi lancia uno sguardo di sfida. Porta lenti tonde e spesse, da miope, cerchiate d'oro. Nessun logo sulle stanghette, nessun marchio, zero! È oro, almeno? O placcato?

Fa così caldo! Un ventilatore da tavolo rotante smuove l'aria umida e a ogni passaggio solleva leggermente il foglio bianco posato sul tavolo davanti a lui. Ha scarabocchiato una parola a matita. Non sospetta nemmeno che io abbia imparato a leggere alla rovescia. *Fabulatore*, decifro – devo essere io.

Il mio atteggiamento lo sorprende: sono molto insolente, oggi. Lo stupisco? Non smetterò mai di stupirvi. Secondo ciak – azione! – motore.

Ha ritrovato un po' del suo professionalissimo sangue freddo. Accenna il suo studiatissimo sorriso benevolo... Ecco, adesso riprenderà nel modo più pacato possibile. Dai che si va.

"Vabbé, Sid Ali. Riprendiamo."

Eh, cos'avevo detto? Riprendiamo.

"Quando sei tornato in Algeria, Sid Ali?"

"Nel... nel luglio del '94."

"No, questo era il tuo ultimo viaggio, il tuo ultimo soggiorno. Dico, la volta precedente...?"

"Nel '93? Non *tornavo* in Algeria: era la prima volta che ci andavo! La prima volta che attraversavo il Mediterraneo: io non sono algerino! Io non ho radici laggiù! E mio padre non aveva mai voluto tornarci prima. Non mi chieda perché."

"Non te lo chiedo."

"Finché mio zio Abdallah... Cioè, non ho mai saputo la verità. Certe beghe! Beghe losche. Non voglio saperne niente. Beghe di famiglia. Non c'è niente di questo nella mia cartella?"

"Non ho aperto la tua cartella."

"Bella lì! Che differenza c'è tra *affabulatore* e *fabulatore*? *Fabulatore* è meno grave? So leggere alla rovescia, sa. E anche scrivere alla rovescia, con uno specchio. Come quel genio che ha dipinto la *Gioconda*..."

"Leonardo da Vinci."

"Ecco."

La faccia che ha fatto, lo stronzo! Come ha posato la mano, in preda al panico, sul foglio di carta scarabocchiato!

Esclama:

"Ma no, Sid Ali! Non si tratta di te. Io ti credo. Eccome se ti credo. Ti credo! So che non mi racconti storie. So che l'anno scorso quando eri ad Algeri... Parlami di Algeri, parlami dell'Algeria!".

"Cazzo! non mi è piaciuta per niente, se proprio vuole saperlo. Ma proprio niente niente. L'ho trovata orribile! Appena arrivato... Intanto, quanto ci hanno rotto i coglioni all'aeroporto... Già qui alla partenza. Ma laggiù, ancora peggio. Tre ore in coda in un caldo da crepare: l'aria condizionata era rotta. È chiaro: lì tutto è rotto. E mia madre che piangeva, piangeva... Il suo paese! L'Algeria! Al-Jazair! Mio padre che prima di partire ci diceva: 'Vedrete com'è bello!'. Cazzo, faceva ancora più schifo che ai Poeti! È tutto scassato, lì. Non c'è niente che funziona. Niente! Va via la luce in continuazione, oppure manca l'acqua... Dicono: 'È l'acqua corrente algerina: bisogna correrle dietro!'. Tutti i giorni qualcosa, tutti i giorni! Se fossi algerino mi vergognerei. E sbirri e ninja a ogni angolo di strada, armati... Peggio che alle Halles, molto peggio. Ci si rompe da morire! Un cazzo da fare dal mattino alla sera... Eravamo ospiti di un fratello di mia madre. Una casa che faceva schifo. Un catorcio di tivù con l'immagine tutta sfocata. Bleah! E i miei cugini, Bualem, Wahid, Fuad, cazzo che sfigati! Con quelle tute Adidas a tre strisce! Zarrissime, puro stile Auchan: nessuna tenuta, un poliammide di merda, lucido, che ti fa i pelucchi, i pallini, e che te lo giochi al primo lavaggio in lavatrice, puro made in Bangladesh... Mica un'autentica Adidas, penso: una copia per beduini. A meno che non gliele portiamo noi dalla Francia, loro hanno solo roba tarocca. Gli dai una vera Adidas di Go Sport, anche una vecchia, che hai già portato due anni, lurida, non lavata, un modello di tre anni fa fuori commercio, e lì sei un dio! Vanno a beccarle al trabendo, quelle vere, comprate in Francia. Ah no! Ad Algeri, non c'è niente da fare, devi avere il grano, ma tanto! E vivere al quartiere dei Pins, con guardie del corpo, scorta, fuoristrada blindato e tutto l'ambaradan. È molto peggio che Parigi, Algeri: o hai tutto o non hai niente. Sei tutto o non sei nessuno... Massimo disprezzo per i poveri. E non le dico il loro famoso nuovo centro commerciale! Un rudere, cazzo, un rudere! Ah, e poi lì noi francesi non ci amano. Non ci amano proprio, noi francesi! Perché io sono francese, eh! Francese tale quale un altro. Francese come chiunque altro. Francese come lei."

Un effettone!

Lo psi, senza fiato come se fosse stato lui a parlare, risponde:

"Come me, certo, Sid Ali".

Segue il silenzio. Ho detto abbastanza, ho fatto abbastanza. Ah, no, terminiamo con la scena dell'attentato cui ho assistito in rue N'Fissa:

"E poi c'è stato l'attentato cui ho assistito in rue N'Fissa. Me l'hanno raccontato dopo. Per miracolo non sono stato ferito. Niente. Solo che da allora ho dimenticato tutto... Zero totale! Un'amnesia".

Ma è evidente che allo psi la storia non interessa più. Furbastro, mi fa:

"Insomma, ti annoiavi ad Algeri, Sid Ali. Ma quando andavi in spiaggia?...".

Ah, che stronzo! Naa. Non ricominciamo. Non ricominciamo! Non mi toccherà mica ripetere un'altra volta quello che è successo, che pure ho dimenticato – *la mer allée avec le soleil.*

Di Rimbaud, ho letto anche questo:

*Un crime, vite, que je tombe au néant, de par la loi humaine!**

* Un delitto, presto, che io cada nel nulla, secondo la legge degli uomini.

II

"Hai una siga?"

"L'ultima. È per te."

Gli ho teso il mio pacchetto di Stuyvesant agitandolo delicatamente per far uscire la sigaretta all'altezza del filtro, e presentarla così con total respect, da amico, da fratello, a quel bello sconosciuto – la mia ultimissima Stuyvesant. Dopo, sarei tornato alle Marlboro, o avrei fumato qualcos'altro. Ma non avevo più alcun motivo di fumare le Stuyvesant.

"Hai da accendere?"

"Sì, ho anche da accendere."

Ho tirato fuori lo Zippo. Gliel'ho accesa – mi teneva saldo il polso mentre io gli tenevo l'accendino. Ha aspirato il fumo con una specie di avidità, poi con un sollievo evidente – da tossico. La fiamma gli ha illuminato per un istante il bianco azzurro degli occhi di un nero profondo. Cazzo se era bello!

Se ne stava appoggiato alle palizzate di ferro che tappezzano i corridoi di accesso alla Gare-du-Nord – venendo dalla RER. Credo di averli sempre visti in cantiere, quei corridoi, e male illuminati: illuminazione temporanea – *la RATP e la SNCF si scusano con i viagiatori per i disagi provocati dai lavori*. Qualcuno ha corretto con il pennarello rosso l'errore di ortografia: ha aggiunto una *g* a *viagiatori*: un certo Sid Ali B., della cité dei Poeti.

Per fare un po' di casino, ci si può anche divertire a passare la mano lungo la listellatura di ferro, perché le giunture in rilievo fanno un baccano pazzesco – tam-tam-tam-tam-tam-tam. Sì, è un tam-tam: per chi fa il palo, un buon metodo per avvertire l'abusivo quando vede arrivare un acquirente sospetto o la pula. Qui il corridoio fa un gomito: puoi vedere lontano, spiare davanti a te, spiare dietro di te. Rabah – si chiamava Rabah: ha subito detto il suo nome, senza che io glielo chiedessi –, Rabah era lì.

Era proprio bello. Bello almeno quanto me, e alto uguale. Non ho dimenticato niente del nostro primo incontro. Posso descriverlo: aveva ai piedi delle Nike Air bianche, lacci bianchi slacciati. Pantaloni da jogging Lacoste, il modello che preferisco: di un nylon lucido, ma che cade bene, a trama rinforzata, bianco ghiaccio, quasi traslucido, e che lascia intravedere la fodera assorbente in spugna di cotone bianca... Non conosco niente di più sexy. Cintura arricciata con elastico ma, in più, una coulisse in vita: puoi portarli alti sulle reni e sui fianchi ma bassissimi sul pube, quasi rasente l'uccello, e dare poi una bella tirata ai due capi del laccio per fare il nodo: così ce li hai belli attillati sul culo, senti la cucitura tra le chiappe, ma davanti ti spunta la cintura degli slip – non conosco niente di più sexy, cazzo. E un dettaglio sport, pratico – pratico per correre, pratico per la break, pratico per spacciare –: le tasche hanno la cerniera lampo, non perdi niente quando sei in movimento. E il coccodrillo? Ricamato sulla tasca sinistra, a mezza coscia. Proprio bello.

Insieme, Rabah portava una felpa bianca Gill, taglio a casacca, in fibra polare, modello *Berbero* – non me lo sono inventato: *Berbero!* cazzo! – cerniera lampo dal collo al plesso, aperta, ma il colletto tirato su rigido tipo collo alla coreana, e soprattutto non con le punte rigirate sul petto – per piacere! –, il sotto infilato dentro gli slip. Rabah la portava come va portata: devi prendere una taglia in meno per far risaltare il torace: una small se sei medium, una medium se sei large, una large se sei XL ecc.

Era proprio bello. Rasato taglio marine cinque millimetri: proprio quel che ci vuole per i capelli neri da arabo. Ma solo gli africani lo sanno fare: i quattro o cinque buoni barbieri etnici di boulevard de Strasbourg – hanno il regolo apposta nella macchinetta, che ti lascia lo spessore giusto: cinque millimetri minimo – se hai il grano, ci torni quando arrivi a un centimetro –, e loro sanno seguire perfettamente la forma dell'occipite. Dalla fronte, alla nuca alle tempie: regolare, pulito. Un lavoro da artista! Cento franchi, ma li vale. Ed è comunque meno caro che Buiguine e altre mezzeseghe della forbice.

Rabah era proprio bello. Non ci potevo credere: posati sulla fronte, aveva un paio di BMW titanio, lenti rosate VIS – *Visibility Improvement System*. Cazzo se era bello!

Mi vergognavo un attimo: passi la mia felpa col cappuccio Hanes, ma con quella mi ero messo i baggies color mastice. Non so perché me li ero messi. Forse per punirmi. Da quando c'era stata la scena finale con Dja, tre giorni prima, facevo un po' le cose alla cazzo. Ero perso. Rabah, invece, era troppo giusto: sportswear bianco. Lascia i baggies ai cazzoni con lo skateboard, lascia alla teppaglia il look militare urban fight, le tute mimetiche, le bandane, le tre strisce Adidas, i Caterpillar, gli Schott, gli Harrington, i Cossby e il resto. No, tu sei un principe, un Sid: Lacoste, Gill, BMW *Prodotti derivati* – sei un mito.

Nobile, generoso, Rabah mi ha teso la siga che gli avevo offerto, ma gli ho fatto segno che poteva finirla. Quel che è offerto è offerto – la nostra morale, il nostro karama, il nostro *akhlaq*.

"Come ti chiami?"

"Sid Ali."

Mi guardava dritto negli occhi: sfida virile, tacita complicità, istintiva fraternità, volontà di sedurre – forse un po' di tutto questo. Mi sorrideva. Aveva la doppia fossetta agli angoli delle labbra, irresistibile, anche lui. Come me.

Si è frugato nelle tasche.

"Vuoi un prozac? un lexomil? uno xanax? un tranxene? Ah, e ho anche del quaalude, e del guronsan, e dell'hign'n'low importato diretto from the States! Il massimo! Un calmante che eccita! Cos'altro ti posso offrire? Un Tic-Tac all'anice? È ottimo per l'alito dopo che ha ciucciato un manico. Il lattice lascia uno di quei saporacci."

"Naa, grazie," gli dicevo, turbato, "labès, naa, grazie, grazie, naa, labès!"

Ma non avevo neanche voglia che finisse tutto così, di mollarlo come se non fosse nessuno e apparentemente neanche lui ne aveva voglia.

Ci siamo incamminati verso l'uscita Grandes Lignes.

Gli ho sussurrato, ipersottovoce, tra i denti:

"Occhio! I ninja!".

Li avevo sgamati che venivano verso di noi. È vietato fumare, compreso nei corridoi! compreso oltre i tornelli! Rabah ha nascosto la sigaretta nel palmo della mano: le guardie della RATP nuocciono ancora più gravemente alla nostra salute del tabacco.

Erano in cinque, andatura da commando. Ci avrebbero scassato il cazzo, solo per la faccia che avevamo, come al solito. Era l'atteggiamento abituale. No: imperativo: non correre! Ci siamo neutralizzati come potevamo: non troppo in fretta ma neanche troppo disinvolti né troppo molleggiati, non troppo vispi né troppo della serie pieni di valium, sorriso né troppo remissivo né troppo insolente – l'atteggiamento metropolitanamente corretto, l'andatura misurata. E con l'aria di chi non ha niente da nascondere, gli siamo passati accanto senza intoppi (bastardi). Per fortuna, strada facendo avevano trovato dei black da perquisire (bastardi). Tipi più neri di noi.

Abbiamo preso la scala mobile dell'uscita Thalys-Eurostar, che era rotta. Te pareva.

Dalla Gare-du-Nord partono i treni Thalys: Bruxelles! Anversa! Colonia! Amsterdam!

E l'Eurostar: Londra!

I binari dell'Eurostar sono protetti da vetri blindati; i passeggeri dell'Eurostar, dai comuni mortali. *Restricted area.*

Rabah mi ha detto:

"Ti piazzi qui, tutti i giorni – tutti! i! giorni! – e vedi passare le star. Ho visto Isabelle Adjani come vedo te adesso. Ti giuro: Isabelle Adjani! E gruppi rock, e cantanti che vanno a registrare a Londra. Ho visto Faudel, l'altro giorno".

"Cazzo, Faudel! *Da uuurlare!*"

"Ho visto Khaled."

"Ah, sì? Isabelle Adjani! Faudel! Khaled! Cazzo, allora ci sono solo beur sull'Eurostar! È la linea B della RER, l'Eurostar!"

Morto dal ridere, Rabah! Piegato in due! A momenti perdeva i BMW, che gli sono caduti dalla fronte – li ha presi in extremis. Gli piacevo. Il mio spirito, non per vantarmi, gli piaceva.

"Ho visto Bashung."

"Ah, cazzo! Bashung! *Vertiges de l'amour!*"

"Li vedi in carne e ossa e non sembrano veri. Cioè, sembrano meno loro che alla tivù, capito. Quasi non li riconosci. Per dire, vedo spesso Jane Birkin – 'Io adoro viaggiare e quando torno in Inghilterra prendo la nave a Calais...' Bugiarda!"

Siccome conoscevo anch'io il messaggio pubblicitario recitato dall'attrice cui lui alludeva imitando il suo accento caricaturale, ho proseguito con lo stesso tono:

"'Calais: minicrociere per l'Inghilterra!'".

E abbiamo urlato dal ridere come iene del deserto, da aver male al petto, da rimanere senza fiato. E così fu suggellata la nostra nobile e incorruttibile amicizia.

I viaggiatori si scostavano, ci guardavano male "ma la polizia non fa niente?". Agenti delle ferrovie che passavano di lì si sono voltati verso di noi, sospettosi. I parà in tuta mimetica dell'antiterrorismo, che con la mitraglietta a tracolla pattugliavano la stazione, ci tenevano d'occhio più discretamente, ma ci tenevano d'occhio.

Rabah mi ha fatto cenno con gli occhi: Diamoci!

Labès. Ci capivamo già senza ricorrere alle parole.

Siamo usciti dalla stazione. Ci siamo incamminati lungo boulevard de Magenta, scambiandoci qualche informazione sui rispettivi dati anagrafici. Di che dipartimento eravamo? Del 93, tutti e due. Di che comune, lui? Bobigny. Di che cité? Solokhov, vicino ad Avicenne, l'ospedale francomusulmano dove suo padre aveva lavorato a lungo alla lavanderia e dove era morto, l'anno prima, di un cancro al fegato. Da allora Rabah non ci tornava praticamente mai. Per noi arabi il fegato è simbolicamente quello che voi apostolicoromani chiamate il cuore: Sei il figlio del mio fegato.

Adesso aveva un buco a Barbès.

"Andiamo?"

"Andiamo."

Conosceva Murad, di Bobigny? Sì. E Lotfi, di Bobigny? Sì, anche Lotfi. E Moh, Moh Bouchech? Anche Moh Bouchech, il rapper raï. Rabah era nato nel 93? No, a Marsiglia. Aveva vissuto lì fino ai dieci anni – da cui l'ombra di accento musicale che gli era rimasta, e qualche espressione tipica delle cité marsigliesi: esempio, per dire amici diceva *chourmos*. Quanti anni aveva? Diciannove.

Gli ho mentito:

"Io uguale, diciannove".

E poi mi sono vergognato di aver mentito al mio migliore amico, allora ho penosamente rettificato:

"No, in realtà ne ho quindici. Quindici e mezzo".

"Quindici e mezzo? Non ci credo."

"Quindici e mezzo, sul serio. Vuoi vedere la mia carta d'identità?"

"La tua carta d'identità? Mica sono uno sbirro! Se me lo dici, Sid, ti credo."

Botta di culo: avevo dietro quella di Aziz, se gliel'avessi mostrata Rabah non ci avrebbe capito più niente.

Ha aggiunto sparato, nel tono più naturale che ci sia:

"Quindici, sessualmente sei maggiorenne. Possiamo jbed insieme noi due. È legale".

Credo di non aver battuto ciglio. Ho fatto come se fosse dato per scontato. Sin dall'inizio. Da quando avevo sfregato con il pollice la rotella del mio Zippo per far scaturire la fiamma che gli illuminò gli occhi, mentre lui mi teneva saldamente il polso: mi doveva tremare un po' la mano.

Il male non poteva colpirmi.

Affinché le cose fossero chiare, come dev'essere tra amici di sempre, Rabah ha concluso:

"Hai voglia di succhiarmelo e di darci una botta".

E non era propriamente una domanda, era una fredda constatazione.

Ho risposto, molto distaccato, ironicamente interrogativo:

"Dici?".

"Per te è gratis, chiaro. Per il piacere. Andiamo da me."

Mi è venuta un'ispirazione improvvisa. Ho fatto:

"Conosci Djebril?".

"'The' Djebril! E questo mi chiede se conosco 'The' Djebril! Battiamo insieme. A parte te, Sid, lui è il mio migliore amico."

Non dirò a Rabah che Dje non mi ha mai parlato di lui. Sono un uomo.

"Djebril-l'Arcangelo! Ieri ha blindato un cliente, un vecchio bavoso, che non voleva credere che Djebril era il loro Gabriele. Fra l'altro Djebril ha fatto un errore: non si dà mai il proprio vero nome al cliente. Mai! Cioè, è la prima precauzione. Sempre sottotraccia."

"Non ti chiami Rabah?"

"Tu mica sei un cliente, Sid! Sei un amico. Io mi chiamo davvero Rabah. Sul lavoro, siamo tutti degli Abdelqualcosa... Degli Abdelculo. Insomma, Djebril aveva dato il suo vero nome: doveva aver fumato un po' troppo... E allora si è innervosito, gli ha detto, al rottinculo, che era stato l'arcangelo Djebril ad annunciare a Maryam la nascita di Issa – del loro Gesù, capito."

Al che Sid Ali, radunando mentalmente le sue conoscenze coraniche:

"Sura XIX. E il neonato, il bambino Gesù, Issa, disse: 'Sono veramente il servitore di Allah. Sono Abdallah'".

Rabah è impressionato.

Mi prende fraternamente per la spalla. Attraversiamo l'incrocio Barbès-Rochechouart. Quando passiamo sotto il ponte della metropolitana, mi viene in mente che proprio lì ogni tanto Ahmed, con il permesso di mio padre, portava me e Aziz a rovistare sulle bancarelle di cassette di musica di Orano o del Cairo: la musica che ad Ahmed piaceva tanto e che comprava al trabendo – gli album di Cheikha Rimitti, di Aït Menguellet. Penso che non ho mai portato a spasso il mio fratellino Azzedine, non ho mai giocato con lui. Mi cresce dentro un violento desiderio di piangere, o di vomitare – un po' tutt'e due. Ho un nodo allo stomaco. Dovrei chiedere a

Rabah un prozac, o una di quelle pastiglie magiche made in USA... Solo che adesso non ho più il coraggio.

Rabah abita in rue des Poissonniers, due numeri più in basso del marabutto Si Kif. "È Ali Sid che ha il morbo sacro, non Sid Ali."

"È qui che?..."

"No, il quartiere non gira. Qui non trovi clienti. Noi Abdelculo andiamo in cima a rue des Martyrs. Se vuoi venire, un mercoledì pomeriggio... C'è gente come te, che va ancora a scuola. Tiri su mille, duemila carte come niente. Non è battere nel vero senso. Io con otto, dieci marchette a settimana sono a posto, ci sto dentro. Siccome non tocco la merda... Visto che non vado avanti a pere, capisci! Ma se batti per pagarti la dose, sei fottuto. E rovini l'atmosfera della squadra. Io e Djebril siamo puliti. Se becchiamo uno che deraglia, lo sbattiamo fuori all'istante."

"Forte: dici le cose come stanno, come fa Dje."

"Certo. Gli altri raccontano la storia del mago. Tutti! Dicono che fanno le scorte, le guardie del corpo free-lance, la rava e la fava... Oppure che passavano di lì per caso, che prima di adesso non avevano mai e poi mai ... Noi, zero! Precisi, io e Dje. Poche palle, e il conto. Ci spompinate – mille carte –, ve lo mettiamo in culo – millecinquecento –, i due servizi – duemila. Siamo arrivati."

Il citofono è rotto. Rabah spinge con la spalla la porta d'ingresso.

Casa sua è pari pari quella del professor Si Kif. Le scale ugualmente buie e luride. Quattro piani a piedi... Ma da Rabah è tutto in ordine, mica come dal marabutto: è tutto in ordine come a casa nostra. Un buco di circa nove metri quadri con angolo doccia e cesso annesso – e linda stile Mastro Lindo, la cabina. Un materasso senza rete, un tavolo di ferro, due sedie pieghevoli, una lampada alogena nera, alla parete un vecchio manifesto degli U2 *Zooropa tour '93*, e un complex sound system Bang & Olufsen, piatto verticale inclinato a dieci gradi, *avvio atattile* – non lo devi sporcare con le dita: basta avvicinare l'indice a un millimetro dal tasto; non lasci impronte digitali, il delitto perfetto! cazzo! E il design, sublime come quello del roadster BMW – *Questa semplicità così riposante per l'occhio*... E Rabah deve avere almeno un centinaio di CD.

Posa un disco sul piatto verticale, le ante di perspex si richiudono automaticamente, piano, in silenzio.

Unz, unz, unz – CP: Capital Punishment! Rap US, con la scritta *Parental Advisory, Explicit Content.* Testi espliciti: culo, ero, stupro, violenza, perversione sessuale, incitamento al crimine, razzismo ecc. Non può essere venduto a minorenni senza il consenso dei genitori.

"Se creassi un gruppo, lo chiamerei *Parental Advisory*, *Explicit Content*. Giusto per rompere il cazzo al marketing e incasinare gli scaffali della Fnac!"

"Hai di quelle idee, tu!"

"Oppure QI 137, lo chiamerei. È il mio QI personale: 137!"

Rabah stappa due Corona nella mortasa dello stipite della porta – molto cinematografico. Poi rolla un cannone. Manda giù un quaalude e me ne dà uno. Ci spogliamo a vicenda, sensualmente, accarezzandoci. Annusa i miei Calvin Klein, sniffa profondamente la tasca, un po' umida, un po' appiccicosa; annuso i suoi Calvin Klein, sniffo profondamente la tasca, un po' umida, un po' appiccicosa – misto cotone, lycra, urina, tracce seminali, come i miei. Ho avuto una buona idea a mettere dei calvin.

Rabah tira fuori da un cassetto due sfilze di preservativi, alcuni lubrificati e alcuni no, e un tubetto di gel anale. Apre una boccetta di non so cosa, l'annusa, ma non me lo offre. Okay. Ci lasciamo cadere abbracciati sul letto. Ha un uccello magnifico: in erezione massima, la lunghezza e il volume di quello di Aziz.

Cambia disco. Unz unz unz – LENIHR: Lesbian Enema Nurses In Hot Rubber. *Parental Advisory*, *Explicit Content*.

Alza il volume a manetta.

I lick your ass, honey
I swip your piss, honey
I chew your hot fetid shit, honey
It's honey to me...

Mi sento bene. Benissimo.

E poi?

Poi gli ho chiesto se potevo infilarmi un attimo i suoi pantaloni Lacoste, tanto per provare. Mi ha detto di sì.

Gli ho chiesto anche se aveva ancora uno o due Tic-Tac all'anice, o alla menta: è vero che sulla lingua il lattice lascia un saporaccio.

Qui, una postilla per il lettore che non parla arabo:

Abd, in arabo: il servitore. Abdallah: il servitore di Allah. Esempio: Issa – Gesù – è Abdallah.

Abdelatif: il servitore del Buono. Abdelaziz: il servitore dell'Onnipotente. Abdelhafez: il servitore del Guardiano-per-Eccellenza. Abdeljalil: il servitore del Grandissimo. Abdelhakim: il servitore dell'Infinitamente-Saggio. Abdelkader: il servitore dell'Onnipotente. Abdelmajid: il servitore del Glorioso. Ecc.

Ovviamente, avevo pensato di prendere come nome di battaglia, come nome da marciapiede, Abdelali (il servitore dell'Altissimo). Ma il nome era già preso (da Rabah!). Allora ho scelto Abdelhaq: il servitore della Verità.

La verità era che non si batte con il nome avuto in dono alla nascita, il nome dato dal padre, il proprio nome di Credente: il proprio nome di soggetto, di creatura divina, il proprio nome personale. Altrimenti è come dannarsi – doveva esserci qualcosa del genere nella scelta di portare uno pseudonimo, non era unicamente prudenza, o volontà di ingannare il cliente. *Moi, je suis intact*, *et ça m'est égal*. Sotto un altro nome, non è il tuo corpo, non sei tu a essere umiliato dal cliente. Non schizza addosso a te, quel porco. Il suo sudore di porco, la sua bava di porco non sporcano te. Il male non può colpirti. Lo pseudonimo... Come dire? Lo pseudonimo ti rende stagno, ecco. Lo pseudonimo ti plastifica. La tua identità falsificata è plastificata. Come la giacca nautica Helly Hansen, insomma – *Stormbreaker resistente e impermeabile alta protezione, trattato tela vela, cuciture stagne termosigillate*. La tua pelle non è in tessuto microporoso aerato Microtech ®. Non vieni contaminato dalla sporcizia. Quel porco ti tocca ma tu rimani intatto – al sicuro nella tua carne, nel tuo io. Con un alias, puoi continuare a fingere, a fartelo venir duro senza ricorrere al tuo vasodilatatore spray, puoi continuare a eccitarlo, il cocchino, dicendogli paroline dolci, se è quello che vuole, mordicchiandogli affettuosamente l'orecchio di porco, a quel porco, leccandogli i suoi peli di porco, o insultandolo, se te l'ha chiesto, quel porco, schiaffeggiandolo, se te l'ha chiesto, sputandogli in faccia, se te l'ha chiesto, gridandogli "haluf! haluf! haluf!" se ti ha chiesto di dargli del porco in arabo – haluf! Per mille o duemila carte. Mille o duemila carte di illusione per lui. Mille o duemila carte di fantasia soddisfatta: un arabo lo insulta! un beduino lo incula a secco! un vucumprà! un africa! un marocco! un muso nero! un talebano! un maomettano di merda! un moammerd! un abdul! un *mediterraneo*. Ho il grosso uccello circonciso di un arabo in bocca! La bocca piena! Il culo pieno! La bocca piena! Piena del grosso uccello del beur!

"Il signore è servito!"

Servitore del rottinculo: Abdelrottinculo. Abdelchecca. Abdelhaluf!

Ma al sicuro, l'arabo, dalla listeriosi che, al cliente, gli fa ammuffire la lingua di porco! Con l'uccello impermeabilizzato, come è d'uopo, il beur! Su questo, l'Abdelciucciacliente è categorico. Guanto! "Guando!" *Non uscite mai senza. Uscite protetti. L'Aids? Da me non passerà.* Da Sid Ali nemmeno. È come in primavera. *Aprile non ti scoprire*. "Guando! *Chucrane!*" E ho dei Tic-Tac all'anice, o alla menta, per dopo, se vuole!

"Il signore è servito!"

Assistenza alla clientela. Quel quid in più che fidelizza il cliente: il Tic-Tac postpompa. Offre la ditta.

L'Abdelcazzo si fa spompinare ma non spompina, anche se, come da regolamento, la tega incirconcisa di porco del cliente è preservata sotto lattice. L'Abdelculo lo mette in culo ma non lo prende. L'Abdelcazzo, l'Abdelculo è un uomo. Un vero uomo. Servitore della verità – *haq*, *hakika*.

Il mio nome? Abdelhak. Traslitterazione modernizzata. Cioè anglicizzata. Cioè mondializzata... Oppure: Abdelhaq, all'antica, Sì, con una *q*. Il minimo che potessi fare: vi vendo il Q.

Fra noi di rue des Martyrs ci chiamavamo gli Abdelzek (*zek*, in arabo: il culo). Oppure gli Abdelzobs (*zob*, lo sanno tutti, uccello. *Zobb*, in arabo: due *b*. Ti riempie la bbocca!)

La vergogna, l'intima sensazione di vergogna mi è venuta solo qui, in prigione, dopo che la porta si è richiusa alle mie spalle, dopo che i cilindri dei chiavistelli si sono mossi con un fracasso di ferraglia arrugginita, dopo che lo spioncino scorrevole si è abbassato di colpo come una mannaia, – haq! H'chuma alik!

L'orrore, l'orrore di aver misconosciuto ciò che distingue il sacro dal profano, di non aver voluto credere che nell'uomo c'è una parte di sacro. L'orrore di essermi preso gioco di me: del mio io, del mio nome, della mia verità – haq, hakika. H'chuma alik, Abdelhaq! H'chuma alik, Sid Ali!

Gli Abdelzek, gli Abdelzob praticavano l'adescamento in luogo pubblico – secondo l'esatta terminologia poliziesca –, quasi in cima alla lunga e ripida rue des Martyrs, all'angolo di una strada senza uscita che non citerò, ma il cui nome ha fatto sì che ci chiamassero anche i Gilles – mi spiego? Il cliente lo portavamo a consumare in fondo al vicolo cieco, in una delle stanze sopra la bettola di "Monsieur Omar" – Omar Bouchesech –, che ce la faceva pagare centocinquanta carte per la durata normale della marchetta standard a tariffa base – mezz'ora –, compreso il saponcino e l'asciugamano a nido d'ape. Ne parlo all'imperfetto non solo perché è roba passata e definitivamente chiusa per me, ma perché l'oste è al fresco: alla fine l'hanno blindato come prosseneta; e inoltre credo che ormai gli Abdel esercitino altrove. Probabilmente l'Omar si era dimenticato di sganciare la sua bella bustarella agli sbirri corrotti del quartiere; oppure non dava abbastanza, in tutti i sensi, al vicecommissario, "il signor Jacques" – Jacques Lefranc, se questo era il suo vero nome, cosa di cui dubito: doveva camuffarsi quanto noi, quello stronzo. Djebril, invece, se l'è cavata bene: non luogo a procedere. E né Rabah, né nessuno dei Gilles ha mai avuto problemi.

Il vicecommissario era di fatto il nostro vero protettore, più ancora che Djebril. Sposato, con due figli, ma bisex come tutti noi, figlio di un ex capitano dei parà che aveva conosciuto il suo momento di gloria durante la guerra d'Algeria. Doveva essere emozionato all'idea masochistica di farsi inchiappettare dal figlio di un immigrato algerino: questo doveva smuovere in lui non so quale molla del piacere – "il desiderio umano è incoerente" ha giustissimamente osservato il nostro grande Abu al-Walid Mohammed ibn Ahmed ibn Mohammed ibn Ruchd, più noto in Occidente con il nome di Averroè. Lefranc era uno dei nostri clienti più fedeli – no, non era un cliente, per lui ovviamente la botta era gratis. A sbafo. Il prezzo della protezione.

È anche vero che gli sbirri ci avevano in simpatia perché eravamo quanto di meglio ci fosse sul marciapiede. Nessuna posa sguaiata: un adescamento discreto, virile, dignitoso; nessuna baldraccaggine da checche, né ridacchiamenti né risatine, e niente piazzate tra noi: non ci contendevamo il cliente; nessun uso di droghe cosiddette pesanti, quindi nessuna violenza, furto o truffa a spese del cliente se a sua volta lui si mostrava corretto con noi; e una felice intesa tra noi; nessuna crisi di nervi in mezzo alla strada, nessuna isteria, nessun problema di salute o di astinenza, nessun contagio tramite siringhe, un'assoluta igiene e rapporti sessuali totalmente protetti; e neanche problemi di documenti: nessun clandestino tra noi, nessuno straniero in situazione irregolare, tutti di nazionalità francese – cittadini di un paese firmatario della Convenzione dei diritti dell'uomo e che riconosce a ciascuno la libertà di prostituirsi, se non sbaglio!

No, quei bastardi preferivano prendersela con i trans e i travesta, soprattutto con i trans e i travesta arabi e neri che battevano più su nella via e nei vicoli e impasse circostanti, intorno a place des Abbesses. Li molestavano, li insultavano, li imbarcavano per un sì o per un ma, li portavano via, li brutalizzavano, a volte li prendevano a manganellate: dal nostro angolo del vicolo, sentivamo le urla di quei poveretti che avrebbero concluso la nottata in commissariato; che l'indomani sarebbero stati processati per direttissima. Che sarebbero stati espulsi e rimandati in Algeria, i travesta e i trans algerini! Cioè mandati freddamente a morire.

Alla morte, nei giorni successivi al loro ritorno al paese, dove sarebbero stati perseguitati dalla polizia locale, torturati e uccisi dagli integralisti, se non dal padre o dai fratelli disonorati; padre o fratelli che sarebbero stati prosciolti se mai fossero stati riconosciuti colpevoli del delitto – è già successo. Un certo Latif A. divenuto, dopo operazione e ablazione del pene, Latifa: espulso/a – e assassinato/a il giorno del suo arrivo ad Algeri. Un certo Kazem B. divenuto, dopo terapia ormonale intensiva, Kazema: espulso/a – e lapidato/a da parenti e vicini all'indomani del suo arrivo. E alcuni gay, né trans né travesta, semplicemente gay, ma per questo motivo ugualmente condannati a una morte sicura non appena vengono rimandati in Algeria.

Cronaca di una carneficina annunciata! come Djamila aveva intitolato il suo articolo su un altro argomento, ma molto simile, in fondo. Perché i giudici e gli sbirri sanno benissimo quello che fanno: non hanno alcun dubbio sul destino riservato a quegli espulsi. Chevènement è un assassino, uno dei più spregevoli ministri degli Interni che la mia patria, la Francia, abbia mai avuto. Eppure la mia patria, la Francia, in tutta la sua storia ha avuto pochi ministri degli Interni degni di rispetto. Chevènement, e se ne vanta, è amico dei più ripugnanti, dei più sanguinari ministri degli Interni dei paesi del Maghreb.

Io sono francese, e scrivo, con la bic – in modo da non poterlo cancellare! –, scrivo con la bic nera, al buio, che a Chevènement gli cago in testa, e firmo, io, Sid Ali B. Al punto in cui sono, la mia parola è assolutamente libera: la mia parola è senza importanza, ormai, poiché ho ucciso. Ma non mi sono mai sentito libero come in questo momento, tra queste pareti di cemento grezzo, nell'oscurità pressoché totale, dietro la porta chiusa che ai miei occhi è materializzata da quell'unica riga sottile, di pura luce, tirata sulla soglia. E grido:

"Chevènement assassino!".

Non serve a niente, no. Ma fa bene.

"Oh picolo! Vorei dormire un po'."

Quei bastardi! I cani bastardi di Chevènement arrivavano al punto di terrorizzare quelli che, nel gergo del marciapiede, ai Martyrs chiamavamo i "mammuth" o i "Fellini": orrendi vecchi travestiti bianchi, trent'anni di marciapiede sui tacchi a spillo che gli avevano gonfiato i polpacci, varici, trippe, minigonne di similpelle, tette finte di gomma, trucco pesantissimo, orribili parrucche biondo cenere con messinpiega ipercotonata come ormai portano solo le cantanti di varietà televisivi cairoti, poveri relitti di "Chez Michou",* incredibili come donne! Incredibili nel senso letterale del termine: nessuno poteva crederci. E non rompevano le palle a nessuno nel loro buio angolo di vicolo, sotto le Abbesses. E ti pareva che quei bastardi dovessero venire a scassargli il cazzo! A umiliarli, come se non fossero già abbastanza umiliati dalla vita! A multarli per delle cazzate: sosta vietata, o sa dio cosa. Porca troia!

Invece noi Gilles, Lefranc l'aveva confessato a Djebril, eravamo a posto, puliti, professionisti, tecnici di quella cosa lì. *À vendre les corps sans prix, hors de toute race, de tout monde, de tout sexe!...* Niente romanticismo piagnone: la prostituzione moderna.

* Night-club di travestiti molto noto a Parigi.

Tant'è vero che, appena tornati i bei giorni, Rabah – Abdelali – e io –Abdelhaq – avevamo trovato la tenuta da lavoro ideale: la tuta bianca protettiva, con cappuccio, in triacetato, quel materiale che sembra carta. Sì, le tute bianche che portano gli operai per tutti i lavori che sporcano o inquinano: i manovali in ambienti insalubri, gli addetti delle imprese di pulizie, i derattizzatori, i disinfestatori, i disinfettatori di rifiuti, gli spurgatori di vespasiani, i degraffittatori, i pittori a spray acrilico, di segnaletica stradale o di arredo urbano; ma anche i laboratoristi, e i testatori dell'industria alimentare o cosmetica, e gli ispettori di bestiame vivo, o abbattuto, e i veterinari dei cavalli affetti da carbonchio, e quelli specializzati nella mucca pazza, e i membri delle organizzazioni di soccorso nei terremoti e nelle frane, e i volontari dei campi profughi nei paesi in guerra, e i missionari negli ospizi, e i lavatori di cadaveri negli obitori... Tutti in tuta di tessuto triacetato bianco, con cappuccio, per il lavoro sporco!

Tute come quelle che portavano anche i volontari venuti a pulire le spiagge e gli scogli sporcati dalla marea nera dell'*Erika*, a detergere gli uccelli invischiati nella nafta Total.

Durante la mia fuga a Lisbona, tutte le sere, tutte le sere! mentre aspettavo le notizie sull'assassino dei sacchetti di plastica, il presunto responsabile degli omicidi di Donata Fiorelli, Angéline Douin e Julie Richard: Sid Ali B. – tutte le sere, tutte le sere! Sid Ali B., mentre aspettava le notizie che mi riguardavano, doveva prima sopportare da otto a dieci minuti di immagini del disastro ecologico in Bretagna; lo spettacolo di uomini e donne ammassati come cormorani sugli scogli, tutti con addosso tute bianche macchiate di petrolio unto e appiccicoso, tute completamente nere di petrolio Total unto e appiccicoso alla fine di giornate da ergastolani – bleah!

E beur delle periferie cosiddette difficili, beur di cité del 93, miei simili, miei fratelli – miei fratelli, cazzo! –, beur venuti volontariamente, gratuitamente, e umilmente, per di più!, a pulire la merda che giorno dopo giorno continuava a fuoriuscire dalle fiancate della nave cisterna colata a picco! E contenti, quegli schiavi! allegri! felici di proclamare nel microfono teso con tanta condiscendenza dal giornalista che, cioè capito erano orgogliosi di mostrarsi solidali, orgogliosi di dimostrare, in diretta, live, che erano altruisti, che non erano quelli che si diceva! macché, mica *casseurs*! mica vandali! mica teppisti! macché, anche loro sapevano essere costruttivi! Facevano vedere di avere messo la testa a posto sgobbando aggratis, quegli schiavi volontari! si riscattavano sfinendosi, pieni di buonumore, ad aggottare la marea nera puzzolente per il grande boss della Total che offriva, lui, una giornata – dico una giornata! una! – del suo astronomico stipendio annuo, e per lo stato!

Per lo stato che, quando loro sono tornati in treno, il 31 dicembre, con l'intenzione di festeggiare l'ultimo dell'anno come tutti, e di celebrare degnamente l'ingresso nel nuovo millennio a Parigi, gli ha mandato la madama, alla Gare Montparnasse!, a scortarli, saldamente: hanno bisogno di essere ben inquadrati, questi adolescenti delle periferie difficili! In realtà, tutto ciò per sbarrargli l'accesso alla metropolitana e controllargli i documenti, a quei buoni giovani francesi, così pieni di senso civico! solidali con la nazione in questi momenti difficili! degni di essere paragonati ai soldatini della Grande Guerra che nel fango lurido e freddo delle trincee si erano sacrificati per la Francia! nuovi soldati dell'anno II! così coraggiosi! così responsabili! quindi salvabili! redimibili! e che volevano, quei raga, essere francesi come tutti gli altri giovani francesi, e tutti contenti credevano che Chevènement avrebbe dimenticato, per una sera, un'unica sera! una sola sera in un anno! l'ultima sera dell'anno! del secolo! del millennio! che avrebbe dimenticato, il ministro degli Interni, che quegli eroi si chiamavano Ali, Asad, Aziz, Fuad, Gamal, Hamza, Karim, Nabil, Nagib, Murad, Mulud, Moh, Raduane, Yared, Zinedine!

Tornavano sfiniti da otto giorni passati a raschiare e a spalare, a botte di dieci ore al giorno, sotto una pioggerellina gelida, mangiando solo panini per otto giorni. Avevano un unico desiderio: andare a spassarsela sugli Champs, come la sera della finale dei Mondiali. "E uno, e due, e tre... Zero!" Non immaginavano che alla Gare Montparnasse la madama li avrebbe aspettati a piè fermo, con tanto di elmetti, manganelli infilati nel cinturone, parastinchi e piastroni dei giorni di sommossa: per controllarli, quei bravi giovani volontari nati nel dipartimento 93, e impedirgli di andare a festeggiare!

Festeggiare? Per ringraziarvi di tutta la fatica che avete fatto? No! Neanche un grazie.

E a loro, ai beur dei quartieri difficili, la tuta protettiva non la cambiavano nemmeno tutti i giorni, sulle spiagge della Bretagna. Spesso la mattina dovevano rimettersi quella del giorno prima, appiccicosa, nauseante, tutta sporca di nafta Total! E i guanti di gomma che gli avevano fornito erano guanti da casa qualsiasi, non i guanti spessi di neoprene obbligatori per tutti gli operai del petrolio e dei suoi derivati che sono cancerogeni: il beur dotato di senso civico, il beur ben integrato, il buon beur può pure crepare di cancro!

"Sono incazzato! Sono incazzato!"

Aquilino:

"Oh! Cosa c'è, moro? Bieni mangiare! Fatto baccalé a Lagareiro. Televisão è bullshit".

Ma dopo la marea nera finalmente veniva, successivo servizio del tiggì, il caso Sid Ali B. E si vedevano altri uomini in tute bianche di triacetato: i periti giudiziari, i tecnici della polizia scientifica che rilevavano gli indizi sui cadaveri di Donata, Angéline e Julie, cercavano le eventuali tracce genetiche, un capello di Sid Ali B., la saliva di Sid Ali B., lo sperma di Sid Ali B., il sangue di Sid Ali B. Le lacrime, chi lo sa? Lacrime negli occhi scuri, fissi, folli del presunto assassino, occhi come quelli descritti dalla signora che riferiva al tiggì, davanti al mazzo di microfoni tesi da TF1, RTL, Europe 1, France 2, FR3, M6, Radio France... "Appena l'ho visto, lì nel vagone, il suo sguardo fisso, da pazzo, mi ha raggelato il sangue!"

Nessun ricordo di averla vista, vista con i miei occhi. Nessun ricordo di averla incontrata fuori onda, altrove che sullo schermo. Un motivo c'è: né di giorno, né di notte, ho mai viaggiato sul Parigi-Irun.

In tuta bianca, operavano i tecnici e i periti della polizia scientifica e giudiziaria. Come noi, Abdelali e Abdelhaq, tecnici dell'uccello, periti del culo.

Ai bei tempi, arrivati alla bettola di "Monsieur Omar" io e Rabah ci spogliavamo completamente, slip compresi, e io e Abdelhaq ci infilavamo una tuta. Belli comodi! La tenuta da adescamento ideale d'estate: subito tolta, leggera, pratica; niente sotto, cosa che mette in risalto la plasticità, voglio dire il corpo, la muscolatura – e lascia indovinare l'uccello e le palle. Il cliente la trovava sexy e noi pure.

Pratica, oltre tutto: la butti via quando è sporca, ne prendi un'altra – cento franchi. Noi prendevamo il modello con una tasca sulla coscia, per ficcarci dentro tutta la mercanzia: preservativi, gel lubrificante, neutro e mentolato, salviettine Sternosept in sacchetti sterili e quei guanti di lattice usa e getta che si comprano a confezioni da dieci al supermercato sotto casa, "La tua seconda pelle" – qualità *Manipolazioni delicate*®, l'hai detto l'hai! Ideali per lavorare igienicamente il culo del cliente, allargarlo, ungerlo, ammorbidirlo, intenerirlo, ammollarlo prima di percuotere con il cazzo, di stantuffare, di bombardare – *comando delle valvole tramite nottolini oscillanti a rotelle servocontrollo dell'avan-*

zamento all'accensione al limite del ticchettio brevettati BMW. Misura 7 1/2, i guanti: devono essere perfettamente aderenti alla mano. Ma la tuta, XXL, la taglia più grande: deve essere grande, aerata, aerea. Il cappuccio ovviamente rimane abbassato; e la cerniera lampo tirata giù fino all'ombelico – il cliente la trovava proprio sexy, e noi pure. Piedi nudi in un paio di Nike bianche slacciate, occhiali da sole a lenti polarizzate Vuarnet, o CK o BMW *Prodotti derivati* sulla fronte... Schizzavamo a far sfracelli all'angolo del vicolo cieco. Dai che si va!

"A dopo, signor Omar!"

Il grosso della clientela era puro porco Infedele 100% francese: grassi, brutti, sulla quarantina, la cinquantina e oltre. Cui si aggiungeva, visto che è un quartiere turistico, ah Pigalle! ah Montmartre! qualche grasso e brutto BEN: Bianco Europo del Nord – porci crucchi, porci belgi, soprattutto porci olandesi.

Necessariamente grassi, brutti, ultraquarantenni: se si fa eccezione per qualche giovane perverso, bello, scopabile, la cui fantasia è quella di pagare per avere piacere, o che gode solo se tratta il beur come una puttana – se gli dà della puttana –, il cliente è uno sfigato che sarebbe sbattuto fuori dai locali del Marais – troppo grasso! troppo brutto! troppo vecchio! – se pretendesse di cuccare come tutti gli altri: per scopare gratis. Il finocchio bianco amante della pelle scura, giovane, bello e scopabile, può sempre trovare qualcuno da trombarsi gratis nel Marais. O, se è più temerario, al tea dance delle Folies Pigalle, dove i gay delle associazioni di gay beur e i militanti di Kerma lo accetteranno di buon grado come un ospite, un benvenuto, un amico, un compagno, uno di loro, persino, se non è troppo guardone, troppo curioso dei costumi esotici, troppo classico progressista adoratore idiota degli umiliati e degli esclusi, insomma se non scassa il cazzo a volerla mettere giù alla *United Colors* – siamo tutti uguali! Siamo tutti fratelli –, alla fratello.

Ma ci sono anche, tra i froci amanti della pelle scura che sarebbero perfettamente in grado di rimorchiare un partner di loro gusto e di trovare facilmente, per una sera o per la vita, un amante beur, affettuoso e disinteressato, in un locale gay del Marais, o fuori da un concerto a La Cigale, o in un qualsiasi altro posto, per strada o ai giardini pubblici, con il solito metodo "Ti piaccio? Mi piaci!", ci sono, tra questi froci amanti della pelle scura, quelli che avrebbero troppa paura, i porci, quando è ora di darci, di portarsi a casa il partner conquistato... Non si sa mai, eh? un africa! Questi sono sporchi, sono tutti ladri: piscerebbe senza sollevare l'asse del water, mi macchierebbe le lenzuola comprate da Habitat, mi calpesterebbe la moquette pura lana con le suole a carrarmato dei suoi pesanti anfibi e alla fine l'africa se ne andrebbe portandosi via il mio lettore laser e il mio blazer di Hugo Boss... Tra questi froci ci sono quelli che avrebbero troppa paura a scopare a domicilio con un beur ma sarebbero molto più angosciati, quei porci, sarebbero letteralmente terrorizzati se il beur gli proponesse, cosa rara, di venire a scopare in periferia, a casa di amici: una trappola! garantito! un beur che mi offre di dormire nella sua cité del lontano 93! Mai, mai fidarsi del beur, soprattutto del beur che ti sorride educatamente, del beur che ti dice amorevolmente che sei il massimo, che glielo fai rizzare, proprio tu, il bel bianco biondo con gli occhi azzurri, labbra sottili, pelle setosa da bebè, odore di latte, prepuzio d'origine, marchio Qualità Francia, norme NF, vero purosangue.

No, si corrono meno rischi a marcare una marchetta: il costo della botta è il costo di una relativa sicurezza. Oltre tutto se ne trovano intra muros, a Pigalle: non c'è neanche bisogno di oltrepassare la tangenziale. E niente sentimenti, con la teppaglia!

Tipi del genere erano quelli che noi, i Gilles, gli Abdels, disprezzavamo di più sul lavoro: i Jean-Claude, - Louis, - Jacques, - Pierre, - Marie – dentro di me li chiamavo così, ricordo del primo cliente che avevo rimorchiato, senza esperienza, da occasionale, tutto solo come un vero ometto, free-lance, davanti a una vetrina dello show-room BMW, sugli Champs: Jean-Michel, in realtà, Jean-Mi per gli intimi, immagino, Jean-Mi e il suo giubbotto di camoscio azzurro checca – bleah! – Jean-Mi il culattone, che poi avevo trattato come una marchetta tratta il cliente nei copioni abituali di film, telefilm e sceneggiati vari... Come una vera marchetta non tratta mai il cliente nella realtà.

Certo, è più facile farselo rizzare e mantenerlo duro davanti a un bel ragazzo magro e muscoloso, ma alla fin fine preferivamo, in ogni caso io, ma anche Rabah, me l'ha spesso confessato, alla fine tutto sommato preferivamo scoparci qualche vecchio grasso e brutto, che non poteva fare altro che pagare per avere un po' di gioia, e offendeva molto meno il nostro onore, in fondo, e del resto dentro di sé ci disprezzava molto meno del perverso, bello, giovane, magro e muscoloso, amante di beur, che trova figo, divertente eccetera eccetera, farsene uno in rue des Martyrs, lo stronzo!

E quando il tuo cazzo fa l'interinale, come diceva ironicamente il nostro amico Djebril, che per avere un minimo di copertura versava contributi previdenziali come *Lavoratore interinale dello spettacolo*, per giustificarsi si esibiva in certe feste etniche del sabato sera, ambiente pallosissimo ma politicamente corretto, e aveva fatto il figurante in uno spettacolo tamarrissimo di suoni e luci a Blois, *La France multicolore*, capito il genere: conosceva un'addetta stampa di Jack Lang... Vabbé! Chissenefrega, andiamo oltre, dicevo: quando il tuo cazzo fa l'interinale, quando, davanti a quell'orrido ammasso di carni flaccide, l'uccello ti si ammoscia: una spruzzata di aerosol vasodilatatore per ritrovare la fiducia, e il fegato, sede, per noi arabi, del coraggio, dell'audacia, della virilità; prova a dirti, fuori onda, che sei un uomo, un uomo vero! lascia andare l'immaginazione a manetta: immaginati che il culo dalle chiappe mostruosamente grasse, flaccide, varicose e rugose del cliente è in realtà la topa di una splendida bimba dagli occhi di gazzella, raffiguratela tanto da far rizzare automaticamente il pestello in verticale, posizione *ready on* – bella lì! Oppure convinciti che la lingua di quel porco, così rugosa che senti le papille indurite, calcificate dagli anni, sulla cappella sensibilissima benché inguainata in un preservativo dodici micron preformato anatomico di lattice naturale siliconato ipoallergenico speciale fellazione Blowjob *Extrathickstrong* ® – gusto vaniglia o gusto fragola –, la sua lingua è la lingua di Djamila... La lingua di Djamila nella mia bocca, per un lungo bacio cinematografico.

Pudore musulmano: non ho mai osato chiedere a Dja di farmi un pompino – h'chuma.

Adesso questo tempo passato ad abdelcazzinculeggiare da "Monsieur Omar" mi sembra irreale. Come se l'esperienza che racconto qui non fosse mia, ma di un altro, simile a me solo in apparenza, molto superficialmente. Un Gilles vestito di bianco com'è d'uopo, e con tanto di guanti "Seconda pelle"... Un'ombra del mondo dei Morti, in tuta di carta. Il personaggio di un romanzo.

Tuttavia non cancellerò niente. Riferisco la pura verità. Ma temo di dare al lettore l'impressione che ricavo io myself, Sid Ali, nel rileggermi: di non aver fatto altro che puttaneggiare per tutto l'inverno '97-98, e fino all'estate – in realtà fino alla fine della mia quarta – e invece io andavo a battere solo il mercoledì pomeriggio, quando non c'era lezione. Che venga a me, allora, il corpo insegnante maschile omosessuale amante di giovani arabi! i prof che dovevano morire dal desiderio per i loro studenti beur ma non volevano correre il rischio di rovinarsi la carriera in una brutta storia: abuso di minore aggravato: da persona con autorità ecc. Art. 227-25 del Codice Penale (fino a 5 anni al fresco e 500 carte di ammenda, se senza costrizione né violenze) e 227-26 (fino a 10 anni e 1000 carte se con) – e quindi venivano, al riparo dal ricatto e dalla violenza, a soddisfare la loro fame di carne tenera e *halal* da un Abdel – Ali – Aziz – Haq – Hafez – Jalil – Latif – Hakim – Kader – Majid, a scelta.

E non ci andavo nemmeno tutti i mercoledì: avevo i compiti da fare, oppure preferivo starmene a leggere tranquillo, o cazzeggiare un paio d'ore alle Halles, o sugli Champs. Certe volte ci sono tornato anche il sabato, o la domenica.

Ma quante volte, alla fin fine, ci sono tornato il sabato o la domenica? Nove... Dieci volte? Dieci volte al massimo.

Non ho nessun ricordo del primo cliente rimorchiato da professionista. Se provo a dargli un volto, un corpo, un nome, il nome reale o fittizio con cui si è presentato a me, non vedo nessuno, non ricordo nessun nome. Tutte le volte si frappone la presenza, peraltro assai fantomatica, del Jean-Michel, alias Jean-Claude, e l'immagine della stanza gialla con le tende e il copriletto rosa del *Détente Balzac*, che era una casa d'appuntamenti molto più chic dei bugigattoli al primo piano della lurida bettola di "Monsieur Omar".

Mi aveva portato lì Rabah, otto giorni dopo il nostro incontro alla Gare-du-Nord.

Djebril mi conosceva a sufficienza per sapere che non avevo sedici anni e che ero il fratello minore di Aziz B., una celebrità dei Poeti. Non era entusiasta all'idea di accettarmi nella squadra: non voleva grane con i minorenni né con i loro fratelli maggiori. Ma io ho insistito, Rabah pure, e Djebril ha ceduto. Mano sotto mano sopra, schiaffo palmo contro palmo, mi ha detto:

"Bella lì! Mi fido di te perché sei il fratello di Aziz".

E per maggior sicurezza ha vantato la sua giovane recluta, cui ha attribuito diciannove anni, al vicecommissario Lefranc. Il "signor Jacques" ha molto apprezzato il mio ardore. Gratis, visto che in fondo il pappa era lui. Ma in effetti non ho neanche dovuto sforzarmi molto: faceva body building, era magro, si lavava, benché fosse bianco bianco aveva begli occhi azzurri della sfumatura che noi chiamiamo cabila, si preparava il culo tutto da solo come un ometto prima di farsi inchiappettare, non dovevi infilarti i tuoi "Seconda pelle"... Ah! E dimenticavo, era sempre in Lacoste, ne aveva di tutti i colori disponibili della gamma Arcobaleno, più una nera Charcoal (la mia preferita è la bianca Narvik). Si trattano bene, questi sbirri corrotti.

Rabah sosteneva che il mercoledì pomeriggio venivano a putaneggiare con loro anche ragazzi delle medie: tutte balle, minchiate, solo per attirarmi. Trovava divertente iniziarmi al marciapiede, insegnarmi i trucchi del mestiere. Ma io fui, e sono sempre rimasto, io, Sid Ali, liceale di quarta, sezione difficile, il più giovane dei Gilles.

Andavamo talmente d'accordo, io e Rabah, che ogni tanto esercitavamo in doppia: uno farcisce il culo del cliente, mentre l'altro, appollaiato su uno sgabello da bar, gli farcisce la bocca con il cazzo, al porco. A quel punto, con la bocca piena, per la culandra è impoffibile chiamare la mamma e sbraitare mentre l'altro gli schizza il sughetto sotto plastica nel culo. Uno davanti, uno dietro... Balek! Tocca a noi! Go! Spruzzo io, spruzzi tu, spruzziamo in simultanea. Abdelali-Abdelhaq, in accoppiata, doppio navetta, duetto da competizione perfettamente sincronizzato, come una coppia campione di pattinaggio artistico: a tempo, perfetto senso del ritmo – 10/10, complimenti della giuria! Siamo venuti insieme, precisi, con un decimo di secondo di scarto... E il porco ha goduto come il porco che è! La sua sborra è schizzata sul linoleum consunto del "Monsieur Omar" Un bell'applauso per gli artisti! "E il vincitore è..."

Cazzo, era la cosa che ci divertiva di più, a me e a Rabah! Come se noi due, belli, fieri, audaci, virili, valorosi, sovrani, *sayyed*, potenti come l'onnipotente, facessimo l'amore per interposto cliente grasso e brutto, lanciandoci occhiate complici al di sopra della spalla di quel culo rotto, spronandoci a vicenda con la voce, eccitandoci a insultarlo in coro, il culo rotto: "Haluf! Haluf! Haluf!".

Mettevamo alla prova la nostra amicizia. Eravamo intercambiabili, eravamo uguali. E spesso, per gioco, durante quelle partite in doppio, ci scambiavamo gli pseudonimi: io ero Abdelali, lui era Abdelhaq. L'haluf, ancora più sconvolto, non ci capiva più niente: Chi è chi?

"Muto, haluf! ciucciati 'sta tega! beccati l'altra in culo! Un cazzo di Abd davanti, un cazzo di Abd dietro, era quello che volevi, no? Il signore è servito."

Abdelali (l'uno o l'altro):

"Trivello?".

Abdelhaq (l'uno o l'altro):

"Trivella!".

Abdelali e Abdelaq:

"Ci siamo?".

"Ci siamo!"

Insieme:

"Fuoco!".

Ci spappolavamo dalle risate! O quanto meno ce lo dicevamo, dopo: cazzo, l'abbiamo ribaltato, l'haluf, ribaltato! E noi ci siamo spappolati, spappolati dalle risate!

Sì, ci spappolavamo, e non lo sapevamo. Io – Sid Ali, perlomeno, se non Abdelhaq, o Abdelali, o Abdelhaqli – mi spappolavo. Il mio io si spappolava. Quanto a Rabah, non lo so: adesso a ripensarci credo che il male fosse stato compiuto da tempo. Il male l'aveva colpito e nessun marabutto poteva farci più niente. Era inutile che andasse a consultare quel ciarlatano del professor Si Kif, a due numeri da casa sua. Né uno di quei ciarlatani chiamati psi (stronzi). Nessuno ormai poteva fare più niente per lui, mi sembra. E perché avrebbe dovuto andare a farsi vedere da qualcuno? Non stava male. Era bello. E io pure. Sì, pure io.

A volte, dopo le nostre ore di lavoro tornavamo a piedi a Barbès, per un'oretta o due di coccole, di caste carezze, di abbracci fraterni, a casa sua, in rue des Poissonniers. Solo amicizia: di sesso ne avevamo avuto a sufficienza.

Entrando, senza perdere un secondo, Rabah sfiorava con il dito il tasto atattile *on* e la *play random* del Bang, il cui tasto *power* rimaneva acceso ventiquattr'ore su ventiquattro. Che importanza aveva il disco lasciato sul piatto verticale? La funzione random ce l'avrebbe fatto sentire in un ordine aleatorio. Cos'era? Suono. Giusto per coprire le grida e i clacson che si levavano dalla sempre chiassosa rue des Poissonniers. Unz unz unz – SON: Sons of Nothing. Vai! Shtonk, shtonk, shtonk – BK: Born Killers. Vai!

Shpum tonk shpum tonk shpum tonk – PR: Pervert Rats. Bella lì.

Shpum tonk bang shpum tonk bang shpum – DRH. Direttore risorse umane? Ma non dirne più. Dirty Race Hooligans... Noi! Vai! *Parental Advisory*, *Explicit Content*.

Esplicitamente contenti, ci facevamo una doccia insieme, bella calda, reciproco insaponamento, giochi scemi con il telefono della doccia, sagomato come un pisello, che a turno fingevamo di volerci infilare reciprocamente nel didietro, con il rubinetto aperto a manetta, ghignate intense sotto il getto, dopodiché energica asciugata sfregamento in un grande accappatoio da bagno Lui&Lui.

Rabah spingeva con il piede la porta su cui era attaccato un grande specchio dove vedersi a figura intera: l'immagine riflessa di due buffoni con gli asciugamani messi come toghe oscillava, tremava un attimo, di traverso, nella prospettiva della stanza, poi si immobilizzava. Lasciavamo cadere le toghe e tenendoci per la spalla andavamo a piazzarci nudi come vermi davanti allo specchio, di faccia. Rabah, per scherzo, esclamava nel tono aggressivo, litigioso, di chi attacca briga con uno sconosciuto che l'avesse offeso con uno sguardo troppo insistente, un gesto ritenuto inopportuno, un sospiro eccessivo al suo passaggio, o per non avergli ceduto abbastanza in fretta il passo sul marciapiede:

"Chi sei, tu? Chi sei, tu? Eh! Chi sei?".

Si rivolgeva a lui o a me? Va a sapere!

Rideva a crepapelle, fatto com'era di prozac, di quaalude, di high'n'low, di fumo – più una o due lattine da 50 cl di 8.6, dopo che s'era scolato le sue due o tre Corona. Il rilassamento, dopo la tensione di un cazzinculo da competizione... E morivo dal ridere, pure io, Sid Ali. Morivo dal ridere. Dal ridere, morivo. Ridevo ancora più forte di lui. Mi spisciavo, cazzo! Mi spisciavo. Che gioia. Era orribile.

I gonna kill you
You, rat!
I gonna shit on your bloody carrion...

Shtonk unz shtonk unz shtonk – ARA Abattoir Rubber Apron. Sulla foto del CD i musicisti del gruppo posano travestiti da macellatori: stivali e lunghi grembiuli bianchi di plastica insanguinati. Bella lì.

Uscivo di lì vagamente nauseato, un po' stordito. Come in trance. Tornavo alla Gare-du-Nord, dove dovevo prendere la RER per tornare a casa. Potevo anche beccarmi un taxi, con tutta la grana che facevo. Ma no. Poi mi toccava farmi pigliare per il culo, se uno dei soci mi vedeva farmi lasciare davanti al caseggiato B, via Mallarmé, cité dei Poeti. E magari in un taxi Mercedes, a me che piacciono solo le Biemme? I taxi non sono quasi mai delle Biemme, ci avete fatto caso? Il tassista avrebbe accettato di portarmi in quel buco di culo del 93 dove sto io? Con la mia pelle scura, metti che era un lepenista? E quando noi africa osiamo chiamare un taxi per strada, nove volte su dieci, nove volte su dieci!, è matematico! non ci capita mai il taximan dalla pelle scura o black, no! ma il bianco che più bianco non si può, fascio, lepenista, con il suo pastore tedesco seduto accanto che ti mostra le zanne! E nove volte su dieci quel figlio di troia non ti vede! semplicemente non ti vede quando lo chiami! Oppure ti vede, rallenta, tu ti avvicini, come un coglione, stai per aprire la portiera e quello riparte, quel figlio di troia, na'din'mok! e qualche volta molla pure il volante per farti un gestaccio! non importa se sei pulito, vestito bene, Lacoste, Calvin Klein, Fila e via dicendo! quello stronzo! niente! nada! fuori dalle palle! non vuole né te né i tuoi soldi, non vuole africa sulla sua macchina. E non azzardarti, se per caso ti prende su comunque, perché ha avuto una giornata non buona, quel bastardo! non azzardarti a non avere denaro contato, non azzardarti assolutamente, anche se devi cacciare più di 250 carte – tariffa notturna, periferia, festivo la rava la fava –, non azzardarti assolutamente a piazzargli lì un pezzo da 500, un Pierre e Marie Curie: ti dirà che di sicuro è falso! che non lo prende! Quel bastardo! Quel nazi! Quel nazi con il suo pastore tedesco – "Rex! Attacca!"

SS! Papon! Aspetta solo che abbia il mio pitbull! – "Attacca Satanasso! Attacca! 'Llah!"

Sono incazzato! Sono incazzato!

E che cazzo me ne facevo di tutta la grana guadagnata con il sudore del mio uccello?

Poco, me ne facevo. Non compravo praticamente niente. L'ammassavo in un sacchetto di plastica Casino – ah ah. Avevo, nell'armadio di camera mia – era solo mia, adesso che Aziz era al fresco –, avevo un contenitore di plastica dove ficcavo, appallottolati, tutti i sacchetti di plastica che fottevo. E sotto, in quel sacchetto Casino, ci nascondevo il mio gruzzolo di marchettaro. Che cazzo me ne facevo di quei Cézanne, di quegli Eiffel, di quei Curie? Non mi andava di regalare a una tipa dischi e libri pagati cash con il culo: non mi aveva portato fortuna. No, li mettevo da parte per darli ad Aziz, quando fosse uscito di galera. O ad Ahmed, se un giorno l'avessi ritrovato: per dimostrargli che suo fratello non era una mezzasega. QI 137 e culo uguale.

Ah sì! Mi sono comprato un rasoio supertecnologico che ti fa l'effetto mal rasato: il rasoio elettrico con regolatore. Scalino amovibile che ti lascia quel millimetro di pelo necessario, né più né meno, al pelo, per fare l'effetto barba di tre giorni, ma non di quattro. Ti devi rasare assolutamente con quello lì tutte le mattine per fare l'effetto barba di tre giorni. Tutta un'arte. Tanto più che mi ero fatto crescere il pizzetto alla moda: il pizzetto stile favorito della regina Margot (Adjani-l'algerina, cazzo, *as* la regina Margot!). Devi togliere lo scalino e cambiare regolo per raderti le guance: che siano belle rasate di fresco la mattina, le guance – pulite. Un lavoro pazzesco: precisione, polso fermo, la lingua che preme da dentro la fossetta seduttrice all'angolo delle labbra, quel sorriso ambiguo che fa il fascino speciale di Sid Ali – il sorriso assassino, come lo sguardo!... Bella lì. Almeno dieci, dodici minuti davanti allo specchio del lavandino, ogni mattina, per aver l'aria trascurata quel tanto che ci vuole, cazzo. E tuo fratello Azzedine, e tua sorella Amina, che scalpitano dietro la porta, che gemono, che vogliono entrare a lavarsi subitissimo, entrano a scuola alle otto e mezzo, loro! – Non se parla, sbarbati! Porta chiusa a chiave: che nessuno mi rompa i coglioni mentre mi faccio bello! Ci vuole quel che ci vuole. Non smetterò mai di stupirvi. Sono Sid Ali B. "Apro la busta. E il vincitore è... Ladies and gentlemen, l'oscar va a... Sid Ali B.!"

Standing ovation.

Ma risparmiavo anche per farmi un bel viaggio, l'estate seguente. La grande avventura! Marrakech, why not? Ricaricarmi in una lussuosa sobrietà, come quello stronzo di avvocato golfista, il datore di lavoro di Djamila, l'estate scorsa... La grande avventura, insomma! Quest'estate non me ne rimarrò blindato ai Poeti.

E poi, una follia, un giorno, una pura follia... Ma Rabah ce l'aveva, dovevo avercelo anch'io! Dovevo avercelo: un orologio Officine Panerai. *Un tempo, segreto militare. Oggi, riservato agli iniziati*. La pubblicità è una vecchia foto d'archivio in bianco e nero, dove compare un sommozzatore dei servizi segreti italiani che ne ha uno al polso. Era il cronografo degli incursori subacquei, dei commandos suicidi del sabotaggio sottomarino durante l'ultima guerra – cazzo, 13.650 franchi il modello base, titanio e acciaio speciale *Qualità navale* ®, l'unico degno di te perché il più sobrio, il più simile all'originale storico a uso militare, e il più virile, quindi. Vabbé, quella superchecca palestrata di Stallone ne porta uno in *Day light*, ma tu strafottitene: anche Bruce Willis lo porta! E non al cinema, nella vita, nella vita reale, Bruce Willis! Ed è un uomo, un vero uomo, Bruce Willis! Un Officine Panerai. Rabah l'aveva visto su "Voici": Bruce ne porta uno; da allora Rabah ne portava uno anche lui. Cazzo, non è mica l'orologio che hanno tutti, cazzo, l'orologio degli incursori subacquei, l'orologio dei sommozzatori-sabotatori! L'orologio cronometro delle missioni suicide... Bella lì. Dovevo avercelo.

Dovevo avercelo!

L'inconveniente, quando sei pagato solo in nero – e le culandre non pagano le marchette con un assegno, claro! –, l'inconveniente è che devi pagare tutto in contanti. Non hai un libretto degli assegni, non hai una carta di credito. E al di sopra di una certa somma, quando passi alla cassa, i tuoi contanti puzzano. Soprattutto quando vengono da un pivello di sedici anni, anche se ne dimostra benissimo diciotto, diciannove e, dall'alto del suo metro e ottantaquattro, ne dichiara venti e mezzo.

Quell'impercettibile fremito delle narici del commesso, da *Cronopassion* in rue Saint-Honoré, quando mi ha visto tirare fuori dalla tasca zippata dei pantaloni di nylon laccato bianco Lacoste – quelli che avevo preso a Rabah – una mazzetta di biglietti verdi firmati Banca di Francia! Cortese, devo dire, non è questo il problema, ma, insomma, come se la mia grana puzzasse un filo. Puzza di arabo, o di marciapiede, puzza, la mia grana? O di tutte e due? "Aggiungete a ciò gli odori!" come ha detto Chirac.

E quando il commesso mi ha cortesemente chiesto il mio nome e il mio indirizzo per inserirli nel computer e farmi il buono di garanzia a vita – a vita, Sid Ali! A vita! E il certificato rilasciato dal COSC (Controllo ufficiale svizzero dei cronometri)! Officine Panerai: una marca italiana fabbricata in Svizzera. Cazzo. E il commesso pronuncia proprio giusto, *Panerai*. Panerai si pronuncia come raï. Bella lì. Panerai rima con raï. Panerai è un filo algerino. Bella lì.

Il mio nome? Sì, due parole: Sid – staccato: Ali. No, senza trattino. E il mio cognome, devo farle lo spelling? Ma è un cognome molto comune, sia in Francia sia in Algeria. Due pagine e mezzo sull'elenco telefonico del Seine-Saint-Denis. Il mio indirizzo? Ah sì: cité dei Poeti, via Mallarmé. Poetico, no? Elegante... Finché non dici il nome del comune e il numero del dipartimento: 93.

"Eccole la sua garanzia a vita."

"Grazie. Prendo l'astuccio ma me lo tengo al polso. Il mio Swatch? Oh no no, lo butti pure via."

Smerdato.

Ah! e la faccia della troia Royal Air Maroc, dietro al banco, quando le ho fatto, in tono distaccato, inquadratura ravvicinata:

"See, Business class. Pago in contanti".

9152 franchi, andata e ritorno in Business class. Che classe! La prima classe è volgare, fa arricchiti! Too much, if you see what I mean – ve lo dice Sid Ali B. L'avvocato, il datore di lavoro di Dja l'estate precedente, quello che andava a ricaricarsi con moglie e figli nel lusso estremo della sobrietà del suo come si dice ksar moderno, dalle pareti nude, dall'arredo monocromo così riposante per l'occhio, dopo un anno... *stressante?* naaaa: *sfibrante!* un anno sfibbbrante a Parigi, tesoro! – l'avvocato, la moglie, i bambini: Zoé, Silvestre e Balthasar – Balthasaaar! –, e la loro governante araba, ma educatissima, eh! La governante araba, gentile! ogni tanto se ne trovano, non è mica detto!, ordinata, la governante araba, pulita! e i bambini l'adooorano! –, la tribù viaggiava in Business class. Cazzo, quasi sei testoni, in sei! A meno che i pupi non paghino metà prezzo. Anche in Business class? Cazzo ne so!

La faccia di quella troia Royal Air Maroc mentre mi elencava, con la bocca a culo di gallina:

"Royal Air Maroc Frequent Traveler? American Express? Visa? Master Card?".

E io, aprendo piano la cerniera della tasca per tirare fuori la mazzetta: diecimila franchi tutti belli verdi – venti Curie.

Tolgo un biglietto, e i conti tornano.

"Cash, le ho detto."

Avevo l'aria sospetta? Anche qui? Avevamo l'aria sospetta, io e Rabah, all'agenzia Royal Air Maroc di avenue de l'Opéra? Sospetti, in Lacoste? Con occhiali Calvin Klein? E orologi da immersione Officine Panerai, *Un tempo, segreto militare. Oggi, riservato agli iniziati*? Cazzo! Non esiste. Ma tutti quei marruecos di Parigi che in nero si fanno le palle d'oro con l'importazione di tappeti o vestiti made in Marocco, come se lo pagano il biglietto? Non la tirano fuori, la mazzetta di Curie, al momento di pagare? Troiazza! *Jamila*, sul badge. Non Dj... Jamila. È una marocchina. I marocchini non dentalizzano la *J* come fanno quei bifolchi di algerini. I marocchini parlano un arabo più dolce, più musicale, più raffinato. I marocchini sono gli italiani del Maghreb, è risaputo. E noi i crucchi! I rozzi! I maragli! Algerini fa rima con cretini. I cretini che non hanno portato niente alla civiltà. Quelli che non hanno né arte né artigianato. Quelli che non hanno inventato la *nuba*, nel senso arabo-andaluso del termine, né i raffinati intrecci dello stucco decorativo nasride, né i *riad* fioriti e i loro getti d'acqua! *Laa*. Quelli che sono sempre stati colonizzati: dai fenici, dai cartaginesi, dai romani, dai libici, dagli arabi felici, dai turchi, dai francesotti per citarne solo alcuni... E dopo l'Indipendenza, colonizzati dall'interno, come notava con insolenza il nostro vicino di casa il signor Yahia: l'URSS come modello economico, i professori analfabeti importati dall'Egitto, e le bagnarole dalla Corea! Non ci sono più Pigiot, non ci sono più Rinault, laggiù, sono tutte Daewoo! Però la polizia, in Toyota! E i Corani a buon mercato stampati in Iran! Cazzo, che sfigati! Da noi in Francia almeno sono *printed in Saudi Arabia*. Con copertina plastificata e munita di cerniera lampo, in modo che una volta chiuso il Libro uno possa proteggere il testo sacro dalla sporcizia profana e dalla sabbia del deserto.

Jamila! Jamila della Royal Air Maroc! Royal troiazza! Ha chiesto gentilmente di vedere il mio passaporto, se per caso ce l'avevo con me.

"Il passaporto?"

Gliel'ho teso, aperto alla pagina dove c'è la foto, sospirando, seccato:

"Haaa huwa djawaz safarr!".

(Sottotitolo Televideo: Eeeecolo qua il passaporto!)

Sbiancata! Parlavo arabo come lei, benché con accento algerino. E quando il cliente danaroso di un paese arabo si innervosisce, alla reception o al banco, e ha a che fare con un impiegato visibilmente di origine araba, lo cazzia spontaneamente nella sua lingua materna – o, per meglio dire, se è arabo: paterna –, quell'imbranato non abbastanza servile, e che gli fa perdere tempo.

Non era il mio passaporto, ma quello di Aziz.

Somigliante, vero?

Sono proprio io. Bella lì. Nato il 12 novembre 1979, a El Boulaida (ex Blida), Algeria. Repubblica algerina democratica e popolare (tre bugie in quattro parole, notava sarcasticamente il signor Yahia). Al-Jazair.

La troia ha emesso il biglietto Parigi-Marrakech – *AR-R Open 10 days*.

Ha ricontato con abilità, destrezza e tatto – in modo che il cliente arabofono non si irritasse ulteriormente! – il grano; ha dovuto chiedere alla collega Rajaa – non Radjaa -- di passarle otto monete da un franco e quattro da dieci per darmi i 348 franchi di resto; ha convalidato il biglietto. Per la Royal Air Maroc mi sarei chiamato Aziz. Per la polizia reale marocchina mi sarei chiamato Aziz.

E adesso toccava a Rabah. Quasi un replay: raccordo, azione, motore, scena identica, come da copione, solo l'attore è cambiato, non le battute: "In contanti, le ho detto. Il passaporto? Haaa huwa djawaz safarr!". E il passaporto è il suo. Ma la troia ha un attimo di esitazione guardando la foto, un attimo di esitazione che non aveva avuto gettando un'occhiata al mio – voglio dire: a quello di Aziz. Il mondo alla rovescia!

Sennonché, il vero il falso: nessun'importanza nella vita vera come al cinema. Quel che conta è l'effetto: ci credi o non ci credi, stai dentro o stai fuori.

Ma sto anticipando la mia storia – eccomi già all'estate del '98, alla partenza per Marrakech. Vado troppo in fretta. Da quando posso misurare il tempo con una precisione garantita dal COSC, e garantita a vita! da quando avrei potuto, se avessi voluto, con il mio cronografo in titanio e acciaio speciale qualità navale, impermebile fino a duecento metri di profondità, contare i secondi in apnea – l'impressione è forse la stessa di quando soffochi in un sacchetto della spazzatura per godere: quello che il mio amico Gamal chiamava "fare *il Grande Blu*"? probabilmente non lo saprò mai, sarò troppo vecchio per iniziarmi all'immersione quando uscirò di galera – mi sembra di aver vissuto la vita in accelerazione – con il dito posato sul tasto *fast* del videoregistratore – fino alla scena finale, la scena *The End*, che situo nella cabina telefonica dell'Estação Fluvial, a Lisbona, e che invece mi procura una straordinaria impressione di rallentatore. Il tempo è sospeso – *Oggi riservato agli iniziati*. È come se rivivessi la scena che vissi, nel momento in cui la vissi, ma più lentamente. Tutto si scompone. C'è morte nella vita – nella vita vera. E finora questo non l'avevo mai capito. È una rivelazione. Mi tranquillizzo. Sono salvo.

Ed è anche la sensazione di averlo sempre saputo. Sapevo oscuramente quello che deve accadermi ora. Ne ho avuto il presentimento. Conoscevo la mia sorte. So che è finita. Nel momento in cui comincio a comporre il numero di Djamila – 00... 33... Il mio riflesso nella porta a vetri. Mi sorrido. Sid Ali!

"E se smettessi per un attimo di tirartela Sid Ali? Per un attimo. Solo per un attimo..."

Quel bagliore: la bella luce invernale, danzante e dorata, nell'acqua fredda – il luccichio infinito del Mar di Paglia... *La mer allée avec le soleil*. Ma il male non può più colpirmi. *Elle est retrouvée. Quoi? – L'Éternité.**

Sono salvo. Quell'uomo avanza, tira la porta a vetri, e il mio riflesso precipita nel vuoto. Ha un'arma... Uno sbirro! Sono in trappola. Inutile opporre resistenza. Dire a me stesso che l'ho voluto. Dire a me stesso: "Voglio ciò che accade ora". E che io lo voglia come ho voluto i Calvin Klein, come ho voluto la Helly Hansen, come ho voluto l'Officine Panerai! E come ho voluto quel roadster BMW che non ho mai avuto. Farò la fine del topo. Del topo, farò la fine. Del topo che sono. Del topo che sono sempre stato. Il topo che sono sempre stato, io, il bello e brillante Sid Ali B... È il tuo destino, Sid Ali. Era scritto. Al-hamdulillah!

La depressione, adesso. La depressione voluta. La depressione come liberazione. Sì, il mondo alla rovescia. Strappare via il sacchetto di plastica nel quale soffocavo fino al piacere. Finalmente posso respirare. Posso lasciarmi andare. Posso piangere. Come un uomo. Un uomo può anche piangere.

* Rimbaud: Il mare mischiato con il sole. È ritrovata / Che? – L'Eternità.

Se stamattina ho cancellato, alla luce del giorno, gli appunti buttati giù a matita la notte scorsa – inverno '97-primavera '98 –, se sono passato troppo in fretta dal marciapiede di rue des Martyrs al banco della Royal Air Maroc, in avenue de l'Opéra, forse è perché non voglio uscire dal mio attuale stato depressivo, che mi fa bene, tutto sommato, che finalmente mi permette di prendere fiato, come ho detto alla pagina precedente, per ritrovare lo stato depressivo in cui mi trovavo all'epoca, a mia insaputa – l'orrore cui nessuno all'epoca aveva dato un nome.

Poiché, in realtà, la depressione mi minava. Io non lo sapevo. Me l'hanno detto solo di recente: un medico della prigione, qui, che è riuscito a farmi rivedere la pessima opinione che avevo degli psi. Perché lui è portoghese? Finalmente uno che non cerca di farmi entrare a forza nei suoi schemi e nelle sue griglie standard di valutazione, proprio io, con la mia forte personalità e il mio QI di 137. Uno che, di me, non cerca di delineare l'identikit classico: adolescente beur di una cité difficile, allo sbando, furbo se non ipocrita, loquace, seduttore. Contemporaneamente *remissivo* e *ribelle* – bella lì. E *fabulatore*. E *affabulatore*. E *perverso* (?) – tra parentesi, il punto di domanda, nella cartella.

Lui non ha ancora potuto vedere la mia cartella, grazie a Dio. Non ha mai letto il polpettone medicosociale della famiglia B. Mi guarda con occhi nuovi. Senza falsa benevolenza, ma anche senza eccessiva severità. Non ero un piccolo delinquente che soffriva, ma non sono nemmeno un omicida che soffre, un assassino seriale – lui non dice "serial killer", ma "assassino seriale" – sono un uomo che soffre... Sfumatura. E quando gli ho detto il mio QI, ha esclamato ridendo:

"Ma non significa niente, il QI!".

E io non l'ho presa male. Non gliene ho voluto. Veramente? Non significa niente. Vabbé. Se lo dice lui – 'Llah! Tanto più che ha aggiunto:

"Si può avere un QI soltanto di 132, come me, e soffrire come soffre lei. È una malattia terribile, la depressione. Soprattutto quando non ha manifestazioni esteriori particolari. Invisibile agli altri, invisibile a lei. Niente lacrime, niente magone. Niente".

Cazzo, parla francese bene come me, e senza accento o quasi, il dottor da Silva. In ogni caso lo parla molto meglio di tutti gli stronzi che si erano occupati del caso Sid Ali B. Nell'inverno '97-98 ero depresso. Nella primavera '98 pure. Quanto all'estate seguente!...

E anche il mio avvocato mi ha consigliato di insistere su questo punto: ero depresso.

Non me ne rendevo affatto conto: quell'inverno, quella primavera, ero uno splendore. Non ero mai stato così smagliante. La mia *umm* lo riconosceva:

"Bello a mamma, figlio mio! Bello! E ricordati che ti ha detto il marabutto: il male non può scolpirti".

"*Colpirti*, mamma."

Mi perdonava di aver monopolizzato il bagno. Accusava Azzedine e Mina di rompermi i cosiddetti: mi dovevano rispetto, certo, perché adesso ero l'ibn. Ahmed non esisteva più per volontà del padre, e Aziz era privato della sua autorità sui più piccoli in quanto in prigione. Io ero il bravo figlio, il vero figlio. L'orgoglio della famiglia B. La mia camera sempre in ordine. E un'ottima pagella, il signor Yahia lo diceva: "Farà strada, il vostro Sid".

"Adesso mi sentono, figliolo! Se vuoi chiuderti a chiave, e chiuditi! Se ce ne hai bisogno! Quello che vuoi! Come vuoi, figliolo!"

"Apro la busta. E il vincitore è... Sid Ali B."

Tutti i motivi di soddisfazione. Tutti! Al-hamdulillah!

Eppure! Eppure! Quando me l'ero ben spassata, con Rabah, uscivo di lì vagamente nauseato, un po' stordito. E molto solo.

Percorrevo rue des Poissonniers. Pioveva. Pioveva sempre quando uscivo. Conservo il ricordo, un falso ricordo sicuramente, che pioveva sempre quando uscivo da casa di Rabah per andare alla Gare-du-Nord, per tornarmene a casa, ai Poeti. Pioveva e faceva buio. Anche nelle più belle giornate di primavera, anche alle sei o alle sette di sera, ora legale, in primavera, pioveva e faceva buio.

Gli scherzi della memoria: non ricordiamo nulla con esattezza, ritocchiamo, ricreiamo una continuità con scene prese da altre riprese, avanzi, scarti, immagini sfocate trovate nella spazzatura che è la nostra memoria.

C'era un clima mite, era la giornata più bella che potesse esserci, eppure pioveva, faceva buio, e avevo un po' freddo... E persisteva in me, febbrile pulsazione, il beat binario di un hard rap – SON, DRH, ARA, BK, PR... Giravo davanti la visiera del cappellino per proteggermi da quella cazzo di pioggerellina sottile e gelata che scenderà sempre nel mio ricordo. Accendevo una siga. Mentre giravo con il polpastrello del pollice la rotella del mio Zippo, mi tornava in mente con tutta la sua forza di siderazione, di esaltazione, l'attimo sconvolgente in cui avevo acceso a Rabah la mia ultima Stuyvesant, quando lui mi aveva tenuto fermo, alla virile, alla fraterna, il polso – la mano doveva tremarmi un po'. Facevo fatica a deglutire: sono rimasto per un attimo in apnea. Con la voglia, grazie a Dio repressa, di scoppiare a piangere.

L'istante miracoloso in cui ho osato scroccare a Djamila la sua ultima Stuyvesant... Quando Djamila mi ha mormorato, con dolcezza:

"Proprio perché sei tu, Sid Ali".

Sono io, sì. Esisto. Esisto nello sguardo altrui. Esisto in altro sguardo che non è il mio davanti allo specchio. Sono salvo. Smetterò di tirarmela. Ci proverò.

La nostalgia della prima volta! Conta solo la prima volta. Il colpo di fulmine. Il lampo che squarcia l'oscurità umida, ultravioletta, densa di gas di scarico sopra il ponte di ferro... Prima ripresa. La luce è ok? E il suono? Per me è ok. Buona questa!

Dopo? Dopo non si farà altro che ripetere, che tentare di ripetere in modo identico per ritrovare la gioia esplosiva della scena originaria. È lei, sono io, la amo. Si chiama Djamila. Inch'Allah! È lui, sono io, lo amo. Si chiama Rabah. Al-Djena!

Dopo? Gli accomodamenti, i piccoli accomodamenti con la realtà di quell'amore, i trucchi discreti, gli effetti speciali, le reinquadrature successive, un nuovo montaggio – a titolo di richiamo, come si suol dire –: l'amore giorno per giorno, l'amore giorno dopo giorno, che non è più veramente amore... Che, almeno secondo me, scemo che ero, non era più veramente amore! Scemo di brutto! Pazzo da legare. Credevo che l'unica cosa bella, vera, fosse l'inizio. Non avevo capito che tutto comincia dopo. Nella quotidianità... Nella banale realtà. A me bastavano i trailer. Guardavo Djamila dritto negli occhi, nei suoi occhi di un nero profondo, nei suoi occhi di un bianco così azzurro, così luminoso, e canticchiavo tra me, come un bambino che fischietta nel buio per farsi coraggio, per procedere nel buio fino in fondo al corridoio dove si trova l'interruttore situato alla sua altezza: *Je lui dirai les mots bleus, les mots qu'on dit avec les yeux... Je lui dirai! Je lui dirai!* Accendevo la sigaretta a Rabah. La fiamma illuminava la pupilla, così scura, dei suoi occhi dal bianco così azzurro, così luminoso: c'era ironia in quegli occhi, e insieme c'era qualcosa di tenero e fraterno, e durezza... Mi era bastato.

Percorrevo rue des Poissonniers – unz unz unz –, davo di spalle e di gomiti nella folla, sempre densa, la sera, sui marciapiedi e anche in mezzo alla strada... Attraversavo senza guardare, schivavo un paraurti – l'Espace bianca della PP, che tentava di aprirsi un varco azionando la sirena più stridula, ma invano. Passavo davanti ai bar dove si sentiva il raï e a quelli dove si sentiva lo *chaâbi*. I fiotti melensi del pop melodico del Cairo, violini lamentosi, sassofoni felpati e modulazioni lascive, mi impiastricciavano un po' l'anima – *Salma ya salama, salma ya salama, salma ya salama...* Di che cancellare in me il residuale unz unz unz dei Pervert Rats. Un manifesto in bianco e nero costellato di macchie rosse che rappresentavano il sangue invitava a manifestare contro *il terrorismo residuale in Algeria*. Quella sera c'era una *chorba* di solidarietà e tè da Cheb Moh Mmouni. Fuori da una macelleria halal, le teste di montoni seccate, incartapecorite, mi fissavano dalle orbite vuote. L'Aid-el-Kebir era passato, e quest'anno a casa non l'avevamo festeggiato, per la prima volta da quando ero nato. Ma le piccole botteghe alimentari profumavano ancora di *ras-el-hanut*, e la frutta e verdura africane avevano quel delizioso profumo leggermente nauseante, e acuto, così simile al puzzo di marcio. Certi dolori sono detti acuti. Probabilmente è proprio questo.

Più sotto, la Sirènes-Voyages proponeva il grande pellegrinaggio alla Mecca *a prezzi stracciati*.

Poi *Masgid Al-Fath...* Il richiamo alla preghiera si sente da qui. I fedeli si tolgono le scarpe sotto la tettoia di quella baracca di calcestruzzo grezzo e alluminio ondulato consacrata a moschea. La chiamano una moschea! Pasqua la chiamava una moschea. Chevènement, ministro degli Interni, la chiama una moschea.

Un barbuto cerca di convincermi a comprargli un vero Corano, l'unico Corano autorizzato dai muftì di Medina e della Mecca, non quello che ha l'imprimatur del rettore della Moschea di Parigi. Mollami, coglione!

Due jadda tutte imbacuccate in vecchi stracci e sacchi della spazzatura chiedono l'elemosina, mi prendono per la manica del mio Aigle bianco. Gli mollo cento franchi: il regalino di uno dei miei clienti del pomeriggio, un taccagno – un prof. Cazzo se sono pitocchi, gli insegnanti, con le marchette arabe. Ne parlavamo giusto poco prima, Rabah e il sottoscritto, Sid Ali. Shpum tonk shpum tonk shpum tonk – Pervert Rats. I topi pervertiti. Bella lì.

Ancora più giù, davanti a Bel Hom, due puttane nere in *boubou* e una tutta vestita da Tati propongono la botta a duecento franchi. Anche loro fanno prezzi stracciati.

Continuo per la mia strada. Tasto *play random*, come sui lettori di CD – traduco: andare all'avventura. Sono bravissimo in inglese. Number one. Quando andrò a incidere a Londra come Faudel: no problem. Eurostar! "'Io adoro viaggiare e quando torno in Inghilterra prendo la nave a Calais...' Bugiarda!" Morti dal ridere, io e Rabah, alla Gare-du-Nord! Morti dal ridere! Shtonk unz shtonk unz shtonk!

Ripensavo ai tre clienti che mi ero fatto in tre ore, servizio standard, nel pomeriggio, in rue des Martyrs: tre testoni. Più cinquecento carte di "regalino".

Dei fine contratto manifestano per ottenere un'indennità di tremila franchi! Quel che il sottoscritto, Sid Ali, tira su in tre ore, servizio standard... *Esclaves, ne maudissons pas la vie!*

Ma la mia tristezza non svaniva.

Tentavo di scacciare via Dja dai miei pensieri. Ma invano. Di colpo mi assalgono ricordi felici, importuni perché felici... Ricordi della felicità perduta: i nostri pomeriggi a casa di Agnès che non ho mai incontrato! I nostri pomeriggi da innamorati, stesi su quel kilim così ruvido, sotto il manifesto del Comitato per l'abolizione della duplice pena. Niente del cazzinculo da professionisti, tra Dja e me, niente della scopata da competizione. No, una cosa tutta coccole, delicatezze... Anche tutta goffaggini. Un modo molto arabo di poltrire, di accarezzarci senza stancarci, di raggiungere il piacere come senza averci pensato. Così. Regalato. Un dono del Cielo. 'Llah!

Ma quale felicità? Visto che ero riuscito così bene a staccarmi da lei, visto che tutto era scivolato via come su un tessuto idrorepellente, come la pioggia sulla mia Helly Hansen. Facevo come se non fosse mai esistita, come se la nostra storia d'amore non ci fosse stata. E facevo benissimo come se... Il più delle volte ci riuscivo. Se incrociavo Dja nel cortile del liceo, o in biblioteca, riuscivo a controllare le mie emozioni: per il semplice motivo che non ne provavo nessuna in particolare nei suoi confronti. Né in bene né in male. Credetemi, o non credetemi... Frega zero.

Dja faceva quella indifferente benché segretamente offesa. Io facevo quello indifferente benché vagamente stupito. Comunque sia: zapping. Avevo cambiato programma. *Esci? Smetti? Spegni il computer?* Ok. Cliccato il mouse. Djamila? Chi? La Djamila di quinta S? La cocca della professoressa Rénal? Quella che scrive su "Pote à Pote"? Quella che milita in Ma Ychali? Sì, ho presente. No, non ho presente. Decoder, please! Dov'è il telecomando? *Je veux le feuilleton, à la place!* "*Vertiges de l'amour.*"

Tra noi era finita, ben bene. Ben bene, nel senso: terminata bene, pulita, senza strascichi. Un colpo di spugna sulla tela cerata. Dja e Mastro Lindo. Nessuna carognata, da una parte e dall'altra, dopo. Nessun desiderio di vendetta. Il rispetto reciproco. "Massimo rispetto." Credo che Dja non mi abbia mai calunniato. Ne sono certo. E io so di non aver mai detto la benché minima cattiveria sul suo conto, dopo. La benché minima oscenità. Era una ragazza a posto, su questo non c'è alcun dubbio. Anch'io, Sid Ali, non ero una cattiva persona. Posso dimostrarmi nobile, generoso, leale. Era una ragazza a posto. Io sono un uomo. Non ci siamo mai giudicati.

Cosa era successo?

Se un amico insisteva, voleva sapere, lo mandavo a cagare all'istante:

"Fatti i cazzi tuoi, eh! Dja? Dja chi? Mollami. Gira la prua e levati dai coglioni!".

"Mi hanno detto che Djamila non è più amica di Malika per colpa tua."

"Ma va? Il Glorioso ha detto che riferire a un amico un pettegolezzo su di lui è come parlar male di lui. Cioè, non l'ha proprio detta così, ma il senso è quello. Togliti dai coglioni, povero stronzo. Potrei farti male." Così parlava Sid sulla montagna. E gli angeli gli sorridevano.

Sbiancato.

Detto questo, Malika, la halufa, se non fosse stata quel cesso che era, occhi sporgenti da mucca pazza, chiappe molli, coscioni, pelle grassa da acneica non curata con il gel antiseborroico, bleah, l'avrei anche violentata. Non da davanti: da dietro, 'Llah! Inculata alla dura come quei porci di clienti in rue des Martyrs! E poi l'avrei strangolata... Naa! Soffocata con un sacchetto di plastica.

Un sacchetto di Auchan, guarda, non si merita di meglio, quella troia... 'Llah! Così. Giusto per farle capire un'ultima volta chi sono io, Sid Ali. L'avrei sgozzata con un coltellaccio, bella lì, cazzo, come il montone dell'Aid-el-Kebir! 'Llah! L'avrei decapitata, la Malika, con la mannaia. Per non sporcarmi, mi sarei messo un grosso grembiule da macellatore di plastica bianca, e stivali da macellatore di plastica bianca, e quei lunghi guanti di gomma rossa che arrivano fino al gomito, fino alla piega del gomito, guanti da macellatore! Come i musicisti del gruppo ARA, sulla copertina del CD! Abattoir Rubber Apron.

I gonna kill you
You, rat!

Shtonk, unz, shtonk unz shtonk... Bella lì.

L'altro giorno l'ho incontrata sul ponte di ferro, Malika. Peccato che i due comuni, il suo e il mio, abbiano messo quella rete di protezione. Sennò, niente niente, l'avrei spinta con una spallata nel vuoto... 'Llah! L'avrei fatta cadere sulla strada a scorrimento veloce, quella troia! Cazzo che carambole, la sera all'ora di punta! sulla carreggiata in direzione della periferia! di quelle inchiodate stridenti, il corpo di Malika a brandelli! squartato! le ruote che slittano sul cervello e gli intestini che si impigliano negli assali! chlof! E il fegato che schizza sul parabrezza... chlof! i tergicristalli... Il fegato e la milza di Malika... La trippa di quella grassona di una mucca pazza... chlof! Trascinata per più di cinquecento metri, quella poveretta! Le auto incastrate una dentro l'altra! le auto che prendono fuoco... Alle otto di sera, titolo di apertura del tiggì! TF1? France 2? Naa, preferisco guardare TF1! PPDA, la sua voce grave per annunciare i grandi eventi, la sua faccia da funerale delle catastrofi nazionali! "Signore e signori buonasera. La tragedia della strada a scorrimento veloce. Nel Seine-Saint-Denis una beurette disperata si getta da un ponte... Dodici morti, quindici feriti gravi, nove automobili in fiamme... I vigili del fuoco hanno impiegato parecchie ore per liberare dai rottami del suo veicolo l'unico superstite... Tre caserme dei pompieri mobilitate... Tutti i centri di soccorso della regione di Parigi... Tutte le ambulanze del 93 al completo... I resti di Malika sotto le ruote di un roadster BMW Z3. Il guidatore del roadster miracolosamente indenne." *ABS, Air bags, antislittamento a regolazione elettronica ASC + T, brevetto BMW Gesellschaft...* "La povera Malika si è suicidata senza immaginare che avrebbe causato la morte di altre dodici persone... Il bilancio si fa più pesante di ora in ora... Le assicurazioni aspettano di fornire la loro valutazione del sinistro... Chevènement si è recato immediatamente sul luogo della tragedia... Le condoglianze del presidente della Repubblica alle famiglie... Sono allo studio misure d'intervento sociale per porre fine al malessere dei giovani nelle cité... Le Pen dichiara che la morte di Malika è un dettaglio..." Bella lì. Era un suicidio. Il suicidio fatale!

E io, Sid Ali, né visto né conosciuto. Perché nessun altro passava sul ponte di ferro nel momento in cui... 'Llah!

Ma no, scherzavo. Non si può più scherzare? Facevo il mio solito cinema. Il delirio! A dire il vero, me ne fregava una beata minchia di quella sfigata di Malika! Una beatissima minchia. La ignoro. Trattata *silent* ®! *No rustle* ®! Una beata minchia,... di nessuno, Sid Ali! Fanculo a tutti! Fanculo alla terra intera!

La mia malinconia era tenace. Avevo vampate di disperazione pura. Continuavo a percorrere a passi lenti rue des Poissonniers verso boulevard de Barbès, verso la Gare-du-Nord. Dovevo tornare a casa.

Pensavo ad Aziz in galera. Ogni sera gli scrivevo un bigliettino, in cui non gli raccontavo niente della mia vita. Solo qualche parola carina, perché non perdesse coraggio. Una volta uscito, si sarebbe vendicato della lingualunga che l'aveva infamato – ma questo non glielo scrivevo: sapevo che in galera la posta viene aperta e letta prima dai secondini. (Bastardi!)

Mio padre si era rifiutato di andare a trovare suo figlio in prigione e aveva proibito a mia madre di farlo nonostante le sue suppliche. Io ero minorenne: non ne avevo il diritto senza l'autorizzazione dei miei genitori. Quindi nada! Eppure mi dicevo che se fossi stato lo psi o l'educatore del centro medicosociale avrei mandato subito il piccolo Sid Ali B. a trovare il fratello maggiore al parlatorio: in modo che si desse un po' una calmata, il piccolo Sid Ali B., vedendo cos'è una prigione nella realtà! Vedendo che la scenografia è ben più schifosa che nei telefilm! che il rumore è peggiore! che c'è puzza di stalla, in prigione, mentre in tivù non si sente niente! La tivù fa schermo... Visita obbligatoria al fratello in prigione, in parlatorio, al piccolo Sid Ali B.! Che gli serva da monito, al piccolo Sid Ali B., che è olfattivamente così delicato! "Aggiungete a ciò gli odori!" come diceva quell'altro! Di sicuro rimarrebbe molto impressionato, il piccolo Sid Ali B.! E in seguito ci penserebbe due volte, se gli venisse la tentazione di commettere un reato!

Ecco cosa pensava, il piccolo Sid Ali B. (Stronzi!)

Da dove mi veniva la dolorosa sensazione di aver tradito? Dal fatto di essere libero? Libero, davvero? Di certo molto più libero di Aziz. E poi?

E poi ripensavo ad Ahmed. Come ogni volta che percorrevo boulevard de Barbès, che passavo davanti alla vetrina delle Sables d'Or, davanti alla cabina di cui io e Aziz avevamo visto di colpo nostro fratello maggiore aprire bruscamente la porta a vetri, far uscire il tipo che telefonava tirandolo brutalmente per il colletto della giacca da pezzente, quello sconosciuto che lui aveva riconosciuto: un piccolo spacciatore poco pulito che gli aveva rifilato del fumo di merda, tagliato con la segatura... Dopodiché Ahmed gli fa il pelo e il contropelo, a quel figlio di troia che l'aveva inculato di brutto... Labbra spaccate, sopracciglia tagliate, tutte e due, naso rotto, un orecchio mezzo staccato. 'Llah! E l'altro che gli sputacchiava umili scuse sanguinolente con i denti scalzati dall'urto:

"Scscusssa! Non sciapevo... Scscusa! Non sciapevo...".

E io e Aziz felici come non mai! 'Llah! Era un uomo, il nostro Ahmed. Minchia, se l'aveva castigato, quel ladro! Fumo alla segatura, cazzo! Quel depravato! Ma Ahmed l'aveva castigato di brutto! Ci sentivamo sicuri, noi sbarbati, con un fratello maggiore come lui. Nessun passante era intervenuto. Tempo che arrivasse la pula, noi eravamo già in boulevard de la Chapelle, tutti e tre da bravi sottobraccio... I buoni *ualadi*.

Ahmed voleva dare un'occhiata agli ultimi arrivi di Haji Yucef. Lì lui si riforniva di cassette di vero raï, puro e duro, il raï di Orano, l'originale, quando non aveva trovato quello che cercava al trabendo, sotto il ponte della metropolitana di superficie. Ravanando bene, nei contenitori pieni di boiate cairote e di vecchiumi tunisini, si beccavano delle meraviglie, da Haji Yucef.

Chi lo dice che noi algerini non abbiamo inventato niente? E il raï, allora? Cazzo.

Bini u binèk ghir n'har el yum...

Io e te abbiamo soltanto l'oggi... *Ila enta h'bibi* – Cheikha Rimitti. Bella lì.

Sid el commissaire kirani madrur
Chafu d'mu 'î tsil ma 'ârfuche 'âleche...

Signor commissario, che male! Hanno visto colare le mie lacrime e non sanno perché... *Serbili Baui* – Belkacem Bouteldja. La mia storia! Tutto me. Cazzo! Ahmed aveva ragione: altro che unz unz unz shtonk shtonk shtonk unz shtonk unz... Vera musica, il raï! La nostra musica. E i testi. I nostri testi. Le nostre parole.

E Barbès, la nostra Mecca! Il Barbès di Paul Smaïl, di cui all'epoca leggevo e rileggevo *Vivere mi uccide*.

Vivere mi uccide. Cazzo, quel libro! Era uscito in autunno. A scuola tutti i beur che leggevano lo leggevano. Era il delirio! Finalmente un libro in cui uno di noi parlava di noi, delle nostre vite, dei nostri casini, delle nostre incazzature! Tutti noi beur ci riconoscevamo. In biblioteca la responsabile ne ha ordinate dieci copie. Erano sempre in prestito. C'erano liste d'attesa. Andavamo a ciularlo all'edicola della stazione RER Aubervilliers-La Courneuve. L'espositore dei successi del mese era vicinissimo all'entrata: non ci voleva un cazzo a schizzare via verso il binario appena il treno entrava in stazione – "Scusi, sono di fretta!". E la professoressa Rénal lo faceva studiare ai suoi allievi di seconda e di terza come modello di stile e per i dialoghi. Cazzo, i dialoghi: tutti in beur letterale! Senza sottotitoli per i francesi purosangue. Ma la professoressa Rénal capiva, e apprezzava. In effetti nella sua vita c'era stato un algerino – il padre di sua figlia. Ma la responsabile acquisti della biblioteca era bianca che più bianca non si può. Eppure il libro le piaceva un casino. Lo consigliava. E il consiglio d'istituto seguiva il consiglio. Anch'io so giocare con le parole. Come Paul Smaïl.

Avevo saputo che Dja delirava per quel libro, che aveva scritto all'autore e che, dal Marocco, dove si era esiliato, lui le aveva risposto. Bella lì. *Vivere mi uccide*. Un articolo bellissimo sul libro era uscito su "Pote à Pote". Scritto da un suo amico. Io deliravo uguale, per quel libro. Il protagonista, l'autore, ero io. Io spiccicato. La sua storia era la mia storia. Vivere mi uccideva, anche a me. Una volta tanto mi identificavo totalmente con il protagonista. E con l'autore. Anche se all'inizio non avevo capito perché avesse rifiutato qualsiasi intervista, la foto sui giornali, di andare in tivù e tutto l'ambaradan promozionale; né d'altronde perché se la fosse filata in Marocco. A Casablanca! A Casa!

Ma il protagonista ero io. Ero io spiccicato. Eppure il suo ambiente e il mio avevano ben poco a che spartire. Gli Smaïl sono la crème dell'immigrazione. Marocchini, d'origine, mica algerini. Terza generazione. E di quelli che non hanno mai oltrepassato la tangenziale, che hanno sempre abitato nel diciottesimo arrondissement. Vivevano, racconta lui, in una cité, ma intra muros, in rue Ordener. E questo cambia tutto. E gli studi di Paul, il figlio? Al liceo Jacques-Decour, nono arrondissement di Parigi. E questo cambia tutto. Il *jad* di Paul, morto per la Francia, e decorato, come il jad di Dja. Il suo vecchio, naturalizzato per via rapida a causa dei servigi resi da suo padre alla nostra madrepatria, la Francia, e dipendente delle ferrovie: il lavoro sicuro. E questo cambia tutto. Uno di quei padri che negli anni settanta sono arrivati a dare ai figli, alla nascita, nomi nazareni; che sono arrivati a tanto, nella loro volontà di integrarsi. Madri che già trent'anni fa facevano la spesa come qualsiasi casalinga francesotta. E che puniscono i figli maschi quando fanno una cazzata come li punirebbero le madri francesotte: a volte senza parlarne al padre. Senza parlarne al padre! Cazzo! La zia di Paul, la zia Zaïa, se è davvero come Paul Smaïl la racconta nei suoi libri: cazzo, se avesse pronunciato solo un quarto della metà delle frecciate che lancia al nipote, il figlio di suo figlio, davanti a mio padre, non sarebbe più di questo mondo, la zia Zaïa, che l'Onnipotente mi perdoni! Mehdi, il marito della zia Zaïa, che è stato assassinato dalla polizia di Papon, Mehdi – Paul Smaïl lo racconta e perché non credergli? – portava fuori la moglie e se ne andavano a scialacquarsi lo stipendio, in due, in una grande brasserie a Clichy! In piena guerra d'Algeria, avevano il coraggio di farlo. O l'incoscienza! Fare come se fossero puri francesotti... Gente moderna, evoluta, europeizzata! Probabilmente Yacine, il padre di Paul, non ha mai sgozzato halal il montone nella vasca da bagno del trilocale di rue Ordener. Secondo me non ne ha sgozzati molti, di montoni... Quel genere di persone che ormai non sono più devote, che non seguono più i nostri riti religiosi, che non rispettano più alcuna astinenza, eccetto per quanto riguarda la carne di maiale, che non celebrano più la notte del Destino e non faranno mai nella vita il pellegrinaggio alla Mecca. E che praticano un ramadan molto moderato, se non addirittura disinvolto. E che festeggiano il Natale "per *l'drari*". Il fratello minore di Paul, Paul Smaïl lo racconta nel suo secondo libro, il fratello minore chiede un camion dei pompieri e un paio di "puttini a rotelle"... Proprio come i suoi compagni di scuola bianchi che più bianchi non si può. Da noi, alla cité, cazzo, ci avrebbero preso per il culo, ci avrebbero dato delle checche, i raga, se avessimo avuto questi desideri da finocchi! Non ce lo vedo Azzedine che si azzarda a scrivere la lettera a Babbo Natale: *Caro Babo Natale, io vorressi un cammion dei ponpieri*... (Fa cento errori per pagina, Azz: l'ortografia non è un dono di famiglia; non è genetica, l'ortografia!). Noi, il camion dei pompieri, grande, vero, lo volevamo, a Natale: per prenderlo a sassate! Con dentro i pompieri e tutti gli arnesi amovibili – *contiene piccoli pezzi, non adatto ai bambini di età inferiore ai tre anni*. Aiuta ad ammazzare il tempo, nelle cité, e i pompieri non sono armati come gli sbirri, puoi darci dentro! (No, sto scherzando. Viva i pompieri! Viva le ambulanze! Che hanno salvato la vita a Salah, e che sono venuti subito a soccorrermi quando ho avuto la mia crisi di sacro, alle Halles... Veri uomini, loro, mica come quegli straccioni di sbirri, quelle checche di Chevènement, con tanto di elmetti, piastroni, gambali, visiere trasparenti e conchiglie proteggipalle, per quel che hanno da proteggere, di palle, quei figli di troia! quei finocchi!) Dov'ero rimasto?... Ah sì: gli Smaïl, gli assimilati, gli asmaïlati! Quel genere di persone che hanno più o meno interrotto i rapporti con i parenti rimasti al paese: che ci tornano di rado, d'estate, al paese, per le vacanze... Se non addirittura mai. Le ragazze che non si fanno più fottere con i matrimoni combinati cugino-cugina!... A malapena degli immigrati, gli asmaïlati, a malapena dei musulmani. Il più possibile integrati. Quasi disintegrati, come arabi. L'aristocrazia dell'immigrazione maghrebina! Scommetto che Paul Smaïl non ha scelto l'arabo come lingua facoltativa al liceo. E nemmeno come seconda lingua, ci scommetto. Parla l'arabo di Barbès, lo trascrive, cito "*senza alcun rigore – 'a orecchio'*". In assoluta libertà. E se ne sbatte della comunità comunitarista, dei bigotti e degli azouz. Lui scrive con le palle. Un uomo, Paul Smaïl! Ve lo dice Sid Ali B. Massimo rispetto.

L'aristocrazia dell'immigrazione maghrebina? Be', cambia tutto ma non cambia niente. Paulou ha avuto il nostro stesso destino. Paulou – il peso ha conosciuto la nostra sorte. Fra noi ci sono sottili distinzioni: tra noi ci distinguiamo secondo un'infinità di criteri, di sfumature, di gradi. Come nelle percentuali di composizione segnate sulle etichette dei tessuti: 50% cotone, 30% poliestere, 20% elastane... Paul Smaïl è: fibra moderna, prodotto ultima generazione, microporoso traspirante idrorepellente ultraestensibile – il non plus ultra! Compagna ebrea non praticante, lo dice lui stesso; amici di tutti i colori, ne parla e gli rende omaggio; libertino, e se ne vanta; niente religione, lo ammette – sì, voltairiano! Lo ammette. Ammiratore di Voltaire, colui che ha insultato il nostro Profeta! E frequentatore di algerini, ma i *Taieb*, gli *Yahia*: la crème della crème dei figli di immigrati. Non i miei vicini Yahia: gli Yahia che in realtà non si chiamano Yahia, ma credo di sapere chi siano! Ho la mia idea, io, Sid Ali B. Alla fin fine tutto si viene a sapere, nella comunità nel significato più ampio del termine: abbiamo il telefono arabo. Quei Taieb lì, quegli Yahia sono i sostenitori del "Duz al-hudûd".* E danno feste in cui invitano El-Ammour-le-Fassi per suonare l'oûd. O musicisti di una piccola formazione dilettante di La Chapelle per una nuba di *malhun*. Cazzo! E fanno il ramadan ma stappano lo champagne all'ora del F'Tour – la rottura del digiuno al tramonto, quando non si distingue più il filo nero dal filo bianco (bisogna spiegare tutto al lettore Infedele). Il ramadan, ma non l'originale, in bianco e nero, no, il remake hollywoodiano. Il ramadan in versione colorata. "È l'ora del F'Tour? – Champagne!" Cazzo!

Noi lo capiamo che non sono gente come noi. Ma qualsiasi cosa tu faccia, fai parte della comunità agli occhi degli altri, dei bianchi nati cristiani, francesi di padre in figlio, da generazioni.

Cambia tutto? Non cambia un bel niente. Nello sguardo del francese purosangue, una minchia! Ti sei integrato così bene che ti sei disintegrato, come arabo? La minchia! Arabo sei, arabo rimani. Sei arabo – punto e basta. Non arabo così arabo cosà: arabo! Non stiamo a entrare nei particolari, a cercare di sapere che percentuale di materia grezza all'origine, che miscuglio, che additivi... Tanto, delle vostre storie non ce ne frega niente. Un filo di questo, un filo di quello? E scazzi, pure? Sono le vostre zuppe, le vostre chorba. Marocchini, algerini, tunisini; figli di immigrati per ragioni economiche o di esiliati per ragioni politiche; haji oppure no; gente che a casa ormai si esprime quasi solo in francese oppure che in famiglia, davanti ai figli, ci tiene a parlare solo il bel e buon arabo; oggi islamista fanatico oppure, al contrario, libertino, ateo – fra noi ce ne sono, eccome, ma non denunciateli! non dite niente! rischiano la morte per apostasia, anche qui, sotto casa, a Parigi, sì, sì, per mano di un barbuto esaltato che nemmeno conoscono! e l'assassino dell'apostata andrà dritto in paradiso, lui! non sarà assolto dalla giustizia civile, qui, no, ma Allah e i mullah lo perdoneranno! E sì, quando sei Credente, circonciso, e hai fatto professione di fede recitando la *Al-Fatiha*, è irreversibile, è per la vita! Arabo sei, e musulmano! Niente di meno, niente di più! Nient'altro! Così vuole la comunità, così vogliono i francesi purosangue.

* Vedi pagina 527.

Almeno su questo punto, tutti d'accordo! Non c'è scampo per te se scegli la libertà, il tuo destino personale, di individuo. Guai agli sradicati! Guai ai frontalieri! Guai ai trans e ai travesta! Guai agli equilibristi! Guai agli acrobati e ai funamboli! Guai a quelli che stanno a cavallo! Guai ai camaleonti! Guai a coloro che si rifiutano di stare al gioco! Guai ai fuori gioco! Guai ai solitari e guai a coloro che sono curiosi di tutto, che vogliono vedere e sapere, per aprirsi al mondo! Guai a coloro che, come Rimbaud, hanno voluto essere unici testimoni della loro gloria e della loro ragione! *Il avait plus de force qu'un saint, plus de bon sens qu'un voyageur – et lui, lui seul! pour témoin de sa gloire et de sa raison.**

Così parlava Sid Ali B., sulla Montagna. E il suo vicino di cella gli faceva notare:

"Ti ajiti molto, picolo!".

Paul Smaïl, con il suo background e il suo curriculum da paura e la sua parlantina adatta a un pubblico bianco esclusivamente francofono, e la sua cortesia e il suo fascino marocchino, e il suo sorriso ultrabright, e il suo QI livello Sid Ali, aveva creduto di potercela fare, il coglione! Invece, una minchia! Arabo sei e arabo rimani. Leggere *Vivere mi uccide*. Rileggerlo. Dottorato in letterature comparate, laurea super... *Ça va pas être possible!* come cantano gli Zebda imitando il tono spocchioso degli impiegati di banca, e dei fittacase, e dei buttafuori che ti vietano l'ingresso nelle discoteche. *Je crois que ça va pas être possible!*

Mais à toutes ces tâches qui vous jugent à la figure, je leur ferai une justice avec mes chaussures... Bella lì. Zebda – massimo rispetto!

Dottorato in letterature comparate, come Paul, laurea super, tesi su Herman Melville... Risultato: consegni le pizze a domicilio per Speedzza. Come mio fratello maggiore Ahmed, stando alle ultime notizie, alla fine del '97. Si è fatto il mazzo quasi quanto noi, ne ha passate quasi quanto noi, Paul. Sei arabo? Arabo sei. E stai all'ombra! Perché vivere ti uccide! Spegnete i sunlights! Effetto notte, per l'arabuccio: la notte in pieno giorno! Stai all'ombra, bel moretto! Che sei già abbastanza abbronzato!

Paul Smaïl – lo racconta in *Casa, la casa* –, Paul Smaïl ha scelto di vivere nell'ombra quando è uscito *Vivere mi uccide*. Restituito al mittente! Chi va per suonarle rimane suonato! Mi avete trat-

* Aveva più forza di un santo, più buon senso di un viaggiatore – e sé, solo se stesso! come testimone della propria gloria e della propria ragione.

tato *silent*®? Vi tratto *no rustle*®! Né scalinata, né lustrini! Silenzio radio. Frega zero. Leggetemi, o non leggetemi. Stop. Quel che conta è lo scritto, stampato nero su bianco. Non la performance dell'autore a *Nulle part ailleurs* né a *Bouillon de culture*. Non avrò un volto, se non quello di un ritratto del Fayum – fine del I secolo dopo Issa, VI secolo prima dell'Egira – che mi assomiglia, dicono. Poiché so che sotto i riflettori non sarei uno scrittore, ma un beur che scrive – piccola differenza. E che si servirebbero di me, mi farebbero dire cose che non penso. Sarei manipolato. Diventerei il beur di turno, il beur alla moda, il beur mediatico, il beur per la tivù, il beur argomento del programma, il beur tema sociale, il beur invitato al tiggì... Il beur ben integrato o il beur ribelle, a scelta, il beur da intervento, insomma! Il buon beur.

A questo, Smaïl si sottraeva. Io non capivo. Mi faceva sclerare. Sclerare mi faceva, a me, Sid Ali. Che uno di noi, un socio che avrebbe potuto avere tutta la gloria, far schizzare l'audience a colpi di parlantina, smerdare il conduttore in diretta, sputtanandolo live, facendo bagnare la casalinga di meno di cinquant'anni, e facendo impazzire le gazzelle isteriche e ruggire di gioia i fricchettoni tra il pubblico... "Un bell'applauso per l'eroe, ragazze, battiamo le mani ragazzi! Più forte! Celebriamo il successo di un pizza-boy diventato scrittore, al nono posto nella classifica generale dei libri più venduti della settimana, dimostrazione che con la volontà e il talento ce la si può fare..." E che dice: "No grazie. In incognito a Casablanca, Marocco. Mollo il colpo! Me la filo...". Io non mi capacitavo.

Ma da allora ho rivisto il mio giudizio. Soprattutto da quando sono qui in galera a Lisbona, aspettando un'estradizione imminente, immediatamente esecutiva, immaginando il mio arrivo a Roissy, ammanettato, davanti alle telecamere, e i giornali: *L'assassino dei sacchetti di plastica rimandato nella sua patria d'origine, la Francia*... Ho capito che la celebrità mediatica fine a se stessa è una trappola. Ho capito che la celebrità vissuta male è letale. Il male che può colpirti, che deve colpirti... Mi è venuto in mente anche quello che mi diceva Dja: "Non *fare* questo o quello: fare l'artista, fare il cantante, fare lo sportivo di alto livello, fare la star o fare lo scrittore, Sid Ali, fare lo scrittore famoso, come dici tu, Sid Ali... Non *fare*: essere".

Bella lì. Ma se non stai al gioco: la paghi. All'epoca girava una malignità: che non era stato lui, Paul Smaïl, a scrivere il libro. Figuriamoci! un arabo che maneggia così bene la lingua francesissima – autorevole parere della professoressa Rénal –? E che, in compenso, fa errori madornali in arabo letterario, benché apparentemente conosca piuttosto bene la letteratura araba – l'*adab* e l'*adâb*? Losco, Paulou-il-peso!

La malignità si è gonfiata fino a raggiungere le tribù transtangenziali... Noi del 93. Fino al cortile della nostra scuola, fino alla nostra cité dei Poeti – Maallarmé! Apohollinaire! René Chahar! Disgustati, eravamo. In parecchi della scuola abbiamo scritto all'autore per sostenerlo moralmente, e firmato collettivamente, tutti noi beur della classe, compresi quelli che non avevano letto *Vivere mi uccide*, ma ne avevano sentito parlare – un'iniziativa di Madiha, la sorella di Dja. Una Dja bis, benché meno bella.

Ma nella comunità si viene a sapere tutto. Siamo venuti a sapere l'origine della chiacchiera. Non veniva solo dai fasci del Front National, non solo da un pennivendolo di "Minute", lepenista tendenza Mégret, naaa! ma anche da snobbissimi mitterrandiani, di quelli che vanno a *rigenerarsi nel lusso estremo della sobrietà a Marrakech!* Una nanetta stampa che ha fatto circolare una circolare intitolata *Smaïl m'a ucciso!* Halufa! Smaïl uguale Omar, l'assassino – il quale, peraltro, forse non è colpevole dell'assassinio della signora Marchal, la vittima dall'ortografia zoppicante! Ma, eh, frega zero! Un arabo che pubblica un romanzo di successo è un assassino, non uno scrittore – punto. Perché questo romanzo non l'ha scritto lui, ve lo diciamo noi. Smaïl non poteva aver scritto il suo libro tutto da solo come un ometto, come un bianco! Un negro, bianco, gli aveva tenuto la penna, è ovvio. Ma insomma! Alexandre Dumas, che un filino black lo era, metà o un quarto, non mi ricordo più, naso schiacciato e capelli crespi, comunque sia, Alexandre Dumas aveva anche lui dei negri! Altrimenti non ce l'avrebbe fatta. *I tre moschettieri*? *Il conte di Montecristo*? Scritti da un black? Ma volete scherzare! Da un negro!

E l'Adjani, eh, l'Adjani, credete che sia lei in persona quella che vedete in *La Regina Margot*? No, ve lo dico io. È la sua controfigura schermata. Una bianca *blanc de blanc*: neanche una goccia di sangue arabo!

E Faudel? Be', non è mica Faudel che canta nel disco di Faudel, ve lo dico io che lo so! Non chiedetemi come lo so, ma lo so! Il nastro è stato truccato in studio, a Londra. È un pescecane di studio discografico british, un francesotto, in realtà, un purosangue, che canta. Del resto basta ascoltare *Baïda* senza pregiudizi: un algerino non saprebbe cantare il raï così! Un beur non saprebbe! No, è un negro, ve lo dico io. I beur hanno la voce troppo bianca per cantare il raï... Smaïl non può avere scritto *Vivere mi uccide*.

Ah! e Kader Belarbi, il ballerino dell'Opéra di Parigi, l'avete visto slanciarsi? L'avete visto volare? Che eleganza! Be', non è lui che balla, non è lui che vedete ballare! No, ve lo dico io! Un beur all'Opéra di Parigi! Una cosiddetta "étoile"! Sì, un impostore!

E Azzedine Alaia, credete che sia lui a creare? Hedi Slimane, credete che sia lui a disegnare per Yves Saint Laurent? Un musulmano che sa disegnare? Sarebbe una novità! Non fatemi ridere! Come un arabuzzo di Barbès che sapesse scrivere bene! Altrettanto poco credibile! La scrittura, il disegno, non sono nella cultura di quella gente lì! No, loro si fanno aiutare di nascosto! Gente di casa nostra che sgobba per loro, dietro le quinte! e in nero!

E Nagui? L'avete visto a *Nulle part ailleurs*? Finto! Non è lui. Il vero Nagui è altrove. Avete avuto un'allucinazione. "Guardate troppo la televisione!" Fissare troppo a lungo lo schermo può provocare una crisi epilettica. Nagui ha un negro che presenta il programma al suo posto, ve lo dico io. La cosa non dovrebbe stupirvi troppo: uno che si chiama Nagui!

Avete le allucinazioni, ve lo dico io! Come quando avete creduto di vedere Zinedine Zidane correre sul prato azzurro – azzurro perché la vostra tivù non era regolata bene – dello Stade de France – traversone, tiro al volo, gol! Gol! Gooooool! Non c'è ragione di scandire, di urlare "Zizou! Zizou!" perché non è stato Zizou, non è stato Zinedine Zidane – Zzzz che nome! no, non è stato Zinedine Zidane a regalare alla Francia l'uno e il due del "e uno! E due! E tre! Zero!". Non è stato lui a regalare la vittoria in finale alla Francia. La vostra tivù era regolata male oppure avete avuto le allucinazioni! Rivedete la partita, riguardate la cassetta al videoregistratore, osservate bene, ecco, al rallentatore! Ecco... Insomma, vedete che non è Zinedine Zidane a tirare, ma il suo negro! Un bianco biondo, un apostolicoromano, un francesotto.

Francesotto, apostolicoromano, bianco biondo, come il negro di Paul Smaïl che ha scritto *Vivere mi uccide*.

Ah! Invece Sid Ali B. è stato lui e solo lui a commettere quegli omicidi in serie – Donata, Angéline e Julie. Non ha avuto bisogno di un negro che gli reggesse il coltello o il sacchetto di plastica! Né aiutante, né collaboratore... Gli arabi, uccidere sanno farlo benissimo. È il loro unico vero talento. Non abbiamo dovuto insegnarglielo. *Assassino* è una parola di origine araba, sia detto per inciso. E guardate quei massacri spaventosi in Algeria! Nessuno contesterà a Sid Ali B. la sua piena e totale responsabilità. I suoi delitti sono firmati e a buon diritto firmati: Sid Ali B., l'assassino diabolico (vedi "VSD"), l'assassino dallo sguardo fisso, che raggela il sangue di chi lo guarda (vedi "Paris-Match"), l'angelo del Male (vedi "Le Figaro Magazine"). I quattro delitti sono opera sua... No. All'epoca per me: i tre delitti – Donata, Angéline e Julie. Non va dimenticato che finora sono accusato solo di tre delitti. Devo ricordarmi di cancellare la confessione che ho scritto a matita, di strappare il foglio del blocco sotto a quello su cui l'ho scritta: la punta della matita può aver inciso sulla carta la mia confessione scritta. Devo ricordarmi di controllare dopo aver cancellato. L'unico delitto che io abbia mai premeditato fu il mio unico delitto perfetto. Rimane tale finché nessuno avrà letto la mia confessione. Sì, sono stato io, Sid Ali B., ad assassinare a sangue freddo Cécile Rénal. La sua morte è passata per morte naturale, un banale incidente. È scivolata sul pavimento bagnato... Furono le conclusioni prima del permesso di inumazione. Niente sangue, con cui avrebbe potuto tracciare sulla parete, prima di spirare, un'accusa: *Sid Ali m'a ucciso.* Del resto la professoressa Rénal non avrebbe fatto l'errore di ortografia.

Non ha sofferto: sono umano, ho visto benissimo che era stordita ma respirava ancora e l'ho finita con un sacchetto di plastica. I suoi occhi erano rimasti aperti e mi fissavano.

Gli altri tre delitti... I tre delitti attribuiti a Sid Ali B. non furono affatto premeditati, signore e signori della Giuria. Al contrario, sono stati compulsivamente commessi in preda alla follia e chiedo, in base all'articolo tot, l'assoluzione, signore e signori della Giuria.

Invoco la temporanea incapacità di intendere e di volere. Una forma perniciosa dell'epilessia di cui il mio cliente soffre sin dall'infanzia. E il profondo trauma psichico lasciatogli dalla visione di un attentato in cui ha rischiato di perdere la vita. Sid Ali aveva dodici anni al momento dei fatti, signore e signori della Giuria. E oggi si pente profondamente della morte di Donata, di Angéline e di Julie. Si pente, pur essendo, tutto sommato, innocente.

Era lui, certo, ma non era proprio lui a infliggere il colpo fatale. Non era lui. Non era in sé. Vi era una profonda perdita d'identità nell'istante in cui applicava il sacchetto di plastica sulla bocca e sulle narici della vittima. Gli sembrava di essere lui a soffocare. Non era lui, Sid Ali, a uccidere. Ma come l'ombra di se stesso, *Ghost killer*, come si dice *ghost writer* in inglese, per dire negro.

Cazzo! Ghost Killer – GK. Il nome del gruppo! Ho trovato il nome del gruppo! Dell'hard rap. *Play it loud. Parental Advisory. Explicit Content*. Unz unz unz shtonk unz shtonk shtonk pum shpum tonk shpum tonk shtonk unz unz unz! Sono incazzato! Shpum tonk shpum tonk shpum! Sono incazzato! Sono incazzato!

"Sono incazzato! Il picolo è incazzato, Jesus! Sid Ali è incazzato! Jesus! Stai dormendo?"

Al momento dei delitti, e soprattutto nei giorni successivi all'ultimo – l'omicidio di Julie Richard –, durante la fuga, e nei primi giorni in cui mi sono ritrovato a Lisbona, ero terrorizzato: perdevo la memoria, non avevo più la mia prodigiosa capacità di memorizzare; quel dono dell'Onnipotente che faceva sì che per esempio mi bastasse rileggere tre o quattro volte, lentamente, una cinquantina di versi di una poesia o un brano di otto o dieci righe in un romanzo che mi piaceva per ricordarli e poterli recitare a memoria, senza errori, senza esitazioni. Un grosso vantaggio, negli studi, specie se come me non hai voglia di fare una sega – un cazzo, se preferite: evitiamo le ambiguità. L'unica grana era che nei compiti in classe di prova, quelli nelle stesse condizioni dell'esame di maturità, siccome mi ricordavo parola per parola dei testi che potevo citare per fare bella figura, spandendo la mia cultura come marmellata, temevo che la cosa potesse risultare – notate, tra l'altro, la mia maestria nell'uso della perfetta concordanza dei tempi! –, temevo, dicevo, che la cosa potesse risultare sospetta: un imbroglione che ricopiava pari pari da due o tre libri introdotti clandestinamente in classe quando era chiaramente precisato: *nelle condizioni dell'esame di maturità*. Così mi toccava rimaneggiare il testo citato a memoria per non destare sospetti. Per raffazzonarlo alla mia maniera mi ci voleva, ahimè, quasi lo stesso tempo che impiegavano quelle mezzeseghe negate dei miei compagni per ricostituire molto vagamente qualcosa di vagamente coerente con molto vaghi ricordi. Non si dirà mai abbastanza il tormento che patiscono i superdotati della memoria! Beati gli amnesiaci! Così parlava Sid Ali, soprannominato dagli invidiosi Megabyte, così parlava sulla Montagna! E gli angeli gli sorridevano.

Dov'ero rimasto? Ah sì. *Alif*, *Lâm*, *Mim*, ricominciamo. Ho avuto paura, quando è iniziata la mia fuga, di aver perso tutto, che tutto si fosse cancellato: le poesie di Rimbaud e di Apollinaire, i cataloghi BMW, i testi delle canzoni di Bashung, l'ultima pagina di *Vivere mi uccide*, i primi trenta decimali del pi greco, i primi versetti della sura LXVIII, *Al-Qalam*: 1. – *Nûn. Lo giurò per il càlamo e per quello che essi registrano!* 2. – *Grazie al favore del Signor tuo, non appartieni alla schiera degli spiritelli.* Era tremendo, per le vie di Lisbona, mentre cercavo di ricordarmi. Me ne stavo lì, impalato in mezzo a una strada, dimentico di essere lì impalato in mezzo a una strada da tanto ero preoccupato: vabbé, comincia con *J'ai crevé l'oreiller, j'ai dû rêver trop fort...* e poi? La la la la la... *Quand Gisèle clappe dehors...** e dopo? C'era gente che urlava, lo stridore dei freni del tram mi ha squarciato il timpano, mi sembrava di essere in rue N'Fissa, ad Algeri, al momento dell'attentato – cazzo! Per poco non mi facevo ammazzare. Infatti una vecchia mi ha salvato la vita tirandomi per la manica della giacca di pelle:

"*Cuidado!*".

Perché mi sono ricordato che per ringraziare in portoghese bisognava rispondere:

"*Obrigado! Muito obrigado*"?

Comunque sia, l'ho fatto.

Pian piano, qui in galera, mi è tornato in mente tutto. Cose che credevo perse defintivamente. Se posso paragonarmi a un computer – e perché no? sono un uomo del mio tempo, sono Megabyte – senza trattino tra *Mega* e *Byte*, per fare più moderno – perché altrimenti quel Mega da solo poteva far rima con tega, anche se, ahimè, quei negati che a scuola mi avevano soprannominato Megabyte mi rifiutavano per l'appunto la patente di trombatore da quando aveva cominciato a girare voce che Sid Ali fosse una checca, e una big one, non avete idea! una checca super che vendeva il culo e l'uccello in miniatura il mercoledì pomeriggio, in rue des Martyrs, uno della banda di Djebril-l'Arcangelo, sì, sì! vi assicuro! lo so, me l'hanno detto, non posso dirvi chi... Vabbé. Clicca su *Esci.*

Dov'ero rimasto? Ah sì: se posso paragonarmi a un computer,

* Rimbaud: Ho squarciato il cuscino, devo aver sognato troppo forte... Quando Gisèle mangia fuori.

dicevo, direi che le cartelle e i file erano temporaneamente scomparsi dallo schermo, ma che il disco rigido era intatto. *Moi, je suis intact, et ça m'est égal*: il mio cervello aveva conservato la traccia, nella sua memoria, di queste parole di Rimbaud.

Mi è tornato in mente tutto, nell'oscurità puzzolente della cella. Tra queste pareti che rimbombano da assordarti quando, per ammazzare il tempo, i detenuti battono con le gavette sul cemento grezzo.

Mi sono ricordato improvvisamente del volo mio e di Rabah per il Marocco. Era sputato il secondo romanzo di Paul Smaïl, *Casa, la casa*.

"*Vino bianco, se ce l'avete...*"

Solo che lui, poveretto, volava a Casablanca, e noi, le star, a Marrakech. E lui doveva viaggiare in Economica e noi, *hafif*, in Business! Volevamo trattarci bene! Non siamo mica due meschinelli, meskine! "Apparteniamo a un popolo che ha sofferto molto!" Unz shtonk unz! "Adesso siamo noi le principesse!" Business class! Che classe!

Eravamo musulmani. Bella lì. Ma il personale di bordo della Royal Air Maroc non è lì per far rispettare la sharia bensì per offrirti champagne (cazzo! sharia, champagne):

"Champagne? Whisky? Gin Tonic? Martini? O un succo di frutta?".

Succo di frutta? Ma è fuori!

Sid Ali, alias Aziz:

"Champagne!".

Rabah:

"Champagne!".

Non un semplice vino bianco, come Paulou-il-peso, che viaggiava in Economica!

Gratis? Gratis. Business class. Del Mumm, mmmm! Vada per il Mumm! *Maman, si tu voyais ma vie!* La bella vita. La vita vera. Finalmente.

Partenza? Il 14 luglio! Bella lì! *Allons enfants de la patrie!* La monarchia francese è stata abolita, ma la Royal Air Maroc è al nostro servizio! *Notre ami le roi!** Bella lì! Il 14 luglio 1998! Due giorni dopo il 12! due giorni dopo la vittoria allo Stade de France! *Allons enfants de la patr-ie-ie-ie!* I Mondiali! E uno! E due! E tre... A zero! Sì! Abbiamo vinto! Abbiamo vinto! Noi arabi, noi africa! Facce nere, palle vere! Grazie Zinedine Zidane! Chucra-

* Allusione al libro di Gilles Perrault con questo titolo.

ne, Zizou! Per quarantotto ore della nostra vita abbiamo conosciuto la felicità! Adesso possiamo morire in pace, da valorosi che siamo! Allah è grande! E come dice il sublime Omar Khayyam, il poeta dei poeti:

Sii felice un istante,
Questo istante è la tua vita.

Cazzo! quarantotto ore! Non una di più! Ma per quarantotto ore, nella RER e nel metrò, i ninja e i corvi della RATP hanno visto in noi solo dei simpatici furfantelli, un filo burloni ma non cattivi, che saltavano i tornelli come per un 110 metri ostacoli! Dei futuri Zizou, vedevano in noi, quei figli di troia! Non dovevano maltrattarci, anzi, lasciare che si esprimesse la nostra turbolenta ma ricca personalità! Pace agli uomini di buona volontà! E i buttafuori, le guardie giurate, i bestioni dei centri commerciali? Dei simpatici monelli, vedevano in noi anche le guardie giurate! Futuri Zizou – Rovesciata! Tiro al volo! Gol! Gol! Gooool! Cazzo! Gooool! Nei due giorni dopo la vittoria in noi teppe beur hanno visto solo dei birichini quando gli inculavamo gli antifurti e i codici a barre sui vestiti e sui dischi che babbavamo! Che figata! *La Fnac ringrazia i Bleus!* Sì! E anche noi! *Virgin saluta la vittoria dei Bleus!* Sì! Mica volevamo fare i timidoni, noi, la teppaglia, l'indomani di un giorno così bello? Avevamo regalato la vittoria alla nostra madrepatria e adesso avremmo dovuto rientrare nei ranghi? senza neanche concederci una deliziosa orgia di piccoli reati? Manco per niente! Per chi ci prendete? Naa! Danni e riparazioni di guerra! Politica del bottino di guerra dopo la vittoria sul nemico ereditario! Pagherà la Germania! La Fnac! Il Virgin Megastore! Le Halles 1 e 2! In ginocchio, nemico! Dai! Ce lo dovete: mi becco le cinque compilation di raï, cinque, sì, ah! e le tre Lacoste, ecco, bianco Narvik, tre, ecco, il bianco è come il nero: va con tutto e sei sicuro di non sbagliarti! Ah, toh, e già che ci sono gli Occhiali Armani! Il sole picchia a Marrakech! Come niente ti abbaglia! *La vittoria è in noi!* L'hai detto! *Royal Air Maroc urla: "Viva i Bleus!"*. Noi pure, Rabah e il sottoscritto, Sid Ali – ehm, Aziz, volevo dire. Una distrazione. Balek!

"Champagne, signori?"

"Champagne!"

Cazzo, io e Rabah, Rabah e io, in Business, Parigi-Marrakech! Le prime vere vacanze della nostra vita, per lui come per me, poveri bambini! Due settimane. Ma il biglietto, offerta speciale soggetta a restrizioni: ritorno modificabile: *Open 10 days*. Il che significava che potevamo cambiare la data del ritorno e tornare fino a dieci giorni dopo, se stavamo bene e se ci restava abbastanza grana per spassarcela. Alla peggio, saremmo andati a battere! Dovevano pure esserci dei culattoni di lusso da rimorchiare con facilità in quella Mecca dei froci, i famosi riad del palmeto, o al bar dell'hotel La Mamounia! Di che prolungare il soggiorno di dieci giorni!

E tornare dieci giorni prima? Dieci giorni prima della data del ritorno, visto che potevamo fare anche questo? Rimanere solo cinque giorni a Marrakech! Ma è fuori, Rabah, mi fa restare di sasso! Scherzavo! L'hai detto l'hai! Sempre lo scherzo pronto, Rabah! Mica un Ra-babbione, il Rabah! Ohh, cazzo, tostissima, questa! Viene da lontano! Non smetterò mai stupirvi.

"Champagne?"

"Champagne!"

Visto che era gratis. E con il pranzo? Ridagli. E ridagli. E ridagli. Sempre Mumm!

"*Dis, Maman, dis! Dis, Maman, dis! Maman si tu voyais ma vie...* Chi era la tipa che la cantava, che non eravamo ancora nati né io né te?"

"France Gall!"

"Peso! France Gall! La vaccona! Puzzi, vecchiaccia! Spaesa! Vai, carampana! Su Radio Nostalgie! Ti abbiamo già sentito abbastanza! *Dis, Maman, diis!* Cazzo!"

"E la Birkin? Mi fai l'imitazione di Jane Birkin, Sid?"

"Io adooro viaggiuare..."

"E quando tourno in Inghilterra..."

"Siccome sono scema, viaggio con la Royal Air Maroc! Non conosco l'Eurostar! E poi ci sono solo arabi sull'Eurostar! Khaled, Faudel, Taha, Zizou, Isabelle Adjani..."

"Bashung!"

"El-Bassshung!"

"Uuuh, cazzo, che ghignate!"

"Signorina, possiamo avere un'altra coppettina, come al decollo? Ah, stiamo per atterrare?"

"*Irbitu ah zimato-kum...*"

"Che dicono?"

"*Fasten your seat belts!* Cazzo, non lo mastichi l'arabo, Sid Ali?"

"Aspetta! Smettila di chiamarmi Sid Ali! Per la Royal Air Maroc e quei finocchi della polizia di frontiera io sono Aziz!"

"Bella lì, è vero, me l'ero scordato! Scusa! Cazzo, che ridere! Mi fai di nuovo l'imitazione di Jane Birkin, Aziz?"

"Calais, minicrociere per Marrakech!"

"Scema! Vuoi un tranxène?"

"Bella lì! Dammene due. E uno xanax. E un prozac. E un quartino di lexomil, se te ne avanza! L'atterraggio mi mette l'ansia! Faccio tre volte alla settimana Parigi-New York in Concorde, eppure non sono mai riuscito ad abituarmi! Dopo un atterraggio un po' difficile, quasi un atterraggio di emergenza, a Riyadh! Non so dove li vanno a beccare i loro piloti, quelle seghe della Saudi Airlines! Saranno gli scarti sbattuti fuori dall'Air Algérie per alcolismo!"

"Cazzo che ridere! Mi fai morire, Sid Al... "

"Porca merda! Mi mandi a puttane tutto! Non è mica uno scherzo l'usurpazione di identità, se ti beccano! Vacci piano, Rabah, o ti mollo qui e chi s'è visto s'è visto! Ok? Chiedi scusa!"

"Sul mio onore, Aziz!"

"Ecco. Così mi piaci."

Cazzo, Marrakech! Non andateci, non rimarrete delusi. È un consiglio di Sid Ali. Io già all'aeroporto ho capito che buttava male.

Eppure, all'arrivo: no problem. Ci avevano avvertiti: se non sei povero e marocchino, se non sei un immigrato che torna nel paese d'origine, se, per di più, hai un passaporto della Comunità Europea, nessuna attesa ai controlli. Benvenuto! Labès!

Ah, però sì! Una cosa da sapere, e io e Rabah eravamo stati avvertiti – vi passo questa dritta, ma del tutto inutile, se mi date retta: non andate a Marrakech! Mai! –: dunque, dicevo, quando non arrivate con un gruppo organizzato ma come individuo libero e avventuroso, il doganiere tende a volervi ispezionare i bagagli. Il trucco consiste nell'allungargli un pezzo da cento, un Cézanne, esatto – né di più, né di meno: di meno è da straccioni, il doganiere deve dar da mangiare ai suoi undici figli con uno stipendio da fame; di più dareste l'impressione di aver qualcosa di grosso da nascondere e lui si farebbe qualche scrupolo a lasciar passare un pericoloso trafficante. No: 100 franchi – punto. E a quel punto, delle due l'una: o ti capita – succederà una volta su mille – l'haji di ritorno dal pellegrinaggio che vuole mantenere per qualche giorno i buoni propositi presi alla Mecca toccando sette volte la kaba: ti fa una smorfia e in quel caso tu sorridi dicendo "Oh scusi! Lo cercavo ed era qui...", e ti riprendi il tuo bigliettone; oppure il doganiere si intasca da vero artista il pezzo da cento e ti fa cenno di passare. È facilissimo. La pubblica amministrazione è ipercorrotta, in Marocco. Come in tutti i paesi del Terzo Mondo. Noi cittadini della Comunità Europea siamo molto fieri: cose del genere da noi non succedono.

I bagagli? Niente da ritirare sul nastro. Io e Rabah viaggiavamo come i divi: solo bagaglio a mano. Sono i poveri che si tirano dietro tonnellate di bagagli: quattro valigie legate con lo spago, tre di quei borsoni quadrati a righe bianche rosse e blu che si comprano a Barbès, tre grossi sacchetti di plastica rosa a quadrettini di Tati, e, negli scatoloni di cartone di Darty, piccoli elettrodomestici da portare ai parenti rimasti al paese – le tasse sono così alte lì. Cazzo, non mi dimenticherò mai l'incubo del nostro arrivo ad Algeri: l'aria condizionata dell'aeroporto rotta, tre ore alla dogana con dei tizi meticolosissimi e astiosi che volevano ispezionare persino lo zainetto a forma di coniglio di peluche di mia sorella Amina, quei figli di puttana sudati e puzzolenti nella loro divisa sciattissima! Mia madre che piangeva per l'emozione: erano più di dodici anni che non tornava al paese! Aziz sull'orlo dello svenimento: ipoglicemia – non aveva toccato niente del pasto dato sull'aereo! Azzedine che aveva perso il suo cappellino Disney! Mio padre che non sapeva compilare i moduli di ammissione. E io che ho dovuto smazzarmeli: sei moduli da compilare, le crocette nei quadratini, date e luoghi di nascita... Non sette moduli: Ahmed era rimasto in Francia, beato lui! Bella lì, un incubo, l'aeroporto di Algeri! Un incubo!

Invece lì, io e Rabah: due star! Che viaggiavano come viaggiano le star, specie d'estate, nei paesi caldi. Cosa ti porti dietro quando ti chiami Rabah A. o Sid Ali B.? Il nécessaire da viaggio è la cosa che pesa di più nella borsa: tutti i prodotti per la pelle Nickel, che hai ciulato prima di partire – il latte doposole idratante, il gel dopobarba effetto non rasato, il siero antirughe, il gommage senz'acqua, la crema da usare il giorno dopo le baldorie un po' troppo innaffiate di Absolut e di Corona (non sei ragionevole!), e il tuo anticomedoni, e la matita nera magica per sottolineare con un tratto sottile, discreto, quanto mai naturale per un occhio semita, l'interno della palpebra inferiore, nero nuance giaietto, eh!, mica carbone tipo le danzatrici del ventre dei bordelli di quarta categoria! giaietto, ho detto! un'arte raffinatissima, l'occhio bistrato da troia! e ce ne vuole una solida, una resistente!, che non ti sbava sulla guancia alle prime lacrime – comunque sia un vero uomo non piange! E se credete che vi suggerisca anche la marca e il numero della mina da scegliere, potete pure ficcarvi il mignolo su per il culo, banda di checche! abbiamo tutte i nostri piccoli segreti, no!... Dopodiché, nella tua sacca ultralight in tela di paracadute: due, tre pantaloni peso piuma in cotone aerato o in Microtech ®, cinque o sei Lacoste – XL, è estate, si portano più larghe d'estate! sono più comode –, slip sufficienti per quindici giorni: ma siccome sono di maglina non ti peseranno niente nella borsa, e niente socks: no, thanks, no! no socks: a piedi nudi, bello comodo, nelle tue scarpe da ginnastica, per tutta l'estate.

Cos'altro? Io ho aggiunto un cappellino di ricambio, il mio Fila *Pro-race*, e Rimbaud in formato tascabile. Più un manualetto, un "Que sais-je?": *Il Marocco*. Non l'ho neanche aperto nei tre giorni che ho passato in Marocco... Tre giorni, sì, vi racconterò: due notti, 52 ore in tutto nel regno degli alauiti, non una di più! Quando ho rifatto la borsa, nella mia stanza d'albergo: nel cestino della carta straccia *Il Marocco*! Non avevo voglia di tirarmelo dietro, tanto in Marocco non ci avrei mai più rimesso piede per tutta la vita, me l'ero giurato, parola di Credente – ho fatto il giuramento rivolto verso la Mecca: una freccia di ceramica incastonata nel pavimento ne indicava la direzione, e in inglese, please, ragazzi: *Mecca*. Sì, lo so, avrei potuto lasciare il libro a Rabah, darglielo come un regalo di addio, come un regalo di rottura. Ma Rabah non legge. È quasi analfabeta, resti tra noi, non ditelo in giro: lui si vergogna da matti e il sottoscritto, Sid Ali, non è un infamone. Abbiamo rotto di brutto dopo Marrakech, ma io sono un uomo, mica una checca: un uomo non parla male di quelli che ha amato e che l'hanno deluso; li commisera, punto e basta.

Insomma. Abbiamo oltrepassato spediti dogana e sbirri: nessun dubbio, era proprio il mio passaporto, la mia foto – via sereno, come alla partenza a Orly! Proprio guerci, quei mongoli della polizia di frontiera: il mondo è un colabrodo, ve lo dico io. Perlomeno, per chi non è un sans-papiers.

Cambio: favorevolissimo, il cambio: cento dirham equivalgono a sessanta franchi – arrotondando. Di lusso! Un paese povero, il Marocco.

Allora taxi. Taxi: una vecchia Renault 5 beigiastra marroncina, il colore d'obbligo dei piccoli taxi di Marrakech, con la classica targhetta votiva di plastica rosa, con il versetto del sacro Corano inciso in similoro, che penzola dallo specchietto retrovisore – Bismillah! E il ritratto del Re Guida dei Credenti ritagliato da un vecchio numero di "Gala" o di "Match" e attaccato con lo scotch sul cruscotto. Il tassista? Uno sbarbato, avrà avuto a stento quindici anni, manco l'ombra di un pelo sul mento, gentile, tutto sorridente, pulito, pantaloni da jogging neri lucidi con le tre strisce bianche: Adidas di gamma bassa, e una finta Lacoste cotone poliestere... Labès. Ma qui cominciano le fregature – meno male che ci avevano avvertiti –: il tachimetro? rotto, guarda caso! Qui ci becchiamo l'inculata, me lo sento. Il caro Mohammed mi farà rimpiangere il ginone dei taxi parigini, che vota Le Pen, e il suo pastore tedesco Rex, che dal posto accanto al guidatore dove se ne sta seduto acciambellato ringhia e mostra le zanne al temerario arabuzzo che ha osato chiamare il taxi.

"Il tachimetro non funziona. Prendo cento dirham per Jama'a al-Fana o Gueliz."

Ti fregano come niente, questi qui! Sono dei ladri! La nomea che hanno se la sono ben meritata! Ecco, l'ho detto.

E balek ai tuoi Occhiali Armani e al tuo Officine Panerai! Balek, ragazzi! La feccia araba locale – e qui, chiaramente, la feccia è 100% araba! –, la feccia di Marrakech, è risaputo, è la migliore al mondo per ripulirti! Un secondo di disattenzione e dopo due secondi non saprai più che ore sono, e i tuoi occhi saranno feriti dalla luce crudele del grande sole livido dell'Alto Atlante, a mezzogiorno – posso metterla giù con stile, se mi impegno! –, ciulato, l'orologio! Ciulati, gli occhiali! Canaglie! Balek, Sid Ali, balek, Rabah! Per quella feccia, voi siete dei bianchi europei! Quindi state in guardia 24 ore su 24! Non siamo alle Halles, qui, non siamo sugli Champs, non siamo ai Poeti! Siamo nell'antica capitale dell'Impero degli sceriffi, la più bella fra le città imperiali, Marrakech! La capitale mondiale del furto e della mano lesta!

Ma io, mica scemo, e per variare un po' dai pantaloni Aigle e dai Lacoste, per viaggiare mi ero messo i miei pantaloni da jogging bianchi Fila, che hanno le tasche davanti e la tasca posteriore con la cerniera, oltre a una tasca interna di maglina, per le chiavi e le credit cards: ma io non avevo cards e che ci provino un po' a ciularmi i contanti e il passaporto di Aziz, quei cagoni! Gli Occhiali Armani? Appena uscito dal negozio dove li avevo fregati, a Parigi, ero entrato in un altro negozio per farmi mettere un cordino alle stanghette: con il cordino è dura soffiarli, date retta a uno sportivo di alto livello in questa disciplina! Scordateveli, gli OA con lenti polarizzate anti-UV! E l'Officine Panerai, allora? Ma sentilo! Il fermaglio del braccialetto di acciaio qualità navale aveva resistito, a trenta metri di profondità, ai polsi dei sommozzatori del sabotaggio che continuavano a disseminare di mine la rada di Salerno tre giorni dopo lo sbarco alleato in Italia! Su questo, non avevo nulla da temere dalla feccia locale! Fanculo al canagliume beduino! Io, Sid Ali, sono Comunità Europea! Sono area Schengen! *Perché io valgo.*

"A Gueliz, al Gueliz, amico!"

"A Gueliz?"

"See, a Gueliz. E al Gueliz! A Gueliz e al Gueliz! Avenue Hassan II – Che Dio gli Renda Gloria! Chiaro?"

"Come no."

Cazzo! l'equivalente di sessanta carte per un tragitto da niente in quel catorcio schifoso con gli ammortizzatori andati e una puzza tremenda di merda – il passeggero precedente ne avrà pestata una – e in un paese sotto-sotto-sviluppato, dove il salario medio deve aggirarsi, netto, sui cinquecento franchi al mese! Hanno proprio una bella faccia di tolla, questi qui!

Vabbé. Eccoci a Gueliz. È la città moderna, a Marrakech, i grandi viali rettilinei, gli edifici 1930, '40, '50 e '60 e via di seguito. *Gueliz* è una deformazione della parola *église*, chiesa, nel loro ostrogoto: questa gente non ha mai saputo parlare bene il francese. Cosa ci hanno dato, loro? Zero! Voglio dire la cifra: *zero*. Ah, e la parola *cifra*, appunto: *sifr*, in arabo: il vuoto. Ecco, ci hanno portato il vuoto, queste mezzeseghe, la nozione del vuoto! Capirai che regalo! E poi cos'altro? *Besef*, *chuia*, *kifkif*, *macache*, *salamalec*, *tubib*, *zob*; niente di particolarmente raffinato, ammetterete. Sono dei primitivi, questi qui! Ti inculano a secco: senza materie grasse, senza zebda – *zebda*: il burro: per questo il famoso gruppo di musicisti beur primo in classifica da quando si sono tolti la camicia, *on va tomber la chemise*, *tomber la*... ha preso come nome Zebda, cazzo, bisogna spiegarvi tutto, a voi francesi purosangue! –, né gel lubrificante, neutro o mentolato, quando ti inculano! Naa: a secco te lo ficcano, questi animali!

Dov'ero rimasto, già? Ah sì: Gueliz.

Dove il taxi ci lascia davanti all'hotel Gueliz, il nostro hotel.

Perché il Gueliz? Djebril-l'Arcangelo, che sa tutto di tutto nelle cose pratiche – discorso cultura generale, io Sid Ali lo batto su tutta la linea, sia detto tra noi – Dje, dicevo, ce l'aveva consigliato. Nella città nuova, la teppaglia ti rompe meno i coglioni che nella medina, e al Gueliz il padrone non guarda troppo male le coppie di finocchi. Perlomeno i finocchi bianchi europei. E laggiù, vale la pena saperlo, indipendentemente dalle fattezze, ai loro occhi se di nascita sei cittadino della Comunità Europea tu sei un bianco. Un bianco, certo. Nonostante il tuo muso arabo, con lineamenti che credevi indelebili, loro ti vedono bianco! Bianco sei, ai loro occhi! E puoi anche parlargli in arabo: bianco bianco, ti vedono e ti sentono, te lo dico io, amico – i geni semiti sono stati cancellati come per miracolo. È tutta questione di latitudine: intoccabile verità di vangelo al di là del 36° parallelo, serio dubbio al di qua. L'atteggiamento è forse una questione di latitudine? Da cosa lo vedono, che siamo bianchi? Da cosa dipende?

To'! un paio di esempi: i nostri padri, come gli uomini rimasti al paese, stanno dritti, con i piedi uniti. Noi, mezzi curvi, spalle cascanti e piedi alle dieci e dieci. Noi ci teniamo dritti con arroganza all'avvicinarsi di un'autorità e ci svacchiamo quando siamo tra amici. Loro, l'esatto contrario: petto in dentro, spalle curve, umili e sottomessi, con gli occhi a terra di fronte al potere, e profilo tanto più basso quanto più l'interlocutore si trova socialmente più in alto; ma dritti e impettiti quando fanno crocchio con gli amici, per discutere del futuro: fare vedere agli amici che sono degli uomini, che hanno le palle, e pure grosse, e con le palle la dignità! Insomma che sono più uguali di loro – se posso dire. I nostri padri non avevano il corpo democratico. Noi sì.

E la morfologia è cambiata: un'alimentazione con più carne, più proteica e meno cerealicola, le cure pagate dalla mutua, ma anche il disprezzo che ci dimostrano i piccoli bianchi e che ha sviluppato in noi ormoni di crescita e di orgoglio, che ha modificato la nostra gestualità, modellato i nostri corpi in atteggiamenti nuovi, dato ai nostri sorrisi il bagliore insolente "*denti splendenti!*" – tutto un groviglio di cause e di effetti, indecifrabili e insieme alquanto reali. È bastata una generazione per trasformarci in star di Hollywood... A parte il cachet, la fama e la notorietà. Che, ovviamente, non è poco. Che è proprio il nocciolo, cazzo! Ma questo è anche il motivo per cui lo yuppie di Casablanca – esistono –, lo yuppie che ha la villa all'Anfa, l'anfame!, e il roadster BMW Z3, e un Rolex al polso e occhiali Versace, risulta comunque fisicamente più tamarro, più zarro, e molto più lontano dall'equivalente parigino, francese purosangue, di quanto non risulti, di quanto non sia l'ultimo dei giovani beur prolet della più schifosa cité del 93! Sa dio perché! Uno Zinedine Zidane può diventare un emblema di eleganza profumato Dior. Ma ce lo vedreste, voi, Mohammed VI posare, diciamo, per la pubblicità del supermercato Franprix-Leader Price? L'agenzia di pubblicità non lo vorrebbe nemmeno! Troppo zarro, il look regale! Marocchino marocchino, non dico altro. Invece Zizou: Dior!

Uuh, che vergogna ci hai fatto provare, Zizou, e qualunque sia stato il cachet che hai preso, non vogliamo sapere l'ammontare, siamo discreti –, ma che vergogna, uuh, che vergogna! Che tu abbia accettato di posare anche per Franprix-Leader Price. Cazzo, quando uno è Dior è Dior! Non deve andare a sputtanarsi per un supermercato popolare di basso livello... *Adoro farvi vincere!* D'accordo, ma sul prato dello Stade de France! Non a spingere il carrello verso la cassa dove una sfigata delle nostre sorelle, rintronata dalla stanchezza e dalla noia, sommersa dal diluvio di melassa musicale e messaggi promozionali, passa i codici a barre davanti all'occhio cruciforme del lettore ottico, l'aïn! Bip! Sei aranciate Banta bottiglia di plastica da un litro e mezzo. Bip, bip! Due volte dodici Danette – *Tutti in piedi per Danette!* Bip! Un pacco di otto Flanby – *Flanby, digli di sì!* Bip, una confezione di Ferrero Rocher, perché è il compleanno di Azz, e lui adora i Ferrero Rocher – *Ambrogio, ho un languorino!* Bip, dieci, più due in omaggio, rotoli di carta igienica Lotus – *Più morbida, nuova formula, con lanolina ossigenata additiva!* Bella lì, tutta un'altra cosa per il mio culo di culatone! E, bip, purea in fiocchi primo prezzo formato famiglia gigante promozione della settimana Leader-Price... Zinedine Zidane adora farci vincere. Vincere cosa? Un buono sconto da due franchi sul cuscus Zina, che è quello che prendiamo noi, i B.: meno buono, meno fine, certo, ma meno caro del cuscus Garbit – *che è buono come laggiù!* Uuh, Zizou! Che vergogna, Zizou! Cartellino giallo, Zizou! Fuori gioco! Non ti metterai a fare lo schiavo della merce, a fare la puttana degli ipermercati e del consumo di massa, adesso che sei diventato un dio! Tu sei Dio, Zizou! Tu sei Dior! Non sei Franprix-Leader Price! Cazzo che errore di casting! E la tua immagine di marca? Zizou, ripigliati! Rizizougliati! Qui, a botta calda, ci hai un po' delusi noi amici dei Poeti, te lo confessiamo, siamo tra fratelli, possiamo parlare con franchezza! Hai bisogno di grana, Zizou? Possiamo fare una colletta tra amici, se hai dei fine mese difficili! I nostri genitori li conoscono, i fine mese difficili, sono gli ultimi trenta giorni del mese! E tu? Due milioni di franchi al mese, ti fai? Non male! Hai potuto regalarle tutto il catalogo Postal Market, alla tua mammona! E la vetrina di Tati-Oro? Naa, adesso ti stiamo pigliando troppo per il culo! Scusa! Ti vogliamo bene, dai! Ti perdoniamo, chourmo di Marsiglia! Nessuno è perfetto! Ti abbiamo perdonato la pubblicità Franprix-Leader Price, ai Poeti! Perché ci hai dato il più bel giorno della nostra vita! Traversone! Tiro al volo! Gol! Gol! Gooool! Cazzo! Goooool! Il più bel giorno della nostra vita! Allahu akbar!

La sto stressando, lettore? Be', non ho mica finito! Ho tutta la notte. Il numero Sid Ali è appena cominciato! Sono talmente strafatto di odio che posso reggere lo sketch fino all'alba! Ho tutto il tempo, io. È un peso da paura, starsene qui al fresco! The show must go on! Non smetterò mai di stupirvi. E ammettetelo: leggermi non è una perdita di tempo. È roba massiccia e documentata, questo Sid Ali! Etnologia, sociologia, biologia e anatomia comparate, linguistica, economia, filosofia, religione, morale, etica, politica, consigli pratici, di tutto e di più! Da solo, sono una banca dati universale! Sono tutta la collana dei "Que sais-je?"! Sono un'enciclopedia. Un'enciclopederasta, ambulante e dotato di parola – meglio: di parlantina! Vi stordisco? Bella lì. È quello che voglio. Sono un enciclone, già. Divento folle, raduno le folle! Ma Jesus, nella cella accanto, si è rimesso a cantare *Nasci para ser ignorante*... Cazzo, 'sto fado!

Prendo fiato. Ricomincio. Il Gueliz, avenue Hassan II. Il taxi ha lasciato me e Rabah lì davanti, con i nostri leggeri borsoni da star, sacconi in tela di paracadute, il mio bianco, il suo nero – per non confonderli.

Il Gueliz? Ve lo consiglio. Eravamo ingiusti, io e Rabah, a dire per strada:

"Il Gueliz chissà che schifiz".

Ottimo, il Gueliz. Ottimo! Ma faccio male a consigliarvelo: vi verrà voglia di precipitarvi a Marrakech, e vi ho già spiegato che Marrakech è un orrore! Non andateci. Ma il Gueliz, davvero ottimo! La camera: pareti bianche, nemmeno una cacca di mosca, tende, lenzuola e copriletto bianchi, pulitissimi... Pavimento di piastrelle lavate tutti i giorni con candeggina in abbondanza, non quelle moquette schifose che pullulano di acari e delle micosi lasciate in regalo dai precedenti occupanti, bleah! No, piastrelle. E belle, le piastrelle: mattonelle di ceramica smaltata azzurre, bianche e verdi – see, quelli che voi chiamate arabeschi, banda di somari che non sapete niente della nostra arte: sottili intrecci che a seguirli l'occhio e la mente si perdono e si ritrovano in Dio –, mattonelle tirate a lucido con il Mastro Lindo ogni mattina dalle donne di servizio, discrete, gentili... E, particolare che indica più di ogni altra cosa l'incontestabile superiorità delle nostra civiltà – scommetto che non lo trovereste a Parigi, al Ritz, nelle suite da due milioni a notte, colazione esclusa, nemmeno nella suite dove Diana e Dodi Al-Fayed, peraltro un musulmano! un Credente... Nada, al Ritz! Al Gueliz, invece, c'è una freccia incastonata nelle piastrelle del pavimento per indicare a te, Fedele, la direzione della Mecca! Verso cui rivolgerti per pregare se ti sei rotto di startene appiccicato davanti alla tivù a rimpinzarti di sdolcinate telenovelas cairote, di sermoni sharia su TV Dubai, o di un vecchio *Bouillon de cul* ritrasmesso su TV5... Cazzo! Pensate che non esista una tivù più cagosa di quella francese? Vi consiglio quella marocchina! Puttana miseria! Più demente di così, più scoppiata di così muori! Bisogna aver visto per un'ora di fila una vecchia carampana cotonata cimentarsi nell'imitazione di Um Kalsum davanti a una platea di rappresentanti di commercio degli Emirati in stage incentivo – programma offerto dal conces sionario Mercedes-Benz del sultanato dell'Oman... Ovvio, Mercedes, le solite seghe! La Biemme non ci rifilerebbe mai una roba del genere! Bella lì! E bisogna aver visto, aver visto con i propri occhi, lo spot degli assorbenti Always in versione sciita, shit!, con certe tipe velate di brutto che vantano la facilità di uso del prodotto – "superassorbente!", traduco –, e proclamano in coro di essere più libere da quando usano Always, quelle zoccole in hijab! Cazzo, io e Rabah, morti dal ridere! Non ci siamo mai più ripresi! Morti dal ridere al punto da dover correre al cesso, e pisciare in coppia, in piedi come degli uomini! È anche vero che il Mumm extra-dry offerto dalla Royal Air Maroc, più la pressurizzazione seguita dalla depressurizzazione tre ore e mezzo dopo... Addio vescica! Uh, cazzo, Rabah, amico, fratello!, le zoccole velate che ti dicono, cheese, in primo piano, che da quando usano Always hanno finalmente acquisito la libertà, e che l'uso dell'assorbente non è disapprovato dai mullah né dal grande Muftì! Tiriamo un sospiro di sollievo! Tiriamo un sospiro di sollievo ma di colpo la mente vacilla! In che mondo viviamo? Dove siamo? È la realtà, questa? *Je veux le feuilleton, à la place! "Vertiges de l'amour."* Siamo nella pura follia? Lo dice lei. Io non so, non so più. Ho fatto zapping. Il male non deve colpirmi. Il male non può colpirmi.

Il WC al Gueliz? Ottimo. Mastro Lindo. Il bagno? Ottimo. Piastrelle bianche dal pavimento al soffitto, piccolo, ma tirato a lucido: come a casa, insomma! No, sul serio, il Gueliz ve lo consiglio. E adesso vi dico il prezzo? Non mi crederete! Crederete che vi sto pigliando per il culo! Invece sì. Insistete? Vabbé, vi dico il prezzo! Io e Rabah ci siamo rimasti di merda! 290 dirham per la più bella stanza con bagno, vista sull'avenue Hassan II, "Che Dio perpetui il suo regno e vegli sulla sua Augusta Persona!". 290 dirham: dividete, con la calcolatrice, per 0,6: viene più o meno 175 franchi. Cazzo! Meno caro della nox nella topaia di "Monsieur Omar"... *Nox?* Notte, banda di somari e cari lettori: Nox non è una parola araba, è puro gergo dei randa parigini di rue des Martyrs!, dovete uscire un po', non starvene sempre appiccicati allo schermo della tivù o di Internet: fissare i pixel luminosi può provocare una crisi epilettica, ne so qualcosa, ve lo dice un epilettico, il Dostoevskij beur! *L'idiota*. Il principe Myškin... Sid Myškin! Myškin, meschino! Non sarà un po' arabo, quel cognome: Myškin? Bella lì! 175 franchi per la più bella stanza del Gueliz, a Gueliz, Marrakech, Marocco.

L'ideale! Non per un turista in viaggio organizzato: hanno solo una ventina di camere e niente piscina! Niente piscina! Al-hamdulillah! Rabah mi teneva un muso lungo da qui al Sahara del Sud ma io ero felicissimo! Detesto le piscine! Non trovo nulla di più immondo al mondo delle piscine! A scuola facevo sempre in modo di segare la piscina – se mi consentite quest'ardita immagine! L'acqua della piscina è ripugnante, per quanto cloro ci mettano! I bianchi europei sono luridi da far schifo: stanno sotto la doccia dieci secondi prima di entrare in acqua e non si insaponano nemmeno! Bleah! Non si lavano il buco del culo: risultato, ci sono tracce fecali nell'acqua che tu, Puro, mandi giù se bevi! Mandi giù i loro coliformi e le loro listerie, non è isteria se ve lo dico, è la pura verità! E non si lavano nemmeno l'uccello, quei luridi incirconcisi! E tu, Puro, nuoti in un'acqua inzozzata dalla muffa bianca che ristagna sotto le pieghe dei loro prepuzi, e che si diluisce nell'acqua inquinandola ancora! Bleah! E le loro piattole, e la forfora dei loro peli pubici – ftiriasi è il termine scientifico esatto. La ftiriasi! Bleah!

Non le rovino l'appetito? Non stava leggendo a tavola, spero! Io lo facevo, ma a mio padre dava i nervi. Aveva capito che era un pretesto per defilarmi quando bisognava tagliargli la carne nel piatto. "Aspetta che finisco la pagina! Chiedilo alla mamma." D'altronde fa male leggere mentre si mangia, rovina la digestione. Ho avuto un'ulcera allo stomaco. Ma non lo menzionerò per impietosire i giurati. Non è abbastanza forte, come argomento, per ottenere le circostanze attenuanti. Un'ulcera di stomaco non ti dà granché a discarico. Capace che quegli stronzi dei giurati hanno le emorroidi, a furia di farsi inculare! E non riuscirai certo a commuoverli. E poi non sono tipo da spiattellare in pubblico le mie piccole magagne. Ho il mio pudore. Sono un uomo, io.

Sono un uomo, ma nuotare in piscina, mai più! Io, Sid Ali, sguazzare nel loro luridume? Mai più. Sid Ali ha nuotato una volta, a nove anni, costretto e obbligato, in una piscina comunale, ma non ci è mai più tornato in vita sua. Zero! Al limite, potrebbe nuotarci equipaggiato come gli agenti segreti sabotatori italiani che minavano i porti durante l'ultima guerra, la loro ultima guerra ('39-45), con al polso un cronografo Officine Panerai, see! Come quegli eroi fascisti: in muta stagna di gomma! Il male non può colpirmi! Il male non deve colpirmi! Niente piscina!

Fobico, c'era scritto sulla mia cartella. Che fo? Fo il fobico. Fo il fobico, ma sono un genio. Un vero genio misconosciuto. *Una propensione patologica a giocare con le parole*, c'era anche scritto. Bella lì. A giocare con le parole, a giocare sulle parole. Fobica sarà tua madre! Stronzi!

No, niente piscina! Però il mare sì, *la mer allée avec le soleil!* Il Mediterraneo! Solo che Marrakech, ahimè, non è né sul Mar Mediterraneo né sull'Oceano Atlantico! Marrakech si trova al centro dell'altopiano desertico del Jbilet, ai piedi delle montagne dell'Alto Atlante! Cazzo! Pieni i coglioni, dell'Atlante, dell'Alto Atlante! Dell'Anti Atlante! Bella lì! Sono anti Atlante, io. Anti Jbilet! Anti-Marrakech! E proprio in quel postaccio schifoso eravamo atterrati un'ora prima io e Rabah! E adesso che avevamo visto lo spot Always in tivù, nella nostra stanza del Gueliz, che cazzo potevamo combinare nel pomeriggio? Visitare la città come dei turisti? Medina, Medersa, Ménara... In quest'ordine? Dai che si va.

Ma fuori, non un filo d'aria, e un caldo da schiattare! 43 gradi all'ombra azzurra e sottile delle palme, l'ombra a forma di ragnatela posata sulla sabbia ocra del Jbilet! La distanza tra il Gueliz, a Gueliz, e la piazza Jama'a al-Fana – non Dja, Rabah! Ja... Non siamo in Algeria, cazzo, siamo in Marocco, non si dentalizzano le *j*... Lungo il tragitto? Neanche un cane, con quella canicola!... Rischiavamo l'insolazione e la disidratazione! E non osavo immaginare come potesse essere un ospedale in Marocco, un pronto soccorso marocchino! Perché in realtà non facevo nessuna fatica a immaginarlo: ho conosciuto l'ospedale, il pronto soccorso, ad Algeri! Mi hanno portato lì privo di sensi, in stato di epilessia, e ho riaperto gli occhi in un largo e lungo corridoio buio e nauseabondo, con il soffitto basso, popolato di malati cenciosi che gemevano... E mi hanno lasciato tre giorni e tre notti, in osservazione, dicevano, su una barella che puzzava di piscio e di vomito, in quel corridoio che da allora chiamo il corridoio della Morte... Perché c'è stato un momento in cui, a notte fonda, nelle tenebre azzurognole di quel corridoio illuminato qua e là dalla luce tremolante di un lume da notte, fino alla parola EXIT, scritta in giallo fluorescente sulla porta a doppio battente, giù, in fondo, c'è stato un momento in cui mi sono messo a recitare i sette versetti dell'*Al-Fatiha*, prima di implorare il Misericordioso di darmi la morte – subito. Non un'ora di più! Mai più!

Mai più! L'aeroporto di Algeri, il penultimo girone dell'Inferno! Mai più! L'ospedale di Algeri, l'ultimo girone dell'Inferno! Cosa? E poi il Tribunale, i giurati non potrebbero trovarmi circostanze attenuanti? Cazzo! Quelli hanno aspettato un'intera giornata, un'intera giornata, dall'alba al crepuscolo, prima di dargli un bicchiere d'acqua, solo un bicchiere d'acqua – bismillah! Bismillah! E tutti quei buoni a nulla, nei loro camici luridi, che mi dicevano di aspettare... Aspettare cosa? La morte? Già fatto! Avevo conosciuto la morte, là sulla spiaggia, guardando il sole danzare sulle onde!

Cazzo, se me la cavo e mi metto in riga, mi faccio una carta American Express, gold o non gold, chissenefrega, ma me la faccio giusto per l'opzione Assistenza-Rimpatrio! Mai più farmi curare in un paese del Terzo Mondo! Naaa! Europ Assistance! *A vostra disposizione 24 ore su 24!* Lo voglio. E comunque non lascerò mai più l'Europa *aux anciens parapets*... Al di sotto di un certo PNL, non se ne parla! Dove non puoi bere l'acqua del rubinetto, non se ne parla! Non se ne parla, dell'esotismo! Non siamo mica selvaggi! *Ma journée est faite; je quitte l'Europe!** scrive Rimbaud. Be', io non sono Rimbaud, non seguo Rimbaud! Non sono un cane.

E sono algerino solo in questo: il popolo algerino è sempre stato sbruffone, anarchico, indomito, ribelle –, e si è sempre sottomesso a chi gli prometteva l'ordine, sia che i tiranni venissero da fuori, sia che li scegliesse tra i suoi. Nessun popolo ha mai odiato così tanto se stesso, nessuno! Ma io non sono algerino, eh, sono francese. Ai miei occhi, lo sono. Pienamente. Come Isabelle Adjani, al mio braccio, che sale la scalinata coperta di velluto rosso sotto la raffica di luci dei flash, a Cannes! Stronzi!

Dov'ero rimasto? Ah sì. Da Gueliz alla città vecchia: taxi obbligatorio, dunque. Vabbé, chiamiamone uno che passa! La cosa buona è che a Marrakech se ne trovano una cifra. La cosa meno buona è che con questi qui c'è sempre l'inculata in agguato. Il tachimetro? "Guasto, non funziona"! Come no, imbroglione! Prendici pure per mongoli, noi che siamo gli ex colonizzatori che vi abbiamo portato l'ordine, la pulizia, la giustizia, la salute, il protettorato! Dieci dirham, ti diamo, amico mio, l'equivalente di sei franchi!, possiamo arrivare fino a quindici!, nove franchi!, sarà la nostra maniera di esprimerti il nostro disprezzo: siamo dei signori, noi, non discutiamo con la feccia pellescura locale!

"Su, tieni, amico, quindici dirham e non ne parliamo più."

E adesso, aria! Se la trovi, a Marrakech! Canaglia.

Vabbé. Eccoci pronti. Il grande minareto? La Kutubyya. La Kutubyyaaaa! Capolavoro dell'arte almohade... Almohade! Se lo dicono loro! Dai! Vista, la Kutubyya. Puoi sbarrare la casella: una V – visto. E a questo punto, le carrozze! All'origine di tutte le cacche sul selciato, per non parlare di tutte le cacche che ci siamo già beccati sotto le suole delle nostre Nike Air nel taxi che ci portava dall'aeroporto al Gueliz. E tutti i turisti che si fanno adescare dai cocchieri e vanno entusiasti a farsi fregare! Pirloni! La schiavitù spontanea! L'alienazione volontaria! Noi? Io e Rabah, il giro di

* La mia giornata è finita, lascio l'Europa!

Marrakech in carrozza, amico? No, senza di noi, senza complimenti, grazie! Chucrane, amico, se vuoi che te lo dica nella tua lingua! Dopo aver portato Azzedine e Amina a Disneyland... Naa, ne deve passare di tempo prima che io ripeta l'esperienza dei divertimenti popolari, credimi! Ho la mia dignità!

Vabbé. Alla nostra sinistra, il Club Med, alla nostra destra, la posta centrale e la banca Al-Maghrib... Di fronte, la famosa piazza Jama'a al-Fana – dove succede tutto, dicono le guide! Sarà.

I capannelli intorno ai cantastorie, agli stregoni, agli incantatori di serpenti, alle danzatrici velate, ai musicisti gnawa... L'ho visto mille volte in tivù. Divertente per cinque minuti, ma vabbé. E Rabah con una piva lunga così! Il tesorino non sta tanto bene. Non ha digerito il pranzo della Royal Air Maroc? Non c'è da stupirsi: tutto quello champagne sull'aereo, il caldo qui, il clima sahariano... Sarà? Sahariano? In più due o tre tranxene, uno xanax, un quarto di lexomil, un prozac per rifarsi la bocca, un high'n'low per mandare giù il tutto... ha l'occhio un po' vitreo, il mio Rabah! Gli tremano le mani e gli angoli delle labbra! Cazzo! Mi prende una caga bestiale! Non gli verrà mica un attacco di tetania in diretta live, al Rabah? Di noi due, il malato sono io, eh! Sono io che ho il grande male, il morbo sacro. Gli propongo di bere qualcosa, all'aperto, all'Argana.

"Va bene?"

"Va bene."

"Come va? Sei un po' pallido."

"A posto, dai."

Ordino: un'acqua minerale per lui, una birra per me. E cosa mi risponde il cameriere, indovinate un po'? Che non servono alcol nella Medina... "Vietato." Bella lì. Ma i nostri più grandi poeti, Omar Khayyam, Hâfiz, hanno cantato il vino... Niente birra, ma neanche vino? Naa. Una Absolut e non se ne parli più! Una vodka qualsiasi... Naaa. Eppure una vodka ghiacciata avrebbe rimesso in sesto il mio Rabah che non si sente bene. Manco per sogno! Niente alcol nella città vecchia. "Vietato." Che barbari! Puttana miseria, cosa cazzo ci siamo venuti a fare a Marrakech? Ma che idea, ma che razza di idea ho avuto!

Dopodiché, bevuta la sua Oulmès, poi un'altra – aveva sete, tutto qua! – Rabah si sente molto meglio... E io? Molto peggio, tutt'a un tratto, sull'orlo dello svenimento, con le budella che mi si torcono come biancheria strizzata, me lo sento: la sciolta! Faccio appena in tempo a correre al cesso... Bleah, il cesso: schifoso come i cessi dei locali schifosi di Barbès! Cominciamo bene.

"Marrakech fa cagare! In senso proprio e figurato."

E adesso? Torniamo a vedere e ad ascoltare i musicisti, gnawi e altri. Mi piace il violinaccio del *gunbris*, il suono verde e acido degli *auadas*, il ticchettio lancinante dei *craquebas*, il rullio continuo delle dita sulla pelle dei *ganga*, il ritmo ossessivo scandito dai bendir... Come se mi crescesse dentro una voglia di piangere e di ridere insieme, il desiderio di andare in trance, di sentir sopraggiungere l'estasi, fino al punto sublime in cui il piacere è dolore, e il dolore, piacere – il *m'luk*. A cui si mescola il lamento malinconico della gaita dell'incantatore di serpenti nel capannello vicino – l'incantatore di *rhnouch*. (*Rhnouch*: serpente. Ma anche, nel nostro gergo, sbirro.)

Un'improvvisa sensazione di gioia mi fa rabbrividire. *Cris, tambour, danse, danse, danse, danse!* In *Illuminazioni?* No, Sid: in *Una stagione all'inferno*. Rimbaud, cazzo, massimo rispetto.

Potremmo divertirci un casino ad andare a ripulire i curiosi che curioseggiano, incuranti. Quei greggi di turisti rincoglioniti... Zero sbattimenti! Un gioco da ragazzi per il dream team Rabah-Sid Ali – pardon, Aziz, qui. Io sono Aziz, qui, non bisogna dimenticarlo, nella trance e nella gioia. Non bisogna dimenticarlo: *Je est un autre.*

Ripulire i turisti incuranti? Zero sbattimenti, lo so. Ma, ci conoscete, siamo persone di buon cuore, io e Rabah: non vorremmo togliere il pane di bocca alla miserabile malavita locale. E poi il turista Club Med, a luglio, è così cheap che non ne vale neanche la pena. Occhiali Afflelou – "Vado pazzo per Afflelou!" Bella lì? Be', io no, ho il mio amor proprio. E i loro orologi? Dei Citizen! "Ciiiitizen" come balbetta quello sfigato, non mi ricordo più come si chiama, io che ho una memoria incredibile –, quello sfigato che fa la pubblicità di questi orologi troppo scrausi, manco garantiti COSC! Cazzo, bisogna essere proprio alla canna del gas per abbassarsi a pubblicizzare un Citizen... "Il mio Ciiiiitizen!" Una mezzasega, tipo lavoratore interinale dello spettacolo! E cosa mi dite dei marsupi dei turisti rintronati del Club Med! Cazzo, il marsupio! La mostruosità delle mostruosità: l'appendice gibbosa dell'homo turisticus, questo mutante! Il giorno che ho visto mio fratello Azz conciato con addosso un marsupio, l'ho piazzato otto giorni in quarantena! Insegnargli le regole fondamentali dell'eleganza e della morale delle apparenze. Niente marsupio! Non siamo mica dei canguri. "Apparteniamo a un popolo che ha sofferto molto."

Lasceremo che glieli fottano gli indigeni affamati, i loro marsupi, i loro Citizen, i loro Afflelou! Non solo, ma con i virtuosi dello gnawa ce la tireremo un po' da Aiuto umanitario, Kouchner, ONG: un pezzo da cento dirham ciascuno, nel piattino degli gnawi, io e Rabah. Ecco! Noi siamo fatti così: CEE, patria dei Diritti umani. Non siamo mica dei selvaggi. E la musica gnawa: incantesimo! Che gioia.

Vabbé. Ma come di tutte le cose buone e belle, ci si stufa. Allora cosa, adesso? I suk della medina? Direzione Medersa... Dai che si va.

Attraverso l'intrico di vicoli protetti dal sole da graticci di canne e di paglia, sotto la picchiettatura impressionista di ombra azzurra e di luce cruda che burla burloni e curiosi incuranti, diamo di gomito nella folla, saliamo verso la medersa Ben Yucef – *la scuola coranica più grande e più sfarzosa di tutto il Maghreb*, ci segnala il dépliant che ci hanno dato in albergo, insieme alla chiave. Bella lì. Ma i commercianti cercano di arpionarci alla maniera del capitano Achab, come se io e Rabah fossimo delle balene bianche, come se fossimo volgari bianchi europei o nordamericani. Sarà l'effetto Lacoste, Occhiali Armani, Officine Panerai? Sta di fatto che. Ci sembra di essere in un vecchio film di qualità francese degli anni trenta, colorato per la diffusione televisiva. "– Le belle babbucce, signore! – I tappeti! – Dai un'occhiata! Il vassoio di rame cesellato tutto a mano! – Le sete più belle del suk, signore! – Il cliente è un amico! – Le borse di pelle di cammello, guardare non costa niente! – Entri, entri, salam! – Le mie spezie, il balsamo per l'emicrania, che se non te la fa passare subito, subito ti rimborso quello che hai speso! – Ti offro un tè, puoi prendertela comoda, scegliere! – Si accettano Visa, Mastercard, American Express..." Ah no, questo è il remake del 1998, non è più l'originale degli anni trenta colorato! Ma sempre ugualmente appiccicosi e adescatori, i marocchini! Cazzo, alla Casbah di Algeri facciamo meno le puttane, abbiamo più amor proprio! Abbiamo più dignità, noi algerini! Si vede che ci sono stati trent'anni di socialismo e l'abolizione delle classi voluta dal FLN... Naa, scherzavo. Ma Isabelle Adjani e io, Sid Ali, ci vergogneremmo a tirare così per la manica il visitatore straniero.

E comunque, non siamo mica scemi, abbiamo visto benissimo il trucco: mentre il complice attira il tuo sguardo con la sua mercanzia e la sua parlantina, l'altro ti vuota le tasche! Grossolano! Ma con i babbioni funziona sempre. Ripulire uno di nascosto è il mestiere più antico del mondo. La prova: noi giovani beur delle cité, la generazione Mitterrand, del primo e anche del secondo settennato, usiamo, in questo ambito, il gergo degli apache dei bastioni dell'epoca di Zola! Ma cosa dico? La parlata dei *Coquillards** della banda di François Villon – uno dei nostri, un poeta, uno vero, uno con le palle. No, non ci saremmo fatti fregare, io e Rabah. Oltre tutto la loro paccottiglia artigianale fatta a mano non ci interessava. Ma proprio per niente! Compresa la chekkara, copia esatta di quella che portava Djamila – Dja, tu mio solo e unico amore! Naa, non la volevamo! Noi vogliamo solo WTM: worldwide trade mark, griffe universale, venduta nei cinque continenti, nelle boutique, nei centri commerciali, nei reparti dei grandi magazzini, nei duty free dei grandi aeroporti internazionali! All over the world! *United Colors of*... Al cesso, l'artigianato marocchino! Puzzate, banda di passatisti!

E quanto al borseggiatore indigeno, è meglio che stia all'occhio: degli sbirri marrocchini in tenuta da combattimento satinata blu scuro come portano le guardie giurate alle Halles, come dei grandi, sì, gente moderna, con le palle, con tanto di manette appese dietro, al cinturone, che ballonzolano sulla chiappa, vigilano sulla sicurezza del turista straniero e amico fornito di valuta pregiata... Quegli sbirri da operetta scostano la feccia borseggiatrice locale facendo roteare il manganello, quasi con la stessa eleganza dei loro modelli che fanno regnare il terrore alle Halles! Cazzarola!

Ma noi siamo uomini e proseguiamo impavidi per la nostra strada attraverso i suk.

L'angolo dei tessitori, l'angolo dei piumai, l'angolo dei fabbri, l'angolo dei cardatori... Ed eccoci di fronte alle porte della Medersa: chiusa al pubblico per lavori di restauro. *Sotto l'egida della Banque Royale du Maroc, con il concorso dell'Unesco. Patrimonio dell'umanità.* Bella lì. E io e Rabah, altro patrimonio dell'umanità, cosa minchia possiamo fare adesso, per ammazzare il tempo prima dell'al-Maghrib? Dare un'occhiata alla moschea accanto? Okay. Entriamo. Ma, non mi crederete! A momenti sfioriamo l'incidente con una specie di scaccino che voleva impedirci l'ingresso come a degli Infedeli! In Marocco, per volontà del maresciallo Lyautey – onore al maresciallo Lyautey, residente coloniale della Repubblica francese! –, l'ingresso alle moschee è strettamente vietato ai non musulmani. Ci prendeva per degli apostolicoromani, quel figlio di troia? Pensare che ci eravamo già tolti le scarpe: bastano due colpi di tacco, perché credete che non ci allacciamo mai le stringhe delle Nike? Per andare a pregare più in fretta! Ci siete rimasti, eh, voi psicosociosadiocosa che studia-

* Nel Medioevo banda di ladri che portavano al collo una conchiglia come i pellegrini.

te i riti e le abitudini dei giovani delle cité? Scommetto che non ci avevate mai pensato. Vi tenete le scarpe, voi, quando entrate nelle vostre chiese – nelle vostre ehm *gueliz* – apostolicoromani di 'sto paio di palle! Zozzoni! E non vi lavate prima di pregare l'Altissimo, che pure è il nostro Dio comune, di noi popoli del Libro... Non smetterete mai di stupirmi.

Comunque sia, ci aspettavamo che da un momento all'altro la larva della moschea Ben Yucef ci chiedesse di dire la professione di fede. Manco per sogno! Fanculo! Abbiamo dato un'occhiata alla frusciante fontana e alle mattonelle smaltate e ci siamo rimessi le scarpe... Gag! Rabah stava per mettersi le mie Nike e io le sue: ma io ho mezzo numero in più di lui: 10 e 1/2 – 44 e 1/2 se preferite, banda di asini! Ma io conto con la numerazione americana, sono globalizzato, io – insomma, ci siamo rimessi ognuno le sue e tanti saluti.

E adesso? Ritorno alla piazza Jama'a al-Fana? Dai che si va. Passando per i suk? Tanto, che tu vada a destra, a sinistra o dritto: suk, suk, suk! Dai che si va. A sgomitare nella folla sempre più numerosa man mano che il sole tramonta...

Per qualche secondo perdo di vista Rabah. Poi, rieccolo accanto a me.

"Che cazzo stavi facendo? Ti compravi del khol per i tuoi begli occhioni, furfante?"

"Naa. Vedrai."

Vedrò cosa?

Be', io non smetterò mai di stupirvi ma anche Rabah qualche volta mi ha stupito.

Cosa c'era da vedere? Un portafoglio che aveva appena soffiato a un ginone che curiosava davanti ai tappeti. Ripulito, il ginone!

"Cazzo, stai male, amico mio! Avevamo detto che non li toccavamo, che qui è troppo pericoloso. Soprattutto per me..."

Sottinteso: io che sono qui sotto l'identità di mio fratello Aziz, il quale marcisce in galera. A quelle seghe non è neanche venuto in mente di ritirargli il passaporto, pensando che in fondo non se ne sarebbe fatto niente di un passaporto, dietro le sbarre. Qui io sono Aziz, e sono maggiorenne – non dimentichiamolo. Aggiungo:

"Le galere di qui... La prigione di Tazmamart! Hassan II non è per niente un simpaticone...".

"Ssst... cosa ti hanno detto," mi interrompe sottovoce Rabah, "che non bisogna mai parlare male di Sua Maestà a voce alta... O ti ci sbattono all'istante, in prigione! E poi stai a fare le menate agli altri..."

"Scusa, Rabah. Ma promettimi di non farlo più."

"Parola d'onore."

"Pace!"

Ci siamo battuti i palmi delle mani, riconciliati, senza immaginare che due giorni dopo tra noi sarebbe finito tutto.

Vabbé, questo portafoglio: ecco l'inventario.

Uuuh. Bottino così piccolo che non valeva il rischio: un ginone vero! Il pass del Club Med – bella lì. Un bancomat, uno, dico uno, e solo uso bancomat! – nella pattumiera, pirlone! Una tessera clienti del Bazar de l'Hotel de Ville: cazzo, l'amante del fai-da-te di periferia che si è comprato il trapano a rate! Come fa, di nome? Jean-Robert. Uuuh, Jean-Robert! Ah, e una tessera – no, non ci credo! – una tessera fedeltà Afflelou! Guercio, il Jean-Robert del trapano e, non contento, 'sto sfigato rompe gli occhiali tre volte l'anno, minimo, e le Assicurazioni Axa, canta che ti paxa!, non vogliono più rimborsargli la differenza con la tariffa base fissata dalla mutua, 27 franchi, gliene restano da pagare 2700... Allora il Jean-Robert si è fatto fidelizzare Afflelou! Va pazzo per Afflelou. Via, nella pattumiera! Ah, se la ricorderà Marrakech, il Jean-Robert! L'anno prossimo andrà nell'Oberland bernese! E anche noi: fa più fresco, lì, d'estate. È la lower middle class che si ciuccia Marrakech a luglio. Oppure la upper upper class, che ha il suo ksar nel Palmeto e viene a ricaricarsi nel lusso estremo della sobrietà... Vabbé. Ma il bottino di Rabah? I contanti soffiati a Jean-Robert e il suo trapano a rate? 300 franchi e 900 dirham! Neanche di che farsi un pranzo al grill della Mamounia! Poca roba, ve l'ho detto.

Sì. Ma se Rabah ha fornito il motivo, sono io a fare lo show. E si strangola dal ridere, Rabah, sull'orlo dello svenimento. E si complimenta con me, quando finalmente ha ritrovato un po' di fiato:

"Cazzo, mi fai morire dal ridere, Sid... Aziz!".

Ci abbracciamo come fratelli. Per la vita e per la morte, tu e io.

Vabbé. La Medina? Zapping. Vogliamo il seguito del programma. Cos'era, già? Ah sì, la Menara, che a quanto pare va vista al tramonto. Casca bene: il sole sta declinando.

"Taxi!"

Lo sappiamo: il tachimetro non funziona, è rotto! Non sprecare fiato, africa! Avrai i tuoi quindici dirham, e se rompi i coglioni chiamiamo al volo gli sbirri – no, no scherzavo. Non siamo i tipi.

La Menara! Capolinea! Si scende! Se vogliamo, con quindici dirham in più l'africa ci aspetta lì una mezz'ora poi ci riporta in città. A Gueliz? Per Gueliz fanno venti. Vabbé, te ne diamo venti, aspettaci qui! La Menara, e che sarà mai!

Scende la sera, con tutto il suo splendore limpido e rosa, con tutta la sua dolcezza. Rondoni volano in tondo, alti nel cielo, la cima delle palme oscilla indolente nel vento leggero dell'imbrunire carico delle sabbie dell'erg, le nevi eterne si fanno madreperlacee agli ultimi raggi del giorno.

Elle est retrouvée.
Quoi? – L'Éternité.

Bella lì. La Menara al tramonto: l'avete vista come noi, mille volte, nelle pubblicità. Per Guerlain, per YSL... Quale profumo, quale rossetto, quale biancheria da casa, quale club di scambisti, quale server di minitel rosa, quale costruttore di decappottabili, quale banca, quale carta di credito, quale birra, con o senza alcol, non ha usato come sfondo per vendervi il suo prodotto la Menara al tramonto? Be', accontentatevi di quella visione incantevole, non andate a verificare sul posto! Dal vero è molto meno bella, ve lo dico io. Sulla foto non si vede quello che c'è intorno. E l'assistente del fotografo ha passato un colpo di scopa prima che il boss sguainasse la sua Hasselblad. Sì. È molto più bella quando è *Shalimar*! È molto più bella quando è BMW! In ogni caso tutto è sempre più bello quando è BMW! Il bacino della Menara? Più piccolo di quello della Villette. Il padiglione? Un padiglione. E le montagne sullo sfondo? Certo, certo... Ma tenete lo sguardo rivolto a loro, non abbassate gli occhi! E date una moneta al mendicante che vi tampina mentre ammirate:

"La carità, Signore! La carità, Signore, Signore! La carità!".

Tieni! Che si tolga dal cazzo una volta per tutte, questo relitto umano! Che la smetta di rompervi le palle!

Quello lì non lo vedete mai sulla foto, eh? È fuori campo. L'assistente l'ha cacciato via con la scopa...

Ah, e non dimenticate gli occhiali neri: Vuarnet, Versace, CEBE, Mexx, Bollé, Porsche, Police, Calvin Klein, o addirittura Afflelou, se preferite Afflelou! – la marca non vale più! No, vi davo solo un consiglio da amico: perché non vi abbagliaste guardando il cielo!

Menara del cazzo. Marrakech del cazzo.

Improvviso sfinimento, come se dentro di me fosse stato levato il tappo di un lavandino e il corpo, e con esso la mente, si svuotasse di tutta la propria sostanza... Vertiginoso nulla. Tutto è sfocato e si screzia, tutto vibra, tutto vacilla, tutto scintilla... L'impressione... Come dire? Ah sì, di guardare un canale criptato senza decoder. Ci siamo. Crollo.

Rabah non se la passa meglio. Ci buttiamo sul letto. Entrando in camera avevamo acceso meccanicamente la tivù lasciando il volume abbassato. Un cantante egiziano, o siriano, o libanese, sa dio, pettinato, vestito, truccato e lustrinato come Claude François nel gran periodo di *Alexandrie – Alexandra, ah, ah!* –, e come lui circondato da tremolanti *claudettes* (ma le sue erano mezze velate di mussola lilla costellata d'oro), modulava un'interminabile melopea muta, davanti a un'orchestra di *wassla* elettrificato e silenzioso... Senza sonoro, l'effetto era allucinogeno. Mi pareva di leggergli sulle labbra che aspirasse ad andare con la sua aziza allo *Djena* – con la sua adorata, in Paradiso. All'istante. Eternamente all'istante. Allucinato da paura, ve lo dico io.

Prima di prendere la chiave, avevamo comprato una pizza per due persone a un take away accanto al Gueliz. Birra non ne avevano: non avevano la licenza, ovviamente. Ma il portiere dell'albergo ci ha ceduto un cartone di Heineken preso dalla sua scorta personale. "Vi supplico di non denunciarmi..." No, no, mano sulla fronte, mano sul cuore, non ti denunciamo, amico... Cazzo, che paese! Poi abbiamo provato a sostenere per cinque minuti una conversazione in arabo con quel ragazzo così gentile e garbato. Ma niente da fare. Impossibile capirsi bene. Siamo dovuti tornare al francese, che lui non parlava troppo male, ma neanche troppo bene.

Questa perenne titubanza tra noi arabi di origini diverse. La difficoltà che abbiamo di capirci chiaramente, senza malintesi. La necessità di ricorrere sempre al francese, la lingua dell'altro, quando noi figli dell'immigrazione vogliamo esprimere i nostri sentimenti più intimi, i nostri patemi, i nostri magoni... Mentre l'arabo ci va benissimo per l'insulto e per l'odio. Se si tratta di mettere in dubbio la virilità e l'integrità anale dell'interlocutore, o la verginità e la castità della madre dell'interlocutore, non c'è alcun dubbio: da Tangeri a Damasco, passando per Il Cairo, tutti afferrano quello che hai voluto dire.

Ma, solo nel Maghreb, tre varietà nazionali di arabo, diverse alle nostre orecchie: il marocchino, il tunisino, l'algerino. In più, una marea di arabi dialettali, regionali, che sussistono all'interno dei tre paesi un tempo dominati dai francesi, e l'arabo del popolo, l'arabo della campagna, l'arabo delle grandi città, l'arabo delle persone colte e l'arabo degli analfabeti, l'arabo di quelli che sono emigrati e poi sono tornati al paese, e l'arabo di quelli che sono rimasti in Francia, e l'arabo dei loro figli, l'arabo dei quartieri a forte densità di popolazione maghrebina, l'arabo delle cité... Ma l'arabo dei marsigliesi del 13, l'arabo dei quartieri nord di Marsiglia, non è esattamente l'arabo del 93, del Seine-Saint-Denis, cioè l'arabo della periferia nord di Parigi, che un orecchio molto attento distingue da quello delle periferie sud di Parigi. Questo farà sì che un randa de La Courneuve o di Bobigny dirà a un'altra teppa del suo genere incontrata alle Halles: "Sei di Vitry, tu, vero? O del Kremlin-Bi?". E non dimentichiamo l'arabo di Barbès: quello di Paul Smaïl, per esempio. Ma quello dei musicisti dell'Orchestre National de Barbès è di nuovo diverso. E nei nostri casermoni di periferia captiamo con la parabolica l'arabo del Mashrek: monnezza televisiva dei paesi del Medio Oriente trasmessa via satellite. Altri accenti, altro vocabolario.

Non parliamo dell'arabo che vorrebbero insegnarci alle superiori, e che è solo una parodia grottesca, una farsa che non fa ridere, dell'arabo classico, dell'arabo letterario mescolato con un po' di dialettale – in una proporzione che dipende dai prof, dalle scuole. Del resto, che cos'è l'arabo letterario?

Ah, e l'insolubile problema della traslitterazione! Accenti o no? Segni diacritici raffazzonati alla bell'e meglio con una tastiera azertyuiop? Apostrofi rientranti e apostrofi uscenti a seconda delle regole – ma quali regole? E l'ortografia: alla francese all'antica o alla moderna, inglese e globalizzata, e pseudonormalizzata? Si deve scrivere *wa* o *ua*?, *wi*, o addirittura *wee*, oppure *ui* – uili, uili, uili! – mettere una *k* o una *q*? Il servitore della Verità con una *k*- Abdelhak – oppure con una *q** – Abdelaq? Io avevo scelto la *q* – e non vediate in questa *q* un invito equivoco da marchettaro; naa, in realtà era più un purismo da bravo studente attento al bel linguaggio. Ormai cominciamo a vedere dentro libri scritti in francese – almeno così sostiene l'autore –, pubblicati e stampati in Francia, che ogni buon musulmano fa almeno una volta nella vita il pellegrinaggio alla *Mecca*** o, peggio – anche se non si può dire cosa sia peggio, in questo campo –, alla *Mekka*! Mecca! Mekka! Ma che, ma che, ma che è? La Mecca? La Mecca! Bella lì! Barbari, selvaggi, cretini, alienati alla merce e allo spettacolo, schiavi! H'chuma!

Ah, cazzo, e su Internet! Un delirio! Un delirio, nella rete, nel web, nel, ehm, ueb, fratello! Trascrizioni alquanto approssimative fatte da americani con un QI di meno di 30, al limite della trisomia 21, ritrascritte a capocchia da altri ritardati mentali, europei questa volta, abbreviate, accorciate, e tarmate di errori di battitura e di sbagli nell'uso del mouse... Ed eccolo, il lavoro! La lingua del Profeta trasformata in un gergo ostrogotico, in un farfugliamento araboide meno simile al linguaggio articolato adulto che alla lallazione infantile – *Lâ 'llah illah Allah!*

Ormai l'arabo scritto traslitterato in caratteri latini è un mostro, una chimera. E tra i nostri arabi parlati esiste la stessa distanza che c'è tra le lingue latine. Forse che un italiano lo capisce uno spagnolo, o uno spagnolo lo capisce un francese, se non hanno imparato la lingua dell'altro a scuola? Be', per noi marocchini, tunisini, algerini è lo stesso. Tranne che, oltre tutto, noi la lingua dei nostri vicini non possiamo impararla a scuola. L'andaluso, il castigliano e il catalano si capiscono tra loro, più o meno, il prolet napoletano e il borghese milanese pure. Noi, tra di noi, facciamo più fatica. Ricorrere allora all'arabo letterario? Ma voi francesotti ricorrete spontaneamente al latino quando non afferrate una parola pronunciata davanti a voi da uno spagnolo o da un italiano? Il mio paragone lascia il tempo che trova, ma non è neanche poi tanto esagerato.

E in più per gli algerini, per gli algerini che vivono in Al-Jazaïr (*Jazaïr*, o *Djazaïr*, o *Djezaïr*, o *Jezaïr*, a seconda del dizionario che usate, e Al o El, a seconda di altre opere, e forza! Orientatevi un po'! Trovate sotto quale lettera dell'alfabeto bisogna cercare, e se il nome del paese è messo con l'articolo o no, cazzo!), i poveri algerini, vittime dell'arabizzazione forzata dell'insegnamento, un insegnamento dispensato alle superiori da cretini semianalfabeti re-

* Gioco di parole su "culo".

** Grafia inglese e italiana della parola francese Mecque.

clutati in Egitto e in Medio Oriente, la feccia dei professori mandata a spasso per notoria incompetenza nel paese natale –, i poveri algerini che, tra tutti i popoli del Maghreb, erano per natura i più inventivi dal punto di vista linguistico, i più dotati di immaginazione, i più ispirati – il raï ne è una prova, e, se mi consentite un'immodestia poco abituale in me, Sid Ali ne è un'altra... Per i poveri algerini, dicevo, l'obbligo di imparare quella fibrosa, contorta e dura lingua astrusa, totalmente artificiale, che è l'arabo algerino ufficiale: l'arabo Boumédiène, l'arabo Chadli, l'arabo Boudiaf, l'arabo Zeroual! Una neolingua totalitaria, con la quale è impossibile ai giovani esprimere la minima emozione appena un po' profonda, la minima gioia, la minima sofferenza vissuta nelle proprie viscere, la minima manifestazione di intelligenza critica e di fantasia. Lo strumento mortale trovato da quegli halufin al potere, da quei fascisti stalinisti, per stroncare la poesia spontanea, la genialità del popolo algerino, e rincretinirlo sempre più per asservirlo meglio! Halufin! E, dall'altra parte, i massacratori del FIS, quei figli di troia, e i loro Corani printed in Iran! Halufin! Che algerini rimi con cretini è quel che avete sempre sperato nei vostri cuori di porci!

Ma nell'ombra si sta organizzando una resistenza, che comincia coraggiosamente a esporsi alla luce cruda delle vie di Al-Jazair e di Wahran, o Ouaran – Orano, insomma. Ascoltate i rapper dei gruppi Hamma, De Men, Cause Toujours – sì, halufin al potere, continuate a chiacchierare!

Ascoltate Intik:

Watch me watch me watch me yosh
Watch the original arabic ragamuffin style
Watch me the original algerian arabic ragamuffin style...

Morti dal ridere, siamo!
E con le lacrime agli occhi:

À présent je rentre dans le vif du sujet
Pour parler de ceux qui ont été malmenés
Je parle des enfants qui ont été calcinés
Je parle de mes sœurs qui ont été violées
On est comme des oiseaux en cage qui ne peuvent plus voler
Assoiffés de joie et de liberté...

Bella lì. Massimo rispetto, Intik! Volume sparato a manetta sul ghetto-blaster lettore CD!

Crepa, Chadli! Crepa, Zeroual! E pure Bouteflika! Chichis e Chevènes dell'Al-Jazaïr! Fuori dalle palle!

Ma qui mi esalto e mi perdo. Dov'ero rimasto? Dov'eravamo rimasti, io e Rabah? Ah sì, nella nostra stanza al Gueliz. Mangiata una fetta di pizza insipida e tiepida, un sorso di birra per tentare di mandarla giù... Tramortiti di stanchezza, di noia, di tristezza. Alle otto di sera, a volerci erigere manualmente, reciprocamente, guardando, allucinati, la tivù muta... Niente per farci una canna, proprio qui nella capitale del fumo! Cazzoni che non siamo altro, non abbiamo pensato di andare a beccare qualcosa dai piccoli spacciatori che bazzicano giorno e notte nei dintorni della piazza Jama'a al-Fana – "Vuoi roba?". Complimenti ragazzi! Complimenti Rabah, complimenti Sid Ali! "Apro la busta... L'oscar della cazzonaggine quest'anno va a Sid Ali e Rabah per *Niente fumo a Marrakech*! Una coproduzione Cazzoni Entertainment, Troppo Goldwin Merda, UGCagone!"

La nostra prima notte a Marrakech, città imperiale! Morti, eravamo! Morti. Non morti dal ridere: morti. Dai, pieni i coglioni di smanettarselo molle. Un tranxene, uno xanax, un lexomil e fine della trasmissione. Spegniamo... Buonanotte.

Arriva un sonno simile al coma.

Longtemps, je me suis couché de bonne heure. Cazzo, come ha preso per il culo gli uomini di lettere e di sangue puro, l'astuto Paul, aprendo il suo secondo romanzo, *Casa, la casa*, con la celebre frase di Chi-sapete-voi! Un modo per dire: okay, Proust appartiene anche a noi! Forza, al saccheggio! Il fatto è che l'hanno presa malissimo, quei puzzoni di francesotti: giù le mani dal patrimonio nazionale, beduini, fanfaroni, terra da pipe! I Guermantes non ti hanno invitato alla loro tavola! Giù le zampe da Proust! È nostro.

Bella lì? Marcel? Con tutto che è una teresina, la Marcel? Più checcha di così ti disintegri in pieno volo, come diceva per ghignare da paura, e su tutto, il nostro amico Djebril-l'Arcangelo, che sull'argomento ne sapeva una cifra! "No, no, no, tu, marocco, giù le mani dalla nostra *madeleine*, giù le mani dai nostri biancospini (e pure dalle palle), e dalla nostra tazza di verbena, ma anche dalle tazze dei cessi pubblici dove Charlus rimorchiava i prolet!, no, giù le mani dal barone che andava a farsi le marchette in un bordello appena più lussuoso di quello del vostro 'Monsieur Omar' di rue des Martyrs! E giù le mani dalla Fuggitiva... – Fuggitiva, una fava!

È andata a battere, quella lesbicona!" Cazzo, il bel mondo su carta indiana, rilegato in pelle dorata con oro fino, che troiaio! Ma Marcel Prouuuust, massimo rispetto!

Vi sfinisco? Esagero, io, Sid Ali? Bella lì. È quello che voglio. E il numero non è finito. Ogni tanto, per sottolineare, sbraitavo al mio pubblico immaginario o al mio unico spettatore, Rabah, sbraitavo imitando il presidente Chichi: "Ascoltate... ascoltate... ". E via con una bella ora di delirio! Ascoltatemi! E aspettate la fine! Si fa quel che si può per ammazzare il tempo, al fresco. Abbiamo poche distrazioni. Con grande sorpresa di Jesus, ogni tanto mi faccio delle risate folli, in piena notte, solo a recitarmi di nuovo le mie grandi megacazzate one man show – per me solo. Ero un incompreso. Ma stasera mi applaudo dentro di me. Mi applaudo fragorosamente. Mi spappolo dalle risate! Mi spappolo!

*Au réveil il était midi**

Ci eravamo svegliati, io e Rabah, tutti e due rintronati, chiedendoci con angoscia come avremmo occupato la nostra seconda giornata di soggiorno a Marrakech. Cazzo, che poi ce ne sarebbero state ancora altre tredici simili, se non ci facevamo cambiare il biglietto: meno *10 days* invece di più *10 days*. Cosa che, se tutto andava bene, ci avrebbe lasciato ancora quattro giorni da smazzarci, cazzo! quattro volte 24 ore! Un centinaio d'ore a Marrakech! Non esiste!

Vabbé. Doccia – quasi fredda, per svegliarci. La rasatura effetto barba di tre giorni durerà ancora un giorno senza che ci dobbiamo vergognare... Soprattutto qui, in questo cazzo di posto dove 'sti mediocri si radono ogni mattina appena sono collocati socialmente un gradino al di sopra del barbone o dell'indigente. Non me ne può fregare una beata minchia dell'opinione della plebaglia indigena: zero classe, questa gente, zero raffinatezza!

Ci vestiamo? Ci vestiamo. To', in bianco, tanto per cambiare.

Vabbé, usciamo. Per andare dove? Si vedrà. Siamo in avenue Hassan II? E lì, lo choc! Lì, lì, il fuoristrada Mercedes, Rabah... Non che mi sia improvvisamente convertito alla Mercedes, non che abbia abbandonato la Gesellshaft di Monaco per quella di Stoccarda, non sono così volubile... Ma i passeggeri di quel fuoristrada Mercedes-Benz G350 *Turbodiesel Lange Radstand* blu notte metallizzato, fanali con griglia, paraurti rialzati e argano a verricello per guadare gli uadi fangosi in periodo di magra... Chi? Chi? Madiha!

* Rimbaud: Al risveglio era mezzogiorno.

La sorella minore di Djamila, fotocopia della sorella maggiore – con la raffinatezza, la sensualità e un certo non so che in meno... Lì! Madiha, sul sedile posteriore, con tre bambini piccoli, to'! Zoé, Silvestre e Balthasar... per forza... L'adooorano come hanno adooorato Djamila, che li curava l'estate scorsa, i pargoli biondi, carini come pargoli di una pubblicità Absorba, o Lotus. E davanti? Madame, che guida. E l'avvocato, che non guida because parla al cellulare. Madame aspetta che il semaforo passi al verde per ripartire. E io cos'aspetto? Lampo di genio! Faccio cenno al taxi, fortunatamente libero, che aspetta anche lui in coda, e mi ci infilo dentro tirando Rabah per il braccio.

"Sali che poi ti spiego."

Adesso ce la tiriamo un po' da cinema. Finalmente un po' di azione, di avventura, di spettacolo!

Dico, calmo, da professionista del pedinamento, al tassinarabo: "Segui quel fuoristrada lì davanti".

Il tachimetro non funziona, è rotto, vabbé, ma stavolta me ne sbatto. C'è da guadagnare un pacco, africa!

L'africa mi sembra un pelo reticente: anche lui guarda la tivù dopo il lavoro e sente puzza di copione da thriller! di gabola con teppaglia algerofrancesotta, non teppaglia locale! Pericoloso! Anche perché un bianco europeo proprietario di una Mercedes immatricolata Wilaya di Marrakech, Marocco, sicuro come l'oro: conosce personalmente il *mokkadem* del suo quartiere e l'indirizzo del "Gumisariato" più vicino! Andiamoci piano.

Allungo un biglietto da cento dirham: l'unico idioma che questi idioti capiscono. Selvaggi!

Vabbé. Mi fa la smorfia sottintesa: è solo un acconto. Vabbé.

Il rosso non finisce mai in avenue Hassan II, l'avevo già notato ieri – avete notato? Noto tutto.

Semaforo verde: la Mercedes riparte. Silvestre – o Balthasar – Balthasar, perché è il più piccolo dei due maschi –, Balthasar si volta e ci fa la linguaccia. Brutto marmocchio! E Madiha che non infierisce? Lassista! Troppo Françoise Dolto, Madiha! Troppo indulgente e umile con i piccoli bianchi. Due ceffoni, io gli davo, una sventola andata e ritorno, al Balthasar! Che te la metto un po' in riga, 'sta carognetta! E se ti sento piagnucolare, Balthasar, niente Danette per dolce! Voglio proprio vedere! Un bel soggiornino in un campo di rieducazione con *personale rafforzato* al Pas-de-Calais, come Azz e Amina, gli formerebbe il carattere, gli servirebbe da lezione, gli insegnerebbe l'educazione, al Balthasar! Sventole e sculaccioni, o non te ne accorgi neanche e il Balthasar ti diventa un caso psicosociale, se lo lasci abbandonato a se stesso, Madiha! Dja, tua sorella, la conosco, Dja gli avrebbe almeno fatto un'osservazione, al pupo figlio di ricchi, bianco europeo apostolicoromano purosangue! "Purosangue o meno, chiedi scusa Balth, che non sta bene!" Ecchecazzo!

Il mio unico timore è che il taxi R5, modello fuori catalogo (perfino nel catalogo marocchino) – ammortizzatori andati, frizione irreparabile –, non possa seguire quei 48 cavalli fiscali frustati con il turbodiesel brevettato Mercedes. Ma la Mamma guida come una mamma: tutta morbida, vellutata – per non spaventare i bambini, né la adoraaabile Madiha. E Papà deve dettare un verbale allo studio a Parigi.

Prendiamo la strada direzione Fès, Ouarzazate, Beni-Mellal.

Al primo incrocio, la Mercedes svolta a sinistra.

Sid Ali, al tassinarabo:

"Continua a seguirli".

Dune e palme a perdita d'occhio, un cammello inginocchiato nella sabbia, sul ciglio della strada che pian piano diventa una pista, e meno spianata, e più sballottante – il verbo plastificato del Profeta oscilla sempre più forte appeso al cordino attaccato al retrovisore... Insomma, l'avventura vissuta, finalmente! Non sullo schermo: nella vita vera.

Poi, rallentamento delle quattro ruote motrici tedesche, davanti, luci posteriori che a tratti diventavano rosse, leggera frenata e disinnesto della frizione su posizione assali indipendenti, in una nuvola di polvere ocra rosa... Sembrava di essere in una pubblicità che vanta i meriti del fuoristrada G350 Mercedes-Benz. In controcanto e controcampo, il penoso stridore lamentoso, poi un singhiozzo straziante della vecchia Renault surriscaldata... Sono sicuro che quei bastardi lì davanti hanno l'aria condizionata: da cui, i finestrini chiusi. Avventurieri, ma borghesi! Tutte le opzioni del comfort per i seguaci della lussuosa sobrietà!

Nuovo rallentamento – ah!

Lampeggiatore sinistro – ah!

Stop.

"Stop! Siamo arrivati."

Laggiù, lontano miraggio nella foschia di calore, ocra rosa dell'intonaco sabbiato dei muri, bianco neve dei gelsomini fioriti, rosso fuoco degli alberi coralli, rosso porpora delle bougainvillee, elegante oscillare lascivo, baudelairiano delle palme – si indovina lo ksar. *Là tout n'est qu'ordre et beauté, luxe, calme, et volupté...*

Qui, una barriera mobile e un cartello trilingue arabo-inglese-francese che indica il divieto di ingresso. L'avvocato o madame devono aver bippato da dentro con un telecomando: la barriera si solleva con servile prontezza... Ricade con un ossequioso inchino non appena il doppio paraurti posteriore del fuoristrada è passato – eh! Gli africa che ci seguivano in taxi, fottuti! Balthasar può farvi la linguaccia, avrà il suo Danette! Ne avrà due! Uno alla vaniglia e uno al cioccolato! Poveri poveracci, cosa vi credevate? Che vi avremmo detto: "Entrate, venite a bere qualcosa! Rimanete a pranzo con noi? La cuoca ci ha preparato un *tajine* ai canterelli di Ifrane e *coquilles Saint-Jacques*, e c'è dello champagne in fresco! Ma sì, insisto, marchettari di rue des Martyrs, frocetti! Entrate, su!"?

Localizzo, montata su un treppiede d'acciaio, una telecamera di videosorveglianza che fa una panoramica: il taxi fermo, l'autista dall'aria beffarda, i passeggeri mogi e oppressi dal caldo, grondanti sudore.

Devo trovare immediatamente la battuta *punch line* "complimenti al dialoghista"! Dico a Rabah:

"Tanto, è pari pari la Ménara: molto meglio in fotografia, dammi retta! Chissenefrega".

Borbotto dentro di me, rivolto all'avvocato, la cui Mercedes si allontana in zoom slow back, evanescenza progressiva, *The End*: Stronzo! Bastardo! Mitterrandiano!

Non trovo insulto peggiore: non aggiungerò altro.

Ma Rabah è pazzo di rabbia:

"Cazzo, adesso mi fai girare i coglioni, Sid!".

E il tassinarabo, un pelino sarcastico, ai suoi poco chiari clienti:

"E adesso che faccio?".

L'impertinenza di questi indigeni, una cosa mai vista, si credono a casa loro!

Sid Ali:

"Dietrofront".

Rabah:

"Cazzo! Ne ho piene le palle, di te. Non ci sto dentro!".

Sid Ali:

"Preferisci che ti lasciamo qui, bambinone, e te ne torni a fette? Ma non hai dietro né la *chèche* né la borraccia in pelle di cammello... Insolazione assicurata! *Vite vendute!*".

Vedo planare una sventola. Lo blocco di netto, con una chiave al polso.

"Calma. Calma. Scherzavo. Non si può fare neanche una battuta?"

Il tassinarabo mi sembra sempre più sospettoso. Non andrà mica a denunciarci agli sbirri? Sì? Bisogna tranquillizzarlo, quel diffidente.

"Tieni! Prendi" gli dico porgendogli altri cento dirham.

Poi ne riparliamo, delle vacanze a buon mercato a Marrakech in luglio!

"Dove vi porto, signori?"

Sid Ali:

"Alla Jaama-el-Fna".

Rabah:

"E si può sapere che cazzo ci andiamo a fare sulla piazza, all'una del pomeriggio, sotto 'sta minchia di canicola?"

Quando Rabah è arrabbiato, vengono fuori le sue origini popolaresche.

Sid Ali:

"Capito. Abbiamo cambiato idea. A Gueliz, al Gueliz. Facile; mnemotecnica: Gueliz, Gueliz".

Quando il tassinarabo ci lascia giù, aggiungo venti dirham di mancia. Con un esaurito come me non hai certo perso la giornata, eh africa!

Ritorno al Gueliz, dunque. E scena da sit-com tra me e Rabah. Succede di tutto. Le porte che sbattono... Cioè, la porta, l'unica, quella del bagno.

Lui accende la tivù, si butta sul letto allargando le braccia alla Issa, in modo che io non possa starci. Le zoccole in hijab ci decantano una volta di più la spugnosità assorbente dei loro Always, di cui i mullah non disapprovano l'uso. Mi rifugio al cesso, con il comune pacchetto di siga e l'amico Arthur. Leggo:

*J'attends Dieu avec gourmandise. Je suis de race inférieure de toute éternité.**

Rimbaud ha detto tutto.

Torno nella stanza un'ora più tardi, dopo aver riletto random, sfogliandole secondo l'umore, le *Illuminazioni*. Potrei recitarle a memoria, da *Dopo il diluvio* fino all'ultima poesia, *Genio*, fino all'ultima pagina: *... suivre ses vues, ses souffles, son corps, son jour.*** Ma provo sempre più piacere a rileggere.

Rabah dorme, stroncato dalle benzodiazepine, immagino.

Si risveglia di soprassalto sul far delle cinque.

"Cazzo, dove siamo?"

Su TeleDubai, una gara di levrieri afghani sponsorizzata dal concessionario Toyota di Kuwait City.

Faccio, affettuoso, fraterno.

"Pace?"

"Pace."

"Hai fame?"

* Aspetto Dio con ingordigia. Sono di razza inferiore da sempre.

** ...seguire i suoi sguardi, i suoi respiri, il suo corpo, la sua luce.

"Pochetto."

"Volevi vedere la Mamounia, era il tuo sogno: che ne dici di un panino e di una Absolut citron vert, se ce li hanno?"

"Sei un fratello, tu."

Voleva vedere la Mamounia, Rabah il marsigliese. Io, d'istinto, ero sicuro che non mi sarebbe piaciuta, che era molto sopravvalutata, la Mamounia. E in ogni caso non per uomini veri come noi: non saremmo stati a nostro agio. Ma vabbé, a volte bisogna sapersi sacrificare per salvare un'amicizia.

Fuori. Passa un taxi – ehi! Ah no, c'è già un passeggero: non facciamo i taxi collettivi, noi, non siamo mica dei selvaggi collettivisti! Taxi seguente – idem. Finalmente uno vuoto.

Lo sappiamo: non funziona, il tachimetro, è rotto.

"La Mamounia! 12 dirham, ultimo prezzo, o ne prendiamo un altro, okay?"

"15 e andiamo."

"Ho detto 12."

Gli va bene. Zero amor proprio, 'sta gente. Capaci di leccarti la suola piena di merda delle tue Nike se ci fosse un dirham incastrato nel carrarmato!

La Mamounia!

La scena è questa. All'esterno: una Rolls verde smeraldo, una BMW 7.3 *Titansilber*, tre Mercedes nere che devono appartenere all'albergo, il modello in cui Diana e Dodi si sono schiantati sotto il tunnel dell'Alma. (Poco seri, alla Mamounia! Potrebbero rinnovare il parco auto dopo una disgrazia così terribile.) Un tirapiedi travestito tipo *Le Mille e una notte* per una festa delirio alle Folies-Pigalle apre con una smorfia di disgusto la portiera del piccolo taxi – me lo sentivo che la Mamounia era un'idea del cazzo, la figura di merda da cui non ci ripiglieremo più. Ma vabbé, troppo tardi per fare marcia indietro. Siamo uomini.

La hall? La hall di un aeroporto internazionale in un qualsiasi emirato – come in tivù. L'arredo? Pacchiano, sovraccarico. Un locale orientale intorno a place de Clichy – non sono mai entrato in un locale orientale intorno a place de Clichy, ma posso immaginarlo! Con quattro o cinque zero in più per il budget marmi, rame niellato, ceramica smaltata e marocchino dorato con oro fino visto che siamo in Marocco. Il ritratto di Sua Maestà Hassan II "Che Dio lo guidi sul cammino della Verità!"? Il formato più grande che si sia potuto stampare in un laboratorio gigante costruito per l'occasione. Volete il mio parere? Da sboccare. Di una volgarità! Comincio a capire la raffinata morale dell'avvocato mitterrandiano, il papà di Balthasar, in fatto di arredo. Rabah, in compenso, è basito, a bocca aperta. A ripensarci, credo sia stato in quel momento che l'ho disprezzato al punto da non voler più fare marcia indietro – finito, ito ito. Lì! Nel bel mezzo della lobby, sotto la colata di miele liquido di una *Strangers in the Night* suonata dalla grande orchestra sinfonica di Rabat che gocciolava dal soffitto. *Exchanging glancing*... Bella lì! Di colpo, occhiate piene di odio. Rifammelo un po', Rab, il tuo sguardo assassino! Mamma, che paura! *Little did we know*, come singhiozza nel microfono, in anglomarocco, il Sinatra di Rabat... Bella lì! È sempre per piccole cose, minime incomprensioni di ordine estetico che nella vita ci si separa. Non per grandi drammi esistenziali.

Si era accorto, almeno, Rabah il basito, che alcuni detective privati della Mamounia ci pedinavano di nascosto con lo sguardo? Blazer blu e cravatte, sì, come gli sbirri dei centri commerciali degli Champs-Élysées che seguono con gli occhi, discreti, il randa schedato potenziale ladro. Puzzavamo della nostra razza, qui? Eccome! Potevamo anche far finta di vedere se per caso non c'erano i nostri amici in piscina – per invitarli a bere qualcosa al bar, capisce? L'atmosfera è pesa. Volevamo solo berci una Absolut citron vert e mangiarci un toast al salmone, e niente niente ci ritroviamo alla prigione di Tazmamart – non siete piaciuti alla direzione e la Mamounia è proprietà di Sua Maestà, chiaro, randa dalla pelle scura in Nike e Lacoste? I vostri Officine Panerai non ci impressionano affatto! Ce ne sbattiamo dei vostri Occhiali Armani!

Devo prendere il coraggio a due mani e dirigermi, tenendo per la spalla Rabah che adesso odio, verso i *Gardens-Giardini-Pool-Piscina*.

La piscina della Mamounia! Bleah! Le tracce fecali, il muffito di prepuzio, i coliformi, le piattole, gli umori di tope non lavate: tutto il sudiciume dei ricchi bianchi europei e nordamericani che sfavilla in superficie, al tramonto! Lo vedo! Lo vedo!

Dico a Rabah:

"Dai, meniamo le tolle!".

Dietrofront. Riattraverso la hall. Rabah, stranamente docile, mi segue senza dire una parola.

Il taxi che ci aveva accompagnato è lì. Vago sorriso del tassinarabo: come se gli avessimo chiesto di aspettarci cinque minuti. Come se sapesse che non ci sarebbe piaciuta, o, molto più irritante, che saremmo stati indesiderabili alla Mamounia. Le nostre facce da arabi? Se così fosse, l'umiliazione è totale. Meglio non sapere. Che ci riporti in città, per 12 o 15 dirham – non è più un problema.

Nel taxi, crisi isterica, con forte accento marsigliese, di Rabah:

"Ecchecazzo! Ne ho pieni i coglioni, Sid".

Io, imperturbabile:

"Aziz, te l'ho già detto".

Poi, un tono più forte:

"Rab, non ti reggo più. Carta inceppata. Cliccare su *Print Monitor*. Cliccare su *Cestino*. Cliccare su *Smetti*. Cliccare su OK. OK?"

Si fa lasciare davanti alla Kutubyya. Perfetto. Esattamente quello che volevo. E io, tornarmene in branda al Gueliz. Prenderò una pizza prima di salire in camera – una Quattro stagioni, per cambiare. E devono esserci ancora una o due lattine di Heineken tiepida... Gran vita! Vera vita!

Sono sprofondato in un sonno comatoso, come il giorno prima, verso le otto di sera. *Longtemps je me suis*... Eccetera. Ah, Marcel!

Ai dodici rintocchi della mezzanotte, Rabah ne aggiunge un tredicesimo, un quattordicesimo, un quindicesimo... scanditi con la mano piatta sulla porta d'entrata. Mi alzo, trafelato, e gli apro – non sono così cattivo. Kiss kiss. Ha del fumo. Bella lì. Di che rollarci un cannone contraereo. Naa, grazie, mi riaddormento, ne riparliamo domani.

L'indomani mattina, al risveglio, sono le dieci e mezzo. La tivù è accesa, con il volume abbassato: una gara di cammelli sponsorizzata dal concessionario Cadillac degli emirati d'Umm al-Qaiwain, Ras al-Khaima e Fujairah (naaa, vi sto pigliando per il culo). Per quanto mi riguarda, è già deciso: lascio che Rabah finisca la sua notte, esco alla chetichella, chiamo un taxi – stavolta il problema del tachimetro non si pone: non c'è! Gliel'hanno ciulato ieri, poveretto, sì, sul serio! Da noi ti fregano le autoradio, qui i tachimetri! Che paese!

"All'Agenzia della Royal Air Maroc. 12 dirham! Spicciati!"

RAM!

Entro. So cosa mi risponderà la zoccola dietro il banco: il suo biglietto, signore, non può essere modificato come vuole lei, non può effettuare il ritorno prima di venerdì al massimo... Bella lì. Stai un po' a vedere con che viaggiatore di Business class hai a che fare!

La zoccola è un coglione. Non Jamila, Jamal – non Dja, Ja – sta scritto sul suo badge RAM. Rema, ragazzo mio! Se è la mancia che ti aspetti, la riva è ancora lontana! Rema, galeotto della RAM! Schiavo!

Ho un cliente davanti. Giusto il tempo di ripassarmi interiormente la scena prima del ciak motore:

Primo: Sono un cittadino francese, quindi appartenente alla

Comunità Europea, quindi avente diritto ai riguardi dovuti ai creditori del Fondo Monetario nei confronti del quale il regno del cui re tu, deficiente, sei suddito è fortemente debitore. Mi segui, deficiente, segui gli arabeschi virtuosi della mia sintassi, le mie *zelliges* verbali?

Secondo: Ho sempre viaggiato con l'Air France, in classe Club, non mi hanno mai fatto storie, per una volta che onoravo della mia presenza un giro – ma sarebbe meglio dire raggiro – sulla Royal Air Maroc, mi mangerei i cosiddetti, non mi beccano più.

Terzo: È un caso di forza maggiore: mia moglie ha appena partorito, un mese prima del termine, un figlio, sì, mio figlio!, al reparto prematuri, povero bambino! Nell'incubatrice, mio figlio! Voleva vedere suo padre prima della data stabilita, be', lo si può capire! Il mio primo figlio! Il mio ibn! E voglio far spostare mia moglie e il mio ibn a Rothschild, dove hanno trattato così bene la mia amica Isa – sì, Isabelle... Isabelle Adjani!

Quarto: Facevo parte dei commandos suicidi del principe Borghese, in carne e ossa, l'unico superstite di quegli eroi: è semplice, il mio Officine Panerai mi ha salvato la vita! Io in persona ho posato mine a venti metri di profondità nella rada di Salerno nel 1943, e l'acqua era fredda, credimi! Non mi farò inchiappettare da un untermensch dalla pelle scura che discende dalla scimmia più in fretta del dovuto, chiaro? Cambiami il ritorno o ti becchi un'apnea fatale, senza camera di decompressione, chiaro?

Quinto: Mettiti i tappi per le orecchie che ti squarcio i timpani! Sul passaporto mi chiamo Aziz, ma io sono Sid Ali, viaggio in incognito nel Regno! Solo un minuto di più a discutere come un venditore di tappeti, un minuto di più perso in salamalecchi, uno!, e chiamo sul suo cellulare personale Sua Maestà, Guida dei Credenti e mio caro amico! Capito? Allora, me lo modifichi sì o no il mio ritorno, Jamal – Jamal-al-cul?

"Dica, signore."

Bella lì, tocca a me. E Jamal mi si rivolge spontaneamente in francese: ho l'aria così poco araba? Io: sorriso cheese. Sono Sid-Ali-l'Angelo, l'altro in me: il buono, l'educato, il gentile, il paziente, comprensivo e indulgente, il rispettabile Dr Jeckill! Non Mister Hyde.

Be', Jamal, mio piccolo principe, ti racconto una storia: vorrei tornare oggi, senza dovermi inoltrare con te in considerazioni inutili né abbassarmi a darti spiegazioni menzognere, questo è quanto.

"Può cambiarmi il ritorno, per favore? Vorrei tornare oggi a Parigi."

Che problema c'è?

"Sì, vedo cosa posso fare per lei, signore. Teoricamente... "

"Sì, lo so, ma.."

"Un attimo, per cortesia."

Digita sulla tastiera.

"Ah, c'è ancora posto in prima sul 16.10 via Casablanca. Se le va bene, le faccio il cambio di classe senza supplemento."

Senza parole, Battling Sid! Suonato, Muhammad Ali! Il primo KO della sua vita. La battuta da sparare in quel momento mi è venuta in mente solo dopo: "La prima classe la trovo volgare, ma farò uno strappo ai miei principi!".

Sono soddisfatto e insieme molto frustrato: Jamal mi ha rubato la scena. Protesterò con la produzione: sono io la star, sì o no?

Mi incolla il talloncino adesivo modificativo sul biglietto: ecco fatto.

"A sua disposizione, signore. Il check-in chiude... "

"Non ho bagagli."

"Allora alle 15.30."

Sarò lì alle 15.00. Troppo contento di rivedere già stasera il mio paese, la Francia, Parigi! Arrivo alle 22.20 ora locale. Perfetto. Sarò in branda prima di mezzanotte. Chiuso con Marrakech! Ci si annoia. Preferisco Algeri: almeno ci si distrae un po' con gli attentati e i massacri – no, sto scherzando.

Perbacco, ma è dell'altra sponda Jamal? Gli piaccio. Anche tu mi piaci, bellone. Ti sta bene, la divisa. Impeccabile, la camicia bianca a maniche corte con le spalline e la cravatta a righe verdi, rosse e oro. Poliestere, vabbé, sono cheap alla RAM... Ma sexy, sì, sì. A te lo farei gratis, ma non c'è tempo: decollo tra quattro ore e rotti.

"Grazie."

"Buon viaggio, signore."

Non è la vita, questa? Non è la vera vita?

"Taxi. Al Gueliz, a Gueliz."

Con o senza tachimetro, questo qui si beccherà i suoi 15 dirham.

Rabah si è appena svegliato.

"Be', cioè, ecco: Rabah, io meno le tolle."

Rabah, in tono atono:

"Ah".

Ancora bello benzodiazepinato, il Rabah.

Lancio sul letto dei pezzi da cento dirham ed esclamo:

"Tieni, cuccati questi! Non sono mica crudele, le prime due

notti te le offro io. Non ce ne sarà una terza, per me, in questo paese di merda".

Apro l'armadio con una mano, la borsa nell'altra.

Il Marocco, nella collana "Que sais-je?". Cestino della carta straccia. So tutto sul Marocco! Ho capito tutto.

Chiedo:

"Questi Lacoste sono i tuoi o i miei?".

"Boh."

Annuso.

"Sono i tuoi, puzzano."

Poi in bagno: raccatto rasoio, dentifricio, spazzolino da denti, kleenex, gel e creme Nickel. Ma gli lascio un avanzo del mio antirughe: non sono una carogna, e Rabah ne ha più bisogno di me.

Gli suona il cellulare, in camera. To', prima chiamata, dopo due giorni e mezzo che siamo a Marrakech... Un cliente di rue des Martyrs che ha nostalgia del suo cocco? Frega zero.

Be', cioè, insomma. Ultimo sguardo verso La Mecca, nella direzione della freccia.

"Ciao."

Nessuno alla reception del Gueliz: meglio così, non dovrò dare spiegazioni.

Una massa di piccoli taxi marronicci beigiastri passano nelle due direzioni in avenue Hassan II. Chiamiamone uno vuoto.

"All'aeroporto."

Sono soltanto le due e qualcosa? Aspetterò... *Le jour et la nuit j'attendrai toujours ton retour!* Dalida! Troiona! Troiona mitterrandiana! Dalida in compilation, adesso, con incollata sul CD l'etichetta raï! Sì, sì, ve lo giuro, l'ho visto con i miei occhi! Marketing! La prossima trovata cosa sarà? France Gall! È raï France Gall, non lo sapevate? Sì, un'africa! Algeria Gall! *Diiis, Maman, diiis! Diiis, Maman, diiis! Maman, si tu voyais ma vieee...* Bella lì.

Butto la borsa sul sedile posteriore e mi siedo davanti, da buon democratico, cittadino del paese dei diritti umani. E a quel punto: secondo KO della giornata! Il taxi ha un tachimetro! Funzionante! E l'autista lo avvia di sua spontanea volontà! Bella lì! Sono benedetto. Di sicuro questo qui è un haji di ritorno dal grande pellegrinaggio.

Aeroporto. Quanto, sul tachimetro? 38 dirham sul tachimetro, signore e signori! Chi offre di più? E che ladri, gli altri! Rischia di farsi linciare dai colleghi questo haji, questo eroe! Guarda, gli do 200 dirham! Non crede ai suoi occhi. Ma sì, ma sì: con me, Sid Ali, come con Dio, un favore sulla terra è sempre ricompensato.

Terminal. Devo cambiare il grano. È vietato esportare la valuta reale marocchina. Ma chi vuoi che se li tenga, i soldi di questi sotto-sotto-sviluppati, mi chiedo? Vabbé. Il cambio è un'inculata in un senso e nell'altro. Come in bici: Liegi-Bastone-Liegi! *Et pas de commissions*, scrive Rimbaud! Ti eri fatto un po' troppe canne, Arthur, quel giorno!

Vai – decollo. Non male, la prima classe RAM, ma, insomma, niente che giustifichi una differenza di 4700 franchi con la Business class! Lo dice uno che se ne intende. E anche in prima c'è sempre il Mumm.

Marrakech, Casablanca, Parigi-Orly. Arrivo all'ora prevista.

Vai – taxi. C'è il tachimetro, e funziona pure. Mi toccherà cacciare tipo 350 sacchi minimo, ma, voglio dire, mi ci vedete a prendere la RER? Io no.

Gentile, simpatico, il tassinaro: un moro. Arbre magique appeso al retrovisore, invece di due o tre versetti del sacro Corano. Non mi piace molto l'odore, ma denota il rispetto del cliente, la volontà di fare le cose per bene. Gli chiedo cortesemente se posso fumare.

"Prego."

Gliene offro una.

L'autostrada sale gradatamente verso un ponte-segnali dove è scritto a caratteri luminosi FLUIDA. Fluida, la circolazione, fluida, la notte, fluida, la vita! Fluida, la felicità che di colpo mi prende! Un'ebbrezza, lieve... Torno! *Douce France, cher pays de mon enfance...* La Tour Eiffel illuminata, laggiù, voglio dire: un'altra cosa rispetto alla Kutubyya, no?

Gli chiedo se può alzare un po' il volume della radio.

Che gioia! È Bashung!

Éviter les péages
Jamais souffrir
Juste faire hennir
*Les chevaux du plaisir...**

Bella lì, El-Baaashung! Massimo rispetto.

Je suis le roi des scélérats
*À qui sourit la vie...***

* Evitare i pedaggi / Non soffrire mai / Solo far nitrire / I cavalli del piacere.
** Sono il re degli scellerati / Cui la vita sorride.

Sei vecchio, sei brutto, Bash, non so di che religione sei, se sei circonciso o no, ma a te lo faccio aggratis! Dove vuoi, quando vuoi, come vuoi, ragazzo mio! Preservativo o meno, te lo succhio, me lo succhi, te lo metto in culo, tu a me – scegli quello che ti pare!

Osez! Osez! Joséphine!

La tangenziale. Uscita Aubervilliers. Poi la strada dove la povera Malika, suicidandosi, ha provocato uno spaventoso incidente, l'anno scorso, vi ricordate? Dodici morti, oltre a lei, quindici o sedici feriti gravi – no, scherzavo.

Plus rien ne s'oppose à la nuit,
*Rien ne justifie...**

I Poeti. Via Mallarmé. Caseggiato 2. Scala C. Quanto fa il tachimetro? 348! Cosa dicevo, eh?

Tendo un biglietto verde, con l'effigie di Pierre e Marie Curie – massimo rispetto, la polaccuccia premio Nobel, un'immigrata come noi.

"Tenga il resto e non discuta!"

"Sul serio?"

"Ma sì."

Apparteniamo a un popolo che ha sofferto molto.

"Grazie."

Pure orgoglioso, il tassista: solo un breve ma sincero "grazie". Niente di più. Pulito. Un vero uomo. Non uno che si mette in ginocchio... Onore! Dignità!

"Buonanotte."

"Buonanotte."

Je suis le roi des scélérats
À qui sourit la vie.

* Più nulla si oppone alla notte / Nulla giustifica.

Parigi cominciava a svuotarsi, e anche un po' i Poeti. L'eccitazione dei Mondiali sbolliva già: di lì a poco avremmo ritrovato negli occhi del Bianco che ci incrocia per strada l'abituale disprezzo tinto di paura. In noi non avrebbero più visto lo Zizou ma l'eterno arabo, che puzza della sua razza. Nella metropolitana, ninja e controllori erano stati indulgenti con noi per otto giorni... Adesso era finita. I futuri Zizou erano tornati a essere dei beur fraudolenti colti sul fatto.

E che cazzo potevo combinare tutto il giorno, porca puttana? Il terzultimo giorno di luglio – il 29, insomma. Un mercoledì. Ma non significava nulla, visto che non c'era scuola. Andare a battere in rue des Martyrs, sul marciapiede di fronte al Modern', quella topaia dove Paul Smaïl fece il portiere di notte – lo racconta in *Vivere mi uccide*? Naaa. Non invita. Non in vita – tre parole. Vivere mi uccideva. Che cazzo potevo fare tutto il giorno, porca puttana, che minchia potevo fare? Cazzeggiare alle Halles? Naa, grazie tante. Spararmi – era un anno che non – una botta di soffogodimento dentro sacchetto di plastica? Cronometrando il tempo sul mio orologio a cronometro garantito COSC? Nessuna voglia. Caldo soffocante, opprimente. Starmene tranquillo a leggere, allora? Impossibile. Azzedine e Amina mi rompevano le orecchie con il loro unz unz unz shtonk unz a palla sul ghetto-blaster: quei grossi radio-lettori CD con antenna, dalle forme oscenamente molli, robaccia scrausissima comprata – comprata! ho detto proprio così: le tradizioni si perdono nella famiglia B. – comprata in offerta al supermercato *dove la vita è meno cara* – tua madre! Ma non avevo cuore di fare la parte del fratello maggiore e castigare quei poveri bambini: aspettavano di partire per due settimane di un campo estivo a regime severo, ancora un po' più a nord del precedente: a Dunkerque. Dancherk!! Pare che ci sia una spiaggia, a Dancherk! La si intravede quando c'è bel tempo, cioè due giorni e mezzo all'anno. Per il resto, *la mer allée avec* la nebbia – ah! Rimbaud, tu, il bambino di Charleville, mio fratello! *Personale rafforzato*, ancora un po' più rafforzato di quello dell'anno scorso, per quei poveri sbarbati. I campi di internamento Chadli, senza il filo spinato, certo, ma non in riva al Mediterraneo: in riva alla Manica! Al limite del Mare del Nord, non molto lontano dall'Artico! Senza filo spinato e senza torrette di guardia, d'accordo, ma nel freddo e nella pioggerellina nordica, poveri sbarbati! Un campo estivo con *personale rafforzato*! Cazzo! Percentuale di bambini internati di origine immigrata: 99,5% – ce n'è uno che ha la madre belga purosangue. Non sarò politikamente korretto, ma non scherzo neanche tanto. Poveri sbarbati! Potevo anche lasciare che si facessero un'ultima pera di unz shtonk prima della deportazione: i transistor, i ghettoblaster, persino i walkman erano proibiti al campo! Proibiti! Cazzo! Sbirri di Betchine! Papon! Nazi! SS!

Avevo il blues blu scuro, sfumatura Billie Holiday. Rimuginavo la mia delusione: le attrattive della vita marrakechina mi erano sfuggite. Nada! Era come in Rimbaud: *les boutiques fanées, les boissons tièdies. Je me traînais dans les ruelles puantes et, les yeux fermés, je m'offrais au soleil, dieu de feu.** Che bello! E com'è vero. Top del top, Rimbaud!

Rilessi *Départ*.

> *Assez vu. La vision s'est rencontrée à tous les airs.*
> *Assez eu. Rumeur des villes, le soir, et au soleil,*
> *et toujours.*
> *Assez connu. Les arrêts de la vie...***

Les arrêts de la vie! Nei due significati del termine *arrêt*, arresto/decisione. Non andai oltre nella lettura. Mi venne un'idea: una marchetta di lusso sugli Champs, dopo aver dato un'occhiata alle Bicmme.

Mi sono infilato i miei pantaloni bianchi Aigle: hanno un tascone sulla coscia, perfetto per infilarci Rimbaud in formato tascabile.

* le botteghe stinte, le bevande intiepidite. Mi trascinavo nei vicoli fetidi e, a occhi chiusi, mi offrivo al sole, dio di fuoco.

** Visto abbastanza. La visione si è incontrata in ogni aria. / Avuto abbastanza. Frastuono delle città, la sera, e al sole, / e sempre. / Conosciuto abbastanza. Le decisioni della vita...

RER: solito tragitto: cambiare alle Halles, scendere a Étoile-Charles-de-Gaulle, il tempo di rileggere, gustandosele, tre pagine di *Illuminazioni*.

Ma sugli Champs, sfiga! Le vetrine dello show-room BMW erano coperte di grandi fogli di carta bianchi attaccati con lo scotch – *Vetrine in allestimento. L'accesso allo show-room è temporaneamente sospeso.* Con le scuse in due lingue, francese e inglese, della grande azienda automobilistica bavarese che si sforza sempre di *soddisfare al meglio la propria clientela*. Sfiga. Ci sono giornate così.

Vabbé. Attraverso la strada. Al Trouville! (nota bene: ho cambiato il nome del locale per non avere grane). Mi siedo fuori? Naaa? Dentro, dove tutto succede, mi ha consigliato Djebril-l'Arcangelo. Mi seggo qui! Eccone uno, l'ho beccato. Vestito Ferré. Come Léo! *C'est extra! C'est extraa! C'est extraaa!**

Ve lo descrivo: completo nero che se non è Ferré è Versace, o Armani, o Ermenegildo Zegna... Comunque sia, roba italiana costosa. Fresco di lana e seta, peso piuma. Diecimila franchi minimo: più è leggero da portare, più è pesante da pagare. L'antennina del cellulare di lusso – sembra quasi, di gomma nera, quel che resta del mignolo della mano mutilata di mio padre – sbuca da una tasca dei pantaloni. Polo nera in filo di Scozia, con marchio Hackett, ultimo bottone slacciato – più relax! È estate! Scarpe nere di cuoio granito: zigrino, e cucite a mano. Roba british costosissima, secondo me. Occhiali neri identici ai miei: CK – tirati su uguale sulla fronte. Orologio? Swatch. Che sfigato! Il dettaglio che manda tutto a puttane. Ma vabbé, nobody's perfect, a parte, unica eccezione, unico esempio, Sid Ali B. Io porto un Officine Panerai, il cronografo dei sommozzatori del sabotaggio.

Tuffo sabotaggio? Dai che si va.

Finocchio, l'uomo in nero? Di fisso. Reddito? Centocinquantamila franchi al mese, più stock option, direi. Figo? No. Haluf ingrassato a furia di cene di lavoro. Sulla quarantina, direi. Non figo ma scopabile. Testata? Lega di alluminio... No, che cazzo dici, Sid Ali. Non pensare alle Biemme, sei qui per rimorchiare un cliente! Il Trouville è il posto giusto dove trovare i puzzoni, parola di Dje. All'ora in cui l'haluf si rilassa, dopo il pranzo tardivo innaffiato di vino al Fouquet's. Lo showbiz frocio, aliquota massima, è qui che va a caccia. E questo qui è in caccia. E in caccia di beur, ne ho come il feeling. La frocia-cultrice – tore – di beur sa che sugli Champs c'è sempre dell'halal di prima scelta, non lurido, cui

* Ritornello dell'omonima canzone di Léo Ferré.

non puzzano troppo né le scarpe da ginnastica né le ascelle. La crème, il fior fiore delle marchette beur... Cazzo! Sono ispirato, oggi: sarà l'aver riletto Rimbaud sulla RER?

Sid Ali, al tipo che serve:

"Un'Absolut citron vert con ghiaccio".

Mi ci vuole una vodka per darmi un po' di fegato. Adesso il potenziale cliente mi luma senza ritegno. Sì, tesoro. Non sono i miei pantaloni in policotone bianco trattato ripstop Aigle ad arpionare il tuo sguardo, è quel che ci sta dentro. Adesso gli faccio un po' di cinema alla Marchettaro & Associati. Mezzo ironico, mezzo bocca-a-culo-di-gallina, come mi ha insegnato Dje – quasi a dire, muto: Sei troppo carino, tu! Mi piaci, devo incularti a crudo. Carpaccio!

Ha ordinato anche lui una Absolut citron vert. Messaggio ricevuto. Risposta: diamo seguito.

Il bell'animale beur è dotato di parola, non comunica solo a gesti: allora Sid Ali dice, tra l'alto e il basso e i denti di un avorio *splendente*.

"Ti piaccio?"

"Sì," risponde pacatamente il frequentatore culo di quel buco del Trouville.

Io, senza agitarmi:

"Conosco una casa d'appuntamenti, lì in rue Balzac".

Lui:

"Va bene. Se c'è un bagno con la vasca".

Tu, lettore candido, al posto mio avresti risposto:

"Ah? Le piace fare il bagno dopo averlo fatto, non solo la doccia".

Sid Ali, invece, da consumato professionista, ribatte in tono distaccato:

"Okay, vuoi che ti pisci addosso".

E niente punto interrogativo, eh. No, affermativo. Conosci bene la tematica, sai intuire le perversioni del cliente, e soddisfarle. Sei un vero uomo. *Traiettoria anticipata tramite computer*, come sulle BMW.

Peraltro:

"Hai capito tutto," mi dice con un discreto sospiro di sollievo e di soddisfazione anticipata.

Sono lo Zidane della marchetta: traversone, tiro al volo, gol! Non smetterò mai di stupirvi. Mi siedo al suo tavolo, lasciando il mio bicchiere vuoto su quello che ho lasciato ma portandogli il conto – vai! E siccome vuole che gli pisci addosso, io, ligio al mio compito, il cliente è re, ordino una pinta di Leffe alla spina, più una bottiglia grande di San Pellegrino: non c'è niente di più diuretico: il cliente avrà speso bene la sua grana. Anche perché gli applicherò la Tariffa C: notturno, domenica, periferia ritorno a vuoto per i taxi. And I am a taxiboy – yeah. Non ho mai praticato la marchetta urinaria, ma grazie a Dje ne avevo avuto sentore – è il caso di dirlo! In realtà per un marchettaro la marchetta urinaria è la cosa che fa meno cagare – anche questo è il caso di dirlo! Tu sei il dominatore, e senza l'obbligo contrattuale di fartelo rizzare. Poca spesa, tanta resa. Il massimo sindacale, gli chiedo, a questo haluf. Racket, per la polo Hackett!

Detto questo, ha dimestichezza nella trattativa con i marchettari. È lui ad affrontare l'argomento, bello schietto:

"Quanto?".

Gli faccio, timido:

"Cinquecento".

Non crede alle sue orecchie. Aspetta il seguito, tesoro, che ti stendo – lo heb-heb di Sid Ali-l'algerino, il terrore. La bocca a culo di gallina si fa sorriso da scimmietta sexy, da troia:

"Io calcolo in eurodollari. In questo quartiere la clientela è internazionale, così è più semplice. In euro o in dollari, è uguale: arrotondo a 3500... 3500 franchi. Non le conto il supplemento specialità".

"Ah, questa non me l'avevano ancora fatta!" esclama l'haluf, stupefatto. "Dovresti fare televisione, tu. Posso darti una mano, visto che ci lavoro."

Bella lì. Dicono tutti così. Oppure che sono nel cinema... Cazzo, Cannes! La scalinata, io, Sid Ali, al braccio di Isa! Siamo noi le star, noi algerini, e vi facciamo il dito "fuck you", io, Sid Ali, et Adjani! Ma perdo il filo. Non sono più della partita. Break. Lo sfotto, ma a mezzi toni.

Lui insiste:

"Lavoro a TF2".

(Nota bene: come ho scritto *Trouville*, qui scrivo TF2, per non attirarmi ulteriori grane: processo per diffamazione e tutto l'ambaradan – ho già abbastanza problemi. Tre omicidi sul gobbo, il mio avvocato che mi spennerà di brutto per quello di cui sono accusato, senza contare le spese – tre andate e ritorno al mese Parigi-Lisbona, in Business class, non so se mi spiego. Dopo, non gli resterà che rigenerarsi nel lusso estremo della sobrietà del suo ksar di Marrakech. Ah già, non ve l'avevo detto: il mio avvocato è lui, perché la mia umiliazione sia totale. Ma si è offerto spontaneamente di difendermi, e mi ha parlato di redenzione. Un musulmano non ne ha la nozione, gli ho risposto, buttandola lì. In realtà, non ne so niente. Non ho studiato a sufficienza l'argomento. Con me è correttissimo, devo ammetterlo. La prima cosa che mi ha detto è stata che lui non era lì per giudicarmi ma per difendermi; che non dovevo giustificarmi davanti a lui. Di alcunché. Io gli ho chiesto notizie di Zoé, Silvestre e Balthasar. È rimasto molto colpito dal fatto che mi ricordassi i loro nomi, tre anni dopo che la mia cara amica Djamila... Lì sono stato bravissimo. Ma anche se vendessi per una cifra pazzesca le mie memorie a un editore, o meglio ancora a un big producer, a una major hollywoodiana, immagino che avrei giusto di che pagargli la parcella. D'altra parte, posso dire a me stesso che ho come avvocato l'avvocato delle star maghrebine, e in tutti i campi: sport, fashion, movies, top modeling, rock'n'raï... E serial killing, adesso, con me, l'artista.)

Vabbé. Dov'ero rimasto? Ah sì. Le presentazioni: cliente-marchetta, marchetta-cliente... Malente... clietta. Climente... maletta. Le parole, le parole, le parole! *Words! Words! Words!* Cazzo sono ciucco. La marchetta è ciucca. L'Absolut più la pinta di Leffe Abbaye 5,5°! Ah, e i cinquanta centilitri di birra, più i tre quarti di litro di San Pellegrino cominciano a fare il loro effetto esplosivo sulla mia vescica. Ma devo trattenermi: per la *golden shower*. See, è il termine tecnico. Me l'ha insegnato Dje. Tradotto: la doccia dorata. Il gergo del nostro mestiere è invaso dall'inglese. Come tutti i gerghi.

Adesso che ho mandato giù tutto questo liquido è ora che gli dica il mio nome, all'haluf in polo nera Hackett:

"Abdelhaq".

Il servitore della Verità. E strappo la *h* dal fondo della gola, per dare un'aria più veritiera.

"Io mi chiamo..."

"Aspetta, lasciami indovinare. Jean-qualcosa. Jean-François?"

"Quasi!... Jean-René."

Sid Ali, scherzoso:

"Non le chiedo mica i documenti, eh. Non verifico".

Lui:

"Ma sai che il giorno in cui tu calcherai le scene, Jamel dovrà correre a iscriversi alle liste di collocamento?".

La scena seguente gliela metto giù modesta:

"A me di fare il saltimbanco non mi va. Il giornalista, voglio fare. Presentare il tiggì, per esempio, mi andrebbe. O condurre una sera alla settimana un gran dibattito in prime time".

Lui, appena un filo ironico:
"Caschi bene... Devi venire da me in ufficio, una sera. Così vediamo cosa possiamo fare".
Bella lì. Dove vuole andare a parare? Un affabulatore, il Jean-René? Dovrei spingere ulteriormente le mie pedine? Ma la mia vescica dice: no! subito al *Détente Balzac*. Balzaaac! Stendhaahl! Flauberrt! Prouhoust!
Mi alzo, gli faccio segno di pagare le consumazioni che gli riverserò subito riciclate filtrate dai miei reni di arabo, all'urinofilo. Faccio:
"Diamoci, su".
È sempre utile aggiungere un tocco esotico gergale con il cliente cultore di beur.
Ma lui si lancia:
"Labès!".
Smash. Cazzo, questo coglione ha ascoltato ben bene Jamel Debbouze, ha imparato il lessico base beur. Balek, Sid Ali!
Attraversiamo la strada. Neanche un roadster BMW in vista! Né gli Champs né la nostalgia sono più quelli di un tempo! Neanche un coupé scappottato! E io, ce l'ho la capote? Ma che cacchio dico: pipì, niente capote! Anzi. Il fatto è che non sono abituato, tesori miei, tutto qua. E sono ciucco di Absolut e di Leffe. Devo riprendermi oppure: sbandamento. E niente correzione di traiettoria a computer sulla SAB – Sid Ali B. Cazzo, sono fuori come una biscia. Borderline! Diamoci una calmata. È solo questa voglia di pisciare. Andiamo, dai.
Bene, eccoci in rue Balzac, nel cortile dell'edificio, intenti a suonare all'ingresso del *Détente*.
Sì, hanno camere con bagno, e bagni con vasca grande. No, il portiere, immerso in "Paris-Turf" come alla mia prima visita con un altro Jean-Fanculo, non mi ha riconosciuto – era il mio unico timore: zero, se scoperto. Naa, ho vinto!
L'arredo mi è noto: velluto giallo alle pareti, tende con lezioso stupidissimo pompon e copriletto capitonné, mia cara, di satin rosa.
Il pagamento? Faccio a René il solito segno: sfrego immaginari bigliettoni nel vuoto.
"Tieni, sono dei franchi, scusami, ma non ho euro con me," scherza lo spiritoso urinofilo.
Mi tende sei Curie – anche a TF2 si lavora in nero? Mimica di Sid Ali, con l'indice teso simile al "fuck you": ne manca uno.
"Ah sì," dice.
Ubbidisce senza discutere: due Eiffel, un Cézanne.

Il Jean-René non ha tempo da perdere: subito biotto e steso nella vasca vuota. A quanto pare era molto più urgente per lui che per me.

Io:

"Mi vuoi nudo, o solo giù le mutande?".

"Basta giù le mutande."

Dialoghi come piacciono a me: all'americana: niente tempi morti: al sodo. Comincia a smanettarsi vigorosamente, l'incirconciso. Mi tiro giù le braghe e, in piedi, con le ginocchia contro il bordo della vasca, comincio a pisciargli addosso – un getto fitto fitto.

"Che bello, che bello, che bello!" balbetta, esaltato.

A quel punto il suo cellulare, in camera, si mette a suonare: toccata di Bach sintetizzata, con crescendo di squillo in squillo.

"Porca troia!" esclama.

E tutto grondante di urina sidalica si rialza, esce dalla vasca e corre nudo come mamma l'ha fatto e lucido come alla nascita a prendere la comunicazione in camera.

Io, discreto, educato, mi conoscete, rimango in bagno. Mi seggo sulla tazza del cesso dopo aver accuratamente pulito l'asse con una salviettina disinfettante: me le porto sempre dietro, sul lavoro. E non sai mai che porcherie ti puoi beccare in una casa di appuntamenti balzacchiana – complimenti, Sid Ali, ce l'hai in pugno, il tuo sketch! Stroncato, Jamel Debbouze! L'haluf l'aveva predetto.

Aspetto. Aspetto che il signore si degni... Sento tutto quello che dice: ha lasciato la porta aperta, è arrabbiato, Jean-René. Bisogna capirlo, comunque: dover parlare di lavoro coperto di pipì, e di pipì di arabo, per di più! Deve sentirsi in una situazione di inferiorità rispetto all'interlocutore.

Ma non si lascia intimidire per così poco. Inveisce:

"Senti, porca troia, mi hai rotto i coglioni... Ti ho detto che ti richiamavo alle cinque... Si può aspettare fino alle cinque, no?... No, sono le cinque meno un quarto. E non sarà certo con una telefonata di cinque minuti che potremo risolvere una questione che nessuno è riuscito a risolvere in cinque anni. Il tiggì delle tredici fa schifo, punto. Schifo! Abbiamo... Abbiamo... No, lasciami parlare... Abbiamo provato di tutto! Di tutto! Nonnina e nonnino, lustrini e paillettes... Con uno, con due anchor... Alla sciabadabada... Un uomo e una donna, voglio dire, ti sei tappato le orecchie con il mastice, oggi!... Vabbé. Abbiamo provato di tutto! Scenografie alla Star Trek, scenografie glamour da consegna degli Oscar al Chinese Theater, scenografie tristanzuole stile studio della RDA-Fernsehen, scenografie alla buona, fate come se foste a casa vostra, pantofole, tende e tovaglie a quadretti... Insomma, abbiamo cannato, cannato! Non era una questione di scenografie né di fascia oraria, è che siamo sempre stati delle seghe a presentare. Chiaro?... Chiaro, Jean-François? Dimmi una cosa, Jean-François... Va bene, d'accordo. Allora, cosa, adesso? Chi prendiamo? Chi freghiamo alla concorrenza? Cosa vuoi? Due checche, tanto per cambiare un po'? Bruno e Hervé, con la battutine di merda dell'uno e l'aria spocchiosetta dell'altro per compensare? Chi, allora? Rachid e un'antillana che parla bleso per fare l'etnico di tua madre e far crollare ancora un po' l'auditel?... Una troiona in tanga e maglietta bagnata con un Mister Muscolo a torso nudo? È questo che vuoi? O qualcosa strappalacrime? Una nana e un malato di mucoviscidosi sulla sedia a rotelle?... Gente brava non ce l'abbiamo, in catalogo. È questo il punto. Chi allora?... Chi? Chi hai detto? Ma va, cazzo, non esiste! William e...? Ah no!... L'ha detto Patrice? 'Gli scoppiati II. Il ritorno', allora! Sempre più in basso, è il motto dell'azienda. Quando tocchi il fondo della piscina, continua a scavare: sotto c'è la fogna. E mi hai chiamato per dirmi questo?... Okay, senti Jean-François, ho altro da fare, ti saluto, adesso sono occupato, ti richiamo".

Rischiava di prendere freddo, il cliente adorato, pensavo, compassionevole. Poi, sprezzante: cazzo, queste merde della tivù da centocinquantamila franchi più stock option sono grezzi come i randa delle nostre cité, senza le circostanze attenuanti dei figli di immigrati – "Apparteniamo a un popolo che ha sofferto molto". Pensavo tra me che mi vergognerei di esprimermi così, con la porta aperta, davanti a un beur di periferia! E pagare 3500 franchi per farmi pisciare addosso da un beur di periferia! Cazzo! I *citéen* hanno più dignità! Dicevo i citéen – un neologismo di mia invenzione, brevettato SAB-Gesellschaft. Per distinguere da cittadini. Citéen: abitante di una cité difficile di periferia. La definizione per una prossima edizione del dizionario Petit Robert. Con, a sostegno, una citazione tratta dall'opera di Sid Ali B. Dovrei depositare citéen. Pretendere da coloro che lo useranno dopo di me che lo facciano seguire dalla R cerchiata, il simbolo di *Registered trademark*. Come sulle fibre e sui materiali nuovi. Citéen ®! Bella lì! E che mi paghino i diritti! Bella lì! Un maximum, stronzi! Avete detto citéen? Alla cassa! Bingo! Jackpot!

Sono un genio misconosciuto, stronzi! QI 137 a undici anni! Ma a forza di esercitare la mia intelligenza, ormai non devo essere molto lontano dal limite massimo: Einstein: QI 144! Un arabo può fare bene quanto un Giudeo! To', perché in francese Giudeo si scrive maiuscolo e arabo no, beur no, africa no, musulmano no? Il senso di colpa, forse? Una conseguenza della Shoah? Un tempo in francese si scriveva Arabi con la a maiuscola ed ebrei con la e minuscola? Oggi: i beur con la b minucola, ma i *Giudei* con la g maiuscola! Mi puzza! Il senso di colpa? Auschwitz? I sei milioni di morti? Ma tanto noi quanto loro siamo semiti, eh, circoncisi uguale, halal o casher, uguale... Tanto noi quanto loro siamo discendenti di Ibrahim, alias Abramo. Solo che Sarah, la snob, l'ebrea, non voleva che il suo adorato figlio Ishak – pardon: Isacco, lo scrivo come lo pronuncio, con lo sporco accento beur delle cité!... Sarah non voleva che suo figlio Isacco giocasse con il fratellastro Ismaele. Teppaglia, il figlio di Agar, la povera Agar, la serva con cui Abramo andava a letto perché Sarah, la legittima, ehm... E Ismaele, che pronunciava il proprio nome come lo pronunciano nelle cité difficili del 93, Ismail mangiandosi la i iniziale: 'Smaïl era un randa, una teppa, il piccolo 'Smaïl! Non se ne parlava di farlo giocare con il fratellastro Isacco, che sarebbe andato in una buona scuola, poi in un liceo chic! E poi gli sarebbe toccata una grande università, o un master a Harvard, a quel tesoro di Isacco! Roba da matti! E quella snob di Sarah li ha pure sbattuti fuori, li ha messi alla porta come dei sudicioni, la povera Agar e suo figlio Ismaele! Cacciati nel deserto! Su, fuori, discendenti di Abramo e di Agar! Vivrete sotto una tenda, in condizioni precarie, alloggi provvisori, ma un provvisorio destinato a durare, spartano però, niente acqua corrente, niente carta d'identità né carta da culo, dietro il filo spinato, in campi per palestinesi!... Porca puttana! Sono incazzato! Sono incazzato! Intifada subito! Intifada! Intifada! I cristiani, quei figli di cani, vi hanno perseguitato? I nazisti, questi pagani, vi hanno sterminato? È un dato di fatto. Un dato di fatto spaventoso, atroce! Ma noi Credenti? A parte avervi fatto pagare la *dima*: la decima – solo il 10% delle vostre entrate! Il 10% in cambio della protezione dei vostri beni, in cambio della sicurezza, e del diritto concessovi a vita di praticare la vostra religione come meglio vi aggrada, e di seppellire i vostri morti secondo il vostro rito... Cazzo! Solo il 10% delle vostre entrate! La metà dell'IVA! Ed è così che ci ringraziate? Puzziamo troppo della nostra razza noi figli di Abramo e di Agar? Bastardi! Snob! I cristiani sono antisemiti, i nazisti sono antisemiti, ma noi siamo semiti come voi, no?

Leggevo tranquillamente Rimbaud... Insomma, facevo finta. *La réalité est trop épineuse pour mon grand caractère...** È sembrato un

* La realtà è troppo spinosa per il mio gran carattere.

po' stupito, il Jean-René, nel vedermi seduto sull'asse a leggere tranquillamente. Tremava: per quanto calda sia la piscia di un pisciatore dal sangue caldo, alla fine si raffredda. Ha lanciato un'occhiata allo Swatch che aveva lasciato sul portasapone della vasca. Naa, non gliel'avevo fregato, il suo Swatch: ho la mia dignità. Uno Swatch! Cosa dico, uno Swatch? Nemmeno uno Swatch: un'orologio pubblicitario TF2 di plasticaccia! Che pezzente! L'orologio omaggio che regalano agli sfigati di periferia quando vengono a fare la claque nei loro show in prima serata del sabato! Mi vergognerei troppo di portare un affare del genere al polso. E piazzare il gadget nella cité: zero! Le periferie difficili hanno gusti difficili, e grande suscettibilità: niente gadget pubblicitari, niente prodotti di promozione televisiva. Ti sputtanano troppo l'immagine. Noi non apparteniamo alla classe operaia. Noi ci siamo elevati al di sopra della condizione dei nostri padri.

Jean-René mi ha fatto, tranquillizzato:

"Come ti chiami, a proposito? Ali? Ahmed?".

"Abdelhaq! Non ci sono solo degli Ali e degli Ahmed: ci sono anche degli Zinedine, ci sono dei Nagui, ci sono dei Jamel!"

Lieve disagio, fuggevole inquietudine nello sguardo del cliente che puzza. Gli faccio il sorriso amico-amico – a Myconos. Be', questo non è certo peggio dei giochini di parole cagosi di quella frociona di Bruno.

"Non ne ho più voglia," constata miseramente Jean-Renullo. "Quello stronzo me l'ha fatto ammosciare. Avrei fatto meglio a lasciar suonare. Non so perché mi sono dimenticato di mettere la segreteria."

Sid Ali:

"Ah sì, ma io ho ancora bisogno di pisciare. Tanto vale che te la faccia addosso. È stupido sprecarla".

Sbiancato! Vittoria! Lo faccio ghignare.

"Saresti bravo, in tivù," mi dice.

Bis! Sì. Come no. E le pioggie dorate in ufficio – dopo la trasmissione la minzione – verrebbero fatturate a TF2? Escludo! E comunque sia, non lo voglio il loro tiggì delle tredici. Né da solo né in sciabadabada con Djamila, davanti a una scenografia alla *Alf Layla wa Layla – Le mille e una notte*! Cazzo, bisogna tradurvi tutto... Non lo vorrei per nulla al mondo, il loro tiggì delle tredici. Io voglio il tiggì delle venti. Sid Ali è il tiggì delle venti o niente. *Perché io valgo*.

Gliela metto giù più modesta.

"No, sul serio, grazie ma non mi attira."

Ghigna di nuovo. Ma mi dice:

"Vabbé, adesso sii gentile, Abd... el..."

"... haq! Abdelhaq! Con una q."

"Sii gentile, Abdelhaq, lasciami da solo. Vorrei fare una doccia. E la doccia mi piace farla da solo."

Bella lì. Se la doccia non è dorata, la vuole in solitaria, questo snob. Però è vero che puzza di pisciatoio peggio dei cessi alla turca delle bettole luride di Marrakech! La doccia non sarà un lusso, la minisaponetta non sarà di troppo. Cazzo, fanno proprio schifo, i bianchi europei! Nessuna igiene! Quando noi avevamo già un hammam a ogni angolo di strada delle più misere medine, quegli halufin di miscredenti si lavavano due o tre volte nella vita. Guardate il loro gran Re Sole, Luigi XIV: ha fatto due bagni in tutta la vita, che pure è stata lunga! A Cordova, all'epoca di Averroè, c'erano più di mille bagni pubblici! A Baghdad, all'epoca di Harun-Al-Rachid, c'era già il sistema fognario... A Versailles, era una cosa tremenda! Uno schifo come la piscina della Mamounia. Bleah!

Ma adesso me la tiro un po' da offeso, dai, che si faccia un po' di menate, il Jean-Fetido, di TF2. Con il lei offensivo, oltre tutto, per mettere i puntini sulle i come in pipì:

"Comodo! Non le servo più e mi getta via come un kleenex, piano sociale, contrazione, chiusura stabilimenti Renault... Io però, cioè, capito, sono un uomo, eh".

"Ma sì, ma no, Abdel...," fa lui, confuso. "No, io..."

"Be', guardi, neanch'io ho più bisogno di lei."

Esco dal bagno chiudendo la porta dignitosamente, lentamente, senza sbatterla – non siamo in una sit-com. Me la tiro della serie frega zero.

In camera avvisto il suo telefonino, posato sul comodino – assona, rima interiormente: *telefonino*, *comodino*. Uilili, uilili, il telefonino! Un cellulare satellitare di lusso: un Ericsson – *Il mondo intero nella vostra mano*. Glielo frego. Sì, ma il mondo intero è tutto spisciazzato. Prendo un angolo della tenda con cui posso pulirlo senza doverlo toccare a mani nude, prima di toccarlo.

Dopodiché schizzo fuori. Tanto lo so che è una cazzata fottere un cellulare: ti beccano subito attraverso i ripetitori se lo usi; e gli sbirri non devono fare altro che venire a blindare l'imprudente localizzato mentre chiacchierava, a spese dello spennato, credeva, quella sega. E tanto non ho nessuno da chiamare. Ho il mondo intero nella mia mano e sono solo al mondo. Che faccio, chiamo Rabah a Marrakech, se è ancora lì? Cucù, sono io! Ti amo ancora, tra noi non è finita – *Je rrreviens te chercher, trrremblant comme une jeune marriéee...!* 'Sta minchia!

No, ho fregato il cellulare solo per sport, per mantenermi in forma, per conservare il polso sciolto. Il lusso assoluto della babbata: lo butterò nel primo cestino che capita, il cellulare satellitare di quel rozzo personaggio che non aveva più bisogno di me. Gli avevo pisciato addosso a sufficienza. L'hai detto, l'hai.

Faccio qualche passo in rue Balzac. Sono troppo tentato: schiaccio il tasto che fa scorrere nomi e numeri memorizzati. Il primo nome che compare sullo schermo, cazzo: *Nagui*. Il suo numero di cellulare personale: 06 eccetera. Uaah, lo chiamo! 'Llah! Dovunque sia in vacanza, quello stronzo! A Marrakech, a Marbella, a Saint-Tropez... Pronto? Sono Sid Ali. Non hai riconosciuto la mia voce? Non smetterò mai di stupirti!

Naaa. Frega zero, Nagui! Che vada a cagare, come Rabah! Andate a fanculo. Andate a fanculo tutti, stronzi.

Ecco qui un cestino della spazzatura: tàcchete, nel cestino, il cellulare. *Il mondo intero nella vostra mano!* Il mondo intero: nella spazzatura!

L'altra notte ci ho ripensato: la faccia che deve aver fatto Jean-René vedendo l'identikit del presunto killer, voglio dire l'ultimo degli identikit, quello che mi assomigliava abbastanza perché mi si potesse identificare, in apertura del suo schifosissimo tiggì delle tredici. Oh porca puttana, il beur che mi ha pisciato addosso per 3500 franchi! Quel figlio di troia che mi ha fregato il cellulare con tutti i numeri dei divi memorizzati! L'ho scampata bella. Avrebbe potuto assassinarmi. Che culo che ho avuto! Basta con il Trouville! Basta con la pioggia dorata! Pazienza! Cosa sta cianciando, la troiona che presenta il mio schifosissimo tiggì delle tredici? Che gli psicologi hanno diagnosticato nel presunto colpevole una misoginia di fondo? Ah be', che sollievo. Allora non correvo alcun rischio. Ma non posso andare a deporre al commissariato. "E si può sapere, caro signore, cosa faceva in compagnia di questo giovane e bel furfante dalle fattezze mediterranee in un bagno del *Détente Balzac*?"... Né parlarne a qualcuno sul lavoro. "E in bagno leggeva Rimbaud? Le *Illuminazioni*? Ma va? Quel beur non era un analfabeta? La cosa si fa sempre più losca!"

Fu il mio ultimo cliente. Fine della carriera di un dissoluto. Adesso, i miei primi passi nel crimine.

Cazzo, Sid Ali, se la smettessi un attimo di tirartela. Dov'è la gomma?

Plus rien ne s'oppose à la nuit,
Rien ne justifie...

Sto male. Il mangiare che ci danno qui mi fa venire la sciolta.

"Yema! Yema!"

Sto male.

Eppure, guarda, me lo immaginavo benissimo il grande articolo a gloria della nuova star del piccolo schermo, il grande articolo che ripercorre la mia fulminante carriera, da Canal + a France 2. Sid Ali divenuto il più pericoloso concorrente di PPDA! Sid Ali che polverizza tutti i record di audience! Sid Ali che massacra PPDA! PPDA che si inchina davanti a Sid Ali! PPDA che getta la spugna! Il titolo TF1 che crolla vertiginosamente in Borsa! La fine di TF1! France 2 e il servizio pubblico che ormai si reggono solo sulle spalle di Sid Ali! Il servizio pubblico! Bella lì!

E il grande articolo non su "Pote à pote", il giornale delle periferie! *Cronaca di una vittoria annunciata*! Naaa! Su "Les Inrock"... Naaa! Meglio ancora! Su "Le Monde"! Ecco! Su "Le Monde"! Una pagina intera di "Le Monde"! Cazzo. Mia madre sarà orgogliosissima. Mio figlio! Proprio mio figlio! "Le Monde" titola: *Sid Ali il Magnifico*. E niente trattino fra *Sid* e *Ali*, eh! Come si deve.

SID ALI il MAGNIFICO

Sid Ali. Con due nomi si è fatto un nome. Ha lasciato cadere l'enigmatica B. degli esordi, l'iniziale del cognome. "*Non sono un rapper e non ho niente a che vedere con Agnès B.*" sorride lui. (Bella lì: *sorride lui*. Molto usato dalla stampa. Faceva andare fuori dai gangheri la professoressa Rénal, quel *sorride*. "Non è un verbo dichiarativo, *sorridere*, non se ne può fare un inciso del discorso! Si può dire: *dice lui*, *dichiara lui*, *grida lui*, *esclama lui*, *mormora lui*, si può dire, al limite, *fa lui*; si può benissimo dire: *dice lui sorridendo*, certo, ma non *sorride lui*, pietà!") E gli esordi di Sid Ali? Solo un mese fa. Non abbiamo mai visto un'ascesa più folgorante sul piccolo schermo. Ma Sid Ali fa impennare l'audience. Basta la sua presenza a fare il 30% in più. "*Conclusione*", sorride lui. "*Sono una merce.*" E questo miscuglio di insolenza e di lucidità è la chiave del suo successo. Sbaragliato, il fenomeno Djamila dell'inverno scorso su una tivù concorrente, la grande tivù privata. La direzione ha già silurato Djamila dal tiggì e da allora lei fa pulizia a LCI. (Bella lì. Fa pulizia nel senso letterale del termine, non in senso figurato). Sid Ali debuttava su Canal + dopo l'estate. Quindici giorni più tardi, il sevizio pubblico lo portava via al canale criptato.

L'hai detto l'hai!

"*Ero consapevole della posta in gioco. Ho voluto avere un atteggiamento democratico. Le responsabilità sono maggiori, nel servizio pubblico. Adesso basta fare il buffone, mi sono detto. E loro mi volevano a ogni costo, l'hai detto l'hai,*" sorride Sid Ali. "*L'hai detto l'hai.*" Il suo tormentone. Nelle scuole, sugli autobus e nel metrò, in ufficio davanti alla macchinetta del caffè, tutti ripetono il suo "*L'hai detto l'hai*". È diventato il ritornello nazionale. Corre voce che Jospin si sia un po' lasciato andare, mercoledì scorso, in consiglio dei ministri e, dopo che il presidente della Repubblica ha parlato, gli avrebbe risposto: "*L'hai detto l'hai*". L'Eliseo e Matignon hanno smentito di comune accordo. Tra non molto *L'hai detto l'hai* sarà anche una canzone: gli Zebda stanno registrando il pezzo in questi giorni. I beur vanno pazzi per Sid Ali. E le beurette ancora di più. Giorno e notte tre guardie del corpo garantiscono la sicurezza della star: sono tre amici della cité dei Poeti. "*Il mio fan club mi fa molta più paura degli assassini del GIA manipolati dai servizi segreti algerini,*" sorride lui. "*So che Betchine ha ingaggiato un killer per liquidarmi, ma temo molto di più l'isteria delle fauas!*" (NDR: *fauas*: giovani e belle ragazze delle cité di periferia. Mohammed Betchine: l'uomo forte del regime Lamine Zeroual, il ministro consigliere del presidente algerino.)

Il prezzo del talento

"*A ogni costo. L'hai detto l'hai!*" Il trasferimento più caro nella storia delle telecomunicazioni. La Corte dei conti ha brontolato un po' di fronte al cachet di Sid Ali e alle agevolazioni concessegli da France-Télévision, giudicati *esorbitanti il diritto comune.* Ma la signora Catherine Trautmann, ministro della Cultura, ha detto sì e ha controfirmato. "*È il prezzo del talento.*" E dopo la vittoria sto rica del 12 luglio, Sid Ali è, insieme a Zinedine Zidane, la migliore occasione capitata alla Francia. Il tono Sid Ali, la sua insolenza, anche la sua eleganza.

Eccolo sul set, trenta secondi prima di andare in onda: molto calmo, molto professionale, animale dal sangue freddo ma dalla sensualità a fior di pelle, dal sorriso devastante, un'espressione insieme infantile e ferina. Molto rilassato, Sid Ali! Chi mai crederebbe che quello di stasera è solo il suo decimo tiggì? Che ha cominciato un lunedì, la settimana scorsa? Ha già il mestiere di un PPDA. Con in più la giovinezza, il fascino e la spontaneità. Elegantissimo, Sid Ali. Un sobrio completo nero firmato Hedi Slimane, l'astro nascente della moda: Yves Saint Laurent gli ha affidato la linea uomo. "*Hedi? Un maghrebino come me, e un amico*," sorride Sid Ali. Orologio Officine Panerai, l'orologio di Bruce Willis e delle missioni suicide in apnea. Occhiali Armani. "*Le lenti non sono correttive*," sorride lui. "*Vetro bianco comune antiriflesso. Li porto solo per darmi un po' di contegno, la serietà necessaria per presentare il 'tiggì delle venti'*," sorride Sid Ali. "*Fanno un effettone. Le fauas vanno pazze!*" Le fauas vanno pazze anche del suo piercing di lusso: il diamante da un carato e mezzo che si è fatto incastonare da Cartier all'angolo sinistro delle labbra. "*Per esaltare l'abbagliante ironia del mio sorriso*," sorride Sid Ali, canzonatorio. E il dettaglio toccante: ai piedi, ma sullo schermo non si vede – "*divieto assoluto di inquadrare sotto il tavolo*," sorride lui –, Sid Ali ha conservato le "*vecchie Nike scasciate*", con le stringhe slacciate. La star beur dell'audience ha i piedi per terra, ben calcati nelle sue scarpe da ginnastica, e ogni sera rende così un segreto omaggio ai raga della sua cité dei Poeti (93). Sid Ali non ha dimenticato le proprie origini.

"**Forse che io puzzo, signor presidente**?"

Tra quindici secondi si va in onda. Sid Ali continua ad avere l'aria rilassata. Accanto a lui, l'invitato, il presidente della Repubblica, ha il sorriso teso delle giornate nere e fatica a celare la propria impazienza. Sa che la sera prima, in quello stesso studio, Sid Ali ha, come dice lui nel suo linguaggio immaginoso delle cité, "gassato in diretta" Chevènement. (NDR: in questa accezione *gassato* non pare alludere alle camere a gas. Si tratta di un'espressione senza particolare connotazione antisemita, molto popolare fra i giovani dei quartieri difficili. Può di conseguenza parere eccessiva la protesta sollevata dalle organizzazioni antirazziste contro l'uso frequente di tale parola fatto da Sid Ali. Ricordiamo, peraltro, che nell'argot dei monelli parigini degli anni trenta, quindi prima della Shoah, una *gassa* era una battuta pesante, un'osservazione crudele. *Gassare* nel significato usato dai ragazzini delle cité deriva probabilmente da qui.)

Incalzato da domande precise sui provvedimenti presi contro i sans-papiers, sommerso dalla torrenziale "*parlantina Sid Ali*", il ministro degli Interni si è alzato, si è strappato via i due microfoni miniaturizzati e, fuori di sé dalla rabbia, ha abbandonato precipitosamente lo studio.

In onda tra cinque secondi. Partono i titoli di testa. "*Ciao Francia!*" fa disinvolto Sid Ali. Un altro dei tormentoni di quello sfacciato di Sid Ali "*Ciao Francia!*". E stasera aggiunge: "*E buonasera signor presidente. Grazie di giocare all'ospite, stasera.* (*Giocare all'ospite*: cazzo, gassato, Chichi!) *È venuto a parlarci del Kosovo, del dovere di ingerenza umanitaria, della missione del paese dei Diritti umani nei Balcani... Ma se me lo consente, signor presidente, vorrei porle una domanda preliminare...* (Cazzo: *preliminare*! Gassato Chichi! E Claude, quella troia di sua figlia, dietro il vetro della regia: verde! Decomposta! La Claude sente che tutta la faccenda puzza di intervista tranello, sente che il suo papà presidente sta andando al massacro. Puzza di brutto, puzza come i cessi alla turca di Marrakech! Papà non avrebbe dovuto venire! Pensare che gliel'avevo detto, di rifiutare l'invito di Sid Ali. Ma lui, appena c'è uno che sbarella l'audience: "Pronto, parla l'Eliseo... ". Bella lì, puzza? To', beccati questa, Chichi.) *Signor presidente, forse che io puzzo?*"

"*Prego?*"

"*Le faccio una domanda, signor presidente, forse che io puzzo?*"

"*Senta...* (Cazzo! la faccia di Chichi: verde, è verde! No, non è la vostra tivù a colori che è regolata male: è proprio verde, ve lo dico io. Più verde del campo dello Stade de France. E uno, e due, e tre... Zero! Ripeto:)

"*Signor presidente, forse che io puzzo? Non sta rispondendo alla mia domanda, signor presidente!*".

"*Senta...*"

"*Io, Sid Ali, puzzo della mia razza?*"

"*Senta...*"

"*Lei ha parlato dei nostri odori, signor presidente, conferma le sue parole? Ha detto, testuali parole, signor presidente: 'Se a questo aggiungete gli odori!'. Le chiedo se conferma le sue parole. Non sta rispondendo alla mia domanda!*"

"*Senta...*"

"*Dai! Smamma, coglione! L'hai detto l'hai! 'Gli odori!' L'hai detto l'hai! Spaesa. Smamma! Passiamo all'argomento successivo: l'assassinio di Lounès Matoub... Smamma, Chichi, ho detto! Come quell'altro coglione di Chevènement, ieri sera! Ci togli il sole, Chichi! Ci fai crollare l'audience! Smamma, ti ho detto! Puzzo e non parlo francese, forse? Non sai cosa vuol dire smamma? Smammate, tu e tua figlia! la tua nullità stampa, quella zoccola che mi disprezza! Che non voleva prendere la mia telefonata! Perché la mia puzza di beur si sente anche al telefono? Troia! Stronza! Smammate! È il mio programma! Stasera faccio schizzare l'audience! 99% di auditel, Sid Ali! Una cosa mai vista! E io, Sid Ali, non sono un pupazzo di lattice. Sono vero, io! Sono live!"*

Mi spiscio dalle risate. Non smetterò mai di stupirvi.

Plus rien ne s'oppose à la nuit,
Rien ne justifie...

Bash!

III

E arrivò l'inizio della scuola. E, che c'è di strano?, ero ammesso, facile come bere un bicchiere d'acqua – ho detto acqua, notate – all'ultimo anno. Ma quale ultimo anno? Tutti si alzano già in piedi per la standing ovation, ladies and gentlemen: sezione S! E poiché la presidenza lasciava ai migliori elementi la scelta di una delle tre classi della sezione S, scelsi la S3 – mi sembrava di scegliere un modello nella gamma BMW, prendo tutto quello che c'è già di serie, più, come, optional, arabo "letterario", ho già quello "dialettale", la trovatona per guadagnare voti alla maturità: la capra che ti esamina sull'argomento ne sa sempre meno di te, giovane abitante di una cité, e se fa strane facce, tu vai con le minacce... Prima S3, quindi – venite con me in fondo alla classe, seguaci del termosifone? – prima S3, dicevo, quella che sceglievi se avevi un'inclinazione letteraria ed eri portato per le lingue straniere – come nel mio caso. La classe della professoressa Rénal – bella lì –, la classe che aveva scelto Djamila l'anno precedente. Le altre due classi, infatti, erano più economico-scientifiche – quelli in "Economica", dicevamo noi della S3, per indicare gli S1 e gli S2, con, sulla punta delle lingue velenose, il dardo del disprezzo dei passeggeri della Business class quando parlano di quelli seduti dietro di loro, in Economica.

Naturalmente la scelta degli studenti era vincolata all'approvazione dei genitori. Ma le scartoffie, a casa, le riempivo io prima di farle firmare da mio padre e da mia madre. E loro non leggevano mai il documento che gli davo da firmare, prima di firmare – indovinate perché! Ecco fatto, grazie papà, grazie mamma, non mi resta che spedirlo. Mio padre si chiedeva e mi chiedeva sempre perché ci volevano le due firme: cosa poteva mai capire una donna degli studi, della necessità di fare degli studi per aver successo nella vita, e perché chiedevano il parere di sua moglie sull'argomento? Una semianalfabeta, oltre tutto! Ma sì, papà, firma lì con le iniziali, con la mano buona – grazie a dio sei destrimano! Scarabocchia la tua solita sigla, la tua I maiuscola e la tua B maiuscola, ornate dei pretenziosi arabeschi che tu reputi eleganti e distintivi di un uomo che ha studiato – se tu sapessi, papà! Se tu potessi immaginare cosa può significare un'esuberanza così pasticciona per i Pura Razza che hanno, dalla loro, mille anni di civiltà francese nel sangue! Se tu immaginassi come mi vergogno quando vedo quelle volute, quei salti mortali, quegli axel tracciati con l'inchiostro blu che sbava sul testo stampato. O quando ti vedo, con la punta della lingua incastrata fra i denti davanti, tutto concentrato a ricopiare con la mano che trema dalla preoccupazione la dicitura *letto e approvato* – papà, se tu sapessi!

A te, mamma! Tu, almeno, hai la D e la B sobrie, pudiche, riservate, come si confà a una donna musulmana. E alla lunga hai finito con l'accorgerti, diversamente da quel tiranno di tuo marito, che *approvato* si scrive con due *p*. Firma qui, mamma, grazie. *Dis*, *Maman*, *dis*, *Maman si tu voyais ma vie...* France, non temere, non sarai mai Algérie Gall, con o senza marchio raï. Non hai avuto la nostra esperienza vissuta. Non ne sai molto di più di quegli spocchiosi francesotti purosangue che hanno rimproverato a Paul Smaïl il patetismo e gli eccessi di rabbia. Eppure suo padre leggeva! Yacine era un uomo colto, prendeva i libri in prestito in biblioteca, e sapeva che si dice *quello di cui ho paura* e non *quello che ho paura*: non faceva l'errore che fanno tutte quelle mezzeseghe della tivù e persino gli invitati dei programmi *cul*turali! Va' a dar via il culo. E avete il coraggio di disprezzarci, di trovare che esageriamo? Benissimo. Ma noi siamo ciò che di migliore ha fatto la rabbia, come cantano gli Zebda. E... *La Prochaine Fois*, *le feu!* Ci avete rotto i coglioni, voi detentori della Verità con la V maiuscola, i custodi gallici del Patrimonio con la P maiuscola, e della Qualità con la Q maiuscola! Rimbaud è anche nostro. E persino un po' più che vostro, visto che voi non siete mai fuggiti in Abissinia!

Dov'ero rimasto? Ah sì.

Vostro figlio, papà mamma, vostro figlio, il terzogenito, quello che avete onorato del titolo di Sid – forse un presentimento: nobiltà di carattere, ampiezza di vedute, coraggio, prestanza degne del Cid – eh sì, ignare seghe purosangue, Sid e Cid è uguaglio! – quel Cid, eroe di Corneille, di cui anch'io, figlio di immigrati, ho studiato la *pièce* al liceo, e di cui potrei ancora recitare le Stanze; *percé jusques au fond du cœur* – il vostro adorato figlio, papà mamma, eccolo in prima S3. Vi spiego: S è il fior fiore, un po' come il sopra della pentola per il cuscus. E 3 è la semola raffinata extrafine, cioè i letterari. Non la semola Zina che compriamo noi al supermercato Auchan, che mi hai un buono sconto da due franchi se prendi il formato famiglia gigante economico offerta della settimana; ma una più cara, la Garbit pacco rosso. *Imperiale*, che mi è di un caro per noi e che te la mettono giù sempre a prezzo pieno, senza neanche uno sconto alla cassa. Capito? Vostro figlio Sid Ali è la roba più cara: Garbit *Imperiale – buono come laggiù!* Con, in omaggio, *ciò che di migliore ha fatto la rabbia*.

Cosa poteva fare il mio povero padre, "Che il Misericordioso lo illumini!"? Sbattermi fuori di casa come aveva sbattuto fuori Ahmed? Ah sì? E allora chi gli avrebbe compilato i moduli per la proroga della pensione di invalidità – no, nessun miglioramento significativo: le dita tagliate rimangono tagliate, siamo spiacenti, abbiamo provato di tutto, nessuna cura ha funzionato! –, accompagnati dalle copie da allegare al fascicolo Assicurazioni – la grossa cartellina gialla, sì, papà, te l'avrò detto cento volte!? Chi gli avrebbe compilato le suppliche per beneficiare, consensualmente, di un'indennità di licenziamento per motivi economici? Ah! E le richieste di informazioni sulla situazione familiare mandate dal Centro medicosociale, ah! E la distinta della sua iscrizione al CAC... Nah, Pura Razza, non il CAC 40. Il Circolo associazione coranica – papà prende la tariffa di base, sta a lesinare per venti franchi, così non avrà la riduzione per il pellegrinaggio organizzato, peggio per lui, non è quest'anno che diventerà un haji... Ah! e i moduli da spedire all'ufficio cassa della Previdenza, *nome*, *indirizzo*, *situazione dell'assistito(a) alla data delle prestazioni*, *informazioni riguardanti il paziente*, *si tratta di incidente sì-no*, *se il paziente è persona diversa dall'assistito(a)*, *modalità di rimborso*, *attesto l'esattezza* ecc. Attesto le bronchiti e bronchioliti di Azzedine, le otiti purulente e ripetute di Amina, i disturbi ormonali della mamma. Io, l'unico male sacro della famiglia, sto come un fiore, benissimo, grazie! Il *massacro* come diceva Amina che non aveva capito bene! Ma no, sorellina: il *male sacro*... Senza dimenticare, stavo per dimenticare, la risposta alla lettera di sollecito pressoché mensile dell'ente case popolari! Sì, chi le avrebbe compilate, se avesse cacciato via anche me, il massacro, il massacrato della famiglia, per insolenza aggravata, per mancanza di rispetto nei confronti del padre, che mi ti ha dato la vita e la fede che è un dono di Dio non te lo dimenticare figliolo?

Vergare una lettera indirizzata all'ufficio dell'ente case popolari del Seine-Saint-Denis per sollecitare umilmente dalla sua abituale benevolenza, senza il benché minimo errore di ortografia, senza il più veniale errore di accordo, una proroga del pagamento degli affitti di maggio, giugno e luglio del cinque locali sito alla cité dei Poeti, via Mallarmé, caseggiato B, scala C, interno 502... Scriverla con una stilografica Mont Blanc *Meisterstück*, ciulata a un passante distratto, naso per aria, quello sfigato, sugli Champs – è il modello più su, eh: pennino in lega di platino, oro, iridio, *Riscoprite finalmente il vero piacere di scrivere a mano*, ma sì, per il prezzo cui te la vendono se non l'hai ciulata! – è un'esperienza che vi consiglio. Lì ho capito che Karl Marx non aveva scritto solo delle cazzate. Minimo rispetto, Karl! Questo, quanto alla coscienza di classe di Sid Ali. *Je suis le roi des scélérats à qui sourit la vie...* Mentre Azz e Amina, povere creature, due anni indietro rispetto alla media, adesso erano orientati verso sezioni di *sostegno scolastico, consolidamento educativo*. Come dire, povere creature, un battaglione disciplinare – il Battaglione d'Africa dei bei tempi delle Nostre Colonie! In una di quelle scuole professionali dove l'agitato, il soggetto turbolento, viene formato alla stazione seduta di lunga durata su una dura sedia di plastica arancione all'Ufficio di collocamento. A morte, Allègre! A morte, Royal!*

E arrivò l'inizio della scuola. E nell'ora di francese mi sedetti, ovviamente, in prima fila, sotto la pedana, nel banco che, ci avrei scommesso, aveva occupato Djamila l'anno prima. E fu, tra Cécile – voglio dire la professoressa Rénal – e me, improvviso, definitivo e insieme folgorante... Chiamiamolo amore, sì. Gli occhi negli occhi.

Eppure avevo una reputazione da mantenere. Ero il buffone della classe – *buffone* non nel significato che ha nelle cité, ma nel suo significato classico: la persona che fa divertire. O, se mi passate quest'altro neologismo prodotto dalla mia debordante immaginazione: il divertista. Il divertista capo, e incontrastato, della classe. E, come il buffone del re, in una posizione un po' ambigua, e tanto più gradevole da occupare: come il buffone del re ero nella necessità di piacere a sua maestà – nella fattispecie il professore – facendo contemporaneamente ridere plebaglia e cortigiani – gli studenti – a sue spese. Ruolo difficile da mantenere ma che fino a quel momento avevo assolto benissimo, lo dico in tutta modestia – l'hai detto l'hai, Sid Ali. Una faccia di tolla – faccia da schiaffi, nel lin-

* Allègre e Royal sono stati due ministri della Pubblica Istruzione di quel periodo.

guaggio castigato della professoressa Rénal – ma anche uno che ti veniva voglia di abbracciare, sì, di tenere tra le braccia se avevi solo un po' l'indole materna: un amore, quel Sid Ali!, proprio un soggetto brillante! e, paradosso vivente: il più giovane ma anche il più alto... Davvero molto bello, un non so che, qualcosa che ti turbava profondamente, che ti smuoveva dentro – ma chissà cosa?

Il buffone, ero. Il re del hul, atmosfera da festa oranese sulla spiaggia, intorno a un falò di vecchie cassette della frutta: birra a fiumi, canne formato bazooka, musica raï a palla dal ghetto-blaster, *Ya rayah ya rayah*, avete presente... No, non avete presente, voi borghesotti del XVI *arrondissement* che non siete mai andati al di là della tangenziale se non per recarvi nella vostra seconda casa a Deauville, o per correre a Roissy – "Il mio aereo per Los Angeles decolla tra meno di un'ora...". No, no, non avete presente, non avete la minima idea di cosa sa un buon hul, voi conti e contesse della Rive Gauche, voi marchesucci di Neuilly, Auteuil, Passy! (Sono demagogico? Scaldo la platea con facili effetti, genere populopopulista, genere Tati – parlo del grande magazzino, non del Tati di *Jour de fêtes* –? Sono demagogico da paura? Bella lì, lo voglio. È troppo bello da dove passa! Più tu gli sbocchi in faccia, più ne vogliono ancora, quei pervertiti decadenti, quei masochisti! Vabbé, per quel che mi costa! Vai con la frusta! Stronzi!)

E né collaborazionista né ribelle, il buffone Sid Ali, ma il divo cui si perdona tutto per un vago timore: si rischierebbe di assassinare Mozart se si appioppasse una nota in condotta a quel geniale casinista. Una nota sul rendimento? Ma no! Quel briccone impara tutto presto e bene, è questo il problema!

Geniale, lo ero, lo sapevo. Lo capivo dal fuggevole lampo di complicità negli sguardi peraltro esasperati che mi lanciavate, cari professori! Indovinavo lo scoramento passeggero, il brusco moto di sconforto... E poi capivo che in un attimo vi ricredevate: Dai! chiudiamo gli occhi un'altra volta! facciamolo per la Francia, una Francia pluridimensionale! una Francia multicolore! tollerante! moderna! allegra e regale insieme!* *Una Francia aperta all'Altro* – con la a maiuscola, l'Altro, eh esagera! Dai! Seguiamo le indicazioni ministeriali, aiutiamo questa gente! Accettiamoli, ma non con l'accetta! Per una volta che abbiamo tra le mani il perfetto modello di integrazione culturale, che può recitarvi a memoria tutte le stanze del *Cid*, non distruggiamolo, mettiamolo in una teca, il cherubino, e spolveriamolo con il piumino dei complimenti e delle lo-

* Allusione ai due ministri Allègre e Royal.

di: "Bene, Sid Ali! Si vede che non perdi tempo incollato davanti alla tivù, o a zonzo nei centri commerciali, o a fumare cannabis e a ubriacarti di birra nelle cantine della tua cité con gli amici! Tu sei uno che legge, Sid Ali!". Se sapessero! Se potessero vedere il dito "fuck you" che gli faccio sotto il banco, io, capo branco – un'altra squisita assonanza, avete notato: *banco*, *branco*. "E questo ragazzo è tanto più meritevole in quanto il resto della famiglia è tutto un: caso medicosociale, caso medicosociale, caso medicosociale ecc." Ah no, protesto! Alcuni colleghi hanno avuto in classe il fratello maggiore, qualche anno fa: Ahmed. Anche lui eccezionale, brillantissimo... "To', che fine ha fatto, quello lì? Caduto con il naso nella polvere bianca, come molti dei suoi compari. Ho notato, cari colleghi, che spesso questi figli di immigrati che vanno bene a scuola, e in particolare i figli maggiori, chissà perché?, cominciavano giovanissimi a farsi di droghe pesanti e a vent'anni si suicidavano con l'eroina o il crack..."

Bella lì, non sapete perché? Né perché io, che non sono il maggiore, ma il terzo, invece di farmi di ero mi farò di assassinii. Ah sì, volete che vi faccia lo spelling della parola *umiliazione* come la pronunciamo noi? Con tre o quattro *h** iniziali aspirate ed espirate, esasperate, stremate, apostrofate all'araba, apostrofo rientrante e apostrofo uscente, abbiamo entrambi, noi! ve lo faccio? mi ascoltate? mi volete ascoltare sì o no? silenzio, là in fondo! mi ascoltate? sentirete la differenza quando si tratta della nostra, di umiliazione! ascoltate! ascoltate bene! spostatevi! occhio agli sputi, ne abbiamo la bocca piena, ve la sputiamo, questa parola! viene dal profondo del cuore e del rancore, la strappiamo dal più profondo della nostra gola stretta, sibila di odio, stride di risentimento sull'ugola, puzza di hashish e di rabbia, come il nostro fiato:

"Uuuumiliazione!".

Umiliati, ci avete! Stronzi.

La professoressa Rénal:

"Ma lei ha proprio letto tutto, Ali!".

Io:

"Sid Ali, prego, professoressa".

La professoressa Rénal:

"Sid Ali, ha letto tutto o quasi".

Io:

* In francese *humiliation*.

"Quasi, professoressa".

Bella lì. Il buffone della classe, ero, non c'era dubbio. Ma molto ben educato, molto ammodo. La professoressa Rénal mi avrebbe perdonato tutto. Compreso il fatto che già alla seconda ora di lezione io l'abbia interrotta alzando il dito come per un bisogno impellente, un bisogno che non poteva assolutamente aspettare, me la sarei fatta addosso nei calvin –, per togliermi lo sfizio di contraddirla live, la professoressa Rénal, di segnalarle che citava Rimbaud approssimativamente, che lo citava erroneamente, diciamolo pure, la Rénal, declamandoci l'attacco di *Fairy*.

"Sì, Ali, che cosa c'è?"

"C'è che, professoressa, mi scusi, c'è che, se i miei ricordi sono esatti, e credo che lo siano, senza vantarmi, ho una buona memoria, c'è che Rimbaud non dice: *Pour Hélène se conjuguèrent les sèves ornementales...* Ma: *Pour Hélène se conjurèrent les sèves ornementales...** Piccola differenza."

Beccati questa. Uno a zero, palla al centro.

"Certo. E la prego, e prego la classe, di scusarmi. *Se conjurèrent...* Sì. Certo."

Sid Ali? Un filino ironico, capito. *Eroinico*, mi dico tra me, tanto per farmi ridere. Ma lei mi fa anche un po' pena.

La professoressa Rénal? Palpebre abbassate: no, impossibile fare zapping sul sobillatore modello, questo apparecchio è senza telecomando. Tic nervoso: tic tic tic del cappuccio del pennarello speciale con cui si scrive sulla lavagna bianca. Sospiro. Ripigliati, Cécile, vecchia mia! *À la guerre comme à la guerre!* Apri gli occhi! Sfida nella pupilla, azzurra, fissa su quel bell'aziz insolente che ha letto Arthur.

"Be'! Visto che ha così tanta memoria, allora ci dica il seguito della poesia, Ali!"

"Vai, Zizou: traversone, tiro al volo, gol!... *Dans les ombres vierges et les clartés impassibles dans le silence astral.*** Continuo?"

"No grazie, Ali. È sufficiente."

Uauu! "È sufficiente." Ma di sasso, la professoressa Rénal. Sbaccalita. Bella lì. Inutile voler competere con il randa vestito di bianco, dall'iride così nera, dal bianco degli occhi così azzurro, e che mi fissa stranamente dalla prima fila in cui si è seduto – tanto da farmi abbassare prudemente e prudentemente le palpebre. Buon elemento, l'Ali, ma casinista di prima categoria. Da tenere d'oc-

* Per Elena cospirarono le linfe ornamentali.
** Nelle ombre vergini e i chiarori impassibili nel silenzio sidereo.

chio, Cécile, o finisci in malora. Non dimenticare che hai ancora una decina d'anni da smazzarti prima della pensione.

"Professoressa, scusi, è consentito fumare?"

Non: "Si può fumare?", come chiediamo con noncuranza agli altri professori. Ma a quella professoressa: "È consentito...". Sono un mito. Ho il tono giusto. Le rubo la scena, alla professoressa Rénal. Non era nel copione? Che vada a protestare con la produz... Voglio dire: dal preside.

Lei mi risponde:

"No. Non durante le mie lezioni".

"Ah, benissimo, capisco, la prego di scusarmi. Del resto è vero che fumare nuoce gravemente alla salute, da cui il nome che noi diamo alla sigaretta: la nuocegrave."

Morta dal ridere, tutta la classe! I miei trentadue compagni soffocano dell'ilarità trattenuta a stento.

Ma la professoressa Rénal ha la risposta pronta, cazzo. Non si perde d'animo per così poco.

"Bene, giovanotto che fa il pagliaccio non senza talento, io nuoccio gravemente alla mia personale salute, si figuri, e in ragione – o per meglio dire in 'sragione' – di due pacchetti al giorno di *nuocegrave*, certo, ma fuori dalle lezioni! E abbia la compiacenza di conformarsi alla mia regola personale, *prego*. Riprendiamo..."

Cazzo! Gassato di brutto, il buffone! Vedete, non è difficile ottenere il rispetto. Niente demagogia con i randa! No: da uomo a uomo, se posso dire trattandosi di una signora sulla cinquantina, alta un metro e cinquanta, con i capelli grigi, minuta, delicata, molto femminile, ben vestita – e con niente, probabilmente: gli stipendi degli insegnanti sono noccioline, ve lo dico io, e la mia Cécile non è tipo da mettersi con l'amante granoso che viaggia in Biemme. See, una donna donna, la professoressa Rénal. Ma, passatemi l'espressione, una donna con le palle. Del resto è proprio per questo che l'ho amata at the very first glance – traduco: alla prima occhiata –, alla *Strangers in the Night*.

E mi metto a canticchiare dentro di me, ricordo della Mamounia, il tema universale. Me lo interpreto nello stile mamouniesco, *sboccando vivace*, con la grande orchestra sinfonica filarmonica di Rabat, e il berciante divo marocchino... *Rauchino, il divo marocchino!*... Uauuh, cazzo, sei un mito, Sid Ali! Ti spari duecento giochi di parole all'ora come niente... Quel bercione sconosciuto all over the world! Star, la mezzasega sfigata che imitava Sinatra, ma unicamente nel mercato interno, nella nicchia marocchina del mercato mondiale... Cazzo, che pena! E Rabah, basito, che sbavava dal piacere, con due occhi grandi così! E lì io, che ho più sensibilità, ho capito che noi due come coppia eravamo game over... Dai! Grande orchestra! Tappeti di velluto di violini come sottotofondo! Cozzare di cembali! Lancio gli ottoni! Ta ta ta! Chorus! Vai con il coro delle tipe, sciabadabada! Più forte le trombe! Più forte i sassofoni!... Ecco! *Little did we know*... No, ne sapevamo proprio poco l'uno dell'altra, ma ci amavamo e sarebbe stato per la vita... Io e Djamila ci amavamo, e sarebbe stato per la vita, sul ponte di ferro della strada a scorrimento veloce, quando ci siamo baciati. Che coglione, sono stato! Ma non potevo certo abbassarmi a chiederle scusa! No, cioè, sono un uomo, cazzo, un uomo, Dja, amore mio!... Bella lì! Più forte, gli ottoni! Più vellutati ancora, i violini, più cremosi doppia panna! E più mielosi e sussurranti gli sciabadabada sciubidubidu del cuore delle tipe! Ecco! Orgiastica, la grande orchestra! Lo sperma sta per schizzare, vi inonderà tutti! ed è pure bello appiccicoso, credetemi!... È la grande orchestra filarmonicosinfonica di Rabat, ragazzi! Mica dei rabattini! Gli sconosciuti nella notte si sono riconosciuti alla prima occhiata, hanno capito che sarebbe stato per la vita, si amano e si allontanano nella notte, avvinti...

"Sembra di colpo pensieroso, Ali."

Bella lì. Sono seduto dove era seduta Djamila l'anno scorso. Cosa dico? Dov'era seduta ancora a giugno, mentre io contrattavo all'agenzia della Royal Air Maroc di avenue de l'Opéra un Parigi-Marrakech in Business class!

Mi riprendo, raccolgo le forze per picchiare duro, in uppercut:

"Sid!... Ali, professoressa, se permette. Sid Ali. Un nome doppio. Senza trattino fra Sid e Ali."

"Mi scusi, Sid Ali."

Era un mito vero, la professoressa Rénal. Ci dava del lei e si faceva rispettare. Massimo rispetto, professoressa Rénal. Aveva due palle così! Mi piacciono le donne che hanno i coglioni, e pure grossi. Mia madre è troppo succube di mio padre. Adesso ci sono donne di origine algerina, qui, in Francia, e della generazione di mia madre, eh, non della generazione di Dja, be', ci sono donne e madri che osano chiedere il divorzio! A cinquanta, a sessant'anni, è successo, osano chiedere il divorzio! Be', devi avere due palle così, quando sei musulmana! Se io e Dja fossimo stati sposati e l'avessi fatta troppo sclerare, la conosco, lei avrebbe chiesto il divorzio con raccomandata ricevuta di ritorno posta celere... Manco una piega! Non un minuto di più con quella palla al piede di Sid Ali. E a quel punto io sarei stato sconvolto, distrutto, finito. Un relitto. Uno straccio d'uomo. Una larva. Sarei finito barbone, alcolizzato e strafatto di ero. Avrei pianto senza ritegno, appoggiato barcollante al bancone di una bettola di Barbès, avrei singhiozzato sentendo su Radio Nostalgie, alle prime ore livide dell'alba, quando sopravvive solo il consolante pensiero del suicidio, ma non se ne ha il coraggio! non si hanno più le palle, se volete sapere, quelle troie ce le hanno tagliate come Dalila – Dalila, ho detto, teste di cazzo, non Dalida dirladadi, dirladada! –, *Strangers in the Night... Strangers in the Night*, su Radio Nostalgie, cazzo! E subito dopo: *Dis, Maman, dis...* Mamma, se tu vedessi la mia vita! Umiliato! Umiliato, sono! Uuuumiliato! Quella puttana mi ha mollato! Cazzo che puttana! Ero maschilista, secondo lei. Cazzo. E misogino, pure! Ma guarda un po'! Misogino! Dai che si va! Misogino! Cazzo!

Non andavo più a battere il mercoledì pomeriggio in rue des Martyrs. Volete sapere perché? Una crisi di virtù? Il culo pieno? Naa, visto che ero io a inculare! E il cliente il culo non me lo toccava! Ma il mercoledì pomeriggio la professoressa Rénal riceveva a casa i suoi "migliori elementi". Teneva salotto, insomma, da grande Preziosa del Gran Secolo quale era, da gran dama dell'Illuminismo! Tra gli otto e i nove invitati al massimo, seduti chi sul tappeto, chi su degli *almohadilles* – dei pouf, insomma, una raffinatezza dell'epoca almoade: si trovano in qualunque suk e a Barbès –, chi sul bracciolo di una vecchia poltrona sformata, di pelle rossiccia, tutta graffiata, con le molle degli ammortizzatori di un taxi di Marrakech, chi nella suddetta poltrona – io, il più delle volte... E la professoressa Rénal, che aveva dei problemi di dischi vertebrali, ben dritta su una sedia da giardino, di ferro.

Bicchieri da tè sul tavolino basso, la grande teiera orientale di argento cesellato... Io, o un altro beur tra i prediletti invitati, a servire il tè alla menta a tutti, e all'araba, tirandosela di brutto, facendolo colare da molto in alto nel bicchierino con il filetto dorato, oplà, risalgo, ridiscendo, risalgo, con polso agile e virtuosistico, poi un colpo secco, affinché non cada né trabocchi nemmeno una goccia di più una volta riempito il bicchiere fino all'orlo, tutta un'arte, tutta una cultura – un applauso per l'artista! Vi prego, bianchi europei, nessun merito, è una questione genetica, siamo nati così, con il colpo di polso da violinista per servire il tè alla menta, non c'è da estasiarsi! Ah! e poi biscotti comprati da Franprix, là dove Zidane adora farci vincere, o al negozio di alimentari del padre di Djamila, è un po' più caro ma sono gentilissimi, servizievoli, aperti fino alle undici e mezzo, mezzanotte, e le due ragazze, educate, perfette, ho avuto la maggiore l'anno scorso, un gioiello! farà strada, ne sono sicura. Quando il razzismo diffuso non li blocca, questi giovani qui arrivano più lontano e più in alto dei loro compagni nati "100% purosangue", come dicono nel loro gergo! Deliziosa, Djamila! E così intelligente!

La professoressa Rénal abitava in una delle viuzze dietro il municipio, in una delle villette che sopravvivono ancora, tra le residenze mutuo agevolato costruite negli anni settanta sotto Giscard, una di quelle villette dette legge Loucheur, dal nome di un politico che negli anni trenta aveva presentato un progetto di legge per aiutare le persone meno abbienti ad accedere alla proprietà – faccio un figurone a buon mercato, sull'argomento, ma è stata la professoressa Rénal a spiegarcelo. Non sapevamo perché la gente le chiamasse le Loucheur... E noi – indovinate un po'! le storpiavamo in Chelour, perdinci! La professoressa Rénal abitava in una villetta Chelour: una specie di casetta basca, graticci di cemento intonacato color sangue di bue, malta di pietra molare, un nulla di vite vergine ingiallita per nascondere un po' l'intonaco scrostato e scrauso, tre scalini davanti alla porta d'ingresso, due piani, due stanze per piano, un giardinetto largo due metri sul davanti, largo quattro o cinque sul retro... Trascurato, il giardinetto della professoressa Rénal: erbacce, convolvoli, gramigna, e un melo morto o quasi. Alla Rénal fregava zero, del giardinetto.

E dentro? Ciarpame. Il moderno scandinavo Ikea mescolato a decorative testimonianze che la nostra professoressa di lettere aveva insegnato parecchi anni al liceo Lyautey di Casablanca. Quando la domenica ci si annoia, a Casa, si va a curiosare al suk degli Habous, dove il venditore ti spenna l'acquirente in modo meno selvaggio che nella Medina. Ho avuto il trasferimento, nostalgia, ritorno alla madrepatria, ma prima di partire prendo quei tre pouf, quegli *almohadilles*, ah! e quel piccolo tappeto da preghiera: non che io preghi, ma è della misura giusta: nella villetta di periferia dove andrò ad abitare il soggiorno non misura neanche undici metri quadri, un po' meno, ho calcolato con un metro. Già, è roba cheap, il Loucheur! Tipo casa popolare anni sessanta. Ma monofamiliare. Non ci sono "gli odori" – vero, Chichi? (Bastardo!)

Vabbé, la sua impressione sulla casa della professoressa Rénal, che teneva salotto il mercoledì, Sid Ali "Ciao Francia!"? – Posso parlare con franchezza? In fondo sono pagato per questo – the biggest fee ever, France-Télévision non si è mai più ripresa. Be', parlando con franchezza: il tappeto, le tende, il tavolino basso, e il cesso e il minilavabo del cesso non erano proprio pulitissimissimi! Cosa volete che vi dica, nonostante tutto il rispetto che devo alla professoressa Rénal? Un filino zozzo, se volete il mio autorevole parere – se non lo volete, costa uguale. La professoressa Rénal era una persona molto pulita ma una pessima donna di casa. Ecco, l'ho detto. Era tenuta molto meglio casa nostra, il cinque locali interno 502. Molto, molto meglio. Umm lesinava su tutto tranne che sulla candeggina, sull'Ajax e sul Mastro Lindo. Un tornado bianco, mia madre!

Così, già alla seconda visita in compagnia degli eletti dell'élite, alla fine del salotto del mercoledì, verso le sette di sera, ho fatto in modo di lasciare che i miei compagni se ne andassero e di restare per ultimo. Sono rimasto a fare un po' il curioso, nell'ingresso:

"Carine, queste vecchie cartoline di Casablanca. Sembra la scenografia del set del film. Cazzo, *Casablanca* è il mio film preferito. Cazzo, quando Rick dice a Ilsa: '*Please, trust me!*' e Ilsa, con gli occhi pieni di lacrime, gli risponde: '*I will!*'. Ovviamente bisogna vederlo in lingua originale. E quei fetenti l'hanno colorato, ma basta decappottare la tele, dietro, girare una rotella, e ce l'hai in bianco e nero... L'originale! L'unico, il vero! Poi, siccome mi dimentico sempre di rimettere a posto la televisione, Azzedine e Amina, i miei fratelli piccoli, mi piantano una cagnara bestiale: vogliono vedere i *Digimon* a colori, quei salami!".

Vabbé. Gli altri cocchi se ne sono andati? Posso dire alla professoressa Rénal quello che devo dirle senza umiliarla pubblicamente... Posso? Dai che si va.

"Senta, non se la prenda, non lo dico per offenderla, ma non è proprio uno specchio, casa sua, professoressa..."

"Qui può chiamarmi Cécile, possiamo darci del tu... Ma lo so benissimo, Sid Ali. Sono negata per queste cose. E mi stufano da morire!"

"Be', ecco, insomma: posso darle una mano... Anzi, lasci fare a me... Il Grand Bazar Brossolette qua vicino è ancora aperto alle sette, non chiudono mai prima delle sette e mezzo: corro a comprare quello che serve, torno a razzo e poi ci penso io. Non ha nessuno a cena? Io in due ore spaccate ho finito. Come un tornado bianco."

Basita, la professoressa Rénal! Muta, sulle prime. Come scioccata. Imbarazzatissima. Venticinque anni su una pedana di fronte a degli adolescenti e lì, per la prima volta in vita sua, senza una risposta pronta. Poi protesta:

"No no, tu lei vuole scherzare?".

"Niente affatto. Mi fa piacere. A me fa proprio piacere. Non sapevo come esprimerle la mia gratitudine..."

"Ma, Sid..."

"Su, dica di sì! Il Grand Bazar sta per chiudere! Dai che si va."

"Aspetta! Aspetta almeno che ti dia i soldi per... Aspetta!"

"Be', mi dia il suo bancomat e il codice, è la cosa più semplice."

Ahia. Sfida. Silenzio. Lo sguardo occhi negli occhi, il primo che abbassa le palpebre è un finocchio. Cazzo! La provocazione delle provocazioni. O la va o la spacca. Qui, Cécile, devi dimostrarmi che ti fidi di me se vuoi conservare la mia stima. E non tentare di farmi la classica scena tipo che scalogna, me l'hanno appena rubato, ho fatto opposizione alla banca, oppure il distributore me l'ha mangiato ieri sera, non so perché, e non sono ancora riuscita a recuperarlo... Niente del genere, con me, Cécile! Non attacca! Apri la tua bella borsetta di pecari rosso, tira fuori il tuo bel portafoglio di pecari rosso coordinato... Dai. Su. Un bel respiro... Forza.

Ecco fatto, la professoressa Rénal mi tendeva il suo bancomat – bancomat semplice, con carta di credito a credito limitato: i dipendenti pubblici hanno stipendi talmente bassi...

"Tieni!" mi fa. "Credo che tu abbia buona memoria. È il 6220..."

"L'Egira più un sifr! Facilissimo."

"Cosa?"

"L'Egira, l'inizio della nostra storia: 622 dopo la nascita di Issa, per voi cristiani, più uno zero: un sifr."

"Non la smetterai mai di stupirmi."

L'hai detto l'hai! E io pure! A volte stupisco persino me stesso, ed è tutto dire. E la mia modestia mi abbaglia. Per questo porto così spesso gli occhiali neri. Gli ultimi? Dei Versace ciulati a un distratto ai tavolini all'aperto del Trouville, sugli Champs, en passant. No, no, no non sono entrato nel locale: non faccio più marchette, non pratico più la marchetta urinaria da quando sono nella classe della professoressa Rénal. Quanto ai Versace, credo che finiranno presto nella spazzatura: fanno un po' troppo frocia italiana *inculatissima**, non so se mi spiego!

Vabbé. Falcatina alla Carl Lewis direzione Grand Bazar Brossolette, *Fai-da-te*, *prodotti detergenti*, *prodotti di bellezza*, *igiene*, *tutto per la casa*, *self service*... Sciabadabada sciubidubidi come musica di sottofondo. Un buon odore, penetrante, di detersivi, disinfettanti e polveri da bucato varie. Quello che preferisco! Altro che la Mamounia, patchouli e zinnia – bleah. Carrello: la moneta da dieci franchi restituita quando riclicchi al ritorno... Sì. La minchia!

* In italiano nel testo.

Si vede che non mi conoscete ancora bene: io non me la sto a menare, ho un trucco per prendere il caso senza infilare la moneta nella fessura. Non ve lo dico: imbranati come siete, non ci riuscireste al primo colpo. Ed è troppo umiliante rendersi ridicoli per dieci franchi sotto l'occhio beffardo del gestore... Clic. Perfetto. Dai che si va.

Reparto prodotti di pulizia. Cento metri di lineari, a naso – e naso è la parola giusta, in questo reparto.

Mastro Lindo, Formato gigante, nuova formula – nel carrello.

Anitra WC, *Superdisincrostante*, *profumo marino*, *nuovo beccuccio ricurvo*: non si perde niente, anatroccolo mio! – nel carrello.

Supercroix?... "Supercroix, ah!" – nel carrello.

Cif, *Vetri gel all'ossigeno attivo* – lo voglio: attivo, l'ossigeno, per le pulizie in apnea, con l'Officine Panerai al polso! – nel carrello.

Ajax, *Antibatterico*. Proprio quello che ci vuole per la casa della Rénal, che pullula di acari nella moquette e di batteri negli angolini – nel carrello. Quello, Sid Ali? Nel carrello.

Ah! E a proposito di moquette, ho dato un'occhiata e ho visto che c'è nella camera da letto della professoressa: una bomboletta spray gigante di schiuma Woolite *Tappeti & Moquette*! Roba seria, i prodotti Woolite, affidabile! La mia amica Isa – sì, l'Adjani, l'algerina – non usa altro, se devo credere alla pubblicità.

Spontex, confezione da quattro: bene, un pacchetto da quattro.

Paglietta – per grattare. E ce n'è, da grattare, nel lavello della professoressa Rénal: quattro. Cazzo, le scoppierà il bancomat, alla Rénal! Le lampeggerà il rosso. Signora Rénal, lei non è ragionevole! Una marea di spese di commissioni, il mese prossimo!

Cinque panni *Multiuso* – almeno quelli non te la mettono giù lirica, naaa! niente letteratura! Solo matter of fact: cinque panni multiuso, in confezioni da cinque – due, ne prendo, di confezioni. Alla Rénal bisogna che le faccia una piccola scorta per l'armadietto sotto il lavello.

Vediamo un po' cos'altro... Cazzo, che musicaccia! Ci scommetto che è France Gall! Sì, *Dis, Maman, dis*... Di' va a cagare a Mamma, e non se ne parli più. Vediamo un po' per i parquet.

Souleiou, *Biattivo*, *nuovo prodotto*, *due in uno*... bella lì! *Dà ai vostri pavimenti lo splendore del Mediterraneo sotto il sole*... Bella lì, *la mer allée avec le soleil*. No, grazie, ho già dato! Benvenuta epilessia! Sid Myškin, il remake: ho detto no ed è no! Neanche per dieci milioni di dollari, la tariffa di Tom o Bruce, lo farei! Il pronto soccorso dell'ospedale di Algeri e tutto l'ambaradan, no no! sul serio! – Da bere, da bere, bismillah! – Crepi, il giovane francese che non ha la doppia nazionalità! Quel figlio di un oppositore del regime! – Cazzo! Nazi, lo Zeroual! Hitler arabo! Zero... ual! SS, l'FLN! Stalinisti! Corrotti! Lasciar crepare un ragazzino in quel corridoio della Morte, su una barella piena di parassiti, che puzza di vomito e di pipì! Barbari! Assassini! Vi chiedo, vi supplico, un bicchiere d'acqua! un bicchiere d'acqua! Un bicchiere d'acqua non sarà mica la fine del mondo! Datemela in uno di quei bicchierini luridi, di carta, che sono già stati usati da dieci malati prima di me, dieci lebbrosi che ci avranno intinto le labbra, non me ne frega niente! Ma un bicchiere d'acqua! Nazisti! Stalinisti! Africa! Datemi almeno un telefono, che chiamo Mitterrand con una telefonata a carico del destinatario! Un amico, che mi faccia rimpatriare con un aereo del GLAM! Glamour, il GLAM! Come l'Adjani quando si è sentita male al Festival di Tunisi! Mitterrand: "Su, forza! Schizzate a salvarmela da quei beduini, miei bravi soldatini, la bella Isabella! È patrimonio e monumento nazionale, la Isa! Giù quelle manacce luride di beduini dalla Isa! Non potete mettervi dei guanti di lattice, come tutti i popoli civili, quando prodigate le vostre cure? Le vostre cure, si fa per dire! Lasciar crepare il piccolo Sid Ali, il ragazzino che ha salito la scalinata di Cannes, tappeto rosso, flash e fanfara, il cordone della guardia civica con le sciabole sguainate... Un QI 137, il piccolo Sid: quel che la nostra politica di integrazione ha prodotto di meglio! Un ragazzino che può recitarvi a memoria le Stanze del Cid, Sid! *Percé jusques au fond du cœur...* E lui pronuncia come si deve, come gli hanno detto di fare quando si tratta del nostro buon vecchio Corneille: *jusques au*. Non: *jusqu'au...* Naaa! Be', il piccolo Sid lo sa! E me lo lasciate crepare nel corridoio della Morte, senza dargli nemmeno un bicchiere d'acqua! Cazzo! Siamo stati troppo buoni a concedervi l'indipendenza, maghrebini di merda! Cazzo, se avessero dato retta a me, Mitterrand: al lanciafiamme, la feccia dell'FLN! Torturato con l'elettricità finché morte non sopravvenga, il Ben Bella! Guarda, Zero... Come ti chiami, a proposito? Ah sì, Zeroual! Guarda, Zeroual, che rischiamo l'incidente diplomatico! Che già i rapporti tra i nostri due paesi non sono proprio serenissimi! Che già la lancetta rossa del barometro segna scazzi! La vuoi proprio una bella strigliata! Vuoi che ti mandi i miei parà? Il commando speciale estrazione rimpatrio di agenti segreti? Rischi di pagarla cara, Zero! Non vi compreremo più il vostro gas... No, questo lo dico per gasarmi, del vostro gas avremo sempre bisogno! Ma il piccolo Sid rimandamelo indietro porto franco pacco regalo senza discutere! Vuoi che mandi Kouchner a verificare in che stato me lo restituite, il piccolo Sid? *Percé jusques au fond du cœur*, eh, è così? Me lo restituisci o preferisci il contropelo del fratello maggiore Ahmed? Povero coglione! Africa! Stalinista! Hitler! Glielo dai 'sto bicchiere d'acqua, sì o no?".

Dov'ero rimasto? Ah sì! Qualcosa per il parquet. C'è il parquet sotto il tappeto da preghiera nel soggiorno della professoressa Rénal. Vediamo un po'... *Brilla senza fregare*! Adesso ci manca solo che i parquet ti freghino! Che ci provi un po' a fregarmi, il parquet, io che brillo così tanto! Finocchi! Stronzi! Dai, prendo Vigor *Parquet*. Questo non cerca di fregarti! Ed è meno scrausa, come marca. È più autorevole. Il Vigor, lo trovi ad Algeri. Caruccio, non dico di no, because le tasse sui prodotti importati, ma ad Algeri lo trovi. Bisogna lasciarglielo, agli algerini.

Ecco. Non ho dimenticato niente? Ah sì! Dei guanti! Indispensabili. Naaa, non quei grossi Mapa! Non quelli con gli smerli e il dentro felpato, bleah! In quel vellutato bianco il sudore delle mani si trasforma in micosi! Bleah! E i colori, cara mia: rosa checca o giallo canarino, i Mapa *Casa*! Mapa, ma pare il caso? Naa; l'artista lavora di fino, da maestro, come quando si lavora il culo del cliente con il gel lubrificante mentolato prima di stantuffare! Ecco cosa ci vuole per l'artista: "La tua seconda pelle", lattice ultrasottile, quasi chirurgico, qualità *Manipolazioni delicate*, l'hai detto l'hai! In blister, dieci guanti usa e getta, niente sinistra o destra, è talmente sottile che si modella perfettamente – cazzo, quel monco di mio padre risparmierebbe se si mettesse i guanti: il blister gli durerebbe il doppio che al suo adorato figlio!

Ah! e già che ci sono: al reparto Colori: una tuta bianca, in triacetato, con cappuccio, per lavori sporchevoli: non se ne parla di sporcarmi la Lacoste bianca né i pantaloni bianchi Fila mentre faccio il tornado bianco a casa della Rénal!

Cos'altro? Tre strofinacci, tre! *Trattato superassorbente?* Grazie, raga, mi cambiate la vita! A Rimbaud non sarebbe mai venuto in mente! Basta avere degli strofinacci in cotone trattato superassorbente! Non assorbono, questi qui, superassorbono. Si vede che ormai siamo prossimi a entrare nel terzo millennio. Ancora due anni ed è fatta! Cazzo, nel 2000 sarò maggiorenne! Il 1° febbraio 2000: maggiorenne! Non dovrò più rendere conto a nessuno! Libero come l'aria! E mio padre? A quel paese, con tutto il rispetto che gli devo! I moduli, le carte della mutua, la lettera mensile all'ente case popolari del 93? Be', basterà che chieda ad Azz! *Caro siniore diretore dell'uficcio, gli solecito la ricchiesta che mi scuso che non poso pagare tutto l'afito di giugnio...* Uau, cazzo, la faccia del direttore dell'Ufficio! Il porco del RPR – è un pleonasmo –, quando la confronta con la lettera del mese scorso: Ma guarda! che strano! è la stessa firma pretenziosa da far pena con tutti i soliti svolazzi intorcigliati che devi aver contemplato per ore la pavimentazione di una moschea per decifrare una I e una B! ma la sintassi, l'ortografia, la grammatica, la punteggiatura, gli accenti, le concordanze, e niente maiuscole all'inizio delle frasi, e la calligrafia di un dislessico dal QI molto al di sotto del cento... Strano! Se la paragono con la richiesta di proroga del mese scorso... Avrà mica avuto un negro, fino adesso, l'Ibrahim B., che gli scriveva le lettere? Vai, nel cestino! Il mio caro deputato e amico comincia ad averne le scatole piene del lassismo con quei maleodoranti! Se la ficcherà nel culo, l'Ibrahim, la sua amichevole richiesta di dilazione supplementare redatta in quell'ostrogoto... L'affitto pieno, Ibrahim, o vi sfrattiamo prima del 15 ottobre! Dopodiché non possiamo più sfrattarvi fino in primavera, a causa di quel decreto scellerato e demagogico che vieta gli sfratti durante i mesi freddi! Quel decreto che né Chichi adorato, né Ballamol, né Juppé hanno avuto il coraggio di abolire, talmente sono terrorizzati dal politicamente corretto intellettualoide di sinistra e dal vecchio abbé Pierre!

Poi? Un mocio *Strizzatura clic-clac*. Ma non nel carrello, il manico: la base di spugna ci sta, ma il manico no. Hai l'aria un po' da coglione, Sid Ali, a reggere l'asta come la Libertà regge la bandiera tricolore nel quadro di Delacroix! Porti la croce! Ma cosa? Né il male né il ridicolo possono colpirti, visto che ti sacrifichi per la professoressa Cécile Rénal.

To'! I sacchetti aspiratori usa e getta! Non ci avevo pensato. Oh, merda, ma non mi è neanche venuto in mente di chiederle il modello, a Cécile, e qui ce ne sono trenta tipi diversi. Non è ancora standardizzato, il sacchetto aspiratore! Cosa aspettano, a Bruxelles, per standardizzarli? T102, X104, B12 – *indicato per i Tornado 100 litri e i Moulinex 50 litri*... Va' a sapere! La conosco, la mia Cécile, capace che il vecchio sacco lurido del suo Moulinex *che libera la donna*, lei, che è una donna liberata, non l'ha cambiato dall'epoca in cui Édith Cresson faceva il primo ministro a Matignon, quella maiala! Zeppo di polvere pigiata compatta fino all'orlo, il sacchetto originario del Moulinex! E sapete dirmi, raga, dove Cécile avrà messo i cinque dati in omaggio con l'acquisto dell'aggeggio? Vabbé, posso farne senza. Farò a mano, con la scopa. In fondo, tra l'Egira e l'invenzione dell'aspirazione della sporcizia tramite il vuoto, ne abbiamo fatto a meno, e ce la siamo cavata benissimo.

Tutto fatto? Posso andare alla cassa?

Prima delle casse, reparto Intimo. I tamponi? Naaa, non sono uno che si fa tamponare. Dai, nel carrello: Nana *Active 12+2 in omaggio* – cazzo, due tamponi a scrocco, approfitta dell'offerta, Sid! E, aspetta: *nuova formula! Più discreta*. Non c'era da esitare. Ah! Ci sono anche gli assorbenti Always, che il mullah non me li disapprova, ma siamo in Francia, nel paese dei Lumi. Gli Always sono amerikani, come dice il suo stesso nome, e Nana è del paese di Zola! Cazzo, Zola! L'Affaire Dreyfus, massimo rispetto! Non si è tirato indietro davanti a quegli stronzi col kepì, Zola: "J'accuse!". Io accuso Liamine e Betchine di complicità con gli assassini del GIA!

Perché questo pacchetto di tamponi Nana? Solo per fare un po' il cazzone. Giocare al musulmano che tiene la moglie segregata in casa e deve smazzarsi tutte le compere! Prendere anche, benissimo!, gli assorbenti igienici per la pudica sposa velata. "Gli Always, prendimi sempre quelli, Mohammed, che li consiglia il muftì, e quando il muftì parla, tu non devi fiatare! Gli Always, che non si trova altra marca né alla Mecca né a Medina..." Ma Mohammed ha cannato e ha preso degli assorbenti interni per scostumata occidentale che non esita a penetrarsi intimamente... H'chuma!

Bene. E per rifarmi la bocca: il furtarello che non peserà sul salatissimo scontrino – che le ho già messo roba a dir poco per trecento franchi alla povera Cécile... Be', ma insomma? Non ci sono né cicche né Tic-Tac al Grand Bazar! To', uno *tsabih* di dieci goldoni anatomici Durex – uno tsabih? Una sfilza, bisogna proprio dirvi tutto... Fottuto, il codice a barre: non ho perso la mano. *Je suis le roi des scélérats à qui sourit la vie. Et que ne durent que les moments doux, et que ne doux...** Cécile, se un giorno ti mollo, è per Bashung! È l'uomo della mia vita, ma non ti avevo ancora detto niente per non darti un dispiacere. Sono un sentimentale, lo sai.

Alla cassa. To'! La conosco, la cassiera, eravamo in classe insieme alle medie, non era proprio una cima, la Nadja! Gliela metterò giù della serie "che piacere rivederti, sono diventato una star ma non ho dimenticato da dove vengo, e saluto sempre cordialmente gli amici"... Cazzo! Mi snobba, 'sta stronza? Fa quella che non mi riconosce? Mi ha visto per un anno in classe, stessa fila, banco accanto, e adesso mi vede tutte le sere al tiggì della 2 – "*Ciao Francia!*" – e se la tira da "non so chi sei, non ti ho mai visto". Stronza! Una cassiera del Grand Bazar Brossolette! Roba da matti! Che vada a insaponarsi, la stronza!

* Sono il re degli scellerati cui la vita sorride. E che durino solo i momenti dolci, e soltanto i dolci....

"Il suo codice, per favore."

Cos'è, ti si screpolano le labbra a sorridere a un cliente che lascia giù 311,50 franchi – 47,48 euro? Cazzo! Se fossi il gestore, la manderei a spasso all'istante, la Nadja! Non è certo la manodopera che manca, sul mercato del lavoro, eh? Una telefonata all'Ufficio di collocamento e hai cento candidati che si fiondano per meno della metà del minimo sindacale! Lavorerebbero gratis, a momenti, quegli schiavi!

Codice, quindi: Egira, l'inizio della nostra storia, e uno zero. *Pin corretto. Ritirare la carta.* Tactactactac... Lo scontrino. Credi che quella abbia controllato se ho la faccia da chiamarmi Cécile Rénal? Nessuna coscienza professionale, oltre tutto! Alla cazzo di cane. A spasso, Nadja, se fossi il gestore. Cazzo. E il profumo, cos'è? *Prisu* di Prisunic? La professoressa Rénal, che guadagna poco più di te, usa Guerlain! Bisogna fare sacrifici sul Mastro Lindo, per sapere di buono. E tu, oltre tutto, puzzi della tua razza, Nadja! Non sei bretone, Nadja (ooh, cazzo, questa è per iniziati, per i migliori studenti della professoressa Rénal che ieri mattina ci ha parlato del surrealismo, di André Breton).* La Rénal non puzza della sua razza, naa, lei profuma di *Shalimar!* Sì, la boccetta davanti alla Menara, al tramonto. Ci sono stato. E quel cazzo di mendicante che mi superattakkava: "La carità! Signore! La carità, Signore! Signore, la carità!". Neanche lui profumava di *Shalimar*, te lo dice Sid Ali. Così parlava sulla Montagna, e gli angeli gli sorridevano.

Africa!

Forza! Back to the Rénal! Allegro vivace. Con il manico dello spazzolone infilato sotto l'ascella sinistra come don Chisciotte la sua lancia quando dà l'assalto ai mulini a vento, le braccia cariche di tre sacconi di plastica GBB – ah! a proposito, devo ricordarmi di metterli da parte e portarmeli a casa, una volta compiuta la pulizia dell'impossibile: non ne ho ancora, nella mia pur ricca collezione, di sacchetti GBB, e Cécile è sicuramente il tipo della sprecona che butta nella spazzatura quel che potrebbe costituire un eccellente sacchetto della spazzatura... E visto che siamo in tema di spazzatura: lungo la strada, breve sosta a un cassonetto della spazzatura per buttare via i dodici più due tamponi Nana *Active*. È meglio non tirare troppo la corda, non rischiare di intimorire la delicata, la sensibile Cécile, che ho già conquistato e quasi sottomesso.

* Autore di *Nadja*.

Eccoci, me, myself and I, davanti alla cancellata arrugginita della villetta. *Je reviens te chercher, tremblant comme un jeune marié...* Cazzo, anche il giardinetto, bisogna che uno di questi giorni mi ricordi di passarci il tosaerba – affittano i tosaerba a giornata, mille franchi di cauzione, al GBB. E non lo toserò certo con il regolo speciale rasatura effetto barba di tre giorni! Naa, la farò diventare un erg, la sua savana, alla Rénal! il deserto dove Ibrahim condannò Agar e suo figlio a vagare!

Carico come sono, premo il campanello con la fronte. La dama alla finestra al cavaliere bianco:

"Le apro!".

To', è tornata al lei!

"Grazie!".

"Che gentile! E hai fatto in fretta!"

Ah! Di nuovo il tu. Sì, ho fatto in fretta. Hai avuto un po' paura che mi fregassi duemila franchi al bancomat della posta, già che c'ero?... E come possiamo crederle, signora? Dice il tizio della banca cui Cécile è venuta a lamentarsi, il mese dopo, per aver trovato sull'estratto conto un prelievo che non ha mai effettuato. Ah! Cécile, Cécile, "*please, trust me!*". Ehi, aspetto la tua battuta, con gli occhi gonfi di lacrime: "*I will!*". E a quel punto, musica: *As time goes by*! Cazzo.

Un bravo ragazzo, sono. Pulito, in tutti i sensi.

"Tenga, ecco la sua carta. Lo scontrino... Il codice, non mi crederà ma l'ho già dimenticato!".

Uau, l'accenno di sorrisetto ambiguo! Perfetta, Cécile. Non la rifacciamo, buona la prima.

Il domestico bello come un dio:

"Mi metto la tuta, mi infilo i guanti...".

Faccio schioccare il lattice come i dottori di *ER. Medici in prima linea* quando devono operare a caldo e senza indugio, senza un minuto da perdere – "200 su 150 di pressione, non c'è più polso, l'occhio è stravolto, la temperatura corporea è scesa al di sotto della soglia critica di 92° F, e una volta di più il dottor Ross gioca a golf sulla moquette del suo ufficio, bippatemelo, quel cialtrone, e pure la sua partner al golf che gli fa dei puts birdy sulla moquette, la capoinfermiera con le labbra grosse, quella che va a letto con tutto il reparto ortopedia, non mi ricordo più come si chiama...". Operare quel povero black che si è beccato una ranzata da paura dagli sbirri bianchi razzisti come lo sono in tutto il mondo: undici proiettili undici! E di grosso calibro, non regolamentare: il cervello è leso, il fegato spappolato, la milza, vabbè, non parliamone! lo stomaco, il polmone destro, il sinistro!, i reni pure, perché quei figli di puttana bianchi razzisti della pula gli hanno anche sparato alla schiena quando era già a terra, incosciente, in un lago di sangue, il povero vecchio black con i capelli bianchi, assolutamente inoffensivo, che cantava il blues seduto tranquillo sui gradini del suo tugurio di mattoni rossi con le finestre murate, in un'umida notte d'estate... E, come se non bastasse, pure diabetico, e asmatico, quel povero vecchio... Forza! Camice usa e getta! Guanti! Mascherina! Occhiali per non beccarsi l'Aids quando il poco di sangue che resta in quella povera carcassa schizzerà sotto il bisturi! "Il bisturi? Un 3, ho detto, cazzo! Un 3! Forbici! Merda! Forbici!"... Cazzo, se questo qui lo salviamo, sbanchiamo l'audience, ci becchiamo dodici punti di auditel, ritorniamo in prime time, inculiamo X *Files*... E, alla fine, certo, tutta l'équipe mobilitata riuscirà a salvarlo! "Salvi!"

"Non per darle ordini, professoressa Rénal, ma vada su a leggere in camera sua! Mi occupo io di tutto. Due ore spaccate al COSC ed è fatto... 'Supercroix! Supercroix ah, ah.'"

Il mio domestico, l'africa? Una perla. Gentilissimo, servizievole, gran lavoratore! Di un'onestà e di una serietà incredibili. E non le dico cosa lo pago all'ora perché non mi crederà! Ah, di una lena! Di una foga! Canta mentre passa la spugna e lo straccio! A dirla proprio tutta, canta un po' forte, diciamo pure che sbraita – ma, vabbé, nessuno è perfetto.

Bella lì. Da dove ci comincio, 'gnora Cicile? Ci comincio della cucina che mi è tutta sporchissima dal pavimento al soffitto? C'è un unto, ma un unto, 'gnora Cicile! Ah! Non sembra mica che lei mi ha vissuto a Casa!

Dai, su, Sid Ali, *forte*, *fortissimo*! Da far esplodere i vetri, così zozzi che nella più bella giornata dell'estate che finisce la luce è grigia in casa della professoressa Rénal, così zozzi che ci vuole tutta la confezione, morbida e dura insieme, formato gigante, di Cif Vetri Gel all'ossigeno attivo! *Forte! Fortissimo!* Sid Ali:

Soyez ma muse!
Et que ne durent que les moments doux
Et que ne doux...
Osez, osez... Sid Ali!*

Sei nella vita vera, qui, no?

* Sia la mia musa! / E che durino solo i momenti dolci / Solo dolci... / Osi, osi...

Il nostro amore, i nostri incontri, i nostri appuntamenti settimanali al di fuori delle quattro ore di lezione di francese alla settimana, i nostri slanci sempre pudicamente trattenuti, quegli attimi di turbamento così fuggevoli e tuttavia infiniti in cui i nostri sguardi si incrociavano con tanta insistenza da farmi venire la pelle d'oca, e anche a lei, ne sono sicuro, quando cercava una sigaretta senza distogliere lo sguardo da me, o, alla cieca, il bicchiere di riesling posato sul tavolino basso, ma avrebbe dovuto abbassare gli occhi per vederlo, e io sono Rick, e tu sei Ilsa, Cécile, e, improvvisamente muto, ti supplico senza dire una parola di avere fiducia in me, e tu non mi rispondi ad alta voce "*I will!*" come indicato sul copione, ma io so che lo pensi, fuggevolmente per te, infinitamente per me... Poiché in quel dialogo intenso si è abolito in me, in un istante, l'intimo e indicibile dolore, l'umiliazione profonda, originaria – bella lì, l'uuumiliazione, Cécile! "Gli odori" che disturbavano Chichi! (Bastardo!)

Hai mai capito, davvero capito, Cécile? Dal profondo del cuore? Con tutta l'anima? Forse. Non so lo. Non lo saprò mai.

Ma quegli istanti meravigliosi in cui gli altri cocchi si alzavano educatamente, si rendevano conto che era ora di andarsene, per loro, lo capivano da uno o due moti di impazienza che ti sfuggivano, tu che eri sempre piena di tatto con noi adolescenti – un'inaspettata rudezza in una risposta che davi a uno dei ragazzi, il bicchierino di tè alla menta che rovesciavi per sbaglio, una sigaretta che prendevi al contrario, e sembravi vagamente stupita che io non mi precipitassi come al solito, Zippo in pugno, ad accendertela: ma non avevo intenzione di dare fuoco al filtro, e scoppiavo a ridere... Alla fine anche tu capivi, e ti prendeva una ridarella muta rivolta solo a me, e l'accompagnavi solo per me con una strizzata d'occhio complice, invitandomi a recitare anch'io la parte di quello che se ne vuole andare, o a trovare in fretta una scusa per eclissarmi, non so, tieni Sid: portare in cucina bicchieri e teiera, lì aspettare pazientemente che tutti se ne fossero andati – "Ci vediamo mercoledì prossimo, e domani in classe alle dieci le seconde e alle tre le S3! Il surrealismo, domani, per gli S3..."

Cécile tornava a sedersi sulla sua dura sedia di ferro; io a lasciarmi scivolare sensualmente con la nervosa scioltezza di un grande felino per spot di schiuma da barba o di virile gel deodorante che rievoca in quaranta secondi l'atmosfera di *La mia Africa*, di *Mogambo* e delle *Nevi del Kilimangiaro* – cagoni di sedicenti creativi del cazzo, che saccheggiate i tesori del grande cinema per appiopparci la vostra mercanzia puzzolente al supermercato sotto casa! Impostori! Pezzi di merda! – ma mi perdo! Rieccomi qua, rieccomi lì a lasciarmi scivolare mollemente dall'alto del mio metro e 84 nella vecchia poltrona la cui pelle rossiccia mi strideva sotto il sedere, le cui molle cigolavano con un non-so-che di lamentoso, di tenero, di conturbante... Adesso a noi due, Cécile. Gli occhi negli occhi. Ti accendo la tua Gitanes bionda, me ne accendo una anch'io – poiché, naturalmente, ero passato alle Gitanes bionde... Se tu avessi fumato dei cannoni, Cécile, avrei – notate, tra l'altro, la perfetta concordanza dei tempi, ehi, raga, siamo seduti nel salotto della professoressa Rénal, non stravaccati in una cantina del caseggiato B! – avrei, dicevo, Cécile, se tu avessi fumato dei cannoni, avrei avuto l'audacia di infrangere come te la legge e di rollarmi uno spino – naaa, esagero!

Come dire la sensazione di tranquilla felicità che mi pervadeva mentre facevo un lungo tiro? Come dire quella sensazione di... Di cosa? Come dire? Vado a tentoni nel buio. Butto giù a matita e poi cancello. Rompo spesso la mina ma non ho un temperamatite... È pericoloso, un temperamatite: il detenuto potrebbe svitare la minuscola lama e con quella, se non segare le sbarre, tagliuzzarsi le vene. Allora, ogni volta che mi si rompe, devo sfregare pazientemente il legno della punta contro la parete di cemento fino a ritrovare la mina di piombo. Consumo da una a due matite al giorno; ma posso permettermi di fare acquisti allo spaccio: mio padre non mi manda niente, poveretto, cosa volete che mi mandi? Ma il mio avvocato è molto generoso.

Dov'ero rimasto? Ah sì. La mia incapacità di restituire sulla carta quell'impalpabile, quell'indicibile: la qualità, la tonalità pastello, i colori tenui e delicati di quei trenta, quaranta minuti in più, di quell'oretta, al massimo, in cui mi attardavo da Cécile... Di quei rabbocchi, di quei lassi di eternità.

E poi, le mie provocazioni. Poiché non sarei punto stato – vabbé, il "punto" molliamolo, non strafare Sid Ali – non sarei stato Sid Ali se avessi smesso di provocare. E di sicuro avrei interessato meno Cécile se avessi smesso di provocarla. Non l'avrei affascinata più degli altri eletti delle sue classi. Ma Cécile mi amava anche, ne sono certo, per il mio perenne atteggiamento provocatorio.

Il mio atteggiamento provocatorio! Rischiare sempre, cercare sempre il punto limite: fin dove potevo andare troppo lontano – bella lì, *Quell'ultimo ponte* di quel filmone di guerra che io ritenevo l'unica vita degna di essere vissuta. Sì, la guerra! Guerra agli altri, a tutti gli altri! Guerra al mondo che non mi ha davvero voluto! Guerra a oltranza! Razzi delle battute heb-heb – la varietà algerina dei razzi, così chiamati per onomatopea perché schizzando fuori dal bazooka fanno quel ripetuto rumore di seta strappata: l'heb-heb, l'arma preferita dagli assassini del GIA, l'ho sentito una notte ad Algeri... Bella lì. Razzi delle battute heb-heb che sparo sul nemico, lanciafiamme dell'insolenza con cui lo innaffio, e gasso a tutto andare... Dai che si va. Con Cécile non rischiavo la pelle, no, correndo verso un ponte troppo lontano, all'assalto... No, rischiavo solo quell'amore fra noi che non ha mai detto il proprio nome. Ma arrivato al punto critico, al punto di non ritorno, me la cavavo sempre con il mio fegato e il solito trucco: la battuta, la frase assassina o meglio quella che intriga, quella che uno può ricevere solo come una granata che sta per esplodere! Nascondetevi ragazzi! Faccia a terra! Sid Ali ce ne ha lanciata un'altra! Gassa forte!... La frase che metteva a disagio, deliziosamente a disagio! Ci davo dentro alla Zizou: contrasto quatto quatto ma spettacolare, finta per divertire le gradinate della curva nord e disorientare l'avversario, infilato il sette, con un colpo di tacco a effetto non mi vedi, non mi cucchi: tiro al volo, gol, gol! goool! Cazzo! Gooool! Per me solo, l'atmosfera dello Stade de France in delirio, la storica notte del 12 luglio? Meglio ancora, lo hul di uno stadio di Algeri, o, meglio ancora, di Orano, la sera di una vittoria! Quando ogni spettatore potrebbe letteralmente morire di gioia, con il pensiero vago che lo eleva, lo solleva e lo estasia: il pensiero che Allah ha voluto questo e che quindi anch'io, tifoso soddisfatto della mia squadra, l'ho voluto! Bella lì!

Uno spirito del diavolo, eh, come si suol dire? Bella lì! Un diavolo, sono. Un djinn! Che si canticchia interiormente il suo personale leitmotiv, le parole di una canzone del grande Bashung: *Je suis le roi des scélérats à qui sourit la vie*. Il male non deve colpirmi, il male non può colpirmi, sacro o non sacro. Sono libero. Sono un uomo. In piedi, io! Stronzi, in ginocchio!

Stavo dicendo... Ma l'immaginazione mi fa sempre perdere la strada di un discorso coerente, articolato, strutturato come la cartella di uno psi del Centro medicosociale, la mia cartella su cui uno stronzo sconosciuto, chi? chi, allora? aveva aggiunto, scarabocchiato a mano, in grosso, molto in grosso, molto molto in grosso!, quando la cartella era già dotata di un'etichetta autoadesiva di buone dimensioni compilata come si deve con un programma di videoscrittura dell'azienda – un software Word 6 o 7, mi pare, caratteri Helvetica, corpo 14, in bold, ho notato, e quindi assolutamente decifrabile, l'etichetta, ne converrete –, con nome, età e indirizzo completo del giovane paziente, minorenne, affetto da disturbi vagali vaghi e da ancora più vaghe turbe caratteriali, minori quanto lui, e passeggere: vedrà, con un quarto di lexomil al giorno, alla sera, la cosa dovrebbe aggiustarsi! sono gli sconquassi della pubertà, ha il sangue caldo questo ragazzino dalla pelle scura che riesce così bene a scuola (e anche tu, lettore, sei paziente se, arrivato qui, non hai girato pagina o lasciato cadere il libro... Mah, vediamo se magari l'ultimo Pennacouly non è un po' più avvicente! – Ma no, aspetta, lettore, pietà! Ho ancora un sacco di storie intriganti da raccontarti su di me, myself Sid Ali!)... E dicevo, quindi, che su quella spessa cartellina rosa lilla sfumatura sbocco etilico, un rottinculo di figlio di puttana malcagata, figlio di bastardi di merda, fanculo a tua madre e vieni a batterti se c'hai le palle, ma non c'è pericolo, non ce le hai, lo so: quello stronzo di tuo padre e quella troia lercia di malcagata di tua madre si sono dimenticati, la fottuta maledetta notte in cui ti hanno così mal concepito, idiota! e non sei stato consegnato completo in clinica, i tuoi vecchi erano squattrinati totali, non avevano preso l'optional palle sul modello di larva infraumana di bassa lega che avevano scelto! –, aveva aggiunto, stavo dicendo tranquillamente, pacatamente, aveva aggiunto, quell'isterico, molto in grosso, molto molto in grosso, scritto con il pennarello nero a punta ugnata spessa: *Il Caso Sid Ali B.* Cinque maiuscole ornate e scorniciate, in una calligrafia alla Ibrahim B., in una calligrafia da megalomane borderline in crisi acuta, con *Caso* sottolineato con il pennarellone rosso, e il tutto, per dargli un'aria più carina, probabilmente, e soprattutto più visibile – attenti agli occhi, mettetevi il vostro filtro solare micropolarizzato o Vuarnet "Sci estivo estremo ad alta quota e neve farinosa" – il tutto evidenziato cinque volte con righe baiadere tracciate con lo Stabilo Boss verde acido fluorescente, nel caso in cui, cari colleghi, vi fosse sfuggito di che si trattava in quella cartella da tarato!

Cazzo! e dicono che sono malato! E dicono che sono pazzo! Bella lì! Ma povero stronzo, perché ti sei accontentato di così poco? Per aggiungere un tocco di barocco hollywoodiano alla tua opera rabbiosa, in cartoleria potevi trovare dei pennarelli argentati, dei pennarelli dorati, delle stelle adesive argento e oro, degli spray per floccare argento e oro, del gel in rilievo argento e oro, e anche verde, giallo e rosa fluorescente, di che trasformare quella cartella medicosociale in un manifesto per il Festival di Cannes, la Mostra di Venezia e la notte dei César e la cerimonia degli Oscar! Fuori concorso, in anteprima mondiale, attenti agli occhi: *Il Caso Sid Ali B.*! "Mai visto prima sullo schermo!"

E dicono che sono pazzo! Stronzi!

Mi calmo, mi calmo – riprendo. Dicevo che sarebbe vano sperare di restituire l'incanto del casto legame tra Cécile e me, Sid Ali. C'è troppo di indicibile, di insostenibile da ricordare, di non so che, di quasi nulla, di fuggevole e di fuggito per sempre, e di quei piccoli ma deliziosi segreti condivisi tra amanti che non abbiamo voglia, ma proprio no, sul serio, non insistete! – delizioso pudore dell'*amour fou* – voglia di esibire davanti a voi, gli altri, tutti gli altri... Se hai amato anche solo una volta nella vita, anche solo un'ora, anche solo un minuto, ma era un minuto di eternità, no? se hai amato, sai cosa intendo, caro e paziente lettore. Riassumendo, il gossip per giornalacci spazzatura: *Cosa c'è fra Cécile e Sid Ali? Le nostre rivelazioni esclusive nelle pagine interne con foto choc e testi inediti...* Manco per sogno! Nada de nada! Col cazzo! Laaaa! E il dito "fuck you" a voi paparazzi e ficcanaso! Non saprete niente! Sarete privati della nostra vita privata! Lasciateci in pace!

E poi, insomma, caro e paziente lettore: come me, sei venuto su a sintesi fin dalla più tenera infanzia, o almeno da trent'anni a questa parte se sei un po' o molto più vecchio di me. Davanti al piccolo e al grande schermo, sei stato educato all'ellissi, allo spot, al clip, al "ciak!, azione!, azione!", al "cut! cut! cut!"... E allo short cut, e al dettaglio furtivo, e all'inserto subliminale... Sei stato abituato come me ai flash, agli spot pubblicitari di venti secondi – sempre venti secondi di troppo visto che servono a rifilarti una patacca ammuffita e puzzolente, verniciata d'oro e di lustrini per venire bene nell'immagine! Ci hanno resi tutti tossicodipendenti al formato breve e al dialogo lapidario, ci hanno abituati, assuefatti, asserviti al montaggio stringato di inquadrature brevi, choc, mordi e fuggi, ci hanno addestrati tutti alla velocità e manipolati a furia di punti focali... Sì, perché i produttori televisivi e i creativi della pubblicità non sono altro che stronzissimi pusher di roba pesante! Ci hanno imbottiti del ritmo affannato della sit-com e del frenetico formato in serie delle serie di telefilm: episodi di ventisei minuti, un'interruzione pubblicitaria ogni quindici venti inquadrature – la famosa rapidità da professionisti, all'americana, vai! veloci! e straveloci! Ho altro per i coglioni! Fatturiamo 350.000 dollari al minuto alla Procter & Gamble, non staremo certo a scassarci il cazzo con un dialogo proustiano evanescente e lussureggiante modern style, mica siamo finocchi! non staremo certo a scassarci il cazzo con le intermittenze del cuore – o la ami o non la ami, punto e basta, non starcela a menare con i tuoi dubbi, le tue inquietudini, le sue incertezze e i tuoi scrupoli, tesoro, o allora smamma! che dopo noi dobbiamo vendere del detersivo –, non staremo a scassarci il cazzo con dei paciughi di letto, oltre tutto – dai, nel letto: un'inquadratura! scopate: un'inquadratura! la tipa geme di piacere: un'inquadratura! cut! pronti via, passiamo ad altro! –, non staremo a scassarci il cazzo con quegli incantevoli minuti di abbandono sognante in cui il bambino reinventa il mondo, lui e i suoi giocattoli nascosti sotto il tavolo della sala da pranzo, ah! e per carità non stiamo a scassarci il cazzo con l'incomunicabilità e la noia antonioniana – Antonio chi? mi hai visto bene, tu, finocchio! fuori dai piedi, la porta exit del set è da quella parte, finocchio! – ah, no, no! non staremo a scassarci il cazzo con taxi che non dovessero comparire dal fuori campo, istantanei come il Nescafé, l'altro nostro sponsor della serie, appena il protagonista principale alza la mano per chiamarne uno! non si dà mai il caso che un protagonista incontri la minima difficoltà per trovare un taxi libero, fosse anche un venerdì alle sette di sera, sotto una pioggia battente, la vigilia di Natale! ma scherziamo! e non staremo nemmeno a scassarci il cazzo con penose storie di spiccioli che il suddetto protagonista, necessariamente principale poiché offerto dalla Procter & Gamble, non dovesse avere per completare la somma quando deve pagare l'autista del suddetto taxi giallo newyorkese, taxi che già riparte in quarta nella notte piena di insidie, umida, gelata, livida e scura come il caffè in polvere quando si trasforma in liquido bollente nella tua tazza, e così profumato!, sembra di essere ai Tropici, abbracciati a un'indigena bruna e provocante che lo divide con te, quel delizioso caffè preparato in un istante, mentre il virilone principale, così professionale da sapere che non bisogna interrompere il ritmo, sbatte la portiera di volata! ah! un uomo, lui! un vero uomo! un avventuriero! mica un finocchio, cara mia, di quelli che vanno a rivedere per l'ennesima volta al cineclub *L'avventura... L'avventura!* che titolo, cazzo, 'Tonioni, ci voleva proprio un bel coraggio: manco uno sparo! manco un elicottero che si disintegra in volo! manco un commando di spie che si fionda a tirare fuori dal troiaio in cui era andato a ficcarsi, non per incapacità ma a causa del suo coraggio senza limiti, il nostro temerario protagonista detersivico non rasato da tre giorni, ma che se la caverà, vedrete, sono previsti altri centoventisei minuti e qualcuno gli troverà pure un rasoio a tre lame lubrificate biofluorate e un gel schiuma che ridarà alla sua pelle la sua meravigliosa e virile elasticità!... *L'avventura!* Mi viene da ridere! Come si dice in italiano, già, quando uno vuole dire quello che voglio dirci a quattr'occhi, al 'Tonioni? *Enculato! Pederasta! Follassa intellettuale!* Non abbiamo tempo da perdere, noi, ve lo dico io. Abbiamo altro da fare! Ma siamo matti!

Eh sì. Ed è per questo, miei cari, che siete diventati così delicatucci, inappetenti, capricciosi spiluccatori di spilucchi e minileccornie varie, annoiati mangiucchiatori di junk food istantaneo, addict della vaschetta usa e getta e del riscaldato al microonde, sfrenati seguaci dello spuntino a qualsiasi ora (quindi, sia detto tra parentesi, giustizia immanente: cessi di grassoni obesi, che non vi si può scopare né da davanti – la trippa –, né da dietro – le chiappe sono così mostruose che il mio glande non riuscirebbe ad arrivare fino all'orifizio del vostro culo, sommerso, inghiottito com'è da quella massa di carne flaccida, bleah!)... Per questo siete ormai incapaci di apprezzare la lentezza solenne e drappeggiata nel marmo eterno di una certa grandiosa arte classica o romantica. Fate fatica a digerire la sublime maestà di una carrellata avanti di Visconti che scivola, come un ballerino con ai piedi scarpe da sera di raso nero, sul pavimento di marmo di un salone da ballo siciliano e proustiano insieme... E vi sentite satolli, voi drogati di McDonald's e minestre in scatola, vi sentite satolli davanti alla lentezza tutta orientale di una panoramica di Kurosawa, dall'interiorità meditativa zen, dalla virilità da samurai, di un'inquadratura che a me, Sid Ali, fece venire le lacrime agli occhi – ah *Ran*! E voi saltate – ho altro da fare! ho parcheggiato in doppia fila, devo prendere l'aereo e la tangenziale è bloccata e mi suona il cellulare, chi è? dove sei? – saltate le pagine di descrizioni e digressioni quando rileggete – rileggete? davvero? bugiardi! – Balzac: le descrizioni e digressioni di cui io personalmente, Sid Ali, mi diletto, è il mio vero ristoro, Balzac (oh, pardon! parliamo d'altro!)... Bella lì, Honoré de, massimo rispetto! per me più è lungo più è bello: come i pompini – "Se tu rinculi, come vuoi che t'inculi?". E Tolstoj e Wagner vi stanno ugualmente sul cazzo: troppo lunghi e lenti e ricchi e cromatici per voi stressati! Poveri, poveri alienati che perdete tempo a guadagnarlo e lo guadagnate a perderlo! Prendetevela comoda! E visto che vi piacciono solo le cose brevi, rileggete! – ...rileggete! ...naa! con me non funziona, gli sfigati che se la tirano e che non hanno mai letto ma sono sempre lì a rileggere! con me non funzionano – leggete allora questi due versi di una *robâyat* – di una quartina, sì, vi va bene il formato, questa volta, inappetenti? Una quartina è molto più corta del più corto dei più corti degli spot, più leggera leggera del più breve spot per un qualsiasi prodotto light! Ancora più mini, a parte la minidose di MiniMir, c'è solo l'haiku! –, e non vi chiedo di leggere tutta la quartina, naa, già vi vedo agitarvi cacca nervosa pipì urgente che non può aspettare, vi conosco, vi chiedo di leggere questi due versi, due, due volte uno, di una quartina del geniale poeta Omar Khayyam:

Sii felice un istante,
quell'istante è la tua vita.

Massimo rispetto, Omar! In nove parole hai detto tutto. Meglio della pubblicità Speedzza (gliene servono dieci, di parole: *Speedzza è speed, è hot, è super, è Speedzza, Speedzza!*). E se ti gira puoi cantare le dodici sillabe di questi due versi della robâyat sulla musica dei collant Dim – ta ta ta ti ta ta! Ta ta ta ti ta ta!

No, non abbia timore, lettore – le do del tu, le do del lei? Come capita! Non si offenda: non è una provocazione da giovane beur, è il latte dell'umana tenerezza, come diceva il grande Will, un altro amico mio, ma le sue tragedie non ti piacerebbero: alcune a rappresentarle durano più di quattro ore, senza contare l'intervallo! – no, non vi scriverò *La guerra e la pace* – ho detto *La guerra e la pace* perché si tratta del libro, in francese si mette l'articolo a *Guerra* e l'articolo a *pace*, ignoranti! *Guerra e pace* è il film di King Vidor, sceneggiatura di Mario Soldati – una patacca hollywoodiana, sia detto tra noi, anche se Audrey Hepburn era un incanto... Quando quegli ignoranti di distributori francesi purosangue hanno ricevuto la copia master from the States, hanno letto sulla custodia *War and Peace*; siccome nel loro ambiente non avevano mai e poi mai sentito nominare prima di allora Tolstoj, no! né ai tavolini del Carlton né a quelli del Fouquet's, hanno tradotto, non stiamo a scassarci il cazzo, *Guerra e pace*. Tenete presente, se lo facessero uscire oggi, lascerebbero il titolo americano *War and Peace* – si vende meglio, cocco, becchi di più e più easy. Oppure, anzi, per venderlo ancora meglio: WAP! Così, con una campagna promozionale esagerata da paura, fai sfracelli nei megacomplessi multisala adolescenti-pop-corn-gelato-offerta-vacanze-scolastiche, te lo dico io, soprattutto con i profitti dei gadget tipo "Colleziona le figurine dei tuoi personaggi preferiti, Nataša, Bolkonskij e Bezuchov!". Bingo! Jackpot! Grazie, Léon! No, non il Léon del film di Luc Besson, ma Tolstoj! Ringrazio Leone Tolstoj, il tizio che ha scritto WAP, il libro che ti dicevo di cui la Warner ha fatto il remake, un russo, mi pare. Dopo la caduta del Muro – quand'era già, il Muro? Prima o dopo l'uscita di *Batman II*? – comunque sia, dopo quel bel giorno per la democrazia: Est o Ovest, eh, non si sta più a guardare di dov'è la provenienza, eh! Globalizzati, siamo, eh, e anche culturalmente parlando, non c'è ragione che quegli stronzi di intellettuali ci rompano le scatole, eh? Quelli delle edizioni Press-Pocket tirano di nuovo fuori il I di *War and Peace*, ma porca vacca è una mazzata!, mille pagine stampate mini-mini, ci vuole la lente d'ingrandimento, ah no, cazzo, fanculo, ho altro da fare, io! Aspetto la short novellizzazione che non dovrebbe tardare, abbiamo firmato un contratto con i Supereconomici: diffusione capillare negli ipermercati grande pubblico! Il libro a dieci franchi piace ai ragazzini – e giù la grana! Ribingo! Rijackpot! E ancora grazie, Léon!

Insomma, vi stavo dicendo che non vi scriverò *La guerra e la pace*, né *Il rosso e il nero*, anche se la mia protagonista, ci avete fatto caso? – ma no, voi non leggete niente! e adesso a scuola è tutto un digest, roba light, 0% di materie grasse e letterarie: scorri con gli occhi, il walkman sulle orecchie: la compilation dei Police ti martella i timpani a palla, ti dimentichi all'istante chi era la Rénal, e chi la Mole, e chi, eh, chi ha ucciso chi? Julien, o Mathilde, la stronza bionda, fredda, hitchcockiana, oppure la Rénal, mica lo so come fa di nome, quella rompiballe... Louise? Cazzo, devi cercare una vita, nell'edizione integrale, l'edizione da finocchi, per trovare il nome della Rénal, eh, e io, cioè, ho di meglio da fare. Io mi fiondo rapido back home a spararmi un sofficino Findus scaldato al microonde, come dolce una barretta rivitalizzante Mars *Cereali*, che ti ridà *tutta l'energia vitale fondamentale che è in te*, cioè, la pubblicità non ha mica torto, e riascolto random il best-of dei Cure... Anche se, dicevo, la mia eroina, siccome la vita imita l'arte – l'ha detto un altro prima di me: Oscar, un'altra teresina del mio genere, che ha conosciuto anche lei la galera per certe storie di molestie, kiss my ass, you fag, son of a bitch! – anche se, dicevo, siccome la vita imita spudoratamente l'arte, l'eroina della mia storia – continuo, non perdo il filo, io, non sono così pazzo come dicono! – l'eroina della mia storia ha il cognome che le aveva dato Stendhal nel suo romanzo. Solo la particella nobiliare è caduta. La Renal stendhaliana è una "de"... La mia, cosa volete?, siamo fine 1998 inizio 1999, sotto un governo di sinistra, in una villetta legge Loucheur... Ad Aubervilliers?... A La Courneuve? Da quelle parti. Non contate su di me, non sono un infame, sono un uomo, un vero uomo!, quindi non contate su di me perché vi dia il nome del postaccio schifoso dove si svolge l'azione di questa love story non banale sul genere *Il Diavolo in corpo* ma casta, e che finisce in thriller e in film dell'orrore – lo sceneggiatore deve essersi fatto un po' troppe canne –: non voglio rompere il cazzo ai raga dei Poeti. Appena lasciassi cadere dalle mie belle labbra il nome del mio comune nel 93, cazzo!, porca merda, si fionderebbero lì le squadre di moto grossa cilindrata Biemme per un'apertura in diretta live del tiggì entro un'ora, e scattare: "Voglio una cosa forte, cruda, ragazzi, l'audience è in caduta libera, trovatemi uno scoop sullo sbando di quel figlio di puttana di serial killer beduino – oh, chiedo scusa, m'è scappato! – che ci faccia recuperare audience, l'ha detto il capo, o vi sbatto fuori, stronzi, su, in moto, veloci, roba cruda, ho detto, roba forte!".

Ah, e come se non bastasse, i raga vedrebbero riversarsi anche l'orda dei paparazzi specializzati nella cronaca sporca, esistono, e altri pennivendoli della nostra bella gutpress nazionale in puro budello di maiale, mica sintetica: "Ehi, tu, ragazzino, che hai l'aria così simpatica, l'hai conosciuto di persona, tu, il mostro abietto, l'assassino dei sacchetti di plastica, il serial killer maledetto che fa orrore alla Francia sana e profonda, come ha dichiarato giustamente Le Pen – ops, pardon, scusa, ehm, ehm, ricomincio! No, non volevo provocarti, giuro, ragazzino, no, no, giovanotto, ho detto, giovanotto, ho detto giovanotto, non picchiarmi! Non picchiarmi! Beccati mille franchi, arrivo fino a duemila, e tu mi scuci una rivelazione bella zozza, bella lurida, roba che puzza di merda, su quella carogna di Sid Ali, quel porco di un figlio di sua madre musulmana che non ha avuto nessuna pietà dell'adorabile Donata, della bionda Angéline e della dolce Julie, d'accordo? – che io rimetterei di corsa la pena di morte per questa feccia che uccide in serie, così ci penserebbe su due volte, la feccia! Ai bei tempi di Landru, per esempio, quando si facevano le esecuzioni all'alba, in pubblico, alla ghigliottina, non si vedevano delitti in serie così odiosi, non si vedevano assassinare povere donne indifese! No, no, ragazzino, non picchiarmi! Arrivo a tremila, ultimo prezzo! Porca vacca, questi beur sono tutti uguali: assassini o potenziali assassini, non c'è scampo: o è fatto o si farà! Una balla, l'integrazione! Una balla, l'inserimento sociale! I Poeti! Ma non fatemi ridere! Cosa fa la tua polizia, Chevènement? Trockista!". Ah, datemi retta, ve lo dico io, non è mica una passeggiata fare il pennivendolo nelle periferie difficili!

Del resto, io, Sid Ali, non so perché vi racconto tutto questo al condizionale: è quel che in arabo noi chiamiamo il compiuto. Infatti, appena è girata voce dell'ombra di un accenno di un inizio di un vaghissimo sospetto su questo Sid Ali B., appena è apparso un ancora più vago identikit – ero un ciccione, niente rughette seduttrici agli angoli delle labbra, niente fossetta sexy sul mento, naaa, ma due occhietti porcini, io che li ho così grandi e dalla forma perfetta e dalle lunghe ciglia setose! e, particolare più atroce di tutto, su quello pseudoidentikit: il cappellino Nike messo al contrario!, all'antica, alla Goude* – era roba vecchia, il gimmick: risaliva alla nascita di mia sorella Amina, il giorno del bicentenario! – ecco, fare questo a me, Sid Ali, che da due anni l'avevo definitivamente rimesso dritto, lasciando che fossero gli sfigati ad aver l'aria di gi-noni scoppiati, tipo Martin Boubou-l'erede-della-rete su di giri, o Chichi-la merda che vuol fare il simpaticone e l'uomo del popolo e via dicendo una sera di finale allo Stade de France, coglioni! a me, il dandy diva, il divino Sid Ali, che aveva lanciato la moda del cappellino al contrario come il principe Edoardo, poco prima di diventare re d'Inghilterra con il numero VII, succedendo alla madre Vittoria, un bel giorno lanciò, sulla spiaggia di Trouville, la moda, che dura ancora, del risvolto dei pantaloni (l'ho letto su "Uomo Vogue"), a me, il divino Sid Ali, quei cretini della SG, scientifi-

* Responsabile, nel 1989, dell'organizzazione delle cerimonie per il bicentenario della Rivoluzione francese.

ca giudiziaria, avevano appioppato, prestando fede a confuse dichiarazioni, a confuse testimonianze di confusi testimoni oculari miopi astigmatici e fatti di prozac, avevano appioppato, dicevo, quelle mezzeseghe, un cappellino al contrario! Sull'identikit del re Dagoberto, gli avrebbero di sicuro messo i calzoni dritti, quei mongoli...* E né i miei amici, né i miei genitori, né mio fratello Aziz, appena uscito di galera – sei mesi per recidiva –, né Azzedine, né Amina avrebbero potuto riconoscermi, al-hamdulillah, avrebbero potuto identificarmi con quel mostro, stavolta davvero mostruoso! Ma nonostante tutto – come hanno fatto a risalire alla verità? Mistero? No, come al solito: un pubblico ufficiale che si è fatto ungere le ruote: "Vabbé, io non le ho detto niente, ma ho letto questo nome e questo indirizzo, glielo scrivo su questo post-it che mi farà il piacere di appallottolare e ingoiare dopo averlo letto, ecco, grazie! La mia tariffa? La tariffa abituale! Sì, 50.000, così triplico il mio stipendio annuo di dipendente pubblico! Ma non viene mica questa gran cifra: siamo pagati così male, noi statali! Quindi, ecco: Ibrahim B., caseggiato B, scala C, interno 502; ma l'innocente presunto colpevole, sicuro come l'oro è stato lui!, io ho naso nel caso, e nessuno mi toglierà dalla testa che è stata la madre a uccidere il piccolo Gregory, dai non c'è fumo senza arrosto, ma quel figlio di un cane di Sid Ali B. non è nemmeno ancora indagato, eh, ragazzi, occhio o risalgono fino a me, inchiesta della cancelleria e via dicendo, e io sono messo male, ho due figli, di cui uno paraplegico e l'altro mucoviscidosico, quindi andateci piano!"... Ma, nonostante tutto, quegli avvoltoi dei pennivendoli si sono fiondati a schizzo dai B., per terrorizzarli, almeno i componenti della famiglia che quel giorno, un mercoledì pomeriggio, si trovavano in casa. Quei bastardi non esitano a prendersela con i bambini e a farli parlare con metodi degni di Barbie – il nazista, non la bambola. Quei bastardi non hanno esitato a interrogare Amina, dieci anni, in puro stile "incidente" in commissariato – "Lo vuoi un bel ceffone, posso farti male, sai, piccola delinquentella? E se uso la guida del telefono, vai pure a piangere da papà e mamma, tanto la guida del telefono non lascia tracce!". La povera piccina ha finito per crollare e spifferare che il fratello maggiore Sid Ali aveva un po' molto tanto brutto carattere ma in realtà non così troppo molto, eh!... Ti ho perdonata, dai, Mina! Certi puri e solidi eroi della Resistenza, gente con le palle, santi, martiri, hanno finito per fare dei

* Riferimento a una celebre filastrocca infantile in cui "il re Dagoberto ha messo i calzoni al rovescio...".

nomi in un ultimo respiro, sfiniti com'erano dalla sofferenza: torture nella vasca da bagno alternate a quelle con la corrente elettrica, basta, facciamola finita! Ma Azz non ha ceduto: "Buto e mocca chiusa!" ha detto – almeno legge i *Tintin* di Aziz. Fa errori di ortografia neanche immaginabili, di fatto scrive foneticamente, e neanche, secondo una fonetica alquanto approssimativa, ma ha due palle così, quel furfante. Ed è sulla buona strada per diventare un bel teppista, droga leggera poi pesante, gimkane, furti di autoradio, taccheggio poi scippi e traffici di ogni genere, marchette per arrotondare i fine mese difficili, se il nostro padre senza palle né dita sinistre non gli sta dietro – quel deficiente di Ibrahim B. non potrebbe nemmeno suonare il famoso concerto di Ravel, supponendo che sapesse suonare il piano... Ah! Ti immagino alla sala Pleyel, papà, davanti allo Steinway: "Ma, genio di un figlio mio, non posso mica, io, non posso mica il Ravel *Mano sinistra*, non posso mica! Che già negli altri concerti per piano ci suono solo le note alte, che quelle basse non ce le posso fare, figlio mio, il genio QI 137...", e sono morto dal ridere, excuse me, è nervosismo, a volte mi prende, nelle lunghe, lusitane e tenebrose notti al fresco, le conradiane notti in cui in lontananza si sente il discanto lugubre di una sirena sul Mar di Paglia che aggiunge il tocco tragico esistenziale che mancava alla scena – ooooh cazzo!

Il crampo dello scrittore. La mia mano sinistra – sono mancino, io: mi davate dieci, dai, facciamo quindici perché non sembri che me la tiro, mi davate quindici lezioni di piano e un frac a coda di rondine per l'occasione, mi facevate sedere alla sala Pleyel su uno sgabello, davanti a un grande Steinway da concerto – nero, lo Steinway: non sono mica Céline Dion... Accennando la mia smorfietta seducente – due tipe in prima fila sono già svenute – faccio segno al capo che può dare il via: dai che si va! Ho riletto una volta, ho scorso, ho scorso di sottecchi lo spartito, tranquillo, pole position, vruum vruum, vai! bacchetta, maestro, please! che poi ho altro da fare, qualche topa bella calda da sfondare, e due o tre coppe di Ruinart rosé, frizzante come me, che mi aspettano al bar del Crillon con altre due o tre tipe da farmi tra un sorso e l'altro... Prendo il Ruinart solo perché così mi rovino, ah ah! Okay, ci siamo, salami dell'Orchestra nazionale della Courneuve-Aubervilliers? Ho punta tacco a manetta sull'acceleratore, io! Ve lo percorro in 19 minuti e 5 secondi, la *Mano sinistra*! Come la grande Martha! In 19 minuti e 10 secondi – ce lo lasciate, dopo un'esecuzione così magistrale dell'opera, questo silenzio di quattro o cinque secondi che dopo Ravel è ancora Ravel, dopo Mozart ancora Mozart, dopo Sid Ali ancora Sid Ali! – tra 19 minuti e 10 secondi vi alzerete per la standing ovation e dieci o dodici chiamate, la sento bene, stasera, la sala: ci sono serate magiche in cui il pubblico ha quasi lo stesso talento dell'artista... Dai, go! Non è mica la fine del mondo, la *Mano sinistra*: un solo movimento! Stavolta non si è sprecato, il mio Ravellone! Detto questo, l'aveva scritto per il povero Paul Wittgenstein – sì, un fratello del Ludwig del *Tractatus logico-philosophicus* – che aveva perso la mano destra – una scheggia di granata –, sul fronte russo, nel 1917, appena prima che Lenin... –, una bella sfiga, Paul Wittgenstein! ed essendo cagionevole di salute, da allora si stancava in fretta: perciò il *Mano sinistra* ha solo un movimento, unico... Dai che si va, giù duri: ho adottato una volta per tutte i tempi di Martha Argerich, che è la più grande pianista, la number one della mia playing list personale pianoforte classico dalla sera in cui la professoressa Rénal mi ha fatto scoprire il sublime *Preludio* di Chopin, il n. 4 dell'Opus 28, che non è soltanto, pasticciato da Gainsbourg, la musica di una canzone di Jane Birkin, *Jane B.* – registrata a Londra: quella volta Jane aveva proprio preso la nave a Calais perché l'Eurostar non esisteva ancora... E che la professoressa Rénal sia per sempre benedetta per avermi rivelato, quella sera, l'originale quale era stato composto per pianoforte solo da Chopin, e suonato da Chopin reincarnato in donna, e una bellissima donna, una donna che ha una sensualità a fior di pelle, alla Djamila, e la sua folta chioma, e quel gesto che credevo appartenere unicamente a Djamila ma che invece è anche di Martha quando Martha solleva con grazia dietro l'orecchio una lunga ciocca di capelli – l'ho vista una sera alla tivù, Martha, a notte fonda, nell'ora in cui qualcosa di un po' umano comincia a illuminare lo schermo da dentro... Martha che suona quel preludio come è stato scritto. Sì tale e quale! Non ho letto lo spartito, e per forza: non so leggere la musica – è vergognoso come l'insegnamento della musica sia trascurato in Francia... Ma so – non chiedetemi come lo so, ma lo so. Martha non suona da femminuccia, della serie "ah! sono una fragile donna sentimentale come siamo tutte, e poi no, stasera no, tesoro, ho l'emicrania e le mestruazioni...". No: pulito! nobile! virile! luminoso! pieno di dolore ma per nulla lamentoso! siamo uomini, cacchio, gioioso, quasi! con grinta! due palle così! Chopin Chopin, insomma! Allora io, Martha, sollevo con grazia una lunga ciocca della mia folta chioma di un nero così nero che è quasi blu, ecco fatto, e adesso dai che si va alla Zizou, gli farò sputare sangue, allo Steinway, date retta a me: contrasto quatto quatto, finta, tacco punta inquadrato il sette, tiro, gol! Ecco fatto! E voi finocchi, voi froce sciampiste Fernande e Teresine, se non vi piace, se preferite uno Chopinino come fa mammà, che vi prelude la lacrimuzza, rosa bebè, bigné alla crema romantica, farcito di panna, sì, e un'ombra di zucchero a velo alla violetta, sono molto sweet tooth, cara, lo ammetto!, e, per la confezione, la tovaglietta di carta merlettata che in fondo è così carina, un amore, un'arricciatura a ricciolini, e profusione di nastri a nodi... Ah! Cazzo, finocchi, non rompete i coglioni! Il giovedì la Virgin è aperta anche la sera, fate ancora in tempo a correre a prendervi la *Compilation* di Claydermann! Su, smammate, stronzi rottinculo! Qui stiamo parlando di grande arte. E stasera suona Sid Martha Ali.

E a questo punto, dopo il *Mano sinistra*, ritroverò l'uso della destra per darvi, come bis, omaggio dell'artista al pubblico che lo ama, quel *Preludio n. 4*. Questo bis te lo devo, caro pubblico: solo tu mi hai un tantino capito, un tantino amato. Ho avuto un'infanzia triste che non auguro a nessuno: non ero capito, non ero amato. La coglionaggine massiccia di mio padre e della società mi pesavano al punto che sono diventato così pazzo da uccidere. Non cerco scuse, né di farmi compiangere: sono un uomo. Mi limito a constatare. Ludwig Wittgenstein, il fratello del pianista mancino, ha detto questo: *Su ciò di cui non si può parlare si deve tacere*. Ben visto, ben detto. Bella lì.

Mi è caduta la matita dalla mano sinistra – la mano sinistra – sul pavimento di cemento grezzo della mia cella lusitana – ping.

Dov'ero rimasto? Ah sì: la Rénal, Stendhal, la particella nobiliare. Lasciamo cadere la particella, d'accordo? Tu sei la signora Rénal senza particella. Rénal è il tuo cognome da celibe. Io sono Sid Julien Ali e ti amo. Vi va bene, amanti di spot e di videoclip e di polpettoni hollywoodiani, che vi precipiterete a vedere, appena sarà uscito, un mercoledì pomeriggio di vacanze scolastiche dei Morti, *WAP II*, *Il Ritorno*, *L'impero colpisce ancora*? "Cioè, be', io c'ho la Nataša amovibile autoadesiva, ma non ho ancora il Bolkonskij con la sua spada magica retraibile intersiderale galattica di plastica, e per Napoleone con il bicorno amovibile, be', cazzo, ci sono contrattazioni pesanti sul mercato parallelo del nostro istituto professionale della Courneuve, e per il Bezuchov, per non farti bezuchovare il muso, capito, è un casino: ci vogliono tre Dark Invaders per un Bezuchov, all'ultima quotazione fissata da quei duri dei nostri amici Gaillard e Sylvestre."

Alienati!

Okay. E adesso, in onda: Cécile-Sid – il best-of. Le scene migliori, girate tra l'inizio del settembre 1998 e il 13 gennaio 1999, e la peggiore: la scena finale, la protagonista freddamente assassinata nel bagno, la nuca che sbatte contro il bordo della vasca semicupio, *The End*, si riaccendono le luci in sala... Comincia la notte per il lonesome eroe solitario e perfetto criminale autore di un delitto perfetto, che aveva talento ma non fu amato quanto avrebbe voluto, e uccise per una parola di troppo – da cosa dipende la vita, a volte, da cosa dipende la morte, Sid Ali? Da una parola, Sid Ali. E il resto è letteratura. E l'unica cosa vera è il romanzesco, vero Paulou? Vivere mi uccide, but I will survive! *I will survive!* L'inno nazionale personale dell'altro mio cocco – scusami, Paulou, se ti sembro così incostante, ma ci si rompe i coglioni in galera, ma vivere mi uccide, in galera –, Zizou! Mio Zizou Zizou! Mio Zizou Dior *Eau Sauvage*, naa, stronzi!

I momenti migliori, bella lì, bei brani scelti di quei tredici mercoledì pomeriggio, tredici, li ho contati, e l'ultimo mercoledì pomeriggio fu un 13! Se fossi stato un po' più superstizioso, avrei forse evitato di commettere l'irreparabile? Chi lo sa? Solo tredici mercoledì pomeriggio, perché devo togliere quelle tristi vacanze scolastiche dei Morti – la professoressa non riceveva nel suo salotto: era andata a passare qualche giorno a Nantes, dove viveva sua figlia Claire. E peggio ancora – idem, il motivo – le vacanze di Natale, che quell'anno coincisero su per giù con il nostro santo ramadan. Quei bastardi di figli di puttana di apostolicoromani – scusa, Maryam, mi è scappato, sono stato educato male –, quegli adoratori del bambino Issa-il-profeta-minore facevano festa e si rimpinzavano giorno e notte – ostriche, *foie gras*, salmone affumicato, tacchino, dolci, cioccolatini, frutta candita, marrons glacé, un bicchiere per accompagnare, un altro, ah, e, dai! non facciamoci cattivo sangue, piuttosto facciamoci un po' di sanguinaccio, bianco, nero, tutti e due, chi se ne frega, mica son razzista, io voto Jospin quando non voto Bayrou, su, dai, tiriamo il collo a un'altra boccia, Milou: il sanguinaccio antillano, va bene, vi ho detto che non sono razzista, lo vedete: mangio quello delle Antille, che è più speziato del sanguinaccio nostrano, e, conseguenza fatale, fa venir sete, ma ho preso le mie precauzioni, ho ancora in cantina tre casse di champagnino di Épernay! Del brut! Del buono! Cin cin! E viva Gesù bambino, in nome di Dio!

Mentre noi musulmani, ciccia! niente! non una goccia d'acqua fino al F'tur: la rottura del digiuno nel momento in cui la notte è nera (bisogna proprio spiegarvi tutto, infedeli!), e da noi B. il famoso menu speciale ramadan "Ci siamo privati per tutto il giorno, la sera ci trattiamo da re": nada de nada de nada! Dai, a titolo puramente informativo, vi rimando in onda la scena del 24 dicembre 1998, intorno alle 20, ora sacra del tiggì di PPDA, con o senza nascita di Issa. Tirate fuori i kleenex, anime sensibili e sentimentali! Ed escano dalla sala, quelli che non sopportano il realismo sociale – quello vero, non l'idealizzato, ampolloso, magniloquente, truccato, vuoto e menzognero realismo sociale stalinhollywoodiano, no, la fetta di vita bella al sangue tagliata alla Zola... Bella al sangue, sì, non come quell'esangue suola di scarpe halal, di un grigio marrone vivacizzato di verde e di blu muffa che vedete nei piatti, eccetto in quello di Sid Ali, la diva prima donna vedette superstar della famiglia B., quella suola di scarpe che solo a vederla fa venire il voltastomaco... E pensate che in più io ho gli odori, e comincio a perdonare a Chirac il suo scivolone verbale. Bella lì, ha ragione il mio Chichi, c'è un tanfo bestiale! Tutti alle maschere antigas! Se mollo una puzza, nessuno sentirà il rumore a causa dell'urlante tivù – mio padre è un po' duro d'orecchi, mi ero dimenticato di dirvelo quando ho provato a tratteggiare di Ibrahim B., da buon figlio musulmano affettuoso e sottomesso, un ritratto lusinghiero –, e quanto all'odore del suddetto peto, verrebbe tranquillamente coperto dal tanfo dei pezzi di secondo taglio di montone nei piatti – ma alla fine mi trattengo, sono stato educato troppo bene da mio padre Ibrahim, il patriarca in persona ai miei occhi di bambino! Vi ripugna un filino? Non sopportate questo genere di sociale realismo? Come vi capisco! Io, Sid Ali, appena posso telare da quei bassifondi, telo!

E di menu, per accompagnare l'innominabile suola di scarpe? Del cuscus Zina, con pochissimo burro – mia madre è di un taccagno! –, colloso – lo lascia troppo tempo nella pentola: è sempre lì che corre a sturare con il Mastro Lindo il cesso inzozzato da mio padre – questo non glielo posso negare, alla mia umm, per i lavori di casa è perfetta, Yema! Com'è buona, proprio buona, quando morirà la piangeremo tutti. Persino a mio padre farà un certo effetto, una stretta al fegato, e avrà un buon quarto d'ora di magone, lo conosco, mio padre, un tipo sensibile, un gran sentimentale dietro un'apparenza un po' rozza... E nostra madre, quindi, ha migliorato il solito pasto: per darci la meravigliosa impressione di fare anche noi il cenone, ha aggiunto alla semola – una specie di colloso cemento tiepido sbattuto da una betoniera (chi se ne sbatte, ah, ah, Sid Ali!) – delle uvette! Bella lì! Che festona! Uvette! Erano in offerta sconto, questa settimana, da Leader Price! Yema, buona com'è, ha pensato: "Uvetta a manetta!". Ah ah, Sid Ali!

E il dolce? Uaauu! Danette o Budino, a scelta. E in una serata così bella Amina e Azz avranno il diritto di risparmiarsi il corneilliano dilemma: "Sì, tesori, prendeteli tutti e due, dai! Io son fatta così!". Una festa non è una festa se si comincia a lesinare... E in casa nostra non c'è né l'albero inghirlandato, né la scarpa in cui l'indomani mattina al risveglio troverai una consolle Nintendo, mio adorato Azz, o la bambola che apre e chiude gli occhi e fa pipì a letto come a volte ti capita ancora di fare, quando sei troppo nervosa, mia amata Mina. Zero regali, in casa B.!

E per innaffiare il banchetto? Ah! Che prodigalità: acqua del rubinetto e Banta Arancio – che frizza, che pizzica e fa le bollicine, con lo 0% di arance naturali, lo 0% di polpa, lo 0% di frutta, il 99% di coloranti E111, 112, 113, 114, 115 (tu vai mentalmente fino al 199, caro lettore, ma io mi fermo qui: non voglio sprecare carta per questo, la carta costa cara in prigione. Questa qui costa cara, quanto quella per..., sì, avete capito cosa intendo, cazzo! l'amministrazione penitenziaria portoghese ti mette il rotolo di carta da pacchi ruvida qualità cessi pubblici di Algeri al prezzo della carta da lettere vergata d'Arche 100 grammi filigranata *Mont Blanc*, non esagero: la sciolta ti costa una cifra nelle prigioni di Lisbona. Ma a parte questo, tutti si dimostrano molto cordiali e *bom comportamento* con me. Se lo paragono con quello che mio fratello Aziz mi diceva, di ritorno dalle sue carcerazioni, a proposito dello squallore, della promiscuità e della violenza che regnano nelle nostre prigioni francesi, violenza, prosmiscuità e squallore generatori di recidive, e circolo vizioso che il nostro guardasigilli, la signora Élisabeth Guigou, che ammiro e rispetto infinitamente, sì, sì, sono sincero! dovrebbe tentare una buona volta di spezzare, lei che ne ha la forza e il coraggio, lo dico sinceramente, sì, sì, parola di Sid Ali! se lo paragono con quello che mi diceva Aziz, be', sono contento di essere fuggito in Portogallo e di aver trovato un avvocato geniale che moltiplica i ricorsi per ovviare in eterno alle richieste di estradizione presentate dalla Francia, mia madrepatria! – chiudiamo questa parentesi scatologicofilosoficosociale, caro lettore...). E per tornare alla Banta Arancio (sapete, io, Sid Ali-la-Zecca, sono cocciuto: quando vedo un'idea galleggiare alla deriva, alla superficie dei miei capricciosi pensieri, non l'abbandono al suo destino, le tendo mentalmente una corda, le lancio un salvagente e la trascino fino a me), dicevo, la Banta Arancio e il suo incredibile colore. Un arancione... Ah, come spiegarvi? Sì, la conoscete benissimo quella sfumatura di arancione: prendete l'aereo e guardate i lavoratori in tenuta di sicurezza intenti alle loro occupazioni sulla pista dell'aeroporto; prendete l'autostrada e guardate gli operai intenti a ridipingere di bianco le strisce gialle, e avete già visto al tiggì i soccorritori che tentano di salvare un povero cristo che sta annegando in una colata di fango; e se siete appena un po' osservatori avrete notato che la fodera satinata dei giubbotti da pilota, collaudatori o da caccia, è di un arancione che, certo, fa un po' male agli occhi, ma si vede da lontano: se disgraziatamente l'aereo dovesse precipitare ma, fortunatamente, il sedile eiettabile funzionasse come doveva funzionare, secondo le istruzioni del produttore e le numerose prove di atterraggio di emergenza simulate a terra, il pilota eiettato, smarrito nella spaventevole solitudine degli oceani, sarebbe rincuorato all'idea che gli basta letteralmente voltare gabbana come un volgarissimo politicante ed è subito visibile ad altissima altitudine dagli aerei spia e, più in basso nell'atmosfera, dagli elicotteri mandati a cercarlo con argano d'estrazione e paracadutisti sommozzatori per dare una mano a quel boy il cui training ci costa due milioni di dollari l'anno, e il Pentagono comincia ad averne abbastanza di questi sprechi all'US Air Force, don't tell me!.. Be', insomma, l'arancione chimico della Banta Arancio è così, è esattamente così: un arancione flashy, fluorescente, poliziesco, e che scoppia, perdio, boys! che schiocca, che scintilla come il mare rimbaudiano quando se ne va con il sole, e che abbaglia. Quasi andavo in camera mia a prendermi i miei occhiali Pilot Top Gun a lenti filtri micropolarizzati anti UVA, anti UVB, trattati *Stratospheric Altitude* ® per sopportare l'insopportabile bagliore di quell'arancione della Banta Arancio piazzata al centro della tavola di famiglia una sera di Natale e di ramadan. Rischiavo un attacco epilettico, a fissarlo troppo. Una volta di più, senza volerlo, avrei rovinato una simpatica festa in famiglia.

Banta Arancio! Ma qui è Bisanzio! Se la mia adorata Isa Adjal'algerina ci vedesse, lascerebbe subito cadere la fetta di pane briosciato spalmata di *foie gras* che ha in mano e la coppa di Ruinart rosé millesimato tenuto in ghiaccio quel tanto che ci vuole, né troppo né troppo poco, che ha nell'altra mano – bing! Ma il vetro trasparente rotto porta fortuna, allora, Sid, Inch'Allah! –, seduta, solitaria, di fronte alla tivù, e verrebbe subito a raggiungerci... "Autista! La limousine! No, non la stretched limousine, la short è sufficiente: andiamo in periferia, nel 93, ed è meglio evitare le provocazioni con i diseredati delle cité – no, la berlina BMW 7.3 o la Mercedes, ma il mio adorato Sid, lo conosco, detesta le Merch, come dice nel suo gergo da teppaglia!"

Isa, mia Isa, amore mio, se è quell'imballato, inculato, imparruccato di PPDA "Signore e signori, buonasera!" che volevi vedere dal vivo in una serata così bella, ce l'abbiamo a casa, anche noi. E a colori, come a casa tua! Quindi vieni, vieni, mia Isa! Ti aspetto.

Mesto pasto! E Banta Arancio in bottiglia di plastica da litro e mezzo. *Scrivete a Banta France SA. Staccate lungo la linea tratteggiata il tagliando di risposta nell'angolo superiore destro dell'etichetta. Compilatelo in lettere maiuscole leggibili. Speditelo per posta ordinaria in busta con affrancatura ordinaria, includendo nella busta una busta bianca formato standard 114x162 piegata in due nel senso della larghezza con affrancatura, sulla quale avrete scritto in lettere maiuscole leggibili il vostro nome e indirizzo. Unite i vostri dati bancari. Vi rimborseremo 2 franchi sul vostro acquisto nella grande distribuzione di una bottiglia formato famiglia 150 cl di Banta Arancio o di Banta Limone. Un solo rimborso per domicilio e per nucleo familiare – stesso cognome, stesso indirizzo. Le domande non correttamente compilate non saranno prese in considerazione. Non si accettano reclami. Offerta promozionale sottoposta a condizioni, valida unicamente nella Francia metropolitana, a esclusione dei DOMTOM e dei Territori amministrati, dal 19 al 26 dicembre 1998 a mezzanotte, fa fede il timbro postale. Operazione "Celebriamo insieme l'ingresso nell'anno 2000". In collaborazione con il ministero dei Giovani e dello Sport e l'associazione Inserimento per tutti. Autorizzazione n. 98 7/2001/A.2 dell'Alto Segretariato al Consumo. Offerta autorizzata dall'ufficio BVP – accordo amichevole n. 982541. E con il sostegno della fondazione LVMH, Operazione "Una borsa Vuitton, un foulard Hermès e una bottiglia di Moët & Chandon millesimato per ogni abitante del 93 che ci farà pervenire la richiesta su carta libera e in bu-*

sta affrancata tariffa urgente, fino a esaurimento scorte, senza data limite all'offerta sottoposta all'unica condizione che i musulmani di stretta osservanza ci dispensino dall'inviare loro una bottiglia di champagne che non berrebbero". Naaa! l'ultima cosa, sull'etichetta della Banta Arancio, l'ho cazzeggiata – bisogna pure divertirsi un po'. Ma giuro, giuro che tutto quello che precede è rigorosamente autentico e fedelmente riprodotto senza la gentile concessione di Banta France SA – 59200 Tourcoing. Giuro "Croce di legno, croce di ferro, se mento vado all'inferno".* Non corro un gran rischio: il dio che fu crocifisso su una croce di legno – nei miei ricordi non era di ferro – non è il mio Dio, ma un profeta secondario cui il Profeta ha accordato uno spazio secondario nel sacro Corano. Invece Maryam, la madre di quell'Issa, era tenuta in grande stima dall'Onnipotente. Big shot sulla playing list, la riverita Maryam! Molto più che Madonna, cui il sacro Corano non dedica neppure una parola. Invece Maryam, la riverita, ha diritto a un'intera sura solo per sé, che porta il suo nome: la XIX. In essa si scopre come lei fu visitata da Djebril l'arcangelo... Non quel poveretto del mio amico tornato a fare un po' la marchetta e un po' il pappa in rue des Martyrs dopo che Momone e Jacquot l'avevano scaricato come un vecchio calzino schifoso e puzzolente; Dje, il loro beur di turno, finocchio da combattimento, che non aveva paura di niente, e che animava hot hot i rave party techno, canne, ecstasy, sniffate, bagno nella schiuma, mousse-al-cioccolato-sulla-punta-dell'uccello-che-non-sai-se-è-quella-cosa-lì-ma-chissenefrega-ci-piace-lo-stesso, e giochetti sadomaso con cagoule di lattice, slip di pelle e manette prese in prestito al piantone di servizio alla nostra porta per mettere un tocco un po' pepato, ah, cazzo, champagne! me lo succhi o te lo metto nel culo? tutti e due? dai che si va alla Zidane! – in place des Vosges, Dje ha smesso di divertire. Così va il mondo, e soprattutto il gran mondo... Dai che si va con l'infamata, carneficina a colpi di hebheb: proprio io, Sid Ali! Sbattitene, giovanotto: non hai più niente da perdere. Non sei una frocia infamona... Sì, un po'? Ma con dei bastardi simili, eh! Nel 1942 io, Sid Ali, mi conosco, avrei scritto una lettera anonima alla Kommandantur, con copia indirizzata alla Feldgendarmerie, per denunciare un disgustoso vicino petainista che ascoltava giorno e notte Radio Parigi ed era abbonato al "Völkische Beobatcher", ma vogliamo scherzare! Io sono fatto così. Fuori di brutto? Bella lì. Casinista? Bella lì. Il beduino re del casino? Eccome! Muoio dal ridere.

* Modo di dire con cui i bambini accompagnano i giuramenti.

E quanto all'arcangelo Djebril, nel sacro Corano è colui che annunciò a Maryam che, nonostante lei fosse vergine, avrebbe dato alla luce Issa. E che Yucef, il casto sposo di Maryam, non aveva di che preoccuparsi.

To'! Amina, ho trovato come inserirti nel tessuto sociale un po' tarmato del nostro bel paese e occuparti per un buon quarto d'ora! Ci sono da guadagnare 2 franchi in cambio di un francobollo da 2 franchi e 70 per l'invio, e un francobollo da 2 franchi e 70 per la risposta! L'affare del secolo, Amina! L'affare del secolo che finisce! Chiedi a papà i dati bancari, compila le linee punteggiate senza sbagliare riga, dopo ricontrollerò io per correggere gli errori di ortografia, e spediscila domattina, termine ultimo, a Banta France SA. Non è Bantastica la vita (sono un po' raffreddato), sorellina? Sorellina non sei felice di essere venuta sulla terra il giorno stesso del bicentenario della Rivoluzione francese, il 14 luglio 1989? A causa delle celebrazioni, della grande sfilata di Goude, dei grandi della terra che Mitterrand ha invitato, dalla Thatcher a Kohl e a Bush, e delle rigide restrizioni alla circolazione automobilistica che ne risultarono, Yema ha aspettato l'ambulanza più di un'ora e mezzo, tanto che tu hai rischiato di venire al mondo in un parcheggio della via Mallarmée, alla cité dei Poeti, o Amina, che destino! Ma non sei contenta che l'Occidente satollo e puzzolente, e che si crede edonista, abbia barattato l'eventualità di morire di fame con l'assoluta certezza di morire di noia? Sorella, come sarebbe dolce andare laggiù a vivere insieme ad Algeri, dove i massacri quotidiani del terrorismo residuale ci distrarrebbero un po' da questo spleen!

Ah merda, cazzo, porca puttana, fanculo, shit di bullshit! Volendo scollare l'etichetta per staccare il triangolino nell'angolo superiore destro da rispedire a Banta France SA, ho sputtanato l'affare, excuse me, sorry, dear, non l'ho fatto apposta, Amina! Uno crede di far bene, vuole dare una mano, e invece canna penosamente: questa è la nostra sorte umana, troppo umana, in questa Valle di lacrime il cui accesso è sbarrato da un cordone di sbirri in tenuta antisommossa, caschi, parastinchi, piastroni, scudi, ai due lati della valle! La SA ci castigherà di brutto, Amina! Occhio al manganello se il triangolo è ritagliato male, un filino sfilacciato, cazzo! le camicie brune non scherzano mica! Ma Hitler te li ha domati a furia di sventole e cartoni, quei lumpen fascisti gentaglia da marciapiede alla deriva, nella Notte dei lunghi coltelli, vogliamo scherzare! Dai, spazzolata via, la SA! Naa, non piangere, Amina, la Degna di fiducia, in arabo, sii all'altezza del tuo nome, segui il mio esempio: principesco sono di nome, e nelle più desolanti circostanze dello squallore quotidiano mi comporto con l'alterigia che questo nome esige per essere alla sua altezza! Amina, naa! Non piangere, ti supplico, per un'etichetta della Banta strappata, e una richiesta di rimborso di 2 franchi che ti sarebbe costata 5 franchi e 40 di francobolli, senza contare le due buste autocollanti e l'usura della penna Bic! Non piangere, non gridare, o divento matto, sorellina, o divento serial killer, solo per il gusto di rompere il cazzo ai vecchi, e diventare finalmente anch'io, Sid Ali, una star! Tocca a me: che parlino un po' di me, per cambiare, nella press people e al tiggì di PPDA, ne abbiamo un po' le palle piene di Céline, della Casta, e di Marceau Sophie-pot-pot-le-poppe! Bella lì. Non piangere, non gridare, povera alienata! Sono l'unico sano di mente in questa famiglia, l'unico genio in famiglia e il vostro unico sostegno! Mi rimpiangerete, il giorno in cui me ne andrò sbattendo la porta come ha fatto nostro fratello Ahmed, il maggiore, che tu non hai quasi conosciuto! Lui sì che è un uomo! Lui sì che ha le palle! Credimi, sorellina, e asciugati le lacrime! Sono il migliore, l'unico genio in questa famiglia di degenerati, l'unico che va bene a scuola, l'unico che potrebbe recitare a memoria, *percé jusques au fond du cœur*, le stanze del *Cid*, io Sid! E mio padre che mi chiede di tagliargli la carne, quel bastardo figlio di puttana del cazzo! Montone congelato, scongelato, ricongelato, riscongelato, che deve risalire all'ultimo Aid-el-Kebir, se non a quello prima, cazzo! Una suola di scarpe che vi farà venire la sciolta, a voi B.! Io manco la tocco! Ho un po' di buon senso e di dignità! E comunque, frega zero, perché più tardi ceno da Fouquet's con Isa-l'algerina, proprio così, la bella Isabelle Adjani! Ci rimarresti sconvolta, se te lo dicessi, Amina, ma io sono discreto: io e Isa evitiamo i paparazzi come la peste, non vorrei che quei rompicoglioni venissero a turbare il tranquillo pasto del F'Tour in famiglia, nella nostra bella cité dei Poeti, via Mallarmé, *quand du stérile hiver a resplendi l'ennui...* Eh sì, Mina, stasera ho invitato Isa a cena e lei mi ha detto di sì. "Da quando mi sono trasferita con mio figlio in Svizzera per i motivi fiscali che tu ben sai, non mi telefona più nessuno da Parigi, Sid! tu sai cosa vuol dire, Sid, nessuno ci crede finché non ci è passato: star o non star, eh, lontano dagli occhi lontano dal cuore! tu sei l'unico che mi sia rimasto fedele, Sid, accetto volentieri! stasera avrò per te, mio Sid, gli occhi di Chimene! mi metto un vestito lungo molto molto scollato, spalline a sottoveste, a sinistra uno spacco fino all'anca, rosso Rossella, nuance incendio di Atlanta, e via col vento! porca merda, in una serata del genere non ho mica voglia di conciarmi da zia Pina: qualcosa di attillato setoso sexy aderisce alla vulva, aderisce al culo! Uno straccetto della prossima collezione primavera-estate-autunno-inverno che Yves mi ha mollato aggratis, non ti dico altro, Sid! mettiti gli occhiali da sole o rischi di rimanere abbagliato, e per un epilettico non va bene! e, amore mio adorato, ci troviamo verso mezzanotte sugli Champs, faremo cenone di Natale e ramadan insieme! Cosa? dovremmo scassarci le palle davanti a un cuscus Zina, carne di montone immangiabile, e un bicchiere di Banta Arancio, in una serata così bella? noi che siamo saliti a braccetto, devo ricordarmelo, Sid, la gioia è venuta sempre dopo il dolore, per noi figli di immigrati! che figata! per la grande scalinata all'ultimo Festival di Cannes, facendogli il dito "fuck you", a tutte quelle seghe purosangue! Ah no, la vita è bella, se uno vuole! Vuoi che ti mandi la limousine, nel tuo schifosissimo Nove-Tre? posso, sai, mio Sid! la RER la sera di Natale è piena di Ginoni e Ginette che vanno a folleggiare a Montparnasse, alle Halles o a Pigalle, è insopportabile! c'è un tanfo da paura di profumi Prisunic, mica di *Shalimar*! Non ho esperienza personale, ho cominciato molto giovane e molto giovane ho conosciuto la gloria, mio Sid, avevo la tua età, ma me l'hanno detto! Quindi per favore chiedi all'autista di fare una deviazione, lo guiderai con il cellulare! non si capisce una fava in quelle periferie! io fuori da Neuilly, Auteuil, Passy mi perdo subito, mi ci vorrebbe il radio-faro Argos, invece Ginevra è un paesino, tutti si salutano per strada, come sta il piccino, ha messo i denti? e, miracolo! lì non ho più i paparazzi tra le palle, tanto di guadagnato! davvero non la vuoi, la limousine? vuoi prendere la RER per non perdere il contatto con la gente vera e il senso della realtà, come è successo a tanti che poi si sono rovinati sui sentieri della gloria, Sid? Ti ammiro! Fai come vuoi! sei un uomo tu! non uno di quei finocchi che ci circondano come mosche sulla cacca puzzolente che siamo, in realtà, vanitosi dei vanitosi che hanno creduto ai miraggi, farfalle che hanno preso gusto al gioco e non si ricordano più che prima erano larve, esseri smarriti accecati dalla fama che loro credono li illumini, Bossuet l'ha detto meglio di me! Credi che a parte il mio agente, obbligato a farlo se vuole la provvigione, quello stronzo! credi che a parte te, mio Sid grande e generoso, credi che ce ne sia uno, almeno uno, uno solo, che mi auguri Merry Christmas? Manco per sogno! Isa, tesoro, a Parigi ti abbiamo silurato! Vabbé, bye, Sid! Ci becchiamo fra tre orette, salutami Azz e Amina! Metto giù che mi faccio un bagno!"

Bella lì, fa bene, rilassa, quando i B. rompono tutti il cazzo! Ah, e cosa dice il PPDA, al tiggì, mentre la famiglia B. eccetto il terzo figlio secondo minore, mastica la sua suola di scarpe congelata, scongelata, ricongelata, riscongelata – cazzo! tra non molto ci sarà la fila per andare al cesso, e mio padre ci mette sempre una vita a pulirsi il culo! Isa, se tu vedessi il rovescio della medaglia! la triste realtà che nascondo con cura alla press people per non dare un dispiacere ai miei! in fondo sono un bravo figlio, e un buon musulmano... See, cosa dice PPDA? Che il corso dell'euro risale? Ah, sono sollevato! Lo dicevo, io: basta saper aspettare, per le monete! Qualunque sia la valuta, alla fine risale sempre. E io, con il mio paniere bello variegato, quel che perdo da una parte, euro, yen, dollaro o sterlina, lo guadagno dall'altra! Lo conosco bene, lo yo-yo! Ci ho giocato da bambino sulla spiaggia di Algeri! Ci sono degli alti e dei bassi! Se la vita te la giochi con il braccino corto, perdi! Se hai grinta e le palle: piatto! Niente rastrello, croupier! lasci! raddoppio la posta! ci vuole un po' di brivido per dar sapore alla vita! sono sempre stato molto giocatore, l'hai detto l'hai! Vi ubriaco un po', eh? Ma io, Sid Ali, ne ho bisogno: non c'è vino in tavola, qui, sulla tela cerata a quadrettini rosa Tati! solo Banta Arancio e acqua del rubinetto, una sera di Natale, o Issa! Ci si sbronza con quel che si ha a disposizione, io ho del Ciancia Extra brut cuvée reserve! Ah, e cosa cacchio sta dicendo la Jean-Marc Sylvie con la sua messinpiega platino cenere stile checca etero? Che ieri, la vigilia, vigilia di Xmas, Wall Street – "chiudiamo fino al 3 gennaio: per rilassarci un po' alle Bahamas, cazzo! se voi disoccupati sapeste che stress subiamo nel bisnes non ci invidiereste proprio! voi sì che ve la spassate, a non combinare un cazzo dal mattino alla sera...". Cosa? Che Wall Street aveva chiuso al rialzo? Mi piace poco 'sto casino! Con il mio consueto fiuto, predico il Giovedì Nero II, per fine gennaio! Devo fare una call al mio broker sul suo cellulare privato! Mi venda tutta la mercanzia start up: altrimenti rischiamo un crash, believe me, dear! Ah, la Jean-Marc la preferisco comunque al culone con i suoi fazzoletti da taschino froceschi che indicano, a seconda del colore, se sei beary o bullshity nella merda, in Borsa! Non la posso più vedere, quella marcantonia, bisogna che chiami Bouygues Junior, che me la cacci via, 'Llah! Ah! devo fare una call anche alla Arthur Andersen: l'ultima nota spese, la provvigione del 20% per quel brutto tiro idiota sul mercato secondario a Hong Kong, naa, a me così non la si fa, Art, mi prendete per un mongolo? facciamo 12, due volte 6, come al solito! ma scherziamo! oppure chiamo i raga della mia cité e allora per te son cazzi, Arthur! poi avrai tutto il tempo, all'ospedale, per rileggerti i racconti di Andersen, figlio di! Non ti auguro di finire all'ospedale di

Algeri, non sono così carogna, ma te lo meriteresti! Per chi mi prendi? Ah, and now, ladies and gentlemen, the show must go on! il mio vecchio che mi chiede di tagliargli la sua suola di scarpa ammuffita: carne di montone che il patriarca Ibrahim avrebbe sboccato solo a snasarla! Vaff...! Chiedi alla mamma, papà! Lei è più paziente di me e lo sa fare meglio! È stata tirata su meglio di noi! I suoi vecchi erano severissimi, a casa sua si rigava dritto per evitare la sventola stile Algeria profonda! Da piccola la mamma non avrebbe mai fatto un capriccio con urla, pianti e convulsioni per un'etichetta di Banta Arancio! Cazzo che bel titolo: *Urla, pianti e convulsioni*. Due milioni di spettatori la prima settimana su Parigi-Periferia in un campione di cinquecento sale! Valeva proprio la pena di fare mille copie senza stare a lesinare! Champagne! Che dico, meglio ancora: Banta Arancio!

A voi piace, questo cosiddetto nuovo cinema che invade i nostri schermi: neopopulista, neorealista ma archeopiagnone, straccione mini-budget, attori non professionisti, telecamera in spalla che si muove beccheggio-rollio-paso-doble, mamma mi viene da vomitare, immagine sporca molto sgranata, e mezzucci per tenere insieme alla spera in dio i frantumi di una sceneggiatura che, comunque sia, stava tutta su tre minipost-it, di cui due, cazzo, porca troia, li abbiamo persi, ma chi se ne sbatte, vai, cocco, abbiamo gli anticipi sugli incassi e abbiamo già un'opzione da Canal+? Venite a casa nostra! Venite! Ma sì, ma sì, insisto! Il biglietto d'ingresso ve lo faccio aggratis uso scrocco free of charge, e soddisfatti o rimborsati! E una sedia ve la troviamo: Azzedine mica le ha rotte tutte.

Je suis le roi des scélérats à qui sourit la vie, di solito. Ma stasera non so che cos'ha, la vita, ma mi tiene la sua brutta piva delle giornate storte, stizzita, labbra serrate. Che cos'ha la vita, stasera? Ha le regole, la vita? Gli psi me lo dicevano ma non volevo dargli retta.* Preferivo tirar dritto.

E adesso, spazio al gran bel buon cinema come piace a noi. Insomma, a noi: a me, per lo meno. Voi non lo so. Non vi conosco ancora abbastanza per conoscere i vostri gusti. Ma dal momento che siete arrivati a pagina 259 di questo libro che state leggendo e dal momento che la mia poetica prosa apparentemente non vi fa troppo schifo, dovreste apprezzare quel che segue: un po' di gran bel buon cinema come piace a voi. Si va? Si va.

Interno giorno. Salotto villetta professoressa Rénal. Luce sera chiara fine settembre, un'unica lampada alogena accesa. Sid Ali. Professoressa Rénal.

I cocchi delle tre classi in cui la Rénal insegna di francese, e che hanno l'insigne privilegio di fare salotto letterario presso la suddetta signora il mercoledì pomeriggio, sono appena usciti e si attardano – inquadratura di taglio – a chiacchierare davanti alla cancellata del giardinetto della villetta Rénal – dietro la cancellata del suddetto giardinetto se ci si pone dal punto di vista del privilegiato dei privilegiati, Sid Ali, il quale spera che qui non ci sarà mai una Notte del 4 agosto.* "Ali il Magnifico," l'ha soprannominato in uno slancio di entusiasmo femminile travolgente, tenero e, chissà, anche un po' materno, la professoressa Rénal, omettendo il titolo nobiliare del suo giovane invitato come ha omesso la propria stendhaliana particella: tra nobili davvero nobili che si sono riconosciuti come pari, non abbiamo bisogno di questi vani trastulli della vanità, nevvero?

* Allusione alla notte del 4 agosto 1789 in cui vennero aboliti i privilegi del clero e della nobiltà.

La professoressa Rénal, tornata in salotto dopo aver riaccompagnato, da perfetta padrona di casa, alla porta d'ingresso della sua villetta – del suo padiglione, avremmo detto nel secolo dei Lumi, dove lei avrebbe meritato di vivere, contemporanea di Voltaire, di Fragonard, di Mozart –, la professoressa Rénal, tornata in salotto, con la punta dell'indice sul tasto *open* fa tirare fuori la lingua al lettore – naaa, non tu, caro lettore: ti parlo del suo lettore CD... Tieni, mangia, lettore Sony, e non fare smorfie: è un disco di Mozart!

Quando uno aveva conosciuto, come me, il B & O a comandi atattili di Rabah, il suo impianto, di cui bisognava toccare i tasti per farlo funzionare – vi rendete conto dell'arcaismo! –, faceva pena. Ma vabbé: Mozart fa passare tutto, compresi i bassi nipponici nemmeno cattivi: inesistenti: compresi alcuni acuti giapponesi saturi.

Mozart, non l'avevo mai ascoltato prima di quella sera. Sentito, certo: come evitarlo? ti insegue, manomesso di brutto, fin nei supermercati – la *Missa solemnis* arrangiata bidibodibu bleah, mentre spingi il carrello tra gli scaffali, "Già, devo prendere la Banta Arancio per Amina e Azz" –, ti insegue nelle hall degli aeroporti, perlomeno te, lettore, che probabilmente prendi l'aereo più spesso di me! e ci insegue, noi umili, alle Halles, nei lugubri corridoi della RER, dove dovrebbe acquietare i nostri spiriti turbolenti, mentre è Mozart a venire assassinato, eh, parlo con voi, esperti di comunicazione e uffici marketing vari della RATP-SNCF! Già sentito, l'avevo, Mozart: ma ascoltato, prima di quella sera, mai!

Cosa?

Il *Quintetto per clarinetto in la maggiore*, K. *581*. CK sta per Calvin Klein, lo slip "tutto-leggero-tutto-alloggiato-le-palle-comode-e-l'uccello-pure". K? Il catalogo cronologico e tematico delle opere di Mozart redatto da Ludwig von Köchel. Facilissima, la cultura generale. Niente di cui farsi venire la cacarella nervosa. Aprite un qualsiasi dizionario enciclopedico alla lettera K! Io usavo il Robert. Mi manca, in galera, il Robert, sia il dizionario che l'enciclopedia. Ma il mio avvocato vedrà se riesce a procurarmelo. Posso chiedergli di tutto, al mio avvocato. È un uomo meraviglioso, uno di quelli, rarissimi, che incontri quattro, cinque volte in una vita, e che ti ridanno fiducia nell'uomo... Quindi, tornando a bomba, Mozart, che anche lui ti ridà fiducia nell'uomo appena ascolti, dico proprio ascolti, le prime battute di quel quintetto per clarinetto o, se vogliamo dar credito alla professoressa Rénal, e come non darle credito? qualsiasi altra opera di quel geniale genio (non è un pleonasmo, stiamo parlando di Mozart): opere, concerti, sinfonie, mottetti, arie di concerti, sonate, minuetti, cassazioni – non è quel che pensate, galeotti! – fughe – no, galeotti, anche qui non è quello che immaginate voi! vi sto parlando di musica, di una delle sole libertà interiori che Dio ci abbia dato –, e duetti e trii, e quartetti, e l'hai detto l'hai, e tutto l'ambaradan! di Mozart non si butta niente! va bene tutto... Mozart: massimo rispetto. Massimo rispetto, e immediato, e strabiliante, e definitivo, quella sera benedetta, a casa della professoressa Rénal. Ecco, è fatto, non se ne parli più: A te, Wolfgang Amadeus! per la vita e per la morte, mano sopra mano sotto, batti un cinque, sei un uomo, dai, cin! a noi, e Allah è grande! A noi due, mio adorato Amadeus! Avevo visto al cinema *Amadeus*, il film: l'avevano dato, in una sera di cineclub, chissà perché poi, è roba da grande pubblico per tutti, non arte ed essai, ve lo dico io, al Royal-Select-Maurice-Thorez (esagero)... *Amadeus*, il film: boiata, boiata, boiata – tre volte boiata. E ancora boiata, tié! Un pacco. Ganassata per pubblico sbarbati-popcorn-gelato-coca, ma io sono un uomo, con le palle, e non ho l'acne giovanile ma peli sul mento... Forman, sei un venduto, e non parliamone più. Invece Wolfgang Amadeus, l'emerito Amadeus, Mozart, il compositore: pollice alzato, massimo rispetto, è detto tutto. Uau, cazzo, è claro! come diciamo noialtri sequanosanctidionisiaci – sì, insomma, la fauna del 93 –, claro, come diciamo per scherzare: il nostro modo furbetto per dire che è chiaro (capite in fretta voi, ma bisogna spiegarvi per esteso). Bella lì.

Sei piccolo, hai paura, tremi, ma Mozart, ma Mo, un amico, un vero amico, ti prende per mano e ti accompagna fino in fondo al corridoio buio, dove l'interruttore è alla tua altezza, di te che sei così piccolo – clic: luce! Il secondo movimento del quintetto, il divino larghetto, decolla e vira sull'ala, per paracadutarti in bellezza in quegli spazi infiniti che spaventavano Pascal tanto quanto spaventano me, Sid Ali... Il suo Dio, di Blaise, un altro amico, il suo Dio è il mio: noi popoli del Libro abbiamo Dio in comune, e ringrazio Allah ogni sera, all'ora dell'al-Maghrib, ogni sera o quasi: a volte, ahimè, non ho tempo, sono di nuovo preso dalle futilità che mi divorano il tempo, la pippa narcisistica davanti allo specchio, la mia collezione di sacchetti di plastica che continuo ad arricchire di qualche pezzo raro, e gli inesauribili cataloghi BMW su carta patinata; altrimenti, certo, non manco di ringraziare Allah per aver dato a tutti noi popoli del Libro il divino Mozart che, contrariamente a Pascal – Blaise è un amico ma io dico quello che penso! –, placa la tua paura del nulla anziché accentuarla. Mozart esprime esattamente quella sensazione impalpabile, addirittura volatile, in quel furtivo si diesis, dolente ma anche fiero, e nobile – come farà mai

Mozart per regalarci ogni nota, ogni tocco, ogni sfumatura insieme al suo esatto contrario: Scegliete! Vi lascio la vostra assoluta libertà di uditori, come a un fratello, a un amico, ma sì, ma sì, insisto senza insistere?... Tenete, prendete, regalo! questo mi, questo mi ispirato, mezzo-aspirato mezzo-esalato dal clarinettista virtuoso sul legno dell'ancia che vibra impercettibilmente, sì! tutti e due, prendete! e questo colpo d'archetto da pelle d'oca, questo volo improvviso delle corde, questa stretta al cuore, questa vaghezza, questa incertezza, questo turbamento, squisito come a volte è detto squisito il dolore, questo turbamento felice come la felicità, un tocco di grigio per una giornata bigia, un tocco di marrone per il magone, l'ombra leggera senza la quale non puoi cogliere il bagliore della luce! gioia e malinconia, rimpianto schivato, speranza, riso sull'orlo delle lacrime, oscillazione tra la vita e la morte ma che è vita, ancora, vita! vita! vita! estasi, improvvisa liberazione dalla nostra umana, troppo umana condizione, giubilo interiore: plano nell'infinito, gli angeli mi sorridono, gioisco miracolosamente, sono buono, indulgente e forte, che importa se la morte giunge adesso, Sid Ali? avrai vissuto tutto questo, un mercoledì pomeriggio di settembre, scendeva la sera, rosa, sulla tua periferia che in place Beauvau* consideravano difficile – ah però! –, avrai vissuto tutto questo in una villetta legge Loucheur da te lustrata da cima a fondo la settimana precedente – e se è già da rifare lo rifaremo, pazienza! – in compagnia della professoressa Cécile Rénal, una gran signora... *C'est aussi simple qu'une phrase musicale*, Rimbaud l'ha detto, l'ha scritto, nelle *Illuminazioni*. Ah cazzo! *Lâ 'llah illah Allah!* Dio è l'unico dio – la nostra professione di fede. L'inizio e la fine di tutto. Potremmo passarlo e ripassarlo a rotazione, premere il tasto *full repeat*, e saremmo salvi, infinitamente salvi. Morire non sarebbe più il grande problema della nostra vita, ma vivere. Cosa diceva, a proposito, Omar Khayyam? Ah sì: *Sii felice un istante*, *quell'istante è la tua vita*. Massimo rispetto, Omar. E tu Omar, l'altro, non *ai* ucciso! Lo so, non chiedermi perché, lo so: è il mio segreto, ma lo so: Omar, tu non *ai*, ne hai ucciso. Sei innocente. *Lâ 'llah illah Allah!* Non esiste altro dio all'infuori di Dio; altro Mozart all'infuori di Mozart. Il *Quintetto per clarinetto in la maggiore*, e siamo liberati dalla piatta gravità, liberati dall'ottusa e insistente attrazione terrestre. Tanto di cappello all'artista! Pollice alzato! L'uccello e le orecchie! Un applauso come per Zizou! Abbiamo vinto! Abbiamo vinto! Abbiamo vinto! Ma come facevi a sapere, Wolfgang

* Sede del ministero degli Interni.

Amadeus, due secoli prima della mia nascita, che era così? Esattamente così. Yes, dear, exactly! Il QI? La sensibilità? Il genio? Come me, Sid Ali... WAM e SAB, eravamo fatti per capirci. Stando ad *Amadeus*, il film – una boiatissima, boiante, boiatosa boiata, sia detto tra noi: lo dico, lo ripeto, lo confermo, insisto e sottoscrivo –, tuo padre era severo con te, WAM, come il mio è con me, SAB. Ma la differenza tra noi è che tuo padre, Leopold ti voleva bene. Non posso dire altrettanto del mio, Ibrahim.

Ma stasera non sono qui per dissertare sull'arte e sul geniale genio di Mozart, no, ma per dilettarmi nella visione del lungometraggio spettacolare della mia ricca vita interiore di star misconosciuta ma che tale non rimarrà più a lungo. Curioso come sono, mi conoscete, ho compiuto da vero professionista, sin dalla prima visita, tutti i sopralluoghi necessari, ma una certa timidezza – ma sì! ogni tanto sono timido, si vede che non mi conoscete ancora bene, leggete troppo la press people e i suoi pettegolezzi su di me: la mia leggendaria arroganza è solo una maschera sul mio pudore e sulla mia sensibilità acutissima, sono un incompreso, ma ho fatto mio il motto del divino Oscar Wilde: *Datemi una maschera e vi dirò la verità!* – un'indiscussa timidezza, e l'innato senso del perfect timing che appartiene solo ai più grandi del mestiere, mi hanno finora trattenuto dal porre domande indiscrete alla protagonista della storia. Ho individuato, posate sugli scaffali Ikea, davanti ai volumi della *Pléiade* disposti in ordine alfabetico, da Andersen – non Arthur: Hans Christian, uno scrittore cresciuto in un ambiente molto modesto: vedete, eh, quando uno ce la vuol fare e ha fegato, e stringe i denti! – a Zola – perché non abbiamo anche noi uno Zola per denunciare, in cinque colonne in prima, l'infamia di Chevènement: "*J'accuse!*"?... Avevo, dicevo, individuato quelle cinque foto in una cornice di plexiglas, formato cartolina: in due, una giovane donna molto carina da sola; in una, la stessa donna ma con in braccio uno splendido bebè di tre o quattro mesi; in una, quel bebè cinque o sei mesi più grande, beato, tutto nudo ma con in testa un cappellino da marinaretto bianco posato leggermente di traverso, e che gli dà un'irresistibile aria da finto duro rubacuori e un po' canaglia che avrebbe sedotto un Jean Genet pedofilo, intento a sguazzare in compagnia di una paperella di gomma gialla e di una nave in miniatura della marina US in una grande bacinella ovale di plastica rossa, in mezzo a un prato, al sole; lo stesso, poi, un anno dopo, vestito da ragazzino, che dico, da ragazzo vero e proprio: blue jeans Levi's 501 – sì, adesso fanno anche la taglia 2 anni, i cow-boy sono sempre più precoci, sapete! –, maglietta bianca Fruit of the Loom –

con la ghirlanda di frutta che gli sbarra il torace di futuro fustacchione –, Nike bianche ai piedi – sì, sì! sputate le mie, ovviamente di una misura molto molto più piccola, ma come le mie: con le stringhe belle allacciate, il tipo, la sua ottima mamma sa benissimo che da due o tre stagioni è tamarrissimo lasciare le stringhe fluttuare slacciate – Sid Ali, l'eminente e incontestato arbitro delle eleganze rilassate l'ha decretato... E ormai lo sanno tutti tranne Ginoni, Ambrogi e soci e quella mezzasega di Martin Boubou-l'erede-dei-cantieri che se ne va su e giù, seccato, per il porto di Saint-Tropez – ah! porca troia vacca merda, non mi ricordo più a quale bitta ho ammarrato il mio yacht! (vedi "Voici").

Dai che si va. E come dice il commissario al fermato afflitto da fattezze tipo le mie, poco prima che il fermo si trasformi in sanguinoso abuso poliziesco – "Ah, ma c'è stato un oltraggio a pubblico ufficiale nell'esercizio delle sue funzioni, signor giudice: questo giovane beur maleducato, che interrogavo nelle forme più rigorosamente rispettose della regolamentare cortesia, non mi ha punto risposto 'signor Commissario', bensì 'Commissario' e basta! Invoco la legittima difesa: converrà che questa efferatezza è spaventosa: a lei, signor giudice, io non do del 'giudice' e basta, ma del 'signor giudice'!"... Come dice, dunque, il suddetto commissario: "Qui le domande le faccio io, chiaro?".

Sid Ali:

"È sua figlia, quella, Cécile?".

La professoressa Rénal:

"Sì, è mia figlia".

Sid Ali:

"Claire, vero?".

La Rénal:

"Sì, Claire".

Sid Ali:

"Djamila mi aveva detto che lei aveva una figlia e che faceva... Voglio dire: che era professore universitario... Di filosofia, no? A Nantes, no?".

La Rénal:

"A Nantes e di filosofia, ma non ancora professore: solo ricercatore. Non riesco a decidermi a dire ricercatrice...* E nonostante tutto l'ardore delle femministe nel volerci imporre i loro vezzi da preziose ridicole, io sono e resterò insegnante. Non sarò mai, circolare

* In francese i nomi delle professioni sono sempre al maschile, anche se riferiti alle donne.

ministeriale o meno, decreto apparso sulla Gazzetta Ufficiale o meno, insegnantessa... O insegnatrice... Del resto non so nemmeno come le signore femministe vorrebbero che si dicesse: stanno a bisticciare sulla questione della femminizzazione dei nomi di professioni, lasciamole accapigliarsi per queste futilità che giustificano, ahimè, l'opinione che si fanno di loro i non meno ridicoli maschietti!".

Complimenti, Cécile! Ecco del vero buon dialogo: raffinato, elaborato, istruttivo. Non melassa per sit-com o soap detersiviale. È molto, molto, molto meglio di *Beautiful*. E tu sei un vero uomo, mia Cécile: non ti lasci indimidire dalle pretese intellettuali di suffragette troiesche. Ma adesso anch'io, il tuo uomo, Sid Ali, te ne butto lì una buona. Ecco, tolgo con i denti la spoletta della bomba a mano; non sono mica un finocchio! tutti faccia a terra, ragazzi! è esplosivo a frammentazione categoria A, sarà un macello, ragazzi, ve lo dico io!

"È molto carina, Claire! E... non ha lineamenti tipici, eh?"

Stupita dalla sorpresa, Cécile.

"Cosa intendi dire, Ali?"

"Suo padre era algerino, no? Djamila mi ha detto anche questo."

"Algerino, infatti."

"E come fa di cognome? Lei e suo padre eravate sposati o no?"

"Sei molto indiscreto, Sid Ali, ma soddisferò la tua curiosità: eravamo sposati e Claire si chiama Claire Almansour."

"Che bel cognome! Al... Mansour! Il... Vittorioso!"

"Una parola sola: Almansour."

"Ilvittorioso, in una parola sola: mi va bene lo stesso."

La professoressa Rénal, un po' ironica:

"Sei proprio buono, e questo mi tranquillizza, Ali! Temevo che la contrazione dell'articolo e dell'epiteto che formano il cognome, dovuta probabilmente alla negligenza e più ancora alla leggendaria ignoranza della pubblica amministrazione francese, ti deludesse un filino. In Algeria anche l'anagrafe era gestita da impiegati venuti dalla madrepatria, che non sapevano neanche mezza parola di arabo e non sospettavano minimamente che i cognomi dei colonizzati potessero avere, come i loro, cristiani, un significato... E, comunque sia, se ne imbubbolavano altamente".

Ahi, ahi, ahi! Qui, Sid Ali, non sei più all'altezza del dialogo: Cécile è una punch line a raffica, e si esprime bene, piena di sottigliezze, oltre tutto. Perdi terreno, Sid! Riprenditi, ragazzo mio, o finisci dritto filato su una barella – "Ehi, guys, portatemi via questo ferito grave con l'elicottero: rianimazione, assistenza respiratoria, flebo di siero and all that, guys, di corsa! And, fuck! When I say 'Right now!', I do mean 'Right now!' guys! fuck!"... Ah! e in un angolino della tua prodigiosa memoria, soldato Sid Ali, annotati l'espressionne *imbubbolarsene* che fino a questo giorno benedetto ti era rimasta alquanto letteralmente inaudita: imbubbolarsene suona molto vecchia Francia! Roba bella, d'epoca, tutto legno lavorato a mano! Imbubbolarsene: ce ne serviremo ancora, Cécile!

OK. Niente di grave. Riparto alla carica. Ogni grande amore è anche una battaglia. E allora *à la guerre comme à la guerre*. Che guerra sia! Ma non la condurrò alla braccino corto, alla Valmont, io. In effetti la professoressa Rénal non ha nulla di una Merteuil, ma molto di una Madame de Renal. E io sono un intuitivo deduttivo – QI 137, ve lo ricordo casomai ve lo foste dimenticato –: intuisco che quel bel bambinetto lì è il figlio di Claire. Djamila non me ne ha mai parlato. Non mi si tiene mai informato di niente. Devo continuamente esercitare la mia vigilanza e la mia intelligenza sempre pronta, acuta. Alla lunga è sfinente. Ma mi conoscete, non mi lascerò demoralizzare. Riparto alla carica, ho detto.

"E questo? Questa meraviglia di bebè, quest'ometto, uh ma sei un amore! tu, ciccino bello, piccinino! Che ccarino! Che ccarino! Uh, con la sua paperella! E il suo cappellino malandrino! Uh, quanto mi piaci! Il figlio di sua figlia Claire, Cécile? È nonna, lei?"

"Non ti si può proprio nascondere niente, Ali... cioè Sid Ali!"

"Grazie, preferisco. È adorabile, questo pupetto! Un tesoro, e poi ha l'aria sveglia per i suoi – quanto ha? Due anni?"

"Quasi."

"Djamila non me ne ha mai parlato."

La professoressa Rénal, sarcastica:

"Djamila è al di sotto di tutto".

Aspetta un po', adesso, mia Cécile! aspettare non ti costa niente: nel tascone dei pantaloni oggi non ho messo né i *Pensieri* di Pascal, né le *Illuminazioni*! Ne ho una esplosiva molto esplosiva! Conflagrante deflagrante! Disperdente sparpagliante! Una che spezzetta tritato fino! Che fa cadaveri non identificabili! "Elmetti e gambali, ragazzi! piastroni paraschegge! E quelli che hanno ancora le palle, badino a tirare giù il davantino predisposto all'uopo, se stasera, come riposo del guerriero, vogliono trivellare un po' di figa al bordello, OK?"

"E che nome ha dato, il papà, a questo bel musetto?"

Ahi! Imbarazzo. Forse non è stato il papà a dare il nome al figlio? È vero che gli apostolicoromani non fanno come i mori: lasciano che chiunque intervenga in una questione peraltro essenziale e che determina un destino! Da ciò, il declino dell'Occidente...

La professoressa Rénal, in tono impavido:
"Claire ha chiamato suo figlio Melchior".
"Melchior! Che bel nome, Melchior! E per niente banale, poi! Non ce ne sono proprio caterve, di Melchior..."
"Infatti."
Dai che si va, tolgo la spoletta a un'altra, sempre con i denti, non sono mica un finocchio, e lancio:
"Gaspare, Melchiorre e Baldassarre: i tre magi che seguivano la stella accesa da Allah perché andassero a rendere omaggio al profeta minore, il bambin Issa!".
Colpita, eh, la mia Cécile! Turbata, Cécile la *nazranie* (nota per il lettore infedele *rumi* che ignora la cultura araba: *nazranie*: da Nazareth, mi seguite? quelli tra i popoli del Libro che considerano loro Signore Issa di Nazareth – Gesù, se preferite. *Rumi*: da Roma: quindi, i cattolici romani, gli apostolicoromani. Bene. Posso continuare? Adesso potrete fare un figurone, *rumi* francesotti purosangue, alle vostre cene o ai vostri pranzi domenicali in famiglia quando, per non so quale aberrazione, troverete seduto alla vostra tavola un Mohammed! Posso continuare?). Destabilizzata, Cécile, notavo... Naaa? Naa. Anzi, ha l'aria di divertirsi, la professoressa Rénal. Ma va? Bella lì. Allora, in questo caso, tiro fuori il kalashnikov. L'ho smontato, pulito, ingrassato, rimontato non più tardi di ieri, il mio caro kalashnikov, con cui ho fatto tanti bei massacri... Dai che si va!
"E poi, eh... una bella faccetta da arabuccio, il Melchior! I buoni geni che riprendono il sopravvento. Mi piaci, Melchior."
Uau, cazzo, questa Cécile l'apprezza così così. Fa una smorfia, Cécile. Eppure non è per niente razzista, Cécile, visto che ha sposato un algerino, e da quell'arabo ha avuto una figlia. Non è che magari il padre di Melchior è algerino pure lui e forse la mamma della mamma di Melchior non apprezza granché il remake? Poco chiaro. Sento nell'aria odore di indicibile, puzza di pesanti segreti di famiglia... "Soldato Sid Ali, mi sa che ha posato il piede su una mina!" Oh, ma il soldato Sid Ali ha visto ben altro! La mina si incepperà – succede, eh: quando l'attore che recita la parte è una star da dieci milioni di dollari e siamo ancora solo all'inizio del film, la mina non esplode, credetemi, si inceppa, la mina! La produzione avrebbe già sbattuto fuori da un pezzo lo sceneggiatore, se la mina antiuomo fosse esplosa nel primo quarto della prima bobina! Ah, a meno che non sia per una di quelle parti di tetraplegico alla "Preparate i fazzoletti!" che porta la star sulla sedia a rotelle fino al podio dove riceve l'Oscar! Ma Sid Ali queste porcate per sban

care il botteghino le disdegna! Tutte le sue parti le reciterà da intero, in piedi, perfettamente funzionante! Scherziamo! Sid Ali, da eroe, riparte alla carica:

"Quindi Melchior, ma Melchior Cosa?".

"Melchior Almansour."

"Ah. Il papà non l'ha riconosciuto?"

A questo punto, francamente in imbarazzo, eh, la Cécile? Uh, il sorriso contratto, esasperato, che mi fai, mia Cécile!

"Sei davvero molto indiscreto, mio caro Ali! Ma ti dirò tutto: Melchior non ha papà. L'uomo con cui viveva Claire, che è maghrebino..."

"Lo dicevo, io: solo a guardarlo, il piccolo Melchior..."

"Un marocchino... Un ricercatore in biologia molecolare, ammesso in Francia, che lavorava per il CNRS, in un laboratorio a Nantes... A Nantes, dove conobbe mia figlia Claire, una sera, durante un concerto di musica da camera, poiché questo Hassan è un grande melomane, come mia figlia, che è violinista dilettante (non dilettantessa, perché non si dice, checché ne dicano certe femministe integraliste), una violinista dilettante di talento... Vedi, caro Ali, che non ti risparmio alcun particolare, in modo da soddisfare l'insaziabile curiosità che fa tutto il tuo fascino..."

"Cécile... Cécile..."

Non sapevo proprio come prenderla, quella frecciata. E gli occhi di Cécile si riempivano di lacrime man mano che entrava nei particolari...

"Quell'uomo, dicevo, un certo Hassan, un *fassi*... originario di Fès."

"Grazie, Cécile ma so cosa vuol dire fassi."

Bèccati questa.

"Scusami, Ali, dimentico sempre che tu sai tutto di tutto!"

E dai, Cécile, vendicati su di me, sul tuo amico Sid Ali, cui tu fai, tra l'altro, l'affronto di omettere sempre il suo titolo di Sid! Vendicati su di me della carognata di quel marocchino, carognata che a dire il vero non mi stupisce affatto, venendo da un marocchino! Vai, colpiscimi, Cécile, colpiscimi! Ma io, che non so tutto ma capisco molte cose, Cécile, potrei raccontarti il seguito della storia che ora mi stai per raccontare: che quell'Hassan il fassi, il fassista, voleva tornare a vivere in famiglia, in Marocco, e voleva che Claire lo seguisse e accettasse l'orribile vita di una donna europea, e, immagino, cristiana, o, peggio ancora dal punto di vista di quella gente, senza religione –, accettasse l'orribile condizione che una famiglia riserva alla moglie europea del figlio cui è venuto il ghiribizzo di sposarne una... E credo di sapere che, quanto a mentalità retrograda, quanto al genere sultano assoluto, tra i marocchini, gli abitanti di Fès sono i peggiori... E Claire ha risposto a Hassan, con ragione, con buon senso: "No, mai". Ecco perché Melchior non ha un padre. E io, Sid Ali, che non sono particolarmente attaccabrighe, io che ho sempre saputo, pur senza mai perdere l'onore, ma sono superiormente furbo – il mio QI di 137 lo uso senza lesinare – io, dicevo, che ho sempre saputo svignarmela abilmente ogni volta che nei parcheggi o nelle cantine della mia cité dei Poeti una rissa si faceva pesa o i cartoni volavano troppo di brutto, io, Sid Ali, giuro sulla mia fede, che è l'unica vera Fede, giuro che, se un giorno il destino dovesse farmi incrociare sulla mia strada quell'Hassan: 'Llah! Cartelle, sventole e cartoni alla Ahmed, mio fratello, che Allah lo benedica! E calci nelle palle che peraltro quell'Hassan non ha più: sono davvero servite solo una volta: per concepire lo splendido Melchior! E all'Hassan, per chiudere in bellezza il lavoro iniziato, qualche sfregio sulla faccia, nello stile degli zelliges della moschea Karauin, fatto con il coltellaccio sacrificale: in modo che né i tuoi migliori amici né tua madre possano riconoscerti quando ti incroceranno nei vicoli della medina di Fès-el-Bali, così come nei larghi viali della Città Nuova, bastardo! E adesso, a te, Cécile, raccontami!

"Sì?"

"E quindi quell'Hassan voleva tornare a vivere nel suo paese, nella sua città, Fès, nella sua famiglia, e Claire, che non è mica matta, ha detto di no. E Hassan l'ha abbandonata quando lei era incinta di più di sette mesi... E quindi Claire ha accolto da sola la nascita di Melchior... Che quindi porta il cognome di sua madre... E che è un bambino meraviglioso che le dà, e mi dà, molta gioia, e ha, sì, come dici tu, Ali, una bella faccetta da arabuccio. Questo è quanto."

Questo è quanto. Che cosa vi dicevo, eh? Ma a me non piace proprio per niente vedere la mia Cécile in lacrime. E lascio esplodere la mia giusta collera contro quell'ignobile figlio di puttana di un fassi:

"Cazzo, scusi, ma che bastardo quell'Hassan! Che bastardo! Abbandonare il proprio figlio! Un maschio, oltre tutto... È già orribile per una femmina, ma insomma, le femmine se la cavano sempre, più o meno... Mentre un maschio, se non ha un padre che lo guidi, se non ha un padre che gli dica cosa è bene e cosa è male, è fottuto, glielo dico io, Sid Ali! È fottuto, Melchior! Un ragazzo che non ha un padre che gli stia dietro ti diventa subito un delinquente... E dopo non lo recuperi più! Non dubito che sua figlia Claire sia una buona madre, ma una madre non basta. Una madre può benissimo ti rare su da sola una figlia... Ma un maschio ha bisogno della presenza di un uomo!"

La professoressa Rénal, stoica, ha abbandonato qualsiasi velleità di arginare questo torrente di imprecazioni, e di consigli, e di osservazioni dettate dal semplice buon senso, frutto di un'esperienza personale – quella del sottoscritto, Sid Ali. Si limita a sottolineare, a mezza voce, con affettuosi seppur castranti:

"Ali... Ali... Ali...".

Efficaci per far cessare il fuoco più o meno come le invocazioni alla misericordia del Misericordioso mormorate dai contadini della Mitidja, in Algeria, quando sono sottoposti al tiro incessante di varie decine di lanciarazzi che, dalle alture, sputano i loro heb-heb – heb-heb, heb-heb, heb-heb, heb-heb, heb-heb, heb-heb, heb-heb, heb-heb, heb-heb...(E non sarebbe mai finito, quel rumore di seta strappata, quelle tracce di brace nel cielo nero, e Amina, e Azzedine, e anch'io, lo ammetto, e, cosa ancora più inimmaginabile, mio fratello maggiore Aziz! sì, non piangevamo per lo spavento, come nostra madre, no, ma gemevamo piano, in coro, dal terrore... E nostro padre, dov'era allora? Cosa faceva nostro padre, il monco? Era uscito, nostro padre. Per andare dove? Al caffè frequentato da mio zio Abdallah, probabilmente, che a quell'ora era ancora aperto. E a far cosa, in quel caffè, nostro padre? Cazzo! A tentare di estorcere ancora la parte di eredità di cui il fratello l'avrebbe leso... A suo dire. In cosa consisteva, nella fattispecie? Be', nel tugurio che fungeva da rimessa per gli attrezzi di mio zio Abdallah, sulla strada per Relizane... Cosa? Quella baracca senza acqua né luce? L'hai detto, l'hai! Bella lì, padre mio! Ci staremmo molto meglio che nel nostro cinque locali dei Poeti, eh? In sei, in quella stanza senza finestre, che doveva misurare i suoi bei nove, dieci metri quadri, eh, padre? Le dimensioni della vostra camera da letto, tua e di Yema, nell'appartamento 502, interno C, caseggiato B, via Mallarmé! E se avessimo dovuto chinarci, perché in quella topaia i soffitti saranno stati alti, a occhio, un metro e settantacinque, in ogni caso se noi, i tuoi figli, seguendo l'esempio del nostro fratello maggiore Ahmed, avessimo superato il metro e settantacinque di statura – e per Aziz, era già cosa fatta; e per me, mancava poco, ci saremmo chinati, padre, per avere l'onore di entrare sotto il tuo tetto, padre mio! Ah sì, molto meglio che ai Poeti, saremmo stati, tu, Yema, Aziz, Azzedine, Amina, e io Sid Ali, in quel tugurio! Bella lì. E se tu decidessi per il ritorno definitivo al paese, padre! al tuo paese, padre, non al mio paese, padre, al tuo paese di merda, padre! se decidessi per il ritorno definitivo, cosa di cui ora ci parli spesso, be', non avresti più da pagare l'affitto, eh? e io, padre, l'unico in famiglia che sappia scrivere correttamente da quando Ahmed ci ha lasciati, non dovrei più rompermi il cazzo a redigere la sollecitante lettera mensile all'ente sequanosandionisiaco delle case popolari, padre! E tu non dovresti più inzozzare la suddetta lettera firmandola con la tua *I* e la tua *B* del cazzo... Prima I poi B, dopo che Ahmed ha dovuto spiegarti che in Francia, e nella maggior parte dei paesi civili, padre, il nome viene prima del cognome! E ce n'è voluto di tempo, padre, perché tu accettassi di firmare, se possiamo dire firmare, *IB* e non più *BI*... Coglione.)

Dai che si va! Heb-heb, Cécile!

"Ma, senta, Cécile! Io non posso ammettere, eh! Non lascerò correre, io! Non se ne parla che questo bambino venga lasciato a se stesso! Non andremo certo a prendere per la collottola questo Hassan per costringerlo a occuparsi del figlio, eh! È molto meglio che Melchior non conosca mai l'uomo che si è limitato a dargli la vita e poi non ha voluto assumersi le sue responsabilità... Io questo non lo chiamo un uomo. Ed è un bene che Melchior si chiami Almansour e non porti il cognome, qualunque sia, che il suo genitore ha disonorato per sempre!..."

Uau, cazzo, Sid Ali! Ma hai superato te stesso! sei grandioso, Sid Ali! sei sublime, Sid Ali! sei geniale, ragazzo! "...Che si è limitato a dargli la vita... non ha voluto assumersi le sue responsabilità... Il cognome che il suo genitore ha disonorato per sempre..." Uau, cazzo, Sid Ali! È il massimo! E Cécile? Impietrita! Una smorfia mezzo terrorizzata mezzo da ridarella... Non so proprio cosa ci sia da ridere nei discorsi che ho fatto, ma fa lo stesso! Sarà il nervosismo, probabilmente. La turbo, e lei rimane a bocca aperta... Perfetto. Continuo, non ho finito:

"Ma io, signora Rénal, mi occuperò di quel bambino. Eccome! Ci sono io. Le parlo sul serio. Me la caverò benissimo, credo. Sarò un ottimo padre per il piccolo Melchior. Non le dico che voglio sposare sua figlia, che voglio vivere con lei... No no, sono realista. Ma voglio prendere in mano il futuro di suo nipote, tutto qua. Quell'ometto deve avere un uomo accanto. Ed è molto meglio, ovviamente, che quell'uomo sia un musulmano. Certo, il fatto che lui e sua madre abitino a Nantes complica un po' le cose... Anche se adesso c'è il TGV, non è esattamente a due passi, Nantes. Ma, vabbé, troveremo il modo...".

E fin qui Cécile non ha ancora trovato alcun argomento da oppormi. Se continua a tacere, significa che mi approva. Perfetto. Ah no! Ha qualcosa da dirmi. D'accordo, ascolto.

"Ascolta, Sid Ali, ho capito quello che mi hai detto e ne parlerò con mia figlia. Adesso, però, non è per cacciarti ma devo chiederti di andare. Devo uscire e prima voglio cambiarmi, quindi sii gentile, per favore..."

"Bene, ho capito, me ne vado."

"Vado a un concerto, al teatro degli Champs-Élysées. Vado ad ascoltare una grandissima pianista che si chiama Martha Argerich, non vorrei perdermi l'inizio, e voglio farmi bella, perché bisogna farsi belli per andare ad ascoltare Martha Argerich, bisogna andarci come a una cerimonia. Perciò ora ti lascio, Sid Ali... Va bene? Ci vediamo domani, in classe. E mercoledì prossimo qui. Va bene?"

"Va bene. Non deve giustificarsi, Cécile!"

"Grazie. Ti voglio molto bene, Sid Ali."

Ecco. L'ha detto. L'ha ammesso: le piaccio. E ha pronunciato il mio nome per intero. Non mi ha chiamato semplicemente Ali, per dirmi, per confessarmi che le piacevo... Uauuu! Grazie, Cécile. E a quel punto, io, Sid Ali, tutto finezza, tutto sensibilità, tutto sottigliezza: non risponderò come la prima mezzasega sfigata che capita: "Anch'io le voglio molto bene, Cécile!". Naaa. E nemmeno, come stavo per fare di primo impulso – il primo impulso non è sempre quello giusto –, in un tono di rispetto e di sconfinata riconoscenza: "Anch'io le voglio molto bene, signora Rénal". Naa! Invece, la trovata geniale: il finto lapsus:

"Anch'io le voglio molto bene, signora de Rénal".

"De." Uaauu!

E la signora de Rénal? Che classe! Non lo nota neppure. Mi saluta con un bacio. La saluto con un bacio. Ci salutiamo con un bacio. Ah, to', e già che ci sono le scrocco una nuocegrave: non ne ho più.

"Permette?"

"Come no, prego, prenditi il pacchetto, Sid Ali, ne ho una stecca intera! Che pessima insegnante, sono, che pessimo esempio per tutti voi! E nuocio gravemente alla vostra salute! Che corruttrice della nostra bella gioventù! Ti prego, Sid Ali, non andare a denunciarmi ad Allègre! Immonda peccatrice quale sono, mi vedrei cacciata dalla nostra bella Pubblica Istruzione! Bandita!"

Che dialoghista, Cécile, o mia Cécile! Sublime, grandiosa, geniale, anche tu.

E quel gesto così delicato per richiudere la porta di casa senza che il tuo invitato possa in alcun modo sentirsi ferito, offeso, trascurato!

Uuuaaaauuuu! Unz unz unz! Shtonk unz shtonk unz shtonk!

Stai attento, Hassan-il-fassi! Ti consiglio di cambiare marciapiede casomai un giorno dovessi trovarti sulla mia strada... Bastardo! Stronzo!

E tu Melchior, piccolo mio, da domani mi occuperò io di te. E farò di te un uomo, figliolo! O pulcino mio! O ciccino mio! O ciccino mio adorato! O, uuu, mio Melchior! Oh, quanto sei bello! O quanto mi piaci! Un amore! Un tesoro, cocco mio! Uauuu, mio Melchior! Figlio mio! Figlio mio!

Estratto di un'altra sequenza. Stessa scenografia, interno giorno. Personaggi: la professoressa Rénal, Sid Ali. La colonna sonora, e qualche didascalia:

"Che strano ragazzo sei!".
"Non sono mica una ragazza!"
"Ma non si tratta di questo, Ali. Nessuno mette in dubbio la tua virilità..."
"C'è un tipo, in classe, non le dico come si chiama, non sono mica uno sbirro... un infame, voglio dire, non sono uno spione, e se gli va glielo dice lui, c'è questo tipo, no, beur come me, e finocchio, cioè volevo dire, omosessuale..."
"Finocchio, okay. La conosco questa parola, sai."
"See, mi scusi... Cioè, scusami. Non mi riesce proprio di darle del tu."
"Be', allora torniamo al lei. Le darò del lei, Ali."
"Preferisco: sono più a mio agio se le do del lei."
"Come vuoi... Come vuole. Allora, mi stava dicendo..."
"Ah sì. C'è questo mio amico, beur come me, e finocchio, diversamente da me, e che ha avuto il coraggio di dire che lo era. Io, massimo rispetto per lui! E lui mi ha detto: 'Beur e finocchio: duplice pena!'. Da morir dal ridere. Ha capito l'allusione?"
"Sì. I poveri cristi che scontano la pena in Francia e poi vengono espulsi in Algeria..."
"Esatto."
"E perché ti ha fatto morire dal ridere, Ali?"
"Ah, vede: mi costringe a darle del tu!"

"Mi fai venire il capogiro, Ali. Vai troppo in fretta!"
"Sono troppo intelligente?"
"Nessuno è troppo intelligente."
"Specie se è handicappato dalla nascita..."
"Handicappato dalla nascita?"
"Come no. Figlio di immigrati algerini, se questo non è un handicap, allora cos'è? È la nostra sclerosi multipla: non avere dei geni pura razza! Ci vorrebbe un Telethon anche per noi. Aiutateci a salvare quei poveretti... Mandate il vostro contributo a... Prendete nota del numero che scorre in sovraimpressione: 0 800... E via dicendo... Un numero verde: 1 franco e 29 al minuto... esagero un filo!"
"No, ma..."
"Invece sì! Lo capisco, ho esagerato. Mi scusi. Non la finisco mai, è più forte di me. Prima ero affabulatore. Adesso sono logorroico... Oppure decisamente mutacico. *On* o *off*. Nessun'altra scelta."
"In effetti mi stordisci un po'."
"Djamila me lo diceva spesso: 'Se la smettessi un po' di tirartela, Sid Ali'. Una ragazza in gamba, Dja."
"Djamila mi ha parlato spesso di voi. Non vorrei sembrare indiscreta, ma cosa è successo tra voi perché... Djamila sembrava tenere molto a te, e poi un bel giorno..."
"Finito."
"E non avete mai provato a rivedervi, tu e Djamila? Non avete mai provato a spiegarvi?"
"Ah, io, no! Io ho il mio, cioè, il mio orgoglio. Non avevo certo intenzione di mettermi a strisciare e..."
"Che strana concezione hai dell'amore, Ali! Non si tratta di mettersi a strisciare e di..."
"Ah, io, cosa vuole: quando è finito è finito! Sono fatto così. Djamila? Zapping."
"Zapping. Ecco. Djamila era un programma televisivo che ti annoiava e allora: zap! Passiamo ad altro, cosa c'è sugli altri canali?"
"Detta così è un po' dura, Cécile, ma su per giù..."
"Ma su per giù è così. Zapping."
"E quando Djamila le parlava di me, Cécile, era per dirle cosa?"
"Per dire che eri un genio."
"Ma va? Non male."
"Che... scusa, no... che avevi del genio."
"Piccola differenza. Afferro la differenza. Ma per come la conosco, Dja le avrà le detto: 'È un genio!', signora Rénal. Lo aggiungo io il signora Rénal, non lei. Sono io, Sid Ali, mi segue? La signora Rénal viene dopo il *chiuse le virgolette* della citazione di

Dja. Mi segue, signora Rénal? Balek! E il problema è che Dja le ha sicuramente detto che ero... che sono un genio. Ma lei ha corretto le sue parole, nel riferirmele, per paura che mi si gonfiassero le caviglie! per paura che non potessi più infilarmi le mie sketbas – scarpe da ginnastica in gergo, signora Rénal..."

"Sid Ali!"

"Per paura che non potessi più mettermi il mio cappellino, il mio Fila *Pro-race*, neanche chiudendo la linguetta al primo buco – o all'ultimo, a seconda che si conti dalla punta o dalla fodera..."

"Ali! Ali! Ali!... Ti confesso che a volte mi terrorizzi. Non ti si può nascondere nulla. Non ti si può imbrogliare. È come se tu leggessi nel pensiero..."

"Ma infatti io leggo benissimo nel pensiero! E ho sputtanato più di uno psicologo, in questo modo, se vuole saperlo! Ne ho gassato più d'uno, di psi! Non la smetterò mai di stupirvi."

"Ah, è proprio vero, non la smetterai mai di stupirmi. Ma non dovresti usare questa parola *gassare*. So che per voi giovani non ha alcun significato particolare, che la usate semplicemente per dire..."

"See, che pigliamo per il culo uno..."

"Ma per le persone della mia generazione la parola gassare evoca..."

"Ah see, i giudei. Le camere a gas, Auschwitz, quella roba là..."

"Sì, quella roba là."

"Capisco. Chiedo scusa. Sinceramente, chiedo scusa. Cazzo, e quello stronzo là, scusi, il Le Pen! Il 'dettaglio'... Sei milioni di morti? 'Un dettaglio.' Che merda! Sei milioni di morti! Peggio dei massacri in Algeria... Il 'terrorismo residuale' di quell'altro stronzo, scusi, laggiù. 321 massacrati e un centinaio di donne violentate, domenica. Lunedì? Ah, giornata moscia, lunedì: solo 210, i massacrati! Proprio residuale, ammettetelo! E quanto alle donne violentate, la cifra non è stata comunicata: meno di 50, probabilmente: al di sotto delle 50 donne violentate al giorno non staremo a menarcela a contarle! Ma ieri, martedì, ah, lo score rimonta! 391! Chi offre di più? Residuale, davvero! Ma per quella gente lì va sempre bene – parlo del mio popolo, signora Rénal. Del mio popolo che è solo un residuo di larve, di rifiuti. Sa cosa diciamo noi, di noi stessi? Conosce il proverbio..."

"'Algerini fa rima con cretini.' Sì, Sid Ali, lo conosco. Ma che io sappia, tu sei francese, Sid Ali..."

"Bella lì! Che fortuna! Del paese di Papon e di Le Pen! Un dettaglio!"

"Che rabbia c'è in te, Sid Ali! Se potessi..."

"Chiedo scusa, signora Rénal, non dirò più *gassare*. Glielo prometto. Parola d'onore."

E feci il segno di chi dà la propria parola d'onore: mano sulla fronte, sul cuore, sul fegato. In quest'ordine... E alla signora Rénal tutto questo sembrò un filino eccessivo, un filino esibizionistico. Ma, contemporaneamente, le scapppava un sorriso: era turbata, come se il mio gesto le avesse fatto tornare in mente un bel ricordo... Un gesto familiare dell'algerino che aveva amato, quell'Almansour, il padre di sua figlia Claire? Piaci, Sid Ali, piaci! Vai alla grande. Continua così!

Ha ripreso con grande dolcezza – l'affascinavo, cazzo! l'affascinavo:

"E mi farebbe anche piacere che tu non dicessi: i giudei. Preferirei che tu dicessi: gli ebrei. Visto che è solo per provocarmi che dici i giudei...".

"Ah, le giuro di no, Cécile! Glielo giuro!"

"Sì, adesso me lo giuri sul tuo onore, vero, Ali? Ma frequento abbastanza voi giovani, o almeno conosco abbastanza bene voi, miei studenti, per sapere che siete tutti in grado di parlare correttamente quando volete, se volete... Per sapere che non usate poi così tanto il gergo giovanile, nemmeno quando chiacchierate tra di voi... Per sapere che siete perfettamente in grado di adeguare il vostro registro linguistico a quello dell'interlocutore! Ti ricorderai certo il testo di Barthes che vi ho dato da leggere la settimana scorsa, quel testo sui registri di lingua, tratto da *Il grado zero della...*"

"Bella lì, Roland Barthes. Un mito! Massimo rispetto. Number one sulla mia playing list, Roro Baba!"

"Ah!" esclama furibonda la professoressa Rénal. "Adesso, Ali, la pianti di gassarmi, la pianti di stressarmi, la pianti di prendermi per una mezzasega sfigata oppure prendi immediatamente la porta... Chiaro?"

Ohi, ohi! La professoressa Rénal si innervosisce di brutto! La professoressa Rénal prende il suo tono cattedratico, il suo tono imperioso! Non è più la signora Rénal che riceve nel suo salotto, ma la Rénal prof... Balck, Sid! Molla il colpo! Sei beyond any limit! In effetti tu sbarelli e gassi di brutto! Dai, retrocedi piano, Sid Ali... Ecco! *Sistema di frenaggio ABS, antislittamento a regolazione elettronica, recupero di traiettoria calcolato tramite computer, richiamo asservito d'impedenza degli antiblocco su asse posteriore tramite stabilizzazione anticipata dell'avantreno* – non invento nulla –, brevetti BMW.

"Va bene," dico io umilmente, "va bene. Chiedo scusa. Sinceramente. A volte non so cosa mi piglia. Vado in Tir... Cioè, volevo dire: in tilt. Schizzo di brutto, cioè, volevo dire, divento matto. Adesso ci arrivo! Le giuro che non era per prenderla in giro, Cécile. È più forte di me. Una forza che si impadronisce di me, che mi domina. Il bisogno di essere al centro dell'attenzione..."

"Sì, e di fare le domande e dare anche le risposte. Così l'altro non può raggiungerti, Ali. Sei imprendibile!... Ma sei anche molto solo, permettimi di dirtelo con tutta la profonda amicizia che ho per te."

"Qui non la seguo più, Cécile. Non la seguo più."

"Ma sì, Ali, mi hai capito benissimo: tu sei terribilmente intelligente. *Terribilmente* è proprio la parola giusta."

"Non sono *un* genio, ma ho *del* genio."

"Sicuramente non ti farà piacere, Ali, ma sappi che io ti compiango, ti compiango dal profondo del cuore, Ali. Ti compiango, Ali."

Cazzo, la professoressa Rénal aveva l'aria proprio commossa. Tremava. Le sue labbra sembravano paralizzate, come se facesse fatica a trattenere un singhiozzo... Che effetto le facevo! La sconvolgevo. Le piacevo, cazzo, le piacevo, la sconvolgevo. Me la metteva giù compassionevole e materna, ma io avevo capito il suo giochetto. Il tranello era un po' grossolano. Le leggevo negli occhi il desiderio. Era solo un trucco, quello di parlarmi come se fossi stato suo figlio. Fregava zero, la sua compassione. Ero perfettamente a mio agio, checché ne dicesse Cécile. Guardami bene, Cécile: disinvolto, elegante e controllatissimo, come il protagonista di un poliziesco in bianco e nero dell'epoca d'oro. A mio agio, sono, Cécile. Come Rick che divora con gli occhi Ilsa i cui occhi si appannano di lacrime, come i tuoi adesso. Allora posso continuare:

"Non dirò più *giudei*, promesso. Né *gassare*. Ma, mi scusi se glielo dico, Cécile, ma l'ho già notato in classe, lei ci parla molto degli ebrei, della cultura ebraica, come se la riguardasse personalmente. Ma Rénal non è un cognome ebraico, no?".

"Si diventa ebreo ed ebrea per via femminile, Ali."

"Ah."

"E mia madre di cognome si chiamava Lévi – *i*. Salomé Lévi. E la madre di mia madre era nata Lévy – *y*. Ruth Lévy."

"Ah be', allora chiedo scusa. Sinceramente."

"Ma non devi scusarti, Ali. È un fatto, un semplice fatto. Ci tenevo che tu lo sapessi, tutto qua. Sono ebrea da parte di madre, e da parte della madre di mia madre e così via, risalendo nel tempo, probabilmente fino a... Insomma, sono ebrea."

"Allora sua figlia Claire è proprio un bel miscuglio."

"L'hai detto l'hai! Come dici tu. Eppure... Non ha fattezze molto tipiche, eh? Ma proprio un bel miscuglio, questo sì. Tanto più che il padre era mezzo arabo, mezzo berbero: cabila da parte di madre."

"Ali era il nome di suo marito?"

"Hai indovinato, si chiamava Ali."

"Ragione di più per chiamare me con il mio nome: Sid Ali! Io sono Sid Ali! Mi scusi, ma credo di averglielo già detto e ripetuto almeno una decina di volte, Cécile: Sid Ali, in due parole. Senza trattino in mezzo."

"Sì, scusami, ho sbagliato, semplicemente sbagliato. Adesso sta a me chiederti sinceramente scusa, Sid Ali. Non so che cos'ho, stasera."

Disfatta, Cécile! Balbettante e rossa fino alla punta dei capelli, come scrive chi non teme il luogo comune tarocco. "Apro la busta... E il vincitore è... Sid Ali B." Un bell'applauso. Già che ci sono, fammi calcare un po' la mano:

"Il figlio preferito, il figlio veramente atteso, viene chiamato Sid Qualcosa: Sid Ahmed, Sid Ali... In realtà Sid è più un titolo onorifico che un nome. Io sono il primo nato in Francia. Nato francese... Come lei".

"Come me, certo Sid Ali."

E adesso, tappatevi le orecchie, raga! Heb-heb!

"Melchior è ancora più misto, come sangue. E in realtà dicono che la bellezza vera sia quella che viene dal meticciato. E Melchior è proprio bello. Io sono l'eccezione che conferma la regola: arabo purosangue..."

Ah! C'è un contrattacco in campo avversario: la professoressa Rénal mi toglie ironicamente la parola:

"E molto modesto!".

Heb-heb! Ridagli! Non sia mai detto che io non abbia l'ultima parola:

"Che poi io dico così, ma in fondo non so nulla delle mie origini. La gente come noi non sa mai granché delle proprie origini. Siccome i nonni erano più o meno analfabeti, siccome non avevano praticamente documenti, atti notarili, archivi... Appena risaliamo alla generazione dei nostri nonni è la nebbia totale. Se abbiamo la pretesa di risalire alla generazione dei genitori dei nostri nonni, è il buco nero. E non mi ci vedo ad andare qui in Francia da un genealogista: 'Signore, per cortesia, sarebbe così gentile da farmi il mio albero genealogico? E risalire, se è possibile, fino all'Egira? O, meglio ancora, fino a... Ibrahim? Voglio dire: Abramo?'".

Qui, Sid Ali, sei stato veramente sublime, e se tu ne dubitassi – ma non ne dubiti affatto –, se avessi la più lieve ombra di dubbio, quello sguardo amorevole e dolce, lo sguardo che Madame de Renal gettava a Julien Sorel, quello sguardo ti confermerebbe che sei stato davvero sublime: neanche la benché minima volgarità, neanche la benché minima parola in gergo, nessuna traccia di linguaggio popolare, neanche la benché minima frecciata, no, ma una grande nobiltà di pensiero. Puoi eclissarti, adesso che hai abbagliato. Puoi prendere educatamente congedo... È quel che fai. Sii felice: hai vinto. Sei Sid Ali Al-Mansour! Sì, il Vittorioso.

Altra scena. Interno giorno. Scenografia? Cucina villetta signora Rénal. Personaggi: Sid Ali, con la sua idea fissa, ma come sempre brillante, affascinante; Cécile, infinitamente paziente, dolce, comprensiva, e molto spiritosa, come sempre. Ha appena stappato una bottiglia di riesling che teneva in fresco, se ne versa un bicchiere, poi coglie l'incantevole espressione, l'incantevole smorfia da puttanella che gli fa il suo studente preferito e così alto, per lei così piccola, che quando si trovano tutti e due in piedi, così vicini – oh! quel profumo che probabilmente ti rimarrà per sempre nella memoria, Sid Ali, *Shalimar*, di Guerlain! che non si trova nelle profumerie qualsiasi che vendono tutti gli altri profumi, naa, ma unicamente nelle profumerie Guerlain! e sai anche questo, Sid Ali, tu, figlio di un immigrato che vive in una casa popolare, bella lì! ma chi saprà, quando sarai morto, che sapevi anche questo? –, deve alzare costantemente gli occhi verso di lui... E, incapace di resistere al fascino che da lui emana, e forse le ricorda il fascino, e la bellezza, e l'intelligenza di un altro algerino che ha amato appassionatamente prima di questo Sid Ali, un Ali e basta, incapace di resistere più a lungo a questo Sid, la diabolica corruttrice, che già non esitava a offrire una sigaretta al suo studente, un minorenne, non dimentichiamolo! la diabolica corruttrice prende un altro bicchiere e, per lui, per Sid, lo riempie... Ma solo a metà: non vorrebbe spingerlo troppo sulla strada del vizio, ha ancora qualche scrupolo, la signora Rénal, insegnante di francese della prima S3!

Lui (dopo aver bevuto un sorso dell'ottimo riesling – a quanto pare la professoressa Rénal si intende di vini come si intende di profumi):

"Cécile, scusi se torno sull'argomento, ma non mi toglierà dalla testa l'idea che Melchior abbia bisogno non dico di un padre, non è qualcosa che si possa inventare, ma di un uomo che gli stia dietro..."

Lei:

"Tu, Sid Ali, hai la fortuna di avere un padre davvero eccezionale?".

Lui:

"Ah sì, devo tutto, a mio padre! Non gli devo solo che mi abbia dato la vita... Tutto, gli devo! Tutto! Ma preferirei non parlarne. Abbiamo il nostro pudore, noi mussu!".

Lei:

"Ah! I 'mussu', adesso? Questa non l'avevo ancora sentita! E vai con le apocopi, vai con le apocopi, eh Sid Ali? Ma perché non alla rovescia, allora, già che ci sei, Sid Ali? Gli ussum, Ilà! Di un po', sei ussum, Ilà!".

Uuuau! Che risposta! Cazzarola! Anche il fronte nemico aveva la sua riserva di heb-heb! Uuh, inchinati, ragazzo mio, sei tu lo smerdato, non rispondere, che non c'è niente da rispondere! Eh, Sid Ali, così è la vita! Non sempre si può vincere. Anche Mohammed Ali ha perso degli incontri. Anche Isabelle Adjani si è beccata dei fiaschi bestiali, da cui un'altra, meno geniale, non si sarebbe mai ripresa! Cazzo, *Toxic Affair*!

Altra scena. Un altro mercoledì pomeriggio. I due protagonisti sono di nuovo in soggiorno. Sul tavolino basso: una bottiglia di un ottimo riesling Kayserberg *Vendemmie tardive*, tenuta in fresco in un secchio isotermico, e due grandi *ballons* riempiti allo stesso livello: più di tre quarti. Bella lì. Musica? Musica, ma in sottofondo. E cosa? Indovinate, sono io che mi sono permesso di scegliere. Ma sì, claro, indovinato! Il *Quintetto per clarinetto in la maggiore*, *K. 581*. Peccato che non ci sia una trascrizione riduzione per piano solo: mi piacerebbe sentire la grande Martha suonarcela al pianoforte, solo per noi, Cécile e me.

Sid Ali:

"È strano, però, a pensarci bene, che lei abbia amato un maghrebino, un musulmano, da cui ha avuto una femmina, la sua unica figlia, e che sua figlia, a sua volta...".

Cécile:

"Certo, certo, Sid Ali! È strano...".

"Si può dire che tutto ciò ha qualcosa di... freudiano? Si può dire? Qualcosa di freudiano..."

"Si può dire, se si vuole, Sid Ali, si può dire. Ma qui io non sono sul lettino, e tu non sei il mio psi!"

"Ah su questo con me non c'è pericolo! Cazzo, gli psi, che stronzi!"

"L'hai detto."

"Il peggiore dei lavori, lo psi. Mi vergognerei di meno a fare, che ne so... To', lo sbirro da marciapiede, mi vergognerei di meno che a fare lo psi! Celerino, to'! Mi vergognerei di meno... Sono dei malati, gli psi! Sono loro che dovrebbero essere curati. Forza, sul lettino, povero stronzo! Raccontami un po' quanto ti rompeva il cazzo tuo padre, quand'eri piccolo, perché adesso a tua volta tu mi debba rompere il cazzo chiedendomi senza chiedermelo ma comunque chiedendomelo, eh, come sono i miei rapporti con mio padre! Sono cazzi miei, povero stronzo!"

"Calmati, Sid Ali! Calmati!"

"No, no, Cécile, la prego di scusarmi ma non riesco a mantenere il sangue freddo quando sento parlare di psi! Quei porci! Non hanno alcun rispetto! Siamo musulmani, noi! E per noi il padre è sacro! Possono anche non sapere niente, ma questo dovrebbero saperlo! Quando lavori in un Centro medicosociale dove almeno la metà delle persone che curi – che hai la pretesa di curare – sono dei musulmani, cazzo! almeno questo dovresti saperlo! puoi informarti un minimo, no? Noi non possiamo parlare male di nostro padre – punto e basta. Del resto non è nemmeno immaginabile, per un musulmano, pensare male del proprio padre! Sarebbe come pensare male di Allah!"

"Ma sì, Sid Ali! Ma sì! Non hai mai pensato male di tuo padre, mai e poi mai! Lo so. E credi che io creda che tu creda a quello che dici..."

Questa risposta, Cécile, non è degna di te! Ma siccome ti amo e ti rispetto, Cécile, per amore e rispetto nei tuoi confronti farò finta di non aver sentito niente, e se permetti, Cécile, proseguo, e se tu avessi la bontà di non interrompermi più, ti amerei e ti rispetterei ancora di più... D'accordo? Ecco, serviti e servimi ancora un po' di riesling! Sono come te, Cécile, mi piace molto il vino dell'Alsazia, quella bella Alsazia per la quale tanti di noi francesi hanno versato lacrime e sangue! Ta ta tam! Proseguo, quindi, non ho esaurito la mia rabbia, Cécile, proseguo, quindi:

"E quel figlio di puttana che viene a parlarmi dell'infermità di mio padre! Di un gusto, veramente! Ah, complimenti per la psicologia, caro psi! Che finezza! Che sottigliezza! Stronzo!".

"Ma Sid Ali, magari quell'uomo si è espresso in maniera infelice, ma la domanda che ti poneva magari nasceva da una buona intenzione. Magari voleva aiutarti...”

Bella lì! Come no, Cécile! Come no! See!

“Aiutarmi a fare cosa? Ma io sto benissimo, eh! Sì, vabbé, sono epilettico... Ma insomma, ho avuto solo due crisi in vita mia – no, tre, ma l’ultima, brevissima, a quanto mi dicono: sono rimasto privo di coscienza solo qualche minuto... Ed epilettico non vuol mica dire pazzo, eh, non vuol mica dire pazzo!”

“Certo, Sid Ali! E ormai non lo pensa più nessuno da un pezzo, Sid Ali. Comunque sia, nessun medico. E sono convinta che non è per questo che ti hanno... chiesto di farti visitare...”

“Che mi hanno obbligato! Che mi hanno costretto a farmi visitare! Altrimenti era l’abuso in commissariato, o peggio!”

“Sul serio, Sid Ali?”

“Come no! Sono dei nazi!”

“Dei nazi, Sid Ali? Come quelli che hanno gassato mio nonno, Sid Ali?”

“Mi scusi, Cécile, mi scusi. Ritiro quello che ho detto. Ma il Centro medicosociale è un incubo, glielo dico io! E posso sapere perché mi hanno *chiesto* di farmi visitare, Cécile? Forse perché mio fratello Aziz faceva delle cazzate? Ma io, Cécile, non sono mio fratello Aziz, eh! Io: QI 137, bello, disinvolto...”

“Innegabilmente disinvolto, Sid Ali!”

Ecco, Cécile! Vai! Tuo nonno è... Perciò questo ti dà il diritto di... No, ritiro quello che ho pensato! Scusa, vado nel pallone, Cécile, ma anche tu non fai niente per calmarmi. E ti servi un terzo bicchiere di riesling, mentre io, ciccia!

“Quello che volevo dire è che hanno proprio tempo da perdere, al Centro medicosociale! E noi paghiamo! No, cioè: i contribuenti! Quell’élite di cui mio padre, che è mutilato, sì, caro psi! quell’élite di cui mio padre non ha mai fatto parte! Invalido, cinque figli a carico, e con quello che guadagna mio padre, e con quello che guadagna mia madre, che fa un po’ di mestieri in giro, comunque sia pagati in nero... Vorreste che mio padre pagasse anche le tasse? Vorreste che contribuisse a pagare quello che sono costato alla società quando tutti i mercoledì pomeriggio dovevo andare a confessarmi da quegli stronzi? Ma per noi musulmani non esiste la confessione! È un po’ troppo comoda, la confessione, eh? Un po’ troppo comodo, ’sto giochetto, no? ‘Be’, ecco, signor parroco, ho fatto una marea di porcate, ma siccome glielo sussurro all’orecchio, lei mi assolu...’”

“...mi assolve.”

“‘...mi assolve!’ Grazie Cécile, mi sembrava che fosse proprio così! Lei mi assolve. 'Va' in pace, figliolo! Ricomincia pure con le tue porcate, poi vieni qui che azzeriamo di nuovo il contachilometri... L'unica cosa che non devi dimenticare è di venire qui da me cinque minuti prima di morire, per un'ultima revisione, un ultimo cambio dell'olio, azzeriamo un'ultima volta il contachilometri... Così ti eviti l'Inferno!' E bravi cattolici! Siete proprio i migliori, ve lo dico io, Sid Ali!"

E, ah, ma adesso, mia Cécile, almeno ti faccio ridere. Cin! E cosa mi rispondi?

"Sì, anche se un po' rapido, mi sembra un buon riassunto del problema cruciale della confessione."

Okay. Cambiamo argomento, altrimenti sento che mi farò di nuovo gassare. Oh, scusa, Cécile! Mi ero ripromesso, avevo giurato a me stesso di eliminare questa parola orribile non solo dal mio vocabolario ma anche dalla mia mente. Clicca su *Cancella*. Ecco fatto.

Altra scena. Sempre nel piccolo soggiorno della modesta villetta dove abita la professoressa Rénal. 06.01.99 indica il minischermo a display digitale del tuner-lettore-laser di formato detto midi-compact, in acciaio anodizzato, marca Yamaha, che Claire, la figlia della signora Rénal, ha regalato alla madre per Natale – secondo l'autorevole parere di Sid Ali, parere che, da uomo discreto e beneducato si terrà per sé: non esattamente quel che c'è di meglio in questa fascia di prezzo, soprattutto se si è amanti della musica classica, ma neanche quel che c'è di peggio. Il 6 gennaio 1999, quindi, il mercoledì pomeriggio del nuovo incontro, ardentemente atteso dal nostro eroe dopo le lugubri festività cristiane e le non meno deprimenti festività musulmane che lo fecero sprofondare in una nera tetraggine e accentuarono il suo umorismo feroce – quell'umorismo che, dicono, è la cortesia della disperazione... Un umore più che lieto ha caratterizzato l'incontro fino a questo istante – 18.18, indica il tuner-lettore-laser. Un'atmosfera fatta di complicità scherzosa, di tenerezza. Ma, cosa niente affatto inconsueta tra amanti separati per un po' dalle casualità dell'esistenza e che finalmente si ritrovano, ma non si ritrovano più esattamente in sintonia, non ritrovano più quel la, quel la maggiore del *Quintetto per clarinetto*... Qualcosa, claro, qualcosa è successo a loro insaputa e di colpo li turba: si sentirebbe volare una mosca, si sentirebbe volare una mosca nel cielo del loro amore, cala il silenzio, una nube si fa scura e bisognerebbe avere il coraggio di squarciarla... Ma chi dei due oserà far scoppiare il temporale? Chi dei due sente maggiormente il bisogno di esprimere l'improvvisa angoscia, il moto di risentimento nei confronti dell'altro, del tutto inaspettato, irragionevole, ma che lo opprime così tanto? E quale dei due attori, autori a quattro mani del dialogo, prova di colpo il bisogno più violento di brillare a scapito del suo codialoghista, a costo di ferirlo? Chi? Cécile o Sid Ali? Sid Ali, ovviamente! Sid Ali, che è un vero uomo, e che ha sempre resistito a tutto tranne che alla tentazione, come diceva il caro Oscar Wilde, un altro vero uomo... Che importa il pretesto – assolutamente balzano, ingiusto, ingiustificato, lo sa! Che importa! Lui è il campione di quelli che a Hollywood chiamano i *punch liners*: i fornitori abituali di battute e repliche pungenti, quelli che al cinema fanno ridere a crepapelle o sciogliersi in lacrime intere platee di spettatori e che venderebbero l'anima al diavolo per la battuta che farà centro e, in via accessoria, farà salire ulteriormente la loro quotazione al box-office degli autori. Sid Ali venderebbe l'anima al diavolo, certo, per una punch line ben congegnata. E d'altronde non è più se stesso negli istanti felici in cui nulla più lo trattiene nella sua volontà di brillare. Il suo Super-Io è andato in pezzi. È posseduto da una forza negativa che lo trascende e gli dà alla testa, il suo Horla. Il male può colpirlo... E questi stati di trance sopraggiungono in lui con sempre maggior frequenza. Dacci dentro, Sid Ali! Il male non può colpirti! Dacci dentro! Tutto quello che ti passa per la testa! Senza alcun discernimento, senza più alcuna censura dell'io. Tutto e il contrario di tutto! Sei un uomo, perdio, non esitare! Tiro in rete! Dai che si va!

"Ma in fondo lei, Cécile, un po' ci disprezza, noi arabi..."

"Vi disprezzo!?" sbotta la professoressa Rénal, indignata, e soprattutto sconcertata dalla violenza di un attacco che nulla lasciava presagire, e che ha tutto dello sproloquio di un pazzo. "Proprio così, Ali, proprio così! Sei l'unico dei miei studenti che io riceva da solo, Ali, ed evidentemente lo faccio perché sei arabo e io disprezzo gli arabi e provo un piacere masochistico, o sadico, chi lo sa? nel concedere la mia amicizia a qualcuno che disprezzo, visto che è arabo!"

"Un po', ho detto, Cécile..."

"Sì, un po'!" urla lei. "Ho sentito benissimo, Ali! Non disprezzo molto gli arabi, Ali, ma li disprezzo comunque 'un po''! Cosa mi tocca sentire! L'uomo che ho amato più intensamente nella mia vita era un arabo, un algerino... L'ho sposato, ho vissuto con lui a Casablanca dove si era rifugiato per sfuggire agli atroci regolamenti di conti seguiti all'Indipendenza. Lì a Casablanca, diversamente dai miei bravi colleghi francesi di ruolo al liceo Lyautey, diversamente da loro, che vivevano solo tra loro, da bravi coloni quali erano nel cuore e nell'animo, ho fatto lo sforzo di imparare l'arabo, di interessarmi alla civiltà araba, di voler sapere un po' più di quello che conteneva il manuale a uso dei professori del liceo Lyautey riguardante la religione e la cultura musulmane. E ti prego di credermi, Ali, di tutte le città del Marocco Casablanca era la più cosmopolita e la più occidentalizzata, ma non era facile per una francese andarsene in giro da sola nella medina, pensa un po'! E nelle cene puramente francesi date dai miei cari colleghi, non posso dire che mio marito Ali fosse accolto a braccia aperte. Eppure Ali era educatissimo e conosceva le buone maniere occidentali: non ruttava a tavola, non sputava, non prendeva il cibo con le dita, non si soffiava il naso nella manica... E beveva vino, come tutti. E avrebbe mangiato anche il maiale, se fosse stato nel menu, ma non ci sono salumi a Casablanca! E Ali sapeva chi era Molière, sapeva che Victor Hugo non era solo il nome del viale dove aveva l'ufficio... Ah sì, era molto bianco, Ali! A parte il muso da beduino, come dici tu, a parte il nome e quel cognome che strombazzava un po' troppo vittoriosamente che gli arabi non erano sempre stati dei sottomessi... Ma in realtà nessuno degli invitati, tutti miei cari colleghi, immaginava che quel cognome, Almansour, significasse qualcosa! nessuno, ho detto proprio così, nessuno! E ho chiesto il divorzio, Ali, e ho potuto farlo perché grazie a Dio ci eravamo sposati al consolato francese, in regime matrimoniale francese, non perché disprezzassi un po' o molto Ali: lo amavo ancora, ma non sopportavo più il disprezzo che lui, di fronte a me, aveva di se stesso. Non so se mi segui ancora, Ali... Sid Ali, pardon, non so se mi segui ancora, ma rifletticì. E, siccome sei molto intelligente, Sid Ali, più avanti capirai cosa ho voluto dirti quella sera. Questa sera."

E la professoressa Rénal piangeva mentre me lo diceva. Ma io, ahimè, ero in preda al mio djinn: ero molto turbato, certo, sull'orlo delle lacrime, ma il mio djinn anziché trattenermi mi ha spinto a ribattere, signore e signori della giuria, per il solo piacere della battutona che fa il botto, della punch line che fa di te il number one dei grandi studios hollywoodiani. Ed ecco cosa ho detto, pacatamente, quasi sottovoce, affinché l'effetto fosse più efficace – effetto che un grandissimo attore avrebbe trovato spontaneamente, mentre uno mediocre avrebbe strombazzato:

"Resta il fatto che non ha permesso ad Ali di dare il nome a vostra figlia, no? È stata sicuramente lei a scegliere il nome di sua figlia, non è vero? E guarda caso, Cécile, non l'ha chiamata... Scura, eh? Non l'ha chiamata Mora! No. Claire, l'ha chiamata. In realtà non aveva molta scelta: o Blanche o Claire. Ma trent'anni fa Blanche era già fuori moda da un pezzo. Perciò ha deciso: Claire!"

Uuuuh, Sid Ali! Questa è la punch line da 100.000, da 150.000 dollari! L'ho letto su "Studio" o su "Première": ho letto che se a Hollywood trovavi la battuta giusta, la battuta che faceva schiattare dalle risate o faceva tirare fuori i kleenex a tutti gli spettatori di tutti i megacomplessi multisale della terra, da Los Angeles a San Pietroburgo, da Shanghai a Sydney, da Stoccolma a Palermo, da Londra a Berlino, e a Madrid, e a Libsona – non c'è ragione di dimenticare Lisbona –, e alla Courneuve e ad Aubervilliers – non c'è neanche ragione di dimenticare La Courneuve o Aubervilliers – bingo! Jackpot! Potevi venderla, la tua punch line, fino a 100, fino a 150.000 dollari! A Hollywood esistono quotazioni ufficiose dei migliori punch liners! Un giorno o l'altro la punch line sarà quotata in Borsa! L'autore dell'articolo faceva notare che all'epoca d'oro, quando c'erano talenti in abbondanza, gli autori erano pagati a settimana dagli studios. Ma oggi che il talento è sempre più raro, come ogni derrata che scarseggia viene contrattato a cifre sempre più alte. Sia ben chiaro, 100 o 150.000 dollari per dieci parole che ci fanno ridere un bel dieci secondi o versare la nostra lacrimuzza sono noccioline rispetto a quello che guadagna il ritardato mentale con stock option che dirige lo studio e lesina i compensi per gli autori di genio! Quel coglione che dovrà farsi spiegare a lungo dai suoi assistenti tutta l'arguzia della grandiosa punch line che Sid Ali B. ha appena faxato al suo ufficio di Beverly Hills! Quel coglione, con il culo piazzato nella grossa poltrona presidenziale, non ci ha capito mai proprio niente di niente. Non capisce mai niente di niente. D'altronde è per questo che gli azionisti dello studio gli hanno offerto il job. In questo mestiere, più sei coglione, più arrivi in alto!

E tu, Sid Ali, tu che se avessi potuto beneficiare della spintarella senza la quale a Los Angeles nessuno può farcela, soprattutto se non è nato Amerikano – in realtà non c'è nessuno più xenofobo di quella gente, e il razzismo antiarabo che regna laggiù... Tu che oggi ti faresti dorare i coglioni in oro fino da Cartier-Beverly Hills, be', adesso te ne torni nella tua cité, Sid Ali. Te ne torni alla casa popolare dove cioè capito abiti capito... E siccome sei un dandy, Sid Ali, cioè un uomo, un vero uomo, un uomo che lungi dal piegare la nuca in segno di sottomissione oppone alla bassezza del mondo nel quale è stato condannato a vivere una grandiosa ironia di cui vuole essere unico giudice, siccome sei un dandy, Sid Ali, mentre percorri il ponte di ferro che separa due comuni ugualmente schifosi, sopra il frastuono dei clacson e il puzzo di una strada definita probabilmente per scherzo a scorrimento veloce, visto che lì sotto tutto è immobile –, tu intoni il famoso ritornello di una mitica commedia musicale degli anni trenta, una commedia musicale così famosa che lì, sul momento, il vuoto, tu che hai una memoria prodigiosa, Sid Ali: non ti viene in mente il titolo... È vero che anche il riesling era mitico e che in due, tu e Cécile, vi siete scolati tutta la bottiglia, porcelli! Ma che importa il titolo, eh, visto che ti ricordi il ritornello, quel ritornello che adesso canti a squarciagola:

And I am singing on my way to the bank!

Bella lì. Era il momento più nero della Depressione, ma a Broadway tutta la sala cantava in coro quell'inno così allegro, con le girls impennacchiate che alzavano la gamba sotto piogge di lustrini: Sì, cantiamo sulla strada verso la banca... E coast to coast, tutte le radio broadcastavano simultaneamente, in diretta, quell'inno ridicolo, sì, idiota, sì, incosciente, sì! ma anche così opportuno: un bel gestaggio, un bel dito "fuck you" a tutti i dirigenti capitalisti che ci facevano precipitare nella merda... Ah sì! Nella merda, ci fate finire? Be', dai che si va! Alziamo la gamba e, tutti insieme, tutti insieme, in coro:

And I am singing on my way to the bank!

Vedete: si può ancora cantare in un paese che conta più di tre milioni di disoccupati! Una repubblica il cui presidente si chiama Chichi-gli-odori! E il primo ministro: Jospinello-l'augello! Un paese in cui Martine-la-Vacca-che-è-ingrassata-ancora si occupa del sociale e delle sorti dei beur! E Chevène-Manganello, degli Interni, e dei beur, anche lui! dei beur che fa manganellare dai suoi sbirri nei commissariati. E dai! per distrarci un po' – ci annoiamo, in questo bel paese che è la Francia, chissà come mai tutti questi vucumprà e questi negri ci tengono tanto a venire da noi! – dai, per distrarci un po', 'sti sans-papiers, miei bravi sbirri: un bel cerotto extralarge sulla bocca, manette dietro la schiena, e di corsa all'aeroporto di Orly! C'è sempre un volo in partenza per il Mali o per l'Algeria!

Bella lì. Perciò, Sid Ali, canta! Canta! Dai, un po' di Bashung, tanto per cambiare:

Je suis le roi des scélérats
À qui sourit la vie...
Osez osez... Sid Ali!

Penultima sequenza.

Esterno giorno. Piazza del Municipio. Un tabellone municipale con un lato che reca informazioni di ordine amministrativo e l'altro, meglio esposto alla vista dei passanti, che è stato dato in concessione a un venditore di spazi pubblicitari. Il manifesto sotto vetro è una fotografia in bianco e nero che raffigura il calciatore Zinedine Zidane, il quale posa vestito con un sobrio ed elegantissimo dolcevita di cachemire nero di cui ha tirato su il collo fino agli occhi, nascondendo così al passante la parte inferiore del viso. Ma la sua celebrità lo rende immediatamente riconoscibile da chiunque. Bianco su sfondo nero, un nome, brevissimo: Dior. E in un angolo del manifesto, scontornato, a colori, il prodotto, oggetto di questa pubblicità: una boccetta di *Eau Sauvage*. Una eau de toilette per uomo. Al di sopra del cartellone, un display luminoso indica allo spettatore il giorno in cui si svolge l'azione – 13.01.99 –, e l'ora – 15.21.

Piazza del Municipio. Un fiorista: I Giardini di Sheherazade. Vedendo le anguste dimensioni del negozio e la scelta, alquanto limitata, si direbbe, di fiori di dubbia qualità, lo spettatore può permettersi di ridere di un nome che suggerisce onirici splendori orientali. Davanti alla vetrina, in alcuni secchielli di plastica, mazzi già pronti, venduti a 30, 50 o 70 franchi a seconda della composizione. Sid Ali passa... E con nonchalance frega un mazzo da 70 franchi – visto che si deve fregare, tanto vale fregare il più caro, no? Il rischio incorso non è proporzionale al valore dell'oggetto fottuto. Anzi: benché non ci abbia mai provato, Sid Ali ritiene che sia sicuramente più facile, nel caso delle Biemme, fregare un roadster S3, soprattutto se il cabriolet è scappottato, che la più banale berlina della comunissima serie 3, senza alcun optional. Il mazzo così prontamente scippato dal secchiello è composto da rose gialle, da velo da sposa e da quel verde di cui i fioristi mediocri abusano per dare un ingannevole volume ai loro miseri mazzetti. Proseguendo per la sua strada e avvistando una municipale pattumiera, Sid Ali spoglia il mazzo ciulato del cellophane disseminato di stelle e di falci di luna dorate – probabilmente allusivi alla ragione sociale del fiorista derubato – che lo avvolgeva e che lui, da esteta esigente, giudica orrendo, bleah! da sboccare puttana merda fa schifo al cazzo – 'Llah! Per la prima volta in cui regalerà dei fiori, è inammissibile che commetta il benché minimo errore di gusto, il più piccolo passo falso.

Quei fiori li regalerà alla sua insegnante di francese, la professoressa Rénal, che questo mercoledì 13 non terrà il suo salotto – ha avvertito gli eletti, tra cui, beninteso, Sid Ali, che ha capito benissimo. È stato a sentire, da bravo, come i suoi compagni, le spiegazioni che la professoressa Rénal ha ritenuto di dover dare, per scrupoloso rispetto nei confronti di coloro che lei, secondo un'abitudine acquisita ai suoi esordi di insegnante di lettere, nel periodo, fortunatamente trascorso, in cui tener conto di concetti poco democratici come il valore personale degli allievi, la loro intelligenza o la loro assiduità alle lezioni pareva indispensabile all'esercizio di un buon insegnamento, lei continua a definire i suoi "migliori elementi". La professoressa Rénal, insegnante eccessivamente conservatore – "trice?" –, mistica sicuramente laica ma esaltata al punto da parlare della propria missione quando in fondo il suo lavoro non è che un lavoro dipendente come un altro, né più né meno utile di un altro alla società – "che cosa s'immagina, cazzo, quella suonata che se la tira da santa Teresa di Ávila?" – la professoressa Rénal non ha potuto rassegnarsi alla ministeriale idea che gli "utenti della scuola" – espressione che già le faceva orrore come la vista di una ghigliottina avrebbe fatto orrore a una gran dama che teneva salotto nel secolo dei Lumi, giudicate un po' la sua follia! – "costituissero un insieme da gestire in quanto tale". Così, dopo aver ricevuto una nota del Provveditorato che le notificava tale ministeriale e allegrescamente moderna – in quanto compatibile con le esigenze della nostra allegra economia di mercato – visione delle cose, e avendo restituito al mittente la suddetta nota semplicemente commentata con un grande punto interrogativo tracciato con il pennarello rosso e firmato con la sua leggibilissima firma, la professoressa Rénal, in un recente rapporto del provveditorato, era stata denunciata come *psicorigida* – bella lì. Quindi, la psicorigida professoressa Rénal aveva ritenuto suo dovere informare i suoi eletti che mercoledì 13, essendo sua figlia a Parigi per tutta la giornata con il figlio Melchior, si sarebbe dedicata al piacere di essere nonna anziché al piacere di essere gran dama. D'accordo, Sid Ali?

D'accordo. D'accordo un tubo. Era assolutamente, ma dico assolutamente fuori discussione che Sid Ali lasciasse passare una così bella occasione per fare finalmente conoscenza con quel tesoruccio troppo carino cocchino pulcino oh quel pulcino patatino carino carino di Melchior... Fuori discussione. Da cui: mazzo di fiori. Nella speranza di placare un'eventuale irritazione della suddetta nonna. Chiaro?

Bene: esterno giorno, villetta della professoressa Rénal, Sid Ali suona al cancello d'ingresso che, come abitualmente succede durante il giorno, è socchiuso – ragion per cui va fino alla gradinata esterna, sale i tre scalini mezzaluneschi e suona alla porta d'ingresso della villetta... Che si apre... E su chi? Sulla professoressa Rénal, ovviamente... Ma anche?... Su Melchior!

Uuuh! Quant'è bello! E come accoglie lo sconosciuto! Con una specie di beato balbettio ridanciano: come farebbe un bambino felice di veder tornare a casa dopo una giornata di lavoro il padre che ama e che lo ama, il padre adorato! Bella lì! Per niente intimidito, Melchior! Teneva il suo orsacchiotto sotto il braccio, un coso orrendo fatto di un insieme di pezzi di stoffa trapuntata, un affare, uno gnomo – un djinn, insomma! – lurido, un po' puzzolente e morbido, un vero orsacchiotto come piace a tutti i bambini... Be', lo fa cadere, il suo orsacchiotto! Non ha più bisogno di quel famoso oggetto transizionale, di quel sostituto del seno o di sa Dio cosa di materno e di rassicurante, no, guarda! addio orsacchiotto! sono un ragazzo grande, adesso, non ne ho più bisogno perché c'è qui il mio amico Sid Ali! Perché c'è qui mio padre, colui che mi ama! Colui che farà di me un uomo!

E sapete come fa quest'ometto così affettuoso, così sveglio, e che mi assomiglia così tanto, a manifestare la sua gioia di vedermi? Sapete cosa gli viene in mente di fare? Oh, una cosa meravigliosa! Mi corre incontro e mi abbraccia le ginocchia! Proprio così!

Non si può proprio dire che, nonostante il mazzo di fiori che le porgo, la nonna di Melchior condivida il suo entusiasmo. Per dirla tutta, la professoressa Rénal mi lancia, a mo' di sorriso, quella che dobbiamo oggettivamente definire una smorfia seccata.

"Sid Ali, pensavo di essere stata chiara..."

(Chiara come Claire, sua figlia? Ah ah!)

"Sì, sì, Cécile, me ne vado, me ne vado... Ma non potevo resistere. Dovevo conoscere Melchior. Tutto qua."

La professoressa Rénal, malignamente sarcastica, finge allora di presentarci secondo le regole della più formale buona educazione:

"Signor Melchior Almansour, signor Sid Ali Benengeli..."

(Ecco qua, caro lettore, giunto a pagina 293, adesso finalmente conosci il mio cognome. Il cognome che ho ricevuto da mio padre, che l'ha ricevuto da suo padre, il quale l'aveva ricevuto dal proprio padre e così di seguito risalendo probabilmente fino ai dodici figli di Ismail... E ti prego di notare che è stato necessario, affinché tu finalmente lo conoscessi, questo cognome che mi onoro di portare e che a quanto pare avrei macchiato, disonorato – ma il mio unico giudice sarà Allah! E non uomini così poco credenti da credersi in diritto di giudicare altri uomini, loro simili, loro fratelli –, è stato necessario, dicevo, affinché finalmente tu conoscessi questo nome, che io fossi di fronte al mio figlio spirituale. E se questa non è la prova che Allah mi aveva designato come tutore e guida di quel bambino sulla via della virtù e dell'onore?...)

"Cécile, posso prenderlo in braccio? Solo un attimo, Cécile... Solo un attimo, Cécile..."

Cécile, al colmo dell'esasperazione:

"Prendilo in braccio, Sid Ali!".

In braccio a me, Melchior continua a manifestare la sua gioia. Per gioco, ma anche un po' simbolicamente: per offrirgli la mia corona principesca, da principe del popolo beur, da principe dei Poeti, gli metto in testa il mio cappellino Fila *Pro-race*... Ovviamente è troppo grande per lui e Melchior rogna un po', brontola, si agita e lo butta per terra! Protesta, Melchior! Ha già il suo caratterino, questo ometto! Sarai un uomo, figlio mio, e questo mi piace!

Sua nonna, in compenso, non apprezza affatto. Sbotta:

"Sid Ali! Un bambino non è un giocattolo ma una persona!".

"Sì, sì," dico, "sì, sì, Cécile, mi scusi! Scusa Melchior! Glielo restituisco Cécile, glielo restituisco!"

E glielo tendo, il mio Melchior, il mio figliolo, e la professoressa Rénal lo prende in braccio, e si china per raccattare l'orrendo orsacchiotto, e glielo restituisce... E Melchior lo riprende! Ah, Melchior, Melchior! Sta' attento alle donne, mio Melchior! Sta' attento alla dolcezza mortale, sta' attento alla mortale bontà delle donne, Melchior! Se si mostrano così buone, così dolci con te, bambino mio, è per meglio dominarti! Mortalmente materne, le donne...

E allora imploro la professoressa Rénal, la imploro sapendo che mi risponderà di no, ma ho tuttavia la debolezza di implorarla:

"Cécile, mi piacerebbe tanto conoscere Claire... Non potrei aspettare che...".

La professoressa Rénal sembra giunta a quello stadio della collera in cui la collera non si esprime più con le urla ma, al contrario, con una specie di sospiro stanco, disilluso e che significa, più del nostro sempiterno ed eruttante "cazzo! non esiste!", che in effetti non esiste ragione per darmi corda. Con grande calma, mi fa:

"Sid Ali, gioco bello dura poco. E adesso è ora che la pianti... Mia figlia sarà qui tra dieci minuti, un quarto d'ora e sono ben decisa a passare da sola con lei e Melchior le poche ore che ci restano prima di separarci, alle 19.40, diciamo 39, su un binario della Gare Montparnasse, davanti alla carrozza dove hanno un posto prenotato. E adesso, mio caro Sid Ali, te lo dico in totale amicizia: vattene".

"Benissimo, ho capito, me ne vado."

Brevissimo campo-controcampo. Primissimo piano. La professoressa Rénal, Sid Ali, gli occhi negli occhi.

La professoressa Rénal:

"C'è chi ti vuole bene Sid Ali!".

Sid Ali:

"Chi, mi vuole bene?".

La professoressa Rénal:

"Io. Ti sono molto affezionata, Sid Ali".

Sid Ali:

"Sì, esatto, molto *affezionata*, Cécile".

E poiché gli attori hanno talento, e poiché il regista è Dio, nello sguardo che i due si scambiano c'è insieme odio e amore, indissolubili, odio e amore, odio e amore... È l'orrore assoluto che si svela, che si rivela a noi solo di rado, grazie a Dio, giacché altrimenti non potremmo semplicemente più vivere – la verità, la vertiginosa verità in cui sta tutta la tragedia della nostra condizione umana: nel profondo, nel segreto del nostro cuore, odio e amore sono una cosa sola.

E per aggiungere alla mia disperazione di che nutrire lo sconforto in cui essa si tramuta, qui, davanti alla porta d'ingresso della villetta, che la professoressa Rénal ha aperto per darmi congedo: Melchior! Melchior che con una simpatia devastante agita la manina come fanno i bambini per salutare gli adulti che se ne vanno, e mi butta lì, adorabile:

"'Rivederci!".

E per salutarmi, il tesoruccio, il patatino ha di nuovo lasciato cadere il suo orsacchiotto. Ma sì, Melchior! Un padre è molto meglio di una porcheria fatta di vecchi stracci luridi e che non sa neanche di buono. Cazzo.

Sequenza finale.

Esterno notte. Piazza del Municipio, il tabellone di annunci e avvisi municipali dietro il quale il mio Zizou nasconde metà del suo sublime muso da beduino in un cachemire profumato Dior – bel colpo, mio Zizou! Danni di guerra! Risarcimento! Quei bastardi degli svizzeri cominciano a vergognarsi e a restituire tutto quello che hanno fottuto ai giudei – non è mai troppo tardi per fare qualcosa di buono. E noi, mio Zizou? Dai che si va. Tassiamo Dior. Ce la pagheranno! Li faremo scucire tutti! Sarà un conto bello salato, per LVHM! Cazzo, le quotazioni crolleranno! E la faccia della Sylvestre, la bionda platinata! Ah! E il culone che non saprà più quale fazzoletto sfoggiare nel taschino della sua giacca di merda! Nero, bella mia, per il tuo lutto! Oppure bianco, estremo omaggio ai musulmani che ti ridurranno a un colabrodo, stronzo!

Ah, e che giorno è, si domanda lo spettatore, che ore sono? Ma perché credi che al montaggio il regista abbia fatto inserire quella breve inquadratura in cui puoi vedere un tabellone municipale sormontato da un display luminoso che indica il giorno e l'ora? E duplice vantaggio: un'indicazione narrativa che permette allo spettatore di seguire meglio la trama e, come se non bastasse, già che ci siamo, siccome per dodici secondi si vedrà la pubblicità dell'*Eau Sauvage*, la produzione ha chiesto la mazzetta a Dior: "Ecco, il nostro film è un kolossal, budget a otto zeri dopo la cifra, mi spiego? e anche se la cifra è uno, viene comunque, parlando in termini arcaici stile nonna Pina, un bel dieci miliardi di centesimi! E faremo come minimo cinque milioni di contatti, quindi scucite pure un milione di franchi. Una bazzecola, lo ammetterete, per quello che nel nostro gergo chiamiamo spot clandestino, o furtivo!". E se Dior dice di no, pazienza, andremo da Guerlain! Oppure da YSL! Noi preferiremmo l'*Eau Sauvage* perché Zizou vende molto più della checca più-abbronzati-di-così-si-muore che lo dà via sul manifesto di *Kouros*, claro? E il giorno e l'ora, claro anche questo? Sapete leggere: 13.01.99 – spero che nella prossima notte di San Silvestro il bug non ce lo sputtani, il nostro bel pannello luminoso elettronico e municipale a display digitale! E l'ora? 22.22 – arrivano gli sbirri! Arrivano gli sbirri due volte! Mi viene da tartagliare.

No, scherzavo. Neanche uno sbirro, né nella piazza del Municipio né nei dintorni, all'ora già tarda in cui gli abitanti delle periferie sono stravaccati davanti al televisore, a chiedersi se la Aubry non è mica ancora ingrassata. "– Ma sì! Ti dico che è ancora ingrassata, Ginetta! – Ma non è la Aubry, Ginone, è la Trautmann! – Be'! È ingrassata anche lei! Mica si mangia male, ai ministeri, eh, zoccolone? Dai, Martine, spariamoci ancora una mestolata di quest'ottimo caviale, con una bella fetta di *foie gras*, per accompagnare! Bella lì, Catherine, *foie gras*! E allungami un po' la boccia... Scostumate! Ah, ormai c'è solo la Guigou che sa stare al mondo!"

Quindi, sul far delle dieci e mezzo di sera il bel Sid Ali, tutto vestito di bianco, cammina con il passo agile e disinvolto della star cui il successo dà quella scioltezza che appartiene solo alle star. Il male non può più colpirlo – *Perché io valgo*. Si dirige verso la pittoresca via di villette, ultima testimonianza del fatto che un tempo Aubervilliers, o La Courneuve, come volete, fu non un villaggio, certo, ma un agglomerato di villette piccolo-borghesi. Molto piccolo-borghesi. Sid Ali, la star smarrita in questo tristissimo scenario, si dirige verso la casa dell'immortale, fortunatamente per noi, ma mortale, ahimè per lei, professoressa Rénal.

Eqquequa. Le imposte sono aperte: a casa della professoressa Rénal, le imposte sono sempre aperte. Prudente, la professoressa Rénal! Se un giorno le venisse il ghiribizzo di chiuderle, le sue imposte, sono talmente arrugginite che cadrebbero a pezzi, lei lo sa. Solo la sua camera da letto, al primo piano, è illuminata. Le doppie tende non sono state ancora tirate. Le tendine bianche – un po' zozze, ma non mi metterò certo a lavarti anche le tende, Cécile! E comunque tra un quarto d'ora non dovrai mai più tirarle, le tue tendine! – il tessuto bianco lurido diffonde un chiarore... *chiaroso*! per riprendere un termine inventato da Rimbaud, e che non ho mai trovato in altri che in Rimbaud – ma, oggettivamente, mica ho letto tutto.

Dunque la professoressa Rénal è sola in casa, tornata dalla Gare Montparnasse dove accompagnò Claire e Melchior – il mio Melchior. Loro sono già a Nantes. Claire ha telefonato alla madre per tranquillizzarla: “Sì, tutto bene, proprio una bella invenzione, il TGV, ti passo Melchior che vuole mandare un bacino alla nonna, questo pulcino, prima di andare a fare la nanna con il suo orsacchiotto...”. Cécile sta rileggendo Proust, o Kafka, o Roland Barthes, stesa sul letto, con un bicchiere colmo di riesling posato a portata di mano sul comodino alla sua destra, la bottiglia nel secchiello isotermico su quello alla sua sinistra... Mi vedo la scena come se fossi lì. Suono al cancello del giardino, chiuso a quest'ora. To', chi osa venire a disturbarmi alle dieci e mezzo di sera se non quella zecca di Sid Ali? Vediamo... Quattro, cinque secondi... Ecco, un lembo della tendina si solleva... Eh sì, Cécile, sono io, illuminato dal lampione piazzato in asse con il tuo ingresso, sul marciapiede. Che faccio? Non chiamerò certo gli sbirri. Non è da me, non è da Cécile Rénal. Faccio finta di non aver sentito niente? Troppo tardi! Mi tocca aprire. Ecco, cinque, sei, sette secondi... L'occhio di bue – di un bue che ha la malattia della mucca pazza, visto che è ovale! – l'occhio di bue che di giorno illumina debolmente le scale ora si illumina elettricamente... Dunque scendi, Cécile – vieni ad aprirmi, grazie. È l'ultima volta in vita tua che vieni ad aprirmi, Cécile – il delitto fu premeditato. Ecco. Anche l'ingresso si illumina – lo vedo attraverso la ridicola vetrata in stile gotico *flamboyant* Loucheur... E la porta della villetta si apre su di te, Cécile, ancora vestita ma in pantofole – uuuuh, il dettaglio nonna Pina! per la tua ultima sera, Cécile, avresti potuto evitare di deludermi, prima di aprirmi Isa si premura sempre di infilarsi le sue scarpette di raso... Ah! E reggi nella mano destra un bicchiere di vino bianco... E con la sinistra, ebbene sì, premi l'interruttore che comanda l'apertura del cancello, affinché io possa entrare e dirti perché vengo a disturbarti a un'ora così tarda... Tranqui, Cécile, poi non ti disturberò mai più. Nella tasca sinistra – sono mancino – della mia cerata bianca da skipper Helly Hansen, ho un sacchetto della Virgin... Ecco perché sono venuto. Due falcate. Ho le gambe lunghe e il tuo ridicolo e sciattissimo giardino è così ridicolmente piccolo... I tre scalini mezzaluneschi, tutti in una volta... E tu:

“Ali il Magnifico!”.

Questa poi! La battuta non era prevista! Non era scritta sul mio copione! Improvvisi, Cécile, credi che tutto ti sia permesso e mandi a puttane la mia storia! Vabbé, non è proprio una punch line, la mia risposta, ma la dico con un tono così freddo che ti paralizza:

“Sid... Ali! Non Ali e basta: Sid Ali... Il Magnifico, se vuoi, me lo piglio pure. Un complimento non ha mai fatto male a nessuno... Sono algerino, ma non sono tuo marito, Cécile, sono Sid... Ali”.

Ma no! Non sembra oltremodo colpita, Cécile! Quante bottiglie di riesling Kayserberg, *Vendemmie tardive* quanto la mia visita, eh, Cécile? Bella lì. Cécile vede piombarsi in casa un commando di assassini, sgozzatori e violentatori, armati di coltellacci, granate, kalashnikov, e qualche lanciarazzo, giusto di che innaffiare il giardino, che ne avrebbe proprio bisogno, di un po' di pioggia, ma di heb-heb... Heb-heb beh, Cécile: neanche una piega! Entrate, prego, vi aspettavo, fate come se foste a casa vostra! Cazzo, la faccenda mi puzza sempre di più! Neanche questo era nel copione, Cécile! Né avevo previsto che oltre tutto la scena me la recitassi della serie materna! Cazzo, sentitela:

"Che cosa c'è, Sid Ali? Ti ho offeso? Ti sei sentito offeso? Sei giù? Hai un gran magone e me ne vorresti parlare? Ti sei fatto un po' troppe canne o altro? Dimmi, vieni! Entra! Raccontami!".

E mi tende la mano, cazzo! Come se fossi un bambinetto, cazzo! Come se fossi il suo Melchior!

Ma sono un uomo, io, stronza! Bella lì. E insisti, eh, Cécile, in modo da farmi passare per un bastardo agli occhi degli spettatori, eh, per aver rifiutato la mano che mi tendevi! E cosa mi dici, adesso, Cécile, tanto per umiliarmi ancora un po'?

"Vieni, chiudi la porta e seguimi! Stavo leggendo tranquilla in camera mia, adesso proviamo a parlare con calma... Staremo più comodi in camera mia per parlare, va bene?"

Perfetto: questo era nel mio copione. Ti violentavo selvaggiamente, front door and back door, la totale! ti sfondo la vecchia passera marcia e il culo mal lavato, stronza! E non prima ma dopo averti soffocato in un sacchetto del Virgin Megastore: mi piace trombare i cadaveri, ognuno ha i suoi gusti! L'altro giorno ho goduto come un pazzo soffocandomi in questo sacchetto del Virgin Megastore! Puttana, se sono venuto! Ho schizzato uno di quei brodi, puttana! bello spesso e appiccicoso, mica un latticello da frocio! 'Llah! L'unica differenza tra te e me è che io non sono morto a farlo nel sacchetto di plastica! Tu invece ci rimarrai secca!

Seguo la professoressa Rénal su per le scale.

Mi precede di uno o due scalini. In realtà le sue ridicole pantofole scozzesi foderate di pelo sono uno o due numeri troppo grandi e lei non può andare troppo veloce altrimenti pianta un volo! inoltre, economa, Cécile, eh! non vorrebbe rovesciare quel po' di vino bianco che le è avanzato in fondo al bicchiere, quella scema. Se macchi il tappeto, scema di una, non contare su di me perché venga a pulirtelo! Le pulizie a scrocco, va bene una volta ma non due! Sono Sid Ali Benengeli, figlio di Ibrahim Benengeli, nipote di

Yucef Benengeli, e ho la mia dignità! E la mia umm ne fa già abbastanza, di mestieri, per dar da mangiare ai suoi figli, borghesotta di una! Borghesotta profumata Guerlain! Vai piano, Cécile? Benissimo! Al tuo passo, Cécile! Una lentezza alla Kurosawa! Il tempo che abbiamo impiegato, io e Isabelle, per salire la grande scalinata al Festival di Cannes! Ma Isa l'algerina è molto più bella di te, Cécile! E si era messa i suoi tacchi a spillo più alti, Cécile! Sono più difficili da portare ma molto più chic delle pantofole, dai retta a me! A questo punto, Cécile, non siamo più in un film di Kurosawa! Naaa! Adesso ti becchi un bel film dell'orrore – un pazzo assassino mi segue, mio Dio! vuole violentarmi e poi assassinarmi!

Dico pacatamente:

"Ho una brutta notizia per te, Cécile, sono venuto qui per violentarti e ucciderti, giacché tu mi disprezzi".

Quindi, sul penultimo scalino: panico! Si volta verso di me, sale indietreggiando l'ultimo scalino, indietreggia ancora... Sul pianerottolo, la porta del bagno è aperta: ecco, la spingo; non la spingo molto violentemente: la spingo con il palmo delle mani sul suo petto; l'ho semplicemente spinta; è caduta, lasciando cadere il bicchiere, che si è rotto sulle piastrelle del pavimento; lei non ha urlato: aveva sbattuto la nuca contro il bordo della vasca semicupio (nelle miserrime villette legge Loucheur le vasche sono tutte semi, perché per una lunga non ci sarebbe spazio; ai Poeti abbiamo solo un bagno in sei ma una vasca grande, dove posso stendere voluttuosamente il mio metro e 84 nel bagnoschiuma e godere, non senza un po' di perversione, lo ammetto, nel sentire Azzedine, o Amina, o tutti e due, tamburellare alla porta e ingiungermi, 'sti sbarbati hanno una faccia di tolla!, di aprirgli all'istante).

La professoressa Rénal giace a terra, piegata in due, come una bambola di pezza, priva di coscienza ma respira ancora. Non voglio che soffra: tiro fuori il sacchetto del Virgin Megastore... E a questo punto, miei cari guardoni, miei cari pervertiti, ho il mio pudore, vi frustrerò – a questo punto dico "Cut!".

Ho ripreso il mio sacchetto del Virgin Megastore, l'ho rimesso nella tasca sinistra della mia vecchia ma sempre meravigliosamente impermeabile Helly Hansen. Ho ridisceso le scale. Va a sapere perché, ho ripensato a una sortita che aveva fatto in classe la professoressa Rénal contro l'uso improprio, ridicolo, fatto dai giornalisti del verbo non dichiarativo *sorridere – sorrise lui*, *sorrise lei* – invece del corretto: *disse lui*, o *disse lei sorridendo*. Sono morta, sorrise la Rénal.

L'ingresso. Occhiata a sinistra, occhiata a destra: dai che si va, nessuno, via libera! Back home, Sid Ali. Ah, quando arrivo a casa, bisogna che controlli una cosa sul catalogo dei roadster BMW: cioè se il tappeto di velluto è di serie o optional sullo Z3 2.0. Se la BMW ci fa lo scherzetto del tappeto di velluto optional sulla 2.0, prendo la 2.8: non starò a menarmela per 32.000 franchi in più o in meno, visto che voglio il tappeto di velluto, eh?

Ah, io avrei lasciato delle impronte, signor Commissario? Ma certo, signor Commissario! Come posso non aver lasciato delle impronte? Dieci testimoni le diranno di avermi visto, intorno alle tre e mezzo del pomeriggio, fare una visitina alla professoressa Rénal che voleva presentarmi, se così posso dire, al nipotino! Ed è assolutamente vero, confesso, posso fare una deposizione e firmare, confesso, ho voluto portare dei fiori alla professoressa Rénal, è una cosa che si fa, e il mazzo, sì, l'ho rubato ai Giardini di Sheherazade, nella piazza del Municipio! Ecco, l'ho detto! Ma mica mi rifilerete un ergastolo a Fleury-Mérogis per il furto di un mazzo di rose gialle del valore di 70 franchi! Mi faccia pure qualche abuso, signor Commissario, se la cosa la può rilassare! e con la guida del telefono, se preferisce, la prego, signor Commissario! ma francamente non ce la vedo a chiamare la giudiziaria, né il procuratore, né il giudice istruttore per il furto di un mazzo di rose gialle del valore di 70 franchi, rose che, peraltro, devono aver vissuto ancor meno di quanto vivono le rose nella poesia, perché, sia detto tra noi, eh, I Giardini di Sheherazade, signor Commissario!...

To', la bottega del padre di Djamila è ancora aperta: vodka.

"Buona sera, signor Chédine!"

"Ah, buona sera Aziz!"

Perfetto. Il signor Chédine ha ricevuto intorno alle dieci e mezzo, undici meno un quarto di sera, la visita di quella canaglia di Aziz Benengeli, venuto a comprargli una bottiglia di vodka. Aziz Benengeli, caro signor Chédine, ha forse il dono dell'ubiquità, visto che alla stessa ora può marcire in una cella d'isolamento a Fleury-Mérogis e venire da lei a comprare una bottiglia di vodka? O fragilità della testimonianza umana!

Una Absolut? Non ce n'ho. Vabbé, allora è uguale, quella che costa meno: tolta l'Absolut, una vale l'altra, absolutamente – ah! ah! punch line –, vada per la Smirnoff. 10 franchi più cara che da Auchan: per forza, i margini, l'affitto del locale, gli orari, tutto quanto. In effetti da Auchan, due minuti di paura la pago, la vodka. La ciulo. Ma ho la mia morale: da un miserabile bottegaio di periferia, coraggiosamente aperto fino a oltre le undici e mezzo di sera, e per di più musulmano, algerino d'origine e, o Allah! padre della divina Djamila, passo alla cassa! Sono fatto così, io, Sid Ali. Cézanne. Mi deve 12 franchi di resto... Ma no, signor Chédine, mo' me la tiro da gran signore, fratello di sangue, solidale e la rava e la fava!

"Il resto, Aziz!"

"No, lasci, signor Chédine! Per la cassetta delle offerte di Ma Ychali!" Ecco, Sid Ali.

Plus rien ne s'oppose à la nuit,
Rien ne justifie...

Il mio dolore, al funerale! Devastato, ero! Annientato. Come tutti i miei amici di scuola. Come tutti i cari colleghi della professoressa Rénal. Come Djamila che vedendomi singhiozzare e singhiozzando lei stessa come me, in un improvviso slancio, si è intrufolata nelle file serrate degli studenti e dei professori ammassati intorno alla fossa – per venire ad abbracciarmi. E allora abbiamo singhiozzato insieme, avvinghiati. E insieme abbiamo gettato, come da rituale, una manciata di terra sulla bara. E tutte le fighette e i finocchi, tutti quelli e quelle che non volevano sporcarsi la mano, si passavano la paletta, ma noi algerini, io e Dja, abbiamo avuto la dignità di prendere la terra con le mani... Perché quel rituale, del resto? Visto che, secondo le volontà testamentarie della professoressa Rénal, il funerale era rigorosamente civile: nessun prete, né pastore né rabbino.

Ah, e anche un discorso? Sì, ma una volta tanto ho apprezzato il nostro preside che, anziché propinarci il banale, pomposo, e palloso, e interminabile blabla di circostanza, si è limitato a esclamare:

"Era una gran signora!".

Complimenti, Goudinart! – non posso farci niente, si chiama così, non tutti possono chiamarsi Benengeli. Complimenti, Goudinart! Niente da aggiungere. E Claire Almansour, che la pensava come me, ha ringraziato con gli occhi il preside per la sua laconicità. E anche la professoressa Rénal avrebbe apprezzato quella brevità, ne sono certo.

Era una gran signora, unanimemente rispettata se non unanimemente amata. Alcuni, per non dire la maggioranza dei suoi cari colleghi, la trovavano un po' troppo gran signora, per l'appunto, la compianta Cécile Rénal: non faceva molti sforzi, Cécile Rénal, per andare ai loro barbecue, alle loro serate "raclette", o diapositive di ritorno dall'Egitto, o karaoke Brassens-Barbara... Per dirla tutta, li snobbava un po', Cécile Rénal, i suoi cari colleghi! Cécile Rénal, sempre così incazzata con Allègre, come lo era stata da quando insegnava con tutti i predecessori dell'attuale ministro della Pubblica Istruzione, non si era mai unita all'allegro corteo dei suoi colleghi, quando, con striscioni e fischietti, prendevano la RER per andare a manifestare a Parigi... Ma, vabbé, era morta – una cosa stupidissima: in pantofole, scivolata sul pavimento umido, un colpo alla nuca, vedi il destino, eh! – e ormai era, definitivamente, una gran signora unanimemente compianta da tutti coloro che l'avevano conosciuta e quindi amata.

Claire non piangeva: sembrava al di là del dolore. E Melchior, eh? Melchior non assisteva al funerale: chi badava a lui, ciccino pulcino tesoruccio mio, eh? qualcuno poteva dirmelo? La persona che lo teneva mentre seppellivamo sua nonna era degna di fiducia? E non è che magari l'orrido Hassan, suo padre, avendo per caso appreso la notizia, tentava, in quel preciso istante, di rapire suo figlio, rimasto a Nantes? Quel cane di un fassi era capace di tutto... Oh! Mio Melchior, ormai avevi solo tua madre e me ad amarti su questa terra.

E con questo amaro pensiero sono uscito, per ultimo, dal cimitero... A quel punto, un accesso di pura disperazione! Un ricordo così crudele da farmi barcollare, tanto che per non cadere ho dovuto aggrapparmi con le mani a due sbarre del cancello del cimitero, come fa nella cella il prigioniero disperato: quando tu, Cécile, dall'alto della pedana, fissandomi, hai cominciato a recitarmi con la lentezza voluta, la lentezza che si confà alla brevità dei versi di Rimbaud, *L'Éternité*:

"*Elle est retrouvée.*

"*Quoi?*"

...Stavi per proseguire, Cécile, ma ti ho tolto la parola, Cécile, e ho dato la risposta prima che tu l'enunciassi:

"*L'Éternité*".

E allora tutte quelle mezzeseghe, Cécile, tutti quei cretini, tutti quegli zeri, tutti quei coglioni, tutti quei finocchi che si credevano l'élite solo perché erano in prima S, tutti quei mongoli si sono messi a ridere... Stronzi!

Ho mandato a quel paese le lacrime, e le lezioni del pomeriggio ("Zeugma!" – mi è parso di sentirti, Cécile, insegnarci che l'elegante e ardita figura retorica che ho usato qui altro non è che uno zeugma). Che uomo sarei stato se avessi avuto così poca sensibilità da sedermi al mio banco, in prima fila, sotto la pedana, come se niente fosse? Naa! RER, Halles, Fnac! A regalarmi, Cécile, come pegno del nostro amore, del nostro amore che sarebbe sopravvissuto a te, Cécile, a regalarmi il *Quintetto per clarinetto* di Mozart. Quindi: Fnac. Sigla diventata acronimo, ipocritamente acronimo, per far dimenticare il significato delle quattro lettere: *F*, *N*, *A*, *C*... Fornitore Nazionale degli Alcolizzati del Consumo. Ecco! Però se volete comprare un disco di musica classica, la scelta è limitata: o la Virgin, o la Fnac. E la Fnac, almeno per la classica, è più fornita. E poi confesso che andare alla Virgin per un ultimo omaggio a Cécile mi sarebbe parso di dubbio gusto – devo spiegare perché?

In questo lunedì 18 gennaio, onorerò quindi della mia insolita presenza il reparto Musica classica della Fnac-Halles.

Vediamo un po'. M... Mozart. Vai che sei il migliore, WAM: un intero scaffale tutto per te! Musica sacra, opere, sinfonie, concerti, musica da camera... Sento che sono sulla buona strada. Suddivisioni per strumenti: a corde, naa, pianoforte, naaa, a fiato, eccoci, alla C: clarinetto! Claro, ci siamo!... Uuhhh, cazzarola, un intero settore di K. 581! Almeno dodici versioni disponibili... Ahia. Naaa, niente ahia, ho trovato! La migliore, ovviamente, la migliore perché è quella di Cécile: del Wiener Oktett... Riesling? Kayeserberg! K 581? Wiener Oktett! Facilissimo. La copertina è cambiata, of course. Cambiano illustrazione su per giù ogni sei mesi: marketing, nuovo look moda, rotazione ottimizzata, zero stock, niente magazzino, e acchiappagonzi per il distratto che non si rende conto che il prodotto è identico a quello che aveva già, ma adesso è venduto con un'altra confezione. Che poi non è detto che uno riesca a intravedere qualcosa del suddetto prodotto sotto l'ammasso galattico di adesivi promozionali che costellano il cellophane della confezione: *Lo Choc del mese*, *Lo Choc dell'anno*, *Il Diapason d'oro*, *Le Crome d'oro*, *La Scelta del Negoziante*, *Piaciuto al Mondo della Musica*, *Scelto da les Inrock*, *Consigliato da Télérama*, *Prezzo Verde*, *Speciale Soft*, *Operazione Miniprezzo-Maxipiacere*, *Classico per voi*, *Classico per tutti*, *I CD del cuore*, *Le Cento Registrazioni del secolo*, *La Discoteca ideale*, *Gli Imperdibili*, *Gli Indispensabili*, *Gli Introvabili* – bella lì! alla Fnac si trovano gli introvabili! Complimenti alla Fnac! Ringrazio ogni giorno il Misericordioso di averti trovata... Senza dimenticare *Gli Indimenticabili*, *I Fondamentali*, *Gli Immortali*, *Gli Autentici*, *"Ascoltare Mozart significa dare da mangiare a un bambino che ha fa-*

me – 1 franco versato a ATD *per ogni disco acquistato*", *Mozart-Aids, Mozart-Kosovo, Visto in tivù...*

Cosa? Vi sentite intimiditi, indecisi, incerti della vostra cultura che intuite un filino troppo recente e lacunosa? Temete che la vostra scelta riveli a persone più avvertite di voi, e che ghigneranno alle vostre spalle, senza alcuna pietà, statene certi, quei bastardi! riveli, la vostra scelta, a che punto le vostre conoscenze in tema di musica classica sono solo una fragile patina che andrà in frantumi al vostro primo contatto con la dura realtà vissuta dagli autentici melomani? Non dovete farvi alcun problema! Non c'è nulla di più facile che evitare il passo falso! Ve lo do io il trucco: se il cellophane che riveste il CD è totalmente coperto dagli invitanti pallotti promozionali al punto che non riuscite più a leggere né il titolo dell'opera, né il nome del compositore, né quello dell'interprete: prendete! prendete senza esitare! È buono! È buono per forza! E avrete sempre tempo, una volta arrivati a casa, di strappare il cellophane per scoprire quello che avete comprato! Cosa? Di chi? Da chi? – Ohh porca puttana, ce l'avevo già! – Eh sì, povero coglione che non sei altro, schiavo delle merci, alienato! Ti sei fatto inculare! Ti sei fatto fnaccare! Ben ti sta! Hai voluto la cultura di massa? E allora beccatela.

E, guarda!... Credevi, come me, povero ignaro, che il *Requiem* fosse l'ultima opera composta da Mozart, capolavoro peraltro lasciato incompiuto, avendo la Morte falciato più in fretta di quanto Mozart annotasse nere, bianche e crome sul pentagramma? NAA! Niente affatto, povero coglione! Guarda!... Mozart ha composto un sacco di cose dopo il *Requiem*, e quel figlio di puttana di Ludwig von Köchel che, voglia di lavorare saltami addosso, be', ha omesso di iscriverle nel suo celebre catalogo ritenuto esaustivo! Nel cesso, Köchel-la fiacca! Guarda, ma guarda qui questo cofanetto di tre CD: *Mozart-Spot*! Dopo il *Requiem*, chissà perché incompiuto, Mozart ha composto di che riempire ancora tre CD di una durata di 60-70 minuti l'uno! Come? Non hai mai sentito il brillante *Concerto per Croccantini-Whiskas*? Non hai mai trovato consolazione a un dispiacere inebriandoti con la maestosa *Sinfonia Assicurazione-Vita-Axa*? E giura, giura che non conosci la toccante *Sonata per Pannoloni-Superassorbenti-Pampers*, con la piccola arricciatura che evita alla pipì azzurra del bebè di fuoriuscire? Cazzarola! Quanto sei antico! E le *Nozze di Figaro-Magazine*, non dirmi che anche queste non le hai mai sentite? Che sfigato! E il *Trio in mi minore superconcentrato Mira Lanza*... "che ti dà il massimo"?

Ah, e non sai nemmeno che Verdi ha composto l'inno del Front

National? Be', adesso lo sai, amico mio! Le Pen aveva commissionato per il suo partito neonazista un inno a Verdi. E il Giuseppe, furfante come ogni mangiaspaghetti che si rispetti, sai che scherzetto zitto zitto che t'inculo gli ha fatto al Jean-Marie? Be', gli ha rifilato un avanzo di magazzino! E sai cosa? cazzo, una bella faccia di culo, il Giuseppe, ci voleva proprio un bel coraggio! Gli ha rifilato un coro di giudei! Uuh, che ciulata, Peppino mio! Giudei! per il mio Jean-Marie che non li può vedere, gli ebreucci! *Va pensiero sull'ali doraaaate*... Ma Jean-Marie, lo conosci, sempre gran signore! Invece di riempirgli la faccia di cartoni, all'italiano che l'aveva preso per il culo, Jean-Marie ha detto: "Fa lo stesso, è solo un dettaglio!". È l'espressione preferita di Le Pen: "È solo un dettaglio!". È diventato un tic, per lui.

Va bene, Sid Ali, hai riso a sufficienza dello sketch che ti sei recitato, ma la Fnac-Halles ha i soffitti bassi, e tu, che hai avuto in dono da Allah il morbo sacro, non dimenticarlo mai, hai bisogno di aria! Deciditi, adesso.

Il *Quintetto per clarinetto*... Dell'Oktett. Prezzo-Verde-Promozione-Speciale: 50 franchi. Regalato! 10 franchi per interprete: cazzo, pauperizzata di brutto, la classica! Meglio chiedere l'elemosina nella metropolitana che incidere per la Decca! E mentre i cinque tipi suonano il quintetto, cosa cacchio fanno gli altri tre dell'Oktett che restano tagliati fuori?

Altro problema da risolvere all'istante, Sid Ali: sputtani il coso che farebbe bip se tu passassi al metal detector senza aver pagato, bello mio, oppure passi alla cassa? Passi alla cassa, Sid Ali. Il lutto impone una certa decenza. E ciulare del sublime nostalgico sarebbe come uccidere una seconda volta Cécile, e vuotare le tasche a Mozart... Indegno di te.

RIRER: ritorno ai Poeti.

Azz e Mina, gli sbarbati, non sono ancora tornati da scuola o dalle bigiate. Perfetto. Il loro ghetto-blaster? Eccolo. Tolgo le pile, stacco il filo che permette di farlo andare a corrente, e corro a buttare pile e filo nello scarico a colonna: che gli sbarbati non scassino il cazzo unz unz unz quando il loro geniale fratello maggiore si abbandonerà al piacere sottile della gioia austera, della felice malinconia cui ci invita il divino Mozart... Lo scarico a colonna? Intasato fino al quarto piano, ma i Benengeli abitano al quinto, perciò possono ancora riempire il condotto di un buon metro cubo di rifiuti prima di telefonare ai servizi sanitari dell'ente case popolari del 93, per protestare apertamente del vergognoso stato di abbandono in cui si trova il loro palazzo. È pressoché l'unica cosa che il signor Ibrahim Benengeli sappia fare senza mostrarsi così servile, e così balbettante, e così piagnucoloso da farsi sbattere giù il telefono dalla segretaria dopo un minuto – ho altro da fare, eh! soprattutto con gente che è in ritardo di tre mesi con l'affitto. No, qui mio padre riesce a tener duro, a esporre le sue lamentele per tre, quattro, addirittura cinque minuti i giorni in cui è in forma! "Che quella puzza qui, signora mia, non è mica igienica..." Tua madre, papà!

Ecco. Il mio lettore laser – in mia assenza, tenuto sempre prudentemente sotto chiave nel mio armadio. Tira fuori la lingua! Inghiotti! Non fare smorfie: è Mozart! (Ve l'ho già fatta, questa? Lo so. Ma a me, personalmente, piace sempre un casino.)

Il *Quintetto*!

Primo movimento: Allegro – 6 minuti e 21 secondi. Posso reggere, lo so. Sono un uomo, e il male non può colpirmi.

Secondo movimento: Larghetto – largo! Sto per crollare, lo sento, lo so... Ecco! Cosa ti dicevo? Il clarinetto decolla e io?... E io precipito. Fiume di lacrime! Orrore! Nulla liquido, primordiale, in cui perdo la bussola! Terrore! Terrore di un dolore che non sarò in grado di reggere più a lungo... Stronzo di un Wolfgang! Stronzo! Farmi singhiozzare e piagnucolare così, io, Sid Ali, che pure mica sono un finocchio, eh! Cazzo... Naa, naa! Wolfgang, amico mio! Fratello! Naa, ritiro quello che ho detto! Ritiro tutto! Perché il dolore in me si trasforma già in piacere, e mi eleva verso quel sentimento del sublime in cui, povero umano, troppo umano, mi riconcilio con Dio, e con me myself, Sid Ali!

Adesso lo so:

Ci sono le pene e i lutti normali, e quelli di lusso, accompagnati da Mozart. Se un lutto ti colpisce, amico, fratello, se una pena di strazia, un solo consiglio: Mozart.

Mozart ti farebbe accettare la tua stessa morte, per quanto insostenibile possa esserne il pensiero. Mozart ti guida, senza giudizio, direttamente in Paradiso. Al-Djena! Nessuna domanda ti sarà posta, nessuna apertura di indagine, sei salvo. Sei salvo, Sid Ali, poiché Mozart esiste – Allah è grande.

WAM? Il massimo! Invece il Provveditorato, cazzo! più scemi di così si muore! Un errore di casting madornale! Imperdonabile! Im-per-do-na-bi-le!

La grande Cécile Rénal ci ha "lasciati", come dicono al tiggì. (Avete notato? Quando si tratta di una vecchia gloria del palcoscenico e del grande schermo, PPDA non ci annuncia con la sua funebre voce di circostanza che la grandissima celebrità mondiale, del tutto dimenticata ma sempre viva nei nostri cuori e che non recitava più niente dalla morte di Pompidou perché non si trovavano più buoni autori né buoni sceneggiatori, è morta, ma che ci ha "lasciati". Ah sì? Era di fretta, aveva un treno da prendere, prendeva come Jane Birkin il traghetto a Calais...) Cécile Rénal ci ha lasciati, la rimpiangiamo tutti, la rimpiangeremo sempre – "quei ragazzi sono inconsolabili, caro collega, soprattutto il piccolo Benengeli, fa una pena vederlo...". E sapete chi? Sapete chi ha scovato, il Provveditorato, per sostituire su due piedi la grande Cécile Rénal...? Dico *chi*, ma quando uno si trova davanti quella cefala sbarellata, non si sente più in diritto di usare il pronome personale *chi*, ma si sente anzi tenuto, per rispetto dell'umano, a usare il *cosa* che indica appunto cose, affari – roba.

Cosa ci manda il Provveditorato, al posto della professoressa Rénal? Una certa Christelle Genou! Già il nome! Christelle Genou: ho detto tutto. Niente da aggiungere. "– Chi è che c'hanno come prof di francese quelli di S3? – Christelle Genou. Uuuh cazzo! – L'hai detto l'hai." Genou. Non Du Genou, che avrebbe avuto qualcosa di un po' stuzzicante... Naa: Genou! In fondo la professoressa Rénal non si chiamava de Renal come l'eroina di Stendhal. Quindi non c'è motivo perché la Christelle sia Du... Genou è nata, Genou rimane. E il suo agente non avrebbe potuto trovarle uno pseudonimo, alla Christelle Genou? Ma prima lei avrebbe dovuto trovarne uno, di agente! Ha provato di tutto, Christelle, li ha visti tutti, gli agenti, tutti! Si è messa in ginocchio, la Genou: "Prendetemi! Vi lascio il 90% di provvigioni, ma prendetemi! Vi lascio tutto il mio cachet...". Ma gli agenti mica sono scemi! E in coro, le fanno: "Alzati, Genou! Smamma, cefala sbarellata! Abbiamo altro da fare! Ti sei guardata allo specchio? Chi vuoi che ti prenda?".

Be', la Pubblica Istruzione l'ha presa! Ed è inutile che voi grandi quotidiani della sera e del mattino stiate lì a tirar fuori la rava e la fava in gran paginoni sul declino dell'insegnamento del francese e sul malessere dei giovani nella scuola pubblica. Basta che stampiate in grande queste cinque, sei parole: *Christelle Genou, professoressa di prima s...* Il lettore chiude immediatamente il giornale e fa alla moglie: "Senti, cara, io e te siamo profondamente laici, ma i bambini li piazziamo in una scuola privata: non vorrei mai che si trovassero di fronte una Christelle Genou! T'immagini che trauma per quei poveri bambini!".

Bella lì. Ma Cécile Rénal ci lascia e il Provveditorato: "Goudinart, le mandiamo Genou, Christelle...". Isabelle Adjani ha dato forfait, vi mandiamo Marceau Sophie-pot-pot-le-poppe! Bella lì. A quei ragazzini abbiamo fatto vedere *Il Gattopardo*, *Ran*, *Casablanca*, *L'avventura*, ma, cambiamento di programma: la settimana prossima, su questo schermo, il polpettone pazzesco made in France che nessuna tivù belga vorrebbe mandare in onda: *La subdotata va allo sbaraglio*! Ecco! Questo è il titolo!

Eccola, in piedi sulla pedana, la Genou! Non vi descrivo com'è vestita, ci ho rinunciato: è qualcosa di letteralmente indescrivibile. Saldi invenduti di seconda mano seconda scelta di Tati. E non Tati-Tati, eh, non Tati-Couture, non Tati-Boutique, non Tati-Diffusione, naaa, Tati-ipermercato-discount!

Parla? Parla, Christelle. E cosa dice, come preambolo?

"Be', ecco cioè sono un po' emozionata, cioè molto, di succedere a ecco, ma vabbé, cioè, non mi sono presentata anche se però cioè il signor Goudinart già l'ha fatto al posto mio, allora, ecco, mi chiamo Christelle Genou..."

Parte, lanciata a bruciapelo, una prima interruzione:

"Christelle? Bella lì, conoscevo Cristo ma non sapevo che facessero anche l'articolo per signore...".

E lanciato da chi, l'heb-heb? Indovinate!

Livida è la scema. Già un forte odore di improvvisa assenza per malattia, prolungata, poi rinnovata di mese in mese fino alla fine dell'anno scolastico, un forte odore di richiesta di trasferimento immediato, di carriera che si arena prematuramente, e tavor, prozac, cura del sonno, elettrochoc, eccetera, aleggia nell'atmosfera, gioiosa nonostante un lutto così recente, di quella prima S3 di cui io amo tanto il pubblico così di bocca buona. La classe freme, tuona, urla, esplode come mi piace che faccia quando il suo geniale buffone improvvisa e attacca! Quell'incosciente si è tuffata senza maschera, senza tubo, senza pinne, senza muta, senza cintura piombata, senza apparecchio per l'ossigeno a circuito chiuso, e senza cronografo Officine Panerai! Lei non sa che l'asso dei commandos suicidi del principe Borghese, Sid Ali Benengeli, ha disseminato la rada di mine: balek! Sta per saltare in aria tutto! Ritroveranno un po' del cervello di Christelle, ben poca materia, in realtà, ritroveranno quel poco del suo cervello fin sulle spiagge dello sbarco in Sicilia! fin sulle rive di Stromboli! ritroveranno un pezzo di Genou nel porto di Malta! e un ditone della cefala a galla tra motovedette e avvisi, nella baia di Napoli!

Bella lì! Te la vuoi tirare da simpaticona demagogica, siamo amici, diamoci del tu, ho solo quattro, cinque anni in più dei più vecchi di voi, sei, sette in più dei più giovani, capito? Il Goudinart mi ha chiarito un attimino, so che ho di fronte una classe Benetton *United Colors of*: una piccola base di francesotti purosangue – non siamo razzisti, ci vogliono anche loro –, un bel tocco di black delle due origini – Africa e Antille –, altrettanti meticci indeterminati, di colori indefiniti – questa stagione va di moda il marrone gialliccio tendente al rosso –, dei musi gialli – Cina ed ex Indocina –, e naturalmente, in massa: beur, arabi, mori, marocchi variante berbera o variante araba, eccetera eccetera... Il tutto dei due sessi, il tutto nubile e pubere... Dai, mi prendo ancora di nascosto uno xanax, un tranxene, due lexomil, e in più tre tavor per mandar giù. Ci siamo, fai un bel respiro, Christelle, e mi raccomando non abbassare gli occhi: qui se abbassi furtivamente le palpebre un secondo sei fottuta, questa età è senza pietà, ha detto non so più quale poeta, e comunque me ne frego del programma, gli parlerò dei miei scrittori preferiti, Irène Frain, Claire Chazal e Paulo Coelho – Allègre ci ha lasciato mano libera: bisogna personalizzare alla grande le lezioni, e mettergliela giù più raggamuffin hip hop hot hot new wave per interessare un filino questa feccia, che tanto finirà all'Ufficio di collocamento... Perciò, mia Christ, dai che si va!

Bella lì.

Christelle Genou fa il bis:

"Ecco cioè sono sicura anzi sicurissima che noi cioè andremo molto molto molto d'accordo...".

Tre volte "molto": non andremo d'accordo, non andremo molto d'accordo, non molto molto d'accordo, cosa che a chiunque di più o meno mentalmente equilibrato andrebbe già benissimo – naa! Molto molto molto d'accordo... Perciò io, Sid Ali, molto molto molto caricato – da cui: heb-heb:

"Se lei fosse così sicura anzi sicurissima, signora, è sicura, è sicurissima che ce lo affermerebbe con tanta perentorietà e tanto ardore?".

E a quel punto, l'impagabile cefala, pensate che servofreni ABS e correzione di traiettoria su computer? Pensate che passerebbe dolcemente, delicatamente, piano piano, lentamente sul pedale forte, dall'allegro all'andante, dall'andante all'adagio, poi da lì al largo? Niente affatto! Non sarebbe Christelle se non fosse cretina. E come ha così acutamente notato l'unico altro genio francese del dialogo cinematografico, mi riferisco a Michel Audiard: *I cretini osano: proprio da questo li riconosci*. Immortale aforisma! Di un sapore tutto nietzcheano, di un intenso profumo larochefoucauldiano... Christelle Genou è una cretina: e osa – come volevasi dimostrare. Sapete cosa osa, per tentare di neutralizzare questo elemento beur perturbeurtore – straparlo! volevo dire perturbatore!? Sapete cosa osa la Genou Christelle? La Christelle Genou, avendo colto della mia frecciata solo il solenne, solo il "signora" di pura impronta Bossuet, la Christelle Genou esclama:

"Non chiamatemi signora! Tra noi diamoci del tu, chiamami Christelle quando ti rivolgi a me, e questo vale per tutta la classe, se avete da chiedermi qualcosa, o da fare un'osservazione, cioè, e io sono aperta a tutte le osservazioni, voglio che cioè nella mia classe ognuno esponga il suo punto di vista personale, nelle mie lezioni non voglio calarvi niente dall'alto, le mie lezioni sono solo una riunione tra persone che hanno voglia di chiacchierare di quello che li prende bene, capito, di quello che gli dà belle vibrazioni, di quello che gli ispira, delle loro passioni, cioè io sono una sentimentale...".

Ma va? Scema. L'hai detto l'hai: dall'alto tu non hai da calare proprio un bel niente! Ma proprio niente! E nella tua christellina cretinaggine credi che Sid Ali Benengeli – sottotitolato, verrebbe qualcosa come *Signore Nobile Venuto-dagli-Angeli*, ammetti che suona un filino meno scrauso di Christelle Genou... E tu credi che Signore Nobile Venuto-dagli-Angeli si lasci dare del tu da una donna (puah!), un'Infedele! una pagana che, come dimostra il suo nome, ha colto della vita del profeta minore Issa solo quello che Allah disdegna? Bella lì, vuole darmi del tu, la Christelle! Ma certo, bianca zoccola, prego, faccia come fosse a casa sua!... Cazzo, questa mancanza di rispetto delle zoccole bianche nei nostri confronti! Cazzo questa demagogia intollerabile, alla Chichi!

In ginocchio, Genou! A cuccia! Sennò sono cazzi! Insisti? Mi sorridi, comprensiva ed ebete, vuoi mettermela giù tipo "ho bisogno di affetto, Sid, o mio Sid, ti imploro umilmente: pace!". Benissimo: l'hai voluto tu! Dai che si va: heb-heb! Una sparata della serie fontana finale dei grandi fuochi d'artificio del 14 luglio! Prendo, per rispondere, il forte accento del beur che fa la caricatura esasperata dell'accento beur per far spisciare gli amici beur, complici: Jamel si scalda dietro le quinte in compagnia dei suoi soci più destroy e che sono già decollati in verticale Top Gun, il casino propulso alla cagnara turboreattrice, con qualche coppa di extrabrut millesimato tenuto ben in fresco per far schizzare, e vai di schiuma, e vai di bollicine! Mi è venuta la tentazione di trascrivervi la battuta seguente come Balzac trascriveva l'accento del barone de Nucingen – ci ho rinunciato perché, con tutto il rispetto che ho per il geniale Honoré, non trovo niente di più palloso da leggere di quelle approssimazioni fonetiche, quindi, spiacente, sorry! caro lettore, ma, insomma so che hai immaginazione sufficiente per supplire alle mie carenze stilistiche e letterarie.

Sid Ali:

"Ecco, cioè, Chris, visto che sei simpatica un casino, no, e bella tranqui, voglio dire, capito, è un problema se mi accendo una nuocegrave?".

Christelle:

"Una che?".

"Una paglia, una cicca, una siga, una svapora, una nico, una catramata, un joint legalmente autorizzato, del tabacco arrotolato nella carta, insomma, una sigaretta, per citare il dizionario, una Marlboro – sono tornato alle Marlboro: se bisogna crepare di cancro, tanto vale farlo da cow-boy, da eroe!"

Christellina risposta, smarrita, spersa, sgomenta, soffocata:

"Ma cioè, ecco, naturalmente ehm sicuro, io personalmente non fumo, ma se hai voglia di...".

Sidalica punch line:

"Bella lì, Chris, che sfiga: non ho più voglia di una nuocegrave! No, cos'ho voglia, cazzo, per sopportare la dura realtà della Uno S3, è un cannone bello massiccio formato dirigibile, sì, una canna, non direi di no, ma le quotazioni del fumo sono salite di brutto, in questi ultimi giorni, né la Gaillard né la Sylvestre riescono più a starci dietro, capito, uguale a te che non riesci più a starmi dietro, Chris!".

E qui, standing ovation! Tutta la prima S3, ilare, si alza in piedi per applaudire! – Aspettate, aspettate, questa era solo una sgambata per scaldarmi, tempo di ricaricare il mio lanciarazzi ancora fumante... A quel punto compare, furibonda, nella nostra classe, sul nostro territorio, la nostra prof di mate, la Herbert, che in quel momento aveva lezione in prima S1. Ha aperto la porta con una violenza tale che bisognerà rimettere a posto i due cardini stortati, e rivolta a colei che dovrebbe sostituire l'insostituibile professoressa Rénal urla:

"Professoressa Dugenou, se non sa tenere la classe è meglio che cambi mestiere immediatamente! E non venga a dirmi che questo caos è stato spontaneo, non venga a dirmi che è venuto da loro! Io la tengo benissimo, la S3! È ovvio che li ha provocati! E per me, e per la S1, questo è intollerabile! Non riesco più a farmi sentire!".

Brava, professoressa Herbert! Standing ovation! Di cui do il segnale alzandomi e applaudendo da farmi venire sui palmi delle mani calli, piaghe, cristiche stigmate... Tutta la classe segue il mio esempio e la professoressa Herbert, stupefatta, conosce finalmente il trionfo della sua già lunga carriera di prof di mate: al confronto, Céline Dion allo Zénith era robetta da niente, roba tiepidina, limitato successo di critica. La professoressa Herbert, invece, è l'ultimo concerto di Um Kalsum – niente meno. E la faccia della Genou! Eh sì, Christelle! La professoressa Herbert non è la Rénal, ma ha imparato presto, per esperienza: nelle scuole del 93, la pubblicoistruttiva demagogia non attacca. Noialtri, cara la mia tipa, non vogliamo il cameratismo showbusiness! Apparteniamo a un popolo che ha sofferto molto, pretendiamo rispetto, un po' di distanza, un po' di alterigia, e stima reciproca. Lasciamo ai piccolo-borghesi francesotti il troppo-simpatico-troppo-figo, e i commenti sul programma televisivo della sera prima o dell'ultimo Besson! Noi raga, noi tipe, le Djamila, i Sid Ali vogliamo roba di lusso, vogliamo che si stimoli in noi l'interesse per le sublimità dell'arte e della civiltà, vogliamo Rénal, che profuma di *Shalimar*, non Genou, che puzza di Prisunic! Siamo delle star, noi, siamo degli Zizou! Come Goethe che senza saperlo citava Allah, sappiamo che siamo venuti su questa terra non per stravaccarci nelle mollezze, tra i cuscini, nell'abbrutimento morale fra strass e lustrini, ma per "perfezionarci" – leggete, o rileggete, il *Divano occidentale-orientale*, o il nostro sacro Corano. Leggete, o rileggete, Hölderlin. *Poeticamente, l'uomo abita la terra...* Bella lì. Vogliamo che ci parlino di Rimbaud, di Mozart, di Picasso! Non dell'ultimo dibattito troppo-simpatico-troppo-figo da Delarue a proposito del cazzo di malessere cioè dei giovani delle periferie difficili e dei quartieri sensibili... Eh sì, pubblicoistruttiva Christelle, ministeriale scema, vogliamo che ci trattino come ragazzi e ragazze perbene, degni di ricevere ciò che la civiltà occidentale ha prodotto di più nobile, di più elevato, di spiritualmente più ricco, nelle due accezioni del termine! Vogliamo che ci diano del lei, vogliamo che ci riprendano severamente, ma giustamente, quando facciamo casino, e quando facciamo casino in crescendo, e quando arriviamo fino al delirio, al borderline, al "passata una certa soglia, non ci sono più limiti" – quella soglia, quei limiti che oltrepassiamo con tanta facilità perché voi avete disappreso l'autorità, la morale, la decenza, la dignità, il senso dell'onore! perché morite di paura e vi mettete pancia a terra alla prima minaccia dei piccoli duri che siamo, e invece di comportarvi da educatori, da professori, da missionari con una responsabilità morale, preferite tirarvela da troione e bavosi chiacchieroni da talk show! perché i vostri modelli non sono più Platone, Socrate, Seneca, Erasmo, Arnauld, Fénelon, Diderot, ma Julien Lepers e le sue *Domande per un campione*, o Karl Zéro e il suo ignobile, universale Tu, o Arthur e le sue penose battute scatologiche... Stronzi! Ve la fate sotto davanti a questa bella gioventù esotica che vi osserva con uno sguardo reso più lucido e beffardo dalle umiliazioni subite e dalla mediocrità dell'esistenza... Ah no, cari demagogici, a noi non la fate! Con la professoressa Rénal non facevamo casino perché lei aveva il coraggio di affermare, davanti a questi giovani duri, strafatti di rincoglionimento consumistico spettacolare e televisivo, bolliti di unz unz unz e di spot della Coca-Cola, come gli assassini del GIA sono drogati di fanatismo islamico e di hashish tagliato con prozac polverizzato e anfe – eh sì! credete che i massacratori potrebbero reggere i ritmi infernali dello stupro e dell'omicidio di massa se non fossero belli pieni come ciclisti al Tour de France?... Con la professoressa Rénal non facevamo casino perché lei aveva il coraggio di affermare, davanti all'orda dei suoi studenti, che i romanzi di Stendhal hanno più valore di quelli di Claire Chazal, che il *Quintetto per clarinetto* di Mozart è un tantino più profondo e raffinato del duo Bernard Tapie-Doc Gynéco, e che Picasso, il pittore, può darci più emozioni e gioie della *Picasso*, l'ultimo modello prodotto dalla Citroën! Christelle Genou, invece, non esita a forzare il cameratismo e a imporci le sue spudorate moine da puttana che sniffa circolari ministeriali firmate Allègre e si spara in vena le pubblicazioni della Federazione della Pubblica Istruzione che celebrano una pedagogia moderna, adattata alla nostra società così simpatica, vivace, svariata, calorosa, colorata! Christelle Genou, applicando alla lettera il precetto enunciato da Michel Audiard, osa ancora, osa sempre, e adesso ci offre pure il servizietto "Mi interessa anche la cultura araba" e si lancia in uno stravagante parallelo tra i tempi e i modi verbali del francese e quell'arabesca stranezza dell'arabo che distingue il *compiuto* dall'*incompiuto*. Bella lì! E che fa a quel punto la classe, senza che, una volta tanto, ve lo giuro, il suo buffone in capo abbia nemmeno dovuto lanciare il movimento? Scoppia a ridere, la classe! E tutti i sessi, le razze, le origini e i colori insieme urlano:

"Uaaaauuuu! Il compiuto e l'incompiuto".

A quel punto Christelle Genou comincia a tendere disperatamente le mani verso un immaginario salvagente che nessuno le lancerà. Ma da scema qual è, Christelle Genou dice a se stessa "audacia! ancora audacia, sempre audacia!". E per quanto suonata, capendo vagamente con quel che le resta di coscienza vigile che deve cambiare subito argomento se vuole evitare di affogare, ebbene, cambia argomento, la valorosa Christelle Genou, e saltando di palo in frasca affoga – ecco fatto. Le sue ultime parole, prima che nella nostra ruggente classe ricomparisse la professoressa Herbert, questa volta accompagnata dal Goudinart, furono per dirci questo:

"Siamo di origini diverse ma crediamo tutti quanti in Dio, cioè, che si chiami Cristo, Allah o Jehova...".

Bella lì.

Ma non avevo intenzione di raccogliere, non avevo intenzione di rischiare di offendere Allah per il solo piacere di sputtanare una scema del genere – ho lasciato ad altri buffoni della classe la gioia di farlo.

"Bella lì, Christelle, ma io sono buddhista!"

"Uuu, e io sono animista come i miei vecchi!"

"E a me i miei non mi hanno battezzato: costa una cifra, la cerimonia, sia in chiesa, sia in moschea, sia in sina che in goga!"

Vedo che faccio emuli nella punch line e nella battuta che uccide. Faccio scuola, in questo liceo (ah ah).

Okay. E a questo punto, caro lettore, se me lo permetti, cambio canale. Non intendo dilungarmi ancora per dieci, dodici pagine con questo sfigatissimo polpettone made in France. Diamoci un taglio con *La subdotata va al massacro*... Ogni tanto fra noi raga, quando siamo belli fatti di canne e pieni di Kronenbourg, ci capita di provare un piacere perverso a sciropparci tipo un mattone con Galabru, Jean Lefèvre e Jacky Sardou, ma a un certo punto ne hai le palle piene di urlare dal ridere stile iena davanti a cagate del genere. Come ha acutamente notato l'aforista Sid Ali, il La Rochefoucauld del XX secolo, e probabilmente del millennio a venire: *Ci si stanca di tutto, anche delle stronzate*. Ci siamo spisciati alla grande, okay, ma adesso ci vergogniamo troppo: le poliziotte a Saint-Tropez, i piccoli bagnanti congelati da un secolo e che si stupiscono degli anacronismi provocati dalla loro inopinata risurrezione,* o Sophie Marceau che esibisce le poppe sotto la doccia in uno schifoso motel di Pacific Palisades – palle piene! Zapping! E se ci facessimo *Casablanca*? Ho la videocassetta. "*Please, trust me! – I will.*"

Mi sono beccato una settimana di sospensione – normale, è il prezzo, avevo oltrepassato la misura, i limiti, e pure un po' la borderline, lo ammetto. Una settimana di sospensione non era nemmeno tanto: *La subdotata va al massacro* si era trasformato in *Viaggio al termine dell'Inferno*, e *Terminator* I, II, III e il seguito – Sid Ali Benengeli as the Terminator, of course! Una settimana? Un regalo. Ero molto contento di quel riposo forzato: dopo il dramma tremendo che avevo vissuto, la scomparsa della professoressa Rénal che amavo tanto, quella settimana sarebbe stata bene accetta. Anche perché da una settimana l'avrei fatta diventare due, avendo saputo somatizzare così bene come so fare quando voglio ottenere un esonero dalle lezioni firmato da un qualsiasi medico del Centro medicosociale (stronzo)... Quella settimana supplementare fu ulteriormente allungata dall'elasticità, dalla mirabile plasticità del mio carattere, e dalla rimbaudiana disinvoltura che da sempre costituisce il mio fascino conturbante – rileggete *Bottom*: *La réalité étant trop épineuse pour mon grand caractère*... Be', idem per il mio. E Rimbaud ha detto spesso prima di me – l'implacabile legge delle date –, quel che la mia esperienza mi porta a vivere, io che sono contemporaneo di Arthur, di Julien Lepers e di Karl Zéro... Quei quindici, sedici, diciassette giorni mi fecero arrivare come niente fosse alle vacanze di febbraio, le quali furono prolungate da una virtuosa ricaduta nella somatizzazione – malesseri vagali, singhiozzi

* Allusione ai film, di grande successo negli anni sessanta, *Una ragazza a Saint-Tropez*, *Le Gendarme et les gendarmettes* e *Le Petit Baigneur*.

nervosi, tic, tetanie e tutto l'ambaradan, che non si placavano né con il lexomil né con lo xanax –, furono allungate come elastane degli slip Calvin Klein fino a Pasqua – Cristo sale sul Calvario, Christelle lo precede, a essere giusti lei dovrebbe salire al cielo prima di lui... A volte, pura curiosità di una mente curiosa di tutto, faccio di nuovo zapping: *La subdotata va al massacro*... Faccio un'apparizione, passo anche un'ora in classe. E questo basta a confermare la mia prima impressione: il polpettone fa davvero troppo cagare, e adesso la protagonista ha le occhiaie e ha perso una dozzina di chili – i vestiti Tati le ballano penosamente addosso. Un remake straccione di *La notte dei morti viventi*, con Christelle Genou starring as the Living Dead.

In seguito, divento un lavoratore interinale dello spettacolo scolastico: un giorno che si va, un giorno che non si va, secondo l'umore. Piove, e siccome ormai è primavera ho messo via in fondo all'armadio la mia Helly Hansen? Non si va. Alla tivù ridanno *La morte corre sul fiume*? Non si va. E non si va neppure se mi è rimasto sullo stomaco il mio cocktail speciale personale della prima colazione: Corona, Absolut, xanax, lexomil, prozac, un nulla di succo d'arancio, il tutto condito da quelle varie e svariate pastiglie, presunte moderatrici o preventive dell'epilessia, che mi hanno prescritto a vita... Cazzo, non so perché, ma mi viene da sboccare! Eppure mica ho preso come Azz e Mina una tazza di corn flakes affogati nel latte e Nesquik – bleah!

A dire la verità – e quando uno scrive in galera, e incombe la minaccia di una lunga pena in un'altra galera, perché dovrebbe mentire, agli altri e a se stesso? che vantaggio potrebbe trarre da nuove illusioni?... A dire la verità, ma non me ne rendevo conto, era a mia insaputa, stavo sprofondando nella depressione. Inoltre stavo diventando povero, poiché la mia unica fonte di reddito, le marchette, si era esaurita. Diventavo economo – Sid Ali Benengeli economo! –, e questo la dice lunga su quanto non fossi più io. Non senza apprensione, vedevo ridursi a vista d'occhio, benché nascosto sotto un cumulo di sacchetti di plastica, il gruzzolo messo insieme in rue des Martyrs. Mi disinteressavo dei cataloghi BMW. Mi capitò di abbinare, indifferente alla stridente dissonanza così provocata, pantaloni da jogging Lacoste con una felpa Fila, o viceversa. Certamente, è privilegio del dandy avere simili audacie che urtano il conformismo e il gusto o, per meglio dire, la mancanza di gusto del piccolo borghese, Ginone o Emilio. E so bene che l'eleganza nasce da questi leggeri sfasamenti, deliberati, voluti, pienamente consapevoli, rispetto alla norma sociale. Ho letto, di Baudelaire, *Il mio cuore messo a nudo*... Ma arriva il giorno in cui la fatica di vivere diventa visibile, leggibile, nell'aspetto sempre più sciatto. Allora, invece del dandismo gioioso, vissuto come un gioco, c'è il dandismo per difetto, il dandismo depressivo del destroy – e io detesto lo stile destroy! l'hai detto l'hai, Sid Ali. Ma giudicate voi la mia decadenza dovuta alla malinconia: non mi dedicavo più al rituale quotidiano della rasatura effetto barba di tre giorni; mi trascuravo al punto da avere talora un accenno di barba. Peggio! Mi accadde di radermi, in un gesto rabbioso, con un rasoio meccanico Bic usa e getta, effetto rasato di fresco! Sì, visione patetica di un Sid Ali rasato di fresco! Di freschissimo! "Ben rasato" come dicono i borghesi e i finocchi. E, ci crederete, la visione orrorifica di un Sid Ali glabro nello specchio sopra il lavandino mi lasciava di marmo – davvero l'unica cosa di marmo in quello schifo di bagno dove permettevo ad Azz o a Mina di entrare mentre mi rasavo, tanto il mio onore e la mia dignità di uomo mi erano divenuti indifferenti – vanità delle vanità! e tutto è vanità!

E lo capivo benissimo: ero ben rasato perché ormai mi fregava zero; mi ero messo delle braghe Fila con una polo Lacoste, perché mi fregava zero! Ma proprio zero totale! L'hai detto l'hai, Sid Ali.

Ero cieco e non lo ero. Ero io e non ero più io.

Stavo flippando? Temevo di sì. E potevo sempre usare un po' di gergo per attenuare il terrore: avere l'impressione di precipitare nella follia – stavo diventando pazzo, lo sapevo, e avevo paura.

Si avvicinava l'estate. I miei genitori e il loro geniale terzogenito, quello cui Allah aveva fatto dono del morbo sacro, furono invitati a presentarsi dal preside dell'istituto in cui, dal suo ingresso in terza fin verso la metà di gennaio del suo anno di prima S, lo straordinario soggetto aveva fatto scintille – e anche piantato un bel po' di casino, ma quelli chiudevano un occhio: il piccolo Mozart era un bambino burlone, il piccolo Arouet, che sarebbe poi diventato Voltaire, era una peste, quanto al giovane Jean-Baptiste Poquelin, era stato talmente un casinista che il padre, il tappezziere leccaculo spocchioso di Sua Maestà, ordinò al proprio rampollo di prendersi uno pseudonimo se voleva fare la star: da cui Molière. Quello stronzo era come mio padre, che gli sarebbe venuta l'itterizia se avessi avuto successo sullo schermo con il nome di Benengeli – "Che mi ci hai infangato il cognome, figliolo, a fare il buffone, che non è mica haram come lavoro, che Allah lo condanna!" – Bella lì, papà, vabbé comunque ho trovato molto di meglio per infangarlo, il tuo cognome così angelico: farò il serial killer! Uuuh, la prendi troppo male. In fondo, avresti preferito vedermi su "Match" nella rubrica *Festival di Cannes*, piuttosto che nella rubrica *Omicidi in serie*, naa? Troppo tardi, stronzo! Non dovevi scassarmi troppo il cazzo! L'omicidio di giovani donne in massa (tre) fu la mia terribile vendetta! E poi, papà, potrai sempre trattare con il caporedattore di "Match" per vendergli le foto del piccolo Sid Ali da piccolo, che mi era proprio un amore, bravo e tranquillo, e mi ci aiutava pure a scrivere le lettere, che guardi che è la fatalità del caso del destino che ha fatto di lui il colpevole ideale che io so nel profondo del mio cuore di padre che lui è innocente, Sid Ali, che è tutto un tragico errore giudiziario!

Ma no, bastardo, ti conosco, gli venderai le poche foto di me bambino per due lire, "Match" ti inculerà alla grande, sei talmente un coglione! E al rotocalco che ha "il peso delle parole e l'impatto delle foto" dichiarerai: "Ecco le foto dell'abominevole mostruoso criminale che mi ha infangato il nome fino a oggi puro e haji!". Un giorno Aziz mi ha confidato di sospettare che tu l'avessi infamato agli sbirri. Io ho reagito indignato: "Aziz, stop it! Stai troppo delirando! Un padre non può fare una cosa del genere a suo figlio!". Ero indignato. Ma oggi non sono più tanto sicuro che delirasse, il mio Aziz, mio fratello. Anzi, direi che sono quasi sicuro del contrario: aveva visto giusto il mio Aziz, il mio fratello! E sei stato tu, papà, a infamare anche me agli sbirri: "Perché mio figlio che è quel criminale che cercate è a Lisbona, che è la capitale del Portogallo, ve la do io questa soffiata!". Altrimenti, papà, come puoi spiegarmi questo mistero: da Lisbona telefono a Djamila, ci parliamo per più di mezz'ora: nessuna conseguenza. Due giorni dopo parlo al telefono per un buon quarto d'ora con Djebril-l'Arcangelo: nessuna conseguenza, libero come il vento, vado, gironzolo per Lisbona, seguendo l'ispirazione del momento, per le strade, nei giardini e sul lungofiume, per le scale e su quell'ascensore modern style che porta il camminatore pigro dalla Baixa, la città bassa, alle moderate alture del Chiado... La vita non è forse bella? Né il male né l'Interpol possono colpirmi. Vado a zonzo, mi avventuro in vicoli sconosciuti, sono felice, innamorato pazzo di un certo Manuel, splendido hidalgo dagli occhi azzurro lapislazzuli che ritroverò fra tre giorni a Siviglia; un bicchierino di porto bevuto in un caffè all'aperto del Rossio mi rende allegro quel tanto che basta: un po', non troppo; ho in testa un delizioso andantino di Mozart; me ne vado in giro, bello come un dio, vestito di nero – i vestiti regalati da Manuel –, o di bianco, come mia abitudine – perché cambiare?

il colore del lutto per un musulmano è, per un occidentale, quello dell'innocenza: gioco su due tavoli, e vinco sempre –; ho ucciso? tre cretine, tre zoccole, chi se ne sbatte? cammino con il mio passo agile e sciolto da star, alcuni finocchi lisbonese si voltano al mio passaggio, con il cuore in subbuglio, il manico duro – hai appena visto passare Sid Ali Benengeli, *rapaz!* e stasera, solo nel tuo lettuccio, te lo smanetterai ripensando a lui! – Dio com'è sexy! e ha l'inconsistenza così poetica dei personaggi del così lisbonese Fernando Pessoa; se ne va nella tenue luce invernale delle rive del Tago, né visto né conosciuto, finora, incognito! imprendibile! inafferrabile! lo cercano in Francia, dove ieri testimoni attendibili l'hanno visto a Tolosa, a Orange, a Strasburgo! era in Belgio, a Namur, un'ora prima che fosse visto a La-Part-Dieu! bella lì! e a quel punto avvista una cabina telefonica: dai, ho ancora una ventina di scatti sulla mia carta Telecom Portogallo, quasi quasi richiamo casa: per dare mie notizie, augurare buon anno alla famigliola, in questo 1° gennaio 2000... "Pronto? Ah, da dov'è che chiami, figliolo? Da Lisbona, capitale del Portogallo..." Uuuh che cazzata! La prima cazzata della mia vita... E in un certo senso, l'ultima. Il tempo di consumare in inutili ciance gli scatti contenuti nel chip della carta: finché il display lampeggia per annunciarmi che è la fine – bye, riattacco. E tu, papà, dopo aver riattaccato cosa fai? Risollevi immediatamente la cornetta e, con la mano valida, componi il 17: che ce li devo informare che il serio killer che ho la disgrazia che è mio figlio, sono sicuro che è lui, attualmente mi è a Lisbona, che è, signor Commissario, le do questa dritta, la capitale del Portogallo.

Bella lì. E chi? chi? due giorni dopo, in un'altra cabina, in riva al Mare di Paglia di cui lo acceca lo scintillio, sorride al suo doppio, riflesso sul vetro, saluta Ali il Magnifico, comincia a comporre un numero in Francia: 0033. E a quel punto si fa beccare dalla PP – Policia Portuguesa – come un pivello del crimine, come un principiante senza talento, come niente, come il re dei? Sid Ali Benengeli, uno dei figli di Ibrahim Benengeli, il quale, l'altro ieri, quel figlio alla polizia consegnò! Perché quel padre è un infamone! un infanticida! un chadlista! un integralista! un analfabeta! un invalido civile! un operaio! un cornuto – anche se sua moglie non l'ha mai tradito! un rompicazzo di prima categoria! e pure un assassino! un beduino, per dirla tutta! uno stronzo e, come se non bastasse, mio padre!

Il preside Goudinart espone a questo Ibrahim Benengeli – un cretino rimbecillito cui io, Goudinart, che ho visto ben altro da quando ho questo posto in periferia, parlerò con il tono che bisogna avere con i padri tarati di soggetti brillanti: il tono da sergente! – e a Dalia, la moglie del suddetto Ibrahim! – più fine, più sensibile, più aperta e colta di quell'imbecille di suo marito, cosa per cui non ci vuole molto, ma ahimè, talmente annientata dall'esistenza e dalla sua educazione musulmana da non osare approvare troppo vistosamente davanti al padre del ragazzo le sagge e generose decisioni del sottoscritto, Goudinart:

"Ecco, signori Benengeli, e penso che Sid sarà d'accordo: vostro figlio è stato molto colpito dalla scomparsa della professoressa Rénal, poi si è ammalato, insomma, per la prima volta nel suo percorso scolastico ha avuto un anno disastroso, ma so che è solo un passo falso come può capitare anche ai migliori, e a ragazzi più solidi di lui; perciò io gli rinnovo la mia fiducia e vi propongo di fargli ripetere l'anno. Ecco, firmi qui, signor Benengeli, ci sono altri genitori di studenti che aspettano e io sono un po' di fretta, chiedo scusa...".

Good, Goudi! Grazie.

Eh, sì, Goudi, lo spettacolo abominevole che a questo punto ti infligge mio padre, io lo conosco a memoria, e se tu fossi davvero simpatico non mi umilieresti: faresti come se ogni giorno tu vedessi un genitore tirare fuori la lingua e pasticciare tutto il modulo scarabocchiandoci sopra un mostruoso paciugo di filetti e di svolazzi in cui nemmeno il più raffinato degli smaltatori di zelliges riuscirebbe a distinguere né la *I* né la *B*... Be good, Goudi, togli di mano a quel cretino la scartoffia e passala a mia madre, che farà una firma sobria e leggibile, *Dalia Benengeli*... Ecco. Fatto. Posso andarmene, Goudi? Sono minorenne: la mia firma non è richiesta. Grazie, Goudi.

Come potete pensare che io creda alle leggi dell'ereditarietà e della genetica, a meno che non immagini di essere un figlio di puttana? Ma se così è, mia madre peccò cinque volte con lo stesso uomo! Perché io, Ahmed, Aziz, Azzedine e Amina, per quanto diversi per intelligenza e carattere, cazzo!, ci somigliamo troppo fisicamente tutti e cinque! E per fortuna assomigliamo tutti e cinque a te, Yema, e non a quel cretino che avrebbe dovuto generarci! Allah non ha voluto infliggerci la duplice pena! Allah è grande.

I miei vecchi sono ancora sul ballatoio del secondo piano quando io sono già di sotto, nell'atrio, a canticchiare:

Je suis le roi des scélérats
À qui sourit la vie...

Ripeto l'anno? Champagne! Tanto più che ho la certezza quasi assoluta di non avere Christelle Genou: ieri, lunedì 7 giugno, nel bel mezzo della sua lezione su struttura e schema narrativo nei romanzi di Claire Chazal (naaa, vi sto pigliando per il culo: la Genou adora Claire Chazal, ma non ha mai sentito parlare di una roba astrusa come la *struttura narrativa*, e più che di schema, nel suo caso parlerei di scema – ah ah ah!), ieri, lunedì 7 giugno, dicevo, intorno alle 15.15, la cretina è crollata: crisi di nervi, singhiozzi, convulsioni, confusione mentale, ambulanza, pronto soccorso... Il mio unico rammarico è di non aver assistito alla scena de visu, ma me l'hanno raccontata. E il narratore aveva più talento ed era meglio strutturato di Claire Chazal, ve lo dico io: era il mio amico Salim, che non è alla mia altezza, certo, ma che a forza di imitarmi ha acquisito una certa verve, devo ammetterlo. Io sono Molière e diciamo che lui è Labiche. Vabbé, non esageriamo: un Labiche in formato ridotto... Mi sei simpatico, Salim, amico mio, ma non tirartela troppo – consiglio da amico. Finito il resoconto, abbiamo concluso che era poco probabile che la Genou, uscita dalla clinica dove sonnecchiava tramortita dalle benzodiazepine, e se mai fosse uscita, avrebbe chiamato immediatamente la produzione – voglio dire, il Provveditorato – supplicandoli di farla recitare nel sequel: *La subdotata torna al massacro!*

Salim si è stupito che la cretina non abbia potuto reggere ancora qualche giorno: eppure ormai vedeva la fine del tunnel, l'anno scolastico era agli sgoccioli. Gli ho risposto come bisognava rispondergli: tutti gli psi, quegli stronzi, vi diranno che i depressi gravi non si suicidano nel momento più buio della disperazione ma quando rivedono un vago lume di speranza nella loro notte mentale, un lume che però a loro appare, ahimè, troppo lontanto da raggiungere: – No, non ce la farò, non ce la farò mai, allora, basta! Mi butto dalla finestra, o mi taglio le vene, o mi sparo un proiettile in bocca... Oppure, dai, invece di prendere la dose prescritta di presunti moderatori e preventivi dell'epilessia, dai, verso tutta la boccetta nel mio bicchiere di Absolut citron vert! Ciao raga, ci becchiamo in un mondo migliore, dove nessuno si opporrà ai disegni di Allah, nemmeno a quelli non figurativi, astratti, indecifrabili, enigmatici – immateriali zelliges.

Quindi la morte ha il gusto forte della vodka e del limone verde? Non so, non posso dirvelo: all'ultimo momento, ho vuotato il bicchiere nel lavandino.

Conseguenza: non avevo più pastiglie per il morbo sacro. Ma non mi sarei abbassato a chiedere una visita urgente al Centro medicosociale per farmi rifare subito una ricetta. “E posso sapere, Sid Ali, come mai la tua dose mensile è già finita l’8 giugno?”

Naaa, stronzo, non puoi saperlo: non te lo dico. Farò a meno delle tue pastiglie, che tanto sono solo zuccherini e non avrebbero posto fine ai miei giorni amari... Ci avrei fatto pure una figura di merda!

Arrivava l’estate, la cupa, tremenda estate delle cité difficili! La desolante estate delle cité difficili che spinge le tribù relegate al di là della tangenziale a un accresciuto teppismo, a rompersi e a rompere... Le finestre sono aperte, ragazzini privati delle vacanze urlano nel rosa del crepuscolo:

“Cazzo, che paaaalle!”.

E da altri appartamenti sovrappopolati esce musica a manetta, miscuglio di raï, di rap, di disco, di techno, di varia varietà avariata, e a volte – Allah, perché ci hai abbandonati? –, a sovrastare questo assordante frastuono, il lamento quebecchese di Céline Dion che piange sul naufragio del *Titanic*! Ripeto:

“Allah! Perché ci hai abbandonati!”.

Allah, non riesco più ad ascoltare, in questo caos da fine del mondo, il larghetto del *Quintetto per clarinetto*! Allah, perché rendi Mozart inascoltabile?

Allora sono tornato all’unz unz unz unz unz unz unz unz unz unz unz unz unz unz unz unz shtonk unz unz unz unz unz – ti sto troppo stressando, lettore? Ne hai le palle piene dell’unz? Fai come me, volta pagina!

Voltato pagina? Nuovo capitolo. Ve lo faccio brevissimo. Il motivo? Non sono cose che ho vissuto, in realtà. Mi hanno raccontato dopo cosa mi è successo – dopo che avevo ripreso conoscenza. Ecco:

15 giugno. 17.12 o 13. Cité dei Poeti, via Mallarmé, abbagliamento rimbaudiano, mare confuso con il sole, vaghezza, indefinitezza, silenzio, bianco, morbo sacro, ambulanza, pronto soccorso. Risveglio. Dove? Al-Djena? No: Créteil, Averroès-Ospedale franco-musulmano, reparto neurologia... Non è il paradiso, no, non ancora questa volta, ma paragonato all'ospedale di Algeri, sì, El-Djena. I medici dell'Averroès, gli infermieri e tutto il personale sono la prova irrefutabile che dei musulmani di sangue algerino possono essere perfetto personale ospedaliero: educati, puliti, umani, sorridenti, gentili e di un'efficienza e di una serietà professionale al cui confronto gli attori della serie americana *ER* fanno la figura dei bolliti, dei posapiano, dei fancazzisti, dei nati stanchi... Certo, ma non siamo in Algeria, siamo in Francia – viva la Francia! E gli algerini hanno avuto Boumédiène, Boudiaf, Chadli, Zeroual, per citarne solo alcuni, e adesso Bouteflika, che non vale molto di più, ma ben gli sta! Gli algerini sono delle mezzeseghe e degli stronzi – ho detto tutto. Hanno quel che si meritano. E come se non bastasse, pure i massacratori del FIS e gli sgozzatori e stupratori del GIA! Ben gli sta! Se potessero gassarsi con il loro gas naturale, non li piangerei! Volevate farmi la pelle ad Algeri, stronzi! A Créteil, all'Averroès, si sono fatti in quattro per salvare la mia preziosa pelle di francese! Viva la Francia!

Il 16: sto molto meglio. Il 17: in piena forma, faccio scintille. Il 18 giugno, giorno famoso, anniversario del vibrante appello del generale de Gaulle ai suoi compatrioti – ma ben pochi l'hanno seguito, eh, francesotti, non ascoltavate la BBC, ma Radio Parigi, figli di puttana! – esco. La vita è bella. Avrei un unico rimprovero da fare a de Gaulle: aver leccato troppo il culo a quegli stronzi di algerini. Per il resto: massimo rispetto.

Bene, sono uscito dall'Averroès. Quasi a malincuore. Quasi, ho detto. Come occupare il tempo? Lo so: ho nel cassetto un elenco di libri fondamentali di scrittori francesi steso dalla professoressa Rénal che all'inizio dell'anno lo distribuiva a tutti i suoi studenti dicendo:

"Quando avrete letto i libri che vi consiglio, avrete qualche possibilità di diventare ciò che un tempo si chiamava un gentiluomo, e il termine vale anche per le ragazze che diventeranno delle donne. Avevo un meraviglioso professore di francese, all'ultimo anno delle superiori, che quando ci parlava dell'uomo in generale, dell'uomo considerato in quanto essere umano ci diceva: 'Quando dico uomo, abbraccio la donna'!".

Ti abbraccio mentalmente, Cécile: tu eri un uomo, un vero uomo! Avevi due palle così! E grazie per questo elenco, che sarà il mio viatico nella vita.

Eccolo, l'alfabetico elenco:

alla lettera A, Artaud – no, grazie, senza complimenti! almeno per ora: leggere quel pazzo suonato di Antonin non attira molto quel borderline di Sid Ali.

B, Barthes: *Miti d'oggi*. Letto. Bellissimo. Ma Roro Baba non aveva ancora visto niente delle follie dalla società dello spettacolo.

C, Céline: *Viaggio al termine della notte*, *Morte a credito*... Letti. Il resto, il vomito antisemita, la professoressa Rénal ebbe il tatto di non consigliarcelo. E non perché fosse ebrea. Ma perché, letterariamente parlando, almeno secondo lei, era un pacco.

D, Debord, Guy: *La società dello spettacolo*. Non ancora letto. OK, me lo leggo.

Il mio parere, due giorni dopo – due, sì: ho letto meno velocemente del solito, me la sono presa comoda, non l'ho divorato, Debord: è roba densa, solida, niente a che vedere con una Claire Chazal.

Se i fanatici di Guy Debord me lo consentono, il parere del sottoscritto, Sid Ali Benengeli, è il seguente: ottimo! Ma far leggere una roba del genere a un giovane beur figlio di proletari che vivono in una squallidissima cité di una periferia difficile è come, mutatis mutandis, regalare a un bambino affamato del Biafra, o a uno scheletrico moccioso etiope con gli occhi più grandi del pancione gonfio, anziché una ciotola di riso alla Kouchner, un libro: "Tieni, prendi, leggi, impara! – Fa' vedere il titolo, dice lo sbarbato, *Saggio sull'anoressia infantile*? OK, lo leggo stanotte e domattina ti dico cosa ne penso". L'indomani mattina: "Allora, piccolo, il libro che ti ho regalato ieri? – Senti, a esser sinceri, non è che mi abbia fatto scoprire granché di nuovo, però è scritto molto bene...". Ecco, l'hai detto l'hai: prima di aver letto Guy Debord, avevo già sgamato tutto, più o meno.

La società dello spettacolo, la nostra società, è depressiva, narcisistica e affabulatrice. E io, Sid Ali Benengeli, sono depresso, narcisistico e affabulatore. Eravamo fatti per andare d'accordo, la società e io! Ma c'è un piccolo problema: io ho anche un cuore e un'anima; la società no. Allora, diventi pazzo di rabbia, esasperato dall'insanabile contraddizione: vuoi godere dello spettacolo ma non vendere né il cuore né la anima – né il culo, già che ci sei? Finocchio! E la società ti dice: Manco per idea! O ti becchi le BMW, la Barsa, Cannes, la tivù, il gossip, le star, la grana, lo strass, i lustrini e tutto l'ambaradan ma senza cuore né anima; oppure ti conservi il cuore e l'anima, ma allora: salario di sussistenza, senza fissa dimora, senza documenti, senza niente! Non puoi fare fifty-fifty, non puoi mischiare: o il menu a una gamba in un tre stelle ma senza allegria, senza calore, senza vita, tipo la Mamounia, oppure le mense della Caritas!

Capirai che scelta! Allora che fai? Teppismo... Poi qualche furtarello... Dopodiché la droga, e via dicendo... E per finire, be', uccidi! Uccidi quello che capita, non dico chi capita, dico quello che capita: elimini una tipa che legge "Voici" – l'ho fatto. Non ne vado fiero, ma con questo? Vivere ti uccide, come dice l'altro? See. Allora, tu sei Sid Ali, "Ali il Magnifico" ti soprannomina l'unica donna al mondo che ti abbia mai davvero amato, e tu, in un istante di smarrimento, la uccidi. Poi, visto che le cose hanno preso quella piega, uccidi ancora tre volte. E, la cosa peggiore: senza piacere. Per niente. Perché quella deficiente di un'italiana ti rompeva i coglioni tirandoti fuori tutti i luoghi comuni della terra e del tiggì riuniti insieme. Perché quella scema di nome Angéline era seccata che tu volessi venire a cagare nella toilette delle donne: ma quella degli uomini, scema, faceva schifo! E poi, per finire, una tipa immersa nella lettura di "Gala", di "Voici", poi di "Match", e che si deliziava del cancro del marito di Céline Dion... Tutto qua. Ho fatto zapping a tre cretine. Cos'ho fatto di peggio della SS – la Società dello Spettacolo (ognuno ha le iniziali che si merita!)? Anche lì è solo coglionaggine in serie e omicidio di massa... Be', insomma, grazie Guy Debord, ma, su per giù, avevo capito. E adesso sconto la mia pena in una cella di Lisbona e il mio vicino di cella chiamato Jesus – una cosa del genere non si può inventare, eh? – pensa di tranquillizzarmi cantandomi l'unico fado che conosce, quello strafado: *Nasci para ser ignorante...* Bella lì! *Ignorante.* Ero nato per essere coglione e ignorante come mio padre, solo che c'è stato un errore nella programmazione, un baco, un affare, un coso, Allah ha dato un po' fuori, non so: sono l'unico innocente in questo mondo che ha dimenticato che esiste un Bene e un Male – e niente *Jenseits*, Nietzsche, amico mio (a parte questo, massimo rispetto)! No, non se ne esce: non c'è niente al di là del Bene e del Male! Al di là del Bene e del Male, c'è la Morte, o la Follia. D'accordo? E adesso scegli: la Morale o la Morte, la Morale o la Follia. D'accordo? Se scegli la Morale, come dessert avrai diritto a Mozart! D'accordo? Ma se preferisci puoi prendere i romanzi di Claire Chazal. Solo che quelli sono con il menu Morte e Follia, con il Menu Affari! Allora, scegli! Non puoi mischiare. Non è fifty-fifty! O i romanzi di Claire Chazal con la Morte e la Follia, o la Morale con Mozart. D'accordo? O il Bene o il Male? D'accordo?

D'accordo.

Detto questo, Guy Debord è scritto molto bene. Ha stile, Guy Debord. È grande arte. Molto *Grand Siècle.* Come dire? Bossuet ma rewrited in versione giansenista, sfrondato, sgrassato, alleggerito da Pascal... L'hai detto l'hai, Sid Ali!

Mi impoverivo, mi imbarbonivo. Mentre se il mio genio fosse stato riconosciuto, avrei potuto venderlo a carissimo prezzo. E chi lo sa? Forse non avrei cercato la mia strada nel serial killing! Mi sarei fermato al primo delitto, che non era tale poiché era perfetto. Avrei avuto successo in tutti i campi in cui sono richieste inventiva o immaginazione. La pubblicità, per esempio! Avrei fatto sfracelli, in pubblicità. E come nella pubblicità Jane Birkin trova sempre, a Calais, un traghetto pronto a partire per una minicrociera verso l'Inghilterra, io avrei trovato sempre un'idea per uno spot, uno slogan, una headline, un gimmick pronto a partire – "Fate largo, raga, che sparo il mio heb-heb...". Alla grande, la pubblicità di Sid Ali! In spogliatoio, RSCG! Andate a rivestirvi, Havas coglioni! Nel cesso, Ogilvy! Valete un cazzo, Saatchi & Saatchi! Fate cagare! lo dico io. Siete superati, siete giurassici, ci avete sblobbato addosso a sufficienza, adesso tocca a me! È giunta l'era Sid Ali B. – SAB Communication! Sid Ali è qui, il più grande, il più bello, il più forte, il più fart! a tuff tuff guy, l'hai detto l'hai! SSA: Stinking Sid Ali... A me, il vuoto che fa vendere! A me, l'aria che rende e il peto comprato a peso d'oro! Tieni un po' il grano, intanto che mio padre è voltato! E per la puzza, come al solito, accuserò mia sorella! È *Brezza d'Ano*, sentite! Uno di quegli odori che disturbano Chichi quando scende nell'arena e arringa la folla! Pubblicità che piace, spot mirato fino o bello grezzo per la Francia profonda: réclame per casalinga formattata meno o più di cinquant'anni, ognuno avrà la sua parte, e noi avremo le quote di mercato! Grande mercato internazionale e mercato interno! roba di nicchia, segmentaria, cliente fidelizzato e cliente da conquistare a mezzo punto alla volta! martellamento radiofonico, spot per il piccolo schermo, affissioni giganti sui muri della città e sotto terra! roba bella stagionata e puzzolente! boiate per ritardati lievi e per ritardati gravi! sponsor di Telethon! un pacco duro e un pacco molle! roba usa e getta! roba eterna! nuovo prodotto! pacchetto-omaggio-gratis-offerta! display luminoso, ciupa-ciupa e culo-di-autobus! Puzza un casino, ma è roba buona. Voi puzzini e voi finocchi tappatevi naso e orecchie, chiudete la bocca: che non entrino le mosche! Non profuma di rosa? L'hai detto l'hai! Ti avevo advertising: è la pubblicità, ragazzo mio! Ce ne vuole, per far funzionare la macchina! Senti che stai per asfissiare? quando è troppo è troppo? Ti hanno rovinato i paesaggi, ti intasano la casella delle lettere con i loro dépliant, i loro volantini e i loro cataloghi in quadricromia! ti perseguitano al bar, sulla strada per il lavoro, e a letto, quando la radiosveglia ti strappa dal sonno! e la sera al cinema, prima del grande film che sei venuto a vedere, ma adesso, porca merda, ne hai già i coglioni pieni ancora prima che il film sia cominciato! quasi quasi lasci la sala finché è ancora mezzo illuminata, mentre ti tocca beccarti la raffica dei messaggi sparati a mitraglia! trenta spot! ho detto trenta! e due volte Dim! e due volte "Il buon senso a due passi da casa"! e due volte la tipa che annusa la sua boccetta di Anaïs-Anaïs, che fanno quattro Anaïs, cazzo! ma non finirà mai? non finirà prima o poi, prima che siamo tutti morti! No, no, basta Trony! mai più! basta con il preservativo perché l'Aids non passi da te! basta con la checca Mennen che per godere smanetta la bomboletta di gel dopobarba anziché smanettarsi l'uccello, quel pervertito! basta con i due strofinacci che fanno la prova del bianco davanti alla finestra, alla luce del giorno! basta con l'urina azzurra che ristagna nel pannolino qualunque ma è assorbita da quello che vogliono vendere a te che non hai figli! basta con la teglia del pesce dove si è attaccata la pelle dello sgombro, ma che il marito pulisce in un lampo sotto lo sguardo ironico della sua signora! basta con i budini geniali e gli yogurt che quando compaiono allo stadio fanno alzare in piedi folle in delirio come non molto tempo fa Hitler a Norimberga! Nazista, Danone! basta! e basta anche, ma proprio basta, con il gringo sudato e mal rasato! puzzi, gringo! e basta con la nonna che sa fare un buon caffè, e basta con i sofficini Findus!

Stai asfissiando? Mettiti la maschera antigas quando la pubblicità ti gassa! Mettila e stringi bene le cinghie, ragazzo mio, e controlla lo stato del filtro e la tenuta stagna della gomma: da oggi sono io, Sid Ali, a gassare! Sì, mi butto in pubblicità, adesso, non solo nel tiggì del servizio pubblico! Becco da tutte le parti, prendo insieme cani e porci, ci do dentro di rete a strascico! Non per niente mi chiamano il mago della rete! "Ciao, Francia!" Anch'io vi vendo la merda! Più culo che anima, e i coglioni d'oro massiccio, il sottoscritto, Sid Ali, per aver trovato lo slogan più insulso, la headline più cagosa! Forza, permesso, tocca a me! Alla cassa! Dai che si va, schiavi della Merce e dello Spettacolo! Il nuovo re della futilità sono io!

La scenografia? Ve l'allestisco in un secondo: una qualsiasi fermata della metropolitana. Il protagonista? Un antieroe: seduto su una sedia di plastica arancione, ad aspettare il treno, un lumpen proletario che va al lavoro o torna a casa – non si sa, ha del sonno arretrato, occhi rossi, sbadiglia, fa pena. Leva uno sguardo vitreo, bovino, indifferente verso l'affissione ripetuta che occupa tutti gli spazi 4x3, sul marciapiede di fronte e sul suo, alle sue spalle – dodici cartelloni identici. Sì, mi ricordo, ieri era *Trony 24 ore su 24*... E oggi? be', cosa significa? un'unica frase, a caratteri cubitali, rosso sangue su fondo bianco: *Diversi verso il 2000!* Punto esclamativo. Bella lì. Capisco che è un teaser, che mi diranno di più la settimana prossima – *Tolgo il pezzo di sopra, tolgo il pezzo di sotto, Avenir Publicité mantiene le promesse* –, ma qui, boh, non afferro il gimmick. Cosa ci vogliono vendere?

Ti spiego io, Sid Ali, a te, povero schiavo sfruttato dai fondi pensione, dalla globalizzazione sfrenata, dalla bolla finanziaria sul punto di esplodere, dal trading on line, dalla speculazione in Borsa degli start-up, dai capricci da diva del magnate Padron-depadronis, dalle bizze di Martine-le-35-ore, dall'aumento vertiginoso del gettone di presenza al consiglio di amministrazione – le faccio cinquantamila franchi l'ora Iva esclusa –, dall'inflazione delirante delle stock option, dalle delocalizzazioni, dal telelavoro in India, dai bassi salari in Cina, dai vertici di Davos, dai pompini di Monica a Bill – hanno inciso sul Dow Jones, eccome! –, dal CAC 40, dal Dax, dal Matif, dal Nikkei, dal FT, dal nozionale, dalle previsioni di Soros, dalle smentite di Soros, dalle preoccupazioni del "Financial Times", dalle certezze di "Fortune", dalle truffe di Bill Gates, dalle Vedove Scozzesi, dal Mercato Secondario, dal crollo dello yen, dalla risalita dello yen, dal crollo dell'euro, dalla risalita dell'euro, dalla monetica, dal just in time, dalle tendenze di flusso, dalla giacenza zero, dal difetti zero, dalla produzione informatizzata, dal virtuale, dal cyberscambio, dal Net, dal Business-to-Business, dal trasferimento degli utili nei paradisi fiscali, dalla socializzazione delle perdite e dalla privatizzazione dei profitti, dal socialismo jospiniano, blairiano e schroederesco, insomma, dal trionfo del capitalismo postmoderno, postindustriale, post-Tutto!

dal totalitarismo sanguinario della SS... Naaa! non la SchutzStaffel!: la Società dello Spettacolo, povero proletario! l'SM, insomma! – naaa! non il SadoMaso (benché...), ma lo Stalinismo Mercantile, povera vittima dello sfruttamento dell'uomo sull'uomo, se si può ancora dare il bel nome di uomo a quei robot! il fascismo senza camicie nere – abbiamo tutte le tinte *United Colors*, in negozio! lo stalinismo senza Gulag, il nazismo senza la Shoah! Tanto di guadagnato! guadagnato per loro, s'intende, loro, i nuovi padroni del mondo, tanto di guadagnato per loro, i Superuomini... Ti spiego, povero ilota che aspetti la metropolitana per andare a casa o al lavoro – che importa! –, te lo confesso, l'idea è del sottoscritto, Sid Ali, mi vergogno un filino ma era troppo allettante! Conosci il mio motto? *Take the money and run.*

Vabbé, mo' ti spiego. Non hai notato, in caratteri piccolissimi, in basso nel manifesto, i logo e i nomi dei due sponsor? Comitato per la Celebrazione dell'anno 2000, e ministero dei Giovani e dello Sport. Insomma: non più tardi dell'altro giorno, ascolto i messaggi sulla segreteria del mio telefono cellulare satellitare in contatto permanente con un satellite geostazionario antispionaggio e interferenza automatica immediata delle chiamate indesiderate secondo una selezione preventiva dei corrispondenti autorizzati a chiamare – costoso una cifra, l'aggeggino che sta nel palmo della mano e mette il mondo intero e i grandi che lo comandano alla tua portata, ma ci vuole quando sei una superstar costantemente sollecitata dal potere, e quindi tenuta a rimanere raggiungibile in fretta ma anche al riparo dalla curiosità morbosa come dal ricatto cui un figlio di puttana di pennivendolo, che Allah lo maledica, quel bastardo di un pennivendolo ficcanaso! potrebbe esporti se tu non avessi tutte le funzioni indispensabili fornite su quel meravigliso apparecchio, "il" cellulare degli eletti – mi segui, proletario? inutile che ti dia il nome della marca e del modello: se tu volessi comprartelo, non ti basterebbe un anno di stipendio e comunque l'ufficio che seleziona i connettibili e non, che tu abbia pagato o meno, non accetterebbe la tua candidatura per fare parte della rete – sono dei nazisti, te lo dico e te lo ripeto!... Quindi, dicevo, non più tardi dell'altro giorno, mentre percorrevo gli Champs con il mio passo agile e sciolto di bel felino, molestato sessualmente dalle solite squinzie che mi supplicavano di firmargli un autografo, "Sid! Siiid! Siiiiiid! – Naaa, zero! Non ho tempo, belle!"... Ma più le respingo senza tanti complimenti, più quelle urlano che mi amano, da stupide seguaci di Leopold von Sacher-Masoch! Non ci vuole proprio un cazzo, eh, a farsi amare, ammettetelo! un gioco da ragazzi! basta fargli l'occhio vellutato e quelle urlano all'orgasmo, mamma! basta fargli un accenno di sorriso, e quelle svengono – "Fate il 118 per chiamare un'ambulanza!". Bella lì! Si vede che il femminismo non è stato una battaglia inutile, mie care! il Movimento di Liberazione della Donna ha vinto, è evidente! Insomma, la sottomissione totale e volontaria della femmina all'uomo, al vero uomo, all'uomo virile che le tratta da zoccole e da sceme! insomma, la donna in versione personalizzata puttana con tutti gli optional Battona-di-lusso per assomigliare alle bellone dei manifesti e dei mensili – sto parlandovi dei giornali, non degli assorbenti, oche! –, per assomigliare a quelle degli spot pubblicitari e del tiggì, bella lì! alle ladies dei Lines Lady o alle anchor women biondone slavatone della CNN! Grazie, Simone de Beauvoir! ma rimettiti il turbante, mio povero vecchio castoro, ti si vedono i capelli bianchi, e adesso queste vogliono battere tutte il marciapiede! e alle tipine dal piacere viene una sincope, quando un cretino arrogante e fatuo, ma che compare tutte le sere in tivù, gli fa il dito "fuck you"! No, non è difficile farsi amare quando si ha successo... Troie! Non c'è come il semita misogino e macho, giudeo o arabo fa lo stesso, per farle bagnare, queste bianche europee e nordamericane! Invece il tizio alto e biondo con gli occhi azzurri, roseo e glabro, il dolicocefalo fasciato nella sua bella uniforme con tanto di stivaloni, insomma, il fantasma del Führer: fi-ni-to! per queste galline. Vogliono il tipo moro, l'olivastro, il bruno, il ruvido, la pelle di pecari, vogliono il tipo che puzza di muschio sotto le ascelle, quello che odora del mercato del pesce di Gerusalemme o del *Moussem* nel Riff: caproni in fregola e nervosi stalloni per la *fantasia*! bella lì, vogliono il tipo con le scarpe da tennis fetide e gli slip appiccicosi, capito! vogliono il tipo che suda e ansima forte quando le trivella, quelle troie! il tipo che ti spara uno schizzo lungo, denso, vischioso, unto: 'Llah! nella tua passera di bianca fredda, pulitina, asettica e disodorizzata! prendi qua, troia! e non urlare così forte, o svegli il pupo che dorme nella culla – chi te l'ha fatto, quello, eh, eh? troia! io le pollastrelle come te, le Belle del Signore, mi basta schioccare le dita e quelle aprono le cosce all'istante! mi frega niente che siano lubrificate a puntino, quelle cagne! sono cazzi tuoi di donna bianca che si è troppo tamponata, troppo assorbita discreta Lines o Nuvenia, troia! e se hai le tue cose, va bene lo stesso: a letto me ne sbatto dell'halal, mi sparo una bella *tartare* saporita, ogni tanto, quando il mullah è girato dall'altra parte! sanguini, non sanguini? frega zero! dai che si va! povera scema che hai passato un'ora e un quarto d'orologio davanti allo specchio per agghindarti prima di ricevermi – pffit pffit, le ascelle! dai, faccio partire la lavastoviglie: così c'è la roba pulita per mangiare dopo la scopata da massacro, cosa volete che vi dica, a me viene fame quando è un semita a trombarmi, giudeo di Passy o arabo puzzolente venuto dal suo lontano 93, non sono mica pudibonda! Non c'è che dire, quelli ci sanno fare! entusiaste di getto, siamo, noialtre pollastrelle! niente da correggere, nessuna traiettoria fuori strada da raddrizzare in extremis al volante, tacco punta sul pedale del freno, mica son finocchi, uomini così, sono veri uomini! forza! mettiamo la quinta, a tavoletta verso il settimo cielo con uomini così, veri uomini, che ce le hanno pesanti! – Ah sì, troia, ti credi di essere Claudia Schiffer, la crucca, ma io sono Zinedine Zidane, il moro, e ti faccio godere davanti e dietro, da vera troia che sei: traversone, tiro al volo, gol! goool! cazzo, gooooooool dritto infilato in pieno all'incrocio dei pali! rasente la tua passera di troia bianca mezzo frigida: la mia sborra vischiosa, sciropposa e madreperlacea di moro trabocca! spessa come un *gris* di Balaouâne, appiccicosa come un lokum, e ti piace, troia! e ne vuoi ancora! – Ancora, ancora, mio bel moro, non provavo più una cosa del genere dagli accordi di Évian! Cosa dico? Dall'attentato del Petit-Clamart! Dagli attentati al plastico dell'OAS! Oh, le nostre notti dinamitarde ad Algeri, mio legionario che profumi di sabbia tiepida! Ma stai perdendo la testa, mia cara Ginetta, questo mattacchione ti fa ammattire! Dacci dentro, bambinone mio! morettone mio adorato! – Visto che me lo chiedi così gentilmente, Ginetta, dai che si va, bambinona! replay! e mica uno slow motion, eh? mica una differita, no, no! roba live, in diretta! a caldo! le prime immagini in esclusiva della prodezza! roba fatta presto e bene! 'Llah! prendine ancora, troia! ne ho in abbondanza, nelle palle, io arabo, io giudeo! Noi semiti siamo due grandi popoli che hanno molto sofferto, ma stasera è la nostra rivincita, nel tuo letto, sotto il piumino! troia! troia! Replay bis? Dai che si va! Replay ter? Ti farò arrivare alla stelle a Mach 2, Mach 3! Top Gun sono, troia! Non ne puoi più? chiedi arimo? sei troppo sfinita? hai mal di schiena? ti tocca chiamare l'osteopata, domattina? che ti rimetta a posto le vertebre sacrali, sacramento! che ti ho sgangherato? povera topa! ma volevi assaggiare il semita, ed eccolo qua! Ti sento ancora gemere, vagire! La vagina, troia? il clitoride in fiamme? la mucosa prosciugata dal mio lanciafiamme? la vulva incendiata dalla mia sborra che profuma di sabbia tiepida? lì? lì dove fa male ma dove fa anche piacere! – In fondo anche per noi bianche la vita non è stata solo un piacere, con il capo che rompe i coglioni, un mese di affitto arretrato da pagare, le rate mensili nove mesi senza cambiali della lavastoviglie! a proposito, avrò messo il programma economico? avrò rimesso il sale come suggerito dalle istruzioni quadrilingue? cazzo! adesso nella topa ho la lingua ruvida del Moshe, del Mohammed, va a sapere, questi qui si assomigliano tutti! con il prepuzio tagliato, tesoro, immaginati il glande che sensibilità! per questo sono migliori! semplice questione di circoncisione! ma gli farà male, al neonato, quando il rabbino o il muftì dà il taglio netto? è per vendicarsi del dolore patito da neonati che squarciano così selvaggiamente noi bianche? per questo chiavano con tanto ardore? A causa dell'indelebile traccia mnestica incisa nel loro animo... Ahi! I vecchi dei tuoi vecchi sono morti ad Auschwitz, mio Moshe? i tuoi vecchi si sono fatti un culo così nelle Aurès, mio Mohammed? per questo ce l'hai tanto con me ma mi ami anche un pelino, come dici tu, matto che non sei altro? perdonami! sii buono, mio Moshehammed! e rimettimelo dentro! ne voglio un'altra dose, bisogna vuotare bene i piatti se si vuole usare il programma economico senza passare prima le stoviglie sotto il rubinetto, nel lavello, con uno schizzo di *Last* al limone! Come godo! come godo! cazzo come godo! tu sì che sei un uomo! mi piaci quando mi sfondi con il martello pneumatico come tuo padre sfondava il suolo indurito dai nostri freddi inverni di noi gente del Nord, i nostri inverni così freddi per voi, venuti dall'altra riva del Mediterraneo! sì, dimmi un po', quando tuo padre si faceva il mazzo sui cantieri della Francia che si modernizzava a pieno ritmo, nel settennato ahimè abbreviato di Pompidou e in quello di Giscard, che sarebbe arrivato fino alla fine ma non sarebbe stato rieletto, quello sfigato, e ci avrebbe fatto la scena grottesca della sedia vuota al tiggì! Oh! Moh! la guerra era finita e finalmente anche noi francesi purosangue potevamo consumare in pace come gli altri popoli d'Europa! riempire il carrello senza alcuno scrupolo, senza alcuna inutile esitazione! abbuffarci da far scoppiare la pancia, rimpinzarci di colesterolo e tranquillanti che all'epoca, periodo felice! la mutua passava interamente! Oh, mio Moh d'amore! il trentennio del Boom! il miracoloso trentennio del Boom, oh, mio Sauvy!* oh, mio salvatore! Eh sì, all'epoca siamo stati un po' stronzi con voi, un po' egoisti, lo ammetto! Non era una grande idea confinarvi al di là della tangenza, in sistemazioni definitivamente provvisorie, alloggi temporanei, pollai di cemento, dopo che avevamo spennato per bene la fauna araba, la cui prolifica prole era sulla via del vandaloteppismo, casino, carne da massacro celerino!

* Alfred Sauvy (1898-1990), economista e demografo francese.

Lo so! Lo so! Avremmo dovuto sterilizzare le femmine musulmane, come scriveva pacatamente Jean Raspail su "Figaro-Magazine"! Certi intellettuali sartriani ci avevano fatto una testa così con la storia che le otto, nove ore al giorno di martello pneumatico, il rumore, le vibrazioni, rendevano sordi e impotenti quei poveri immigrati nordafricani, vergognosamente sfruttati da padroni senza cuore... Figurati! I vostri padri ingravidavano otto, nove volte le mogli in dieci, dodici anni! Sì, sì, avremmo dovuto sterilizzare le vostre madri, ma non abbiamo avuto il coraggio! Giscard ha voluto mostrarsi umano con quella gente, i tecnocrati sono dei cacasotto, dei finocchi! E quanto alla Mitterranda, quel Machiavelli da carnevale, ha capito subito che il suo settore in espansione, come si suol dire, era l'integrazione, la desiderabile integrazione alla Harlem Désir, se voleva fare il pieno di voti alle successive elezioni! Lo sapeva, quel marpione, che nessun beur avrebbe mai votato Chichi-gli odori! lui preferiva lisciargli il pelo, a quei giovani beur futuri elettori: se quei musulmani dei loro padri continuano a ingravidare le femmine, il partito socialista reggerà fino alla fine del prossimo millennio! Durerà sempre più del Terzo Reich, ve lo dico io, François! Già due settennati... E Chichi, che non ne fa una giusta, si spara nelle palle: si scioglie, quel coglione! E ridagli, con i socialisti al potere, ci risiamo per vent'anni o più! È così che funzionano le cose eh? il sesso, la politica, il sociologico, il demografico, è un tutt'uno! un caos, un troiaio unico! e, a proposito di troiaio, mio caro Moh, ho la passera in calore... E così, dicevo, eccoti nel mio letto, è mezzanotte! trivellami ancora una volta, bambinone mio! bazooka! fammi un po' il terrorista integralista, come sai fare così bene! sei un uomo, tu! quando ci dai dentro con il grosso calibro, m'immagino che sia Nagui, che sia Noah, che sia Zizou, che sia El-Kabbach* a sfondarmi e farmi godere! m'immagino che sia Ivan Levai,** capirai! m'immagino che sia Dominique a incularmi, sì, Dominique Strauss-Kahn!*** io sono Anne Saint-Clair**** – li prendo tutti e due, mi faccia un buon prezzo! Voi semiti, giudei o arabi, non sono razzista io voto PS, ma sia detto tra noi fate un po' troppo culo e camicia, mediaticamente parlando! se si tratta di invaderci lo schermo, sapete fare amico-amico-a-Myconos, eh? stronzi! Scusami, mio Moh! ritiro tutto! no, il ceffone, no! e poi è umano, eh, lo riconosco, fare fronte comune tra umi-

* Giornalista televisivo.
** Giornalista televisivo.
*** Ministro dell'Economia.
**** Moglie di Levai, poi di Strauss-Kahn.

liati! però, la vostra arroganza... No! il ceffone no, mio Moh! l'uccello nella mia passera in fiamme! ecco, hai due coglioni d'oro massiccio, bambinone mio! mica molli, e chi ti molla! non sei come quell'impotente di Jospisellino! non eiaculi precoce come Jacques-Fatto Chirac, tu, mio Mohammed!... Ah, non ti chiami Mohammed? ti chiami Sid Ali? scusa! io, quando le fattezze sono queste qui, mi confondo subito! uno vale l'altro! pure a letto, mio Sid! tira al volo e infilala dentro, voglio tackle, gran spettacolo, gioca alla Zizou, mio Zizou, mio Siduccio! mio Cid, sono la tua Chimene! tu, pilota Top Gun, stretto nella tua tuta anti-G, portami in verticale al punto G! sfondami il muro del suono! in barba ai vicini, non ci tengo, io vengo, Sid Ali! e tutto il resto è letteratura per qualche programma di *cul*tura! Dacci dentro, mio Sid, hai dell'Ali! lancio un'urlata, la caccia è iniziata, Allah! sono la tua bianca cerbiatta di razza, bramisco nel bosco, troia che non sono altro! inculami, tesoro, inculami! Ah, come Fedra, voglio morire di piacere! È la fine del mondo! Pompei agonizza sotto la pioggia di brace, di pomice incandescente, cenere e lapilli!... L'Islam è alle porte! la Reconquista rifluisce! sono di nuovo sbarcati i Mori! è caduta l'Andalusia! la Mancha! la vecchia Castiglia, e la Nuova, tocca a loro! adesso la Navarra! Non ci sono più Pirenei! Tolosa! Sono a Tolosa, città rosa! Non sono born to lose, quei fieri soldatacci che ci invadono come cavalieri di una fantasia equestre e ci prendono per bifolchi! La periferia di Tolosa è a ferro e fuoco! La fauna africana vandaleggia Le Mirail*. Ballano al suono degli Zebda, *Tomber la chemise*! E diamoci dentro, allora! a torso nudo, il moro puzzolente che ci invade, mettetevi comodi! fate come se foste a casa vostra! Siete primi in classifica? Ma sì! la Francia profonda collabora, è abituata! corre alla Fnac o alla Virgin a comprarsi il Faudel, il Rachid Taha, l'ultimo degli Zebda! Ma sì! è un'invasione! La zona di Bordeaux? È un bordello. Non parliamone più! State già strappando le nostre vigne, voi virili bevitori d'acqua! ma scommetto che risparmierete il Mouton-Rotschild – montone e Rotschild sono fatti per andare d'accordo: molto semita, tutto ciò! E continuate: il Front National non ha saputo fermarvi a Tolone, a Orange o a Vitrolles, Mégret e Le Pen non hanno le palle, non ce le hanno più! Questa volta non riusciremo a fermarvi a Poitiers! il nostro vecchio Carlo Martello ha moscio il pisello, viagra o non viagra! l'Europa si è infiacchita, sfinita nelle comodità, fogne a scarico diretto, riscaldamento centralizzato, carta di credito, climatiz-

* Quartiere della periferia di Tolosa.

zatore di serie già nei modelli di fascia media, telecomando per fare zapping senza alzarsi dalla poltrona! e Mégret e Le Pen fanno flop separati, ma crollano insieme vertiginosamente nei sondaggi! non c'è più un deputato che ci possa salvare! ci sono mori alle porte, nel letto! nottetempo hanno oltrepassato la tangenza, quei cani! dilagano sugli Champs nelle sere di vittoria nazionale! brulicano alle Halles! non siamo più a casa nostra! ma noi, donne bianche, eh, facevamo un po' le tedeschine durante l'Occupazione, ce la siamo spassata, va' là, con i grigioverdi! gli Sturmbannführer, gli Obersturmbannführer – più il grado era lungo da scrivere, più era chic andarci a letto insieme, con l'ufficiale nazista, ve lo dice la Ginetta! – bella lì, e faceva un gelo barbino, sotto il piumino, per via delle restrizioni, e i nostri uomini, che ci cagavano poco e male, bisogna dirlo, erano negli Stalags! allora, eh, il bel biondone in uniforme: dentro nel lettone! che mi scaldo un po', povera abbandonata mai più scopata dall'inizio della *drôle de guerre*! Quale corvo oserà denunciarmi alla Kommandantur? Perciò, eh, come Arletty, sono Garance,* il mio cuore è francese, eccome! ma il mio culo è internazionale! Oh, mio Otto! oh mio Ludwig! oh mio Wolfgang, che mi hai così amadeusata! *Blau Augen*, *blonde Hären*, come cantava Marlene... Non c'è come l'Occupante per occuparci un po', noialtre troie! non c'è come lo straniero per distrarci dalla nostra noia di mal cagate dal borghesuccio cazzomolle purosangue francese! Adesso tocca a voi, africa! Champagne! Champagne per noi! E per voi, acqua del rubinetto, visto che non bevete alcolici! L'uccello, bambinone mio, e le palle, e già che ci siamo anche le orecchie! fammi la corrida, stasera! siamo nell'arena, la banda suona un paso doble, è l'ora tragica della messa a morte! la donna vestita da torero si è truccata, si è agghindata davanti allo specchio, è passata dal parrucchiere per un ritocco alla messinpiega – cazzarola, duecento carte, ci vanno giù pesanti! – forza, una bella spruzzatona di profumo tra le tette per eccitare l'animale che è in te, mio bel morettone, mio uomo! in fondo siamo dei mammiferi molto simili alle belve, non dimentichiamolo! bastava vedere Bill e Monica al tiggì! anche noi abbiamo bisogno della parata per provocare il coito! Dai che si va, maschione mio! ormai sono un lago! copuliamo! io te lo succhio, tu me lo metti nel culo! come vuoi! sono tutta sottomessa, come la Piaf: *J'irais jusqu'au bout du monde*, *je me ferais teindre en blonde* – ma questo l'ho già fatto! gli ho chiesto il colore di Claudia Schiffer, io, la Ginetta, al Jean-Louis David: caz-

* Personaggio interpretato dall'attrice Arletty nel film *Amanti perduti* (1945).

zo, trecento cartoline, ma al mio moro ci piace: gli ricorda la Dalida e i travesta che la imitano nei cabaret clandestini di Algeri! –, *si tu me le demandais...* Ah sì, chiedimi, Sid! *On peut bien rire de moi, je ferais n'importe quoi, si tu me le demandais...* Schiocca le dita e sono tutta tua, mio Sid Ali! Aaa! Aaaaa! Aaaaaaaa! Godo! Mi convertirei, se tu me lo chiedessi, mi metterei il velo, se tu me lo chiedessi... Il rigoroso *hijab* nero, sì, se tu me lo chiedessi! mi dai tanto di quel piacere! Al-hamdulillah!

Al-hamdulillah! Stasera è il toro a uccidere la biondazza, la finta Claudia Schiffer! Sei morta o comunque poco viva, oca giuliva! Il mio cazzo fu l'arma del delitto, signore e signori della Giuria! – Ah, Sid Ali mi *a* ucciso! E anch'io, Ginetta, ho fatto l'errore di ortografia scrivendo con il sangue il nome dell'assassino moro sul muro!

Ma adesso che facciamo, eh, Jospisellino? Che facciamo, Chevène, che per poco non fosti ucciso dal curaro all'ospedale opportunamente chiamato Val-de-Grâce? Eh, Chichi-gli-odori, che facciamo? Quale sarà la nostra pena? La pena di morte? L'avete abolita. Il filo spinato, le torrette, i gas? Non sono più molto à la page, non fanno più tendenza! no, per dirla tutta, i campi di concentramento sono proprio un po' out! Rovinerebbero la scenografia nuova fiammante della nostra bella Comunità economica europea, così democratica, così rispettosa dei diritti dell'uomo e di quelli della donna, e via dicendo! E poi la LICRA, il MRAP e SOS Racisme protesterebbero. Quindi al governo sareste un filino in imbarazzo! Allora l'eliminazione dolce, alla chetichella? La soluzione finale, ma con la vaselina, morbida, soft, come il latte per il culetto del pupo e gli yogurt lassativi al bifidus attivo – tutte le sere sui vostri schermi! Bella lì, ma l'avete già trovata la soluzione finale adatta al nostro caso, l'ammorbidente al profumo di limone che ravviva i colori, eh! L'avete trovata la soluzione finale: renderci tutti delle star, come avete reso una star il nostro Zizou nazionale! Bella lì, due, tre, quattro, cinque, sei milioni di star! È più pulito e più facile da gestire che i sei milioni di morti della Shoah, no? Però se ci fate diventare tutti delle star, non ci avete pensato, povere seghe che non siete altro: allora nessuno di noi sarà più una star! Zizou in persona verrà spazzato via, e bisognerà ricominciare tutto daccapo! Perché il mercato sarà subito saturo, farete implodere il tubo catodico! Una star, per definizione, è una rarità! E siccome non avete trovato il modo di dare a tutti noi una vita modesta e semplice ma decente, dignitosa, degna: degna di essere vissuta senza lo sballo del successo mediatico, senza le pere di riflettori e di flash... Siccome non ci avete lasciato scelta: o la violenza al commissariato sotto casa, o la grande scalinata del Festival di Cannes! Bastardi! Stalinisti! Fascisti! Nazisti! Economisti dell'economia di mercato! Globalizzati! Fondi pensione! Stock option! Start-up! Internet! Bill Gates! Bill Clinton! Dow Jones! Ted Turner! Hitler! Chirac! Chevènement! Mezzeseghe! Stronzi!

Calma, Sid! Calma! Che ti viene di nuovo un'ulcera allo stomaco. Allora: i messaggi sul cellulare, Sid: chi ti ha chiamato, quindi, mentre pranzavi da Fouquet's con Isa? Io, mi conoscete, sono una persona educata! niente cellulare a tavola, capace che vengono a rompermi i coglioni, cazzo, mentre degusto il mio carpaccio di *foie gras* di aragosta di fiume alla crema marmorizzata di senape rosa al fiore di miele balsamico con mousse di porcini allevati sotto la madre deglassata con la Corona limone verde brasato – non vi dico tutto, condenso un po', ho preso il piatto del giorno del menu Business: aereo o ristorante, io, Sid Ali, vado sul Business, va' a dar via il culo!... Chi ti ha chiamato mentre brindavi, cin cin, occhi negli occhi, cheek to cheek, con la bella Isabelle – ah sì, Isa? ti rompi i coglioni alla grande, in Svizzera, ma sono più relax sul discorso tasse? uuh, ragazza mia, la Swissair non è stata creata per i cani! ma va? sono così meschini, meschina te, sono così meschini, gli elvetici? lo sono sempre stati, guarda: durante l'ultima guerra – la loro ultima guerra –, con quei poveri giudei, non sono stati proprio carinissimi, eh! Cosa? Ti contano i giorni di residenza? ce ne vogliono almeno centottantatré all'anno! è cheap! e come fai, cara la mia Isa, quando hai sei mesi di riprese negli States? Anch'io avevo una mezza idea di esiliarmi in un paradiso fiscale dove potrei detrarmi meglio le spese di rappresentanza sotto le palme da cocco sfiorate dagli alisei, ma ci penserò su due volte, grazie della dritta, dai! cin cin! un'altra boccia di quella rovina del Ruinart rosé cuvée reservée, cameriere, il bis! labès! to', eccone un'altra che i francesotti non hanno, vero, Isa? ed è una nota spese due volte deducibile e rimborsabile: ho un trucco – estrai e vinci, gratta e vinci, cazzo! non staremo a menarcela per quella sfigata della contabile aziendale o per la deontologia – la deonto cosa? –, apparteniamo a un popolo che ha sofferto molto, abbiamo diritto a qualche riguardo una volta che abbiamo avuto successo, no? non siamo tipi da abuso di beni sociali, noi! siamo artisti, noi, e se i giustizieri psicorigidi del ministero dell'Economia ci rompono troppo il cazzo! ciao ciao, ce ne andiamo in esilio! e in più, ciliegina sulla torta, il povero cassintegrato non imponibile che legge "Match", "Voici" e "Gala" tirerà fuori il fazzoletto e piangerà sui torti che ci vengono fatti e che ci hanno costretto all'esilio, ma che peccato, vero Isa, ragazza mia? Cazzo! diventi ogni giorno più bella, devi farci *La Regina Margot* II, *il Ritorno*, bisogna che ne parli con Patrice!...Vabbé. Chi mi ha chiamato, chi mi ha lasciato dei messaggi? Matignon! Cosa vuole ancora da me, Lionel? Porca puttana che zecca, non avrei mai dovuto autorizzare l'ufficio a dargli il mio numero di cellulare, è un abuso, questo, l'hai detto l'hai!... Dai, non siamo stronzi: ho il suo numero registrato e comunque una memoria prodigiosa. Ma se quel pezzo di merda non risponde prima del secondo squillo, riattacco. Ho altro da fare. Ah sì, risponde, era impaziente, mi dice la segretaria personale del signor Primo ministro Josy. Allora, qual è il problema, mio Lio? Le periferie difficili sono in ebollizione all'approssimarsi dell'anno 2000? Mi meraviglio! Sarabande di macchine, sassaiole contro gli autobus, auto incendiate, violenze nei commissariati e via dicendo... Ma certo, sono tenuto al corrente dalle mie guardie del corpo: raga del quartiere sul Nove-Tre da dove vengo io... Vi sistemo tutto io! Hai fatto bene a chiamarmi, Lio. Seee, Buffet può call me free, ma non al mio numero personale: in ufficio, a SAB-Com, see! Io mica confondo il servizio pubblico e il bisnes. Non sono calvinista, tranne che per gli slip, ma ho un'etica, tua madre, anch'io, Lio! Quello che ci serve, è una megacampagna nazionale di affissioni! Naaa, niente spot televisivi, Lio, è tutta grana sbattuta via, con la teppaglia! Rifletti, Lio: la teppaglia è in strada, mica incollata alla tivù a guardare gli spot, te lo dice Sid Ali! Perciò diffusione capillare Dauphin e Avenir Pu – l'avvenire pu-pu-puzza, l'hai detto l'hai! di avvenire non ne abbiamo più, abbiamo solo futuro, richiudo la parentesi, Lio, e io go on... Dauphin e Avenir Pu, dicevo, tutti e due, e solo affissioni 4x3, non stiamo a taccagnare! una settimana di teasing, una settimana di killing, ed è fatta! Cazzo vi ho già trovato il claim! Troppo figo, balek! sono sempre il migliore, non per vantarmi! Naa, mio Lio d'amore, non te lo dico subito, sarà una sorpresa: è sempre più buona, la leccornia che si fa aspettare! "*Please, trust me!*" E qui, Lio, con gli occhi gonfi di lacrime, ti rivedi a Casablanca, il trabiccolo sta per decollare *As time goes by*, e ti immagini di essere Ingrid Bergman e mi rispondi: "*I will!*"... Ah, a proposito, questa volta toglimi dai coglioni la Aubry. Non la voglio, quella zoccola che ci ha traditi. Cazzo, era lì a far la puttana, quella zoccola, per la foto con tutti i raga del quartiere: "La mia politica per la città! Aiutare i giovani a farsi strada! Vivere insieme eccetera...". Sovvenzioni al sostegno al contributo alla sovvenzione all'aiuto, misure di sostegno e ne dimentico, e delle belle! Tranne che, quando ci siamo permessi di ricordarle, off the record, le sue promesse: la grana e la ristrutturazione delle scale, le sue promesse fatte con la mano sul cuore davanti alle telecamere per il tiggì delle venti apertura argomento del giorno nove minuti, quella gran zoccola: più niente! La fava! "Andate a quel paese, beur! Io ho avuto il mio effetto di annuncio, sono servita, nessuna carta, ho il full in mano!" Zoccola! Nel genere comunicativo-spettacolare-faccia di culo, la Tine è peggio di suo padre "Mi ritiro prima di godere"! È tutto dire! Cazzo, i cattolici di sinistra sono uno di quei pesi! Non sarai tu a contraddirmi, Lio! E poi è ingrassata, eh, la Titine! Sudisette ®, pompelmo, formaggio magro 0%, se vuoi passare nel mio tiggì, zoccola! Sid Ali non manda in onda le ciccione: gli mangiano tutta l'inquadratura! Balasko? Nada! Trautmann? Nada! Guigou? Yes! Mandate la Guardia e i Sigilli! Ah, e potresti anche dire al tuo parrucchiere di andarci piano con il Bellecolor nero corvino, Titine! La tinta indurisce ancora di più i tuoi spessi lineamenti paffuti da zoccola, zoccola!... Vabbé, a parte questo, Lio, come sta Sylviane? Ah, sta preparando un libro per la *rentrée*? *La condizione della donna all'alba del Terzo Millennio?* Bel titolo! Efficace! Ah sì, cazzo, mi interessa! L'hai detto l'hai, lo compro! Che la sua nanetta stampa mi mandi subito le bozze, e di corsa! Naa, me ne sbatto del servizio stampa! Ma voglio l'anteprima per il mio tiggì, Lio! Le faccio uno speciale marchetta di tre minuti dopo il meteo, alla tua Sylviane adorata, la filosofa dopo il meteo, ho detto! così non confondono il suo prodotto con il latte, il detergente, il cremoso, la carta da culo "Dio mio com'è morbida per il popò del pupo", la sclerosi multipla, il vruum vruum, le grandi cause nazionali e la detersivistica! Ecco, Sid Ali è fatto così! Un'indole buona! Quando sarò morto mi rimpiangeranno e diranno: "Mettiamoci una mano sulla coscienza, abbiamo fatto abbastanza per lui?"... Cosa, Lio? Alla *rentrée* esce anche il libro di tua sorella Noëlle Les Halles? Siamo a posto! Ah, naaa, Lio, non esageriamo. Ti avverto: non li prendo tutti e due a "Ciao Francia!". Scegli, o uno o l'altro! Tira aria da Corneille! Sei trafitto *jusques au fond du cœur d'une atteinte imprévue aussi bien que mortelle*! Mia sorella o mia moglie: scenata a letto o muso lungo della sorella che non mi parla più fino alle prossime presidenziali, nel 2002, se prima Chichi non si spara un altro proiettile nei piedi: dopo il piede destro, il sinistro, dai! Niente gelosie! Ne è capacissimo, quel salame, è imprevedibile, e appena recupera un quarto di punto nei sondaggi BVA-*Ipsos-Le Monde-L'Expansion* non lo tieni più! e per la gioia sua figlia si fa pipì nelle mutande Chanel! Dilemma dei dilemmi, Lio: la legittima, molto dilemma, oppure, altrettanto dilemma, la sorella, con cui sei andato sull'altalena con i pantaloncini corti di velluto a coste, ah! e hai anche giocato un po' al dottore, eh, ammettilo – neanche i piccoli protestanti sono bambini perfetti? Ah, mio Lio, Primo ministro rosa, la vita non è sempre rose e fiori, me lo immagino, ma l'hai voluto il job, adesso ti arrangi! La Mitte ti ha fatto sudare sangue, lo so, e Chichi-il-Pappa tiene d'occhio come vanno le marchette? Ma adesso, poche storie, cocca, ti sei conquistata con le unghie e con i denti il tuo pezzo di marciapiede: su, a battere! Dai, ti saluto, Lio, di' a quelli del ministero dei Giovani e dello Sport che mi chiamino tra un'ora, non prima. Ho dato un'ora libera al mio autista perché vada a dare un colpetto al *Détente Balzac*. Sono umano, io.

E naturalmente, dopo cinquantanove minuti spaccati, chi mi chiama alla SAB-Com? La Buffet, che fa la comparsa comunista nel governo socialista e ancora non si capacita della manna: ho la mia auto con il lampeggiatore, le multe manco le pago, e ho la mensa a scrocco al ministero, roba tre stelle! "Cosa ci propone, caro Sid Ali, per placare queste periferie rosso sangue che non riusciamo più a governare da quando non abbiamo con noi né Duclos né Marchais che ci guidino? – Marie-George, ho trovato il claim che sbaraglia tutti, glielo faccio a un prezzo da amico: un milione di franchi Iva inclusa per il creativo, me stesso myself in persona: prendo il minimo quando è per una grande causa nazionale, ho la mia morale, sono musulmano, Allah mi ispira! – Un milione di franchi per il creativo geniale che è lei, Sid Ali? Affare fatto! risponde Marie-George Buffet. Chissenefrega, noi si sciala! Tanto a pagare è il contribuente dall'ascella puzzolente! Mica stiamo a lesinare! Do ut des! Allora, com'è questo claim? – Senta, senta: *Diversi verso il 2000!* Azzecato, no? – *Diversi verso il 2000*? La prego di perdonarmi, di scusarmi, Sid Ali, ma non vuol dire niente. – Certo, ma è questa la cosa geniale! Con questo le riporto la tranquillità nei quartieri messi a ferro e fuoco delle periferie difficili, da Dunkerque a Marsiglia, da Brest a Strasburgo! Una campagna di affissioni colossale: *Diversi verso il 2000!* – Vabbé, se pensa che funziona, Sid Ali! – Che *funzioni*, congiuntivo, signora Ministra o Ministro: il fatto che si rivolga a un arabo non la dispensa dal parlare un francese corretto! – Ha ragione, Sid Ali, che lezione! OK, dai che si va, come dice lei! *Diversi verso il 2000!* Comunque sia, ho il via libera di Matignon. Il signor Primo ministro mi ha detto: Sid Ali, quello che vuole, dove vuole, come vuole, quando vuole! Dai che si va! Do ut des!"

Ecco perché, povera larva di lumpen che ti alzi, a fatica, dal tuo posto a sedere quando il treno entra finalmente in stazione, ecco perché vedrai scorrere, da Balard a Créteil, ripetuto dodici volte, sei volte alla tua destra, sei volte alla tua sinistra, in tutte le stazioni della linea, tutte! senza eccezione! lo slogan assolutamente insignificante trovato dal sottoscritto, Sid Ali, un semplice gioco di parole reputato genialissimo dalle persone al potere:

Diversi verso il 2000!

Sei sbalordito sbacalito, povera larva verminosa di lumpen di un prolet di merda! Ti sfugge il concetto? È troppo idiota, il concetto! Ma in questo sta tutto il senso, tutto il sapore, tutto il segreto e tutto il profumo della cosa, povera larva verminosa di lumpen di un prolet di merda! Più è idiota, più sei un mito in questo mestiere, e più guadagni: il tuo salario mensile, povera larva verminosa di lumpen di un prolet di merda, è il nostro stipendio di un giorno! E la settimana prossima, dopo il teasing: il killing! Nella notte tra domenica e lunedì, gli attacchini avranno incollato l'aggiunta: per compiacere demagogicamente i turbolenti giovani del bel paese che è la Francia: solo il mio bel muso da beur star, l'espressione ironica boccuccia a cuore, dito medio alzato "fuck you" e, come didascalia, il mio famoso tormentone: *L'hai detto l'hai!* Bella lì! E l'agenzia SAB-Communication riterrà che è inutile mettere il mio nome sul manifesto, così come non è stato ritenuto il caso di citare il nome di Zinedine Zidane sul manifesto dell'*Eau Sauvage* di Dior: sono talmente famoso ed emblematico! Né più né meno del mio Zizou!... Ma va? Più famoso di Zizou? Se lo dite voi! La mia modestia, la mia timidezza e un retaggio di pudore musulmano saranno la mia rovina! Non esagero abbastanza, lo sento, devo chiamare il mio agente. Adesso: al kalashnikov, al bazooka, al coltello sacrificale, all'heb-heb, 'Llah! Dai che si va! non siamo mica finocchi!

E tu, povera larva verminosa latrinesca di un unterlumpen di un lower lower prolet di merda, supersfruttato e prematuramente usurato da un lavoro del cazzo che oltre tutto rischi di perdere visto che il tuo capo ha deciso di ridurre ulteriormente i contributi previdenziali e il monte salari, tu che guadagni 6257 franchi netti al mese, amico, fratello, mio simile nonostante le ingannevoli apparenze dello spettacolo, be', alle prossime elezioni voterai a superdestra o a supersinistra, dai, giusto per far girare le palle al bel mondo! Comincia a scassare il cazzo, 'sta sinistra morale!

E poi quelle chiaviche che ci governano verranno a dirci che noi due siamo dei fascisti! Avranno il coraggio di dirlo, quei benpensanti spocchiosi bacchettoni sfigati cazzimolli loffioni gatte morte ma veri Totalitari! Stronzi!

Ma noi, fratello, andremo incontro alla morte cantando, come cantavano andando alla fucilazione i partigiani condannati a morte da Vichy! O come gli anarchici del POUM, quei sublimi eroi della guerra di Spagna, condannati a morte dai comunisti, e dai fascisti, e dai nazisti, e dall'indifferenza sprezzante dei cattolici ferventi, e dei cristiani moderati, e dei repubblicani laici, e dei socialisti, e dei radicali, fratello, amico! quegli eroi che andavano alla morte dicendo che avevano, sì, perso la guerra, ma avevano ancora le canzoni più belle, e abbastanza fegato per scherzare sulla loro sconfitta! E andando verso il plotone di esecuzione quegli eroi non cantavano *L'Internazionale*, no! amico, fratello, nell'ora della morte lasciavano *L'Internazionale* a quella stronza stalinista di una Pasionaria che prendeva il volo "*Adiós! compañeros!* Visto che questi *pasarán*, io filo a Mosca dal mio amico baffone, dal mio Peppone, che è già arrivato a quaranta, o cinquanta, o sessanta milioni di morti, per fame o maltrattamenti nei campi – oltre una certa cifra, la cifra non ha più importanza, vero? Quando si ama, non si conta! E io lo amo, il mio Peppone!"... No, loro, quegli eroi, andavano alla morte cantando fandanghi e *seguidillas*, e anche *granadinas*, e quelle *coplas* flamenco che fino a poco tempo prima avevano sussurato all'orecchio delle ragazze ornate di una camelia, la sera, sotto i portici della Plaza Mayor del villaggio, per farle ridere, per sedurle, per affascinarle! e si beveva manzanilla, così dolce e così dolcemente amara sulla lingua, amico, fratello, così zuccherosa, *faut-il qu'il m'en souvienne*, e scaglie di prosciutto di Jabugo che masticavano, o bastoncini di liquirizia, e giuramenti eterni, e bronci così passeggeri, e carezze così lievi, e fremiti, e colpi di ventaglio schivati, e baci rubati sul collo o sulla guancia, la guancia dove la mantiglia disegnava un merletto d'ombra immateriale! ah, e intenso profumo di ambra e che ci inebriava quanto lo xerex, e sudore leggero che imperlava le nuche chine, e parole dolci, e preghiere mormorate, e minuscoli fiori di gelsomino che ci gettavamo a manciate come palle di neve, e il muggito lontano di un toro che sarebbe stato sacrificato l'indomani, domenica, alle cinque e mezzo della sera nell'arena! e mezzanotte che rintocca al campanile della chiesa un tempo minareto, e accordi arpeggiati su una chitarra scordata, e passi di tango che accenniamo imitando Bepe della Pampa – l'avevamo visto, il giorno prima, al cinegiornale del cinema ambulante – e passe, veroniche, farol, con una tovaglia rossa del Gran caffè della piazza come muleta, un manico di scopa come spada! e il bell'Ángel faceva il toro infuriato che caricava, con gli indici tesi a mo' di corna, *¡Olé!* – oh! e dei *¡Sí!* e dei *¡No!* e dei *¡Querido!* E dei *¡Mi corazón!* sì, gli attimi in cui l'eternità sembra precipitare nel presente come una nuvola di anice nell'acqua fredda! e il pensiero fugace che la felicità esiste su questa terra – *¡Sí! ¡Sí!* – e allora cantavamo in coro nella notte stellata, umida eppure così limpida, si era levata la luna, e a braccetto cantavamo in coro le parole banalissime di una *copla malagueña* che a noi sembrava pura poesia, ingenui come eravamo e come siamo rimasti, noi, idioti idealisti: *¡Por ella diera la vida...!* E un'ultima volta, amico, fratello, con gli occhi spalancati davanti alle bocche dei dodici fucili – siamo uomini, e anche le nostre donne e i nostri compagni hanno le palle: abbiamo rifiutato tutti la benda –, e mentre quel figlio di puttana in alta uniforme, con tutte le sue medaglie, le sue croci, le sue patacche, le sue cordelline dorate con oro fino, sguaina la sciabola, noi, cenciosi, a brandelli, pazzi di sonno arretrato perché la ronda ci svegliava ogni quarto d'ora: quei figli di puttana non ci hanno lasciato dormire tranquilli nella nostra ultima notte – allora, amico, fratello, per sfidare i nostri carnefici intoniamo per l'ultimissima volta, come un tempo sotto i portici di plaza Mayor: *¡Por ella diera la vida...!* Darei la mia vita per la Libertà!

E neanche noi, amico, fratello, neanche tu e io, dannati della terra, intoneremo *L'Internazionale*... No! Non più è la futura umanità, abbiamo perso, e definitivamente perso, lo sappiamo benissimo! Tutto fa schermo, ormai, e la bella parola libertà suona desueta alla stragrande maggioranza dei nostri contemporanei, preferiscono: carino! fantastico! super! mitico! Lo sappiamo bene, amico, fratello, anche noi guardiamo la tivù e ascoltiamo la radio! Bella lì! Ma quando ogni speranza è perduta, resta ancora la gioia amara di cantare la notte, come i bambini cantano per farsi coraggio attraversando il corridoio al buio – sono troppo piccoli per arrivare all'interruttore! Sì, è questa gioia senza ragione che ci prende mentre alziamo il tono, mentre ora cantiamo a piena voce! Ma la gioia senza ragione è un pleonasmo, la gioia è sempre senza ragione, senza motivo... Ma tuttavia la gioia non è la follia, ma l'unica ragione per tutto, l'unica ragione di tutto!... E bisogna vivere!

Noi, amico, fratello, canteremo l'inno del divino Bashung:

Plus rien ne s'oppose à la nuit
Rien ne justifie...
Osez! Osez, Joséphine!

Fa buio, quaggiù, e freddo, nella mia cella. E Jesus dorme. Non lo sento più cantare.

Cécile mi aveva interrotto nel bel mezzo della risposta, mi aveva chiuso il becco, come si dice volgarmente, aveva fischiato la fine dell'intervallo, come lo sbirro all'incrocio che osa fischiarti perché sei passato col rosso... Bella lì? L'indomani della vittoria storica, osa fischiarmi per un peccatuccio così insignificante, quel figlio di buona donna? Cosa, ieri sera Zizou ha regalato alla Francia la sua vittoria più bella dopo Valmy, e io, l'arabuccio, l'indomani mattina dovrei, dopo che la notte non abbiamo dormito granché, bisogna capirci, io dovrei rispettare il semaforo tricolore? Siamo un 13, giorno fortunato, la vigilia del 14, giorno di gloria, l'indomani dell'altro giorno di gloria, il giorno del nostro Zizou nazionale – che rimanga per sempre citato all'ordine della Nazione, nei secoli dei secoli, fino alla fine dei tempi voluta da Allah... Cazzo! Non mi hai mai visto in faccia, figlio di buona donna? Non mi conosci ancora! Dei coriandoli ne faccio, dei coriandoli, della tua multa, stasera, e li getterò, frivolo, alle fauas della cité, al ballo dei pompieri! al momento dei fuochi d'artificio, le fa ridere e le eccita, le fauas e le tipe non velate, le liberate! e sono così carini i coriandoli di multe! Ecco cosa me ne faccio della tua multa, coglionazzo! E aspetto risoluto l'abuso poliziesco! Provaci un po'! Domani il mio Zizou stappa lo champagne con Chichi, la sua signora e Claude, all'Eliseo! E tu, sbirro, che io sappia, non sei invitato, vero? Hai il goccetto facile, lo sappiamo che alzi il gomito in servizio, Chevène ti ha già schedato! Un altro abuso e lo sbattiamo fuori, l'Ambrogio dell'incrocio! Degli scassabeur del genere non dovrebbero più esistere nella nostra bella pipì – polizia progressista, ma cosa credevate? siete proprio maliziosi! polizia progressista, repubblicana, nazionale e tutto l'ambaradan... Abbiamo vinto! Abbiamo vinto! Stronzo!

Bella lì. Dov'ero rimasto? Cécile che mi chiude il becco a metà di una risposta che, effettivamente, stava per diventare un tunnel. Ne aveva forse il presentimento? Sta di fatto che. Le dicevo:

"Un ragazzo senza padre, senza un uomo su cui contare né cui opporsi, è messo male nella vita e per la vita, glielo dico io. Avrà l'edipo difficile, quel povero sbarbato. Non potrà strutturarsi, come dicono gli psi del Centro medicosociale... Ti prende una brutta piega che neanche te ne accorgi, uno sbarbato senza padre! Teppaglia in men che non si dica, dia retta a me che me ne intendo: prima delinquenza small, poi delinquenza medium, per finire delinquenza XXL, e la galera... Niente papà, da cui: scippi, sarabande di macchine, roba per uso personale, prima leggera poi pesante, quindi spaccio, piccolo poi grosso, dal panetto di fumo alla tonnellata di bianca semiraffinata consegnata via aerea a Roissy, volo cargo della Thai Airways! E per distrarsi, i mercoledì pomeriggio, lo sbarbato che non ha né un papà né una professoressa Rénal da cui venire a discutere di Proust: marchette! – prostituzione, voglio dire, parlo male, è vero, Cécile, non sono molto educato... Nel culo, ce l'ha, lo sbarbato senza padre, nel culo! Una volta che ha il piede sul pedale della frizione, non c'è più modo di recuperarlo! In questo modello non c'è correzione di traiettoria computerizzata! A manetta sulla via del crimine...".

E a quel punto, cazzo! non esiste! Cécile che mi tronca la parola di netto! gridando! talmente fuori di sé che non è riuscita a trovare nel suo vocabolario abituale la parola appropriata per interrompere quel flusso torrenziale, no, ma si permette di usare una parola mia, una parola del mestiere, ma mia personale! e il cui uso, insomma, è riservato a me, Sid Ali... Cécile, come impazzita, si permette di gridarmi in faccia:

"Cut! Sid Ali! Cut!".

Mi sono zittito di colpo. Bella lì. Senza parole.

Ma adesso lettore, solo per te... Solo per lei – non mi ricordo già più se le davo del tu o del lei, caro lettore! Per lei, diciamo, solo per lei, per lei solo, la risposta nella sua integralità. Tutto quello che poi è stato tagliato al montaggio. Un tunnel, in effetti. Accendete gli abbaglianti! Non gli anabbaglianti! Gli abbaglianti, ho detto! È molto buio, qui. E in fondo c'è la notte. Ecco:

Sid Ali:

"A manetta sulla via del crimine, e non hai acceso gli anabbaglianti, ma gli abbaglianti! schizzi verso il vuoto, schizzi contro il muro, lo sai, contro quel muro di tenebre, schizzi là dove finisce l'illuminazione della porzione di strada illuminata, il susseguirsi di lampioni ad alogene disposti a intervalli regolari, monotoni, e l'alone ripetuto all'infinito di luce arancione, color zolfo, che stordisce e sfigura tutto ciò che vive sulla terra, l'illuminazione moderna, l'illuminazione della modernità che ti fa smorto, cadaverico, nell'abitacolo del tuo coupé roadster, sì! come un morto-vivente, come un vampiro di serie B, tu, al volante, con le mani più livide che se avessi addosso guanti chirurgici di lattice, guanti per manipolazioni delicate "la tua seconda pelle", tu, già morto, o poco ci manca, sotto quelle cascate di luci come in una serata di gala a Cannes! quegli schizzi luminosi e quei riflessi che sfavillano sulla superficie del parabrezza e lo screziano, e confondono lo sguardo che tieni fisso al tratteggio bianco della linea gialla – giacché bianca è la linea gialla: un aggettivo qualificativo può continuare a sopravvivere dieci, vent'anni dopo la scomparsa della sua realtà nella realtà vissuta, così poco vissuta, così mal vissuta... E discontinua, è la bianca linea gialla: potresti sorpassare, ma chi? ma cosa? sei completamente solo in questa strada a scorrimento veloce che percorri la notte – potresti sorpassare te stesso, allora, superarti? ma sei al limite dell'aderenza, sei lì lì per sbandare, e acceleri ancora, pazzo che non sei altro! la linea è discontinua e tu continui a schizzare verso il nulla, solo al volante, non c'è nessun altro all'infuori di te nel coupé, è un roadster: ci sono solo due sedili, e tuo padre non ha voluto salire, sedersi al posto del passeggero, al posto del morto! mica matto, lui! ti ha abbandonato, ti ha lasciato partire, allucinato dalla ripetizione infinita dei lampioni! ma anche l'illuminazione finirà, poco lontano, lo sai, hai già preso questa strada: questo paesaggio notturno, liscio e nero come lo schermo di un televisore spento, ti è familiare, in realtà l'hai sempre conosciuto, sin dalla nascita, in Francia: è la Francia moderna, di notte! impressione nauseante di già visto, di già vissuto! sì! lo conosci! non c'è più nulla che possa stupirti! è l'universale noia del mondo industriale! agglomerati indistinti che brillano in una lontananza prossima! periferie interminabili, senza inizio né fine, centri commerciali identici disseminati su tutto il territorio: identiche marche, identici edifici, identici logo, sparpagliati in un universo siderale, vitreo, semivirtuale, nel quale viviamo, se questo si può chiamare vivere!... Sì? No? Una leggera sterzata, lo sai, e il problema sarebbe risolto! Oplà, fuori strada! nel fondale! visto che ormai è soltanto un fondale! visto che questo paesaggio morto non ha più fascino del fondale di un set per varietà strass e lustrini in prima serata! dai! una sterzata, un doppio punta tacco sul pedale del freno e dell'acceleratore! sbandata! capottamento! il mondo alla rovescia! il mondo davvero capovolto? sì? no? sta a te decidere! preferisci guidare fino in fondo al tuo destino? non esci mai prima della fine del film, anche se è una cagata? comunque sia, aspetti il *The End*, e che si riaccendano le luci in sala? è vero! ti conosco, bello mio! sei uno con le palle! il film della tua vita è più che una cagata: non avevi né la sceneggiatura giusta, né il budget che avresti voluto! un fiasco fin dalla prima inquadratura, fin dal primo ciak: le sofferenze fetali e i dolori atroci che infliggevi a tua madre durante il parto – uno psi del Centro medicosociale ne parlava a bassa voce con un collega, ma tu hai sempre avuto l'udito fino, bello mio! hai sentito tutto, e hai anche letto la cartella clinica che tuo fratello aveva sottratto per te – non ciulato: quando voglio parlo correttamente, quando ho voluto mi sono sempre espresso correttamente! – e ho sempre detto quello che avevo da dire, oppure ho educatamente taciuto quando ritenevo che non valesse la pena discutere: l'avversario era uno sfigato, una star lascia correre! e io ero una star! già dagli undici, dodici anni, era cosa fatta! nessuno, dico proprio nessuno! intorno a me se n'è reso conto! ma per me non c'era il minimo dubbio! ma proprio il minimo! non ho mai dubitato di me stesso! mai! l'ho sempre saputo!... Cosa mi è mancato perché né il pubblico, né i produttori, né gli agenti delle star internazionali si rendessero conto del mio successo stratosferico? come hanno fatto a non vedermi, semplicemente a non vedermi quando salivo la scalinata alla serata inaugurale a Cannes, tenendo per il gomito Isabelle Adjani, e tutti e due, ospiti d'onore, ci siamo onorati di rivolgere alle telecamere del mondo intero, ai milioni di spettatori che ci guardavano, da ospiti d'onore quali eravamo, noi due algerini, quella sera, un grandioso dito medio alzato "fuck you"! ah! cazzo, Isabelle! bisogna aver vissuto un simile momento di felicità per capire che la vita vale la pena di essere vissuta! bisogna averlo vissuto per non avere mai più voglia di uscire prima della fine del film! naaa! fuck you all of you, nuts! bella lì, fino alla fine! a manetta! piede sull'acceleratore! che il motore vada su a 6700 giri al minuto, come indicato sullo splendido catalogo BMW! cazzo! non è la vita, questa? lo scintillio della mica luminescente incrostata nel cemento del rilievo deceleratore sulla carreggiata, qui! bella lì! mica lo caghi, il deceleratore! a manetta, Sid Ali! a manetta! fuggi l'ipnosi! fuggi lo scintillio del sole sul mare d'estate, che conosci così bene! l'eternità! la rimbaudiana eternità! bella lì! non cagarli, i limiti di velocità! lasciali ai coglioni! ai ritardati! alle mezzeseghe, agli sfigati! non cagarli! *et que ne durent que les moments doux*, *et que ne doux*...! Sei il re degli scellerati, cui la vita sorride, amico mio! e per rilassarti: musica! va tutto sempre meglio in musica! senza la musica la vita sarebbe un errore! l'hai detto l'hai! dai che si va! tuner: hai il comando sul volante: la BMW ha fatto le cose perbene! nessun pericolo a chinarti per trovare la stazione giusta sull'autoradio e perdere un attimo di vista la strada! naaa! selezioni la frequenza preferita con la semplice pressione del mignolo della mano sinistra sotto il volante! persino mio padre, "Che il Glorioso gli concenda lunga vita!", persino mio padre ci riuscirebbe: zap! Radio-Bleue – *Dis*, *Maman*, *dis*!... uuh cazzo! zap: Radio-Nostalgie – *Dis*, *Maman*, *dis*!... porca merda! ma è una maledizione! Bismillah, sono maledetto! – zap: Radio-Courtoisie – i cortesi fascisti cattolici antisemiti, che i semiti siano ebrei o arabi, per questi qui è lo stesso come per il loro caro Jean-Marie, 'sti nazi che ci mettono Mozart quando scocca la mezzanotte! cazzo, ci dovrebbe essere una legge per proibire Mozart a questi figli di troia! Wolfgang Amadeus, sei un amico, vabbé, ma Radio-Courtoinazi, scusa tanto, la giustizio... Ah! ecco! ecco! Non so che frequenza sia, ma, ecco! ho trovato! Bash! proprio così, raga! Bashung! *Osez osez*... Oso, Bash!

Éviter les péages
Jamais souffrir
Juste faire hennir
Les chevaux du plaisir...

E la strada a scorrimento veloce adesso se la tira da inquadratura finale di road movie! Avete presente? Avrete visto cento volte, mille volte l'inquadratura, su grande e piccolo schermo, è uno dei peggiori luoghi comuni del road movie, ma funziona sempre! sempre! tirate pure fuori i fazzoletti! sapete che non vi tocca aspettare una vita prima di poter correre in bagno senza disturbare un'intera fila di spettatori! sapete che tra quindici o venti secondi al massimo comincerete a vedere scorrere i titoli di coda! per forza! per forza! sicuro! perché la strada dove il protagonista, solo al volante, corre verso il proprio destino, ora sale in morbida pendenza, sale verso il cielo, sì, verso il sole o la notte stellata, tutto dipende dal copione, ma comunque sale! non può fare altro che salire – pendenza che conduce alla parola fine, che serpeggia verso il nulla dello schermo bianco mentre già si accendono le luci in sala... È finito. Era l'ultimo spettacolo. La strada a scorrimento veloce sale verso il cielo e dopo non c'è più nulla, lo sai, lo sai! dopo non c'è più nulla! Dio è morto! Che Allah mi perdoni se lo invoco, solitario, nella notte! Dio, perlomeno, è morto in Occidente, all'inizio del secolo, e noi affrontiamo il nulla del secolo seguente a più di 240 all'ora, 6700 giri al minuto al tachimetro, cazzo! l'ago sul rosso, tutte le spie sul rosso, tutti i segnali di emergenza accesi... A tavoletta! Dai che si va, Sid Ali, alza ancora il volume! dai! a manetta, Bash! il divino Bash! Più forte i bassi! Più alti gli acuti! e canta, canta con lui, canta a squarciagola, piangi, ridi, grida, urla – a squarciagola, a squarciagola, Sid Ali!

Plus rien ne s'oppose à la nuit
Rien ne justifie...

Niente giustifica... No. Siamo nel mondo dell'insignificanza, nel mondo spettacolare dell'insignificanza: un mondo totalmente reificato, puramente materiale, e tanto più volatile, virtuale, invisibile in assenza di Dio. Dio è morto in Francia.

Più nulla si oppone alla notte... Siamo già morti, ma nessuno ce l'ha detto. Dei morti viventi, siamo.

Rimanete con noi! Tra qualche istante, signore e signori, il seguito del programma. Avete bisogno di... Vabbé, andate! Prima c'è un intervallo pubblicitario. Correte a pisciare e tornate in fretta! Tra un istante, il seguito del programma! E tirate l'acqua prima di uscire! E date una passata con lo spontex sull'asse che avete inzozzato, zozzi di francesotti purosangue dei miei coglioni! Non potevate sollevare l'asse prima di aprire la patta? Vi costava troppo? Halufin! Stronzi!

Vabbé. Tornate. Il film sta per cominciare. Il seguito delle trasmissioni. Brividi assicurati! Roba *gore*! Un thriller con serial killer! Bella lì. Mitico! *Sid Ali B.!* L'avevo visto al cinema quando è uscito! Cazzo, la prima nazionale! Una cosa bestiale! Uscito in 712 sale! Le più grandi! Tutti i mega e i multi, tutti! E come minimo quattro sale per ogni multisala! Tutto il territorio coperto! Tutte le nicchie! Tutto il mercato nazionale! Abbiamo annientato, abbiamo polverizzato tutto quello che ha avuto il coraggio di uscire quel mercoledì pomeriggio. Li abbiamo inculati, quegli zeri! Roba mai vista! Mai vista per un francese! Più tosto di *Superman*! Più tosto di *Born to kill*! Più tosto di *Matrix*, *Sid Ali B.!* Del resto è risaputo, il film con il punto esclamativo nel titolo fa centro! Vi do questa dritta. No, non ringraziatemi: l'ho letto su "Studio".

IV

"Che minchia vuoi? La mia faccia non ti va? È la prima volta in vita tua che incontri un moro? Non avevi mai visto un beur prima di me? non ce ne sono, allo zoo? non ce ne sono, a Disneyland? non ce ne sono al Museo dell'Uomo? Perché noi non siamo, uomini? Che minchia vuoi, eh, che minchia vuoi? È quell'identikit che ti tormenta? In cosa mi assomiglia? Come me, anche quello non ha un'aria molto umana, eh! Ma va? Sembra più lontano di me dalla scimmia, sembra più simile all'uomo, credi? Questione puramente soggettiva, di punto di vista, di sensibilità... Coglione! Stronzo!"

La discesa agli inferi si fece per gradi. Per gradi di depressione, se posso permettermi questa immagine che mi rimanda ancora una volta alle mie fantasie di incursore subacqueo suicida, alla brutta foto di repertorio che fa tutta l'eleganza insolita della pubblicità degli orologi Officine Panerai e che mi ha affascinato al punto da farmi credere di essere, a volte, da farmi avere l'allucinazione di essere il sommozzatore sabotatore che si vede ermergere dal mare – bella lì, psicologi, dateci dentro! ho detto mare non madre... Dai, spiegatemi il gioco di parole: sono così bollito che non ho capito! Analizzatemelo, per farmi vedere più chiaro in me! Stronzi!

Ci fu una prima frattura. Tutto felice della prima grana guadagnata con il sudore della fronte, tutto felice una volta tanto di aver potuto pagare, tutto felice di non aver ciulato come mio solito, portavo al mio amore, Djamila, gli unici beni che lei reputava preziosi oltre all'amore, all'amicizia, e al rispetto che ogni buon musulmano deve ai propri genitori: la musica e la lettura. Le regalavo dei dischi e dei libri, ma lei mi ha cacciato via in malo modo, come un barbone, come un vucumprà. Fece quello che fa lo sbirro quando ti castiga di botte sulla porta del commissariato, il buttafuori che ti sbatte la porta in faccia nel locale dove vorresti entrare a divertirti con la tua banda di amici, il prof che ti molla un'espulsione per motivi di condotta quando, cazzo, non facevi mica poi tutto 'sto casino, giusto un po' di movimento per animare la classe che si annoiava a morte, far spisciare gli altri, no, fare il buffone, e dimostrare che la tua fama di casinista di prima, di grande sceicco dell'*hala* e del troiaio non è usurpata! Ma se uno non può neanche farsi due ghignate ogni tanto, eh? se non si può più dare una smossa alla vita, a cosa vale vivere?

Allora sono crollato. Senza saperlo. Senza accorgermene.

Ci fu una seconda frattura: a casa della professoressa Rénal, nell'ingresso, mentre l'adorabile Melchior agitava la manina, lo sguardo che mi ha lanciato Cécile, quello sguardo in cui non riuscivo più a distinguere l'amore dall'odio: i due sentimenti che avevo sempre immaginato più contrari, più esclusivi l'uno dell'altro, zenith e nadir – due parole arabe tra le tante che hanno arricchito la nostra lingua –, le due polari di una realtà fatalmente binaria: il Bene o il Male, nessun'altra alternativa... Odio o Amore: da qui non si esce... Invece no, i due sentimenti così opposti, qui, in questo istante, si confondono totalmente... E Melchior, il tesoruccio, il ciccino, il cocchino adorato, l'ometto, il mio amico per la vita e per la morte, mio figlio, diceva: "'Rivederci!". 'Rivederci, sì, da rivedere, l'hai detto l'hai, Melchior.

Era talmente insopportabile che ho ucciso per cancellare quella visione infernale. E fu un delitto perfetto. Di cui non sarei mai stato sospettato.

La terza frattura fu provocata da un fatto all'apparenza insignificante, uno di quei nonnulla su cui ci si sofferma per qualche secondo, di passaggio, camminando per strada, e che all'angolo della via seguente saranno già dimenticati... Tuttavia, un fatto, per quanto irrilevante, meno di un imprevisto, una curiosità banalissima, una semplice cosa vista che in chiunque altro, ritenuto normale, non avrebbe lasciato traccia, in un soggetto psichicamente fragile può scatenare una tempesta, una violenta scarica di malinconia, un lampo di follia nel suo cielo cerebrale, che lo folgora... Come lo scintillio del mare sotto un sole radioso costituisce uno spettacolo rassicurante se non gioioso, addirittura una breccia aperta sull'infinito, sull'eternità ritrovata in chiunque di normale – ma per l'epilettico, la minaccia incombente di una crisi, di un crollo... E quando riemergerà dallo stato di improvvisa ebetudine in cui l'ha sprofondato il morbo sacro, quando riprenderà coscienza, il malato domanderà a chi gli sta accanto: "Cos'è successo? Cosa mi è accaduto?". Lui, insomma, non ha vissuto ciò che pure è l'unico ad aver vissuto, ad aver provato. Quel brusco annullamento l'ha escluso per qualche tempo dal mondo dei vivi. Eppure non era niente di che: la famosa goccia che fa traboccare il vaso, la famosa farfalla il cui battito d'ali provoca un tornado agli antipodi...

Terza frattura, dunque. La data, le circostanze, i fatti.

Settembre 1999. Riprende la scuola. Io ripeto l'ultimo anno.

Faccio il bis nella S3. Senza la professoressa Rénal, ovviamente, ma anche senza Christelle Genou. L'insegnante di francese è un uomo: molto meno incapace di quest'ultima, cosa non difficile, molto meno interessante della prima – ma la missione era impossibile. Per dirla tutta, frega zero. Ho le due liste delle grandi opere del XX secolo di cui la professoressa Rénal ci consigliava, diciamo imperativamente ancorché garbatamente, la lettura se volevamo diventare persone perbene: una di autori francesi, l'altra di autori stranieri. Invece di sedermi in prima fila, come l'anno scorso, mi sono piazzato in fondo alla classe e lì, quando il prof è troppo una rottura di coglioni, leggo.

Nella reading list n. 1, ho scelto, non voglio perdere tempo, *La ricerca del tempo perduto*. Finora di Proust avevo letto solo *Un amore di Swann*. Adesso avevo di che stare occupato fino a Natale. In compenso, ho scelto un libro molto più corto sulla reading list n. 2: *Marzo* di Fritz Zorn. Roba tremenda, roba spaventosa – un superalcolico, come piacciono a me. Un giovane beur di una cité cadente della periferia parigina può avere più affinità con un rampollo dell'alta borghesia residente – quella gente lì non alloggia, non abita, quella gente lì risiede – nei sobborghi più altolocati di Zürich, che con quei piccolo-borghesi francesotti di scrittori da poco, quei meno di zero, abborracciatori di ninnoli e banalità musicali, cazzi-molli! beghe-mosce! non-ti-tira! sborra-stitico! spandimerda! apostini! giù-le-mani-dal-mio-culo! cervelli-di-gallina! un-po'-di-rosa-confetto-per-far-più-carino! ciao-frufrù, e soffiati-il-naso-prima-di-salutare-la-signora! Dei santerellini, dei sempliciotti, dei babbei: minimalisti braccino corto, malaticci, piccoli, piccoli omuncoli, che trovano il loro massimo piacere in una sorsata di birra, quelle nullità! quelle mezzeseghe! Ah, la loro brodaglia e le loro biricoccole alla tivù! E il loro blabla disseminato di strafalcioni e di bavosi barbarismi, e di solecismi, e di "ehm, cioè, voglio dire"! – Be', dillo allora, signor Rompiglioni, Pivot ti ha invitato per questo! Cazzo! nel paese di Saint-Simon, di Diderot, di Stendhal, di Balzac, di Dumas, di Proust, di Céline!

Mi rinchiudevo in una specie di autismo. I professori che l'anno precedente mi avevano conosciuto come lo scatenato buffone della classe non mi riconoscevano più: tranquillo come un angioletto, a sprofondare nella depressione – e nessuno che dalla riva gli gettasse un salvagente, a quel maledetto Sid Ali che ci aveva rovinato l'atmosfera, l'anno scorso, e rotto le scatole, e spinto la povera Genou sull'orlo del suicidio! Sid Ali Benengeli va a fondo? Era ora!

Un mercoledì pomeriggio, nel bel mezzo di una frase di Proust, nel momento in cui il Narratore, in preda allo sconforto, spera ancora e non spera più che la madre si alzi da tavola, piantando in asso gli invitati, tra cui Swann, per venire a dare un bacio al suo tesoro... Invece no! La Mamma aveva detto no: era no. Ed ecco come un bacio negato ci è valso un monumento della letteratura universale! Bel colpo, Mamma! Hai visto mai, eh? Con me, Yema avrebbe detto: h'chuma, sei un uomo, Sid Ali... E a casa mia nessuna Françoise per portarmi, con una gioia cattiva, la cattiva notizia: *Non c'è risposta.*

Eh no, non c'è risposta alla crudele angoscia che mi divora, mentre stravaccato sul letto cerco di interessarmi alle pene del Narratore, bambino delicato e fragile, dalla sensibilità acutissima, alla Fritz Zorn, alla Sid Ali... Scusami, Marcel, se ti mollo per qualche ora: esco a prendere una boccata d'aria! devo andare a beccare un piccolo pusher della Goutte-d'Or che non pela troppo per farmi dare un po' di fumo o di erba per farmi una canna – a ciascuno la propria sorsata di birra, eh? Ah, e poi, già che ci sono, a rifornirmi al trabendo, o da Haji Yucef, di buon vecchio raï: qualche Cheikha Rimitti, per esempio – la passione di mio fratello maggiore Ahmed.

Dai che si va – RER – Gare-du-Nord – A quest'ora nessuna star che prende l'Eurostar? Naa, a prima vista no. E comunque Sid Ali se ne strabatte... Vento di bolina, dritto verso Barbès per boulevard de Magenta, dove poco tempo prima – naa, ormai molto tempo prima, il bel Rabah dichiarò il proprio amore al bel Sid Ali nella forma sguaiata, ardita, e così moderna di una trombata con pompino annesso! Bella lì.

Eccomi a Barbès-Rochechouart. Proseguo per la mia strada. Boulevard Barbès... Les Sables-d'Or e la leggendaria cabina del telefono da cui Ahmed, manu militari, tirò fuori per il risvolto della giacca il minorato che l'aveva fregato – hashish tagliato con la segatura, io mi domando, fare uno scherzo del genere ad Ahmed! – e lì, sotto gli occhi sbalorditi dei suoi fratelli Aziz e Sid Ali, un macello! Cazzotti sul muso, sventole e cartoni e di tutto e di più! una roba cruentissima, ve lo dico io! E il nostro Ahmed, da quel momento consacrato da noi, suoi fratelli minori, eroe e guida, unica autorità incontestabile della tribù Benengeli – nostro padre, ormai, il nostro vero padre! Onore a te, Ahmed! Tu sei un uomo, hai due palle così, e due pugni...! Il mutilato Ibrahim ormai ne ha solo uno, di pugno. E quanto alle palle?... Sorvoliamo! Niente offese! Allah ci giudica.

Ma, arrivato lì, barcollo poi mi immobilizzo come in preda al terrore... Tracciato con il gesso o con la vernice bianca sull'asfalto del marciapiede, il contorno di un corpo umano caduto con le braccia spalancate – assassinato? Spinto nel vuoto da un balcone del palazzo? Suicidatosi? Cosa? Chi? Quando? Perché? Come? Voglio sapere. Voglio sapere!

Noto un nero, dall'aria buona e mite, seduto sulla panchina:

"Hai visto, tu? Cos'è? Cos'è successo?".

Lui:

"Stamattina prestissimo, me l'hanno raccontato, un tizio che si è buttato, o che hanno spinto giù, da là sopra, dal sesto... Non un bello spettacolo, pare! Tutto spiaccicato...".

Io:

"Cazzo... Come si chiamava! Come si chiamava! Tu lo sai...".

Alza le spalle:

"Mohamed... Ahmed... Che ne so?".

Urlo, quasi, mi aggrappo a lui:

"Ahmed? Ahmed Benengeli?".

"Non lo so, ti ho detto! Sì, Ahmed, credo. O Mohamed... Fatto come una scimmia, di ero, all'ultimo stadio della pera, mi hanno detto, un vero zombi. Non avrà manco rimbalzato, te lo dico io! C'aveva solo più la pelle sulle ossa, e in mutande, mi hanno detto, un cadavere ambulante... Probabile che si è suicidato."

Mi viene la nausea. Mi sa che sto per sboccare. Mi appoggio all'albero per non cadere... Un altro nero si è avvicinato. I due discutono fra loro – in wolof, mi pare.

Magari l'altro ne sa un po' di più. Gli faccio:

"Si chiamava Ahmed?".

"Esatto, Ahmed... Ce n'è un sacco, in giro, di Ahmed!"

Imploro:

"Mi assomigliava?".

"Che ne so: era uno scheletro!"

Un terzo testimone, ora: un arabo, stavolta.

"Meschino! Poveretto. Usciva solo di notte..."

No, neanche lui ha assistito alla defenestrazione, ma ha visto i tipi della madama venire a misurare, a calcolare la parabola della caduta dal sesto piano fino all'impatto sul marciapiede, interrogare i testimoni, poi tracciare quel contorno prima di dare l'autorizzazione per la rimozione del cadavere... Spappolato. Infatti si vede ancora lì una macchia di sangue.

"Vedi, lì, ragazzo? Faceva un'impressione, ti giuro!"

Ti credo. Soprattutto se si tratta di mio fratello Ahmed.

Il nero seduto sulla panchina:

“Non stare a menartela! Se il tossico era tuo parente, lo sapreste subito. Gli sbirri avvertono sempre la famiglia...”.

Io:

“Vabbé, ma Ahmed se n’è andato da...”.

Gesto vago: l’eternità, la notte dei tempi, non mi ricordo più, io che ho così tanta memoria!

L’arabo:

“Non c’entra niente. Ci mettono un po’ di più a trovarvi, ma vi trovano sempre per avvertirvi, voi della famiglia, gli sbirri... Anche se tuo fratello ha rotto tutti i ponti... Vi ritrovano. Ne so qualcosa, io: uno dei miei fratelli che era tornato giù al paese, erano due anni, quasi, che non avevamo più sue notizie... Impossibile sapere che fine aveva fatto, se era morto in un massacro o in un attentato o che ne so... Nada! Al consolato, nada! Da nessuna parte! Noi non sapere! Nessuno che diceva una sega! Ma gli sbirri di giù e quelli di qui, quando hanno dovuto dirci che era morto, ci hanno messo un attimo a trovarlo, il nostro numero di telefono... E poi, lo comunicano così, al padre: ‘Pronto? Lei è Mechiche Anouar? Era solo per dirle che suo figlio Mechiche Ahmed è morto...’. E clic, riattaccano, quei figli di cani! Non una parola gentile, una condoglianza... Laaa!”.

“Ahmed,” dico.

“Anche mio fratello si chiamava Ahmed...”

Cazzo.

Non voglio sapere altro. Mi allontano. Sono come in trance. Tutto intorno a me diventa sfocato; la realtà, fluidità. Oltre tutto si mette a piovere. Sempre più fitto... Di nuovo la nausea. Sto per cadere – no. Non sono caduto. Continuo ad avanzare. Giro a destra, in rue des Poissonniers. La moschea Masgid al-Fath... Sirene Viaggi, che propone sempre un pellegrinaggio alla Mecca a prezzi stracciati... La bettola di Radouane... Non so più perché ho lasciato il Narratore alla sua inconsolabile tristezza, perché ho dimenticato la mia voglia di fumo o di un po’ di erba... Passato davanti alla porta di Yacine. Proseguo... Salgo su da quello stronzo di Rabah? Manco per il cazzo. Da quell’altro stronzo malcagato di Si Kif, il marabutto da cui mia madre mi ha portato per il morbo sacro che?... “È Ali Sid che ha il male, non Sid Ali!” Impostore!

Brusco dietrofront, che provoca il malaugurato scontro con il tizio che mi seguiva... Una signora? Naa: metà-tizio metà signora: Liliah, il travesta.

“Ciao, bello. E la tipa?”

"Mollata!"
"E Rabah?"
"'affanculo!"
Bella lì. È così, Lilah!
Davanti alle Sables-d'Or, i due neri e l'arabo sono spariti – probabilmente saranno andati a ripararsi. Piove sulla presenza assente del suicida, sui rilevamenti della madama... La pioggia, i passi dei passanti, la loro indifferenza cancelleranno il contorno del suo corpo tracciato con il gesso sul marciapiede, in boulevard Barbès. I ricordi di coloro che l'hanno conosciuto sfumeranno con il tempo, e le impertinenze della memoria, le menzogne, le inesattezze, volute o meno, faranno il resto... Nessuno saprà più chi era questo Ahmed, caduto da una finestra del sesto piano, fatto come una scimmia, in mutande. Che orrore! Cerco di entrare nell'edificio per informarmi. Ma al portone d'ingresso c'è il citofono a codice ventiquatt'ore su ventiquattro: Barbès e i quartieri alti è uguale! Tutti quanti si barricano. Non si può più entrare da nessuna parte. Che mondo!

Chiediamo alla commessa delle Sables-d'Or, casomai ne sapesse di più. No, le hanno raccontato, ma era tutto finito prima dell'apertura della gioielleria, alle dieci. Ignora persino il nome del poveretto, non l'ha mai incontrato per le scale, non sa niente, le dispiace.

OK. Back home. Ritorno alla RER, Gare-du-Nord.

No. Davanti al Louxor, faccio dietrofront... Torno là.

Ha smesso di piovere. Tre ragazzine, tre piccole black carine da morire con le loro treccine di perle intrecciate di fili di lana multicolore... Sapete cosa? Be', di quel rilievo tracciato con il gesso, o almeno di quello che resta, loro, con la bella e crudele innocenza dei bambini, hanno fatto una specie di Mondo! Saltano a piè pari sul torace, sull'addome, sulla faccia, sulle braccia, sulle gambe, sulle – ahia – del morto scontornato! Nessun rispetto... Ma cosa devo fare? Mica posso chiamare gli sbirri. Tanto non frega un cazzo a nessuno.

Me ne vado, torno in rue des Poissonniers... Eh sì: nella cartella intitolata *Il <u>Caso</u> Sid Ali B.* di me non si diceva solo: affabulatore, simulatore, manipolatore, fobico... C'era anche scritto che ero un nevrotico ossessivo. L'hai detto l'hai, psi megalomane, grafomane e stronzo.

Piango. Prendo da parte un passante che, dal canto suo, mi prende per un pazzo – come dargli torto? –:

"Ahmed? Dov'è Ahmed? Voglio sapere se è vivo o se è lui che...".

Lo so, ho trovato! Lo so dove vado adesso: "Da Omar"... Un altro Omar, non il "Monsieur Omar" di rue des Martyrs... "Da Omar", in rue d'Oran. Una bettola dove si può ascoltare il buon vecchio raï *echchine* – il raï sporco, il raï grezzo – di cui in questo momento ho più voglia che del fumo o dell'erba. Vorrei ascoltare l'idolo di Ahmed: Cheikha Rimitti.

Rayi tuweder
Rah el galb m'ridh...

Ho perso la ragione, e il mio cuore è malato.

Cheikha Rimitti! La nostra Um Kalsum. Ma Cheikha Rimitti sta a Um Kalsum come Billie Holiday sta alla Callas. Non vi rendete conto? Io, Sid Ali, sì! Non si accontenta di una sorsata di birra, Cheikha Rimitti! Nelle *cantinas* dove cantava negli anni quaranta, all'epoca in cui non aveva ancora trovato il suo nome di scena, mandava giù un bicchierino di alcol, o un bicchierone, tra un ritornello e l'altro, e dopo aver vuotato il bicchiere lo tendeva al padrone dicendogli "Rimitti!". *Remettez*, ne metta ancora detto in francese con un forte accento algerino! Be', ecco qua, l'aveva trovato, il suo pseudonimo! Rimitti!

Rayi tuweder
Rah el galb m'ridh...

E adesso anche Jesus mi abbandonava. Non l'avrei più sentito la notte cantarmi *Nasci para ser ignorante*. Quando avessi urlato la mia disperazione di notte, quando avessi singhiozzato come un bambino e invano avessi chiamato Yema, o Ahmed: perché venissero a prendermi, porca puttana merda! perché venissero a tirarmi fuori di lì, da quella lurida cella, da quella prigione di Lisbona dove ero stato sbattuto per sbaglio, sì, come ero stato sbattuto per sbaglio in una vita da incubo che era stata solo pura sofferenza, fin da quando sono nato, e, cosa peggiore di tutte!, sofferenza immeritata, sofferenza priva di senso –, e quando Jesus mi avesse sentito, nella mia disperazione, invocare Allah, o Djamila, quando mi avesse sentito delirare al punto da confondere quei nomi in un'unica parola, di mescolarne consonanti e vocali sotto la lingua, di agglutinarne le sillabe per fonderle, sì, di rimestare il tutto in un'immonda poltiglia come ti ha insegnato il marabutto per, a suo dire!, scongiurare il Male, e quell'altro male, il male *m* minuscola, ma sacro... E quel figlio di puttana, quel bastardo di un impostore, quel Si Kif che approfitta della credulità ansiosa delle madri di bambini malati del morbo sacro, del male sacro, costringe il giovane epilettico a borbottare all'infinito la sua presunta formula magica, magica solo perché priva del benché minimo significato, ma ripeterla così all'infinito ti fa venire talmente sete che non temi più di morire di una crisi epilettica, no, ma di sete, alla fin fine, di follia... "Yemalladjahmedmilallah... Yemalladjahmedmilallah...".

Jesus non avrebbe più picchiato con la mano contro la parete di cemento grezzo, così sonora, che separa le nostre celle, e non avrebbe più buttato lì il suo rituale e tonante e così rassicurante:

"Oh, picolo!".

E quando gli urli delle sirene delle varie segnalazioni si fossero levati dal Mare di Paglia, e io, Sid Ali, avessi tentato di trovare l'unisono e il la per coprire con una melopea intonata ad alta voce quel suono lontano e lugubre – lugubre poiché mi ricordava che altrove c'era la vita, che la vera vita era altrove, Rimbaud aveva ragione... A prua delle navi, appoggiato al parapetto da dove sarebbe stato così piacevole scrutare il largo, seguire con gli occhi un volo di sterne che si perde nella nebbia azzurrognola, asciugandosi sulle guance non lacrime di tristezza, ma quella pioggerellina. Potevo anche provarci, ma Jesus non mi avrebbe più richiamato all'ordine:

"La noche no è finita, picolo! Vorei finire la mia...".

Non sarebbe più stato lì a richiamarmi all'ordine. E chi avrebbe preso il suo posto?

Jesus è entrato nella mia cella: i due secondini che dovevano condurlo all'ufficio della scarcerazione l'avevano autorizzato a venire a darmi un rapido saluto. Il suo avvocato aveva ottenuto la libertà condizionale fino al processo che si sarebbe celebrato all'inizio dell'autunno. Di cosa era accusato? Non l'ho mai saputo: Jesus protestava in tono veemente la sua totale innocenza, cosa che lo dispensava dal dirmi di cosa era innocente. Era vittima di un errore giudiziario, forse... Forse no. Io, fregava zero! Avevo subito adottato il tacito codice d'onore che regola i rapporti tra galeotti. Il primo principio è che non si cerca di giustificarsi né di giudicare l'altro, tra galeotti, che non si cerca di sapere la verità. Ognuno dice quello che vuole, ognuno lo intende come vuole. A ciascuno la propria verità, o le proprie menzogne. Si è liberi, in prigione. Poiché si possono recitare tutte le commedie, o non recitarne più nessuna, mettere a nudo il proprio cuore. La mitomania più sofisticata, le maschere, le smorfie, gli scherzi su di sé, oppure al contrario, la più dolorosa o, invece, la più serena sincerità... Una cosa vale l'altra: non ha più alcuna importanza, qui. Sei un reietto di fronte a un reietto. In questo sei, con gli altri, più libero in prigione di quanto tu non lo sia fuori.

Jesus mi ha abbracciato, mi ha augurato buona fortuna, e mi ha detto di non perdere il coraggio. Gli ho detto che ero sicuro che sarebbe stato assolto. Mi ha risposto senza l'ombra di un dubbio nella voce:

"Ovviamente! Ci mancherebbe altro!".

Bella lì: ci mancherebbe altro.

"Addio, Jesus."

"Addio, picolo. Te auguro un viscino come me..."

"Non ci può essere un altro come te, Jesus. Non sarà così modesto, quello che prenderà il tuo posto."

Non credo abbia colto l'ironia della mia risposta. Pazienza, meglio così. Nessuna importanza. Niente.

I secondini gli hanno fatto segno che era ora di andare. Mi ha abbracciato, è uscito... La porta di ghisa si è richiusa su di me. I cilindri del chiavistello si sono rovesciati con quel fracasso di ferraglia che strazia le orecchie. Poi lo spioncino scorrevole si è chiuso. E sono crollato.

Poco prima di mezzogiorno un secondino è venuto a prendermi per accompagnarmi alla visita psichiatrica. Chi avrebbe mai detto che un giorno avrei aspettato con tanta impazienza l'incontro settimanale con lo psi?

In effetti, se al Centro medicosociale avessi avuto la fortuna di avere come medico un dottor Joachim da Silva forse non sarei finito in prigione. Non avrei assassinato, forse.

Il suo studio è un bugigattolo nelle soffitte di una torre manuelina della prigione, una specie di torrione che l'architetto ha aggiunto, come una piccola nota di fantasia sconcertante, alla sua orribile fortezza di cemento in puro stile salazarista degli anni cinquanta – lo stile fascista, lo stile stalinista, lo stile hitleriano, lo stile degli edifici costruiti nelle periferie rosse nel dopoguerra: esiste un unico totalitarismo, con diverse denominazioni; e, poiché nulla è casuale, un unico stile totalitarista, che è fatto di megalomania, di odio nei confronti dell'umano, di vanità delirante e disprezzo colati nel cemento; e questo va dai primi edifici pubblici costruiti in URSS, sotto Lenin, alla moschea di Hassan II, costruita da Bouygues a Casablanca, passando per la prigione in cui sono rinchiuso a Lisbona.

Si accede allo studio del dottor da Silva mediante una stretta scala a chiocciola, come in cima a una torre di guardia. Non si può salire in due fianco a fianco. Il secondino fa passare avanti il prigioniero. Arrivato al ballatoio, il secondino passa di nuovo davanti per bussare alla porta. Da dietro la porta, il dottore lo invita a entrare e a fare entrare il *paciente*, dice, e non il *prisoneiro* – piccola differenza. Con uno scrupolo di cortesia il cui perfetto formalismo mi incanta, il dottor da Silva si alza per accogliere il suo paziente – non ho mai visto nessuno degli stronzi del CMS comportarsi così. Fa un bel gesto della mano per invitarmi a venire avanti, a sedermi:

"Prego, signore, si accomodi!".

Davanti al secondino mi dà del "signore", come per sottolineare la mia imprescindibile dignità di uomo. E se non aggiunge "Benengeli", ma dice semplicemente "signore", non lo fa perché ha dimenticato il mio cognome, ma perché ricorda le regole esatte delle buone maniere francesi, quelle esposte nei vecchi trattati di buona educazione, e che nessuno dei bifolchi piccolo-borghesi che ci governano, compresi Jospinet e Chichi, rispetta più, felici di comportarsi come i Ginoni che sono nell'animo – e avete pure frequentato le migliori università, barboni che non siete altro! Si dà per assodato che colui che accoglie conosca il cognome di chi accoglie, e l'accolto conosce il proprio cognome, no? Quindi: "Prego, signore, si accomodi!". Come in Saint-Simon, come in Marivaux, come in Proust... Ce l'aveva insegnato la professoressa Rénal.

"Prego, signore, si accomodi!" dice in un francese perfetto il dottor da Silva.

E con un cenno del mento, con una strizzatina d'occhio, fa capire al secondino che si fida di me, che quindi il secondino può ritirarsi. Lo chiamerà quando la seduta sarà terminata.

"*Obrigado.*"

Ecco.

Solo in seguito, ma mai in presenza del secondino, può chiamarmi per nome. Lo fa solo quando mi vede perso nella mia disperazione. Non lo fa per demagogia, per forzare artificialmente una complicità forzatamente fittizia, come facevano gli stronzi del CMS, ma da cristiano che si rivolge a un fratello, a un uomo che venera il nostro Dio comune, credo.

Abbiamo dei colloqui straordinari. A lui posso dire tutto. Al nostro secondo incontro, ho parlato della professoressa Rénal, senza menzionare, ovviamente, che l'avevo assassinata. Gli ho parlato delle due liste di libri fondamentali da leggere che ci aveva dato. Gli ho detto che sulla lista 2, quella degli scrittori stranieri, figurava il famoso Fernando Pessoa di cui non avevo ancora letto niente, ma di cui avevo capito che era oggetto di un vero e proprio culto, a Lisbona. Vicino ai tavolini all'aperto di A Brasileira, uno dei numerosi caffè frequentati dall'autore del *Libro dell'inquietudine*, è stata piazzata, seduta a un tavolo, come un cliente del caffè per l'eternità, la sua statua di bronzo. Proprio lì ho fatto la conoscenza di Manuel. Ho detto al dottor da Silva che trovavo molto bella la parola *inquietudine*. Mi ha risposto:

"Si trovano facilmente le edizioni francesi della nostra letteratura nelle buone librerie di Lisbona, ne cercherò una per lei e mi permetta di regalargliela".

Non riesco proprio a immaginare una scena simile in una galera in Francia. Non ho esperienza diretta, ma le descrizioni che mi ha fatto Aziz le tre volte che ne è uscito mi hanno fatto pensare che una prigione francese era più simile a un ospedale algerino che a una prigione portoghese. Questa mi pare una ragione sufficiente per oppormi con tutti i mezzi legali possibili alla mia estradizione. Cosa per cui il mio avvocato si prodiga con abilità ed energia, facendo ricorso a tutte le risorse possibili, a tutti i trucchi procedurali offertigli dalla discordanza tra le leggi francesi e portoghesi. L'avvocato Jean-Charles Hélier de Hocquencourt, che mi rappresenta, è un uomo distinto, beneducato, raffinato come il suo cognome lascia presumere e prevedere. Fino a oggi, nonostante la stridula ostinazione degli avvocati delle vittime a voler vedere il mostruoso sadico dei sacchetti di plastica tornare in Francia, se mi è permesso esprimermi da abitante delle periferie: cazzo, Jean-Charlou, fanculo e dito "fuck you", a quelle mezzeseghe di avvocati Stocazzo, Bercione e Culopeso (ognuno ha il cognome che si merita, eh!)? Cosa che l'avvocato Jean-Charles Hélier de Hocquencourt, pure di solito così cordiale e riservato, ha riassunto in quattro parole e un indicibile sorrisetto:

"Non valgono un cazzo".

Vedendomi entrare nel bugigattolo che gli funge da studio, il dottor da Silva si è subito reso conto che ero al colmo della disperazione. Mi ha interrogato con gli occhi. Gli ho risposto:

"Jesus, il mio vicino di cella, mi ha lasciato stamattina...".

Non sono riuscito ad andare oltre: i singhiozzi mi strozzavano, soffocavo.

Allora è successa una cosa che mi ha sconvolto. Il dottor da Silva si è alzato dalla sua minuscola scrivania, mi sono alzato subito anch'io: grazie a Dio non avevo perso quel riflesso delle regole elementari della buona educazione che ci tengo a rispettare scrupolosamente quando mi trovo in presenza di persone che lo meritano, e lo meritano non per quello che rappresentano socialmente – mi vanto di non aver mai avuto un atteggiamento servile nei confronti di nessuno, e non comincerò certo ora –, ma perché hanno ancora idea che esista qualcosa che si chiama – che si chiamava? – buona educazione... Ero in piedi, il dottor da Silva mi ha abbracciato come se fossi stato un figlio per lui e mi ha detto semplicemente:

"Pianga, pianga! È l'unico sollievo che Dio ci abbia dato, insieme alla preghiera e all'amore del prossimo".

E allora ho pensato che solo una volta in vita mia, prima di quel giorno orribile e benedetto, un uomo, vedendomi in preda al dolore, mi aveva abbracciato, e che quell'uomo non era mio padre: no, mio padre non mi ha mai abbracciato – mai! –, ma mio fratello Ahmed. Eravamo appena tornati da quel soggiorno da incubo in Algeria dove lui non ci aveva accompagnati perché, beato lui!, aveva trovato per l'estate un lavoro di bagnino a Dinard. Io ero ancora traumatizzato da quei tre giorni e tre notti durante i quali avevo creduto di morire di sete abbandonato da tutti nel corridoio di un ospedale ad Algeri; ho cominciato a raccontargli, e poi non sono più riuscito a continuare, i singhiozzi che rimandavo indietro mi strangolavano; Ahmed, allora, mi ha abbracciato e mi ha detto: "Piangi, fratellino, non avere vergogna, non c'è niente di male! Piangi! Chissenefrega se mi bagni il golf, tanto le lacrime mica macchiano...".

Quest'ultima era proprio da Ahmed: il suo umorismo, il suo bisogno di buttare lì una battuta anche nei momenti peggiori dell'esistenza – in questo ho preso da lui. Ne vado fiero.

Come per esprimere la mia gratitudine al dottor da Silva, quando ebbi ritrovato un po' di calma e di fiato, gli ho detto:

"Adesso, dottore, devo confessarle un quarto delitto, il primo, in realtà. Non ne ho mai parlato con nessuno. Persino il mio avvocato lo ignora...".

Ho avuto un attimo di esitazione. Il dottor da Silva ha proseguito:

"Probabilmente vorrà dirmi quello che credo di aver intuito: che ha ucciso anche la sua insegnante... La signora de Rénal?".

Ho abbassato la fronte in segno di assenso. E trovavo inutile rettificare togliendo alla professoressa Rénal la particella nobiliare che il dottor da Silva aveva concesso al suo cognome.

È seguito un lungo silenzio, che lui non ha cercato di rompere. Dovevo essere io a riprendere la parola: non mi avrebbe aiutato, ma capivo che lo faceva proprio per aiutarmi.

Allora ho detto stupidamente e, prima di aver finito la frase ho rimpianto di averlo detto, ma era troppo tardi:

"Ha intenzione di denunciarmi?".

Mi ha risposto, in tono severo:

"Il giuramento di Ippocrate e il segreto professionale valgono anche qui, tra queste mura. E mi faccio un punto d'onore di rispettarli scrupolosamente. Non la tradirò. Se la vedrà lei con la sua coscienza, Sid Ali, se desidera fare ad altri la confessione che ha fatto a me, al suo avvocato, per esempio, o meglio ancora davanti ai suoi giudici... forse ciò le darà più sollievo ancora del pianto...".

È seguito un altro lungo silenzio, che di nuovo sono stato io a rompere:

"Il mio avvocato sosterrà l'incapacità di intendere e di volere. Il che implica, immagino, se lui vincerà la causa e sarò dichiarato irresponsabile al momento dei fatti, che sarò internato a vita in un ospedale psichiatrico. A volte mi chiedo se non sia meglio finire in galera, colpevole ma dopo aver confessato tutto, dopo essermi fatto carico di tutto, che finire, falsamente scagionato, in manicomio".

"È una bella domanda," mi ha risposto freddamente il dottor da Silva, "cui solo lei può rispondere, Sid Ali."

Dopodiché ha suonato per chiamare il secondino, che mi accompagnasse in cella: la seduta era terminata. Gli ho teso la moneta da 100 escudos – 3 franchi e rotti! – prezzo simbolico della visita, ma che il dottor da Silva, da rigoroso freudiano, tiene a far simbolicamente pagare ai suoi pazienti carcerati.

Sì, è una bella domanda. Alla quale solo io posso rispondere.

Quello che segue non lo scriverò a matita: non voglio più avere la tentazione di cancellare alcunché. Ora voglio confessare i tre delitti per i quali sarò giudicato in Francia, o a Lisbona, se alla fine – cosa che spero – non sarò estradato. Quanto all'omicidio di Cécile Rénal – omicidio premeditato ma che qualunque avvocato degno di questo nome trasformerà in percosse e lesioni aventi procurato la morte senza intenzione di darla –, non so ancora cosa deciderò quando si aprirà il mio processo. Vorrei riparlarne con il dottor da Silva. Il musulmano che sono, se non per fede, almeno per cultura, non attribuisce alla confessione lo stesso valore che questa ha per il cristiano, e ha un'opinione del tutto diversa della grazia, mi pare. Ciò che ho di cristiano, poiché ho anche ricevuto, per quanto mediocremente tale bagaglio sia trasmesso a noi, parenti acquisiti, figli naturali – *di origine immigrata*, per usare l'espressione burocratica che tende a imporsi –, la mia parte di cultura occidentale, quindi cristiana, ciò che ho di cristiano è la mia *inquietudine*. L'inquietudine! Ma, tesoro, che sentimento fuori moda, out, scoppiatissimo! Un sentimento che non fa ottenere buoni punteggi, né una buona audience, né i risultati di *La France qui gagne*, la Francia vincente di Chichi-il-pappa! Ho saputo, ieri sera, riuscendo a captare per cinque minuti TV5, che ero "una vergogna per (il mio) paese", e che i miei "delitti rimettevano in discussione tutta la nostra civiltà", niente meno! Cito alla lettera l'avvocato della famiglia di Julie Richard, dal sottoscritto soprannominato avvocato Culopeso-con-roller. Dal canto suo l'avvocato Bercione, rappresentante della famiglia di Donata Fiorelli, ha dichiarato che "l'autore di questi crimini atroci dovrà scontare la pena a vita, e in Francia, diversamente la sue vittime sarebbero assassinate una seconda volta!". Bella lì. E l'avvocato Stocazzo, per non far la figura del mollaccione agli occhi dei suoi colleghi: "Questi crimini fanno orrore alla Francia, questi crimini non sono di un francese!". Bella lì, è vero! Ci eravamo dimenticati che Landru era un extracomunitario.

Ebbene, l'autore di questi delitti che fanno orrore alla Francia adesso vuole raccontare d'un fiato, in poche pagine, come in meno di due mesi, alla fine dell'anno scorso, sia stato per tre volte come posseduto da una sorta di Horla... Fuori di me. Non ho ucciso, lo affermo: qualcosa ha ucciso in me. Oppure, se sono stato io a uccidere, l'ho fatto innocentemente. Ma se, delle ultime due frasi che hai letto, lettore, io facessi, tramite il mio avvocato, una dichiarazione pubblica, darei una nuova occasione agli avv. Stronzo, Bastardo e Carogna associati di tornare a far le troie in tutti i tiggì e i dibattiti televisivi per quindici giorni, tre settimane. E quando il *bom comp* che io sono ha diritto ai suoi dieci, dodici minuti, se va bene, di TV5, preferisce vedere altro che le loro facce di stronzi, bastardi e carogne...

Ma i crimini di cui sono accusato sono comunque orribili, lo ammetto. E andrò fino in fondo alla notte, come si va fino in fondo a un libro che appassiona. Bisognerebbe spegnere la luce... Dovresti... Sì ma no! Inebetito dal sonno, come allucinato dalla pagina stampata, continui comunque a leggere. E arriva un momento vertiginoso in cui ti sembra di aver abbandonato il mondo sensibile, a tre dimensioni, che ti circonda, per penetrare nella dimensione seguente: la finzione. I tuoi occhi farfalleggiano a seguire le righe stampate nero su bianco, ma l'unica cosa vera è lo scintillio opaco della carta e dei caratteri di stampa. Ed eccoti trasformato nel protagonista del libro che stai leggendo.

È stato così che un giorno, all'alba, dopo una notte in bianco passata a leggere *Il rosso e il nero*, mi sono ritrovato nei panni di Julien Sorel, il mio illustre predecessore, mio amico, mio fratello. Io e te, Julien, eravamo destinati dalla sorte, nella migliore delle ipotesi, a una beata mediocrità, viste le nostre origini e la nostra condizione sociale. Ma abbiamo pescato la carta sbagliata: una sensibilità a fior di pelle, un'allergia patologica alle umiliazioni, e del talento – vivere ci uccide. La società non perdona. E quelle bestie di avvocati ce lo faranno sapere in tutti i dibattiti e in tutti i tiggì, a colpi di clamorose dichiarazioni sui quotidiani popolari e sui rotocalchi spazzatura... La mente di quei porci non sarà mai sfiorata dall'idea che anche noi fummo delle vittime. E poiché noi avremo la dignità del dandy: non presentarci mai come vittime... Tutti i giochi erano fatti in anticipo. Eravamo già fregati. *Un crime, vite, que je tombe au néant de par la loi humaine!* Delitti che "facciano orrore alla Francia"! Delitti che non siano "di un francese"!

Eccoli, i delitti, narrati dal punto di vista del mostro. Che i guardoni non gioiscano troppo presto! Probabilmente rimarranno frustrati nel leggermi... Che non contino su di me per avere i particolari truculenti e piccanti che fanno impennare le tirature della carta stampata! Se vogliono saperne di più, che vadano a rivedersi i loro giornali: vero o falso, lì c'era tutto!

A dire il vero, che sia vero o falso ormai mi lascia indifferente. Una cosa l'ho imparata in galera: quello che possono dire di me i media: frega zero! una beata minchia, frega zero!

And now, ladies and gentlemen... Dai che si va.

Donata.

Una botta di pazzia fu la causa di tutto. Non parlo dell'omicidio, tutto sommato assai ragionevole se non ragionato, ma della ragione che mi fece trovare in presenza della vittima del suddetto omicidio – *barbaro*, *efferato*, *gratuito*, *ignobile*, a scelta, secondo che abbiate comprato "Détective", "Voici", "Match" o "VSD".

Dunque, in una bettola dove si ascolta il raï, in rue Richomme, un pover'uomo dal ricco nome di Sid Ali – detto in altre parole, e come si canta in una famosa commedia musicale: *Me, myself and I*. I tre, più o meno riuniti in un unico bevitore di vino bianco d'Alsazia che è ormai al suo terzo bicchiere – bicchiere servito in un piccolo calice dal piede verde, come si addice al vino d'Alsazia –, le tre istanze alticce di quell'io, riunite, dunque, in un grigio e vago Sid Ali, ascoltano distrattamente il soliloquio di un cencioso avventore, visibilmente molto più sbronzo e deluso di lui. Quello sfigato è al suo sesto o settimo bicchiere di rosso algerino e, di ritorno da un recente soggiorno in Al-Jazair, e ad Al-Jazair – lo sfigato avvinazzato e miscredente è algerino –, racconta, inesauribile come Sheherazade, storie improbabili sul suo paese. Le sue sfrigolanti ciance straziano alquanto i coglioni al giovane proprietario della bettola, Cheb Moh Mmouni... Cheb, in quanto giovane, come vi ho detto, Moh, perché un nome abbreviato fa più giovane, più alla moda, di un nome pronunciato per intero, il banale Mohammed, e probabilmente un Mimouni privato della *i* da un impiegato francesotto dell'anagrafe. Ah! quanti nostri antenati si sono visti massacrare un bel cognome ricevuto dal padre dallo sprezzante menefreghismo di piccoli bianchi impiegati della pubblica amministrazione coloniale? E nessuno mi toglierà dalla testa che un tempo il mio cognome fosse formato, come il mio nome, da due vocaboli distinti: Ben Engeli... Ma il giovane *cheb* (pleonasmo) è sempre molto paziente con la clientela e spinge la compiacenza fino a sottolineare, con una regolarità da metronomo, lo sputacchiamento del bevitore impenitente chiacchierone con un "ma va là!", o un "sul serio?", o addirittura con un diplomatico "questa poi!", che fanno abilmente ripartire sia il monologo sia le consumazioni. E quindi pensate un po' che questo alcolizzato di nome Ali – solo Ali, lui, non Sid Ali –, pensate un po' che durante il suo ultimo soggiorno nel paese e nella città natali (natali suona strano visto che città è femminile e pure singolare ma i grammatici vogliono così, e non sarò certo io a cambiare la regola: il mio parere di beduino non sarebbe preso in considerazione dall'*Académie française* – ne conoscete molti, voi, di beduini con l'abito verde da accademico?)... Pensate un po' che, ad Algeri, l'Ali ha fatto amicizia con un certo Ahmed Engeli, un tipo fortissimo, schizzato di brutto e parecchio destroy, che non beve solo acqua e non fuma solo tabacco, dai retta a me, e gestisce nella Casbah un locale clandestino e "after hours" frequentato dal meglio dei festaioli e dei casinari di Algeri: libertini, apostati, antishariaisti, antifrontisti, antiintegralisti, anticolonnelli, e adesso antibouteflikisti, come furono, di volta in volta, e talora simultaneamente, antichadlisti, antizeroualisti, antiouyahisti, antibetchinisti, insomma anti "tutto ciò che fa dell'Algeria un paese invivibile per i *viveurs*, i vitaioli, i viventi tout court"! E tuttavia – che culo! – sempre vivi, quei tizi, quegli scellerati cui sorride la vita! e, nonostante difficoltà materiali che li colpiscono ancor più duramente di quanto colpiscano la maggioranza della popolazione conformista e sottomessa, sempre pronti, quei tizi, quegli scellerati – che karama – a sbattere via lo stipendio in hashish, in alcol, in vestiti costosi e chic, poiché ci tengono anche a coltivare quell'eleganza fatta di bei tessuti, scarpe lucidate e cravatte scelte con cura, traduzione visibile della loro bellezza interiore, ostentata manifestazione della loro eleganza morale... Nei peggiori regimi polizieschi, nelle epoche più buie della repressione e dell'ordine morale, ci sono sempre stati simili gruppuscoli di resistenti che esprimono nel dandysmo e nella pratica clandestina di piaceri proibiti il loro rifiuto della tirannia. E il loro eroismo non è meno grande, né meno degno di stima, di quello degli austeri militanti che mettevano bombe, lanciavano volantini o sabotavano strade ferrate; lo è anzi maggiormente, poiché questi non si ammazzeranno poi tra loro per prendere il potere nell'organizzazione; loro non sono compagni di partito, ma amici che si limitano ad amarsi a vicenda: e non è ancora stato trovato un modo migliore per vivere in pace – l'hai detto l'hai, Sid Ali.

E a quel punto l'Ali, ubriachissimo, dice all'altro Ali, meno ubriaco ma molto più Sid:

"Cioè, ma è incredibile, cazzo, incredibile, quanto ci assomigli, te, a quell'Engeli Ahmed!".

E a quel punto, Sid Ali, come colto da improvvisa pazzia, esclama:

"Per forza! È mio fratello!".

"Ma va?"

"Bella lì," faccio io, "non c'è dubbio!"

E non mento, affermando "non c'è dubbio". E dicendolo sono così emozionato da tremare, da piangere. Naturalmente, claro, questo Ahmed è il mio Ahmed! Ahmed non era morto, no! Non era il contorno del suo corpo caduto dalla finestra quello che la madama aveva tracciato su quel marciapiede di boulevard Barbès, davanti alle Sables-d'Or... L'ho ritrovato, mio fratello Ahmed, l'ho ritrovato, o è come se: sarà domani, o tra otto giorni, ma l'ho ritrovato! Ho ritrovato Ahmed, il figlio maledetto dall'ignobile Ibrahim Benengeli! E il fatto che questo Ahmed si chiami Engeli e non Benengeli, lungi dall'ammosciare la mia certezza, al contrario la rafforza di brutto! Claro, sì! Freud, Lacan e io abbiamo capito subito perché Ahmed aveva fatto l'aferesi al cognome, perché l'aveva mutilato tagliandone via il *Ben*: non è più figlio di nessuno, il mio Ahmed, e in ogni caso non è più il figlio di suo padre! Ha voluto recidere simbolicamente l'ultimo legame che ancora lo univa a un mutilato chiamato Ibrahim Benengeli – suo padre.

Gioia! Gioia! Gioia! Rovescio metà del mio sylvaner portando alle labbra il bicchiere. Ma mi ci voleva un sorso di vino fresco per mandar giù l'ebbrezza di questa illuminazione: Ahmed è vivo, e vive, vive davvero, intendo, da viveur in quel paese di merda la cui popolazione è per la stragrande maggioranza una popolazione di morti viventi: tizi che si comportano come condannati a morte in attesa dell'esecuzione, e se ne stanno muti, rintanati in casa, come topi, appena viene sera, per paura di attirare l'attenzione dei killer legali: gli sbirri, o di quelli illegali: gli uomini del FIS!

Ahmed, fratello mio, tu invece vivi, after hours! Ahmed, ti raggiungo all'istante! E poco importa se per questo mi tocca, ironia della sorte!, tornare ad Algeri, dove mi ero giurato di non rimettere mai più piede in vita mia! Meglio correre a far casino in una città pericolosa, squallida, miserabile, una città popolata di assassini, e di bigotti, e di sbirri corrotti e fascisti; una città in cui il più piccolo rico vero ospedaliero, non fosse che per tre giorni in osservazione sì, tre giorni, tre giorni soltanto!, ti fa precipitare nell'ultimo girone dell'Inferno di Dante! Bella lì, meglio questo che crepare di noia nella nostra bella Ville Lumière! Poco importa che sia ad Algeri, Ahmed, visto che sarà in tua compagnia, fratello mio – il solo fra noi quattro figli di Ibrahim che abbia avuto il coraggio di dirgli a voce alta quello che noi tre che siamo rimasti, Aziz, Azz e il sottoscritto, continuavamo a ripeterci nel più profondo dell'animo: "Coglione!".

E a quel punto, Ahmed, tuo fratello, pazzo di gioia, fa a quell'Ali:

"Su, dai, adesso pago io da bere... Pago tutto io! Tutto quello che hai bevuto, amico mio! Quant'è, Moh? Sei... sette bicchieri? Otto? Dai! Più i miei tre, naa, quattro! Versamene un altro, Moh!".

E il conto mi costerà solo un Cézanne, visto che Cheb Moh Mmouni è il barista più onesto e generoso di questo bel paese che è la Francia... Questo bel paese che lascio stasera stessa, è deciso: domani sera sarò ad Algeri. Mi manca solo l'indirizzo di mio fratello, o almeno del suo locale clandestino e after hours nella Casbah: per quanto fetido sia l'alito avvinazzato di Ali, gli afferro i baveri della giacca, lo tiro verso di me, contro la mia faccia, e urlo:

"Voglio l'indirizzo, subito! Dammi l'indirizzo di mio fratello Ahmed, o, se non ce l'hai, dimmi come si arriva nel suo locale!".

Ma il vinaccio rosso a 16°, più la pianta labirintica della Casbah, fanno sì che l'Ali sia incapace di guidarmi a parole attraverso quel reticolo di vicoli, di scale che si intrecciano e di passaggi segreti che non portano da nessuna parte – insomma! Avete presente, l'avete visto mille volte in tivù, in bianco e nero, a meno che quei fetenti non abbiano colorato anche *Pepé le Moko*... E allora Sid Ali, perso, gli fa:

"Molla lì, amico, lo ritroverò da solo, mio fratello, va' là! L'amore fraterno mi guiderà, hamdu'llah!".

"Hamdu'llah!"

Al che, Sid Ali guarda l'ora al suo Officine Panerai, quel poco che gli resta del suo passato splendore, dell'epoca in cui era una star... Ma che importa, adesso? Rinuncerà volentieri ai trastulli della gloria, alle vanità, ai falsi piaceri, poiché lo farà per ritrovare l'unica verità, la sola che non può mai deludere: l'amore fraterno... Andiamo! Sono solo le 19.40! Se la pubblicità non è menzognera, Jane Birkin troverà sempre, a Calais, una nave pronta a partire per tornare in Inghilterra... E tu, Sid Ali, alla Gare-de-Lyon, un treno di notte che ti porterà a Marsiglia. E a Marsiglia, lo sai, anche se non ne fanno nessuna pubblicità radiofonica, c'è sempre una nave pronta a partire per Algeri. Parti senza bagaglio, senza niente, con le mani nelle tasche della tua Helly Hansen... Hai il tuo cappellino Nike, e ai piedi, uomo dalle suole di vento, le tue Nike Air... Hai dietro un centinaio di franchi e la carta d'identità. La carta d'identità te la porti sempre dietro, Sid Ali: uno della tua età con fattezze come le tue non può permettersi di dimenticarla: uno come te (lo affermano le statistiche del ministero degli Interni, e su questo punto occorre ammettere la loro fondatezza, la tua esperienza personale le conferma) viene controllato in un anno da cinquanta a sessanta volte di più di un suo concittadino della stessa età ma di *tipo europeo* – in media una volta l'anno per il giovane francesotto purosangue, e una volta la settimana per il giovane beur... È del resto il motivo per cui ti porti sempre dietro anche il passaporto – il tuo, sì, non quello di Aziz. E, certo, sei minorenne, cittadino francese e non hai un visto per l'Algeria: tre ragioni per essere rimandato indietro allo sbarco ad Algeri, supponendo che ti abbiano lasciato salire a bordo a Marsiglia... Ma insomma, ci penserai, te la sbroglierai, Sid Ali, non sei mica un principiante, nelle gabole! E stasera, te lo senti, ti andrà di culo, Allah ti guida sul cammino che conduce a tuo fratello. Allah ha sempre deplorato questo pasticcio: che quel minorato di vostro padre non si sia inchinato davanti ai due individui eccezionali che siete tu e Ahmed... E tu gridi dentro di te, citando Rimbaud – decisamente, in Rimbaud c'è proprio tutto, Sid Ali: *Ma journée est faite, je quitte l'Europe!*

E saluti il Moh e l'Ali, Sid Ali, e fai di corsa rue Richomme, poi, in mezzo alla strada, il pezzo di rue des Poissonniers i cui marciapiedi sono intasati dalla solita folla, la fauna della Goutte d'or, che sfiori per l'ultima volta in vita tua, Sid Ali – per l'ultima volta in vita tua incroci il famoso Babu Abi, l'orrendo stregone del Mali che da anni bazzica nel quartiere e di cui Paul Smaïl ha tratteggiato la figura nel suo *La passion selon moi*: *...lui non ha più forma umana. Un ammasso di cotone stampato africano e di abiti vecchi stracciati, di merda e di piaghe secche, di pelle nera ulcerata tendente al blu scuro, granulosa come cuoio grezzo, indurita di escare... Eppure lo riconosco: Babu Abi, del Mali, come dice di chiamarsi quando non ha bevuto troppo e si regge ancora in piedi – quando le mosche rosse del biasimo cessano di tormentarlo...*

Addio, Babu Abi, reso immortale non dai tuoi poteri di stregone, che erano immaginari, ma dal talento reale e realista di uno scrittore – vittoria dell'arte sulla superstizione! Addio, Babu Abi, l'impostore che faceva così paura ai ragazzini del quartiere e terrorizzava le loro jadde! E fanculo a te, Si Kif! Il marabutto che pretendeva di guarirmi dal morbo sacro con qualche patetico amule to, con qualche sfigatissimo gioco di prestigio, e con il sacrificio idiota di una gallina nera, e con quelle ripugnanti profanazioni del nostro sacro Corano! Domani, al più tardi dopodomani, nell'ombra azzurra di un passaggio segreto della Casbah, o addossato a un muro a calce ingiallito dal sole, abbraccerò mio fratello Ahmed, mio fratello Ahmed mi abbraccerà, e piangeremo di gioia per esserci ritrovati, e mai più! no, mai più Si Kif! mai più, Babu Abi! mai più il Male potrà colpirmi!

Il Male non può più colpire Sid Ali. Sid Ali continua a correre, a correre... Eccolo in boulevard Barbès, eccolo davanti alle Sables-d'Or: sull'asfalto, il disegno bianco è definitivamente scomparso, cancellato dai passi, dalla pioggia, dall'indifferenza dei passanti, dal tempo che passa – è scomparso il contorno del corpo di quel defenestrato, suicida, assassinato, o chissà? così pazzo o così strafatto da aver creduto di poter volare via, lasciare dall'alto, dal cielo dove gli angeli l'avrebbero accolto, questo mondo invivibile... Sì, Sid Ali, definitivamente scomparsa la fantomatica presenza del povero cristo che diventò un Mondo per delle ragazzine nere, dello scomparso di cui nessuno si ricordava se si chiamasse Mohamed o Ahmed. E, non aver vergogna ad ammetterlo, Sid Ali: adesso te ne sbatti, perché non era tuo fratello. Adesso lo sai: tuo fratello è vivo e aspetta solo te ad Algeri... E corri, continui a correre, grandioso, grandiosamente indifferente all'immediato sospetto che suscita negli sbirri la visione di un ceffo con fattezze come le tue e che corre: necessariamente, ai loro occhi, un ladro se non un assassino... Sì, Sid Ali, lo sai per esperienza: perfino a Barbès, dove pure l'europeo bianco è alquanto minoritario nella folla, perfino a Barbès, sì, un arabo che corre è sospetto a prescindere: un arabo non corre a un incontro d'amore, un arabo non corre a ritrovare un fratello adorato perso di vista da anni; un arabo corre perché ha appena scippato la borsetta a un'anziana signora, o ha appena piantato un coltello nella schiena a un rispettabile anziano signore! Un ceffo con fattezze come le tue individuato mentre corre è un malfattore, lo sbirro l'ha imparato alla Scuola nazionale di polizia! Nella lezione "Caccia al ceffo" uno dei futuri sbirri si sacrifica mettendosi una maschera di carnevale di gomma che rappresenta un lurido moro – il loro professore dice, in modo più regolamentare: un *tipo mediterraneo* –, se ne trovano in tutti i negozi di scherzi di carnevale; armati dei loro manganelli da esercitazioni pratiche, manganelli più leggeri, più morbidi, e che fanno meno male di quelli veri, i suoi compagni lo inseguono, lo raggiungono numerosi, lo placcano a terra, gli ammanettano i polsi dietro la schiena, cominciano a pestarlo fino a quando il prof non gli fa: "Stop, ragazzi! Conservate un po' delle vostre forze per la lezione seguente: 'Abusi in commissariato con guide del telefono'...". Sì, sì, è proprio così che funziona – l'hai detto l'hai!

Ma stasera, Sid Ali, gli sbirri non ti vedono. Non ti seguono con gli occhi con il loro solito sguardo, quello sguardo cattivo che noi chiamiamo l'ain, non ti fischiano; il semaforo di boulevard de la Chapelle, all'incrocio con boulevard Barbès, è verde: ti lasciano attraversare – attraversare, è vero, a rischio della vita, e allora perché dovrebbero impedirti di commettere un reato che potrebbe avere per te, che gioia per loro, conseguenze fatali? No! senza dire nulla, ti lasciano giocare al torero che schiva in extremis la carica del toro, nella fattispecie una BMW 7.3 guidata da un bovino infuriato, pazzo di rabbia, sull'orlo del colpo apoplettico – ma tu non gli rispondi con un gestaccio, Sid Ali, Allah ti protegge! E hai di meglio da fare, cioè adesso infilarti nella stazione della metropolitana di Barbès-Rochechouart... Il sangue ti pulsa alle tempie e il cuore ti batte forte da scoppiare, come dicono nei romanzi da stazione quando il protagonista è senza fiato. Ma hai ancora delle energie, Sid Ali: sei un uomo, mica una mammoletta, mica un finocchio. Non hai il biglietto? Che domanda! E il luogo pullula di ninja e di corvi della RATP? Perdinci, sei alla stazione Barbès-Rochechouart, la stazione più blindata di tutta la rete della metropolitana, giorno e notte! Eppure, guarda, Allah distoglie per un attimo gli sguardi da sparvieri dei tre bestioni in tuta blu d'assalto, muniti di manganelli, e dei cinque nani in blazer verde, cravatta a righe RATP, muniti di carnet con matrice, tutti e otto imboscati lì e pronti a saltare addosso al frodatore, oppure al beur o al giovane black non ancora frodatore ma in cui subodorano l'intenzione di frodare – poiché l'agente della RATP non distingue, diversamente dalla coniugazione araba, il compiuto dall'incompiuto... Invece no, Sid Ali, non t'hanno né visto né cagato! Sfidando la sagacia dei controllori, ti sei incollato, come per incularlo, a un innocente viaggiatore, cinquantenne brizzolato vestito da notaio e diligentemente provvisto del suo cartoncino azzurro, e, appiccicato a lui, Sid Ali, hai superato sia il tornello sia il portello automatico – sembravate recitare entrambi in un remake omo e made in France di *Ultimo tango a Parigi*... Osa, osa, Sid Ali... E hai ringraziato il tuo passatore, Sid Ali. E quel signore così perbene ti ha sorriso, Sid Ali, felice, a quanto pare, di essere stato tuo complice, bella lì, felice di averli inchiappettati alla grande, quei figli di puttana... Simile a quel personaggio stereotipato e ricorrente degli sceneggiati polpettoni sulla Resistenza: hai presente, l'ometto scialbo, grigio, modesto, timido, che più anonimo non si può, ma che, inaspettatamente, darà l'aiuto insperato e decisivo per la salvezza dell'eroe braccato. L'antieroe prenderà la valigia piena di esplosivo come se fosse la sua, e l'atletico cretino biondo della Gestapo, non potendo immaginare neppure per un istante che quel Signor Nessuno porti con sé di che far saltare in aria la Kommandantur – la quale, peraltro, salterà in aria come previsto dal copione nella sequenza successiva –, il nazista dagli occhi azzurro porcellana gli dice, all'ometto, con l'improbabile accento crucco che hanno i crucchi nei polpettoni made in France: "Ach! Lei podere passare, ya, io vidarmi!".

E Sid Ali, urlando dal ridere, scende le scale quattro a quattro – e l'espressione *quattro a quattro* va qui intesa in senso letterale: salta quattro scalini alla volta... *Éviter les péages, jamais souffrir, juste faire hennir les chevaux du plaisir*... La banchina... Il treno... Una fermata... Cambiare a Gare-du-Nord... RER linea B... Cambiare alle Halles... RER linea A... *Je suis le roi des scélérats à qui sourit la vie*... Gare-de-Lyon.

Ed eccoti dunque alla Gare-de-Lyon, Sid Ali, sotto il tabellone delle partenze. L'ideale sarebbe un treno notturno, come in *Les Mots bleus... Ces mots qu'on dit avec les yeux*... E perché non intonare allora, alla Bashung, *Les Mots bleus*? È la tua versione preferita dell'hit immortale di Christophe (quanto a quella, recentissima, di Amina – naa, non mia sorella, ma la cantante Amina, che anche lei è una sorella, voglio dire originaria del Maghreb, e che del resto mi piace molto –, mah, ecco, vabbé, ho detto tutto!). Perché non cantare ad alta voce, se ti va, *Les Mots bleus*? Forse perché disturba tutti quegli stronzi carichi di bagagli lì intorno? Ma è il mio concerto d'addio, cari francesotti! E che cacchio ve ne frega, eh? potete pure sopportarmi un'ultima volta, no? Tanto Francis Cabrel e Michel Sardou rimangono! Avrete sempre la vostra dose di lagna quotidiana! Loro non vi abbandoneranno, non temete! Perciò, dai che si va, Sid Ali!

Je reviens par le train de nuit
Sur le quai je la vois qui me sourit
*Il faudra bien qu'elle comprenne à tout prix...**

* Torno con il treno della notte / Sul binario la vedo che mi sorride / A ogni costo dovrà pur capire...

Uauu, eccolo il mio treno notturno ideale: 21.03, Parigi-Genova, TR. 583... Perfetto! Una cuccetta, mi tramortisco con un po' di benzo – xanax e stilnox, ho tutto quel che mi occorre... Al risveglio: Marsiglia-Saint-Charles! Il Mediterraneo... Il mare andato con il sole, in novembre! Ah! *Prenotazione obbligatoria* – come no, conta su di me, Essennecieffe! Buffoni! Il biglietto? Bella lì, di bene in meglio! Per la sua ultima sera in Francia, Sid Ali dovrebbe mettere giudizio, dovrebbe rinsavire, dovrebbe diventare banale! Sid Ali dovrebbe pagare? Hai voglia! *Il faudra bien qu'elle comprenne à tout prix*, la Essennecieffe! Ho detto no ed è no! Era la mia ultima offerta. Del resto, se pagassi cosa mi resterebbe? Insomma, la questione è chiusa.

Oh, ma aspettate! Non ho neanche intenzione di cavarmela facendo la scena del clandestino sfigato, pieno di vergogna, costretto a giocare a nascondino con un portatore di cappellino griffato SNCF – preferisco YSL –, per fare poi la fine del topo, passare la notte chiuso a chiave nel cesso! Non è da me. Ho la mia dignità, e una storia già piuttosto elaborata, che redigo mentalmente nel tono squisitamente desueto e pomposo dei temi che, quando ero ancora molto piccolo, alle medie, furono all'origine della mia fama di stilista senza eguali – e gli elogi dei professori rischiarono di rovinarmi per sempre il gusto in letteratura, e di farmi preferire Tahar Ben Jelloun a Jean Genet.

Appena il convoglio si mise in moto, mi presentai spontaneamente al controllore, e, nel tono più contrito: "Signore," gli dissi, "faccia il suo dovere: mi infligga una multa: non sono in possesso né di biglietto né di prenotazione; tuttavia, la prego, sia umano, e consideri ciò che mi ha condotto per la prima volta, in una vita fino a oggi proba, cosa di cui mi vanto, a commettere un reato giustamente perseguito dall'amministrazione dell'ente nazionale delle ferrovie francesi. Mia madre, in quest'istante fatale, sta morendo in una soffitta non riscaldata, a Marsiglia; appena appresa la terribile notizia, meno di un'ora fa, corsi alla Gare-de-Lyon; feci disporre, da un distributore automatico di documenti di viaggio, un Parigi-Marsiglia; dopo aver impartito l'ordine, introdussi, come richiesto, la mia carta di credito nella fessura orizzontale predisposta allo scopo... Ahimè! Quale non fu il mio stupore nel constatare che l'apparecchio, dopo aver inghiottito la suddetta carta, non rilasciava al sottoscritto alcun documento di viaggio né me la restituiva, e il tutto senza spiegazione alcuna! Dovevo forse, signore, lascio a lei giudicare, rinunciare a dare l'ultimo bacio di un figlio adorante alla madre meritevole a causa di un guasto elettronico dovuto, chi lo sa? al baco fatale di cui, certo, da tempo ci predicono gli irreparabili oltraggi, ma, a detta degli esperti, solo tra due mesi, nella notte di San Silvestro?".

Okay, è perfetto. Gliela elaborerò in modo un po' meno scolastico e fiorito, un po' più sobrio, un po' più alla Marguerite Duras, e il gioco è fatto. E già esultavo – lo ammetto, adesso che una simile cattiveria sembrerà un peccatuccio rispetto a quello che avvenne due ore dopo sul Parigi-Genova –, già esultavo immaginando mio padre che di lì a qualche giorno avrebbe trovato nella nostra casella delle lettere, la cui serratura, mai più riparata, fu forzata il giorno in cui Balladur divenne Primo ministro in Francia (e sono disposto ad ammettere che questi due fatti oggettivi non abbiano oggettivamente alcun nesso tra loro), una busta con il logo tricolore SNCF e l'annotazione soprascritta: *Ufficio contenziosi e crediti*. A questo punto, due possibilità: o il vecchio la scambia per una pubblicità personalizzata – "tutta 'sta roba che ci intasa la casella, che serve a niente, solo a intasare ancora la pattumiera che già è intasata fino all'orlo del quarto piano, che viene fuori una puzza mica igienica!" –, oppure la porge ad Azzedine, o ad Amina, accampando una ricaduta dell'oftalmia ciclica che tanto spesso gli impedisce di distinguere con chiarezza il bianco dal nero e quindi di decifrare i caratteri stampati. Azzedine, o Amina, gli legge, alla meno peggio – che peggio non c'è, a mio modesto parere –, il contenuto della ferroviaria e nazionale missiva... E a quel punto Ibrahim, che aveva già maledetto il primo figlio Ahmed, maledice il suo terzo figlio, quello che sa leggere correntemente – e che oggi, ma lui ancora non lo sa, ha raggiunto il fratello maggiore ad Algeri. E, padre mio, te lo dice il tuo secondo figlio rinnegato Sid Ali: provaci, se ci riesci, a inoltrare la posta ad Algeri! La posta algerina non è granché efficiente. E poi, come fai a ritrovarmi, visto che ormai mi chiamo Engeli, e abito a casa di un altro Engeli? Stronzo! È a te che faccio il gestaccio, non agli stronzi che aspettano il treno in questa stazione. E sono tanto più libero di fartelo, padre mio, in quanto non ho bagagli che mi ostacolino le braccia! Ti rinnego, di rimando, padre mio!

E affinché la mia gioia sia totale, merito un ultimo bicchiere, o due, oppure un bicchiere fatto di due: il famoso cocktail cui Sid Ali ha dato il suo nome, anche se non il cognome: certo, un *Sid Ali*! Cioè una Corona allungata con Absolut e insaporita con un sorso di limone verde. Ahmed è un tipo tosto, e sono sicuro che la sua *cave* è fornita di tutto quanto occorre per sopravvivere sani di mente in un paese astemio dove vige un regime poliziesco, ma a prezzi necessariamente proibitivi. E io mi sono ripromesso di non rovinare il suo illegale ritrovo... Perciò, last Corona, last Absolut! And good bye, everybody! And fuck you, all of you! That's all folks! Officine Panerai concorda con l'orologio della stazione: sono solo le 20.28 e ciò lascia alla vostra vedette preferita il tempo di sostentarsi con un sandwich annaffiato di birra tagliata con la vodka, al buffet.

Buffet. A un'ora così tarda – bella lì, tarda, scusa meschina, o me meschino! –, come sandwich restano solo quelli formato quadrato, di pancarrè raffermo, se non infermo, avvolto nella pellicola trasparente. Il mio ultimo banchetto in Francia mi lascerà un filino scettico sulla reputazione internazionale, ormai consolidata, di questo bel paese in materia gastronomica. Vabbé. *À la guerre comme à la guerre*.

"Ne vorrei uno al pollo... Con una Corona, e una Absolut, e un bicchiere per la Corona, please!"

Poiché Sid Ali lascia che siano i fighetti beoti della pubblicità, e il non meno beota e non meno fighetto presidente della repubblica, Chichi-gli-odori, a bere la Corona a canna... Bella lì, niente Absolut? Che sfiga! Allora, una vodka qualsiasi! Whatever you call vodka, anything goes!

Estraggo non senza fatica dalla pellicola un angolo di quel cibo assai poco invitante, do un morso, risputo il boccone, urlando:

"Haluf! Cane di un cristiano, hai voluto farmi peccare! È prosciutto! Maiale, è!".

E a quel punto vedo il tipo pietrificato, bianco come un cencio... No, l'immagine è menzognera: troppo olivastra e scura è la carnagione del tipo pietrificato per diventare livida... Un motivo c'è: è un moro come me! il cameriere, pietrificato e ora balbettante:

"Scusami, fratello, scusami! È un errore di sbaglio di disattenzione senza intenzione... Scusami! Bismillah!".

Lo tranquillizzo: va bene, tutti possono sbagliare, soprattutto tu, fratello: orari infernali, un lavoro sottopagato! E la carne impura ha lordato di me solo un canino... Allah non mi punirà per così poco, lo vede che tu e io siamo innocenti. Ma per il disturbo, Mohammed, mi dai – "happy hour: per ogni bicchiere bevuto, un bicchiere offerto" – altri 5 cl di vodka. Eh sì, amico mio! Come tutti su questa terra, sono pieno di contraddizioni: altrimenti non sarei un uomo, ma un santo. Il maiale no, ma l'alcol sì: è il Corano alternativo! L'hai detto l'hai, Sid Ali!

E adesso dirigiamoci tutti e tre, il mio Io, il mio Es, il mio Super-Io, con passo virile, con passo da marinaio, per fronteggiare il beccheggio e il rollio del suolo bitumoso della Gare de Lyon, verso il binario numero 15 da dove, tra meno di cinque minuti, partirà il convoglio che deve portare Sid Ali verso il suo destino – Inch'Allah!

Eccoci... E in vettura... *Attenzione alla chiusura automatica delle porte...* Scossi, partiamo, e come scrive Céline in epigrafe al *Viaggio al termine della notte*:

La nostra vita è un viaggio
Nell'inverno e nella Notte,
Cerchiamo il nostro passaggio,
Nel cielo dove non brilla nulla.

Eccolo qua, l'uomo con il cappellino griffato SNCF. Se non è il sosia di Michel Galabru, è Michel Galabru in persona. Il tuo giorno fortunato, Sid Ali: il burberone dal cuore buono, l'irascibile che non farebbe male a una mosca... Tu sfodera il fascino che ti ha valso tante palme, orsi e leoni, tanti César e tanti Oscar, Sid Ali, e il gioco è fatto!

Al polpettone made in France per uscita al cinema del sabato sera in compagnia di Ginoni e Ginette aggiungo il Duras touch! Elaboro, ma più minimalista che posso. Sul tipo:

Mia madre, sì. Terribile, no? A Marsiglia... Rivederla. Un'ultima volta, rivederla. Niente biglietto. Niente. Inghiottita, la carta. E poi niente... La macchina, morta, prima di mia madre. Terribile. Cosa dovevo?...

Ah, Galabru è perfetto per la sua parte. Si attiene al polpettone per il quale aveva firmato. Mi ascolta con aria ironica, sembra credere alla mia sincerità come io credo a quella di Chevènement quando parla di solidarietà, e alla fine mi interrompe:

"C'è un unico problema, giovanotto: questo treno non passa per Marsiglia".

La smerdata delle smerdate, Sid Ali! Il flop dell'Adjani era *Toxic Affair*, il tuo è *Parigi-Genova*!... Oh, già ti sento ridacchiare, lettore! Sento, perfide e inopportune, le tue pesanti allusioni agli effetti devastanti delle benzodiazepine e dell'alcol, se consumati senza moderazione, sui neuroni... Tranne che la mia disavventura avrebbe potuto capitare anche a te, lettore! e, sta' tranquillo, non ho perso nemmeno uno dei 137 punti del mio QI! Il fatto è che tutti – dico proprio tutti – i treni che vanno da Parigi alla Riviera passano per Marsiglia, eccetto uno – dico proprio uno –: il TR. 583 delle 21.03! E perché? Né Galabru, né probabilmente la SNCF, saprebbero rispondermi. È così. Punto e basta.

E cosa devo fare, io?

Galabru:

“È il suo giorno fortunato, giovanotto, oggi è il mio compleanno! Non le farò la multa e la lascerò scendere a Digione, dove di norma questo treno accetta solo viaggiatori in salita – cosa normale per un treno notturno composto unicamente da cuccette o da vagoni letto, e visto che venti minuti dopo parte da Parigi un TGV che arriva a Digione venti minuti prima. Guardi, giovanotto, faccio di meglio, è proprio il mio giorno di bontà: sappia che se questo treno arriva in perfetto orario, e se lei corre, ha buone probabilità di riuscire a prendere l'ultimo TGV che torna a Parigi... Pagherà la multa su quello!”.

Uaaa, puttana che gassata, Sid Ali! Il gassaggio a regola d'arte! Al punto che tu ringrazi umilmente e ti dimentichi che in teoria dovresti essere il figlio adorante di una madre morente! Naa, neanche una parola sul presunto motivo del tuo viaggio senza documento di viaggio, né il benché minimo rincrescimento che un filo di verosimiglianza richiederebbe! Ma a quanto pare Galabru se ne strafotte la minchia quanto te dell'agonia di tua madre a Marsiglia! Io non smetterò mai di stupirvi, certo, ma una cosa non smetterà mai di stupire me: l'aver incontrato, a volte, nella mia vita, troppo di rado, certo, ma a volte sì, persone che dall'aspetto, dai modi, da come erano vestite, avevo subito classificato come francesotti medi moderatamente razzisti, ma comunque razzisti, e che invece si sono rivelati tipi a posto, così poco razzisti e così coraggiosi da non sentirsi nemmeno in dovere di censurarsi, e che quindi non rinunciavano a prendere per il culo un beur che meritava una canzonatura, solo perché era un beur – insomma, l'aver incontrato dei francesotti corretti con noi beur senza per questo sentirsi obbligati a tirarsela da politicamente corretti.

Ah! Francesotti purosangue, se sapeste come preferiamo quelli di voi, così rari, che hanno il coraggio e la dignità, in metropolitana, sull'autobus, nei luoghi pubblici, di dirci a voce alta che li importuniamo quando, è indubbio, li importuniamo deliberatamente – e lo sappiamo benissimo, noi, quando vi importuniamo deliberatamente! Se sapeste come li preferiamo a tutti quelli, così numerosi, che tacciono pieni di vergogna ma non per questo evitano di pensare, e brontolano interiormente, e hanno quello sguardo cattivo e insieme sfuggente che ci esaspera, che ci fa impazzire dalla rabbia, a volte, e ci spinge a ulteriore violenza, all'escalation, allo scontro! Quando da parte vostra sarebbe bastato, non dico un ceffone, abbiamo il nostro onore e la memoria di ciò che il nostro popolo ha sofferto, ma, ecco, un'osservazione un po' dura, pronunciata in tono fermo, e non per umiliarci ma per insegnarci a vivere con voi, nel rispetto reciproco, in società! Se sapeste, francesotti codardi, che c'è di peggio, per noi, dello sguardo torvo, obliquo, che ci lanciate senza davvero lanciarlo, peggio dell'impercettibile borbottio che noi avvertiamo distintamente: ed è il vostro odore! L'odore che emanate, proprio così, quel tanfo atroce di paura, di risentimento, una puzza di cui non avete idea! Un fetore di cui il putrido Chichi non aveva idea il giorno in cui parlò dei nostri odori... Codardo di un bastardo!

Non sono stato *trattato* – nel senso che diamo noi a questa parola, il senso di insultato –, sono stato trattato bene da quel controllore; ma mi girano comunque un po' le scatole e i tre o quattro bicchieri di Sylvaner bevuti da Moh Mmouni, cui vanno aggiunte le due vodka più la Corona, il tutto a stomaco vuoto, non sono il massimo per calmarmi. Galabru comincia il suo giro, scompartimento dopo scompartimento, vagone dopo vagone, per controllare i biglietti; e io comincio ad andare su e giù nel corridoio della carrozza su cui sono salito alla Gare-de-Lyon – una carrozza di seconda, all'antica, con tutti gli scompartimenti a cuccette, e le tende abbassate.

Non c'è molta gente in questo vagone, ma mi sembrerebbe barbonissimo sedermi, dovermi piegare in due e chinare la testa per sedermi su una cuccetta; e più barbone ancora risolvere il problema coricandomi su una delle cuccette; col rischio, oltre tutto, impasticcato come sono, di addormentarmi all'istante; con la conseguenza di saltare la fermata di Digione, di perdere il TGV che, con un po' di culo, mi porterà a Parigi – e quindi fare un torto al simpatico Galabru.

Attacco a chain smoke siga su siga. Avevo preso due pacchetti in stazione: mi sono già fatto più della metà di un pacchetto... E poi, piene le palle, mi seggo! Vediamo i cartellini delle prenotazioni inseriti nel riquadro di ogni scompartimento: qui ce n'è solo uno – quindi un solo passeggero all'interno. Faccio scorrere la porta... È una viaggiatrice, e – Galabru l'ha notato – il mio giorno fortunato: la viaggiatrice, una ragazza, non si è ancora coricata. Intelligentemente, ha tirato su e bloccato in verticale la cuccetta mediana per poter stare seduta più comodamente senza doversi chinare troppo. Legge "la Repubblica" (mi stupisce sempre che la Repubblica, quando è italiana, richieda di essere scritta con due *b*, mentre quella spagnola, quella portoghese, quella inglese, quella tedesca, quella belga e tante altre si accontentano, come la nostra bella *république* francese, di una sola *b*...).

Rivolgo il mio più bel sorriso cheese alla presunta italica. Senza tante storie, imitando la sua felice iniziativa, tiro su la cuccetta di fronte, la blocco in posizione verticale. Sempre senza tante storie, mi siedo, non, come richiederebbe una rigorosa buona educazione, nell'angolo opposto a quello in cui è seduta lei accanto al finestrino, ma come uno spudorato cuccatore, oppure, al contrario, come un sentimentale reso pazzo dalla solitudine e che, come Bashung quando canta *Les Mots bleus*, vorrebbe che la sconosciuta dinnanzi a lui *capisse a ogni costo*... E dirle *ces mots bleus*, *ces mots qu'on dit avec les yeux!*

Eppure la sconosciuta non ha nulla che possa eccitare o sedurre Sid Ali, il quale la reputa abbigliata in maniera assolutamente penosa: pantaloni di velluto color prugna e girocollo di mohair lilla scoppiatissimi! cosa sorprendente per un'italica, pensa lui. Non brutta ma neanche carina, irrimediabilmente banale! una ciffona! Ciffona scopabile? Naa, grazie. Violentabile? Al limite, in caso di eccessiva rottura di coglioni, tanto per ammazzare il tempo. Comunque sia, poco impressionabile, la ciffona: a quanto pare per nulla turbata dall'ingresso inaspettato e assai spettacolare di una star di sublime bellezza, di sublimata animalità e sensualità! di un sex symbol radioso e circonfuso dal bianco alone che il mio sacro Corano, quale la sua Bibbia, indica come tratto distintivo degli angeli, e conferito all'intruso dal bagliore bianco di una cerata Helly Hansen, di un paio di braghe Aigle in tessuto idrorepellente bianco lacca non meno immacolato e persino dalla visiera del cappellino Nike, portato diritto, e che gli getta sugli occhi, di un nero così profondo che ci si potrebbe annegare, un bagliore divino... Strana impassibilità della visitata! Come se Maryam – esatto, italica! la tua *Maria*, la tua *Madonna*, la tua *Vergine** –, quando vide venirle incontro l'arcangelo Djebril – il tuo Gabriele! – giunto ad annunciarle la nascita di un figlio concepito fuori dal peccato della carne, Issa – sì! sì! il tuo *bambino Gesù*, *bambino*, *bambino!*,** avesse giusto sollevato un occhio, appena interrogativo, e si fosse poi rituffata nella lettura della "Repubblica" – due *b*!

Qui ci sono due possibilità, pensò Sid Ali: o la donzella è una vera troia: "Non ho motivo di agitarmi, tanto io la do a qualsiasi cosa mi passi a tiro cui Dio abbia fornito un uccello che si rizza!" oppure è una vera cretina: "Sono così cretina che non ho paura di niente né di nessuno, neanche di un moro fatto come una iena e

* Tutti in italiano nel testo.

** In italiano nel testo.

potenziale violentatore che guarda caso si siede proprio davanti a me...". Ma, riflette Sid Ali, c'è una terza ipotesi da considerare: "Sono una troia e una cretina".

Vabbé. Cerchiamo di vederci chiaro, poniamo fine all'atroce incertezza! All'attacco!

"Non la disturberò a lungo: scendo a Digione!"

L'assalita, abbassando finalmente il quotidiano e la guardia: "Lei non mi disturbi per niente!".

Bella lì. Ma che significa un così insolito, un così brusco cambiamento di tono a metà di una frase così breve: quel passaggio da lei al tu? Una crassa ignoranza della nostra bella lingua e delle sue svariate formule di cortesia? La volontà sprezzante di far capire a quell'arcangelo che è stato subito, o quasi, identificato dalle fattezze come maghrebino e quindi, senza vani scrupoli, cui puoi dare tranquillamente del tu? Oppure la manifestazione inconsapevole di un desiderio così violento, così forte, da inibire qualunque linguaggio del corpo, qualunque discorso della carne, qualunque gesto, ma che si rivela in quel grossolano lapsus: È te che amo! te che voglio! sei tu cui non posso già più dare del lei! ah, mettimelo nel culo! ah, sfonda la mia schiumosa passera! Dacci dentro, bell'arcangelo! e in cambio, oh sì! dammi del tu! uccidimi di piacere e dammi del tu, visitatore sceso dal Cielo, arcangelo che splendi di un bagliore bianco insostenibile! Dacci dentro!

Intuitivo come sono, opto per la prima ipotesi. Da cui:

"Italiana?".

"Sì."

Che straordinaria perspicacia, Sid Ali! L'hai detto l'hai! Non fermiamoci qui, troia o cretina o cretina e troia, *chi lo sa*?* Lascia che mi presenti:

"Io mi chiamo Sid Ali Benengeli".

"Io sono Donata," risponde lei.

"Donata?..."

Sembra titubare, come se dire anche il cognome potesse improvvisamente comprometterla. Come? non ti fidi già più di me, cretina? Ma no, è che appartieni all'immensa classe dei giovani piccolo-borghesi che reputano troppo formale, poco figo, capito, no, chiamarsi altrimenti che con il nome tra amici, ovviamente amici, no, visto che cioè siamo della stessa generazione... Cretina.

La forza che mi abita e che illumina il mio sguardo pieno di fa-

* In italiano nel testo.

scino convince finalmente la Donata – come se me ne fregasse qualcosa, cretina! – a dirmi anche il suo lussureggiante cognome:

"Fiorelli... Donata Fiorelli".

"E va a?..."

"A Savona."

"A Savona di Marsiglia."

Questa non l'hai capita, Donata, è troppo raffinata per te! E mi precisi, *cretina*, *stupida*, *idiota** – a me che frega una sega:

"I miei genitori viene a prendermi...".

Bella lì! Prudente anche nel verbo, Donata: non sa se i vecchi verranno tutti e due, o solo il papà o solo la *mamma*, quindi, ecco "I miei genitori *viene* a prendermi...". Vedremo, eh, Donata? E Sid Ali, prendendo l'aria incantata che avrebbe rivedendo *L'Avventura* (due *v*, in italiano, è proprio una fissa!).

"I suoi genitori vengono a prenderla?".

"Sì, abitiamo di fuori di Savona..."

"Di Marsiglia."

"Non capisco..."

Lascia perdere! Che tanto a me fa ridere.

E Donata:

"E tu?".

Bella lì. Il tu d'ufficio. "Siamo cioè ggiovani, che figata, cioè europei, un unico popolo di ggiovani, no, allora, cioè, non stiamo a fare tante cerimonie, no? cioè ci diamo del tu!" Cretina.

Io:

"A Digione, te l'ho appena detto, Donata. Aprendo l'armadietto della cucina, poco fa, mi sono accorto che non avevo più senape, perciò sono salito sul primo treno in partenza per Digione, ed eccomi qua!".

"Non capisco."

Lascia perdere, te l'ho già detto, cretina! Che le mie battute fanno già ridere me. Sono sempre stato il pubblico migliore di me stesso. Non smetterò mai di stupire me stesso, e questo è l'essenziale.

"Ma tu abiti a Parigi... Ali?"

"Sid!... Ali. A Parigi, a Passy. Quando la mia amica Isa si è esiliata in Svizzera ho preso il suo appartamento... C'è una bella vista!"

"Ah sì?"

Sì, ecco, cretina! Adesso fai finta di capire di chi e di cosa parlo! "E tu studi a Parigi?"

Mi interessa un sacco, cretina!

* In italiano nel testo.

"Un corso di immersione totale nel franceso!"
Totale immersione, in effetti, e alquanto efficace: sei affogata, Donata, e ancora non lo sai! E io giù ad adularti bassamente, cretina:
"Lo parli alla perfezione!".
"Sì, le professore sono molto buoni..."
Si vede! L'hai detto l'hai, Donata!
"E ti piace la Francia, Donata?" chiede allora quell'originalone di Sid Ali.
Lo strafalcione totale, altro che immersione.
"A me mi piace molto."
I professori ti immergono, cretina, ma non ti hanno insegnato che non si dice "a me mi". Io:
"È un bel paese, la Francia!".
Risposta auspicata, Donata, e più che prevedibile: "E tu conosci l'Italia?".
Donata:
"Sì, molto bella! E tu conosci l'Italia Ali?".
L'Italia Ali... Tartaglia, pure, questa cretina! E, colmo dei colmi, si crede autorizzata a correggere il mio francese! Dico che la Francia è un bel paese, lei mi dice: "Sì, molto bella!". La parola paese ha cambiato sesso durante la notte, e nessuno mi ha informato! Vabbé, visto che vuoi il mio parere sul tuo bella paese, Donata, eccolo qua:
"Ah, *l'Italia bella!** L'unica vera patria degli artisti! Dante! Versace! Fellini! Ferrari! Fila! Tiziano! Sergio Tacchini! Michelangelo! Molitor (questa è solo per iniziati, utenti della metropolitana parigina!)** e Verdi! E Vivaldi! E Prada! E Dolce & Gabbana (due *b*)! E Berlusconi! E Mussolini! E i valorosi sommozzatori sabotatori del principe Borghese, come me forniti di cronometri impermeabili dalle Officine Panerai!".
Qui, Donata, non è più l'immersione totale, è la sommersione totale! È l'apnea ai limiti della perdita di coscienza, è la fatale ebbrezza di profondità che conobbero tanti compagni del principe Borghese... In fondo non le dispiace, alla Donata, sapere che questo passeggero senza bagagli né prenotazione, pure obbligatoria su questo treno TR. 583, e che si è seduto di fronte a lei senza chiederle il permesso, questo rozzo personaggio! questo moro che più moro non si può, la lascerà a Digione – sicuro! scende alla prossima per correre a comprarsi la senape, se ne trova, a un'ora così tar-

* In italiano nel testo.
** Una fermata della metropolitana si chiama Michel-Ange-Molitor.

da. Oh, ci sarà sempre la botteguccia di un arabo ancora aperta... (Che fine avreste fatto, senza di noi, eh, francesotti purosangue? Sareste morti di fame da un bel pezzo!)

Io la gasso, la *ragazza*.* Ma cosa credete? Niente la spaventa! Nemmeno le enigmatiche ciance dell'arcangelo Sid Ali! A quanto pare niente la scoraggia, affronta tutto con baldanza! Potrebbe tener testa a un Sollers a *Bouillon de culture*! Farebbe abbassare la cresta a Bernard Tapie in una *Marche du Siècle*! E adesso mi spiega perché apprezza il mio bel paese, la Donata:

"La publica ministrazione, in Francia, funziona molto melio che da noi! Per un esempio, le documenti, le scrizioni alla università, le carte d'identità, i patenti per guidare, in Francia, non devi fare la coda, ma in Italia fa tutto cagare...".

"Cagare?!"

Bella lì: *cagare*. Usi questa parola che il Petit Robert, un amico mio, considera FAM.; detto in altri termini, linguaggio colloquiale, Donata. I tuoi professori ti immergono in una vera merda linguistica, Donata, e ti insegnano a dire *cagare*: devi darmi l'indirizzo della scuola!

E quella cretina, cazzo, insiste:

"Sì, l'Italia fa cagare per tutte le cose dei documenti...".

"Mentre la Francia è il paese ideale per i documenti, per i *papiers*, tranne che per i sans-papiers..."

"Non capisco!"

No, sei troppo scema, cretina! Lo ripeto! Ascolta e prendi nota, cretina:

"La Francia, ti dico, Donata, è il paese ideale per i papiers, tranne che per i sans-papiers! Continui a non capire?".

"No molto... Parli molto veloce, Ali..."

"Sid! È l'ultima volta che te lo dico, Donata!"

"Oh, scusa, Sid..."

"...Ali!"

Bella lì, parlo troppo veloce? Va bene, non dovrai più sentirmi parlare veloce molto a lungo, cretina! Cominci ad affettarmelo, adesso, ma il mio uccello non è un salame! La smetti di blaterare come una cretina quale sei? Invece no, la cretina continua a blaterare:

"Adesso è bello, cioè, figo, siamo tutti dell'Europa, non ci sono più frontiere, e penso che tutti uomini e donne sono guagli...".

Uguali! No, va bene, cretina, guagli, quaglie sono, perlomeno

* In italiano nel testo.

le cretine come te che ci ripropinano come pappagalli tutte le cazzate benpensanti e politicamente corrette che gli martellano dalla radio e dalla tivù!

Però, Donata, ho una brutta notizia per te: mancano ancora una ventina di minuti prima che il treno arrivi alla stazione di Digione, capitale della senape, seduto qui sto benissimo, non ho alcuna intenzione di cambiare scompartimento, di disturbare la gente che dorme, però non ho più voglia di sentirti sparare cagate da talk show televisivo straziando la mia lingua e – zeugma – le mie orecchie! Perciò: mi alzo, stai tranquilla, non è per chiavarti, non meriti che io sprechi la mia preziosa sborra di Credente nella tua putrida passera infedele che non ti lavi con il sapone di Savona! ho mani grandi, Donata! e belle! sono grande in tutto, e sono bellissimo, ammettilo... Ecco, è fatta, te la passi male, adesso, ma non ti ho sentita gridare e te ne sono grato, anzi no, non c'è motivo: se non hai gridato è perché io sono un virtuoso dello strangolamento, so strangolare all'algerina, Donata! l'ho avuto in eredità con le mie origini, insieme a un grande sangue freddo! Non hai gridato, Donata, perché non hai capito cosa ti stava succedendo, sei solo una cretina, troppo scema per essere una troia: quello della troia è un mestiere, il più antico mestiere del mondo! quello della cretina, no! cretine si è dalla nascita! mentre a fare la troia si impara! io ho imparato lavorando, in un pomeriggio, era un mercoledì... Eppure respiri ancora, Donata! È la tecnica Sid Ali, la morte in due fasi: uno, perdi conoscenza, due, perdi la vita!... Aspetta! ecco come funziona! ho una sorpresa per te, qui nella tasca sinistra della mia Helly – sono mancino, hai notato? è un ambiguo vantaggio nella vita, e del resto non ne traggo alcuna gloria: un sacco di mancini sono degli idioti fatti e finiti – Hansen, la mia Helly Hansen che mi è stata tanto utile nella mia già lunga vita di sgamatissimo vagabondo, poiché sgamatissimo sono, e avventuriero, e mi piacciono le qualità di solidità e di impermeabilità di questa giacca da marinaio in *Stormbreaker ® alta protezione*, *completamente waterproof*, *cuciture termosaldate*, lo dice la pubblicità e perché non crederle? E quindi con la mia mano sinistra, Donata, la mia mano più abile, tiro fuori dalla tasca sinistra... Wow! una rarità, roba chic, non hai di che lamentarti, Donata idiota! per te, gesto di squisita attenzione, sarà una marca italiana: Prada! e, rarità delle rarità, ti dico, uno dei rarissimi sacchetti di Prada morbidi, di plastica, mentre la stragrande maggioranza sono come i sacchetti che ti danno in tutti i negozi di lusso: di robusta carta patinata, formato rettangolare, con soffietti, cordoncini trattenuti con un nodo agli occhielli e facenti funzione di manici... Naaa! Qui, Donata mia, ti spetta un sacchetto di Prada ma morbido, di plastica, che ti ficco sulla capoccia di soffocante cretina per soffocarti, tu che respiri ancora come per sfida, e per farla finita creperai molto al di sopra delle tue possibilità, ciffona, creperai in un Prada – ecco *è finita la commedia*!* so un po' di italiano, senza averlo studiato a scuola: a scuola ho scelto come terza lingua facoltativa – nella mia scuola si può scegliere una terza lingua, è una sua particolarità –, ho scelto spagnolo, sarebbe meglio dire castigliano, ma a scuola mia passi per un buffone se ti esprimi correttamente... E come seconda lingua ho scelto l'arabo detto "dialettale" – il dialetto di chi? di tre o quattro ignoranti che hanno prodotto una relazione incomprensibile indirizzata a non so più quale ministro della Pubblica Istruzione che se ne strabatteva i coglioni ma che ha pensato grazie a 'sta roba di poter lasciare un'impronta e di poter passare per un uomo di sinistra e un progressista, e via dicendo, e far girare le palle trenta secondi a Pasqua che gli stracciava i coglioni al RPR, perciò vada per l'arabo dialettale come seconda lingua alle superiori! l'arabo parlato – parlato da chi? all'infuori del prof, bersagliato da circolari redatte da tecnocrati convinti di saper parlare l'arabo parlato perché, trovandosi un giorno alla Mamounia, e scorgendo un amico intento a sorseggiare un delizioso cocktail champagne succo di granata, hanno chiamato un cameriere, gli hanno fatto "*Kifkif!*" e il cameriere ha capito benissimo! quindi vedete che questi tecnocrati sono perfettamente in grado di stabilire il programma di insegnamento dell'arabo dialettale che ci riporterà la quiete nelle nostre periferie agitate e nei nostri quartieri difficili!

L'arabo dialettale del liceo! la buffonata delle buffonate! un'oscenità! la dimostrazione, se ancora ce n'era bisogno, della loro ignominia! la dimostrazione definitiva, nel paese della Mitte, e di Chichi, e di quel buffone pieno di sufficienza dell'Allègre, la dimostrazione del disprezzo che coloro che governano questo paese che fa cagare – per riprendere, Donata, un'espressione da te perfettamente assimilata –, la dimostrazione del disprezzo che costoro hanno nei confronti della civiltà araba! pari pari il disprezzo che costoro hanno nei confronti della religione musulmana: le moschee prefabbricate, blocco di calcestruzzo e fibrocemento ondulato, sono un perfetto simbolo della poca considerazione che quei porci, che si dicono progressisti e antirazzisti e via dicendo, hanno per l'Islam! Ma la mia scuola si vanta di proporre come seconda lin-

* In italiano nel testo.

gua l'arabo "dialettale"... Stupendo! dici la prima cazzata che ti viene in mente, come viene viene, ti inventi il tuo arabo personale, e se il prof, che ha imparato a parlare l'arabo del Profeta (622 della vostra èra, cari apostolicoromani!) ti rompe le palle, gli dici: "Ehi, scusi, cioè, capito, questo qui che parlo è il nostro dialettale...". Provate a immaginare, francesotti purosangue! traspongo a grandi linee: dunque, un prof di francese, che conosce solo il francese di Chrétien de Troyes e non s'immagina neppure che la lingua abbia avuto un minimo di evoluzione dal XII secolo, è incaricato di insegnare la loro stessa lingua a figli di proletari che parlano il francese contemporaneo popolare, il francese di Coluche, mettiamo, e quegli sbarbati gli dicono: "Da sclerare, cazzo!" e lui, il prof, sfoglia febbrilmente la sua edizione su carta Bibbia del *Lancillotto* e si chiede cosa mai abbiano voluto dire, gli sbarbati; non trova quelle parole nel libro che gli funge da riferimento secondo le direttive ministeriali!... Sarebbe spassoso, no? Be', questo delirio farebbe ridere pure noi! Ma la materia facoltativa arabo "dialettale" è un pessimo scherzo fatto a nostre spese, un modo per umiliarci e prenderci ancora di più per il culo, fingendo di venirci incontro! Bastardi! demagoghi! stronzi merdisteriali! E poi vi stupite se noi ci fiondiamo sull'inglese prima lingua, e sui corsi intensivi di inglese, e sui corsi facoltativi di inglese parlato e di inglese commerciale and so on, ai quali ci iscriviamo tutti! e sui soggiorni linguistici se possiamo, o almeno se i nostri vecchi possono pagarli! E ne vogliamo sempre di più, di inglese! e non le bigiamo, le lezioni di inglese! perché siamo molto meno deficienti di quanto voi immaginiate, perché sappiamo che se vogliamo avere successo nello sciòbisnes o anche solo nel bisnes, c'è un'unica via: l'inglese! l'inglese a oltranza! l'inglese prima lingua! l'inglese fin dalla scuola materna! fin dall'asilo! l'inglese, vogliamo, buffoni di tecnocrati! cagoni! e niente gadget né marocchinate da mongoloidi! Di arabo dialettale ne sappiamo abbastanza per capire che la nostra umm non è contenta quando abbiamo ridotto la casa un troiaio subito dopo che lei ha fatto le pulizie! Noi vogliamo parlare l'inglese easily and fluently! And that's why, you know, you're dead now, stupid Donata of Savona!

E ora, sbarazzarsi del tuo cadavere di ciffona insalsicciata nel mohair lilla nel velluto prugna prima dell'arrivo a Digione, capitale della senape e dell'aceto aromatico – "*Il n'y a que Maille qui m'aille!*".

I vecchi vagoni divisi ancora in scompartimenti hanno due vantaggi: le tendine sul lato corridoio, che tirate ti permettono di farti gli affari tuoi al riparo degli sguardi indiscreti; il finestrino sul lato finestrino, che puoi aprire e tirare giù fino a metà altezza, fino a quel parapetto così necessario per un pazzo come me... Ma io lo apro e il vento sferza il viso del bell'avventuriero che sono, il marinaio in Helly Hansen, solitario nelle tempestose tenebre... *È pericoloso sporgersi,** c'è scritto, Donata! Ma io ti sporgo out, io, il pazzo! And how! *Idiota, alienata*** dalla *televisione di Berlusconi.****

E non è certo la fine del mondo sollevare un corpo inerte, il cadavere della vittima! Solo nei gialli, nei pessimi gialli fatti in serie, nei *Série noire***** fabbricati in serie, l'assassino constata amaramente come un morto pesi molto di più di quanto pesasse da vivo! È uno stereotipo del romanzo poliziesco da quattro soldi, anche questa è affabulazione letteraria, ma letteraria nel senso spregiativo del termine: è letteratura! E di certo non potevo paragonare il peso della Donata morta con quello della Donata viva, poiché, Allah non l'ha voluto e gliene sono grato, non ho mai tenuto fra le braccia e sollevato da terra fino alla mia altezza quella cretina per baciarla sulla bocca – bleah! –, ma sono convinto che la ciffona che precipita nel vuoto, spinta per il culone da ciffona da un Sid Ali che non si rende più conto della propria forza, sono convinto che questo barile non era più leggero un quarto d'ora fa, quando, animato, il barile leggeva "la Repubblica". Ho la dimostrazione che il giallo, checché ne dicano gli spocchiosi rammolliti e puzzoni che fanno gli schizzinosi davanti ai grandi classici, ma esaltano il giallo reputandolo un genere più vivo, il giallo, checché ne dicano, è un genere minore in quanto ripetitivo, un genere che ripete all'infinito luoghi comuni – tra i quali le difficoltà dell'assassino per sbarazzarsi della vittima dopo averla uccisa, la fatica che fa a smazzarsi il cadavere, appesantito in realtà non dalla morte ma dalla pigrizia mentale dell'autore di gialli!

Certo, anche grandi romanzieri hanno talora potuto lasciarsi andare ad approssimazioni, ad abbagli, ad affermazioni che non stanno in piedi, ma non risulta che il loro lavoro sia consistito nel ricopiare e nel plagiare in continuazione cazzate fregate ai predecessori! La loro ambizione era, anzi, l'originalità; la loro preoccupazione costante era esprimere la propria singolarità, il proprio talento – insomma! l'esatto contrario di ciò che guida la bisogna de-

* In italiano nel testo.
** In italiano nel testo.
*** In italiano nel testo.
**** Celebre collana di romanzi gialli pubblicata dalla casa editrice Gallimard e poi espressione comunemente usata per indicare qualsiasi romanzo giallo.

gli autori di gialli in serie e di telefilm polizieschi e di sceneggiature per polpettoni da sabato al cine. Nei thriller del sabato sera il cadavere della vittima è altrettanto pesante da muovere e da trasportare che nei gialli comprati al supermercato, vero? Ma che importa? Questa non è arte, è un prodotto da consumare, è creazione come sono creazioni le deiezioni dei creativi della pubblicità! creativi dei miei coglioni! impostori la cui fantasia si riduce a ripetere all'infinito luoghi comuni come uno caga ogni mattina, a defecare roba già vista! registi di clip e di spot che ricopiano in maniera servile, ma in formato ridotto, molto ridotto, ridottissimo, le invenzioni di grandi artisti come Visconti, Kurosawa, Antonioni o, il più vergognosamente saccheggiato di tutti, ladri! stronzi! Fellini!

Saccheggio! copiatura! plagio! plagio! plagio! falsificazioni, sofisticazioni, taglio di grandi vini con sciacquabudella da supermercato, duplicati mal riusciti, fabbricazione standardizzata di merce culturale, ripetizione infinita di identiche banalità, di parole senza senso, di pensieri impensati, di luoghi comuni e di frasi fatte per rifornire a modulo continuo, in tendenze di flusso, tanto la soap, il varietà, la sit-com quanto il talk show politico o il talk show di costume televisivo – il parlare per non dire niente, tutto lo sputacchiare, il farfugliare, il farneticare politichese degli uomini al potere, esperti, responsabili, commentatori! il blabla ripetuto, replicato alla perfezione, recitato a memoria, da automi che sono quei poveri alienati, simpaticissimi, e fighi! come le varie Donate, le Ginette e i Ginoni, la *ggente* delle interviste-lampo per strada, i ciucciamicrofoni che tutte le sere, al tiggì, ricacciano fuori quello che si sono bevuti la sera prima guardando il tiggì... Morti viventi, fantomatici riflessi nello specchio teso dal piccolo schermo! doppi di quelli che gli parlano sera dopo sera in tivù, i vari Alain-Minchione, Jacques Attila-lo sherpa, i vari Mons. Gaillard, e Mons. Gaillot-Cac-40-e-rating, e i vari avvocati Bercione, e i vari Bernard-Henri Lévy... Tutti questi pagliacci e questi clown tristi, conduttori dello show a modulo continuo e in tendenza di flusso, barbosi barbugliatori di banalità insignificanti, di previsioni indiscutibili seguite da immediate smentite, tutti questi assi della palinodia – ma, chissenefrega, eh? che importa! non siamo mica qui per cercare di dire la verità! e poi, in fondo, che cos'è la verità? No, *Anything goes*, come cantano a Broadway! Cagate a nastro, come dicono in gergo i randa! Uno può, come Alain Minchione, dichiarare con saccenza che ci vorranno più di trent'anni prima che la Germania possa riunificarsi – ve lo dico io, l'esperto di tutto su tutto! e mi pagano milioni di franchi per le mie imparabili previsioni da visionario!

E vi dico anche, io, Alain Minchione, che sarebbe impensabile, impensabile! non fissare la parità dei due marchi come segue: cento marchi Est equivalgono a un marco Ovest! Kohl sarebbe pazzo a non seguire il mio consiglio! non c'è altra soluzione! Qualsiasi altra soluzione e nei prossimi tre mesi, ve lo assicuro io, Alain Minchione, è il crollo totale della Germania! peggio di Weimar! la fine della Germania, ve lo dico, ve lo scrivo, lo firmo e lo pubblico su "Le Monde" e su "Libération"...

Bella lì. E allora? Allora Kohl dice con calma: "Nein nein! Un marco Est equivale a un marco Ovest". E cosa succede, allora, oltre Reno? Be', la Germania si è riunificata in pochi mesi e non nell'anno 2020 – "nel migliore dei casi", come prevedeva Alain Minchione... E, in generale, le cose vanno piuttosto bene, *danke schön!* Bella lì!

Ma qual è allora la reazione di Alain Minchione? Contrito, si batte il petto mormorando come farebbe in questo caso un buon musulmano: "H'chuma alik!"? Nemmeno per idea! Volete scherzare! Il clown Alain Minchione torna l'indomani sera a fare il suo giro di pista in tivù per proclamare che lui l'aveva predetto da sempre! Da sempre! E siccome il conduttore del talk show e il pubblico che applaude quando un segnale luminoso in studio gli dice di farlo soffrono di amnesia, sia il conduttore sia il pubblico tributano un'ovazione a quel pagliaccio che gli spiega, pot pot! che la realtà, lungi dal contraddirlo, conferma i suoi deliri del giorno prima, deliri che, peraltro, tutti in studio e in sala hanno dimenticato – non penserete mica che uno si ricordi le pagliacciate di ventiquattro ore prima? vogliamo roba fresca, noialtri telespettatori! Dice, il pagliaccio, che la decisione di Kohl relativa al marco non lo stupisce affatto, ma proprio per niente! non staremo mica a fare tante storie per due zeri in più o in meno? Figuratevi che non più tardi di stamattina, io, Alain Minchione, sulla nota spese per i miei consigli al Primo ministro, ho aggiunto uno zero: be', Matignon ha scucito la grana senza fare una piega! C'è da dire che mi hanno in simpatia, i boys di Matignon! tutti amici miei, quei clown! Ballavoy, Bérégodur, Jospé, Jupin! ogni sei mesi presento a quello che è in pista il programma con cui il paese si beccherà una tranvata nei sei mesi successivi, e ogni volta loro, pazzi per il gioco, raddoppiano la posta – voglio dire, il mio onorario!... E adesso, ragazzi, per tirare fuori la Francia dalla crisi economica in cui continua a precipitare nonostante i miei saggi consigli! adesso, per far calare la tensione nei quartieri sensibili delle periferie difficili, niente paura! io, Alain Minchione, ho trovato la formula vincente! Eccola, ve la do in esclu – nel senso di *esclusiva*, mica di escluso che dorme per strada! ma mi avete visto bene? –, state a sentire: "Rivalutiamo l'euro e intanto lo svalutiamo, diminuiamo gli oneri sociali e intanto li aumentiamo, facciamo pesanti tagli di posti di lavoro ma diamo anche una spintarella all'occupazione, mi seguite? Poi riduciamo la frattura sociale defiscalizzando completamente i profitti derivanti dalle stock option, e, ciliegina sulla torta!, la misura generosa e popolare che soddisferà tutti senza intaccare di un centesimo il bilancio, l'idea geniale del vostro servitore, Alain Minchione, sentite un po': sopprimiamo l'imposta sui grandi patrimoni per i senza fissa dimora! Ecco, grazie a me, i senza fissa dimora non pagheranno più l'imposta patrimoniale! E a quel punto, vai! jackpot, caro governo! reggerete fino alle prossime presidenziali, ragazzi! perciò non state a farvi venire una cagarella isterica dalla taccagneria per uno zero in più o in meno sulla nota spese, eh! vi fatturo come al solito fifty dichiarato, fifty in black, non sono mica razzista, io, mi piace molto il black, ah, ah! ma adesso vado, ho altro per le palle, mi aspettano a Davos, e a proposito di black, bisogna che scovi un negro che mi possa plagiare un buon libro che ho letto ieri sul Concorde e che vorrei pubblicare dopo le vacanze... L'argomento? La morale democratica. Un bel titolo, no?".

E, Donata, bisogna che tu sappia la verità, ora che, ahimè, è troppo tardi perché tu possa sentirla, visto che giaci a brandelli sulla massicciata della ferrovia poco più a nord di Digione: è stato Alain Minchione a ucciderti, non Sid Ali B.! Sono state tutta la coglionaggine e il volgare marciume dei potenti profumatamente pagati per condurre il varietà idiota che ci viene inflitto da quando La Democrazia & L'Economia di mercato riunite, SA, regnano su questa terra e che io, Sid Ali, non posso più sopportare... È stata l'atmosfera deleteria della SS – Società dello Spettacolo, Donata! Quest'aria irrespirabile, ammorbata da gente asfissiante, dai venditori di aria fritta, dai petomani che ci gassano... E se tu dai dell'impostore ad Alain Minchione, è semplicissimo, lui ti manda il suo amico Bernard-Henri Lévy a darti dell'antisemita! E a quel punto non puoi più ribattere: una volta che ti hanno appiccicato l'etichetta sei fottuto! Soprattutto se sei, come me, un arabo! È più grave, da parte di un arabo, denunciare l'impostura di quei buffoni! Perché se sei un arabo, sei necessariamente complice dei ragazzini dell'Intifada che prendono a sassate le jeep di Tsahal... Ma se ti chiami Alain Minchione, o Bernard-Henri Lévy, puoi calunniare chiunque, e nessuno oserà contraddirti! Puoi dire e fare il cazzo che ti pare, e anche motivarlo! In compagnia di Tapie, di Chazal e di PPDA, puoi inaugurare Disneyland Francia e dichiarare che anche Disney è la civiltà... E qualche giorno dopo puoi volare a Tokyo con tutta l'équipe di "Paris-Match" per inaugurare l'edizione giapponese di "Paris-Match" e dichiarare che sei favorevole a tutto ciò che avvicina i popoli e le culture, quindi alla pubblicazione di un "Paris-Match" nipponico... Una cosa vale l'altra, tutto si equivale! *Anything goes!* E se ti va puoi aggiungere che altri filosofi l'avrebbero fatto prima di te; che Sartre e Malraux l'avrebbero fatto... Bella lì! Ma hai dimenticato Nietzsche, ragazzo! Perché mai questo ridicolo scrupolo? Adesso che ci siamo sbarazzati di tutte quelle superstizioni fuori moda, e di quelle scelte un tempo così imbarazzanti da fare: il Bene o il Male, l'Intelligenza o la Coglionaggine, l'Arte o l'Industria, la Salvezza spirituale o il Consumo...

Ah! ma l'avete trovata, la soluzione finale moderna, clean, soft, adatta alla nostra epoca: asfissiarci con i vostri prodotti di sintesi, le vostre fetide miscele esplosive di sproloquio e di vuoto, di concetti e di lustrini, di ostentate pose morali e di strass! Buffoni! Buffoni che ci inquinate l'aria come fanno le industrie chimiche e i gas di scarico! Buffoni che ci inzozzate il paesaggio e l'orizzonte come fanno le petroliere in alto mare e la marea nera Total! Nuovi totalitari! Militanti del tutto e del contrario di tutto! Commissari del people! SS dell'economia di mercato spettacolare e mondializzata! Stronzi!

E tu, Donata, eri una cretina, non avevi sensibilità sufficiente per sentirti infastidita dal puzzo che urta e fa vomitare me, Sid Ali! Tu, Donata, mi rivomitavi tutte le cagate con cui i media ti hanno ingozzata fin dalla più tenera infanzia, e la cosa peggiore è che forse pensavi di farmi piacere! In tutta innocenza, mi sparavi sul muso i tuoi luoghi comuni politicamente corretti! Non immaginavi che nell'arcangelo seduto davanti a te, viaggiatore senza bagaglio, ciò poteva provocare una crisi non di epilessia, ma di Horla.

E adesso che non puoi più ascoltarmi, Donata, ti devo una spiegazione: una spiegazione che lascia un po' il tempo che trova, una spiegazione che anche a me è un po' sospetta, una spiegazione che mi piace solo a metà perché assomiglia un po' molto a una spiegazione da psi – da stronzi, quindi –, ma, insomma, bisogna che te la dia lo stesso; sarebbe una spiegazione alla mia follia, e il mio avvocato, che è un genio come me, elegante come me anche se in un genere diverso dal mio, e un uomo fondamentalmente buono come me – ti stupisce sentirmelo dire, Donata? ma è così! sono buono, e sono innocente, io, Sid Ali... Vabbé. Insomma – chiunque può verificare che non invento nulla consultando la cartella clinica redatta sul mio caso dal Centro medicosociale, la cartella clinica che mio fratello Aziz era riuscito a fregare per qualche ora, il tempo di farmi fotocopiare quello che mi interessava e di permettermi finalmente di sapere cosa pensavano di me quegli stronzi di psi, e la verità sulla mia nascita... Ma in realtà non dovevo scoprire nulla sulla mia nascita che già non sapessi (pezzi di merda – scusate, mi è scappata!), già, nulla che non sapessi senza sapere pur sapendo: quelle cose finisci sempre per intuirle, e comunque le hai imparate nella carne anche se non le sai ancora intellettualmente – c'è una memoria del corpo che ti rammenta sempre l'orrore che c'è stato – ma quale orrore? Be', insomma... E un giorno – quanto hai? sei, sette anni? –, tua madre, per quanto pudica, crolla, e comincia davanti a te a rievocarlo con parole velate, esitando parecchio, impappinandosi, mischiando l'arabo e il francese in un incredibile guazzabuglio, e le vengono le lacrime agli occhi mentre ti racconta un po' più pacatamente l'orrore che fu per te e per lei, la tua yema, e un singhiozzo la interrompe, è come piegata in due, la tua yema, soffoca – allora sei tu, suo figlio, l'unico Sid dei suoi figli, a farle nobilmente, affettuosamente, già come un uomo!; sì, come un uomo! benché così giovane: "Stop! mi hai detto abbastanza, mamma!". E quando lei ti abbraccia, tu aggiungi, con una meravigliosa frase da bambino, di un bambino che ancora non sa di aver fatto la sua prima battuta, ma fu detta con innocenza, la battuta non era voluta: "Tanto quando sono nato noi due eravamo insieme, perciò abbiamo visto tutto tutti e due, non c'è bisogno che mi racconti!".

Volete dei particolari, voi curiosi, voi guardoni? Come no! Riapriamo la cartella su cui un fuori di testa aveva ornato e sottolineato con tanto piacere perverso la parola *Caso*... Veniamo a sapere che alla nascita Sid Ali B. rischiò di morire soffocato e, come Jean-Jacques Rousseau, rischiò nascendo di dare la morte alla madre che gli dava la vita. La signora Dalia B. soffrì così orribilmente da perdere conoscenza e fu rianimata e salvata solo in extremis. E il bambino? Be', era tutto nella cartella clinica! Bella lì, non mancava neanche un documento, non era stato distrutto neanche un rapporto, o per meglio dire neanche una delle copie dei referti medici firmati, certificati, timbrati, attestati conformi, e che rivelavano cosa, all'interessato che li leggeva? Bella lì! che le sofferenze fetali e il parto tremendo, e l'apnea prolungata, da uno a tre minuti – l'unico punto su cui divergevano i pareri degli esperti – che privò d'aria il neonato, gli avevano irreversibilmente, irrimediabilmente danneggiato il cervello, compromettendo gravemente tanto la sua motilità quanto il suo intelletto... Restava solo da determinare ulteriormente, dopo approfonditi esami, fino a che punto. In altri termini, se quel relitto umano chiamato Sid Ali sarebbe stato un ritardato mentale grave, un ritardato mentale lieve, o un ritardato mentale inquantificabilmente ritardato, però ritardato sì, questo è sicuro!

E bravi i dottori! E bravi gli esperti! Bravi gli Alain Minchione della maternità di minchioni in cui venni spaventosamente al mondo quel 1° febbraio 1982 – nevischiava sulla periferia nord di Parigi, quasi fino alla tangenza; oltre, era tutto azzurro fino ad Algeri... (No, questo me lo sono inventato, per fare più romanzesco e anche più poetico! *Perché io valgo*, come dice la pubblicità dell'Oréal! Me lo devono, dopo quello che mi hanno fatto passare in quella maternità che non citerò solo per non attirarmi ulteriori rotture di coglioni, sarebbero capaci di appiopparmi un processo!) Quanto a mio padre, esclamò: "Che lo sopprimano! Di ritardati mentali nella famiglia Benengeli non ce ne sarà che uno: il sottoscritto, Ibrahim!". (No, anche questa me la sono inventata. Mio padre, quando seppe che le cose erano andate molto male, decise di non andare: era troppo impressionabile, avrebbe aspettato che la moglie tornasse a casa con l'aborto così nobilmente chiamato...) Per il primo Benengeli nato in Francia, il primo Benengeli a beneficiare della cittadinanza francese sin dalla nascita, senza doverla chiedere, cominciava proprio male. Non faceva onore né al suo paese né al personale medico, quel Sid Ali Benengeli! Ma in seguito avrebbe riso come un pazzo, a volte, avrebbe urlato di gioia al solo pensiero di quello che sarebbe successo se avesse avuto una simile disavventura in una maternità di Algeri: be'! non sarebbe stato qui a raccontarlo. Né sua madre.

Bella lì! E complimenti a te, Sid Ali, piccino mio, tesorino, patatino, paperottolo, mio bel ciccino, ometto mio che da dentro la tua culla coperta da una tenda di plastica per assistenza respiratoria facesti, a tutti i dottoruncoli chini sul tuo caso, il dito "fuck you"! o quasi, fosti precoce anche nell'insulto, piccino mio! E ti ingegnasti subito, cocco mio, a eludere i loro programmi, le loro previsioni, i loro pronostici, ti adoperasti, con l'insolenza che non doveva mai più lasciarti, per smentire tutte le loro diagnosi! E la tua impertinenza non ebbe più limiti quando ti costrinsero a farti vedere da svariati psi: psicologi, psicanalisti, psichiatri, psipsi! Ma insomma, ci pigliava per i fondelli, a noi psi, quel piccolo Sid Ali programmato, vi ricordo, per diventare un grandioso ritardato mentale! E invece no, si ribella, il ragazzo! Smette di fare psipsi a letto molto prima dei suoi fratelli maggiori. Cammina a dieci mesi, parla a due anni esprimendosi come un bambino di quattro o cinque:

a cinque anni è già civettuolo come si diventa a dodici o tredici; a sei anni si limita già a rispondere con una smorfia ironica quando reputa che una domanda che gli viene posta non meriti che lui sprechi la saliva! Entra a scuola: in prima elementare scorrazza già alle ultime pagine dell'abbecedario, visita già lo zoo dove zebre e zebù illustrano l'ultima lettera dell'alfabeto sotto lo zigzag di un lampo che squarcia il cielo azzurro – oh, che incoerenza! –, mentre i suoi amici sono ancora lì a penare sulle primissime pagine, sono ancora lì a stupirsi che dopo *a* venga *b* e poi *c* – uaa, che mongoli, e pensare che questo è l'abbiccì! L'hai detto l'hai, Sid Ali, piccino mio!

La star destinata al ritardo mentale e psicomotorio si concede lo stralusso troppo esaltante di scalare vertiginosamente la hit parade del QI... E se non va oltre i 137 punti, che pure costituiscono già un ottimo risultato, non è per incapacità di salire ancora più in alto, ma perché si è scocciato! Un dandismo precoce – precoce è tutto, in lui – gli fa ritenere che l'eccesso, in qualsiasi campo, sia inelegante!

Insomma, questo fu lo straordinario destino di quel Sid Ali condannato dai Professoroni scorticagatti e dagli Alain Minchione medici, Donata, a diventare un idiota – e che, in un certo senso, è diventato un Idiota, ma con la *I* maiuscola: Sid Ali Myškin, meschino!

E forse Sid Ali avrebbe goduto appieno del suo successo, Donata, se la sua nascita tragica non avesse avuto una conseguenza infausta – o fausta, come volete – sulla sua salute mentale: un'ipersensibilità alla coglionaggine, alla cialtronaggine, alla gaglioffaggine dei potenti che stanno alla guida di questo mondo! una specie di asma provocata in lui dall'aria inquinata dalle esalazioni irrespirabili dell'economia di mercato globalizzata e della società dello spettacolo! Tu, Donata, sei la sfortunata vittima, designata dal caso, di una violenta crisi che mi ha colto all'improvviso su quel fatale Parigi-Genova. Allah, le cui vie sono imperscrutabili, ha voluto che fosti tu. E in effetti, Donata, non hai avuto fortuna: sono un tipo furbetto, un impulsivo, un impertinente, un capriccioso impenitente; vado e vengo, leggero, felice di vivere e del mio talento, ma sono troppo vivace, non rifletto abbastanza, non prendo mai il tempo che occorre per scegliere bene; non ho preso il tempo per scegliere la mia vittima... Ma sappi, Donata, e prendilo come una richiesta di perdono, lo dico con sincerità: sappi che avrei francamente preferito avere sotto mano Alain Minchione da giustiziare... Cazzo, gli riempivo la faccia di cartoni, a quello stronzo! Poi, sacchetto, e mica di Prada, eh, no no, un sacchetto di Auchan! Dai che si va, ti soffoco, buffone, in un sacchetto di plastica, come tu mi hai soffocato con la tua coglionaggine, e la plasticità del tuo pensiero, o, per dire le cose più correttamente, della tua assenza di pensiero, di qualsiasi pensiero, e di qualsiasi morale, e di qualsiasi scrupolo... Dai, fuori da piedi! Via sulla massicciata!

E saresti stato ancora meno pesante da gettare della minuta Donata! Stronzo!

E non vi basta, curiosi, guardoni? Volete altri particolari, più splatter, più bleah? Non siete ancora sazi? Eppure ve l'hanno già mandata in onda un sacco di volte, sul vostro piccolo schermo, la caduta del corpo di Donata sulla ferrovia, il modo in cui il vento e la velocità hanno spinto per un attimo il cadavere contro il vagone, come ha rimbalzato e si è fracassato, e si è dilaniato lungo la massicciata, miscuglio di velluto prugna, di mohair lilla e di carne – ah no! non era carne: era lattice, come per i burattini. La tivù vi ha mostrato una superproduzione con il burattino a grandezza naturale di Donata. E a un delitto da superstar hanno naturalmente riservato un trattamento da superproduzione hollywoodiana: per la povera vittima di Sid Ali B. non avrebbero badato a spese! Sarebbe stata una cosa mai vista! una prima negli annali della giustizia, della polizia giudiziaria come della scientifica e del tiggì! Una ricostruzione fatta con la stessa ricchezza e la stessa cura dell'ultimo Luc Besson o dell'ultimo Steven Spielberg! Riprese con quattro macchine da presa in simultanea, effetti speciali minuziosamente provati poi eseguiti in tempo reale dalla migliore équipe di stuntmen del mondo, dei tipi francesi che i grandi studios americani cercano di portarci via a peso d'oro... E un grande regista che non ha voluto che il suo nome comparisse nei titoli di testa – il suo pudore gli fa onore, ma gli addetti ai lavori hanno saputo subito di chi si trattava. E il cortometraggio era realizzato così bene, era così convincente, che tutte le redazioni dei grandi tiggì hanno chiesto e ottenuto dal guardasigilli, con l'avallo del Consiglio Superiore degli Audiovisivi, l'autorizzazione a mostrarlo in apertura del telegiornale della sera. E non solo di mostrarne due o tre inquadrature, no, l'intera sequenza, la scena vista da varie angolature, con diverse focali, in scorrimento normale, rallentato, accelerato, poi replay, poi replay con fermo immagine, e anche inquadrature di taglio per ingrandimento, e inquadrature con inserti che mostrano magistrati e poliziotti presenti sui luoghi delle riprese, e altre senza inserti ma con zoomate sulla faccia inebetita e gommosa, tutto sommato piuttosto realistica, di cretina con la faccia espressiva come quella di una bambola gonfiabile da sexy shop, una cretina con il cervello zeppo di suono radiofonico, di luoghi comuni per talk show televisivi, di correttezza politica democratica e mercantile, di slogan giovanilisti, una cretina fornita di conformismo piccolo-borghese comunitario europeo, di dalemismo, di aznarismo, di berlusconismo, di blairismo, di jospinismo, di schröderismo, di tutto e del contrario di tutto – una marionetta per il teatrino televisivo chiamata Donata tanto sullo schermo quanto nella vita vera, un campione di quella gente vera di cui si pasciono i falsari registi, conduttori, presentatori e guitti dello spettacolo giornalisticotelevisivo universale – *gente vera*, in italiano, *gente auténtica*, in spagnolo, *verdadeiras pessoas*, in portoghese, *real people*, in inglese, *Leute auf der Straße*, in tedesco: ogni paese d'Europa ha il suo equivalente –, uno di quei soggetti cui il cronista porge un microfono per strada per una rapida intervista, affinché lui o lei ripeta quello che ha sentito dire la sera prima dai conduttori del tiggì, uno di quei soggetti cui viene proposto di scoprire la differenza tra lo yogurt normale e quello cremoso, di fare l'esame finestra dei suoi strofinacci, di provare i nuovi slip per incontinenti con l'arricciatura anatomica che tratterrà meglio la sua urina blu – poiché blu e solo blu è l'urina della gente vera testata negli spot! – ah! senza dimenticare lo scambio del fustino di Dash con due fustini qualunque, né la constatazione che il purè vellutato Velouté è più vellutato degli altri purè vellutati... Una casalinga di meno di cinquant'anni, target degli spot pubblicitari diffusi prima e dopo il tiggì, un umano robot da cucina la cui unica vera sfortuna in una vita vuota, fissa davanti a uno schermo che scherma la vita, fu di incontrare un viveur vivente, un essere vivo, uno scorticato vivo, un sensibile, un fantasioso, anche un bel casinista, il re degli scellerati, l'asso dello hul, lo Zizou della smerdata, il genio della cité dei Poeti.

E l'orrida sequenza fece impennare gli ascolti! I record di audience degli altri canali furono polverizzati, come dicono i cronisti sportivi. E per coloro che non avevano potuto soddisfare il loro voyeurismo alle venti, ci fu un secondo spettacolo, al tiggì della notte; e coloro che avevano perso anche lo spettacolo di mezzanotte poterono goderselo a colazione, tra due tazze di Nesquik "Nuova formula, arricchito con biovitamine e sali minerali!".

E in serata il centralino del Numero Verde "Assistenza al telespettatore" di TF2 è andato in tilt, preso d'assalto dalle telefonate che chiedevano una replica: non avevano visto bene come la povera vittima del mostruoso sadico era stata scagliata fuori dalla carrozza 11 del Parigi-Genova – sì, sì! è tutto vero! la notizia fu data nel numero successivo di "Télé-7 Jours"... E davanti alla macchinetta del caffè dell'ufficio, Ginetta ha tranquillizzato Ginone che moriva dalla rabbia e dalla vergogna per esserselo perso: il suo lui, della Ginetta, aveva avuto la buona idea di registrarlo e lei gli avrebbe fatto una copia della cassetta. Ah sì, valeva proprio la pena vederlo, il momento in cui la povera vittima del mostruoso sadico, ma è una vergogna che ci siano in giro liberi dei pazzi del genere con tutte le tasse che paghiamo, eh, rimbalzava sulla parete del vagone per poi sfracellarsi sulla massicciata, poveretta, con quel maglione di mohair lilla che io ce l'ho uguale, ma, Ginetta, il tuo non te lo metti più finché c'è quel pazzo criminale in giro, mi ha ordinato il mio lui: capace che è il mohair lilla a eccitarlo, quello psicopatico... E poi, ma è sempre meno interessante quando l'immagine non è animata, comunque andava bene lo stesso, il giovedì dopo, lo choc delle foto su "Match", su "Détective", su "VSD"... E una volta tanto ho preso l'"Obs" e l'"Événement", e il "Fig-Mag", perché c'erano anche lì! Ah, tremende! C'è proprio da chiedersi chi è che li compra quei giornali per vedere degli orrori così... Io, è diverso, lo faccio per tenermi informato ma ieri sera a un dibattito alla televisione hanno detto che ci sono un sacco di pervertiti che comprano quei settimanali lì per godere delle disgrazie altrui! Per esempio, il cancro di René, il marito di Céline Dion, o quello del principe Ranieri, uno fa fatica a crederlo eppure hanno boosterato le vendite della stampa popolare, l'ha detto Delarue: "boosterato la vendite della stampa popolare"! il cancro di quei poveretti... Roba da matti, eh? Ce n'è di tarati, in giro!

Io, Sid Ali, non sono stato altrettanto guardone della gente vera, non ho voluto vedere come si sparpagliava nelle tenebre ventose la spoglia smembrata della povera Donata – era questo peraltro l'unico dettaglio che stonava e mandava tutto a puttane della grandiosa ricostruzione prodotta dalla Giustizia, dalla Polizia e i Tiggì Associated: era filmato di giorno! Quell'incapace di un sedicente grande regista! perché non aver girato in effetto notte? A Truffaut sarebbe venuto in mente. Ma chi sono i Truffaut di oggi? Ve lo domando.

Per me, Sid Ali, la sequenza seguita all'espulsione della cretina lettrice della "Repubblica" assassinata per soffocamento con sacchetto Prada fu certo meno spettacolare, ma molto più avvincente, giacché faceva appello alle doti di osservazione, e ci mostrava, se ancora ce n'era bisogno, la follia, l'astuzia, il sangue freddo senza pari dell'eroe, e la sua eccezionale intelligenza.

Dunque, Donata non si trova più nello scompartimento numero 5 della carrozza numero undici del TR. 583 Parigi-Genova; ma la sua valigia e la sua borsetta sì. La valigia, pensa il nostro eroe, non la tocchiamo, Sid Ali: a priori, niente di interessante dentro, e non c'è più tempo: siamo quasi arrivati a Digione. Ma la borsetta!... Ah! La borsetta di Donata! Una finta Vuitton, figuratevi! Una schifezza fatta di una plastica color caghetta, dall'aria così cheap che non la vorrebbe nemmeno il Bazar di Barbès per quelle valigie che vendono ai poveri africani sans-papiers che se ne tornano spontaneamente al loro paese perché ne hanno fin sopra i capelli delle angherie che gli fa subire l'attuale Papon, leggi Chevènement... E, giallo pipì sullo sfondo caghetta, il celebre motivo delle iniziali *L* e *V* intrecciate, ma che un plagiario dislessico ha invertito: Donata aveva una borsetta VL falsa. E pensare che l'ho fatta morire in un autentico sacchetto Prada! Questo relativizzava molto l'orrore del crimine e, a essere giusti, avrebbe dovuto valere ampie circostanze attenuanti all'imputato, vi pare? La vittima portava una finta Vuitton! Non mi capacito che Madame Elisabeth Guigou, il cui nome evoca legittimamente il buon gusto,* donna elegante tanto sul piano morale quanto nella maniera perfetta di vestire in qualunque circostanza, compresa una festicciola spinta data in onore di quella carogna di Hassan II da Chichi-gli-odori e dalla sua Bernadette, non mi capacito che la nostra guardasigilli non abbia ancora proposto al Parlamento una minima modifica del Codice penale che stabilisca che qualsiasi assassinio di una persona che sfoggi, sotto qualunque forma, un falso Vuitton beneficerebbe automaticamente di un non luogo a procedere. Detto questo, spero che il deputato della mia circoscrizione proponga il seguente emendamento: se è Vuitton autentico, assoluzione. Ecchecazzo!

Dai, pensò Sid Ali finita questa digressione, esploriamo il contenuto della schifezza. Fuori di sé era il nostro eroe solo cinque minuti fa, ossessionato, tormentato da un collerico djinn, manipolato, mosso dal suo Horla, trasformato da Dr Jeckill in un orrendo Mister Hyde, e quindi farà la cazzata da non fare, frugare

* Guigou rima con *goût*, gusto.

lasciando impronte sufficienti a mandarlo in Corte d'assise... Ma va? Per chi mi prendete? Mi pigliate per il culo? Non sapete che sono un perfect cool blood killer – ve lo devo tradurre, voi che vi rimpinzate di tutti i prodotti filmici fabbricati dall'industria americana e di cui i distributori francesi non si prendono mai la briga di tradurre i titoli? E cosa fa dunque l'astuto e previdente Sid Ali? Il prudente Sid Ali ha sempre con sé, nell'eventualità di un colpo di fulmine inopinato e quasi istantaneamente seguito da un rapporto sessuale che lui esige protetto, ciò al fine di evitare il contagio di quella porcheria il cui nome si enuncia come le prime due sillabe del suo nome doppio* – mi seguite sempre, frane e mezzeseghe varie che sbadigliate in fondo alla classe? –, il prudente Sid Ali ha sempre con sé, dicevo, qualche preservativo e un paio di guanti di lattice fine "Seconda pelle", giacché il suddetto rapporto potrebbe essere preceduto dall'esame approfondito di una certa parte intima del partner che la decenza, o il desiderio di ottenere il Gran Premio dell'*Académie française*, vieta di nominare – se non seguite, frane e mezzeseghe varie, ripeterete l'anno! Io, Sid Ali, l'ho fatto e non sono mica morto!

Ecco, i guanti... E vai con lo schiocco del lattice qualità chirurgica come sulle mani villose del dottor Ross – quando avrà finito la sua partita a golf sulla moquette in compagnia della capoinfermiera magari potrà venire a operare la povera vittima del razzismo della polizia che l'ambulanza ha appena lasciato in un lago di sangue al pronto soccorso!

See. Molto casinista, la Donata! Una baraonda di tutto e del contrario di tutto, alla rinfusa, in quella tremenda borsetta VL! Soldi? Made in France: tre Eiffel, un Cézanne – 700 carte, esatto, contate veloce! Tanto di guadagnato, eh! Bottana che bottino! Made in Italy: ah niente di che rovinarsi di champagne Ruinart rosé! Era ora che Donata tornasse dal suo *papà* e dalla sua *mamma*** a Savona! 50, 60, 70, 80, 90.000 – fanno impressione tutti quegli zeri, e se fossero franchi uno sarebbe soddisfatto del guadagno della giornata, ma sono lire (da morire!). Grosso modo, a naso, e se non euro (ah! ah! buona questa!): 200 carte e rotti. Di che comprarsi un VL, ma non un LV –, naaa! nemmeno il portabiglietti della metropolitana di Vuitton (giuro che l'ho visto, una volta, nella RER! come no, una frociona munita di un portabiglietti della metropolitana Vuitton! e giuro che non avevo né bevuto né esagerato con

* *Sida*, che in francese sta per Aids.
** In italiano nel testo.

le canne! Vedere una cosa del genere provoca un trauma culturale e sociale da cui fai fatica a riprenderti quando sei un giovane beur proveniente da una cité difficile sita in un quartiere sensibile, credetemi!).

Morale, se cambio le lire ho un migliaio di franchi: non male, *grazie mille*,* Donata! Ma cosa vedo, di ancora più interessante? Una carta di credito! Una Mastercard! Balek, gli occhi! Se come me temete gli abbagliamenti, mettete i filtri polarizzati *Sci estremo*! Vi dico il nome della banca? Vi farà ridere: Banco di Santo Spirito! Eh sì. Gli apostolicoromani non la smetteranno mai di stupirmi, a mischiare così spudoratamente, il sacro e il profano! Per i cattolicucci, lo Spirito santo è anche una banca... Ma vabbé, dai, mica siamo dei finocchi di musulmani che ti appiopperebbero una *fatwa* per molto meno! E la Mastercard, di un color caghetta in tinta con il finto Vuitton – che classe, però, Donata! – a che nome è intestata? Donata... Naah! Renata! Renata Fiorelli! Bella lì! E brava la Donata! Perché tu ti chiami proprio Donata, l'ho appena verificato sulla tua *carta d'identità*!** Mi hai detto la verità: Fiorelli, Donata, Borgo di Savona, Savona (è più pulito, due volte), Italia. E allora, che storia è? L'abbiamo ciulata alla sorella? Per carità, non sarei certo io quello che può farti la ramanzina, e poi a cosa serve una ramanzina postuma? Ma insomma, ognuno ha la propria morale: io a mio fratello Aziz mi sono limitato a ciulargli l'identità, non gli avrei mai fregato la Mastercard... La tentazione non era molto forte, in realtà: Aziz non ha mai avuto né una Mastercard, né una Visa, né una American Express, né una Diners, né nulla che potesse somigliare a una carta di credito o a un bancomat, se non la sua carta d'identità inviolabile, infalsificabile e plastificata, brevetto Pasqua, che impiegò sei mesi a ottenere in quanto, pur essendo di nazionalità francese dall'età di cinque anni, era nato algerino in Algeria. Se non sei nato in Francia tutte le scartoffie devono passare da Nantes. "Perché Nantes? – È così, non si discute!" Ma le pratiche ci mettono una vita nel viavai tra Nantes e il nostro comune: affrancate a tariffa ordinaria, e manca sempre un documento; e allora bisogna ricominciare, e rimandare la pratica a Nantes, e aspettare, e ricevere altri moduli da rispedire debitamente compilati a Nantes; può andare avanti tre mesi, può andare avanti sei mesi! mentre per i miei fratelli nati dopo di me in Francia la cosa si risolve in ventiquattr'ore! "Per-

* In italiano nel testo.

** In italiano nel testo.

ché Nantes? – È così, non si discute!" Ma se ho già una carta d'identità francese, quella su carta, e sono francese, e unicamente francese! Avevo la doppia nazionalità ma, secondo le regole, seguendo tutta la trafila burocratica necessaria allo scopo, e bisogna davvero volerlo, date retta a me! ho rinunciato definitivamente e irreversibilmente alla nazionalità algerina: in modo che non possiate rimproverare al sottoscritto, Aziz Benengeli, come fate con tutti quelli che hanno mantenuto entrambe, di voler tenere il piede in due scarpe, di passare e ripassare da una nazionalità all'altra, a seconda di come ci fa comodo, di volere la botte piena e la moglie ubriaca, come dite voi elegantemente: no! io ho scelto: sarò francese! allora perché i miei amici nati in Francia, perché mio fratello Sid Ali, nato in Francia, può ottenere il rinnovo della carta d'identità andando agli uffici comunali del comune di residenza o in questura; e perché io sono trattato come un cittadino di serie B, un francese di seconda categoria? Per quanto tempo ancora dovrò espiare il crimine di essere nato in Algeria? "Perché Nantes? – È così, non si discute!" E poi vi stupite, voi francesotti purosangue filopasqua o chevènementisti, è lo stesso, se ogni tanto diamo fuori di testa e ci viene come voglia di fare i vandali e spaccare tutto! Ah sì?

Non gli avrei mai fregato la preziosa carta d'identità da esibire almeno una volta alla settimana al sospettoso sbirro che passa, al mio caro Aziz che mi ha insegnato l'eleganza beur e l'arte di sputtanare gli antifurto e i codici a barre – gliene sono eternamente grato... No, mi sono limitato ad appropriarmi del suo passaporto per tre ragioni che qui vi espongo: primo, mio fratello Aziz era al fresco al momento dei fatti, e a cosa gli sarebbe servito il passaporto dietro le sbarre? secondo: io ero ancora minorenne e lui maggiorenne; terzo: assomiglio molto, in molto più bello, certo, ma molto molto a mio fratello Aziz! Quante volte, per esempio, degli psicologi ci confusero, e rimasero un po' stupiti – scusami, Aziz, ti voglio molto bene, lo sai, come tutti e due vogliamo molto bene ad Ahmed! –, rimasero stupiti, dicevo, nel sentire improvvisamente questo Aziz, che avrebbe potuto comparire sul Guinness dei primati alla voce Insuccessi scolastici, parlare delle sue affinità con il personaggio di Julien Sorel, o confessare quanto gli fosse piaciuto *Querelle de Brest*... E a quel punto lo psi: "Querelle de che? Di chi?". (Giuro che non me lo sto inventando! A simili stronzi ignoranti si affidano i nostri bei giovani un po' turbati psichicamente! E ne hanno ben donde, di essere turbati, nel vedervi immersi nell'ultimo saggio di Alain-Minchione, o di Jacques Attila! Se non addirittura, stronzi, nell'ultimo libro di Paulo Coelho! Giuro che ho visto anche questo – come siamo ridotti!)

Ma torniamo al ritrovamento, bella pescata! di una Mastercard disposta dal Banco di Santo Spirito per Renata Fiorelli... Il lettore rincoglionito dai telefilm pensa che sia una gran cosa, una carta di credito, ma che se il nostro eroe non possiede il codice... Ma qui Sid Ali, che non ha mai smesso di stupirvi, ammettetelo!, vi stupirà ancora una volta. Intuitivo, deduttivo, ispirato, Sid Ali pensa che, diversamente da lui, che è dotato di una memoria prodigiosa, quella cretina non tiene a mente niente, nemmeno una combinazione di quattro cifre, e da vera cretina si sarà quindi segnata da qualche parte l'"apriti sesamo" – l'apriti sesamo, dico io, approfittandone per rendere omaggio al mio vero maestro, Ali Baba, che otteneva tutto ciò che desiderava limitandosi a ordinare "Apriti, Sesamo!". Io sono Sid Ali Baba, e voi dei babbioni!

State a sentire, come diceva Sheherazade. Dove, mi dico, quella cretina si sarà segnata il numero magico? Perdinci! Dove tutti i cretini e le cretine se lo segnano: sull'agendina degli indirizzi.

Eccola qua, l'agendina degli indirizzi! Bleah! Coordinata alla borsetta: un falso Vuitton pure questo. Con un buon avvocato, sono assolto sin dal primo giorno del processo in assise: "Signore e signori della Giuria, vi dico solo questo: la sedicente vittima dell'imputato che io rappresento aveva non solo una borsetta finto Vuitton, ma anche l'agendina degli indirizzi coordinata! – L'udienza è chiusa!". Standing ovation per l'imputato, a giusto titolo presunto innocente e oltraggiosamente provocato dalla suddetta Donata Fiorelli, nota ladra di Mastercard del Banco di Santo Spirito!

Diligentemente protetto, per maneggiare una simile immondizia, con guanti di lattice speciale *Manipolazioni delicate*®, il nostro eroe, così compulsivo, comincia a compulsare. Vediamo un po'.

Lettera A:

un sacco di amici della Donata, supertosti cioè, troppo fighi no, e che hanno, come tutti, fisso e cellulare con numero di almeno dieci cifre: alcuni, stranieri, addirittura di dodici o tredici – nada. Passiamo alla lettera B.

B:

Brandolino, *Leonella* (una veneziana, un po' cretinetti, simpatica ma taccagna). Numero del cellulare, numero di casa... Nada.

Ballando-Augiero, *Gian Giacomo* (un ladro, un bugiardo, un imbroglione!). Numero del cellulare, numero di casa... Nada.

Beato-Cohen, *Gianni Stefano* ('sto bastardo!). Numero del cellulare, numero di casa... Nada!

E alla riga seguente? Ecco! Ci siamo! Strano cognome, no, questo qui:

BSSMC? Senza nessun nome? To'! Che sia una sigla? Una società? B: Banco. S: Santo. S: Spirito. M: Master. C: Card! Ma domiciliata in quale microscopico atollo, in quale paradiso fiscale delle dimensioni di un coriandolo, questa società, per avere un numero di telefono di sole quattro cifre? Donata, *idiota*,* mi hai creduto uguale a te, mi hai preso davvero per un mongolo! *Eccolo*!** Il *numero magico*,*** l'apriti sesamo di Sid Ali Baba! E la cosa più bella, come un segno inviatomi dallo Spirito santo: 19 82! Bella lì, la mia data di nascita! Almeno io non la dimenticherò!

Al primo bancomat: prelevamento. Poi non bisogna più tentare il diavolo, soprattutto quando si ha a che fare con lo Spirito santo! Mai due volte, robe del genere: è troppo pericoloso se si recidiva. Ma nelle due o tre ore dopo il furto: dai che si va! Dopodiché si butta.

Ma prima di arrivare a Digione cosa si butta? Il contenuto della borsetta, da dove fu gettata la proprietaria della suddetta borsetta... Poi la borsetta stessa. Da ciò l'enigma che occupò per qualche giorno i quotidiani popolari: perché gli effetti personali di Donata erano disseminati per vari chilometri, mentre ancora oltre, più vicino a Digione, c'era la sua borsetta Vuitton (nessuno si accorse che era falsa, tanta è la pigrizia dei caganotizia!)? – risolto.

Adesso l'eroe può uscire dallo scompartimento numero 5 dove comincia a congelarsi le palle, pur avendo finito per tirare su il finestrino. L'occhiata del criminale professionista prima di richiudere la porta scorrevole: nulla di compromettente, nulla che possa portare in Corte d'assise? Naaa. Possiamo togliere i guanti – bravo, dottor Ross! Il paziente è salvo, lei può tornarsene alla sua partitella a golf sulla moquette con la capoinfermiera dalle labbra carnose e fotterla con una par a 3... 'Llah!

Rallenta il treno, rallenta, rallenta, rallenta – stridono e gemono i freni antichi, e si lamentano e stridulano da svegliare i viaggiatori addormentati... Digione. Sono l'unico a scendere dal Parigi-Genova. Sale soltanto un digionese, che se ha intenzione di andare a Marsiglia è un maledetto distratto – l'hai detto l'hai, Sid Ali!

Din den don! Correre, prendere il sottopassaggio, scendere le scale quattro gradini alla volta, salire tre gradini alla volta quelle

* In italiano nel testo.
** In italiano nel testo.
*** In italiano nel testo.

verso il binario del TGV – la carrozza più vicina, la 13? va bene! visto che è il mio giorno fortunato! in prima? certo! non mi merito forse di viaggiare in prima? in aereo la First la trovo volgare, ma in treno, dai che si va!...

Pshsh! bacio pneumatico della portiera che già si chiude automaticamente alle mie spalle... Parecchi posti liberi, fra i quali uno, isolato, andrà benissimo per il lupo solitario che sono. Già viene verso di me l'uomo con il cappellino griffato SNCF... Il tuo sorriso più bello, Sid! E paga... Cioè, Donata paga. Eh sì, eri di fretta, meschino! Isa is waiting for you in Paris per una festa al Bains Douches: non hai fatto in tempo a prendere il biglietto. Pagherai senza discutere il supplemento per mancanza di documento di viaggio valevole e convalidato.

Il Galabru di questo treno è un Jean Lefèvre. Cazzo! il casting alla SNCF è decisamente made in francesottissimo! Pago – sono cose che capitano, no? Ma poi, turbato, va' a sapere perché, mi sento in dovere di esibire anche la carta pasquaiana infalsificabile e plastificata che mi identifica quale Sid Ali Benengeli, domiciliato in via Mallarmé, cité dei Poeti ecc...

"No, non mi serve," mi notifica, pieno di buon senso, Jean Lefèvre. "Visto che paga..."

Infatti. Sei una sega, Sid Ali! Baco! Clicca su *Esci*. Clicca su *Riavvia*. Calma.

Ah! E visto che ho pagato mi spetta anche un modulo che se voglio posso compilare. Sono figlio di un monco, la voglia non manca! Ed ecco come far passare il tempo del viaggio divertendomi.

SNCF. *Grande sondaggio nazionale. Conoscervi meglio per soddisfare meglio le vostre aspettative. Concedeteci alcuni minuti del vostro tempo e potrete vincere chilometri gratuiti nell'estrazione a sorte indicandoci il vostro nome e indirizzo. Insieme potremo migliorare meglio il nostro servizio per darvi un servizio migliore...* Cazzarola, la prosa ferroviaria nazionale non è certo quella di Paul Smaïl!

Seguono le eterne domande di simili questionari standardizzati, test, censimenti, sondaggi e boiate varie elaborati per individuare e inquadrare e intruppare i consumatori che siamo, continuamente invitati a fornire informazioni sulla nostra esistenza – vita sarebbe una parola grossa, benché più corta di *esistenza* – crocettando di ics dei quadratini informaticamente programmati, e allo scopo di *migliorare meglio*, come scrive la SNCF, la nostra alienazione e la nostra servitù volontaria, schiavi che non siamo altro!

A meno che non facciate come me. Vi insegnerò un giochetto divertente, e che consiste nel rispondere alla cazzo di cane. Alla cazzo di cane, sin dalla voce: dati anagrafici, professione e via dicendo, fino alle tre righe tratteggiate finali in cui vi autorizzano, se lo desiderate, ma è facoltativo, eh! non approfittatene! non più di tre righe! a dare il vostro parere personale, ma sì, e a suggerire, a esprimere i vostri desiderata, o i vostri desideri insoddisfatti, chi lo sa! magari ne avete ancora uno o due, e un avanzo di frustrazione, ma risolveremo la cosa insieme, e insieme potremo *migliorare meglio*, d'accordo?

Il mio giochetto si chiama Fotti-il-test.

Tavolino ribaltabile come scrittoio, Mont Blanc *Meisterstück* – dai che si va!

Dunque: sono una donna di più di 65 anni, nubile, madre di undici figli sotto i cinque anni (eh sì! procreazione assistita extrauterina, due volte sei gemelli in meno di due anni, un nato morto nella seconda figliata: risultato: undici figli in meno di cinque anni). Vivo in un comune di meno di 5000 abitanti, in un monolocale di 20 m^2, il cui affitto è superiore ai 20.000 franchi al mese (il padrone di casa è un avvoltoio). Sono senza lavoro ma guadagno più di 20.000 franchi al mese (faccio le pulizie, in nero, e con quelle pago l'affitto). Sono handicappata motoria. Ho fatto solo studi elementari ma ho vinto un dottorato in legge (bustarelle agli esaminatori). Percorro in treno più di 5000 chilometri alla settimana, ma solo sulla rete locale. Prendo l'aereo più di dieci volte al mese (i miei undici marmocchi pagano tariffa ridotta). Ho due automobili (due Twingo: con una sola saremmo stati un po' stretti, tutti e dodici). Prendo ogni mese cinque settimane di vacanza, tranne in febbraio quando ne prendo solo quattro (logico). Cosa desidero? Vagoni ristorante all'antica: tessuti damascati, argenteria, camerieri in frac, ma unicamente sui collegamenti regionali TER... La soppressione dei TGV e in particolare dell'Eurostar, visto che, come ci ripete da anni Jane Birkin alla radio, a Calais c'è sempre una nave pronta a partire per una minicrociera verso l'Inghilterra... Infine, la modifica del percorso del Parigi-Genova delle 21.03 nel modo seguente: partenza dalla stazione della RER Aubervilliers-La Courneuve, arrivo: Marsiglia-Saint-Charles.

Ecco. E i distinti viaggiatori della carrozza 13 sentono quel giovanotto dai tratti somatici mediterranei, non so se mi spiego, ridere come una iena. E lanciatemi pure quelle occhiate mezzo sprezzanti, mezzo preoccupate, coglionazzi di managèri e rampanti troie in tailleur Escada – sempre in Escada, le bisnesuomen! – che ve ne tornate a Parigi dopo un'estenuante giornata di feroci negoziazioni per ottenere ancora un decimo di punto sul margine! Ma se tutti, come me, facessero una partitella di Fotti-il-test tanto per divertirsi, no, diciamo per un mese, solo per un mese, vi restituiamo tutti i vostri questionari, pieni dei nostri deliri, con croci alla cazzo di cane, a casaccio, oppure con tutte le ics in tutti i quadratini, ecco! a migliaia vi rispediamo i vostri test fottuti... Cazzo, che bug! il vero bug di questo secolo e del seguente, hai voglia! tutta la macchina s'inceppa! va tutto a puttane! i computer che fanno lo spoglio dei questionari impazziscono! non ci capite più niente! cosa vogliono, 'sti stronzi di consumatori? quali sono le loro aspettative? E a questo punto, coglionazzi di managèri e rampanti troie, a questo punto, per la prima volta dagli anni cinquanta, diciamo, dall'inizio del trentennio del Boom e della società dei consumi, cazzo, non sapete più cosa fare per soddisfarci, per servirci, e per *migliorare meglio*!

Ecco, noi schiavi vi mandiamo a quel paese, vi facciamo il dito "fuck you"! La rivoluzione senza barricate, senza mitragliatrici, senza una goccia di sangue versato, naa, solo croci nei quadratini messe alla cazzo di cane! E adesso datevi una mossa, voi responsabili, voi decisori! Vi abbiamo detto che vogliamo vagoni letto con bagno sulla linea B della RER tra Aubervilliers e Les Halles, eseguire! La maggioranza ha scelto! Siamo in democrazia, no? Il consumatore è il re dell'economia di mercato, no? È Alain il Minchione a dirlo, quindi, eh? eseguire! I nostri desideri sono ordini! Ve lo sento dire e ridire alla radio e sul piccolo schermo da quando sono nato, e nato fra atroci dolori, io, Sid Ali! Voglio una cabina tutta di mogano, in un vagone letto, e violini zigani che mi suonino Mozart! Voglio cambiare la vita... No, non voglio cambiarla: voglio la vita, semplicemente. Voglio la vita! La vita vera! *Esclaves, ne maudissons pas la vie!*

OK. Ma quando ho ben riso fino a piangere, poi piango e non rido proprio più, e sono scosso dai singhiozzi... E i distinti viaggiatori della carrozza 13 si domandano se non sarebbe il caso di segnalare al capotreno Jean Lefèvre quel balengo che disturba una quiete peraltro da noi ben meritata dopo una dura giornata di negoziazioni, e che visibilmente non è in condizioni normali, quel moro lì... Oh, e poi, in fondo, frega zero, eh, non sono cazzi nostri, abbiamo il nostro decimo di punto sul margine guadagnato... E in effetti siamo in democrazia, e in democrazia chi paga ha diritto, è la legge! e ho visto che ha pagato, quindi, insomma! Però! ammettere un ceffo del genere in prima classe! la SNCF potrebbe selezionare meglio la propria clientela, cacchio! C'è modo e modo, ma se si vuole si può farlo benissimo: all'ingresso della boutique Escada, in avenue Montaigne, c'è una guardia giurata... To'! Non avevo niente da dire, alla fine del questionario, ma adesso so come riempire le tre righe tratteggiate dove mi invitano a dare dei suggerimenti! Eccome se ve lo do, un suggerimento!

E vedo, e non ho le allucinazioni! vedo la troia rampante in tailleur Escada che occupa la poltrona numero 52 – io occupo, alla sua altezza, la poltrona numero 54 –, la vedo riabbassare il tavolino, tirare di nuovo fuori la penna tutta d'oro, da troia rampante, e aggiungere tre righe di commento in fondo al questionario – bella lì.

E perché, vi chiederete, non ha subito la sorte di Donata? In un treno di quelli vecchi a scompartimenti, non dico di no! Ma provateci un po', in un vagone di TGV! Fuori di testa, ma mica scemo, Sid Ali!

E improvvisamente colpito dal pensiero che stava per fare una gran cazzata, la cazzata della sua vita, a tornare ad Algeri! sì, che l'aveva scampata bella, salendo per andare a Marsiglia su quel Parigi-Genova che non passava da Marsiglia... E completamente a pezzi per la conclusione che si impone a lui: che non avrebbe mai più rivisto suo fratello Ahmed! Perdonami, Ahmed, perdonami! sono un uomo, tu lo sai, ma l'idea di poter avere un'altra crisi epilettica in quella città, e di essere portato, privo di conoscenza, in quell'ospedale, e di riaprire gli occhi sul corridoio della Morte illuminato da quelle lucine azzurre... Una volta è sufficiente, Ahmed! Non posso! Non posso! So che tu mi approvi! Mai più una cosa del genere! Ma che fare, se Allah ci abbandona! E tu, Ahmed, perché ci hai abbandonati, Aziz, Azzedine, e me, e Amina e Yema?

Vedi che questo mondo è un inferno, se non c'è altra scelta che il corridoio di uno schifoso ospedale di Algeri o la carrozza 13 del TGV Lione-La-Part-Dieu-Parigi. È il viaggio al termine della notte. Il mio volto disfatto, fantomatico riflesso sul finestrino, i miei occhi gonfi di lacrime, e così scuri e profondi da parere le orbite vuote di un cranio smunto, di un teschio... Quell'aria da morti viventi che hanno i viaggiatori nei treni moderni, ad alta velocità, di notte, nei vagoni illuminati e i cui doppi vetri, così spessi da sembrare ghiaccio, non si possono aprire! Sono questo sconosciuto che mi assomiglia... E ti assomiglia, Ahmed, tu che fai sciambole tutte le notti in un locale clandestino "after hours" della Casbah – per divertimento, Ahmed, o per disperazione?

E mentre corriamo verso Parigi a circa 300 km/h, l'oscurità si tramuta in via lattea, in scintillio infinito, in alone, in bagliore! Ecco i sobborghi! le periferie! il paesaggio che questi coglioni e queste troie assonnati, sfiniti ma felici di aver ottenuto un decimo di punto sul margine, il paesaggio che loro e i loro simili, i loro cloni, hanno irreversibilmente, irrimediabilmente sporcato, spianato, annientato, disboscato, distrutto, illuminato, cementificato, inquinato per edificarvi città invivibili, grattacieli, casermoni, centri commerciali, dei Continent, dei But, dei Carrefour, dei Galaxy! Stronzi! Bastardi! Stiamo arrivando! Sentite? l'altoparlante ve lo annuncia in francese, poi in inglese, nel caso non aveste capito: avete lavorato tutta la giornata in inglese, vi rivolgete in inglese pure ai vostri colleghi e clienti francesi come voi, allora la SNCF ve lo dice: "*Ladies and gentlemen, in a few minutes...*". Parigi, la capitale della civiltà occidentale! L'ha detto Tiberi, *sic*! L'hai detto l'hai, Tiberi! Sei il sindaco della capitale della civiltà occidentale! Cazzo, ha fatto progressi, la civiltà occidentale, dai tempi di Omero! Beccarsi un sindaco del genere, e la sua consorte! Su, alzatevi troie rampanti e coglionazzi! Siamo arrivati! Si scende! Vi scenderò io, tutti, prima o poi! E non lo farò riempiendo di ics le caselle di un questionario! Naaa! Kalashnikov, granate a frammentazione, coltellaccio sacrificale, e qualche heb-heb – heb-heb heb-heb heb-heb heb-heb! Non ne posso più! Non ne posso più di voi! Fascisti democratici! Chiracojospinisti! Balladurofabiusiani! Stalinisti di mercato! Nazisti del consumo e dalla comunicazione informatizzata! Gente che dà ordini e riempie questionari! Robot da cucina! Ritardati mentali! QI negativi! Mucche pazze! Vacche magre! SS! SS del sistema Socio Sanitario, SS della Società dello Spettacolo, SS del Santo Spirito! Basta! Basta!

Non ne posso più! Non ne posso più! Torna, Ahmed! Torna a vivere in Francia, torna! e con te, Ahmed, che sai farlo così bene, ceffoni sul muso, sventole e cartoni, a tutte quelle troie e quei coglioni!

"No, prego, dopo di lei, ho tutto il tempo, signora, la notte è appena cominciata... E... *Plus rien ne s'oppose à la nuit, rien ne justifie...*"

Strano, eh? quel moro che prima ho visto ridere a crepapelle, poi singhiozzare, e che ora vedo, in maniera del tutto inaspettata, farsi educatamente da parte davanti all'uscita per lasciarmi passare – sono di fretta –, e che canticchia non so quale idiozia!

Non smetterò mai di stupirvi.

Gare-de-Lyon. Cucù, rieccomi qua! *Je suis le roi des scélérats à qui sourit la vie*... Lo sportello del cambio sta per chiudere – ma è ancora aperto.

"Mi può cambiare queste 90.000 lire, per favore?"

"Fanno 232 franchi."

"Mi dia i 200 e si tenga i 32 – mancia!"

Non smetterò mai di stupirvi.

E adesso, un bancomat, per vedere se lo Spirito santo esaudirà i miei desideri. Société Générale? Vada per la Société Générale! Scegliere la lingua nella quale dialogherò con la macchina. Il francese, mia cara Société Générale! Sono francese io, cara Société Générale, è il mio motivo di orgoglio, sono francese, e me ne vanto! *Introduca la carta nel senso della freccia*. Fatto. La Mastercard di Renata è accettata – la Société Générale non è xenofoba. *Componga il codice al riparo da sguardi indiscreti* – che ci provino un po' a spiarmi mentre dialogo con lo Spirito santo, per intercessione della Société Générale: ceffoni sul muso, io, sventole e cartoni! Sì, Spirito santo, sono nato nel 1982... E il miracolo si compie. Quante me ne puoi scucire, di gambe, Spirito santo? 20 – cioè 2000 franchi (traduco per i giurassici e i puzzoni dei quartieri alti)? Come no, risponde il Santo Spirito! E vuoi pure lo scontrino? Naaa, basta la fresca... Eccola qua: dieci begli Eiffel tutti nuovi! Chi ha detto che la vita non è bella? Chi si lamenta, e di che cosa? È molto meno di quel che prendo per una botta di cazzinculo in rue des Martyrs, ma c'è molto meno da sbattersi! Grazie mille, Santo Spirito! Mi sa che penserò seriamente alla conversione! E la card di Renata Fiorelli? Nella spazzatura! Non bisogna tentare il Diavolo, né il diabolico Sid Ali! E che Allah ti perdoni! Ecco lì un cestino strabordante di vaschette di McDonald's e immondizie simili!

Mi fa venire in mente che ho una fame da lupo – oh, vabbé dai, la Mastercard servirà ancora una volta! In una di quelle belle brasserie della Bastiglia che servono da mangiare fino alle due del mattino... Poi la butto, promesso.

Fu una cena solitaria e insieme principesca: una coppa di Moët – non avevano il rovinoso Ruinart rosé che piace tanto a Isa l'algerina e al sottoscritto Sid Ali –, *tartare* di salmone come *entrée*, seguita da un filetto al pepe, con, perché no? un riesling Kayserberg – ce l'avevano, ma ahimè, non *Vendemmie tardive* – nobody's perfect, but me, myself and I... Naaa, niente dessert, niente caffè, ma una Absolut con ghiaccio, please! E il conto... Offre Renata!

La carta è gettata con noncuranza sul conto, nel piattino. Il cameriere la introduce nella macchinetta... Ahia! Smorfia del cameriere!

"Ah, non è una carta francese, devo passarla al..."

Uuuuh, Sid Ali, la cazzata da non fare l'hai fatta! Guarderà il nome dell'intestatario – della "trice", in questo caso... Un giovane beur proprio di qua, neanche vent'anni, neanche una star, né Faudel, né Zizou e che ha il conto al Banco di Santo Spirito, assolutamente inverosimile! Licenziato, lo sceneggiatore! Si tratta di un film realista, Sid Ali! Siamo nella vita vera. Ma tu sei un vero uomo, tu hai le palle, e non perdi il controllo per così poco.

"Uuuh, che cretino! ho preso quella di mia moglie, che suonato! Mi farà di nuovo una di quelle scenate, la mia Renata! Sa come sono, le italiane... Aspetti! Ho dei contanti..."

Ecco qua, ha funzionato! No problem! Non c'era alcun motivo di andare in panico. Il cameriere restituisce la carta – no comment – e prende i contanti... E ringrazierà umilmente il generoso cliente che per pagare un conto da 630 franchi mette giù quattro bigliettoni da 200 e lascia il resto di mancia... Volete sapere come fa un giovane beur un po' trasandato, in una brasserie elegante della Bastiglia, a farsi riaccompagnare fino alla porta d'ingresso, e a fare che il cameriere gliela apra, quella porta, inchinandosi servilmente come avrebbe fatto un cameriere interpretato dal comico di turno che carica di brutto il personaggio in un polpettone francese d'anteguerra? Facilissimo, ve la do io la dritta, raga: 170 carte di mancia! Non vi sembra bello? E sapete cosa c'è di peggio, e cosa mi riempie di vergogna e mi mette la depre per il resto della nottata e fino all'alba, e fino a mezzogiorno, e fino a sera e fino a – stop? Be', la cosa peggiore era che quel cameriere, raga, era uno come noi! Sì, un giovane dalle fattezze mediterranee, un moro, insomma, un arabo! Un beur! Un beur che si disonora davanti a un altro beur per 170 carte! Un beur che a sua insaputa, alienato che non è altro, dà indirettamente ragione a Le Pen! Cazzo!

A meno che... A meno che... A meno che non sia stato lui a volermi prendere per il culo, a volermi dare una lezione? Ripagarmi ironicamente della mia stessa moneta, come si suol dire? Farmi capire che non abboccava? Meglio: che gliela dovevo. Aveva il sottile acume che si acquisisce in un'adolescenza stracciona e sfigata, disseminata di perenni umiliazioni, la vivacità, la perspicacia che si coltivano, che si rafforzano, che a volte si ipertrofizzano, io ne sono un esempio vivente, nella lotta quotidiana per la sopravvivenza in un ambiente ostile, quel continuo stato d'allerta che affina in noi la capacità di subodorare la menzogna della commedia umana. Forse aveva capito benissimo la mia gabola, aveva letto nel mio gioco, aveva sgamato il frodatore che non ha paura di niente o individuato in me un pivello della truffa, ancora così nuovo del mestiere, così ingenuo da non sapere che se uno ha il codice può benissimo prelevare dei contanti come niente fosse con una carta bancaria straniera, ma tentare il colpo al ristorante è un altro paio di maniche – non se ne parla, raga! Una Mastercard del Santo Spirito, per chi mi pigli, pistola? Bella lì... Ma, per istintiva complicità tra ragazzi delle cité, aveva deciso di evitarmi una grana. Dopodiché, aveva tutto il diritto di prendermi per il culo. C'è un umorismo beur come c'è un umorismo ebraico: l'umorismo degli umiliati e offesi. L'arte di conservare la propria dignità pur fingendo di abbassarsi... L'arma della derisione, del riso. Mi conosco: nella stessa situazione, ma con i ruoli invertiti, avrei avuto probabilmente la tua stessa reazione, fratello di fattezze mediterranee: avrei recitato anch'io la parte del cameriere interpretato dal comico di turno in un polpettone francese. E mi conosco, avrei caricato di brutto il personaggio, sarei andato giù pesante! Io, Sid Ali, avrei esagerato alla grande!

Anyway, it was a big mistake, of course... Voglio dire che era la gran cazzata da non fare, quella di usare la carta di credito di una giovane italiana che avevo assassinato, sia che la carta fosse a sua nome sia che fosse intestata alla sorella. Infatti qualche ora dopo il prelevamento da un bancomat della Gare-de-Lyon, all'alba: scoperta del cadavere in un punto lungo la ferrovia a nord di Digione... Qualche ora dopo, verso mezzogiorno, circa dodici chilometri più in là: to', una carta d'identità italiana su una scarpata della ferrovia... Un centinaio di metri più in là: to', un'agendina finto Vuitton... Identificazione della vittima, domande alla famiglia, a Borgo di Savona, Savona. Poi, un estratto conto della banca: Renata, la sorella di Donata, non si spiega quel prelevamento. Di passaggio a Parigi, il giorno prima della morte di Donata, Renata aveva pranzato con Donata, aveva pagato con la sua Mastercard, poi l'aveva lasciata alla sorella – un acquisto importante da fare per la *Mamma** – e papà era un dipendente del Santo Spirito... (Non so perché sto qui a raccontarvi quello che vi hanno già dettagliatamente raccontato, parecchi mesi fa, i vostri quotidiani.) Morale, associazione tra la vittima e il giovane beur losco, sovreccitato, un po' fuori, che credeva di poter andare a Marsiglia ed è sceso a Digione... Reinterroghiamo Galabru. Interroghiamo Jean Lefèvre... Ci sono forse dei testimoni che viaggiavano nella carrozza 13 del TGV 711 e che magari hanno notato che?... Facciamo un identikit del sospetto... E allora...

E allora, niente! Non era una cazzata. Perlomeno, non è stato questo il passo falso che mi ha incastrato. E perché?

Perché? Ma perché quel bravo cristo di Galabru, di cui avevo cantato le lodi troppo presto pensando di vedere in lui uno dei rarissimi francesotti medi privi dello spesso e ipocrita razzismo ordinario, e il simpatico Jean Lefèvre, che mi aveva trattato come avrebbe trattato qualsiasi viaggiatore di prima classe che avesse omesso di comprare il biglietto – e, chi lo sa? forse anche la troia rampante in Escada che vedendomi singhiozzare dalla disperazione aveva aggiunto tre righe furenti al questionario SNCF –, in ogni caso, tutti quelli che mi avevano descritto alla Polizia giudiziaria e avevano quindi permesso di risalire all'identikit del sospetto numero 1, come mi avevano visto? Be', guarda caso, con il grugno standard da nemico pubblico numero 1, il grugno alla Carlos, il terrorista, ma con lineamenti di *tipo mediterraneo* molto marcati: il sospetto numero 1, l'arcangelo visto sul Parigi-Genova e sul TGV Lyon-La-Part-Dieu-Digione-Parigi era un tizio orribile, gonfio, grasso, tarchiato, con il collo taurino, gli occhi porcini, lo sguardo spento, l'aria da idiota, quasi da mongoloide (oh! pardon! *trisomico*, ormai bisogna dire così, è più corretto)... Ecco che aspetto avevo! E sapete a chi assomigliavo, guarda caso? Al primo identikit di un moro terrorista, un certo Khaled Kelkal... Ma guarda! Vi siete dimenticati, voi francesotti purosangue, divoratori di stam-

* In italiano nel testo.

pa popolare di merda, vi siete dimenticati il presunto grugno da assassino disegnato a partire dalle testimonianze di coloro che si erano trovati sulla sua strada di nemico pubblico numero 1! Ve lo siete dimenticati, ma io no, né nessuno dei raga della sua cité, né nessuno dei giovani beur di tutti i quartieri difficili delle periferie cadenti del nostro magnifico paese, la Francia; sul primo identikit che avevano fatto di lui, il bello, e raffinato, e angelico Khaled Kelkal, il cui sguardo intelligente e il cui sorriso pieno di sensibile ironia ti colpivano nella realtà – ti colpivano purché tu fossi stato provvisto di un atomo di intelligenza, di un nulla di sensibilità – Khaled Kelkal, identikizzato a partire dall'odio cieco dei testimoni e dall'interpretazione delle loro dichiarazioni fatta da sbirri ottusi, necessariamente ottusi, Khaled Kelkal era un tizio orribile, gonfio, grasso, tarchiato, con il collo taurino, gli occhi porcini ecc.

E l'ancora innominato e innominabile individuo di fattezze mediterranee che di lì a qualche giorno sarebbe diventato il supposto colpevole presunto innocente Sid Ali B.? Eh sì: un tizio orribile, gonfio, grasso, tarchiato eccetera. In più: particolare atroce – e più che mai rivelatore del razzismo ordinario del francesotto medio che, nel caso di un beur, gli fa vedere nell'individuo che pretende di aver visto non il soggetto singolo quale è, ma la sua caricatura, il beur come è rappresentato nei telefilm –: l'indiziato portava, come tutti i beur dei telefilm, il cappellino alla rovescia! Bella lì! I testimoni mi avevano visto tutti, come in un'allucinazione, con la visiera sulla nuca e la linguetta sulla fronte! Bella lì. "Guardate troppo la televisione!" come dice il pupazzo di PPDA ai "Guignol de l'info".

E per un po' questa allucinazione di testimoni drogati di tivù mi ha reso inafferrabile. Il delirio della finzione, la follia dello spettacolo per un po' mi hanno salvato, pazzo quale ero, nella realtà. La gente non mi vedeva quale io sono ma, come dice la pubblicità sui pacchi di detersivo che ti cambieranno la vita, o sui pacchi di purè in fiocchi magici, o sui pacchi di pannoloni che assorbono meglio l'urina azzurra del bebè, *Come in tivù!* – traduzione dell'ossessivo *As seen on tv!* incollato sulla stragrande maggioranza dei prodotti di largo consumo americani. È reale perché l'avete visto in tivù. Lo schermo fa da schermo alla realtà, alla vita vissuta. "Nel mondo *realmente* capovolto, il vero è un momento del falso." Guy Debord, *La società dello spettacolo* – uno dei titoli sulla lista dei libri consigliati dalla professoressa Rénal.

Dedica ai miei fratelli semiti, gli ebrei: fratelli, miei simili, oso sperare che taluni giovani ebrei denunciati alla Gestapo dai loro vicini, francesotti purosangue, abbiano avuto salva la vita per lo stesso motivo: erano belli, raffinati, slanciati, il loro sguardo brillava di intelligenza, l'ironia affinava loro il sorriso, assomigliavano ai David di Rembrandt, o a quello di Michelangelo, ma quei sorci pétainisti di vicini li avevano descritti come gli ebrei delle caricature antisemite che trovavano su "Gringoire," o su "Je suis partout": il "viscido giudeo", orribile, gonfio, grasso, tarchiato, con il collo taurino, gli occhi porcini, lo sguardo spento, l'aria da idiota, quasi da mongoloide – no, all'epoca non si diceva *trisomico*: abbiamo fatto progressi da allora eh? Abbiamo sradicato il male cambiando semplicemente il vocabolario, eh? Non facciamoci tante menate con la morale, eh? E ancora meno con la realtà vissuta.

Stronzi!

Angéline, adesso.

La scena si svolge tre settimane dopo. Sono a Nantes. Perché sono a Nantes? Non ne ho idea. Sono a Nantes, punto e basta. A Parigi, Gare Montparnasse, ho preso alle undici del mattino un TGV che un'ora e cinquantanove minuti dopo mi ha lasciato a Nantes – è incontestabile che questo treno proceda ad alta velocità, la SNCF non dice bugie, e in fondo ho fatto bene a non restituire il questionario: se la direzione avesse preso in considerazione i miei desiderata, la linea sarebbe stata soppressa!

Questo giovane viaggiatore dalle fattezze mediterranee e tutto di bianco vestito, bello se piace il genere scuro – ciascuno i suoi gusti, eh! – un po' eccitato, e che viaggia in prima classe, ha il biglietto con prenotazione? Ce l'ha – e convalidato! De Funès ci resta basito. Ah sì, su questo treno abbiamo De Funès – il casting SNCF non è proprio sempre TGV, l'hai detto l'hai. Allora vuol dire che questo giovane viaggiatore di tipo mediterraneo ha pagato? Pagato, sì, in contanti, quindi a uno sportello. Non smetterò mai di stupirvi. And how did he find the cash? Un lavoretto veloce in metropolitana, circa un quarto d'ora prima di passare allo sportello. Un grosso rischio che il vostro eroe preferito si è divertito a correre: il colpo più divertente e più scemo che ci sia, così banale che non lo vedi più compiere in nessun film né telefilm, compresi i prodotti in gran serie per grande pubblico, in grande distribuzione o a un'ora di grande ascolto – lo sceneggiatore si vergognerebbe di usare un trucco così scontato e così vecchio. Ma può ancora funzionare nella realtà, nella vita vera, che passa di moda molto meno rapidamente del reale per finzione, della vita vista in tivù! Qualità richieste: sapere un po' di inglese – I know enough for the job – avere nervi d'acciaio – I have, and iron balls too! Il metodo? Individuare una coppia di turisti americani da caricatura, as seen on tv! ma reali: lui sulla sessantina, un po' grezzone, con panza: lei, dieci lifting, se non dodici; entrambi calzano quelle Converse così comode che permettono di visitare la città senza aver troppo male ai piedi; entrambi pantaloni scozzesi da golf di un identico tartan a dominante giallo vivace, identiche giacche a vento rosso vivo, e identici cappellini da baseball con su scritto *I ❤ Atlanta*; in più, per lei, una borsetta a tracolla di Vuitton – vero LV, a occhio –, e, per lui, una videocamera e uno zainetto Timberland... Persi? Yes.

"May I help you?"

"How nice!"

Ma sì: alcuni sono gentilissimi! E sono sicuro che in una città come Atlanta si possono benissimo trovare due o tre black disponibili... Sid Ali a Sid Ali: intuizione: il malloppo è nella Vuitton della vecchia, dai che si va!

"Where do you want to go?"

"Gaelerize Laufaiyet, Op'ra?"

"Easy, I show you!"

Che fortuna! siamo proprio davanti a una piantina della metropolitana. Avete mai visto Jacques Tati tutto dinoccolato che si contorce mulinando le braccia e agitandosi in ogni direzione? Io lo imito benissimo. E avete mai visto i tizi che fanno il gioco delle tre carte all'aperto, a Barbès o al mercato delle pulci, mentre inchiappettano qualche cialdone – in francese accademico: turlupinano qualche sprovveduto – rincretinendolo a furia di gesti: be', è come vedere Sid Ali intento a preparare una fulminea ripulita di troppo fiduciosi turisti from Atlanta, Georgia *On my mind*... USA! E giù a sommergerli con un'ondata di american ciance – my God! Insomma, se seguono il mio consiglio, andranno a Opéra cambiando tre volte, mentre con un percorso meno strampalato sarebbe bastato cambiare una volta: a Madeleine... E quando, alle Galeries Lafayette, Mrs So-and-so, vorrà pagare la sua boccetta magnum di *Opium*... What a surprise! No cash, no cards! *Gone with the wind!* Logico, sono di Atlanta...

"Bye!"

E via col vento se ne va anche il giovane delinquentello beur, il quale pensa che Loulou Vuitton, che da una vita vende borsette alle signore ricche, avrebbe potuto inventare una chiusura un po' meno easy da forzare. Se fossi la cliente, intenterei un processo a LVMH!

Bottino? Bottana! In contanti: 550 dollari US e 2700 franchi francesi... In carte di credito: tutto quello che volete, le aveva tutte, e nella versione oro o platino! E questi due prendono la metropolitana! E vanno a fare shopping alle Galeries Lafayette! E vuole che io abbia qualche rimorso, Mrs Nancy Eagleton? Ma lei, Mrs Nancy Eagleton, con suo marito, cos'altro cercava nella metropolitana se non un po' di esotismo e di emozioni forti che dessero un po' di pepe al vostro soggiorno parigino? L'emozione è stata forte anche per me. E che voluttà, poi, gettare un portacarte Vuitton dai venti scomparti riempiti di Amex, Visa, Mastercard, Diners, American Airlines e via dicendo in un cestino che l'ente per i trasporti pubblici mette gentilmente a mia disposizione – *Aiutateci a mantenere una metropolitana pulita!* Certo. Non butterò queste porcherie per terra, sono una persona educata, io, Mrs Nancy Eagleton, di Atlanta!

Ed ecco perché, in compenso, quel giorno Sid Ali non truffò le ferrovie. Dopo aver cambiato i dollari, disponeva di circa 6000 franchi, cioè, guadagnato in due minuti quello che suo padre guadagnava in un mese.

Il viaggio fu piacevole. Al bar il nostro eroe non si accontentò di una sorsata di birra e altri piccoli piaceri: due Heineken, si bevve – non hanno la Corona, 'sti barboni! –, e una vodka Smirnoff – neanche l'Absolut, hanno.

Ed eccolo arrivato a Nantes. Perché Nantes? Non ho idea. Alla stazione di Nantes, come alla Gare Montparnasse, s'avvede di un avviso di ricerca, corredato da un identikit, affisso in molteplici copie. L'uomo sospettato dell'omicidio sulla persona di Donata Fiorelli, omicidio commesso sul Parigi-Genova, è un tizio orribile grasso e gonfio di circa 25 anni, alto circa 1,70, di fattezze mediterranee, che probabilmente indossava un parka bianco di marca Helly Hansen. Vabbé, a parte le fattezze mediterraneee, non c'è nulla che corrisponda. Ho fatto bene a mettere l'Aigle bianca – quello di Barbara era nero! E l'aquila è una delle rare parole della lingua francese ad avere entrambi i generi: femminile e maschile (se non mi credete, guardate sul dizionario). E l'Aigle bianca è, al-hamdulillah! altrettanto impermeabile e idrorepellente, e con cuciture termosaldate della Helly Hansen! Rendo grazie, nella sua lingua, al mio Dio, poiché piove su Nantes come in un'altra famosa canzone di Barbara.

Cosa sono venuto a fare a Nantes? Lo dico e lo ripeto: non ne ho idea! Cosa mi fa venire in mente la parola Nantes? L'Editto di –, e la sua Revoca nel 1685 – che mongolo, Loulou XIV! Cos'altro mi fa venire in mente la parola Nantes? Ah sì, le infinite pratiche burocratiche di mio fratello Aziz, francese in possesso di una carta d'identità francese rilasciata in Seine-Saint-Denis dove lui risiede, e tenuto per legge a rinnovare la suddetta carta una volta scaduta, e costretto, per fare ciò, a rivolgersi a Nantes in quanto nato ad Algeri – logico, no? Ma non vale il contrario... E destinatario, fra l'altro, il suddetto Aziz Benengeli, di una comunicazione così redatta dagli uffici di Nantes: *Voglia fornirci copia certificata conforme della presente copia certificata conforme del suo estratto di nascita che in allegato le inviamo...* Non mi credete? Giuro sulla mia Fede che non invento nulla, e posso fornirvi dieci testimonianze di amici che hanno avuto disavventure simili in quanto, benché cittadini francesi, nati in Algeria. E posso anche raccontarvi la storia kafkiana che portò al suicidio Yasmina, un'amica di Djamila. D'accordo?

Allora: Yasmina nasce cittadina francese da genitori naturalizzati francesi residenti in Francia, ma, ahimè per lei, tornati a passare tre settimane in Algeria nell'estate del 1981, sei settimane prima della data prevista per la nascita della loro figlia in Francia, in una clinica del 93... Colpo di sfortuna: Yasmina nasce prematura, a Ouahran – ex Orano. All'età di tre mesi Yasmina entra in Francia, il suo paese, con i genitori. Yasmina è francese, vive in Francia, frequenta tutte le scuole in Francia... E... E... La catastrofe! Ha sedici anni e siccome le è stata rubata la carta d'identità, deve chiederne una nuova. A quel punto la sua vita si trasforma in un incubo: la richiesta deve passare da Nantes, perché la poveretta è nata a Orano... Un cretino di impiegato decide di divertirsi un po' a rompere le scatole. Manca sempre un documento, questo, quello eccetera. E cosa succede a Yasmina? Un bel giorno scopre di non avere più esistenza. No, *ça ne va pas être possible!* Come cantano gli Zebda. "Non possiamo rilasciarle una carta d'identità, signorina! – Ma io sono francese, soltanto francese, cosa posso fare? – Non è un problema nostro, signorina! E comunque, francese, secondo noi, lei non lo è, o non lo è più!"

Allora Yasmina sprofonda in una terribile depressione e arriva fino a tagliarsi le vene. È salvata in extremis dai pompieri chiamati d'urgenza – grazie, pompieri! Fortunatamente, inoltre, Yasmina è amica di Djamila, la quale, sempre fortunatamente, conosce il grande avvocato Jean-Charles Hélier de Hocquencourt, il quale ha la facoltà di sollevare il telefono, di chiamare il direttore di gabinetto del ministro degli Interni per esporgli il caso Yasmina, di aggiungervi una ferma minaccia di sporgere denuncia contro la Francia presso la Corte europea di giustizia e di coinvolgere, per fare buon peso, anche i Diritti umani se entro ventiquattro ore Yasmina non otteneva legittima soddisfazione, chiaro? Bene, eseguire! "Le faxo una memoria di dieci righe, la sua segreteria ha il mio numero di telefono, signor direttore... Non ho detto quarantotto ore, ho detto ventiquattro, non una di più, e la prego di presentare i miei rispetti al signor ministro." Eh sì. E a quel punto, il miracolo! L'indomani mattina, alle undici e mezzo, agitazione tra i coinquilini della casa popolare dove l'apolide Yasmina abita con i genitori e i fratelli e le sorelle che ebbero la fortuna, loro, di venire alla luce in Francia... Compare nel loro palazzo un pimpante motociclista della Gendarmeria nazionale, con tanto di stivali e casco, sudato e senza fiato come d'Artagnan che riporta i gioielli alla Regina; lui porta solo una busta del ministero degli Interni, busta che contiene la carta d'identità infalsificabile e plastificata di Yasmina, con la sua foto – foto che lei aveva spedito più di un anno prima a Nantes –, poiché l'ammirevole amministrazione pubblica francese non perde nulla e al prefetto della Loira-Atlantica è stato intimato, il giorno prima, dal signor ministro in persona, di occuparsi personalmente del caso, di far ritrovare sia la pratica sia la foto di, eccetera. E tutte le nostre scuse, cara signorina, per questo inspiegabile disguido.

Non è un bel paese, la Francia? Ah! certo, sempre meglio avere qualche conoscenza, poter contare sull'aiuto di un buon avvocato – e un buon avvocato è un avvocato in grado di ricattare il governo per interposti media –, ma alla fine tutto si aggiusta! E, francamente, le cicatrici ai polsi Yasmina può sempre nasconderle sotto dei braccialetti berberi, no? Se ne trovano di molto carini e poco cari a Barbès, o al mercato della domenica ad Aubervilliers.

L'avvocato che salvò Yasmina è il mio. E farà tutto il possibile perché io non venga estradato dal Portogallo.

Ma torniamo, come una pratica di Aziz, a Nantes, capitale delle grane burocratiche inventate al solo scopo di rovinare la vita dei figli di immigrati – qualche anno fa dicevamo *pasquaiare*, adesso diciamo *chevènementare* ("cazzo, mi chevènementano di brutto, a Nantes!"). *Il pleut sur Nantes*. Cosa c'è da vedere a Nantes? Un tram ultramoderno, ma da qualche tempo ne abbiamo uno uguale nella nostra periferia. Un castello – frega zero. Una cattedrale – frega zero. Giardini, viali, vie, piazze sotto la pioggia... Di un allegro! E poi! Affelou (non sono mica matto!), J.-C., Biguine (the biguine!), Agnès B. (preferisco Agnès C., nella cui casa io e Djamila, su un kilim, facevamo l'amore...), Courir (corri che ti passa...), Aigle (ho quel che mi serve...), Hippopotamus (hip... hip!), Quick Service (come sul Parigi-Genova!). E Zara, Gap, Jap, Kenzo, Decathlon, Sephora, Yves Rocher, Celio, Kookaï, Benetton, André, Diesel, Timberland, Léonidas, Chevignon, Jacques Dessange, Picard Surgelati, Maxi-Livres, Pizza Hut, Body Shop, McDonald's, Levi's, McDonald's, Go Sport, Ralph Lauren, Alain Manoukian, Häagen Dazs, Point Ciel, Point Change, Point Telecom, Grand Optical, Pizza Hut, Naf Naf, Athlete's Foot, McDonald's, Nuggets, Darty, Habitat, Hédiard, McDonald's, C&A, Prisunic, Monoprix, Nouvelles Frontières, La Française des Jeux... Ma tutto questo ce l'abbiamo anche a Parigi. E un biglietto Aubervilliers-Les Halles in RER è meno caro di un Parigi-Nantes in TGV. Qualcuno sa dirmi cosa cazzo ci faccio a Nantes?

Ah! La Fnac. Anche questa ce l'abbiamo, a Parigi, ma vado a beccarmi un libercolo. Distratto com'ero, stamattina, non mi sono portato dietro niente da leggere. Ero un po' sconvolto, stamattina. Confuso e rintronato. Dai! Vado a Nantes. Ecco fatto. Perché? Non ho idea. Il fuori di me, allora? Forse. Ehi là, l'Horla!... Ahi! Ahi! Ahi! Ricomincia? Il Male può colpirmi... Balek, Sid Ali! Mangiare un boccone.

Un posto non troppo lurido né troppo pieno. Eccolo. Toast con pane casereccio e una birretta al banco.

"Che minchia vuoi? La mia faccia non ti va? È la prima volta in vita tua che incontri un moro? Assomiglio, a un identikit forse?"

Sbafati il toast e la birra, esco.

Il pleut sur Nantes
Et je me souviens...

La la la *mon cœur chagrin*. Bella lì.

Okay, adesso alla Fnac.

Entriamo dagli Agitatori culturali dal 1954.

Al reparto musica, Amina canta *Les Mots bleus*.

Les mots qui rendent les gens heureux
Je lui dirai...

Cosa le dirò, ad Amina? Che non c'è niente da dire?

Al reparto libri nessuno canta.

Letteratura generale. Scrittori francesi.

Quattro Philippe: Labro, Djian, Sollers, Delerm... Tre li butto, uno lo tengo. Se avete indovinato qual è, avete vinto! Tre Françoise: Dorin, Sagan, Chandernagor... Due le butto, una la tengo – per divertirmi, no? Due Daniel: Pennac, Picouly. Tante altre cose da leggere prima; non ho ancora letto tutto Balzac... E anche due Sarraute: Nathalie, Claude. Ciò conferma la mia teoria: il talento non è né genetico né ereditario. Esempio: Ibrahim genera Sid Ali; al contrario: Nathalie, Claude "Pronto, cagone? Sono io, cacchetta!". E un Michel, uno: Houellebecq – lo leggerò, uno di questi giorni, in tascabile, promesso. E una Marceau: Sophie. Sì, sì! Proprio lei "pot-pot-le poppe"! Scrive pure, non lo sapevate? Sì, sì, scrive! O perlomeno, pubblica.

Questo per la letteratura francese.

Gli stranieri? Niente che davvero mi attiri. Ci sono giorni così. Non del mio solito umore. Non io. Un altro, che mi assomiglia, e che non assomiglia per nulla al mio identikit.

Toni Morrison. L'ultimo mi è caduto dalle mani. Black e donna, Toni ha patito il razzismo... Anch'io. Non è un buon motivo per sparlare e sciorinare buoni sentimenti a uso e consumo del Bianco. Nella categoria Nobel, preferisco di gran lunga Nagib Mahfuz – massimo rispetto, Nag Mahf!

Classici stranieri, adesso. Melville – bella lì. Stevenson – bella lì. E Conrad – bella lì. Come mi piace tutto quello che sa di mare aperto, tutto quello che schiocca nelle vele, tutto quello che rolla e beccheggia, tutto quello che leva l'ancora! Come mi piacerebbe prendere il mare, un giorno – bella lì!

Vabbé. Passiamo ai prodotti di largo consumo.

La Putain de la République. Edizioni Calmann-Lévy. (Un grande editore letterario, bella lì!) Cazzo, una biografia di Chichi? Ah no, mi confondo, lui è *Le Maquereau* de la République*.

L'orrore economico. L'hai detto l'hai, mia cara Viviane! E Arthur pure, prima di te. Mi sconvolgi, cara Viviane: mi fai pensare a mia madre. Di sicuro in vita tua hai fatto meno la domestica a ore, ma come lei hai l'aria di una che ha vissuto e come lei sei di tipo semita, l'unico che mi ecciti sessualmente: araba o ebrea, non mi faccio problemi, mi va bene tutto, basta che non sia la ciccia crucca bionda sul genere *Perché io valgo*. Ah! Mia cara Vivy, tu e io siamo i due più grandi della società dello spettacolo. Abbiamo trovato il gimmick: atteggiamento compassionevole per i dannati della terra, e per noi? Chanel! Entriamo nella boutique dove due Karl sono offerti alla nostra avidità: Marx e Lagerfeld... Cruciale incertezza? Non sia mai: "Li prendiamo tutti e due!". La commessa: "Abbiamo anche Karl Zéro...".** Noi, cara Vivy, scoppiamo a ri-

* Magnaccia. [*N.d.T.*]
** Conduttore di una trasmissione politica della televisione francese.

dere: “Zero, questo Karl!”. Troppo basso di gamma, e il classico tipo che ti dà del tu. Noi siamo star cui si dà del lei. Ci aspettano a Davos. Parigi-Zurigo, Swissair Business class – hanno soppresso la First, quindi *à la guerre comme à la guerre*! Coppettina di champagne: che ci scaldiamo un po' prima dello show... Limousine all'aeroporto. Il cachet? Quello di Alain il Minchione, con uno zero in più, il marxismo ha di quei prezzi, questa stagione! E pagamento anticipato, visto che siamo delle star... Standing ovation! Sì, tutti in piedi ad accoglierci, i grandi di questo mondo e della globalizzazione riuniti, tutti i responsabili e colpevoli dell'orrore economico che tu e io denunciamo, Vivy e Sidy i clown. Li cogliamo alla sprovvista: “Non è affatto giusto quello che fate, niente niente affatto giusto! Non vi vergognate? Avvoltoi! Sciacalli! Fondi pensione e stock option senza cuore né anima!”. Ecco. Applausi fragorosi. Standing ovation bis, bis, chiamate... Grazie, ci mancherebbe, torniamo quando volete, a farvi, in Dior o in Chanel, un bel gestaccio! Ma già corriamo verso le quinte, già risaliamo sulla limousine: ce ne torniamo a casa, abbiamo altro da fare! Stasera si va a far sciambole in un megaalbergo parigino, a sbatter via il cachet saldato in franchi svizzeri! Una notte di piacere in una suite di lusso, noi due libertini, e *Nessun domani*! Il Ritz? Naaa! Quei barboni! Diana-la-principessa-del-popolo, una come te, mia Vivy! e Dodi-il-Credente, uno come me, Sid Ali, onorano il luogo della loro presenza e il Ritz, per ringraziarli: una Mercedes schifosa, un autista alcolizzato, più qualche paparazzo... Non molto ritzy, il Ritz! Naaa, mia Vivy: noi due, al Crillon! La più grande suite con vista su place de la Concorde, e Ruinart! caviale! canne! Ti va? Per il resto si vedrà: se non sono troppo sconvolto! oppure, al contrario, se sono molto molto molto sconvolto... Ma ammettilo, mia cara Vivy, che la cosa più divertente di tutta questa storia è pensare alla faccia del tuo editore che mentre noi folleggiamo deve smazzarsi, poveretto, il manoscritto dell'ultimo Attila, il suo ennesimo saggio sui vantaggi della globalizzazione, della modernità, del nomadismo... Cinquecento cartelle belle piene che dovrà aver letto prima di pranzare con l'autore, domani, all'una! E, poveretto! sul suo comodino è impilata una dozzina di altri manoscritti, opere di altri tecnocrati, esperti e utopisti anche loro, e che anche loro vantano l'avvento della cybereconomia, della cyberdemocrazia, della cyberscienza, della cybercultura, della cyberumanità... “È il Gulag!” esclama il tuo editore, gettando un'occhiata alla pila. Ma a questa parola, Vivy, il volto gli si illumina e lui riprende coraggio: il *Gulag* fu una delle sue più grosse tirature!

Ma ci sono anche, da leggere, quei saggi di ecologia, di mediologia, di strategia, di mitterrandologia... E le riflessioni sulla bioetica, e le rivelazioni sugli ultimi scandali politico-finanziari, e le confessioni di criminali pentiti, e i manifesti di una nuova spiritualità... *Quel che io credo.* 'Llah! Volete sapere cosa credo, io, Sid Ali, quando percorro questi corridoi e vedo questo ammasso di boiate? Che tutto ciò puzza di morte! E che non ho una maschera antigas!

Morale: esco, io con il mio Horla. Un po' d'aria!

Ah no! un attimo: non avevo ancora visto questo settore di scaffale che la Fnac dedica agli scrittori di origine immigrata, i miei fratelli. Una nuova nicchia del mercato editoriale? Perché no?

Begag Azouz. Cagata totale! Il primo della classe, il leccaculo pulitino. Benpensantismo calato in uno stile indigente da diploma di licenza media. Crede di difendere la nostra causa presso i francesotti purosangue buttandosi sul genere lamentoso e sul quadretto oleografico del buon beur... E il nostro onore, eh?

Rachid Djaïdani. *Boumkœur.* Cagata! Povero raga ingenuo manipolato da un bisnes senza scrupoli... Pietà più qualsiasi altra cosa, Rachid.

Rachid O. Sexy, tu, almeno, e senza vergogna! Il cognome come un culo offerto! Quando vuoi, dove vuoi, Rachid, ho dei preservativi!

Chimo. Totale impostura. Super pacco!

Ma... Uuuh! Cosa vedo! Oh, che gioia! Un nuovo Paul Smaïl! *La Passion selon moi.* E non ne sapevo niente! Neanche una riga sui giornali! Una congiura del silenzio, mio caro Paulou? Hai forse smesso di piacere? In copertina quel ritratto del Fayum in cui sei tu sputato, ti riconosco. È molto somigliante, quel ritratto, adesso posso dirlo dopo averti incontrato in quella bettola di rue d'Oran, "Chez Omar". Dai, ho capito benissimo che eri tu! I tuoi amici ti chiamavano Paul... Mi sono detto: questa faccia la conosco. Ti ho identificato subito, ma non ho detto niente: per discrezione, per massimo rispetto per te, perché ti avevo letto e conoscevo il tuo motto: *Inafferrabile, introvabile, imprendibile! Conosciuto ma sconosciuto! Non mi vedi, non mi prendi. Passeggero clandestino della vita!*

Come ti capisco adesso! Come capisco quell'esigenza vitale! La ripeti in una piccola poesia stampata dietro il libro e che ho imparato quasi istantaneamente a memoria:

Faccio giuramento di rimanere romanzesco,
E di non darmi in spettacolo,
Ma di vivere come Zidane contrasta,
Di soppiatto, non mi vedi, non mi prendi
È questo il prezzo della libertà.

E basta sfogliarlo, fiutarlo, annusarlo per capire subito che tipo è Paulou: un pugile. Brio, potenza, palle, grinta, orgoglio, fantasia, ironia, vivacità, sempre in movimento sul ring, un destro, un sinistro, indietro con il busto, finto affondo, si torna nel gioco, jab, jab, jab, uppercut, si respira, nuovo assalto, non lasciarsi mai mettere alle corde, colpire, colpire, andare a fondo ma per poi tornare più forte, insomma, lo stile, capito! danza, danza, danza con le parole, puro piacere di scrivere, di ridere... Fin dal titolo: diretto! marameo, gestaccio agli apostolicoromani: voi l'avete secondo Marco, secondo Luca, secondo Matteo, secondo Giovanni, questa è *La passione secondo me* ecco! Sfida, o strizzatina d'occhio divertita, non si sa, non si sa mai, con te, in questo dubbio sta tutto il fascino, poiché non esiste arte della certezza, non esiste arte del *compiuto* – né, peraltro, dell'*incompiuto*... No, l'arte è compiuta e insieme incompiuta, divenire e finito, infinito e questo istante presente che pure tu vivi, sì, questo perenne fluttuare, questo perenne movimento: l'unica arte è quella vivente, l'unica arte è il rischio, non c'è vera arte che non sia pugilato, nobile arte! Basta aprire a casaccio la tua *Passione*, leggere qua e là... I nomi che citi, Paulou: Omar Khayyam, Rimbaud, Hafiz, Apollinaire, Picasso... Bella lì, questa non è una sorsata di birra, è qualcosa di formidabile! Non è un piccolo piacere, è l'Assoluto della poesia! Un libro che comincia con queste parole: *Morte mi ha sorriso* –, e finisce con queste parole: *Morte mi disse: – È la vita*. E Morte non è quel che si pensa, ma il nome di un amico.

To' guarda! Ma hai cambiato editore, Paulou? Ti hanno mancato di rispetto, quei balordi di Balland? Hanno tentato di fregarti? Uno come te, uno come noi? Che toppata! Non siamo mica dei piccolo-borghesi timorosi, noi! La nostra giovinezza ci ha sgamati: la vita nelle cité o a Barbès ti insegna le leggi non scritte del pacco e del contropacco. E quei fresconi, privi di qualunque psicologia, credono di potersi comportare come con i loro altri autori, i piccoli bianchi tremanti e sottomessi! Tu gli offri "quanto di meglio ha prodotto la rabbia", gli porti su un piatto d'argento il successo, con il cucchiaino d'argento per mescolare, e loro pensano: "Oh! un giovane beur senza esperienza, diamoci dentro!". Estratti conti più truccati di una baldracca di rue Saint-Denis, grossi ritardi nei pagamenti dovuti, diritti annessi in sofferenza, piccola cresta da bottegai corrotti sulle percentuali e le tirature... "Straccioni!" come diciamo con disprezzo noi cid delle cité di periferia o di Barbès, gli unici veri aristocratici in una società diventata interamente, dall'alto in basso, bottegaia. Ah, ti hanno preso per un ingenuo? Be', te ne vai! Vai a Laffont. E se da Laffont ti fanno su, e ti rifanno il colpaccio? Passi altrove! È finita l'epoca in cui il businesshow poteva impunemente sovrasfruttare alla leonina il figlio di immigrati che aveva successo: Rachid Taha, Faudel e gli altri si sono presi buoni avvocati, dei Jean-Charles Hélier de Hocquencourt, che li rappresentassero! Le due aristocrazie, la più antica, Vecchia Francia, e la più recente, di Origine Immigrata, si alleano per insegnare le buone maniere a 'sti tangheri arrivati al potere – ecchecazzo!

Vabbé, dai, non sputtanerò l'antifurto di questa *Passion selon moi*. Me lo regala Mrs Nancy Eagleton di Atlanta! Ho già praticato il riassortimento a scrocco quando è uscito *Vivere mi uccide*! Quanti ne ho ciulati? Nove? Dieci? Non mi ricordo più: erano da regalare. Se un tipo o una tipa mi diceva che non sapeva cosa leggere... Tieni! *Vivere mi uccide*! Per una volta che parlano di noi senza tradirci, senza angelizzarci alla Azouz Begag né ridicolizzarci in una caricatura alla Chimo! La ministra Royal l'ha dichiarato non più tardi di ieri: se la teppaglia vuole aprirsi alla vita, deve leggere. Naa, non ha detto "teppaglia", né "fauna": la signora ministra è molto politicamente corretta. Ha detto testualmente: "Per aiutare i giovani delle classi meno abbienti a salire sull'ascensore sociale, la lettura mi sembra il vettore migliore...". Il vettore, come no! È così che parla, la Royal! Tu sei un vettore per ascensore sociale, mio caro Paulou! Basito, sei rimasto, eh! La Royal non vede in te, come noi, un amico avventuroso e poetico, ma un vettore per ascensore sociale... A dire il vero, la Royal non ha granché idea di chi tu sia! È una donna seria, la Royal, non perde tempo a leggere romanzi! E la sua conoscenza del "giovane di origine immigrata" si limita a quello che le dicono i tecnocrati del suo gabinetto in sintesi di dieci cartelle di recensioni di seconda mano di opere sociologiche la cui esperienza sul campo si limita a due o tre interviste con Azouz, uno o due pranzi con Samir! E per fare prima quei tecnocrati abbreviano "giovane di origine immigrata" in "GOI". Bella lì! Avevamo gli SDF, gli RMI adesso ecco i GOI! Ma i GOI vi fanno il dito "fuck you", nazisti! Stronzi!

Vabbé. Dai che si va. Almeno non sono venuto a Nantes per niente. Torno con *La Passion selon moi*. Cassa. Prezzo Fnac. 94,05 franchi (14,33 euro). Eccone 100! Gesto da gran signore: tieniti il resto, cassiera! Sei sorridente e sei una sorella, una con tratti somatici tipici, non bretoni, ma mediterranei, e della riva sud del Mare Nostrum! Nome sul badge: *Habiba*. Degna d'amore, in effetti, il tuo nome non mente – e ti piaccio, eh? lo capisco! e sei carina, ma non ho tempo, mi spiace, torno a Parigi! La mia visita è stata un lampo, ma ti ho illuminato la giornata, è già qualcosa. Come ha detto il divino Omar Khayyam: *Sii felice un istante, questo istante è la tua vita.*

La canzone di Barbara passa ininterrottamente: continua a piovere su Nantes. Prendo il tram per tornare alla stazione.

Chi è dunque l'orrendo sospetto presunto autore di un atroce delitto che fa così paura alla Francia e il cui volto ripugnante di cretino dalla pelle scura è mostrato all'attenzione dei viaggiatori per invitarli alla massima vigilanza, dietro il vetro di ogni sportello della stazione? Che orrore! Io sono il re degli scellerati, e, mi conoscete, non mi lascio impressionare tanto facilmente, ma se incrociassi in un angolo poco illuminato della cité dei Poeti un mostro del genere ammetto che me la farei sotto nei calvin... A questo proposito, devo andare in quel posticino. E quel toast al pane casereccio mi è rimasto sullo stomaco.

Tocca a me.

"C'è ancora posto sul 16.00 per Parigi?"

"Un attimo... Solo in prima, e fumatori."

"Va benissimo; non viaggio con la plebaglia, e di quando in quando mi fa piacere rallegrarmi la vita con una nuocegrave."

"Un posto?"

"Sì, uno solo. Non sono obeso, non sono la Aubry!"

Lui pensa che se ne vede di gente balzana, in questo mestiere, ma insomma, eh? paga in contanti, l'agitato, quindi il suo biglietto glielo do!

16.00. Parigi. TGV *8848. Binario 2.*

Sono le 15.51. Tutto il tempo di correre al cesso a depositare un po' di roba solida e a meditare sulla transitorietà di tutto ciò che è umano.

Toilette Uomini... Bleah! Uno schifo da paura. Tre cessi, niente carta in nessuno dei tre, nelle tre tazze resti di scagotto, virgole marronastre sui muri... (Credo di averti già consigliato, lettore, di non leggere a tavola.) Gli uomini fanno proprio schifo. Andiamo a vedere alla toilette delle signore, che stando alla mia esperienza, e con la significativa eccezione della professoressa Rénal, sono più scrupolose per tutto ciò che riguarda i sanitari. Spingo la porta caratterizzata da un pittogramma raffigurante, in forma alquanto stilizzata, un umano con indosso una gonna molto svasata. Ho più volte notato che non era infrequente vedere donne in pantaloni tanto audaci da spingere una porta con siffatta segnalazione... Perché non io, che ho sempre avuto le palle, io che sono un vero uomo, io, l'audace Sid Ali? Dietro la porta che spingo, una giovane donna in gonna, e un bambino di cinque sei anni, visibilmente di sesso maschile – cosa che del resto tende a essere confermata dal fatto che la donna, probabilmente la madre del bambino, chiama il bambino "Kevin" nome quanto mai maschile. Questo Kevin vuol fare la pipì con la mamma; io la cacca senza. Cazzo! L'aria indignata con cui la madre mi guarda, l'espressione impaurita come se stessi per violentarla! Ma quale pervertito sarebbe così depravato da voler violentare una cofana così orrenda? Scandalizzata, assolutamente scandalizzata, la cretina, che un uomo possa venire a fare quello che deve fare nella toilette delle signore! E Kevin, cretina di una, l'hai concepito senza palle né uccello? Con che cosa fa la pipì, il Kevin? È un angelo, il tuo biondo Kevin? cazzo! ma non ci credo! insiste, l'Angéline, la mamma dell'angelico Kevin (scoprirò l'indomani guardando il tiggì che si chiamava Angéline). Mi fa:

"Credo che... Lei si...".

Credi che cosa? Che io mi cosa? È l'uomo personificato in me che ti rifiuti di ammettere nel bagno delle signore, o l'intruso che puzza di un'altra razza, l'indesiderabile con lo sporco muso da arabo cui vuoi impedire di inzozzare qui come gli uomini inzozzano dietro la porta di fronte! Halufa!

Cazzo! lo sguardo cupo che mi lanciano i suoi occhi azzurri! Bella lì! E il modo in cui si placca il figlio tra le gambe come per proteggerlo da un'aggressione più che possibile! probabile! Ah! vuole opporsi con tutte le sue forze al fatto che io caghi? Bella lì... Okay, nessuno in vista? Naaa. Bene, dai che si va! Scosto il marmocchio che visibilmente non capisce niente del film, ma, vuoi per lo spavento vuoi per imbecillità profonda, non fiata; spingo nella cabina aperta la madre, troppo terrorizzata per urlare; la scaglio violentemente contro la parete di fondo – urto sordo, osso sul metallo dello sciacquone –, stonata, la cretina! il corpo scivola e si affloscia nel cesso, gli occhi le si velano... Tanto vale finirla. Con cosa? Il sacchetto della Fnac che contiene *La Passion selon moi* non è di un formato abbastanza grande perché possa infilarglielo in testa e soffocarla... Ah, ma ho un sacchetto di plastica But, qui nella tasca sinistra della mia Aigle bianca... Perfetto! Non si potrà certo dire che l'assassino mancava di coerenza: butta nel cesso la vittima e la finisce con un sacchetto But – buttala!

Ancora nessuno in vista? Nessuno eccetto il marmocchio, che, vuoi per deficienza mentale, vuoi per assenza di qualsiasi sensibilità e di senso filiale, mi guarda, appena un po' stupito, uscire dalla toilette delle signore – i teorici che sostengono la tesi opposta a quella di Sid Ali relativamente alla non ereditarietà genetica del cretinismo o dell'intelligenza trovano qui qualche argomento da opporle. Ma Sid Ali Benengeli se ne sbatte! L'unica cosa che lo fa davvero cagare è, pleonasmo, non aver potuto cagare. Gli altoparlanti invitano i viaggiatori del TGV 8848, in partenza per Parigi alle ore 16.00, di salire nella carrozza dove hanno un posto prenotato... La mia è la numero 3 – eccomi. Mentre salgo sento le urla lontane di un bambino. La porta si richiude automaticamente alle mie spalle – pssshhh. E a quel punto, oddio! Ma cazzo, lo so cos'ero venuto a fare a Nantes: ad abbracciare il tesorino, il paperottolo, il cocchino, l'amorino, oohh, che bello, amichetto mio, figlio mio, Melchior!

Vabbé. Sarà per un'altra volta. Scusami, Melchior!

Posto numero 43, lato corridoio: io. Posto numero 44: lato finestrino: un uomo, sulla quarantina, barba corta, Barbour umido addosso, dolcevita di cachemire nero – in materia di abbigliamento Zinedine Zidane che posa per Dior fa emuli tra i francesotti medi purosangue –, Levi's 501 medium stoned washed, mocassini Timberland, occhialini senza montatura, stanghette d'oro avvitate alle lenti – il tocco di eleganza necessaria all'intellettuale attento al proprio aspetto... Intellettuale, infatti, dalla testa ai piedi. Probabilmente lavora in un giornale: altrimenti, perché avrebbe gettato sulla poltrona riservata a me un pacco di quotidiani e periodici comprendenti le seguenti testate: "Libération", "Le Figaro", "Le Parisien", "Le Monde", "France-Soir", "L'Événement", "Le Nouvel Observateur", "Les Inrockuptibles", "Courrier International" – e poi si lamenterà di non trovare più il tempo per leggere un buon romanzo!?... Pacco che si affretta a spostare dal sedile numero 43 appena vede che mi avvicino.

Io:

"Grazie".

Lui:

"Ci mancherebbe. Sono io che...".

Sguardo incantato! Centro! Frocio frocissimo, Sid Ali... Frocio barbuto... Frocio intellettuale di sinistra, stai sicuro! e fulminato istantaneamente al cuore e un po' più in basso dal sublime beur che si siede lì proprio accanto a lui... Pazzesco! sono sicuro che gli si è rizzato: potrebbe tirare su il tavolino che ha abbassato senza usare le mani... E a meno di non essere un masochista incallito, cosa c'è di più doloroso di farselo venire duro in un paio di jeans attillati? Perché credi che tutti noi uomini abbiamo abbandonato – tranne Rachid Djaïdani che, vuoi per scoppiataggine personale, vuoi per una cantonata del consulente letterario che lo aiutò a redigere *Boumkœur*, porta i 501 – i jeans attillati, e in particolare i 501? Ci piace farcelo venir duro nel comodo, eh, intellettuale! Fai finta di interessarti al lungo articolo sulla difficile democratizzazione della Cina sul "Courrier international"! Leggo in te come in un libro aperto il tumultuoso interrogativo che ti fa continuamente perdere il filo di ciò che leggi: che piano di cuccaggio adottare per sedurre questo beur? Eh sì, intellettuale barbuto di sinistra, lo so: questione ardua e delicata, quella dell'abbordaggio del beur desiderato da un francesotto purosangue ma che vuole essere un irreprensibile antirazzista – e peraltro, come chiunque, risparmiarsi la ranzata.

Ti lascio riflettere con comodo: mi alzo per andare a fare quello che non ho potuto fare alla stazione, né nella toilette degli uomini (merda fino al soffitto!), né in quella delle donne (una scassamerda, lì, ma che non scasserà più nessuno).

Sguardo furtivo al di sopra della spalla dell'Aigle: solo per accertarsi di quello che si intuisce interiormente... E vai! Il "Courrier International" è ricaduto, lasciando tutto il campo libero allo sguardo perso di colui che lo leggeva; o perlomeno faceva finta, un attimo prima...

Je rrreviens te cherrcher,... canticchia tra sé, arrotando le *r* alla Dalida, il cagone, più leggero uscendo dal cesso, lo scaltro Sid Ali... Ben convinto che l'occupante della poltrona numero 44 non aspettava altro, e febbrilmente. Centro! Giusta previsione del visionario Sid Ali! Il "Courrier International" giace sul tavolino con il resto dei giornali, abbandonato – lo sguardo incantato dell'intellettuale non riesce più a staccarsi dall'oggetto del suo desiderio: l'arcangelo dalla pelle scura in Aigle bianca, che se la tira da Ava Gardner, ma in più virile... Conte scalzo che esce dall'acqua – non vi ricordate la scena del famoso film di Mankiewicz? Io, Sid Ali, sì! L'ancheggiamento, in versione molto più virile... Oh, e poi, aggiungiamoci anche questa: il sorriso caramella succhiata che ti fa le guance meravigliosamente incavate dandoti l'espressione imbronciata di Marylin Monroe che sussurra il suo *Pooh-pooh-pee-dooh*...

A qualcuno piace caldo! A me, per esempio, Sid Ali l'attizzatrice. Soprattutto quando la mia idea è quella di lasciare, alla fine, l'attizzato morto di frustrazione... Hai ancora molto da sperare e da soffrire, caro il mio intellettuale barbuto di sinistra in dolcevita di cachemire nero alla Zizou! E mi sa che sotto la pila di giornali, sotto il tavolino, sotto il denim Levi-Strauss, gli slip Petit-Bateau sono tutti appiccicosi. Cazzo! E ancora nessuna idea di attacco, mentre dopo essermi tolto la mia Aigle, gettata al volo con noncuranza sulla reticella portabagagli – e una manica ricade e ti sfiora la faccia, caro il mio intellettuale, e la tiro su chiedendoti in modo così carino di scusare la mia goffaggine che sei sull'orlo dello svenimento! – mi risiedo mollemente, sensualmente... Bella lì! Difficile da condurre, il cuccaggio, con uno come me, Sid Ali, senza fare gaffe, caro il mio intellettuale! La lepenizzazione strisciante delle menti ha colpito anche te, a tua insaputa: in presenza del beur, la naturalezza è perduta! Non che tu sia diventato razzista, caro il mio intellettuale, non ti accuso di questo, ti giuro! Ma Le Pen ha talmente inquinato l'atmosfera morale di questo paese che anche il francesotto più virtuoso si preoccupa sempre che ogni suo minimo gesto, anche di simpatia, venga male intrepretato, male accolto dal beur – da cui, disagio. Altro interrogativo che ti tormenta: ma questo beur è o non è finocchio? Se si trattasse di un Bianco che più bianco non si può, di un purosangue, nessun dubbio: da minimi dettagli nel comportamento del ragazzo desiderato che sai decifrare alla perfezione, capisci se lo è o se non lo è, se puoi giocare a carte scoperte o meno... Ma con l'arabo, 'sti cazzi! Un dubbio rimane, cose che non hai mai colto negli atteggiamenti e nei modi del maghrebino, anche se maghrebino ormai lo è solo per l'origine dei suoi genitori... Ahi ahi ahi! Com'è complicato tutto ciò! (E che grandioso sociopsicoetnologo selvaggio sono, eh, lettore? Al confronto Tobie Nathan non vale una sega!)

Be', a questo punto devo rendere omaggio al coraggio fuori del comune dell'intellettuale barbuto di sinistra mio vicino; coraggio provocato, certo, dall'incredibile uragano che ho suscitato nella sua libido, ma, da giocatore che sa perdere, devo complimentarmi con lui per la sua trovata. Ecco: siccome è risaputo che è sempre il giovane beur a scroccare una sigaretta al francesotto purosangue più vecchio di lui, lui proverà ad andare in controtendenza, a invertire le parti... Si lancia:

"Scusi, posso rubarle una sigaretta? Ho dimenticato le...".

Allora io, tendendogli il pacchetto proprio come feci per offrire a Rabah quella che doveva suggellare il nostro amore, fissando con i miei begli occhi nerissimi il tremebondo postulante proprio come feci con Rabah:

"Ma prego!".

Gli do il colpo di grazia e tiro fuori lo Zippo per accendergliela proprio come feci per Rabah? Così la checcona intellettuale mi sviene e mi tocca chiamare il capotreno, tirare l'allarme... Naaa. Lasciamola cuocere a fuoco lento, la tesora, lasciamola rosolare e continuare a interrogarsi sulle tendenze nascoste della mia sessualità. E poi, insomma, il desiderio non è reciproco, e anche sul discorso marchette so che c'è ben poco da cavare con questi intellettuali genere Barbour-Timberland-"Courrier International": sono i classici clienti di marchette che non vogliono sentirsi tali; che vogliono da te, bel morettone, una scopata gratis con la scusa che loro sono di sinistra, antirazzisti, loro, antilepenisti, e che a volte vanno pure in piazza per i sans-papiers! Col cazzo! Sono checche di questo genere che hanno preso in antipatia Djebril l'Arcangelo, e hanno tentato di sputtanarlo con tutti i mezzi da bassa polizia di cui disponevano, e ci sono quasi riuscite, quelle froce mondane mitterrandiane, quando Dje, stufo di servirle sessualmente in cambio di un biglietto di fondo palco per i *Dialoghi delle carmelitane* all'Opéra-Garnier, o di un biglietto di invito a un cocktail da Grasseuil, o di una sedia di seconda fila alla sfilata primavera-estate di Indovinachi-Couture, si è ribellato e ha deciso di applicargli la tariffa Abdel: d'ora in avanti mi pagate quello che paga il più squattrinato dei clienti di rue des Martyrs, altrimenti addio al mio piffero! Bastardi! Credevate che fosse un piacere, per Dje, farsi legare e brancicare per ore da tre rachitici tecnocrati nani incappucciati di pelle nera? Stronzi!

Ah, sei già lì a fantasticare sulla notte indimenticabile che passerai con l'arcangelo seduto al posto numero 43, dono che Allah ti avrebbe fatto su un TGV Nantes-Parigi, Luc? (Ho deciso che si chiamava Luc, anagramma a specchio della parola *Cul*). Be', Luc, ti dico, come Montecristo, che l'umana saggezza sta tutta in queste parole: *Aspettare e sperare!*

Manteniamo un filino la tensione, giochiamo sui nervi della preda che si crede predatore:

"Posso dare uno sguardo a 'Libération?'".

Come no! E questo giovane è talmente educato che a sua insaputa mi dà una lezione di buon parlare, evitando di abbreviare, come fanno tutti, io per primo, il titolo del quotidiano: lui dice "Libération", e non "Libé"! La Luc è sull'orlo di una crisi di nervi come una chica isterica di Almodóvar... La Luc crede di scorgere finalmente la riva. Invece, mia cara Luc, parola di Sid Ali, per quanto tu sia privo di pregiudizi borghesi, avrai la più grande sorpresa della tua vita! Vedrai un giovane beur tutto preso da una cronaca di Alain Duhamel su alcuni curiosi raggruppamenti trasversali transcorrenti, con ogni probabilità puramente tattici, tra i seguinisti di destra e i debréisti di sinistra che tentano di sbarrare la strada della presidenza del RPR alla signora Alliot-Marie. E poi, ma dai! vedrai il giovane beur leggere per intero il supplemento letterario del giovedì... E poi – ma qui, in effetti, non deve fingere di appassionarsi a ciò che legge, visto l'argomento – un articolo sull'omicidio di Donata sul Parigi-Genova. Riassumendo: le indagini sono a un punto morto – lieto di saperlo! –, in primo luogo e soprattutto a causa dell'inverosimile guerra che si fanno tra loro i vari settori della giustizia e della polizia incaricati del caso, che sprecano molto più tempo ed energia a mettersi i bastoni fra le ruote che a cercare l'assassino – lieto di sapere anche questo! Fino a oggi, nessuna impronta né traccia genetica né indizio probante – me ne rallegro! Molti giovani delle periferie difficili portano delle Helly Hansen bianche – l'avevo notato, e per distinguermi ormai porto più volentieri la mia Aigle che la mia HH. D'altro canto, il sospetto di cui è stato diffuso l'identikit è stato visto negli ultimi giorni e, in un caso, dotato di sorprendente ubiquità, lo stesso giorno alla stessa ora, a Nancy, a Orange, a Marsiglia, sul Parigi-Irun, dove avrebbe tentato di violentare una giovane donna, infine a Nantes – ahia! Ma no, perché ahia? Se è nell'edizione di oggi del quotidiano che stai leggendo la notizia, Sid Ali! Bene. Conclusione: non c'è da farsi cattivo sangue! *Inafferrabile, introvabile, imprendibile! Conosciuto ma sconosciuto! Non mi vedi, non mi prendi! Passeggero clandestino della vita!*

Sì. *Je suis le roi des scélérats à qui sourit la vie...* Ciononostante, restituisco al mio vicino il suo "Libé"? Ah, come vorrebbe, Luc, trovare il modo di riprendere il dialogo, fin qui troppo laconico, che aveva così coraggiosamente avviato quasi un'ora fa – stiamo arrivando a Le Mans! Cosa che la SNCF, probabilmente allo scopo di *meglio migliorare* il servizio, annuncia in questi termini: "Signore e signori arriviamo alla stazione di al Le Mans!". Curioso! A scuola, ci avevano insegnato che la regola grammaticale voleva che si assorbisse l'articolo nella preposizione, e noi sapevamo che il non farlo era un grave segno di ignoranza, se non addirittura di analfabetismo. Erano i nostri poveri padri appena immigrati che noi sentivamo dire: "Vado a Les Halles", invece di dire correttamente: "Vado alle Halles!". Erano i nostri poveri padri appena immigrati che facevano crepare di vergogna noi figli quando dicevano "Vado a il lavoro" invece di dire correttamente "Vado al lavoro"! Be', adesso, la SNCF dà ragione ai nostri padri analfabeti, e torto a tutti quelli che da secoli hanno avuto a cuore di parlare un buon francese, un francese elegante, che sia musica e per questo elida, leghi, assorba ed elimini tutto ciò che appesantisce inutilmente, urta o fa iato! Ormai la SNCF parla l'ostrogoto degli africa! Demagoghi! Populisti! Fascisti! Stronzi nazionali e ferroviari francesi!

Ah, e la Luc è torturata dal desiderio di scroccare un'altra siga al Giovane di Origine Immigrata, ma non sarà mica eccessivo? E quel GOI è talmente preso dalla lettura del quotidiano che non gli è nemmeno venuto in mente di offrirgliene un'altra, le due volte in cui ne ha ripresa una... Ed è proprio vero, Sid Ali, che stavolta sei la regina delle cattivone, ma è troppo bello frustrarla, la Luc! Sei vendicato, Djebril! Lo faccio per te, fratello mio, amico mio che tante volte fosti umiliato da benpensanti come questo! E il sottoscritto, da quant'è che non se la godeva così tanto?

Aspetta un attimo, cara la mia Luc! che ho scovato un altro pezzo proprio delizioso, un pezzo che proprio mi godo sinceramente e non per sadismo nei tuoi confronti, cara la mia Luc, in questo prodigioso numero di "Libé" che mi hai prestato ormai più di un'ora fa! *La visita del presidente Jiang Zemin in Francia* e l'incredibile fotografia che la illustra.

Dunque, questa settimana, Jiang Zemin, il tiranno che opprime più di un miliardo di cinesi e sta sterminando il popolo tibetano, faceva visita al suo grande amico il presidente Chichi-il-pappa, il quale ci ha tenuto a onorare la testa di cazzo facendo cento volte di più di quello che ha fatto qualsiasi altro capo di stato dei paesi che si ritengono democratici e che hanno almeno un po' a cuore il rispetto dei diritti umani fondamentali. Il nostro Presidente-Prosseneta ha quindi invitato nel suo castello di Bity-la-Bega il crudele Jiang Zemin, e lì – cosa non si farebbe per vendere una centrale nucleare alla Cina? – gli ha freddamente gettato tra le braccia la sua legittima, Bernadette, ingiungendo a costei di infilarsi un paio di stivali stile baldracca di rue Saint-Denis per qualche passo di tango con striscio tra le braccia di Jiang-il-Terrore! Cosa volete? Ognuno ha i suoi gusti! A Jiang-il-Terrore, quello che glielo fa rizzare ancora sono le tardone! Ma se solo preferiva una zoccola meno frolla, Chichi-il-Pappa gli rifilava la figlia, a Jiang-il-Terrore! E se niente niente il Jiang-il-Terrore era pede pedofilo, era il nipotino a finire inforcato – sì, cosa non si farebbe per vendere una centrale nucleare alla Cina? E se non ci credete, be', guardate la foto che illustra l'articolo, guardate Bernadette, la mignotta con gli stivali, che sgambetta con l'orrido cino! E se leggerete l'articolo fino in fondo, verrete a sapere anche questo: che tre giovani monaci tibetani, armati di pericolosi mulini da preghiere e di offensivi bastoncini d'incenso, hanno avuto l'incredibile spudoratezza di pretendere di avere l'inverosimile insolenza, quegli impertinenti, di voler pregare per la pace in avenue des Champs-Élysées nel momento in cui sarebbe passato a tutta velocità, protetto da quindici cordoni di celerini armati fino ai denti, il corteo ufficiale che avrebbe portato Chichi-il-Pappa e l'ospite della Francia, Jiang Zemin-il-Terrore, all'Arco di Trionfo, a deporre la loro corona di fiori. Allora Chichi-il-Pappa ha chiesto al suo adorato Chevène-il-Papon di acciuffare i tre pericolosi terroristi all'uscita della metropolitana e di fargli passare, ammanettati dietro la schiena, una buona ventina di ore dietro le sbarre di un commissariato di zona per insegnargli le regole basilari della vita in una democrazia, ecchecazzo! E secondo il modesto parere di Sid Ali, la cosa più assurda non è tanto che questo fatto sia accaduto, quanto che i commentatori politici se ne stupiscano e si mettano a dubitare della purezza morale del presidente della repubblica francesotta! Ma, poveri sfigati di pennivendoli, se solo foste venuti a chiedere a noi abitanti delle cité cosa sapevamo di Chichi-Jacquettino-canaglia all'epoca in cui menzionò la questione dei nostri odori, ve l'avremmo detto noi che era un pappa infrequentabile, la perfetta incarnazione della viltà, della demagogia e della palinodia da politicanti, la spregevole reincarnazione di un Pétain nascosto dietro una maschera gaullista! Se foste venuti a intervistare me, Sid Ali, vi avrei parlato in maniera misurata, con la mia consueta moderazione, di Chichi-gli-odori!

Vabbé. Mancano solo quaranta minuti prima di arrivare alla Gare Montparnasse. Restituisco educatamente alla Luc il suo "Libé"... In lui rinasce la speranza, mi mostra la sua pila di periodici e quotidiani e mi fa, tutto seduttivo:

"Prenda quello che vuole, non posso leggerli tutti contemporaneamente!".

Ah, ah punch line! Ma io:

"No grazie, ho di che leggere, e di assai più corroborante!"

Che ricchezza di lessico in questo figlio del popolo! esclama interiormente l'entusiasta intellettuale. Mi alzo per frugare nelle ampie tasche della mia Aigle bianca alla ricerca non del tempo perduto ma della *Passion selon moi*... Nuova caduta di una manica che di nuovo sfiora il volto estatico della Luc – parola mia, questo qui è pure un feticista della cerata da marinaio! Eccolo, il nuovo opus di Paul Smaïl, non romanzo ma *divano* – se lo dice il mio Paulou!

Oh, e quella curiosona del mio Luchino vorrebbe sapere cos'è, eh? Scommetto che non hai mai letto *Vivere mi uccide*, né *Casa, la casa*! Ignori persino il nome di Paul Smaïl... Perdi troppo tempo a crogiolarti nella carta stampata, caro il mio Luchino! Stai per chiedermelo ma ti tiri indietro, per paura di farti redarguire da questo maghrebino puro e duro, un vero uomo!

E comincio così a gustarmi la poetica prosa di Paul Smaïl... E richiuderò *La Passion selon moi* solo quando il treno sarà giunto a destinazione e completamente fermo al binario, alla Gare Montparnasse – a pagina 96, su una citazione di Rimbaud: *Tout se fit ombre et aquarium ardent*.

Il vagone, che si è svuotato dei suoi passeggeri, si fa ombra e aquario ardente. Per alzarsi, Luc aspetterà che il suo desiderabile vicino si degni finalmente di alzarsi e gli butti lì un asciutto e sbrigativo: "Arrivederci!".

Conosco uno che stasera, solo soletto tra le sue lenzuola Descamps e sotto il suo piumino Habitat, se lo smanetterà furiosamente da farsi sanguinare il glande, evocando nella sua fantasia di stupro anale la figura angelica del sublime beur tutto vestito di bianco e di candida probità (zeugma), colto, meravigliosamente educato, parola mia, ma ahimè ahimè ahimè, etero! infinitamente, irrimediabilmente, disperatamente etero... Assolutamente inespugnabile.

A meno che il Luchino non corra già domattina a iscriversi al Front National! È vero, insomma, noi abbiamo militato a favore di quella gente lì, abbiamo difeso il loro diritto a una vita decente e dignitosa, e guardate poi loro con che vile ingratitudine ci trattano! "Arrivederci!" E bravo il mio africa! È cosi che mi saluti, dopo che ti ho prestato il mio "Libé... ration!".

Cazzo! comincio a preoccuparmi: mi accorgo che da un po' di tempo ogni tanto ho dei vuoti di memoria. Come si chiamava, a proposito, il pupo della cretina che ha lasciato la pellaccia al cesso per signore della stazione di Nantes? Ah sì, mi è venuto in mente... Kevin. Kevin! Cazzo.

Plus rien ne s'oppose à la nuit,
Rien ne justifie...

Povero pupo! Orfano, adesso. E quando vedi la faccia del padre, su "Paris-Match" – esclusivo –, o su "Détective" – esclusivo –, o su "VSD" – esclusivo –, pensi che ha poco da stare allegro, il moccioso. Cazzo! la faccia del Ginone, di nome Jacky, il borghesuccio rincoglionito che posa con il bambino in braccio davanti alla porta del garage della villetta mutuo trentennale agevolato situata alla periferia di Tourcoing – il Belgio comincia in fondo al giardino, sì, dietro le piante di ribes e lo stenditoio modulabile retraibile clicclac –, e in garage una Twingo rosa lilla vomito di cui attualmente sono state pagate solo metà delle rate; e Jacky posa per i settimanali popolari, con il bambino in braccio, sperando di impietosire il lettore del fogliaccio e di poter pagare gli onorari stratosferici dell'avvocato "di parte civile" Stocazzo! E non esita a vendere le polaroid dell'ultimo compleanno di Kevin, quando il moccioso aveva ancora la madre e ha soffiato come un bimbo grande, tutte in una volta, le cinque candeline conficcate nella Delizia al cioccolato quattro porzioni Leader Price (c'è una bottiglia di Banta Arancio sulla tavola), e la mamma del Kevin, l'Angéline, sulla foto scattata con il flash, ha gli occhi rossi come una coniglia, visto che quel coglione di un vedovo del marito che non se la monta più, e per forza, non ha schiacciato il tasto ad hoc prima di scattare, ma il caporedattore di "Match", cioè-troppo-figo come sempre, ha detto: "Dai okay fa lo stesso! Le cacciamo questi 20.000 franchi e chiudiamo il discorso!". *Le immagini della felicità perduta* – esclusivo. *Per Kevin era il primo Natale senza la mamma* – esclusivo. Bella lì. Ma papà, il vedovo, si è comunque regalato Michel Sardou, *La Compile*, e Céline Dion, *Live au Stade olympique de Montréal*, da mettere nella sua scarpa Mephisto sotto l'albero di Natale, per consolarsi un po' dell'immenso dolore esclusivo, insiema al gameboy e all'orsacchiotto per Kevin, l'inconsolabile orfano – questa settimana, in esclusiva su "Paris-Match", "Détective", "VSD"! *La tragedia di Jacky e di Kevin. L'avvocato Rémi Stocazzo accusa di mollezza il guardasigilli Élisabeth Guigou* – bella lì. E tanto per cominciare quella testa di cazzo non doveva chiamarlo Kevin, il suo pargolo! Ma è possibile? Kevin! Tipically lower middle class, quasi lower class, come nome! Quasi lumpen! Così ordinario! E nemmeno francese, il nome! Invece io, eh? Sid Ali, puro profumo di giglio, tanto vecchia Francia, e *Mouchoir-de-Monsieur*, vero, Jacky? Che ne dici, eh, di Sid Ali? Cogliona! E Claire Almansour l'aveva trovato subito: Melchior! Oro puro, mica placcato! Ed è così caruccio, il Melchior, un tesoruccio, il Melchior, da mangiarselo! Mentre il piccolo Kevin è il ritratto sputato del padre a sei anni, non vi dico altro, mi sono spiegato! Bella lì. Ho soffocato la mamma in un sacchetto di plastica But! Non si meritava di meglio. Avrebbe preferito un sacchetto di Prada? Un sacchetto YSL Rive Gauche, sì e poi cos'altro? Naaa. But! *Scegliete bene, scegliete But!* Bella lì! Buttata fuori dalla faccia della terra! Una cretina in meno! Tanto di guadagnato sul nemico. Angéline! Originaria di Tourcoing, mentre il suo Jacky: di Roubaix! Lo dice "Match", *il peso delle*, *lo choc delle*. Jacky ha preso il catalogo delle vendite per corrispondenza, poi il tram, per andare a dichiarare il suo amore alla futura sposa, quel Ginone! Le partecipazioni, il municipio, la chiesa, l'Ave Maria, il riso, i confetti, le foto sul sagrato – Angéline, angelica in bianco "Casa della Sposa"; il felice consorte: farfallino da pagliaccio del circo americano e spencer di velluto Postal Market... Viaggio di nozze alle Baleari Discount Tours, pam pam, risultato: nove mesi dopo, nascita di Kevin! Kevin! Cazzo! "*Non mi riprenderò mai più*" dichiara Jacky al nostro inviato speciale. Come no! Originale, questa! Punch line! Una trovatona! Ci dai dentro di brutto, ragazzo mio! Le tirature di "Match" si impenneranno! Raddoppieranno! Triplicheranno, con una cosa del genere. Rifammelo tutte le settimane in esclusiva, e noi a "Match" ritroveremo le cifre dell'epoca d'oro, de Gaulle, la guerra d'Algeria e via dicendo! "*Non mi riprenderò mai più!*" Ma mio caro Jacky, potresti rifarti una vita spingendo la porta in fondo al giardino, dietro le piante di ribes: in Belgio dunque! Bella lì, ma in Belgio hanno Dutroux. Un bianco che più bianco non si può, quello, un belga vallone purosangue, Dutroux del culo,* mica un arabo, ma det-

* Gioco di parola basato sull'omofonia tra Dutroux e "*du trou*".

to questo! E io, eh, Sid Ali, non ho mai e poi mai, lo giuro sulla mia fede che è l'unica vera Fede, toccato uno sbarbato, manco un capello! I bambini sono sacri, per noi musulmani! I bambini, massimo rispetto. Guai a chi lo tocca, il piccolo Melchior Almansour! Invece quel Kevin, quello sfigato, quella faccia da schiaffi, con quell'aria da gattamorta bonino bonino tutto zucchero e miele, come papà! Papà che si riascolta in full repeat Céline Dion per consolarsi un po', l'inconsolabile – neanche sul *Titanic* la situazione era molto allegra, quando la prua ha sbattuto contro l'iceberg. Ah! E poi Michel Sardou, solo un attimo, prima di mettermi in branda e provare a dormire rintronato di rohypnol, che quei barboni della mutua non passano neanche più integralmente: Michel mi fa piangere a calde lacrime quando canta che lui alla pena di morte è favorevole. Anch'io, Jacky, alla pena di morte sono favorevole. Ed è una cosa che ti tira sempre un po' su di morale. Cazzo.

E quell'altro stronzo lì, il suo avvocatuccio del cazzo, di Jacky, l'avvocato Stocazzo, l'avvocato Rémi Stocazzo! quell'altro stronzo che fa la troia televisiva tutte le sere, in tutti i tiggì, tutti! e nei talk show, e nei dibattiti, e negli strass e lustrini "un bell'applauso"! tutte le sere! tutte le sere della settimana e pure la domenica! Da Nagui, da Delarue, da Field, da Drucker, da Isabelle Alonzo, alonzanfan! Da Arthur – naaa, non Rimbaud! quello che non ha cognome, l'innominabile Arthur – ah, e Karl Zéro, e Karl Meno Uno, e Karl Meno Due... "Domande per un campione"? No, lì erano overbooked. Ma è l'unico rifiuto che ha ricevuto, l'avvocato Stocazzo... Non avrebbe saputo rispondere neanche alle domande più cretine, lo Stocazzo, se lo sentivano, a DPUC! "1515, avvocato Stocazzo, una battaglia vinta da Francesco I? – Ah no, mi spiace, non so rispondere!"... Ma sennò l'avvocato Stocazzo: sul primo, sul secondo, sul terzo, su Canal +, su M6, su LCI!... "Protesto! Protesto!" Ma sì, avvocato Stocazzo! Protesta, protesta, tanto io continuo a non essere estradato! Cosa vuoi? Che la Guigou vada a fare un cazziatone al suo omologo portoghese? – ma il portoghese non fa la guardia ai Sigilli, come la mia adorata Sabeth, lui si accontenta del titolo di *Ministro da Justiça*. Cosa vuoi, avvocato Stocazzo? Che Parigi rompa le relazioni diplomatiche con Lisbona? Che Chichi esiga dalla Comunità Europea l'esclusione del Portogallo, un paese così civile e progressista da non condannare all'ergastolo, da non dare più di trent'anni? Sono lunghi, avvocato Stocazzo, trent'anni dietro le sbarre! Non ti bastano? Non bastano a Jacky, il papà di Kevin? Vuole di più, lo stronzo di Tourcoing? Ricomincerebbe a dormire senza rohypnol, ricomincerebbe a farselo rizzare senza viagra, si riprenderebbe finalmente dalla morte di Angéline da cui non doveva mai più riprendersi? Si riprenderebbe, il ciula che più non ciula, si riprenderebbe, il Jacky del Kevin e della Twingo, se fossi estradato e mi beccassi l'ergastolo in Francia? Ma io, pensa un po', preferisco Lisbona! Mi piace il clima atlantico, la straziante monotonia del fado, *Nasci para ser ignorante*... E apprezzo soprattutto che qui i secondini permettano a Jesus di venirmi a trovare nella mia cella, di consolarmi un po' quando ho la saudade, povero avvocato Stocazzo!... Tu e la tua messinpiega da stronzo alla Claude François del periodo di *Alexandrie – Alexandra, ah ah... Le sirènes du port d'Alexandri-i-i-ie*... Ma se tu sentissi le sirene del porto di Lisbona, avvocato Stocazzo, quando c'è la nebbia sul Mare di Paglia... Si sentono da qui, le sirene, e ti mettono un magone da farti venir voglia di farla finita – datemi un rasoio, e che non sia elettrico! datemi il veleno per topi, ci sono dei topi nella mia cella! –, quando le sirene dei ferry, delle metaniere, dei portacontainer fanno coro, nei giorni di grande nebbia sul Mare di Paglia, ti viene la saudade fado, te lo dico io Sid Ali, avvocato Stocazzo! Porca puttana! E come ti ha cazziato, l'altra sera, la mia Guigou: "La Francia, avvocato Stocazzo, si onora di rispettare scrupolosamente – scrupolosamente (*bis*) – la legislazione particolare di ciascuno dei paesi membri, partner e amici – e amici (*bis*) – della Comunità Europea...". Beccati questa! Tacchi a spillo nelle palle che non hai, avvocato Stocazzo! Complimenti, mia Sabeth! Se un giorno dovessi mai divorziare, pacseremo* insieme, mi piacciono le tipe con i coglioni! E tu sei sexy maxi, mia Sabeth, te lo dice uno che se ne intende! Cazzo, nel luglio scorso, alla serata di gala per il re del Marocco con un piede nella fossa, in tournée d'addio "Rivedere Parigi un'ultima volta prima che Allah mi chiami a Sé"... Ah! Mia Sabeth, la tua apparizione in smoking Yves Saint Laurent di *pou de soie*, revers satinati nero carbone senza niente sotto e rasenti i capezzoli, cazzo! A Hassan II gli è venuto duro per l'ultima volta, ed è stato questo a dargli il colpo di grazia, a quella Carogna con la C maiuscola, come in Comandante e in Credenti... Tu, nello stesso tempo sexy e gran signora, mia Beth, mia Guigou! E per la foto ufficiale nel grande salone ovale dell'Eliseo, fermi tutti! tu gomito a gomito con Bernadette Chichi vestita stile Zia Pina Boutique di Zia Pina, non c'era storia, te lo dico io, mia Beth! E tu, stronzo di un avvocato Stocazzo! "Protesto! Protesto!" Con la tua messinpiega e il tuo completuccio striminzito, 10% lana 90% polie-

* Allusione al PACS (Pacte civil de solidarité), legge del 1999 sulle unioni civili.

stere, senape tendente al verde marcio, a qualunque ora tu vada in onda: in diretta, in differita, in replica!... uno solo, ne hai, uno solo, di completuccio: lo stesso! su tutti i canali! un completuccio Monsieur de Fursac Diffusione Centri Commerciali, scommetto! E i tuoi errori di sintassi che mi straziano le orecchie: "Perché io, quello che ho paura, è che ci rimanga a Lisbona, l'assassino, il mostro! È che non sia giudicato in Francia, ch'è il suo paese, è questo quello che ho paura!". Ma va? Adesso è il mio paese, la Francia? La Francia mi rivendica, finalmente! La Francia mi riconosce? Champagne! Ma ti segnalo, avvocato Stocazzo, che bisogna dire "quello di cui ho paura!" non "che ho paura!". Cioè, dipende: io posso urlare, di notte, nella mia cella "Lo sai che ho paura, Yema, lo sai che ho paura!". Qui non c'è nessun errore di francese, ma sarebbe troppo lungo spiegartelo, avvocato Stocazzo. Devi avere il QI negativo, tu: meno 137! E quel look, cazzo! Si capisce subito che tu e Jacky vi siate piaciuti! Messinpiega, Monsieur de Fursac, e cravatta poliestere dei grandi magazzini! Due nei hai, di cravatte, non una di più – noto tutto, avete notato? – due cravatte, dico due: i giorni pari, il sole giallo su sfondo azzurro genere Van Gogh – Van Mongogh, per meglio dire – e i giorni dispari, le righe regimental – ma non nei colori di Eton, di Cambridge, di Oxford, di Yale, di Harvard, eh, le righe! non l'emblema di una ivy school o di uno yachting club esclusivo! naaa! ma tipo le righe dell'istituto professionale di Ris-Orangis! arancione, verdognolo e viola, le righe! Anche la cravatta dell'uniforme del simpatico Jamal dell'agenzia Royal Air Maroc di Marrakech era in poliestere, ma più bella, te lo dico io, avvocato Stocazzo! Altro genere!

E chi ha di fronte? Chi, a difendere me? L'avvocato Jean-Charles Hélier de Hocquencourt! Xcuse me, ma anche qui, non c'è storia, caro il mio Stocazzo! Lui, l'avvocato Jean-Charles Hélier de Hocquencourt, stiamo parlando di scarpe Lobb, completo – non completuccio, bada bene! completo, che dico? completi, al plurale: non gli ho mai visto due volte lo stesso, al parlatorio, al mio avvocato! no, vabbé, adesso esagero, ma insomma, ha di che cambiarsi, l'avvocato Jean-Charles Hélier de Hocquencourt, credimi! Fresco di lana, *supercent*, spigato, pou de soie, come la mia Beth, e, come la mia Beth; tutto firmato Yves Saint Laurent – linea Hedi Slimane (un amico mio, Hedi)... Camicie? Charvet, con le cifre ricamate sul petto, *JCHH*, ma discrete, ton sur ton... E i polsini? Doppi, perbacco! E i gemelli? Pallini di passamaneria intonati al colore della camicia! E la cravatta? Le... cravatte! Non due, ma come minimo cento cravatte! Cravatte accuratamente scelte in funzione della tinta della camicia! Cravatte E. Marinella, di Napoli! (*E.* sta per Eugenio.) Non le conosci, avvocato Stocazzo? Non mi stupisce! Sono riservate a pochi iniziati. Nemmeno io, Sid Ali, arbitro del buon gusto e dell'eleganza, le conoscevo prima di aver osato chiederlo all'avvocato Jean-Charles Hélier de Hocquencourt, durante la sua terza o quarta visita al parlatorio! Be', mi ha risposto: sono cravatte E. Marinella! Fatte a mano su misura, seguendo l'altezza del tuo busto, del tuo personale, non ce ne sono due uguali al mondo: proprio del tuo personale, quindi! E la fodera? doppia! per dare maggiore tenuta! e il dettaglio unico? tagliata nel tessuto della cravatta, la doppia fodera! non un banale tessuto in tinta unita, che peraltro non si vede, naaa! la seta di sotto uguale alla seta di sopra, lo stesso tessuto, hai capito la raffinatezza! No, non l'hai capita, sei troppo una testa di cazzo, avvocato Stocazzo... Dodi ne portava una quando si è schiantato con Diana sotto il tunnel dell'Alma! Una E. Marinella! Una sola marca, per le cravatte, e sei sicuro di non sbagliare: E. Marinella *e basta*!* Dior, Gucci, Hermès, Cravatterie Nazionali le lasci agli zeri con zero gusto! E non crediate! un negozietto artigianale, a Napoli, E. Marinella! ma sono anche ipermoderni e organizzatissimi: hanno un sito Internet, puoi far scorrere sullo schemo tutti i loro motivi e le loro tinte, fare l'ordinazione su www chiocciola punto com: hanno le tue misure memorizzate sul disco rigido, e te la consegnano entro settantadue ore con Federal Express, in qualsiasi posto al mondo tu viva! Cioè, nel mondo civile e abitabile! Non ad Algeri, ovviamente! Ma a New York, Los Angeles, Miami, Madrid, Milano, Barcellona, Parigi, Londra, Amburgo, Berlino, Amsterdam, Lisbona – potrei ordinarmene una se avessi la grana: vi mando l'indirizzo e-mail della mia gattabuia in Portogallo, con il mio numero di cella, rimarrete di stucco lì a Napoli! ma il cliente è re, e abbiamo anche qualche mafioso celebre nel nostro listing clienti Marinella-la-la... Se sapeste! Cazzo! E. Marinella! L'avvocato Jean-Charles Hélier de Hocquencourt, mica roba dei grandi magazzini come te, avvocato Stocazzo! E gli occhiali con la montatura di tartaruga (vera tartaruga, non un'imitazione)? Lafont! E l'orologio? Patek Philippe. Primo prezzo della Patek Philippe? 25.000 franchi... Svizzeri, i franchi. 25.000 franchi svizzeri: moltiplicate per quattro per avere il prezzo in franchi francesi. Capito? 100.000! "A partire da..." Notate che, allo stesso prezzo, potete avere trecentosessantacinque Swatch: uno al giorno. Sì, ma cosa fate negli anni bisestili? Il 29 febbraio vi

* In italiano nel testo.

rimettete quello del giorno prima, quello del 28? È da straccioni! E poi un Patek è come un Panerai: garanzia a vita e garanzia COSC. Quindi nessuna esitazione, quando ti chiami Jean-Charles Hélier de Hocquencourt: un Patek, non trecentosessantacinque Swatch! E la penna, quando ti chiami Jean-Charles Hélier de Hocquencourt? Mont Blanc *Meisterstück – Ja voll!* Esattamente quella con cui vergavo le lettere indirizzate all'ente delle case popolari del 93, quelle lettere che poi mio padre inzozzava con il suo orrendo ghirigoro manco per niente raffinato: *IB*! Abbiamo almeno una cosa in comune, l'avvocato Jean-Charles Hélier de Hocquencourt e il sottoscritto, Sid Ali: la penna Mont Blanc. E mica è uno che difende il vedovo e l'orfano, questo avvocato Jean-Charles Hélier de Hocquencourt! Lui rappresenta solo delle star: sport, fashion, movie, top model, rock'n'raï, you name it, e via dicendo... Io, avvocato Jean-Charles Hélier de Hocquencourt, al di sotto dei cinquecento testoni l'anno non prendo nessuno!... Oppure, se capita, difende gratis qualche beur delle cité vittima di abusi di sbirri, scampati a sarabande di auto che hanno preso una brutta piega, padri meritevoli di sette figli francesi nati in Francia che Chevène vorrebbe rimandare in Mali scortati da due gendarmi ciascuno, cerotto extralarge sulla bocca: in modo che gli altri passeggeri di quel volo di linea non sentano i singhiozzi strazianti di quei padri meritevoli separati dai figli che fino a quel momento sono venuti su benissimo e che in quattro e quattr'otto diventeranno teppaglia, ve lo dico io, per colpa di un ministro cuore di pietra – bastardo, Chevène! molto peggio di Pasqua, che vuole regolarizzare tutti adesso che non fa più il ministro in place Beauvau... E l'avvocato Jean-Charles Hélier de Hocquencourt dà per giunta un po' del suo tempo e del suo denaro al CADP – Comitato per l'Abolizione della Duplice Pena: cazzo, devo spiegarvi tutto! voi la sigla pura e semplice, a parte YSL, BMW e LVMH, non capite proprio cosa voglia dire, eh, cari i miei snob!... Insomma, l'avv. JCHH, vestito YSL, si occupa anche del CADP! Eppure è quanto di più *vieille France* ci possa essere, l'avvocato Jean-Charles Hélier de Hocquencourt! Vitigno d'origine, senza tagli! Nessun miscuglio, eh! Niente *mésalliances* negli H de H! sangue purissimo, forte, titolato, cristiano prima scelta extra di razza! Baroni di padre in figlio dall'epoca delle Crociate, e così nobile da non fare mai sfoggio della propria nobiltà: solo per caso ho scoperto che lo era, e non nel senso in cui noi, le Froce, dicevamo di un uomo che lo era! non un finocchio, il barone Jean-Charles Hélier de Hocquencourt! E bisogna vedere la classe, il tono misurato, mai una parola di troppo, mai una parola pronunciata più forte dell'altra; mai un errore di sintassi né di accordo – quando lui mi parla al parlatorio mi sembra di sentire la professoressa Rénal! E mi dà del lei, e io gli do del lei. Quando Djamila curava i suoi adorabili bambini a Marrakech, be', il signore e la signora davano del lei a Dja-l'algerina, e avevano preteso che anche Zoé, Silvestre e Balthasar dessero del lei a Dja-l'algerina! Dja-l'algerina ha dovuto insistere: "Ma no, per favore, mi mette a disagio...". Ecco! Se questo non è ciò che la civiltà francese ha prodotto di migliore!... Massimo rispetto all'avvocato Jean-Charles Hélier de Hocquencourt, che difende la star o l'emarginato, niente in mezzo, e di cui io sono l'unico cliente misto, metà-emarginato metà-star, servito fresco, con brio! Dai che si va, Sid Ali! Come l'avvocato Jean-Charles Hélier de Hocquencourt è ciò che la civiltà francese ha prodotto di migliore, io sono "ciò che la rabbia ha prodotto di migliore " come canta Magyd Cherfi, il paroliere degli Zebda – massimo rispetto, Magyd! massimo rispetto Zebda! Bella lì. E massimo rispetto a Jean-Charles Hélier de Hocquencourt che porta il nome del suo villaggio natale nel Perche – su un fax che ho ricevuto qui in galera, spedito dal maniero dove il mio avvocato si rilassa nei fine settimana, quando ho visto l'intestazione, con il nome e l'indirizzo, cazzarola! *Jean-Charles Hélier de Hocquencourt, Le Clos Hocquencourt, 28900 Hocquencourt*... Ecco! Breve, chiaro, semplice: Hocquencourt, Hocquencourt, Hocquencourt! Così senti di avere delle radici. E non perdi una vita, come ai Poeti, a girare tra Apollinaire e Mallarmé, a cercare dove cazzo sta il tuo amico Mohammed che ha del fumo buono a poco: in quale torre? in quale palazzo? in quale caseggiato? in quale portone? a che piano? a che porta? Moh?... Naaa! "Scusi, l'avvocato Jean-Charles Hélier de Hocquencourt? – Quel maniero là! la cancellata di fronte all'ingresso del golf." Del XVI secolo, il maniero! la regina Margot ha dormito qui! sì, quella portata sullo schermo da Adjani-l'algerina! Un gioiello, il maniero. Dichiarato monumento nazionale: quando il nostro Jean-Charlou – è così che lo chiamiamo, noi al villaggio: è tanto generoso e alla mano con noi bifolchi –, quando il nostro Jean-Charlou fa rifare la copertura del tetto, ha diritto a una riduzione supplementare e a un contributo del ministero della Cultura. C'è una giustizia in questo paese, e una ridistribuzione sociale! Ma quell'avvocato Rémi Stocazzo, l'abbiamo visto ieri sera in tivù che voleva attaccar briga con il nostro Jean-Charlou! Chi? eh? chi osa sfidare a singolar tenzone l'avvocato Jean-Charles Hélier de Hocquencourt? Indovina un po'! Quella mezzasega dell'avvocato Rémi Stocazzo! Cosa, quel mongolo conciato come un barbone che puttaneggia in prima serata da Zéro? Himself! Uuuh, cazzo! E lui dovrebbe avere la meglio sul barone de Hocquencourt che dorme nel letto dove dormì la regina Isabelle? Uuhh, cazzo, non ci posso credere! La cravatta in poliestere Grandi Magazzini contro la seta doppiamente foderata di seta di E. Marinella-Napoli-Italy, fatta a mano su misura, inserisca il suo codice cliente, clicchi sulla tinta scelta, clicchi sul motivo desiderato, clicchi sulla tessitura della seta: liscia, semiliscia, fine, grossa, a broccato, ruvida... Comunque sia, roba che costa una cifra... "Apro la busta, ladies and gentlemen... E il vincitore è... Grandi Magazzini!" Cazzo! Non c'è più giustizia! Naa, l'Onnipotente non lo permetterà! E se è il caso, non mi resta che una soluzione: vado in esilio! Mi sono rotto i coglioni di questo paese del cazzo dove Monsieur de Fursac batte Yves Saint Laurent linea Hedi Slimane! Vedete che razzismo insidioso regna in Francia! Vesti Hedi Slimane e ce l'hai nel culo! Tocca beccarti la violenza in commissariato! Cazzo!

Oh! Ma aspetta, avvocato Stocazzo, vai pure a far marchette tutte le sere da PPDA, ma la causa non l'hai ancora vinta eh! Non è ancora fatta. E la nostra guardasigilli mi piace, è una dura! Ha i coglioni d'oro 18 carati, la mia Beth! Massimo rispetto, mia Guigounette! Diritti umani, smoking, tacchi a spillo eccetera eccetera... E, oltre tutto, carina da guardare: *un'eroina di Hitchcock, bionda exglaciale* – non so più in quale giornalaccio gut press l'ho letto! Ah! E tu, avvocato Stocazzo... Cosa dici?... Come? Ah! È Stodazzo, il tuo cognome? Stodazzo? Avvocato Rémi Stodazzo? Non una *c* ma una *d*? Oh, scusami, avevo letto male! Abbiamo la tivù due ore al giorno, qui, se siamo *bom comportamento* (devo tradurre?): quattro televisori in una grande sala comune, volume a palla, ognuno dei quattro televisori un programma diverso. Vi lascio immaginare il baccano cacofonico... Ma, *bom*, sempre meglio che niente. E io sono *bom comportamento*, la perla dei detenuti. La reputazione del moro che pianta casino in gattabuia è assolutamente ingiustificata, e io ci tengo a dimostrarlo ogni giorno. *Bom com* sono io. Il detenuto modello – sarebbe scandaloso estradarlo, questo giovane Sid Ali B. è un esempio per tutti gli altri detenuti. E poi, è proprio lui l'assassino dei sacchetti di plastica? Abbiamo visto ben altri errori giudiziari dovuti al razzismo imperante, eh, nel paese *de Capitão Dreyfus*! Non c'è nessuno di più razzista di *Os Francês*! Lo sappiamo bene noi portoghesi: non c'è famiglia, qui da noi, che non abbia avuto un fratello, una sorella, un cugino, un parente che ha fatto il muratore o la cameriera nel cosiddetto paese dei Diritti umani! Siamo un popolo che ha molto sofferto dei francesotti, an che noi... Io, Sid Ali, con l'aiuto di Jesus, imploro umilmente una guardia di poter prendere TV5 per qualche minuto. E l'immagine non è molto buona: i televisori sono vecchi scatoloni di formica simil-legno anni settanta, gli esordi della tivù a colori, qui, mica lo schermo extralarge 16x9, suono digitale, alta definizione, impianto frenante ABS! Ho letto male la scritta che scorreva in basso sullo schermo mentre tu, Stodazzo, sputacchiavi le tue vane proteste antihocquencourtesche straziando la mia bella lingua materna da Delarue, tutto qua! E io, Sid Ali, "Ciao Francia!" avevo il gobbo scassato! A France 2 stanno alla canna del gas! C'è da dire che una volta pagato il mio cachet non rimane poi 'sta gran cifra in bilancio! Ciuccio tutto io! Sbancati, sono, a France 2!

E Chichi vuole la mia pelle dopo il putiferio degli odori! Oh, ma vedrai, Chichi, la Guigou mi difende! Mi difende con i tacchi a spillo, la gelida e bionda e bella Beth! Hai ancora da penare, bastardo! Non ho mica detto l'ultima parola! E se rompete unilateralmente il mio contratto, vedrete con che pioggia di razzi heb-heb vi martellerà l'avvocato Jean-Charles Hélier de Hocquencourt! 35 milioni di danni per licenziamento senza giusta causa, oltre al tribunale del lavoro! Di che aspettare stand by, senza agitarmi, che il mio fax cominci a sputare la proposta di Ted Turner! Lascialo sbavare, il caro Ted, e fai salire la posta! "How much do you want dear Sid? Just tell me! – Same as France 2, one digit more! yes! a zero, dear Ted! One more zero! You know my fax number. It's 5 pm local time in Paris. Let's say I want your answer final cut before noon your local time, right? Yes, I let you one hour to say yes or no, Ted! 59 minutes, from now. 58 minutes *de trop* (quando vuoi tirartela da chicos Park Avenue, lo dici in francese, de trop: l'ho letto su "Uomo Vogue"). Ted, dear, I'd say like Rich in *Casablanca*: 'Please, trust me!' Just pretend you're Ilsa, Ted! – 'I will!' Sid Ali. – Good! Fax me right now your famous last word final cut, Ted. I call my agent, and from now, you deal directly with him: I have no much personal time de trop. Isa says: 'Big hug to Jane and you, Ted'. I'd say: Best regards!"

Ouuuh, shit! qui va a finire che sbando! e non ho il correttore di traiettoria computerizzato brevetto BMW! Dimenticavo che l'avvocato Jean-Charles Hélier de Hocquencourt mi ha pregato ieri, al parlatorio – "La prego in ginocchio!" mi ha detto restando seduto: gli apostolicoromani dicono così meccanicamente, senza pensarci, come noi diciamo "Bismillah"... L'avvocato Jean-Charles Hélier de Hocquencourt mi ha pregato di fare la persona gentile e ragionevole, buona, mite, educata, contrita, che ha perso qualsiasi vanità, qualsiasi rabbia e qualsiasi risentimento qui in prigione: Redimato... No! Non si dice *redimato*. Ho cannato. Redento. Ecco. Redento! Non "dim". Dim! Sempre molto belle, le pubblicità della Dim, sì, sempre molto belle. Ma discorso slip, io voglio solo i calvin. I miei calvin e un avvocato cattolico, di sinistra, con un cognome altisonante, vestito da Hedi Slimane. Così sono pronto per affrontare la vita. "Il male non può colpirmi."

"Defilato, Sid Ali, la supplico! Profilo basso, come dice lei."

Volete sapere com'era vestito ieri al parlatorio l'avvocato Jean-Charles Hélier de Hocquencourt? L'avvocato Jean-Charles Hélier de Hocquencourt indossava un completo fresco di lana antracite, una camicia tinta unita azzurro lavanda colletto cut away, gemelli di passamaneria bicolore blu di Prussia e oro opaco... E la E. Marinella? Uau! Un minuscolo motivo a spina di pesce giallo limone su fondo blu Savoia, una seta un po' ruvida e opaca, non quel lucido volgarissimo delle tute Adidas di bassa qualità o delle maglie del Paris Saint-Germain. Naaa! sublime, la cravatta! complimenti, Eugenio!... E il nodo? Four-in-hand: classico, ma che ti permette di esprimere la tua personalità meglio di un nodo Windsor (l'ho letto su "Uomo Vogue"). E poi? Qui vi stronco, roba che non vi riprenderete mai più, come quello stronzo di Tourcoing che non si riprenderà mai più dalla morte di Angéline: il fazzoletto da taschino in contrasto! una minuscola spina di pesce blu Savoia su sfondo giallo limone... Traversone, tiro al volo, gol! Gooool, cazzo! Goooool!

L'Oscar, avvocato Jean-Charles Hélier de Hocquencourt! Vinceremo! Vinceremo! Vinceremo! Dai, fuori dalle palle, Jacky e Rémi! Ci avete rotto i coglioni! Spingete la porta in fondo al giardino e andatevene in Belgio con il piccolo Kevin, il suo orsacchiotto e il suo gameboy, se lì vi vogliono! Mettetevi insieme, Jacky cocchino e Rémi! Finocchi! pacsatevi,* e ringraziate la Guigou! E non scassate il cazzo a Sid! Chiaro? Facce di culo!

E anche tu, avvocato Bercione, e anche tu, avvocato Culopeso, "Ho fretta, devo andare in onda nel tiggì di PPDA", con quei roller che non ti levi nemmeno più in tribunale! Facce di culo!

* Vedi nota a pag. 448.

Julie.

Julie Richard. La terza e ultima vittima della serie. Dopo, probabilmente, non ce ne saranno più. Julie che nel mio ricordo continua a chiamarsi Germaine, benché io mi sforzi sinceramente, guidato dal dottor da Silva in questo difficile lavoro sull'io, di restituire una dimensione umana postuma alle mie vittime che il mio odio aveva disumanizzato nel momento del passaggio all'atto, aveva trasfigurato... E quindi, fra altre cose, se ripenso all'accanita lettrice di stampa popolare che ho ucciso sul TGV Parigi-Genova – e credo che vederla pascersi delle disgrazie di Céline Dion fu ciò che mi fece andare fuori di me, fu il motivo determinante della mia crisi di Horla –, il salutare esercizio mentale che consiste nel restituirle il suo vero nome, Julie, invece di continuare a chiamarla segretamente Germaine.

Il periodo? Sei settimane dopo il mio viaggio di andata e ritorno Parigi-Nantes in giornata. Come a esaltare con un tocco di bile fuligginosa la mia nera malinconia, le ghirlande luminose, le lucine colorate, i fili d'argento, le stelline, gli abeti, i Babbo Natale annunciavano già l'imminente celebrazione rituale della nascita di Issa, che ogni anno mi getta in una specie di sconforto esistenziale... Cui si aggiunge, in quest'anno 1419 dell'Egira, su uno sfondo di tenebre nel mio cuore e nel mio animo, il fatto che questa celebrazione sarà la duemillesima. Ovunque, ossessiva, scintilla nel cielo grigio e basso di dicembre la cifra 2000... I tiggì e la stampa danno conto di un'angoscia crescente e universale: un baco fatale non si accinge forse a porre fine al funzionamento dei computer e, conseguenza tanto logica quando spaventosa, a una civiltà che vide la luce con la nascita, duemila anni fa, di quel profeta minore, figlio della vergine Maryam – tra il bue e l'asino, in una stalla, secondo gli apostolicoromani; per noi Credenti, sotto una palma che il Signore invitò la giovane puerpera a scuotere per farne cadere bei datteri freschi e maturi che l'avrebbero nutrita (Corano, sura XIX, versetti 23 e 25).

L'altro grande tema che infiamma la stampa e occupa ogni giorno fino a sei sette minuti dei telegionali delle venti, e appassiona la Francia profonda, ma anche la Francia superficiale, è la febbrile, affannosa ricerca dell'assassino di Donata, che ora risulterebbe essere un serial killer – giacché, per le pagine di cronaca nera della stampa popolare, vale come per la matematica e vi è serie a partire dal 2 –: essendo sospettato anche dell'omicidio di Angéline, morta soffocata in un sacchetto di plastica e nella toilette delle signore della stazione di Nantes (zeugma). Il nemico pubblico numero uno diventa quindi in parecchi quotidiani popolari *L'assassino dei sacchetti di plastica*. Perché al plurale, quei sacchetti di plastica? S'interroga Sid Ali con il suo abituale buon senso... Mistero. A quanto mi risulta, infatti, la morte della professoressa Rénal passa a tutt'oggi come una morte naturale e, del resto, il criminale che soffocò la poveretta in un sacchetto della Virgin si portò via l'arma del delitto... Proprio per questo, d'altronde, egli fu lasciato in pace, giacché il medico legale aveva dichiarato la morte puramente accidentale... Donata, allora? Ma no, perché prima di sbarazzarmi del corpo gettandolo da un finestrino del Parigi-Genova, mi ero ripreso il sacchetto in materia plastica nel quale lei era deceduta soffocata. Faccio notare, del resto, che mai, in alcun mezzo di comunicazione, la morte di Donata fu attribuita a un'apnea prolungata... Ma no, è solo una di quelle approssimazioni sensazionalistiche di cui la stampa popolare ha il segreto: il plurale colpirà di più l'immaginazione del lettore e farà aumentare di conseguenza le tirature! Supponendo che l'assassino di Donata sia anche l'assassino di Angéline, costui è l'assassino dei sacchetti di plastica – perlomeno nei quotidiani i cui lettori sono classificati sociologicamente come popolari.

Cosa c'era di nuovo, quindi, dopo l'omicidio di Donata e supponendo che quello di Angéline sia stato compiuto dallo stesso autore? La polizia avrebbe rilevato impronte digitali sul sacchetto But infilato in testa alla vittima – ahi! Fu un errore, lo ammetto, non riprendere quel sacchetto, l'arma del delitto. Ma l'errore non fu dovuto al panico: non ero affatto in preda al panico, pur essendo fuori di me appena prima di passare all'atto. E subito dopo, appena compiuto il crimine, mi sono addirittura sentito rasserenato... No, il vero motivo di questa dimenticanza fu, credo, che ho reputato indegno di un Sid riprendere quel comunissimo sacchetto But di plastica bianca traslucida a un'ancor più comune cretina – il dandysmo sarà la tua rovina, Sid Ali!

Altro problema: un impiegato della stazione di Nantes ha dato alla polizia i connotati di un giovane di fattezze mediterranee che usciva dalla toilette delle signore affrettando il passo per raggiungere il binario 2. Il testimone afferma che il giovane aveva in testa un cappellino di marca Nike – io avevo il mio Fila *Pro-race* –, che lo portava al contrario – io lo portavo dritto –, e che indossava una giacca da nautica Helly Hansen – la mia era una Aigle –, il nuovo modello di Helly Hansen con il nome della marca scritto in verticale, sulla schiena, in enormi caratteri neri – modello che riscuote il favore dei giovani delle periferie approdati al marchio molto dopo che alcuni Sid Ali lanciassero la moda della Helly Hansen, e ora la Helly Hansen cerca di soddisfare con un marketing che reputa intelligente il feticismo delirante di questi giovani; feticismo non nei confronti del prodotto in sé e per le sue qualità intrinseche, ma feticismo del prestigio legato esclusivamente al marchio. (Commento di Sid Ali: ed è così che marchi degni di fiducia, che improvvisamente si montano la testa di fronte a un successo inaspettato dopo anni di serietà, sacrificano al profitto immediato la loro identità, la loro fama, a volte addirittura la loro esistenza. Poiché non vi è nulla di più volubile e imprevedibile del desiderio degli adolescenti: le loro infatuazioni sono altrettanto violente dei loro rifiuti, immediati. E il fallimento sarà, per il marchio che ha voluto troppo piacere e compiacere, la sanzione di una tanto demagogica prostituzione! Cosa? Vuol forse dire che esiste una morale in fatto di consumi di massa? Buono a sapersi!)

Chiusa questa parentesi, un altro commento: il testimone, agente SNCF di Nantes, ha visto non la realtà ma, come i suoi colleghi Galabru e Jean Lefèvre, la sua allucinazione, in cui la realtà si conformava a ciò che lui aveva appreso tramite l'avviso di ricerca esposto nella stazione, e più ancora tramite tutte le informazioni e disinformazioni con cui i media lo assillavano: il sospetto doveva per forza portare il cappellino contrario, il sospetto doveva per forza indossare una Helly Hansen e, perché questa fosse di sicuro una Helly Hansen, tale Helly Hansen doveva proclamare ostentatamente di essere tale – la mia risaliva all'epoca in cui il marchio non era così vistosamente esibito sul prodotto (lo sapete che quando Coco Chanel era ancora viva il celebre logo con la doppia C a specchio era venti volte più piccolo di adesso? l'ho letto su "Uomo Vogue"). E se con simili indizi-bufale la Polizia giudiziaria fosse risalita fino al sottoscritto Sid Ali, allora il qui presente avrebbe fatto rintracciare il passeggero della carrozza 3, posto numero 44: ci dica un po', tante volte, se il mio cappellino era della Nike, cazzo! e la mia giacca da skipper, di cui per ben due volte una manica gli aveva così eroticamente accarezzato il viso, una Helly Hansen! Nessun pericolo: Luc, l'intellettuale pedo barbuto e barbourizzato, si sarebbe ricordato molto bene, e con tutti i particolari! E sarei stato scagionato.

Cos'altro di significativo nel caso che mi riguardava? Be', tutti continuavano a vedermi ovunque, intento a terrorizzare le donne, a commettere misfatti sempre coniugati all'*incompiuto*: tentativi di stupro, di aggressione o di omicidio che ogni sera trasformavano i tiggì di TF1 e di France 2 in una specie di telenovela ispirata allo stile romanzesco più cupo, ai grandi classici della letteratura dell'orrore. La stampa cosiddetta seria prese ad allarmarsi seriamente per una psicosi collettiva che quanto a isteria superava di gran lunga la grande paura del baco del millennio e dell'anno 2000: forse saremmo sopravvissuti al baco del millennio e all'anno 2000, ma all'assassino del Parigi-Genova, e all'assassino della stazione di Nantes, e soprattutto al mostro in cui i due facevano una persona sola, forse? "Le Monde" pubblicò un editoriale dal titolo: *Quando un paese diventa preda dell'irrazionalità*... La razionale guardasigilli Élisabeth Guigou dovette invitare i suoi concittadini a ritrovare la calma: quel proliferare di testimonianze contrastanti aveva l'unico risultato di complicare il lavoro della giustizia e della polizia, "o, per meglio dire" – beccati questa! – "delle polizie"... Jean-Pierre Chevènement, ministro degli Interni, tacque, offeso che la collega fosse intervenuta prima di lui per dire quel che lui stesso per l'appunto avrebbe detto, ma, dal canto suo, senza gettare gratuitamente veleno sulle polizie che ai suoi occhi davano quotidianamente prova di ammirevole coerenza. Il ministro Jean-Pierre Chevènement, senza voler polemizzare con alcun membro del governo, faceva notare che non era la sua polizia, bensì la *Gendarmerie nationale* a brancolare così penosamente nel buio e a moltiplicare gli errori più grossolani – vero, Alain Richard, ministro della Difesa e quindi, di fatto, ministro tutelare della suddetta *Gendarmerie nationale*? Bella lì, ridacchia Sid Ali, e poi mi venite a parlare dei ridicoli scazzi tra piccoli boss di bande rivali nelle cité difficili dei quartieri sensibili!

Sid Ali, dal canto suo, benché assai depresso, si fidava della sua buona stella, e si entusiasmava per un proverbio di sua invenzione: "Se non puoi accostare non puoi accusare". L'hai detto l'hai, Sid Ali.

In questo stato d'animo, quindi, si ritrova alla stazione di Digione, un bel – no, un brutto – pomeriggio di dicembre in cui il cielo è basso e spento, e luminoso l'annuncio che *Le Ferrovie francesi vi accompagnano nell'anno 2000!* Meno male! Ci mancherebbe solo che 'ste stronze ci piantassero in asso in questo squallido troiaio da fine del mondo!

Digione. Perché sono a Digione? Non ne ho idea. Ho un buco nero nella mia esistenza. Non so perché mi trovo a Digione. Da quando sono in carcere, pur riflettendoci molto e spesso, non sono mai riuscito a ritrovare la sequenza della mia vita che si situa tra l'uscita da una lezione di economia Inflazione, deflazione, stagflazione, il ritorno verso la mia cité dei Poeti, una canna fumata in solitaria in camera mia, mi pare, tre o quattro pastiglie di benzo varie, una o due lattine da 50 cl di 8.6 Bavaria – la Corona non mi sembrava abbastanza alcolica per dissipare un tale spleen –, e l'istante in cui, pienamente lucido, mi ritrovo alla stazione di Digione – *Il n'y a que Maille qui m'aille!* Per dirla in termini informatici: non ho stampato, non ho salvato e non conservo alcuna traccia sul disco rigido di un centinaio di ore della mia vita. Eppure non fu un attacco epilettico. Del resto, in questo momento ne sono intimamente convinto: il male non può colpirmi, né il grande male, il morbo sacro, né il Male – quello che si scrive con la M maiuscola, come per *M il mostro di Düsseldorf*. Il Male, insomma.

Digione. Perché Digione? Perché l'assassino torna sempre sul luogo del?... Ma Donata non fu assassinata esattamente a, ma più a nord. Digione. Perché è il procuratore di Digione che?... Ma per quale ragione dovrei andare?... No, smettiamola con queste domande oziose: sono a Digione, punto e basta. Non sono pazzo: ho un progetto ben preciso che porterò a termine senza commettere gli errori della volta precedente. Oggi non prenderò il Parigi-Genova per andare a Marsiglia, meschinello che non sono altro, prenderò, a Digione, un TGV Parigi-Marsiglia – l'unico TGV Parigi-Marsiglia, peraltro, che fermi a Digione. Ho con me il passaporto di un maggiorenne che mi serve per entrare in Algeria: avete indovinato, avete vinto! quello di mio fratello Aziz. Il possesso di questo passaporto mi consentirà di chiedere un visto al consolato algerino di Marsiglia, che dovrebbe concedermelo senza troppe obiezioni visto il mio nome, il mio luogo di nascita e il fatto che posso esibire alcuni documenti – fregati al mio vecchio, a Ibrahim, ma muti, ragazzi! – che attestano legami di cuginanza prima con cittadini algerini che di cognome fanno Benengeli come me... Ho inoltre, in spalla, uno zainetto Patagonia – fregato pure questo, ma mediante scippo, che è più sportivo! –, zainetto che, per scrupolo di eleganza, ispirandomi alla raffinatezza ussara che consisteva, per il soldato di cavalleria, nell'infilare solo la manica sinistra della giubba, ho messo a tracolla con una sola della due cinghie, la sinistra, e che contiene: casacca bianca in microfibra pile Gill, calvin, sock, nécessaire da toilette, e qualcosa da leggere – Smaïl, Rimbaud, Salinger (*The Catcher in the Rye*: *Il giovane Holden* in versione originale, yes! La professoressa Rénal aveva definito la traduzione francese un "mostruoso scempio"! Tié!). Ecco qua.

"Che minchia vuoi? La mia faccia non ti garba?"

Ecco qua. E tra quatttro, massimo cinque giorni, non sarò più a Digione ma ad Algeri, nella Casbah, nella cantina di un locale clandestino after hours e tra le braccia del mio meraviglioso fratello Ahmed... Ecco. Vi va? A me personalmente va, e questo è l'essenziale! Il fatto che un baco nel programma mi abbia fatto fare un'inspiegabile sosta a Digione, capitale della senape, è solo un disguido irrilevante, irrisorio e assolutamente ininteressante – d'accordo? Che, in ogni caso, a me che fino a prova contraria sono il principale interessato in questa vicenda, non interessa – d'accordo? Altre domande?

"Che minchia vuoi? La mia faccia non ti garba? Mai incontrato un moro in vita tua?"

Non ci sono altre domande? Allora proseguo: sono le 15.32 e verso le 16.02 salirò su un TGV proveniente da Parigi che, se è in orario, partirà alle 16.05 diretto, via Lione-La-Part-Dieu, a Marsiglia, dove arriverà, se è ancora in orario, alle 19.12. Quindi la questione è chiusa. Ah no, un'altra domanda! Sì? Ho intenzione di acquistare un biglietto? Certo! Non sono mica matto: per quest'ultimo viaggio compiuto in Francia, il viaggio del mio Destino, non rischierò di renderlo incompiuto divertendomi a frodare! Mica così fuori come dicono, Sid Ali! L'hai detto l'hai! Mica così fuori!

"Che minchia vuoi? La mia faccia non ti garba? È la prima volta in vita tua che incontri un moro? Non avevi mai visto un beur prima di me? Non ce ne sono, allo zoo?"

Mi dirigo quindi verso uno dei quattro sportelli dove acquistare un biglietto. Davanti a ciascuno dei quattro ci sono in coda due o tre viaggiatori. Tra i due sportelli di sinistra è appeso l'avviso di ricerca corredato da un identikit che avevo già visto con altri alla stazione di Nantes. Tra i due sportelli di destra, un altro avviso di ricerca che vedo per la prima volta, riguardante lo stesso sospetto, ma corredato da una foto in bianco e nero che ritrae innegabilmente Sid Ali Benengeli all'età di circa quattordici anni – foto d'identità ingrandita in formato 18x24. Il Sid Ali che decide di fare la coda allo sportello numero 3 fa osservare al suo alter ego che, primo, oggi ha l'età di 17 anni, 11 mesi e 2 settimane, e secondo, anyway, il suo passaporto lo dimostra: si chiama Aziz Benengeli. D'accordo?

"Che minchia vuoi? La mia faccia non ti garba? È la prima volta in vita tua che incontri un moro? Non avevi mai visto un beur prima di me? Non ce ne sono, allo zoo? Non ce ne sono, a Disneyland? Non ce ne sono, al Museo dell'Uomo? Perché noi non siamo, uomini? Che minchia vuoi, eh, che minchia vuoi?" Non mi guarderesti così, te lo dico io, testa di cazzo, se sapessi che in tasca ho un coltellaccio sacrificale per ammazzare il montone dell'Aid-el-Kebir comprato non più tardi di martedì scorso da un macellaio halal di Aubervilliers, testa di cazzo! E tu, cretina che sei davanti a me, in attesa come me e che per la terza volta ti giri furtivamente verso di me, di che cosa hai paura? Che ti inculi? O è il mio odore a darti fastidio? Sei chiracchiana, cretina? Non mi stupirebbe da parte tua! Un piumino rosa Naf Naf e la sacca da viaggio abbinata, non dico altro! Sotto Mussolini, saresti stata in camicia nera! Sotto Hitler in camicia bruna! Sotto Chichi, sei in Naf Naf, cretinafnaf! Tutto collima, niente è casuale! Sotto Stalin, avresti sfilato in camicia rossa con il foulard in tinta: rosso, con la falce e martello! In Iran, saresti stata la prima a portare il chador! Dal giorno del ritorno di Khomeini dall'esilio, tu, Germaine, in chador! Che amor, il chador! E gli assurbenti ijienici Always, che sono l'unica marca appruvata dall'ayatollah! Cretina!

Ouu, cazzo come mi fissa, la Germaine! Yema, ho paura! Tié, ti passo davanti, zoccola! ma senza venir meno alla mia consueta cortesia:

"Permette?".

Ma protesta pure, la Germaine! Dice che, se ho tanta fretta, posso farmi il biglietto il giorno prima! Si crede spiritosa, 'sta cretina? Di sicuro per lei questa è una punch line! Ah, con questa, Germaine, hai tutta Hollywood ai tuoi piedi, dai retta a me! E beccati la mia risposta:

"Oh, ehm, mi scusi, non l'avevo vista!".

E Sid Ali torna dietro di lei, sempre educatissimo. Mentre Germaine:

"Che faccia di tolla! Che faccia di tolla!".

Ti ripeti, Germaine, faresti meglio ad andare avanti e dire cosa vuoi all'incaricato! Non vedi che il cliente precedente ha già finito? Cazzo! ed è così che parli, agli uomini? Vediamo un po'! Ah, vai a Marsiglia? Casca bene, ci vado anch'io! E non passando da Genova, stavolta! Cara la mia Genoveffa, ah ah ah!

OK. Hai digitato il codice *dopo esserti assicurata di essere al riparo da sguardi indiscreti*? Ecco fatto. Il tornello tornella: il tuo biglietto e la tua carta di credito... Ah! devi controllare! che non ci sia qualche inculata sulla ricevuta? non è che le ferrovie tentano di fregarmi? No, tutto a posto? Ah, e il biglietto: è giusto il treno? l'orario? la classe, è giusta? Si va? Non resta che obliterarlo, sotto lo sguardo indiscreto degli altri passeggeri?... E perfino dell'incaricato che si spazientisce, cretina, e ti segnala con un gesto stanco che due persone stanno aspettando dietro di te e cominciano alquanto legittimamente a spazientirsi pure loro! Tocca a me? Hai controllato tutto? Davvero? Chucrane, Germaine! Dai che si va.

"Un biglietto Digione-Marsiglia, sul TGV delle 16.05 di oggi, grazie."

"Seconda?"

"Seconda, grazie."

Sono una star ma me ne sbatto degli status symbol. Voglio mantenere il contatto con la gente vera, il mio vero pubblico. Ne ho visti fin troppi, nel mio ambiente, che svalvolavano because limousine, elicotteri, guardie del corpo e tutto l'ambaradan... Con queste cose qui uno perde presto il senso della realtà. Ma io, Sid Ali, voglio ancora poter entrare in un bar e bermi una birra al banco senza provocare una sommossa, e la gente vera, la gente comune, queste cose qui le sente: se tu non li snobbi, se continui a fare la vita che facevi quando non eri una star, non ti rompono per niente le palle, rispettano la tua privacy, non stanno lì a stressarti dal mattino alla sera come mosconi da merda per avere un autografo, hanno la delicatezza di far finta di non averti riconosciuto... Le star cui rompono i coglioni per strada in fondo se lo sono voluto! Non a caso ormai è un quarto d'ora che sono qui alla stazione di Digione e nessuno è venuto a scassarmi il cazzo... Quindi: seconda classe, come tutti. E pago in contanti. Niente bancomat, io! Sono rimasto una persona semplice, e sono un uomo: il bancomat lo lascio ai finocchi! La mia è tutta grana guadagnata col sudore del... Tieni, schiavo! Il mio ultimo bigliettone con l'effigie di Pierre e Marie Curie, cui dobbiamo Hiroshima e Chernobyl – ma loro non potevano immaginare – il mio ultimo pezzo verde è per te...

"Fumatori o non fumatori?"

"Che cosa ha preso, la signora tanto diffidente che era davanti a me?"

To', lo faccio ghignare! C'è un pubblico di bocca buona, qui a Digione, ci tornerò.

"Ah, non mi ricordo... Fumatori, credo."

"In fumatori, una fumosa? Bell'affare! Vabbé, metta anche me in fumatori!"

Ho più diritto io di lei, no? Come osa una fumosa andare con i fumatori?

"Carrozza 17, posto 43."

Mi piacciono i numeri dispari. E poi quest'enigmatica insistenza del destino ad assegnarmi il posto numero 43! Inch'Allah!

"Grazie."

"Buon viaggio!"

Ma allora, se sono tutti così gentili alla SNCF, accetto che le ferrovie mi accompagnino nell'anno 2000!

E adesso, obliteriamo... Mai, mai, mai visto in vita mia, mai visto, qualunque sia il lato e l'angolo da cui il viaggiatore introduce il biglietto nell'obliteratrice, mai visto che la prima volta sia quella buona! Sempre, sempre, sempre lo schermo dell'obliteratrice lampeggia e ti chiede di ricominciare introducendo il biglietto nell'altro senso, da un altro lato – ah, l'avete notato anche voi? Allora non sono io paranoico. In compenso, l'inventore dell'obliteratrice era un pervertito – clac.

Venti minuti da aspettare, prima della partenza. Dove, se non all'edicola *Relais Point H*? Pubblicità menzognera: quell'*H* suona come *hash*, come *hashish*, ma che io sappia lì di hashish non se ne vende proprio! E allora uno ammazza il tempo sniffando cazzate su carta patinata... A molti, poi, gli piglia la dipendenza.

Vediamo un po'.

"Santé Hebdo."

Perdere dieci chili in venti giorni e non riprenderli più. Ah be'! Morto di fame, al cimitero, dentro una bara, sotto la pesante lastra funeraria di granito, non c'è pericolo che li riprenda, i tuoi dieci chili! Stronzi di anoressici!

"Parents Mag."

Come sopportare i figli? Te la do io una dritta gratis: sacchetto di plastica sul muso del moccioso, impacchetta, attorciglia bene e in venti secondi è fatta! Non beccherai più gli assegni familiari, ma qualche sacrificio bisogna pure farlo: in compenso potrai passare la tua serata hafif guardando la Aubry puttaneggiare in tivù. Guarda! È ingrassata ancora, la Martine... Stronzi di psi!

"La Pèlerine."

Questi trisomici che ci assomigliano. Parlate per voi, mongoli.

Se insistete vi appioppo al culo un processo per diffamazione: 137 testoni di danni, un testone per ogni punto di QI, io, Sid Ali! Stronzi di mongoloidi cattolici.

"Unis."

Che strillo di cover per il numero di dicembre? Ah no, è già il numero del gennaio 2000, in vendita a partire dal 15 dicembre dell'anno precedente? Cazzo, a questo sono ridotti, a "Unis"? La cosa puzza di gabola a fini di liquidità! La figa non vende più? Le tirature si sono ammosciate? *Sodomizzarla senza farla sanguinare.* Personalmente, io, Sid Ali, non ci sono mai riuscito, lo ammetto. Ma alle tipe piaccio così come sono: carne cruda saporita, glande bello al sangue, non siamo mica buoi! ringraziami umilmente, in ginocchio, che ti faccio la grazia insigne di incularti a secco, troia bianca purosangue!... Ah, a meno che non abbiano avuto paura che il baco gli sputtanasse tutto in tipografia?

"Figaro Mag."

Alain Madelin: Un futuro per la Francia. Uh cazzo! a 'sto punto io me la filo all'istante in Algeria! Salvami tu, Bouteflika! Chiedo di farmi naturalizzare algerino: sono circonciso e musulmano, il grosso è fatto, e i miei vecchi lo erano e lo sono ancora, Chadli non li ha privati né provati, ho diritto al diritto al ritorno! Se vuoi, Boute, abbandono la mia nazionalità eurofrancesotta, ma tutto, tutto meno che Alain Madelin-il-parrucchin! Stronzi di fasci moderati!

E poi? "Entreview."

Giovanni Paolo II: il suo CD è un flop! Perdio, l'avevo previsto, io! Ci avevo scommesso dodici casse di Ruinart rosé millesimato: disastroso disastrato disastro, ma nessuno ha voluto darmi retta! Come al solito! Ci voleva un po' più di unz shtonk al sintetizzatore back dubbing sulle track 3 e 4, e più riverbero sul microfono di Sua Santità! Ma in studio quella checca nazi del cardinale Ratzinga pretendeva un suono gross gross in stile pop crucco per far sfracelli nelle Biergarten in Baviera, e l'altro cardinale alla console, l'inconsolabile lustrissimo mons. Lustiger-l'ebreo "La Shoah rafforza la mia fede", ipocrita come non mai, lo conoscete bene quanto me, si è defilato: "Io, Ratz, dello sciòbisnes non ne so niente, se lo dice lei, le credo...". Risultato? "Entreview" lo rivela in esclusiva: un fiasco da paura! Tre o quattro milioni di album venduti in tre settimane, ma perlopiù sul mercato sudamericano, dove il pubblico è molto arretrato... E siccome lì il CD papale è venduto a un prezzo dumping, visto il loro PIL da barboni, ai ganassa locali, i conti alla SPR, Saint Peter Recording, sono e resteranno a lungo in rosso! E le tue preghiere a pancia in giù sotto il baldacchino del Bernini non serviranno a niente, mio caro Giovanni-Paolo-il-polaccuccio! Te l'avevo detto di mandarla a spasso, quella tua squadra di monsignori finocchi mafiosi fancazzisti, ma tu non hai voluto darmi retta con la scusa che sono musulmano, io, il famoso Sid Ali! Eppure abbiamo Dio in comune, vero, papocchio mio? E se vuoi io riprendo in mano la tua carriera! Quando vuoi, come vuoi, dove vuoi: chiamami sul cellulare, i tuoi prelati ti troveranno il numero fra una preghiera e l'altra, non hanno un cazzo da fare all day long, mio caro GPII! Sei tu che ti smazzi da solo tutto il grosso del lavoro! Il job di papa non è di tutto riposo, lo so, ma adesso non stare a fare il mollaccione, GPII! Quando uno dirige la succursale romana della Allah Universal Entertainment, deve far vedere che ha le palle, che ha grinta! Per il tuo come back ti propongo la Francia, la figlia primogenita della Chiesa... "Franscia, cos'hai fatto di tuo battesimo?" Cazzo, nel tuo tour precedente, mio caro Giovanni-Paolino, quando te ne sei uscito con questa frase qui, il tuo indice di popolarità è caduto a zero nei quartieri sensibili delle periferie difficili, te lo dico io, Sid Ali! La tua comunicazione è stata pessima, quella volta lì! Ma vabbé, sei perdonato Paolino! In quanto a scivoloni Chichi ha fatto molto di peggio: a lui non abbiamo mai perdonato "gli odori"... E quindi ti dicevo, GPII, che per il tuo come back in France, *cher pays de mon enfance*, avevo un progetto bomba per te. Faremo esplodere il box office, noi due! Dunque: prima cosa, caccia via the band che ti accompagna moscissima e fa torto alla tua carriera: secondo, ti voglio da solo in solitaria one man show come un ometto; terzo, unplugged! il mixer atmosfera intimacy alla console, sipario nero sullo sfondo, un unico riflettore azzurro, una sedia pieghevole, una bottiglietta di Évian posata davanti sul palco: dopo venti chiamate e bis ti verrà sete, e la Évian ci sponsorizza, tanto di guadagnato!... Il microfono? Una grossa copertura di gommapiuma per filtrare meglio i tuoi sputacchi di polaccuccio... E come intro, GPII? Toccante sgrattignamento parkinsoniano della tua mano scarna sulla chitarra acustica un filino scordata – un gimmick, poi ti spiego! Altri cantanti un po' in là con gli anni ci hanno provato: non c'è come un trucco del genere per far tirar fuori i fazzoletti! Ascoltati bene gli ultimi Dylan dal vivo e capirai cosa voglio dire... E a quel punto, dopo l'intro, GPII, intoni e stoni l'*Ave Maria* – e il gioco è fatto! Hai paura, GPII? Sei troppo vecchio? Canti male? Ma ricordati di Barbara, verso la fine: non pioveva solo acqua, su Nantes, piovevano anche note stonate, te lo dico io, Sid Ali! E il lunghissimo pianoforte nero a coda era scordato di brutto! Ma Barbara non lo sentiva più, né del resto il suo pubblico orgasmico di sciampiste pazzerellone: quando sei Barbara, o quando di mestiere fai la Santità, puoi permetterti di tutto! Barbara si arrochiva, destroy, nel suo lungo vestito nero, mentre tu, il lungo vestito, mio caro Giovanni-Paolino: bianco! Tu sì che sei un professionista! e tutti quelli del mestiere te lo diranno: il bianco cattura meglio la luce. Perché credi che Elvis, al suo concerto d'addio a Las Vegas, fosse in bianco? Un professionista! Come te (ti do del tu, eh, abbiamo Dio in comune). Un professionista, come me! Siamo dei professionisti, noi due! Sarò il tuo colonnello Parker, GPII! Leggo già il manifesto! Un teasing della madonna – ops, scusa, GPII, mi è scappato... Bella lì, mi vedo già il claim: *GPII Il ritorno! Il suo one man show a due: Lui e Dio!* Jackpot! La mia commissione? Il solito! Santità o meno: il 15%. Non ho finito di pagare le mie sette roadster Z3 BMW: ho preso tutti e sette i colori metallizzati disponibili, non riuscivo a decidermi. Mio caro GPII, se mi dai retta e mandi a casa la Ratz e la Lustig, in tre sere riempiamo, capacità 110% – ci mettiamo d'accordo con la biglietteria e i tipi della sicurezza, conosco un trucco per far chiudere un occhio al capitano dei pompieri – riempiamo lo Zénith, Bercy e, per chiudere in bellezza, lo Stade de France! Bella lì. A Johnny Halliday non resta che tornarsene a casa pensando che è uno scoppiato ma che *on a tous en nous quelque chose de Tennessee*... Tutti? parla per te, ritardato! E Céline Dion, dalla rabbia, si butta nelle acque gelide ancor prima che il *Titanic* abbia finito di colare a picco! E Cabrel corre a iscriversi all'Ufficio di collocamento... Dai, Giovanni-Paolino, a noi!

Uuu! Ma non avevo visto la cosa più bella, la cosa più sconvolgente! Rabah! Cazzo! Rabah che posa sulla copertina di "HBM" – "Health Boy Magazine", un titolo che più francese non si può come dice il suo nome stesso... Avete presente, una di queste nuove riviste per checche eteromaniache del fisico con la cover in bianco e nero che fa più chic con sopra un palestrato tutto muscoli a torso nudo e, strillati, i titoli di argomenti appassionanti quali: *Farsi i muscoli senza fatica*, *Come eliminare le bruttissime maniglie dell'amore*, *Dieci gel doccia testati per voi*, *Glutei più sodi in dieci giorni* – e all'undicesimo, crollano! *Migliorate le vostre prestazioni a letto*, *Equilibrate e variate i vostri menu*, *Come farla finita con le piattole* – con il kalashnikov! *I gas, perché?* Ce lo chiediamo tutti, ma è solo un dettaglio, come dice quello là! *La liposuzione: cosa, dove, come?* – me lo liposuggi, tesoro?... Dunque, per illustrare il numero di dicembre di "HBM": il mio Rabah! che si è gonfiato di una buona ventina di chili di pettorali, bicipiti e addominali, e li esibisce in bianco e nero su carta patinata! Bella lì! *Senza fatica*, farsi i muscoli? Vorrei proprio vedere. Roba da cinque ore al giorno, sette volte alla settimana per un anno, agli ordini di un coach sadico che ti urla sul muso come un sergente dei marine, e ti fa un culo così se molli un secondo la sbarra! *Senza fatica!* Vallo a raccontare a qualcun altro! Povero Rabah! Finite le pastiglie, l'alcol, l'hashish, l'ecstasy! Mo' ti toccano i cocktail di creatina, anabolizzanti, e proteine in polvere! Povero Rabah! Una vita da schiavo per una gloria così irrisoria: la cover di "HBM"... Ma almeno c'è un something about you inside? Scommetto di no! Sfoglio: nisba, nada, niente per Rabah! Avevo visto giusto: solo la cover. Ma la cover, una volta che l'hai fatta, Rabah, l'hai fatta! E per dieci anni non la rifarai più... E tra dieci anni non la rifarai comunque: troppo vecchio! I muscolazzi ti saranno crollati, sarai diventato gonfio, e il catalogo del Postal Market non prende gli ex culturisti! Povero povero Rabah!... Ma invece sì! Avevo parlato troppo presto, c'è una riga su di te, in corpo quattro, sotto il colophon: *In copertina, Raba fotografato da WKH* (Who knows him?) *per M&S* (Mezzeseghe & Sfigati?). Tutto qua. Grandioso! E la tua *h*, Rabah, è un refuso oppure l'hai lasciata cadere? Credi di puzzare meno di hashish senza la *h*? O di puzzare meno della tua razza? In effetti non avevi molto altro da tagliare: Rab sarebbe suonato ancora più arabo, e Ra, decisamente rabesco! Quindi: Raba! Povero povero povero Raba! Due avvenimenti in uno, questa cover di "HBM": la tua prima e ultima apparizione sulla stampa, l'inizio e la fine della tua carriera... Cazzo. Pensare che ho sbattuto via gli anni più belli della mia giovinezza per un finocchio che non mi piaceva neanche, che non era il mio tipo!

Ma l'altoparlante mi annuncia che il treno del Destino è in vista, e visto che si ferma a Digione solo tre minuti (minuta, come sosta! ah ah ah!), sono invitato a collocarmi sul marciapiede nella porzione di marciapiede corrispondente alla carrozza in cui ho un posto prenotato, la 17.

To'! Chi si vede! La cretinaf Naf Naf ha anche lei un posto prenotato nella carrozza 17. Cazzo! Che occhiataccia che mi lancia, la Germaine! Vota Le Pen o Mégret?

Ding deng dong! Allontanarsi dal binario... Salire in vettura... No, dopo di lei, signora, non se parla, conosco le buone maniere, io! Su, e l'aiuto a sollevare la sua pesante sacca rosa Naf Naf! Uuuh, che imbarazzo, Germaine! Se ci mostriamo maleducati? Imbarazzo. Se ci mostriamo pieni di riguardi? Imbarazzo. Se ci mostriamo né l'uno né l'altro? Non esistiamo più ai vostri occhi. Quale soluzione? Nessuna, se non una sanguinosa guerra civile di cui sarete i primi a stupirvi: noi mica la volevamo! Ah no? Allora dovevate pensarci prima. Se voi ci disprezzate, non soffriamo? Se voi ci offendete, non siamo feriti? Se voi,... noi?... Eccetera.

Quasi vuota, la carrozza 17. Due borghesucci giocano al Nintendo con il loro orrendo moccioso dai capelli rossi. Due file più in là, una burba in tuta mimetica che fa la notte in pieno giorno. La licenza è stata tosta, ragazzo? Ti sei fatto una marchetta in rue des Martyrs? O una Absolut al Trouville, sugli Champs? Non è troppo una rottura, il servizio militare? Che sfiga, eh, tu sei della generazione sacrificata: due anni di meno e te lo evitavi! Grazie, Chichi! Tieni presente che io, personalmente, non ho da ringraziarlo, Chichi: epilettico, sei riformato d'ufficio. Io lo evitavo comunque. Almeno ha avuto questo vantaggio, il grande male, il morbo sacro, il mare mischiato con il sole! L'inconveniente è la patente: nisba, a meno che non scuci bustarelle, mazzette, tangentine varie, certificati medici fasulli e altri metodi condannati dalla morale e sanzionati dalla legge.

Ecco il mio posto, il 43, nel senso di marcia, al centro della carrozza, nel punto in cui i sedili sono faccia a faccia, sul lato corridoio. Germaine, invece, è seduta nella fila di fronte, nel senso opposto alla marcia, sul lato corridoio ma dall'altro lato del suddetto corridoio rispetto a me; quindi perfettamente visibile di fronte, da dove sono, e se guardo di sbieco; e sotto la mia sorveglianza, se desidero sorvegliarla. Io.

Si sistema, la Germaine. Posa sul sedile vuoto accanto a lei la più piccola delle due sacche rosa Naf Naf, la Germaine. Solleva con fatica la più grossa delle due sacche rosa Naf Naf, la Germaine... Quel beur, così aggressivo nei suoi confronti, alla stazione, quando lei era allo sportello, e che, con sua sorpresa, l'ha già aiutata a tirare su la grossa sacca rosa nel vagone, adesso si precipita con grande galanteria per aiutarla a sollevarla e a sistemarla nella reticella portabagagli. Lei borbotta qualcosa di più o meno incomprensibile che con eccessiva indulgenza si potrebbe interpretare come un ringraziamento. Il beur, senza manifestare alcun sentimento negativo, e come se una simile cafonaggine fosse la norma nella società in cui vive, torna al suo posto con il passo indolente del vecchio saggio che ne ha viste di peggio. Si spoglia quindi del piumino rosa Naf Naf, la Germaine. Tira, per aprirla, la chiusura lampo della più piccola delle due sacche rosa Naf Naf, la Germaine. Estrae dalla borsa qualcosa da leggere... Da leggere! Da guardare, per meglio dire: bella lì, "Gala"! Come era prevedibile! pensa Sid Ali.

La Claire Chazal convive sempre con PPDA? Macché, è una storia vecchia, fi-ni-ta! Chiu-sa! Come Dja e io! Fine delle trasmissioni! Non lo sapevi, Germaine? Ah, e ha un nuovo romanzo in preparazione, Claire Chazal? Buono a sapersi! Non avevo più niente da leggere... Oh, ma ti stufi così in fretta di "Gala", Germaine, che lo richiudi già? Mi deludi... Ah no, è che nella sacca hai qualcosa di meglio da leggere! "Voici", scommetto.

E voilà "Voici"! Indovinato! L'ho sempre pensato: sei un genio, Sid Ali, e il male non può colpirti! Ah, la cover di "Voici": niente foto, questa settimana: stampato nero su fondo bianco: *Pubblicazione giudiziaria* anche questa settimana! Siamo recidivi, "Voici"? Non vi è bastato il processo batosta che vi ha intentato Isabelle Adjani per attacco alla Vita Privata! Cento testoni di danni non vi sono bastati? Ben fatto! Bella mossa, Isa! Niente regali, a questi halufin! Per noi la VP è sacra! Questo giornalaccio spazzatura gut press deve solo provarci a insinuare che ho fatto marchette in rue des Martyrs prima di farle a France 2! Uuuh, cazzarola il titolo ipocrita: *Sid Ali o la grazia del Gaio*. Ah sì, stronzi! Come se il mondo intero, worldwide, non sapesse cos'è un Gaio in senso figurato! Dare del Gaio a me, Sid Ali! Aspettate un po'! Chiamo il mio avvocato! Forza! Direttissima, nel merito, appello, cassazione! Come alla roulette! Raddoppi la posta a ogni istanza! "Voici" condannato per direttissima: cinquanta testoni – condannato nel merito cento –, in appello: duecento –, cassazione: vi facciamo mezzo miliardo di centesimi, per fare cifra tonda! A 'sto punto, siete messi male. Pronto, Axel? La bua?

Ah! come ti abbiamo massacrato, Isa e io! Ah! E quando abbiamo salito insieme la scalinata di Cannes tra due schiere di guardie a cavallo! con tanto di spada sguainata! i cavalli impennati che stavano in equilibrio sugli zoccoli posteriori orgogliosamente piantati nel velluto color porpora, cazzo, Isa! che delirio! la folla dei fan arginata a stento! le telecamere! i flash! gli sbirri in tenuta antisommossa, elmetti, gambali, scudi! i tipi della sicurezza in blazer blu, quelli in bordeaux, quelli in nero, tutti con l'auricolare a succhiello dietro l'orecchio: "Pronto, capo, mi sente?... Ricevuto, capo! Isa e Sid sono sul primo scalino – il secondo –, finora va tutto bene, ma l'atmosfera è surriscaldata, siamo al limite! roba che non si vedeva da Tom Cruise e Madonna! no, peggio! i tre elicotteri di sorveglianza? il Raid, ready a intervenire se è il caso? questo mi tranquillizza, ma tutte 'ste troiette che svengono appena Sid gli fa la boccuccia a cuore succhia caramella! cazzo, potrebbe anche pensare un po' a noi e astenersi! la situazione diventa critica! noi abbiamo il fuoco sotto il culo e lui fa la faccia di culo, se la gode mentre noi sgobbiamo, quel moro di merda!... Oh sì, scusi, capo! mi è sfuggito, seguo le sue istruzioni, non succederà più, promesso! sia indulgente, una serata simile! guardi sul suo monitor se non mi crede, capo: Isa e Sid sono solo al quinto scalino, e dietro di loro la Deneuve, Stallone, la Binoche, Bruce Willis è semplicemente come se non esistessero! dai, per voi è finita, siete scoppiati, largo agli algerini! la folla scandisce 'Sid! Sid! Sid!', tanto che all'Adjani cominciano a girare le palle! ma lui la bacia! che classe, Sid Ali! il buon amico che non approfitta della situazione! solo che questo ci fa ritardare ancora di più, porca puttana! al ritmo in cui la salgono, quella cazzo di scalinata, saranno sull'ultimo scalino verso mezzanotte meno dieci! non si può più contenere la folla! siamo al limite del panico, piano di evacuazione, faccia un bip alle ambulanze, eppure l'avevo detto allo Chevène di mandarmi tre compagnie di rinforzo, ma non ha voluto darmi retta: risultato: siamo presi fino al collo, al confronto l'atmosfera dello Stade de France la sera della finale dei Mondiali era una sala da tè! cazzo che delirio! sono tutti fuori di testa per Sid! i celerini piangono per la tensione nervosa! Che poi, attenzione, era una cosa prevedibilissima: Isa più Sid, la scalinata nella serata inaugurale del Festival di Cannes 2000: dritti filati al copione catastrofistico, *Apocalypse now!*... Gli elicotteri, il Raid, e via veloci per disimpegnare Sid e Isa! che qua si mette male! e oltre tutto quel figlio di puttana ci fa il dito 'fuck you'! cazzo! crede che tutto gli sia permesso da quando quel demagogo di Jospin ha dichiarato che Sid Ali era un esempio per tutta la Nazione!... Non la sento bene, capo! non la sento più...".

Ah, mia Isa! Abbiamo vissuto dei bei momenti nella vita, tu e io! Eh, quando sullo scalino più alto ho preso per il culo PPDA! "Allora, Pat? L'audience? 2% da quando io faccio sfracelli sulla 2! Ormai il tuo tiggì lo guardano solo i ciechi i sordomuti e quelli che hanno perso il telecomando! Mi fai pena, Pat, ma ben ti sta! Dai, buona serata, anyway! Poi mi dirai cosa ne pensi del film all'uscita della proiezione, eh! Ah, e salutami Claire! Ma va, non fate più coppia fissa voi due? Uuuh, che gaffe! Isabelle, potevi anche dirmelo!"

Ah! Ma ha anche "Match", la Germaine! Dicevo io... Fa un po' vedere chi fa la cover questa settimana? Céline e il suo ganzo. Cazzo! che faccia tirata, il ganzo. Uuuh, calvo chemio, che micca! Il canchero! Cosa non le tocca passare, in questo momento, a quel tesoro della Céline! Il viaggio al termine della notte, Céline! Metastasi al,... per di più. Bella lì, non lo sapevate? È vero che su "Match" sono discreti... Deontologia, rispetto assoluto della vita privata e via dicendo, sono così a "Match"! Ma io ho i miei informatori. Telefono tutte le sere in Québec – sei ore di fuso orario. Non vi dirò altro, so come ci si comporta, io, mi hanno tirato su bene: genitori molti uniti, e noi bambini eravamo molto seguiti. Mai un ceffone, nostro padre, ma l'autorità naturale che fa sì che un uomo davvero uomo non abbia bisogno di alzare la voce per farsi rispettare: basta uno sguardo! Capivamo all'istante: filavamo in camera nostra con la coda tra le gambe, senza fiatare, privati del dolce. E tornavamo un'ora dopo a chiedere scusa, e nostro padre ci dava un bacio e ci diceva: "Sei scusato, puoi prendere un Danette". Era un uomo retto, mio padre. Un uomo, insomma. Bisognava vedere come sgozzava il montone! Aveva il gesto! Sì, l'autorità, è la parola giusta. La bestia era lì, con le zampe legate, nella vasca da bagno, che belava da straziarti il cuore. Mia madre la teneva ferma. Noi bambini avevamo un po' paura, la cosa ci colpiva. Il mio fratellino e la mia sorellina si coprivano gli occhi dicendo: "Ho paura, papà! non voglio guardare". Ma io che noto tutto, lo vedevo benissimo che quei piccoli ipocriti scostavano un po' le dita! Erano sbigottiti. Come me e i miei fratelli maggiori. Era così bello, da vedere, quando mio padre alzava il coltello – 'Llah! Al primo colpo, senza esitare. Il montone non aveva sofferto. Abbattuto secondo le regole. La grande arte halal. Mio padre, allora, ai nostri occhi di bambini, era Ibrahim il patriarca tornato sulla terra a fare il sacrificio. Lo ammiravamo... Lo ammiravamo così tanto! Mi vengono le lacrime agli occhi, a ripensarci. E non passa giorno, non passa ora senza che io abbia un pensiero per mio padre. Tutte le mie preghiere sono rivolte a Dio, ma le dedico tutte a lui. E ogni sera, all'al-Maghrib, ringrazio l'Onnipotente di avermi prodigato un simile dono: un padre come lui, Ibrahim! Che forza ti dà, per affrontare le difficoltà della vita! E che bella festa era, l'Aid-el-Kebir! Bella lì.

Bella lì. Dov'ero rimasto? La metastasi al... Dopo tutto, forse, per René è solo un pettegolezzo maligno. Lo sapete meglio di me, la gente tira fuori qualsiasi cosa pur di attirare l'attenzione. Appena ha un pubblico davanti... L'indiscrezione e l'esibizionismo sono le due piaghe della nostra epoca. A casa nostra, se avessimo parlato di queste cose a tavola, mia madre si sarebbe subito alzata... Bella lì, non ve l'avevo detto? Mia madre era una donna molto evoluta, si sedeva a tavola con noi. E noi figli, compresi i maschi, eh, anche i maschi! a turno apparecchiavamo o sparecchiavamo... Mia madre, vi dicevo, si sarebbe subito alzata da tavola per non sentire, e mio padre avrebbe infierito: "Vattene di là immediatamente e torna tra un'ora a chiedere scusa! Non voglio sentire simili orrori in casa mia! H'chuma!". Devo aggiungere che non ha mai avuto bisogno di farlo: eravamo educatissimi e una cosa del genere non ci sarebbe mai passata per la testa. Noi musulmani abbiamo la nostra morale, la nostra decenza, il nostro pudore. Ma per tornare a quello di cui stavo parlando... Lì fa male, te lo dico io. Hai la mucosa viva, ròsa da canchero. E poi, cosa vuoi che ti dica, puzzi. Sì, puzzi, l'ho detto! E per il coniuge non è il massimo, a letto, credimi. Cosa dice Céline, lì in cover? *René andrà fino in fondo!* Punto esclamativo. Cos'altro vuoi che faccia? "Su, vieni, René! Cantiamo in coro mentre il *Titanic* affonda e io scalo le classifiche! Ho messo i lustrini nel congelatore... No, non i miei lustrini di scena, i lustrini del tuo sperma in provetta! Voglio avere da te un figlio postumo se muori... Gemelli, se pozzibile." Qui ve la faccio con l'accento del Québec. Non per vantarmi, ma sono l'unico cioè beur del 93 che sappia imitare il sibilante accento del Québec. Vi spiscereste dalle risate, se poteste sentirmi! Rido già io da solo sul TGV... Céline! Ah, non prende la Dion?* No, ho paura sulla Dion! Ecco perché viaggio in TGV. Che poi non è che sia 'sto grande sacrificio per me, non prendere l'aereo: ho giurato a me stesso una volta per tutte, giurin giuretto, di non lasciare mai più il nostro bel paese. Sono stato una volta nella vita a Marrakech, tre giorni: tre giorni di troppo! E ad Algeri, all'ospedale: neanche un bicchiere d'acqua! Tre giorni e tre notti senza bere, mi hanno lasciato. Non lo dimenticherò mai.

Allora, Germaine, hai avuto la tua dose di eroi ed eroine? Non sei più in astinenza? Ah! Ti alzi? Pipì? Eppure te l'avevo detto, Germaine, di non prendere la San Pellegrino, soprattutto dopo il litrozzo di Leffe Abbaye 5,5° alla spina che ti eri tracannata! Ma tu non mi dai retta! Ti avevo detto di votare Mégret, e oggi mi confessi che voti Le Pen! Dai, figurati che anch'io devo pisciare la mia pinta! E ho le gambe più lunghe delle tue! In tre falcate ti raggiungo davanti alla porta a vetri ad apertura automatica del passaggio – pssscch! Palle piene di te, Germaine! Hai rotto il cazzo, cretina! Sì, ti spingo! Puoi pure gridare aiuto! Con il casino che fa il TGV a 300 all'ora... Pschschh – la porta del cesso! Cazzo, in due non c'è molto spazio, ma per quello che devo fare con te, cretina! Urla pure! È il tuo ultimo grido! L'ultimo grido! Uuuh, che bello il coltellaccio sacrificale con cui mio padre Ibrahim, che Allah gli mostri la via! uccideva il montone dell'Aid-el-Kebir! E com'è affi-

* Gioco di parole basato sull'assonanza tra "la Dion" e "*l'avion*" (l'aereo).

lata la lama, da quel filone di Sid Ali! Ecco! Che sollievo! Non ti sento più! Respiri ancora? Ma io, Sid Ali, uccido sempre in due fasi: tu, Horla, colpisci per primo, fuori di me, e io che sono umano finisco la povera vittima con un ultimo spasmo, un ultimo orgasmo... Io, Sid Ali, che sono un uomo, mica sono morto a godere soffocando in un sacchetto di plastica! sono ancora vivo, io, Sid Ali! e godo! Aspetta, Germaine, ho un sacchetto GBB, Grand Bazar Brossolette! Meno banale della Fnac o della Virgin! Meno banale di Gallimard, Le Seuil, Flammarion o Minuit! Non ce ne sono mica in giro tanti, di sacchetti bianchi e verdi del GBB. E avresti da lamentarti? Ah no: non ti sento più. To', te lo lascio per ricordo! Ne ho altri, di GBB, nella mia collezione, risalgono tutti al giorno in cui feci le pulizie a casa della professoressa Rénal... Devo pisciare. Ho giusto lo spazio per pisciare. Fatto. Me lo scrollo di sinistro, perché sono sinistro; non perché sono di sinistra... Tiro lo sciacquone... O, per meglio dire, premo il pulsante. Non si tira, si preme: è come sull'aereo, il cesso TGV – roba chimica. Ai bei vecchi tempi, finiva tutto sulla massicciata. Per questo era vietato occupare quel posticino quando il treno era in stazione. Cazzo! quando la coincidenza sul binario di fronte si faceva aspettare e il tuo treno non poteva ripartire finché non era arrivato l'altro treno perché c'era la coincidenza assicurata, mi segui fin qui, cretina? no, a questo punto non mi segui più, pazienza! dicevo che quando dovevi tenertela e non sapevi quando il treno sarebbe ripartito, era un'angoscia se avevi la cagarella o se avevi bevuto troppa birra al vagone ristorante, così piacevole, con le sue tovaglie damascate, l'argenteria, e le piccole lampade rivestite di *faille* rosa, e quel violinista zigano in frac che improvvisava sui minuetti di Mozart... Ah! il fascino dei grandi espressi di una volta! Ma da allora hanno fatto dei progressi, diciamolo pure: possiamo andare al cesso quando il treno è in stazione. Oh! Che carina, l'onda disinfettante antibatterica azzurra mari del sud nel water... *Il mare mischiato con il sole...* Vabbé, esco da qui, in due si sta troppo stretti... Ma no, che coglione: magari c'è del grano nella borsetta Lancel. Magari? Di sicuro! Vediamo un po'... Uuh cazzo! Una mazzetta di verdi! Bella lì! Pezzi da 500... Dodici! Bingo! Eppure non ha l'aria di una che batte, la Germaine! Allora? Guadagni in nero da piccolo commercio, per la miseria! Bella lì! Cresta su false fatture o vendita senza fattura contabilità falsificata, bilanci truccati, truffa stracciona del fisco! Non mi stupisce da parte tua, Germaine! Sei la degna rappresentante di quella Francia bottegaia e disonesta la cui frode diffusa fa sì che il lavoratore dipendente, l'operaio, l'impiegato, lo sfruttato che non può nascondere nulla al fisco sia massacrato dalle tasse! e, proporzionalmente al suo reddito, ne paghi quattro o cinque volte più di te, stronza! che ti lamenti sempre di pagarne troppe, stronza! Feccia dell'elettorato del Front National che ci spacca i coglioni con la rapacità del fisco e intanto lo frega dieci volte più degli altri, il fisco! Razzisti che adorate il nero quando si tratta di grano! Stronza! Ma esiste una giustizia immanente di cui io sono il braccio armato, e Allah è grande! Io che credevo di aver fatto fuori il mio ultimo bigliettone da 500 carte a Digione, vedo che Allah me lo restituisce, un'ora dopo, dodecuplicato, a La-Part-Dieu! – Questa è la parte che ti spetta, figlio mio, mi dice Dio, per aver soppresso una cretina lepenista in piumino Naf Naf! – Te ne rendo grazie, o Dio Onnipotente! Al-hamdulillah!

Forza, dai che si va, adesso! Mi laverò le mani nella toilette degli uomini a La-Part-Dieu: ormai non siamo lontani. E andrò in quella delle donne, se gli uomini sono maiali come a Nantes. *Il pleut sur Nantes, et je me souviens*... Uhh, il mio cocchino, il mio tesoruccio, paperottolo, il mio Melchior, figlio mio!

Esco – pschpsch. Nessuno nel passaggio, non sta passando nessuno. Ben fatto. *Non mi vedi, non mi prendi. Passeggero clandestino della vita*... Un'occhiata all'Officine Panerai: ancora dieci, dodici minuti prima di arrivare a La-Part-Dieu. Tempo di innaffiarmi il gargarozzo – e meno male che non porto la cravatta, anche se moralmente sì, altrimenti innaffiavo anche quella –, tempo di innaffiarmi il gargarozzo, dicevo, al vagone bar: carrozza 14. Dai che si va.

Carrozza 16 – psch, psch. Carrozza 15 – psch, psch. Carrozza 14 – psch!

Come? Non hanno la Corona, 'sti barboni? Né l'Absolut citron vert. Cazzo, roba da espatriare! La prima nave per Algeri! No, nessun bagaglio da registrare, mani in tasca, volevo solo rivedere la spiaggia di sabbia bianca dove da bambino ho giocato a calcio con i miei cugini! Il ricordo, la nostalgia... Il vento nella pineta, il profumo di lentisco, di tamarice, di aloe, e le nostre risate quando ci rotoliamo giù dalle dune! e la mia piccola *madeleine*: le piccole frittelle unte e spugnose, cosparse di zucchero a velo, di cui andavamo pazzi, e il grido del vecchio venditore sdentato e gobbo che credeva di essere ancora ai bei tempi della sua giovinezza, quando l'Algeria era francese, e per fare il raffinato, credeva lui, il caro Abderrafi, sparava: "Friiiittelle! Friiittelle! Frittelle buone! Due dinari, sei per dieci dinari!".

Niente Corona? Vabbé, allora una Heineken.

"Heineken."

"24 franchi, signore."

Cazzo se bastonano! 24 franchi. E dove me la verso, la birra? In questo bicchierino di plastica? Cazzo, non mi ha visto in faccia, questo qui.

"Non avrebbe un bicchiere di vetro?"

"Ah no, signore."

Vabbé, non voglio fare storie perché quando hai tratti somatici come quelli che ho ricevuto io dai miei genitori, che Allah li benedica! va sempre a finire male, roba brutta, roba pesante, "incidente" in gattabuia e venti ore di fermo in commissariato... Come no, venti ore, senza bere, senza mangiare, per aver chiesto gentilmente un bicchiere di vetro! E poi si lamenteranno che non siamo molto civilizzati, molto raffinati! Ma, sia detto fra noi, non ci aiutano molto a diventarlo, eh? Dai, *à la guerre comme à la guerre!* ho visto di peggio nel battaglione disciplinare! L'aspirerò dall'orifizio della lattina disopercolata come una bomba a mano, la Heineken ghiacciata. Non mi piace il gusto dell'alluminio sulla lingua, come non mi piace quello della plastica, e del lattice! Per questo succhiavo sempre un Tic-Tac all'anice o alla menta quando avevo finito di succhiarlo a Rabah – naaa, bisogna dire Raba adesso, senza *h* ora che il signore posa in cover in stile checcha etero palestrata! Finocchio! La mia vita è un inferno! Ma domattina, raccomandata con ricevuta di ritorno al Servizio Clienti della SNCF! Anzi no, meglio, domani sera apro il mio tiggì con lo scandalo della ristorazione e dei bar SNCF! "Ciao, Francia! Vorrei, se me lo consente, signor Gayssot, ministro dei Trasporti che ho qui stasera come ospite, vorrei raccontarle la disavventura che ho vissuto non più tardi di ieri pomeriggio su un TGV Parigi-Marsiglia, e che, penso, avrebbe potuto aver luogo su qualunque treno TGV o Corail dotato di un vagone-bar..."

Ah, il treno è in arrivo nella stazione di Lione-La-Part-Dieu? OK, ciao! Sid Ali se la fila.

La-Part-Dieu! I viaggiatori che scendono a La-Part-Dieu scendono. Viaggiatori che sono – terza persona plurale del verbo essere – in coda; e che io sono – prima persona singolare del verbo essere – così educato da far passare avanti. Dopo di lei, signora, si figuri, conosco le buone maniere, non ho fretta, non ho mai avuto fretta, ma non per questo sono riuscito a evitare l'ulcera allo stomaco. A tredici anni, sì, signora. Somatizzavo molto. Come suggeriva lo psi: quando non si riesce a comunicare con il padre, ci si fa venire l'ulcera. No, adesso sto bene, sono guarito. In piena forma.

La vita è bella! L'orologio digitale indica: *17.17* – ho sempre amato le cifre dispari e l'enigma che la ripetizione costituisce per la mente umana. Sono su questo binario di La-Part-Dieu, sotto questo 7 luminoso, verde giallo, finale, che già si trasforma in 8, simbolo dell'infinito ma verticale. Non sono pazzo, no, ma un viaggiatore senza bagagli a parte questo leggero zainetto in spalla, ricco di 1700 franchi cui aggiungo 6000, totale 7700! e libero come l'aria, felice in Dio, fedele alla parola che gli ho dato all'età di sette anni. Dare a Dio la sua parte, nella preghiera, e offrire agli uomini la propria benevolenza, la propria fiducia e il proprio rispetto. Primissimo precetto della dignità del musulmano. Dove sono le toilette degli uomini? Bisogna che mi washi le mani, non l'ho fatto nel cesso della carrozza 17 del TGV: non c'era spazio, una tipa ingombrava tutto, con in testa un ridicolo sacchetto del Grand Bazar Brossolette, ma dico io! Non potevo usare il lavandino, nella vita non si può sempre fare quello si vuole.

Cosa faccio? Dove corro? In che stato? Fuori come una cocuzza? Bella lì, lo voglio. Che spasso! Cazzo ci faccio qui, su questo binario, mentre il treno sta per ripartire – per Marsiglia? Dove sei, dove vivi adesso, Ahmed, fratello mio? Uuuh cazzo come l'avevi castigato quell'idiota che aveva osato rifilarti del fumo tagliato con la segatura! A te, Ahmed! A te! Ah, e quando hai urlato in faccia a nostro padre: "Porca puttana! Hai cagato il cazzo a lamentarti sempre, mutilato! Non sei un uomo, tu! E hai cagato il cazzo a rompere i coglioni a nostra madre che non ha mai fatto niente di male, ed è sempre stata buona con te! e ti sopporta da più di vent'anni! cazzo, non so come fa, Yema, a sopportarti! Ma io adesso porto via le palle, porto via le palle e per sempre! Non mi rivedrai più, povero coglione! Povero povero coglione! Stronzo!".

Cazzo ci faccio qui, su questo binario? Non ne ho idea. E sulla terra? Non ne ho idea uguale.

E in Cielo?

Dio provvederà! Al-hamdulillah!

Plus rien ne s'oppose à la nuit,
Rien ne justifie...

V

Ero io e non ero io. Ero io e un altro. Era un io altro, era un altro io che agiva... Eppure, oggettivamente, sono stato io, Sid Ali, alla stazione Lione-Perrache, a salire mercoledì 15 – no, era già giovedì, giovedì 16 dicembre, alle 0 in punto – ho lanciato un'occhiata all'orologio digitale del binario mentre posavo il piede sul primo scalino del vagone –, sul Lione-Irun delle 0.03, sono stato io a dormire in una cuccetta superiore di seconda classe e, essendo il treno perfettamente in orario, ad arrivare esattamente dodici ore dopo, alle 11.03 a Irun, in Spagna.

Irun, nella provincia dello Guipuzcoa, è una città di 54.900 abitanti situata sulla Bidassoa, fiume che segna il confine tra la Spagna e la Francia (la mia patria). Al centro del fiume, l'isola dei Fagiani, dove nel 1659 fu firmato il trattato dei Pirenei che stipulava per l'anno seguente il matrimonio fra Luigi XIV e l'infanta Maria-Teresa. Filippo IV affidò la decorazione del padiglione dove doveva essere celebrato il matrimonio al suo pittore preferito, Velázquez, che morì di ritorno dall'ispezione dei lavori sull'isola, il 6 agosto 1660 ecc. Appresi tutto questo e molte altre cose su Irun sfogliando alla stazione un dépliant turistico dopo aver cambiato dei soldi e comprato un biglietto per il proseguimento del tragitto che avrei effettuato... Cercavo il modo per occupare la decina di ore che dovevo far passare fino alla partenza dell'Irun-Lisbona, alle 22.00. E poi sarei stato io, oggettivamente io, a prendere quel treno alle 22.00, a dormire in una cuccetta superiore di seconda classe e a svegliarmi una decina di minuti prima di arrivare a destinazione: Lisbona, verso le dieci e mezzo del mattino – avendo il treno accumulato una decina di minuti di ritardo. E sono io, oggettivamente io, nonostante lo stordimento fatto di birra, ansia, allegria puerile, preghiere, vino bianco, lexotan, esaltazione religiosa, lexomil, incubi, spensieratezza, vodka, speranze folli, risate folli, xanax, lacrime; cognac, caffè, brevi accessi di rabbia, fantasie, nausee, semicoma, nel quale avrei vissuto le quaranta ore trascorse fra l'istante in cui vedo inscriversi luminosamente, su un orologio digitale, sotto l'insegna che indica *Lione-La-Part-Dieu*: *17.18* e l'istante in cui vedo inscriversi luminosamente, su un orologio digitale, sotto l'insegna che indica *Lisboa-Santa-Apolonia*: *10.39* – un'ora in meno in Portogallo –, a serbarne qualche ricordo preciso.

Mi rivedo, per esempio, a cenare a spese di "Germaine" alla brasserie Victoire – una *choucroute* di pesce "sì, signore, senza pancetta, promesso!", e una bottiglia di riesling. A un tavolo vicino, un altro solitario legge, mangiando, "Le Progrès" e scopro che la mia foto compare in prima pagina sul quotidiano lionese, e mi sorprendo a pensare non già: sono fottuto, bensì: Vittoria!

Mi rivedo a comprare, a un'edicola della stazione Lione-Perrache, "France-Soir": anche qui la mia foto compare in prima pagina. È una fototessera recente. Il mio nome è stato troncato: Ali. E poiché sono minorenne è pubblicata solo l'iniziale del mio cognome: B. Che importa? Sono identificato e ormai molto riconoscibile. Eppure, lungi dall'essere spaventato, provo gioia. E non che adesso io auspichi per me la meritata sanzione, un rapido arresto, no! al contrario, è che sento di essere diventato... Come dire? *Inafferrabile, introvabile, imprendibile! Conosciuto ma sconosciuto! Non mi vedi, non mi prendi! Passeggero clandestino della vita!*

Godo di una protezione divina. Adesso nessuno più mi nota e la mia vistosa somiglianza con quel beur, con quel sospetto attivamente ricercato non colpisce più nessuno – lo so. Potrei rimettermi la mia Helly Hansen, il mio cappellino Nike e, per sfida, girarlo al contrario, e sbandierare pure una manciata di sacchetti di plastica, ma nessuno collegherebbe me all'assassino di Donata Fiorelli e Angéline Douin – lo so. Sono l'uomo invisibile.

Poi mi rivedo svegliarmi di soprassalto, sotto un cielo metallico e il bagliore azzurro di un lume da notte che mi fa venire in mente atroci ricordi di agonia nel corridoio di un ospedale, ad Algeri; mi rivedo scendere non so molto bene come la scala della cuccetta, uscire da quello scompartimento surriscaldato e maleodorante, ripercorrere barcollando il vagone fino alla porta con la scritta WC, vomitare nella tazza aperta sulla massicciata e su quell'orrendo frastuono di ferraglia che fanno le ruote sui binari e scandito ossessivamente dalle ganasce... E uscire di lì felice, leggero e talmente spensierato da esclamare:

"Sono salvo!".

E mi rivedo a Irun, dimentico di tutto, liberato dal Male, andare da un caffè all'altro, a bere un bicchiere o due di rioja, mangiucchiandoci insieme due o tre tapas – sì, dai, quelle acciughe su una fettina di pane tostato, o un assaggio di tortilla, e tre olive, e sì... *por favor, uno más, de rioja blanco, sí, gracias!* Bella lì, ma te la cavi bene in castigliano, *querido* Sid Ali! *Muy bien!* Sono baschi? Ma capiscono benissimo che non sei spagnolo! A te non terranno il muso!

La vita è fun, naaa?

E ricordo di essere stato scosso dalla ridarella esclamando dentro di me: Adesso che hai sfondato sul mercato interno, Sid Ali, devi conquistare l'Europa! La Spagna, il Portogallo, e da qui, l'America! *America-a-a! My heart's devotion...*

Bella lì.

E tre volte, in tre caffè diversi, sono andato al cesso – no, alla toilette! qui devo e voglio dire alla toilette... Perché? Pulitissime, le toilette! In certi caffè che non avevano niente di lussuoso: pu-li-tis-si-me. Ovunque, pu-li-tis-si-me. Comprese quelle degli uomini. Per quanto Irun sia situata a nord della Spagna, l'influenza civilizzatrice degli arabi si fa ancora sentire. Abbiamo insegnato a questo popolo la pulizia e, nonostante Isabella la Cattolica, nonostante secoli di oscurantismo infedele, questo popolo non ha dimenticato. In Spagna ti senti davvero motivato a lasciare, secondo la formula consacrata, *il bagno pulito come l'avevi trovato entrando*. Ogni volta, prima di uscire, ho passato cinque minuti buoni a pulire per conformarmi all'avviso.

E domani, dopo una seconda notte di treno, sarò nel paese più maghrebino del nostro continente, sarò nel Maghreb dell'Europa maghrebina... Cosa? Sobbalzate? Credete di avere la prova che sono davvero fuori come una cocuzza, pazzo da legare? Bella lì. Non sapete ancora il significato della parola Maghreb? L'Algeria è stata francese per più di un secolo, a lungo il Marocco è stato un protettorato francese, ma voi non avete mai avuto la curiosità di aprire un dizionario per scoprire cosa vuol dire *Maghreb*? Che frane, che nuts! Maghreb significa Occidente, ecco! E così come voi situate il Portogallo all'occidente dell'Occidente, noi lo situiamo al maghreb del Maghreb! Riuscirete mai a capire la nostra esasperazione nel sentirvi definire orientali alcune invenzioni tipicamente maghrebine, quindi occidentali, come, chessò, il *malhun*, la musica detta arabo-andalusa, le regole della nuba, e la nobile architettura cordovana dell'epoca dei califfi, e la squisita arte almohade dei giardini e delle fontane, e le raffinatezze della decorazione nasride –, cos'altro ancora? il tajine! il tajine, che secondo voi sarebbe un piatto orientale! oppure, l'ho sentito dire anche del raï, tale è la vostra ignoranza, il raï! il raï sarebbe orientale! bella lì? Visitate Granada, a Siviglia ammirate la Giralda, ed esclamate, estasiati di fronte a quanto c'è di più occidentale nella nostra civiltà: "Ah, è tipicamente orientale!". Cretini! Ma se la vostra musica celtica, le vostre cornamuse noi le definissimo orientali? se giudicassimo orientale la prosa dello scrittore normanno Flaubert, orientale lo stile dello scrittore bretone Chateaubriand? Se vedendo un austero maniero di granito coperto di ardesia e appollaiato su uno scoglio nudo di fronte all'Atlantico, ci estasiassimo: "Ah! È tipicamente orientale!" che cosa pensereste di noi, eh? Che siamo ridicolmente ignoranti o che vi stiamo pigliando per i fondelli? Be', eppure è quello che voi fate spudoratamente, da sempre, nei nostri confronti! E non sto parlando di persone che non hanno studiato e che sono scusabili e scusate; no, no, sto parlando di persone invitate a *Bouillon de culture* per intrattenere dottamente i telespettatori su che cos'è la nostra cultura; parlo di membri dell'Académie, parlo di universitari, parlo di titolari di una cattedra al Collège de France! Buffoni! Ma, per quanto voi facciate, Joyce è uno scrittore maghrebino (no, scherzo!); e senza il maghrebino Averroè non sapreste più chi è Aristotele, e pezzi interi della vostra cultura, della cultura di noi tutti, sarebbero spariti (qui non sto più scherzando!). Potreste fare uno sforzo, cazzo! Quando la smetterete di ignorarci al punto da confondere punti cardinali opposti? Quando la smetterete, accecati dal vostro odio, dal vostro risentimento, o molto più banalmente, assopiti nella vostra sufficienza e/o nella vostra crassa pigrizia intellettuale, quando la smetterete di delirare, su di noi? Sono io fuori o siete voi pazzi?

"Che minchia vuoi?"

Lo sapete che in tutte le undici ore che ho passato a Irun, non ho sentito una sola volta, neanche una – eppure la Francia è lì, in fondo al viale, di là dal ponte –, pesare su di me lo sguardo mezzo-sprezzante, mezzo-impaurito, e a volte condito da una punta di desiderio ambivalente, segreto, contorto, che va da colui che insulta a colui che è umiliato, lo sguardo che tanto spesso sentivo posare su di me nel mio paese?

Vabbé, dai che si va! Il mio destino non mi condurrà ad Algeri, o, se mi ci deve condurre, lo farà con uno di quei giri di cui sarebbe vano chiedere il senso al Signore – le sue vie sono impenetrabili, su questo punto almeno siamo d'accordo, no? Il mio destino mi condurrà nel punto più maghrebino del nostro continente: Lisbona! Inch'Allah!

Lisboa-Santa-Apolonia. 10.39.

A noi due, Lisboa!

Non parlo una parola di portoghese, ma parlo benissimo il francese, l'inglese e un po' di spagnolo – un po' meglio di quanto pensassi, mi fa piacere –, e nonostante la stanchezza il mio capitale di 137 punti di QI mi sembra intatto. Puzzo, questo sì! La mia ultima toilette, completa come può esserlo una toilette fatta nel lavandino di un caffè di Irun, mi sembra risalire all'Egira o quasi: puzzo della notte in treno, puzzo di sudore rancido, ma dovrei poter risolvere quest'unico vero problema nell'ora che viene... Per il resto, *je suis le roi des scélérats à qui sourit la vie*. Sono, e non lo so ancora, il criminale più ricercato dell'area Schengen dopo la scoperta del cadavere di Julie Richards nel WC della carrozza 17 del TGV Parigi-Marsiglia 922, avvenuta circa tre minuti dopo la partenza da Lione-La-Part-Dieu alle 17.20... Domani scoprirò, leggendo "Libération", che nell'ora successiva alla macabra scoperta, tutta Lione e la sua prossima periferia sono state accerchiate da un dispositivo di polizia senza precedenti, che tutti i luoghi pubblici sono stati minuziosamente passati al setaccio dalla squadra anti-crimine del SRPJ* di Lione al gran completo – ma va? non mi ero accorto di niente?, e neanche loro! a meno che né la metropolitana, né place Bellecour, né place Carnot, né la stazione centrale di Perrache siano considerati luoghi pubblici, a Lione! Per ora vedo che il mio bel viso d'angelo non compare in nessuno dei quotidiani appesi fuori da questa edicola: "Diário de Notícias", nisba, "Jornal de Notícias", nisba, "Público", nisba. La mia fama non ha varcato né la Bidassoa né il Douro – devo cambiare agente! il mio non è abbastanza world market minded! Vabbé.

Vabbé. Tolti i 529 franchi (80,65 euro) del tragitto Lione-Irun, le 11.235 pesetas (67,52 euro) del tragitto Irun-Lisbona, la cena al Victoire, a Lione, le copas e tapas a Irun, le spese minute sul treno: rimangono circa 6200 franchi francesi – ampiamente di che stare tranquillo. Ne cambio 2000, che equivalgono a una decina di migliaia di escudos, la grana locale – e l'addetto al cambio parla francese come voi e me! Compro all'edicola una minicartina della città e un dizionario tascabile, *dicionário de bolso*, francese-*português*,

* *Service regional de Police judiciaire*: Reparto regionale della Polizia giudiziaria.

portoghese-*francês* – dizionario inutile per farmi capire dalla edicolante che parla anche lei francese come me, mi spiega gentilmente che il centro della città si chiama il Rossio, e che il tram che vedo lì, moderno come quello della nostra periferia o come quello di Nantes, ci arriva direttamente.

Sono le undici di mattina, il clima è meravigliosamente mite: cielo un po' velato ma luminoso, che rende madreperlacee le acque del Tago, voli striduli di cormorani, macchie di sole che dorano l'intonaco giallo della maestosa praça do Comércio – senza ricorrere al suo dizionario, l'astuto Sid Ali pensa di potersi arrischiare a tradurre con: piazza del Commercio... Okay, ma come si dice in portoghese: "Ti piaccio?".

Vediamo un po'. *Piacere: Agradar... Agrado a... te? a... ti? ti!...* "*Agrado a ti?*". Dev'essere così. Dev'essere questa, la parola magica, qui. "*Agrado a ti?*"

Eh! ma eccomi tratto d'impiccio! Chi ha detto che la vita non era bella? Non cambierei il mio posto nemmeno con un biglietto per il concerto di Céline Dion a Bercy! *Bercy beaucoup! Bercy*, Céline, preferisco Lisbona!

Mon innocence me ferait pleurer. La vie est la farce à mener par tous. L'hai detto l'hai, Arthur! E io non smetterò mai di stupirvi.

La mia giornata odierna fu sconvolgente. In prigione, i rari eventi lieti che possono capitare per rompere la monotonia carceraria sono anche momenti dolorosi. La gioia e il dolore si confondono, indissociabili, inestricabili, come nella musica di Mozart, come in tutto ciò che è grande e bello nell'arte e nell'amore. Ma chi vuole la gioia deve accettare il dolore – no, non *accettare*, è una parola ancora troppo restrittiva, troppo rassegnata: chi vuole la gioia deve volere il dolore. Prendo tutto, tutto è da prendere; prendere o lasciare: la gioia con il dolore, la passione; o allora il nulla dell'indifferenza, della mollezza, della pigrizia sentimentale e spirituale – in una parola, insomma, il nulla. Tutto o niente, poiché questa è la condizione umana. E se voglio vivere da uomo, cioè vivere, e non da larva, da schiavo, da borghesuccio moderno perbenino, edonista e puritano insieme, troppo-simpatico-troppo-figo e alienato – in realtà morto vivente –, devo volere quello che accade, di bene o di male.

Da quando Jesus se n'è andato, rimpiazzato da una bestia che non conosce nemmeno un fado, nemmeno una parola di francese, e il mattino dopo si lamenta con il secondino, quel figlio di buona donna, quando mi ha sentito urlare durante la notte, incasso più difficilmente il dolore ma anche, ahimè, la gioia.

Stamattina ho avuto la prima visita di uno dei miei da quando sono in carcere: mia madre, finalmente convinta dal mio avvocato ad accompagnarlo alla sua prossima visita. Ero stato avvertito da una settimana, mi ero preparato allo choc, o almeno lo credevo – ma insomma, sono un essere umano: vedendola venirmi incontro, sorretta dall'avvocato Hélier de Hocquencourt, sono crollato. Mi è quasi dispiaciuto che l'umanità del regime penitenziario portoghese avesse fatto sopprimere, al parlatorio, le pareti vetrate che separano i visitatori dai carcerati. Yema mi ha stretto fra le braccia, ci siamo abbracciati. Abbiamo scambiato meno di tre parole e quel poco che ci siamo detti l'abbiamo detto in arabo. L'emozione era troppo forte, mi sembrava di rivivere il giorno in cui mia madre mi aveva finalmente parlato della mia nascita, delle sofferenze che avevamo patito insieme – "Abbiamo visto di tutto; tutti e due – non c'è bisogno che me lo racconti!".

Il nostro comune dolore era talmente insostenibile, per l'uno come per l'altra, che l'avvocato Hélier de Hocquencourt ha deciso, con infinito tatto, di staccarci l'uno dall'altra. Anche lui era in lacrime. E aveva due gioie inaspettate da offrirmi, che sarebbero state altre due prove.

Due lettere. Una di Djamila. Meravigliosa lettera: molto breve, molto bella. Non dirò altro. Alcuni di noi hanno ricevuto il dono rarissimo di saper dire agli altri in poche parole qualcosa che li tocca nel profondo, li fa sciogliere in lacrime e tuttavia li acquieta, li rende più forti, e migliori. Djamila ha ricevuto questo dono dal Signore.

Ma, o povero cuore mio, non era tutto. L'altra lettera, indirizzata a me presso il mio avvocato, veniva dall'Algeria. Una lettera di?... Sì, una lettera di Ahmed! E lo Sheherazade ubriaco della bettola di rue Richomme e il mio intuito avevano visto giusto: Ahmed viveva ad Algeri dove aveva una cave raï nella Casbah. Mi scriveva che aveva letto alcuni giornali francesi – dove aveva trovato il nome del mio avvocato –, che non gli interessava sapere se quello che pubblicavano era vero o falso, che se ne sbatteva, ma che io ero più che mai suo fratello, e che lo raggiungessi appena avessi potuto, lui mi aspettava, era fiducioso: non avrebbe dovuto aspettare molto! e che mi mandava un abbraccio. Alla lettera aveva aggiunto la fotocopia di una piantina della Casbah su cui aveva tracciato con la bic rossa il percorso da seguire partendo dalla moschea Farès per ritrovarlo in quel labirinto. Una croce: era lì. Il codice, per farsi aprire durante il giorno? Bisognava bussare alla porta in un certo modo – toc, toc, toctoc, toctoc, toc... *Ti aspetto. Un abbraccio. Tuo fratello Ah.*

Ho avuto anch'io la mia parte di amore su questa terra: Yema, Ahmed, Aziz, Djamila, Cécile, Manuel... Ai quali potevo aggiungere: Jean-Charles, Joachim e – dopo tutto – Rabah. È quello che ho pensato allora.

Ma come ritrovare poi la calma necessaria per proseguire nella mia confessione?

Ho preso un blocco nuovo, e ho ripreso la matita e la gomma. Non che io abbia intenzione di correggere in un secondo tempo quel che segue, non che io voglia rivedere o riscrivere la storia dei giorni forse più felici della mia vita, almeno i più sereni – per quanto sorprendente possa apparire questa affermazione, fatta da un ragazzo che era allora il criminale più braccato d'Europa, il più attivamente ricercato dall'Interpol, e che ogni giorno, comprando un quotidiano francese, poteva constatare che la sua insolente fuga si stava trasformando nel suo paese in un affare di stato: i diciotto giorni che intercorsero a Lisbona tra il mio arrivo, il 17 dicembre 1999, all'Estação de Santa Apolonia, e il mio arresto il 3 gennaio 2000, vicino all'Estação Fluvial:

"Policía! Lei è Sid Ali Benengeli?".

"Sì, sono io. Faccia di me quello che vuole!"

No, ho ripreso matita e gomma con l'idea di cancellare ogni cosa, una volta elaborato il lutto, per conservare di quei giorni benedetti il sapore, il valore, il tenore onirico – di sogno a occhi aperti. E adesso andrò molto in fretta nel mio racconto, con la speranza di restituire a quelle giornate così leggere da vivere, così vuote, la loro miracolosa vacuità, la loro vivacità, la loro verità. Sì, la loro verità. Poiché finalmente era la vita, la vita vera. Era, dopo la caduta nel Male, l'innocenza ritrovata. Ero finalmente innocente, irresponsabile. Lo sono.

Sarà qualcosa di compiuto, certo, agli occhi di coloro che mi giudicheranno. Ma per me sarà sempre una cosa incompiuta, inconclusa, viva. Qualcosa con cui convivo, come si suol dire. Ciononostante, non è più colpa mia. E poi, per rispetto nei confronti di Manuel, di Aquilino, di Roque, seguire il precetto di Wittgenstein citato da Paul Smaïl in *La Passion selon moi*: "Su ciò di cui non si può parlare si deve tacere".

"Ah!" protesta una somma figura nella nostra Repubblica francesotta delle Lettere, "ah! perché il figlio di un operaio, il figlio di immigrati originari del Maghreb è in grado di sapere chi è Wittgenstein?"

Io:

"Non smetterò mai di stupirvi!". Heb-heb!

Quindi, scendo dal tram al Rossio, il cuore di Lisbona. Prima impressione, quella giusta: è Barbès! Folla africana miserabile, rovinati, spacciatori, barboni, relitti umani... Davanti a McDonald's, lo stregone africano locale, il loro Babou Abi, è una strega: una negra obesa e gigantesca, scalza, con gli occhi da pazza, tutta piaghe, ferite, stracci sporchi di merda secca, e che lancia le sue imprecazioni e i suoi malefici ai passanti – l'ain!

Pastelaria Suíça. Entro a bere un caffè. Un cartello: *Prepagamento!* Ma va? Viva la fiducia! E il caffè prepagato? Schifoso, tiepido, lanciato più che servito da un cameriere lurido e sboccato... Vabbé! E se voglio pisciare?

"Por favor... Toilets?"

Bella lì! Bisogna ripagare per pisciare? bisogna riprepagare? *Prepagamento* per pipì? Mah. E il cesso prepagato? Uno schifo! Tale quale il cesso degli uomini alla stazione di Nantes. Scoprirò poi che questa Pastelaria Suíça, questa pasticceria svizzera dove sono entrato senza saperlo è considerata *uno dei ritrovi eleganti della buona società lisbonese*. Figuriamoci! Venite da noi Benengeli, caseggiato B, scala 2, interno 502, è il salotto dei Guermantes!

Esco, uomo dalle suole di vento. Vado dove mi conduce il caso.

Un'altra grande piazza: praça dos Restauradores. Cazzo, lì, un Virgin Megastore! Vedete che la civiltà ha toccato anche loro. Dopo, un viale lungo e largo la cui prospettiva non mi dice granché... Faccio dietrofront, verso Barbès. Seduto sul marciapiede, un mostro come ne avevo visti solo al cine, un Elephant Man... Rimango basito per un attimo. Poi proseguo per la mia strada senza sapere quale sia né dove mi porti... Ah sì! Un cartello indica che mi sto dirigendo verso il quartiere del Chiado – ci vado!

Ah! La Fnac! Non c'è che dire, sembra di essere a casa! E poi Zara, Gap, Jap, eccetera eccetera. Eccomi in rua Garrett. Un caffè stile fin de siècle (il secolo precedente, s'intende): A Brasileira. Uuuh, è fun! ai tavolini fuori è seduto un cliente trasformato in una statua di bronzo, un habitué del caffè per l'eternità... Vediamo un po'... *O escritor Fernando Pessoa!* Bella lì! Uno dei nomi sulla reading list n. 2 della professoressa Rénal, Grandi scrittori stranieri del XX secolo... Non ho ancora letto niente di lui, ma di sicuro è un grande, visto che scelto e consigliato dalla professoressa Rénal. E una targa mi informa che questo caffè è *património cultural*... Be', andiamo a pisciare dove pisciò Pessoa, in questo luogo pieno di memorie... Cazzo, il cesso! Uno schifo! Anche questo fa parte del patrimonio culturale di questo paese di zozzoni – la mia opinione è fatta?

Ma ho un po' fame e un po' sete: mi siedo fuori, nonostante tutto. Occhio di pesce, grandangolo, panoramica, zoom sugli altri avventori seduti fuori... Uuuu! al tavolino accanto... Uh cazzo, che bell'uomo! Proprio il mio tipo! Molto molto molto affascinante! È solo e scribacchia sul foglietto di un taccuino di pelle color bronzo, con... Con... Eh, cosa volete che sia se non una Mont Blanc? Ve l'ho detto che era proprio il mio tipo! Trentacinque, trentasei anni? Giù di lì. Bellissimi occhi azzurro lazulite, capelli neri impomatati alla hidalgo... Alto: la mia statura. Fine, slanciato, di razza, come si usa dire – mi ha sempre stupito che questa parola sia un elogio: io, Sid Ali, sono un tipo di razza che puzza della sua razza... E adesso puzzo e basta. E non se ne parla di darmi una lavata in questo lavandino dove Pessoa si lavò le mani negli anni trenta! Avrebbero potuto dare una pulita, da allora!

Ma torniamo al nostro indagato, oggetto della nostra ammirazione e soggetto di un mio accenno di erezione... Sì, sì. Mi si rizza per te, bello sconosciuto! Se solo tu volessi per un attimo alzare i tuoi begli occhi azzurro lazulite dal tuo foglio... Chi sei? Di che nazionalità? Non portoghese, mi sa. Francesotto? Neanche. Italico? No, non hai l'eleganza italica. Un ispanico, allora – see, ci scommetterei. Vestito benissimo: completo nero, giacca quattro bottoni, fresco di lana misto fibre moderne: roba leggera, morbida ma che cade bene, costosa una cifra – marca indeterminata. (Un'ora dopo, saprò che è di Adolfo Domínguez. Se un giorno uscirò dal troiaio in cui mi sono cacciato e avrò il destino che mi merito, vestirò solo Adolfo Domínguez.) Camicia bianca: roba morbida ma che cade bene, costosa una cifra, e un particolare: bottoni di madreperla – bella lì. Niente cravatta: non ne ha bisogno. Scarpe nere così lucide che ti ci potresti specchiare. Se solo volesse per un attimo alzare gli... Ah! Era ora. Hai fatto colpo, Sid Ali! È fatta, me lo sento! Ti sorride? Tocca a te, Sid Ali! Faccia tosta, sempre, vai con la faccia tosta! Sono straniero e, francamente, a questo punto, non ho più niente da perdere. La parola magica. In portoghese, intanto, per non aver l'aria di...

"*Agrado a ti?*"

Lui, a botta pronta:

"*Sí*".

Noto che non mi ha risposto *Sim*, che è il sì portoghese, ma: *Sí*.

Uno spagnolo, ve l'avevo detto.

E ora mi invita, con un gesto nobile, generoso, cavalleresco, ad andarmi a sedere al suo tavolo. Ben volentieri! Però mi vergogno un po': puzzo, il mio look, le mie scarpe da ginnastica, il mio Fila *Pro-race*, questo zainetto... Ma dai, poche storie, Sid Ali! Sei un uomo! E se ti ha invitato! Meglio: fa questa cosa straordinaria – straordinaria, e peso le parole: mentre mi seggo, spegne il cellulare lasciando solo la segreteria telefonica. Ecco. La vera, e rarissima, buona educazione!

Si presenta.

"I am Manuel."

Io:

"Yo soy... Ali".

Ho esitato un attimo: stavo per dire Aziz? Stavo per dire Sid Ali? No, la cosa più semplice: Ali.

"Where are you from?"

"Algeria. I am Algerian."

Un filino ironico, lui, l'espressione scettica.

"Really? I would have said French!"

Zac! *Touché!* Finalmente, Sid Ali, un partner al tuo livello!

"See, in realtà sono francese. Scherzavo."

Lui (forte accento spagnolo):

"Quasi sempre trovo esatto".

Io:

"E lei, spagnolo?".

"You can say 'tu'! Spagnolo, sono, sì. From Jerez de la Frontera. Andalucía."

Ma va? Ci sono andalusi con gli occhi azzurri. Vabbé. Non si può saper tutto! Visto che ci sono dei mori che a vederli li prendi per dei francesotti purosangue!

A questo punto decido di stupirlo:
"I am sorry, I do stink! I had two nights on the train... Non so di buono".
"Un bagno, vuoi?"
Be', be', Sid Ali, è il match della tua vita! Cazzo, bisogna procedere! Intimidito sono, sì, lo ammetto, intimidito di fronte a tanta disinvoltura.
"Ehm..."
E lui, nel tono più naturale del mondo:
"Il mio albergo è qui... Come on!".
Mi indica, accanto alla Brasileira, l'Hotel Borges... Decisamente, Lisbona è una città proprio letteraria: mi ricordo che anche questo nome compare nella lista n. 2 della professoressa Rénal. Non ancora letto neanche Borges, ma ho tutta la vita davanti. L'hai detto l'hai, Sid Ali! E, ti supplico, trova immediatamente qualcosa da dire che ti faccia perdere quell'aria allibita. Dai, per esempio:
"Are you in Lisbon for business or pleasure?".
"Both since I met you!"
Bel colpo! Silurato! Cazzo, che punch line! Sei KO Sid! All'angolo! E almeno la cosa è chiara. – Sei a Lisbona per lavoro o per piacere? – Entrambi, dopo che ti ho incontrato! – L'hai detto l'hai, Manuel!
E zero in imbarazzo, Manuel, quando chiede la chiave al banco della reception.
Ascensore. Corridoio. Camera. Bagno... Una grande vasca... Manuel apre i rubinetti a palla... Tre dosi di bagnoschiuma... Vabbé, dai, mi spoglio. E Manuel pure! E scoppiando a ridere – cazzo, che bella dentatura! – :
"I have bad news for you: I am homosexual".
Punch line! E anche se non me l'avesse detto, l'avrei capito lo stesso: il suo uccello avrebbe parlato per lui.
"I can't believe it! Homosexual?"
"Sì, maricón!"
"Nobody's perfect!"
Sì, lo so! Questa qui non è mia, ma mi fa sempre ridere, è la cosa principale. E fa ridere Manuel.
Bell'uccello, Manuel! Buon calibro, ma non eccessivo, un po' squadrato come piace a me – come il mio, insomma, tranne che non è circonciso. Bel paio di... Un po' più grossi dei miei. Soppeso e massaggio, lui soppesa e massaggia, soppesiamo e palpiamo con mano leggera, gli occhi negli occhi. Io:
"Maricón! Noi diciamo finocchio! Dici gay quando sei una

checca, ma se sei un vero uomo dici finocchio! Io dico che sono finocchio perché sono un uomo, un vero uomo".

Me lo smanetti, te lo smanetto, ce lo smanettiamo... La vasca sta per strabordare. Chiudi i rubinetti. Mi metti un dito nel culo, due, io faccio lo stesso; la tua lingua, la mia lingua, le nostre lingue; mi annusi come un cane da caccia – buono a sapersi: il mio odore di sporcizia e di sudore non ti fa schifo, né il mio alito! Sei un uomo, Manuel, un vero uomo, non stai a fare tante cerimonie! Civilizzato all'esterno, primitivo nell'intimità! Eiaculo, eiaculi, eiaculiamo quasi contemporaneamente... La mia sborra schizza sul pelo riccio del tuo pube, il denso muco della tua scivola lungo la mia coscia sinistra fino al ginocchio... Schizzo un piccolo bis – the Sid Ali's touch. Tu, Manuel, non sei di quei cocchini che respingono il partner appena sono venuti. Non hai ripugnanza, non sei un taccagno dell'orgasmo, giochi a prolungare: ancora una leccata dell'ascella, ancora un lungo bacio sulla bocca, ancora una lunga carezza con il taglio della mano nell'incavo dei miei glutei grondanti che finisce con una sculacciata affettuosa all'altezza delle vertebre sacrali... Sei un manuale, Manuel! Ah ah!

"You like it?"

"Indovina! Secondo te?"

"You're a fag for real!"

E adesso il bagno, con più schiuma che acqua. A due in duetto? Insieme, certo: non ci lasciamo così presto! L'antico e venerabile Hotel Borges non è lussuoso, ma le vasche, antiche, sono spaziose. Non avremmo potuto farlo, nella vasca a semicupio della professoressa Rénal.

Uno di fronte all'altro, seduti a gambe incrociate, io ti insapono, tu mi insaponi, ci insaponiamo energicamente... Schiumose carezze, scoppi di risa, baci rumorosi... Adesso girati che ti insapono la schiena! Tocca a me. Shampoo, già che ci siamo – brucia un po' gli occhi ma siamo uomini. Togliamo il tappo per vuotare la vasca, ci alziamo per la doccia finale. Caldissima e per finire freddissima.

"Che bello, che bello, che bello!"

Asciugamani. Ti sfrego, mi sfreghi, ci asciughiamo l'un l'altro. E poi?...

Ah, questa ancora non la conoscevo! Una prima per me: Manuel mette un po' di dentifricio sul suo spazzolino da denti e me lo porge, strappa con i denti il sacchetto sterile che contiene l'altro spazzolino offerto dal Borges, stende un po' di dentifricio... E? E sarà lui a lavarmi i denti e io a lavare i suoi! Bella lì, quando ci si ama!

Un po' di eau de toilette? Cioè, un po', esagera! Quando ti chiami Manuel non ti accontenti di una goccia dietro l'orecchio, la grettezza non è da lui, Manuel è un vero uomo, mica un finocchio: si spruzza e spruzza abbondantemente il suo amante con l'Acqua di Parma! La boccetta grande non deve durargli nemmeno una settimana.

Buttiamo gli asciugamani per terra per assorbire l'inondazione. Prendo della biancheria nel mio zaino, lui nella sua bella borsa da viaggio di cuoio rossiccio Lœwe... Ci rivestiamo – adesso ognuno per conto suo.

Poi lui:

"Se non hai un hotel, è questo!".

"Muchas gracias."

Un altro problema risolto, e alla grande. Mi va benissimo, il letto è spazioso... Riceverò una grande lezione, poco più tardi, quando oserò chiedergli come mai lui, che visibilmente fa una gran vita, scende in un albergo molto ben tenuto, certo, ma modesto. Perché? Quel tonto di Sid Ali, che credeva di aver capito tutto! Quel ragazzotto di periferia del 93, rozzo, e pieno di idee da nuovo ricco... Manuel non deve più dimostrare nulla a nessuno. Di giorno va agli incontri di lavoro, e di notte? A far sciambole! Tre ore di sonno, un riposino al pomeriggio... Il Borges è centrale, pulitissimo. Ah, non c'è la tivù via cavo, no! Ma a Manuel frega zero, la tivù: via cavo o meno, non la guarda mai.

"La televisione è un'invenzione for the idiots!"

L'hai detto l'hai, Manuel! E scopro, stupefatto, l'esemplare di una specie rara, in via di estinzione: un contemporaneo radicalmente privo di snobismo, che vive non per soddisfare l'opinione pubblica ma seguendo il proprio umore e l'impulso del momento... Avendo, inoltre, la fortuna di avere i mezzi per farlo.

"Hai fame, querido?" mi chiede tra un bacio sulla guancia e l'altro, come a un bebè. "Lunch! Be my guest! Mariscos para los maricónes?"

Non conosco il significato di questa parola:

"Mariscos?".

"Frutti del mare y vino blanco for the fags, te gusta?"

"L'Europa è fatta! Me gusta, see, danke schön!"

Be', andiamo, usciamo.

Chiamata di Manuel, sul suo cellulare:

"The Strawsee? Queria reservar uma mesa para duas pessoas... Right now, yes... Ten minutes... Name is Manuel Ojeda y Vázquez. Obrigado".

Quindi siamo due pessoas? Sono una pessoa, io, Sid Ali? Molto lusinghiero!

Manuel chiama il taxi che scende lungo rua do Alecrim...

"The Strawsee, Doca da India, faz favor!"

Mentre Manuel e io scoprivamo di essere fatti da sempre l'uno per l'altro, il cielo si è aperto: pieno sole sul Mare di Paglia che scintilla in fondo alla via... *Elle est retrouvée. Quoi?*

The Strawsee. Un ex capannone sulle rive del Tago, trasformato in ristorante di lusso da un architetto postmoderno. Mercedes e Biemme parcheggiate davanti. Un cabriolet 328 i, nel mio colore preferito degli ultimi tempi: *Stahlgrau* – il *Sienarot* non mi piace più tanto... Portiere e posteggiatore vestiti Armani. Cazzo! Eccomi ripreso da un accesso di timidezza assai poco sidalico, non mi riconosco più, ma i miei pantaloni da jogging, la mia casacca Gill, soprattutto le mie Nike...

"Manuel, non sono vestito per..."

Manuel, prendendomi ostentatamente per la spalla davanti al portiere:

"Sei il mio invitato, non il loro invitato! If I agree, they have to".

Come non detto.

Il maître d'hotel ci accompagna al nostro tavolo accanto alla grande vetrata e ai riflessi danzanti sul Tago... Meraviglia: marmo nero del tavolo nudo, cristalli, tovaglioli bianchi damascati nel loro anello d'argento rabescato... Un'orchidea in un vaso di porcellana verde... Bella lì. Valeva la pena smazzarsi due notti di treno per vedere una roba del genere.

I menu, formato in quarto. Il mio: senza i prezzi, perché sono l'invitato. Bella lì. Cose che si imparano solo con l'esperienza: mai letto da nessuna parte!

"Lavagante? Bogavante? Lobster?"

Astice? Bella lì, astice. *En la plancha?* Come vuoi Manuel, non sono un tipo difficile. E per cominciare? Due dozzine di *ostras* – *oysters* – ostriche? Ma sì. E del vinho verde de la casa, in caraffa, così leggero, verde e frizzante... È buonissimo. Se lo dici tu, Manuel! Di sicuro in questo campo te ne intendi più di me.

"Want a drink to begin with?"

"Why not? Absolut with citron vert, what ever they call it here."

"Absolut com lima, faz favor... Para mi, um Very Dry Old Calem."

Piccole tartine di *figado da lota* – fegato di lota? ma va là! – per aspettare. Ma nessuno ha fretta. E quelle perle arancioni in una coppa di porcellana verde? Uova di salmone... Si mangiano. Lo dico spesso a Isa, dobbiamo trattarci bene. "Apparteniamo a un popolo che ha sofferto molto."

Ma guarda, Sid Ali! sei il criminale più ricercato nel tuo paese e dall'Interpol e ti stai facendo il pranzo della tua vita, quel pranzo con Isa su cui hai fantasticato così tanto. Isabelle Adjani si chiama in realtà Manuel Ojeda y Vázquez, ma che importa? È bello, generoso, virile, elegante, beneducato, spiritoso e, in tutto, un vero signore. Oh, il modo affettuoso e fraterno con cui ti ha preso per la spalla vedendo lo spocchioso portiere dello Strawsee storcere il naso davanti alle tue Nike, e al tuo Fila *Pro-race*! Quanti ne hai incontrati, in vita tua, di uomini così sensibili da intuire il tuo timore di subire un'umiliazione e da prevenirlo con un gesto di solidarietà nei tuoi confronti, e di sfida verso colui che è lì lì per offenderti? Manuel è uno dei rari eletti da Dio con il dono per la felicità e, meglio ancora, con il dono di saperla dare agli altri... Insieme al piacere.

Guarda, Sid Ali! Il Mare di Paglia mischiato con il sole – ma il Male non può più colpirti! Sei salvo.

Dunque Manuel è di Jerez de la Frontera, che in francese noi chiamiamo Xeres, nonché erede di una delle più famose marche di xeres, che lui si occupa di sviluppare. Era a Lisbona per lavoro dal giorno precedente, e sarebbe ripartito martedì 21 in serata... E avrebbe ripreso un aereo giovedì 23 per passare la fine dell'anno ed entrare nel 2000 a New York, dove vivevano suo fratello minore e molti suoi amici. E adesso, subito dopo quel pranzo squisito?

"Dos so boring business meetings..."

"E dopo?"

"Tutta la notte con un ragazzo molto carino che si chiama Ali..."

"Ah sì?"

"E anche il sabato e la domenica."

"Ah sì? E poi?"

"Forse fino a martedì... Forse tutta la vita."

Vabbé. L'ha detto.

Mi fissava con i suoi occhi di un azzurro così luminoso e puro... Era pura volontà di sedurre, o desiderio allo stato puro, o puro amore, chi lo sa? Gli ho detto il mio stupore: un andaluso con gli occhi azzurri? Mi ha risposto ridendo che esisteva un tipo andaluso con gli occhi azzurri, che comunque sua madre non era andalusa, ma aragonese, e che suo padre, da cui aveva ricevuto quel grande nome e la sua fortuna, molto probabilmente non era suo padre *de sangre*. Mi sono sentito dire ad alta voce quel che mi ha sussurrato il mio djinn:

"Ah! Come me: mio padre non è mio padre...".

E mentre lo dicevo, chiedevo scusa sottovoce a mia madre di proferire una bugia che faceva di me un figlio di puttana.

"What are you doing in Lisbon, Ali?"

Ho eluso la domanda con un gesto vago nel vuoto. Il suo sguardo si è fatto ancora più intenso. Capivo che sospettava un segreto, una ragione inconfessabile per quel viaggio... Ha aggiunto:

"Se non vuoi dirmi, non mi dici".

Sorrisi ambigui. Cala il silenzio. Ancora un attimo e gli dicevo tutta la verità, credo... Ma il cameriere, presentandogli il conto, ha distratto la sua attenzione per un attimo – l'attimo dopo era troppo tardi: non potevo più dirlo.

Cosa sarebbe successo se gli avessi confessato che stava pranzando con un serial killer in fuga? Mi avrebbe cacciato in modo ignominioso? Mi avrebbe abbracciato, da cristiano qual era? Avrebbe fatto come se niente fosse, continuando a scherzare?

Ha mormorato:

"Ali el Magnífico...".

Ho spiegato, pateticamente:

"In realtà, sto cercando lavoro".

"Qui?"

È scoppiato a ridere, con l'aria di farmi capire che avrei potuto trovare una bugia migliore, che era indegno di me, Sid Ali, che lui, Manuel Ojeda y Vázquez, meritava di meglio.

Siamo tornati all'hotel, dove doveva prendere dei documenti.

"Give me your passport," mi ha detto prima di entrare.

E perché mai? Mi ha spiegato che i portoghesi non scherzavano con il regolamento: se volevo dividere la stanza con lui, era obbligato a farmi registrare alla reception... Ahia.

Ho scelto di non mentirgli:

"Non è il mio passaporto".

Ho avuto l'impressione che fosse stupito solo a metà.

"Oh! I see..."

Ma ho avuto anche la certezza pressoché totale che non avrebbe avuto una reazione da borghesuccio terrorizzato: Manuel era un uomo, un vero uomo. Me l'aveva dimostrato, finora.

"A stolen passport..."

"Stolen to my brother. The name is the same. Only the christian name is..."

Manuel che non abbandona mai il suo senso dell'umorismo:

"So christian as a name, Ali!".

Silenzio, gli occhi negli occhi – quei secondi della vita in cui il destino si gioca a dadi –, che alla fine infrango dicendo nel modo più pacato possibile:

"Ho fatto una cazzata. Una... A... Well...".

Cerco la traduzione inglese di *cazzata*. Lui, in tono quasi divertito:

"Una cazzata, I understand. Dope? Robbery?".

"Something like that..."

Nulla che possa far perdere la flemma al nobile Manuel Ojeda y Vázquez. Senza turbarsi, ha teso la mano: affinché gli dessi il passaporto di Aziz e non se ne parli più. Per quel reato, sarebbe stato mio complice.

Mi sono sempre domandato fin dove l'avesse condotto la sua immaginazione, e fin dove avrebbe potuto seguirmi prima di indietreggiare: fino allo stupro? fino all'omicidio? fino agli omicidi in serie?

Ha detto questa frase straordinaria:

"Cristo ha detto: 'Non giudicare!'".

Mi ha fatto registrare – o meglio, ha fatto registrare Aziz Benengeli. Ho firmato la scheda.

Nell'ascensore, ha ancora trovato modo di scherzare:

"Aziz is a nice christian name, too!".

Siamo usciti di nuovo. Lui andava ai suoi appuntamenti di lavoro, io andavo a zonzo per Lisbona. Ci saremmo ritrovati verso le sette di sera alla Brasileira.

"E poi?"

"Indovina!"

Vabbé. Insaziabile, Manuel!

"E poi?"

"A mangiare."

"E poi?"

"Indovina!"

"Bis?"

"Bis."

Vabbé. Un maniaco sessuale, perché no? Mi è capitato di reggere alla grande cinque botte di seguito in rue des Martyrs – il cliente era il classico haluf grasso, vecchio e brutto, non un bell'hidalgo magro, slanciato, di razza, con occhi di lazulite.

E poi?

Dovevamo incontrarci, verso mezzanotte, con due suoi amici portoghesi, Aquilino e Roque – e che la festa cominci! Dove? Al Fimomundo.

"Cominciamo dalla fine del mondo?"

Lo sguardo di ammirazione che a quel punto mi ha lanciato Manuel era un omaggio alla mia intelligenza, al mio QI: appena arrivato in Portogallo, sapevo già tradurre a orecchio... Eh sì! Non smetterò mai di stupirvi.

Programma delle gozzoviglie esposto da Manuel, con ogni verbo all'infinito scandito da un bacio sulla guancia, la sinistra poi la destra, oppure sul collo del suo amante:

"Ballare, bere, non acqua, amare, fumare, non tabacco, ballare, bere, amare, fumare, bere, amare, ballare, bere, fumare, bere, amare, ballare, amare, fumare, bere, amare eccetera!"

"E poi?"

"Tu e io dormire insieme. Bueno?"

"Bueno."

"E al risveglio?"

"Indovina!"

Mi basta rievocare quei momenti di pura gioia nel puzzo della mia cella, tra questi muri di cemento così sonori che subito aleggia il profumo di Acqua di Parma, che subito riecheggia la sua risata spensierata – assalgono la mia memoria piccoli dettagli che per me sono tutto. Il suo modo, lievissimo, di prendere la vita con ironia, di viverla con leggerezza, di danzarla: che nulla pesi, che tutto sia gioco, che tutto sia allegria e condivisione, che tutto sia gratuità e dono di sé... Superficiale, Manuel? Frivolo? No, profondo, profondo, profondo: poiché sa che il resto è vanità – la serietà, la mentalità seriosa, il calcolo, il progetto, investire, e ciò che uno pensa di dovere alla società, l'immagine decorosa di sé che uno vuole presentarle, lo spettacolo della propria moralità, invece della virtù che lui praticava in ogni momento, l'unica virtù, quella vera: provare a rendere felici gli altri facendo la propria felicità.

Lo sento ancora farmi una scenata per scherzo in quel locale, l'ennesimo locale del Bairro Alto, quando io, vedendo che sta di nuovo per pagare per tutti, oso tirar fuori dalla tasca la mia mazzetta di escudos, e lui la respinge gridando in tono tragicoburlesco:

"Non farlo mai più, Ali! Mai più! O tu e io, finito!".

E le nostre risate folli finivano in baci.

E siamo usciti a braccetto, Manuel, Aquilino, Roque e io, verso un altro locale, un'altra discoteca, e un altro locale ancora e... E verso le tre del mattino, Aquilino e Roque se ne sono andati. Rientravamo anche noi? Non mi reggevo più in piedi. Del resto le cose migliori, bagordi compresi, devono avere una fine – l'hai detto l'hai, Sid Ali.

"No, wait, I want to show you something before! aspetta, Ali, mi corazón, prima di dormire noi due, siccome tu di Francia, ti porto alla Francia!"

Uuuuh cazzo, delirio da paura, mio Manuelito querido, ho pensato, per quel poco che ero ancora capace di pensare.

Ma niente affatto! Manuel voleva farmi vedere un posto che riteneva talmente inverosimile da dirmelo nelle quattro lingue che usavamo dall'inizio del nostro giro dei locali e delle discoteche con i suoi due amici portoghesi:

"È increible, incredible, incrível, incredibile!".

Con la lucidità che talvolta caratterizza un uomo ubriaco fradicio, in quel Bairro Alto dove è così facile perdersi, Manuel è riuscito a trovare la strada senza esitare... Bella lì! Ecco, era proprio qui – lo scriveva un'insegna al neon viola tremolante sopra una porta bassa ad arco –: *La France – Bar-discoteca-karaoke*.

La France è gestita e frequentata da portoghesi di seconda generazione, figli di operai immigrati portoghesi nati in Francia negli anni sessanta, settanta, cresciuti in Francia, completamente francesizzati, ma che sono venuti a stare nel paese dove erano nati i loro genitori, adesso che il Portogallo tende ad allinearsi al tenore di vita e al PIL dei paesi nordeuropei. Nostalgici del "*cher pays de leur enfance*", hanno ricreato in una cantina un campione di Francia, o meglio, di francesottaggine, di tamarraggine francese. Ginette e Ginoni di tipologia lusitana comunicano qui nel culto di Michel Sardou, di France Gall, di Francis Lalanne, di Catherine Lara, di Laurent Voulzy. Alle pareti, dei poster: Dalida, Michel Drucker, Michel Platini, Thierry Le Luron, Alain Prost.

Era una serata karaoke che volgeva ormai al termine. Il pubblico era parecchio brillo e stanco quando io e Manuel, da intrusi quali obiettivamente eravamo, abbiamo fatto un'entrata barcollante quanto vistosa nella cave fumosa. Sul palco un tappo fasciato in uno spencer color prugna di velluto 100% poliestere, imitatore amatore molto amante di Alain Souchon, interpretava *Allô, Maman, bobo*.

Maman, comment tu m'as fait,
J'suis pas beau...

"L'hai detto l'hai!" ha esclamato quel cafone di un finocchio moro a braccetto del suo amante ilare – lui, di fattezze troppo marcatamente spagnole perché non lo si possa identificare subito quale appartenente al popolo nemico ereditario del popolo portoghese.

Cercando di rimediare all'effetto disastroso del mio intervento, ho applaudito fortissimo quando quell'Ambrogio simil Souchon ha finito di massacrare la sua canzone.

Il presentatore della serata gli ha preso il microfono e ha presentato il pezzo successivo: *Le Blues du businessman*. Ma a quanto pareva nessuno tra il pubblico aveva più voglia di cantare. Allora, mi conoscete, mi sono fatto coraggio e sono saltato sul palco dove, incoraggiato dagli evviva e dai bravo, in verità assai calorosi, di Manuel Ojeda y Vázquez, ho intonato a squarciagola:

J'aurais voulu être un artiste
Pour pouvoir faire mon numéro
Quand l'avion se pose sur la piste,
A Rotterdam ou a Rio....
J'aurais voulu être un chanteur
Pour pouvoir crier qui je suis...
J'aurais voulu être un auteur
Pour pouvoir inventer ma vie...
J'aurais voulu être un acteur
Pour tous les jours changer de peau
Et pour pouvoir me trouver beau
*Sur un grand écran, en couleurs...**

Gli urli furono tali che dovetti telare via prima della fine del nastro, e come una scheggia! Per il mio debutto a Lisbona, era proprio un successone! Con un pezzo che per di più sembrava essere stato scritto su misura per me – roba autobiografica, di una sincerità sconvolgente, roba vissuta interiormente, il mio cuore messo a nudo.

E Manuel, che fino a quel momento avevo immaginato incapace di rabbia e di odio, si è lanciato in una feroce diatriba contro i portoghesi. Di colpo fu un fiume tumultuoso di rimproveri e di insulti impossibile da deviare, da arginare.... E siccome parlava molto in fretta, ubriachissimo, in castigliano, non afferravo tutto, ma capivo che tirava in ballo di tutto: tutti i motivi di risentimento possibili e immaginabili contro quel popolo "*de mierda, con única excepción de Aquilino y Roque*". I portoghesi, a sentire lui, erano privi di dignità, privi di generosità, privi di energia, privi di eleganza,

* Avrei voluto essere un artista / Per poter fare il mio numero / Quando l'aereo si posa sulla pista, / A Rotterdam o a Rio... / Avrei voluto essere un cantante / Per poter gridare chi sono... / Avrei voluto essere un autore / Per poter inventare la mia vita... / Avrei voluto essere un attore / Per cambiare pelle ogni giorno / E per potermi trovare bello / Su un grande schermo, a colori...

privi di civiltà, privi di virilità! Ipocriti del cazzo – come dimostravano le loro corride, dove non uccidevano il toro nell'arena, ma, pieni di vergogna, dietro le quinte! cacasotto! piagnoni! e pure lercioni – la mia breve esperienza dei cessi, compresi i cessi del patrimonio culturale, mi induceva a non dargli torto! ossessionati dalla *pasta*, la *pasta*, la *pasta* – no, non quello che si pensa, non la *pasta* degli italiani, ma: il grano, in spagnolo! sempre a forzarti la mano al ristorante! mai un gesto generoso! mai qualcosa di regalato! morbosamente taccagni e diffidenti appena è questione di soldi – "*este 'prepagamento' de mierda!*": l'hai detto, Manuelito, anche a me questo dà fastidio! incompetenti! degenerati! cretini! e quanto a fargli bere dell'Amontillado, dell'Oloroso o del Dulce Ojeda y Vázquez!... E potevo mai immaginare che adesso Ojeda y Vázquez e altri produttori di xeres vendevano a quei cretini procedimenti di vinificazione per il loro porto, procedimenti ancestrali che loro avevano dimenticato! e che si guadagnavano molti più soldi a reinsegnarglieli che non a cercare di vendergli dei vini andalusi!

Bella lì. E questo nuovo aspetto della sua personalità, che Manuel mi rivelava improvvisamente come a sua insaputa, costituiva ai miei occhi un ulteriore motivo di fascino, un'ulteriore ragione di amarlo: anche in questo tratto del suo carattere, in questa capacità di arrabbiarsi, di odiare, di esprimere una malafede che si traduceva in verve, in verbo, mi assomigliava.

Cancello quello che ho appena scritto. E non ho più la forza di proseguire, poiché la rievocazione dei tre giorni che seguirono mi sconvolge ancora oggi.

Molto in fretta, quindi, e in quello stato di assenza di gravità, di insostenibile leggerezza, come dice quell'altro, in cui furono vissuti... *La vida es sueño*, la vita è un sogno, l'hai detto l'hai! Calderón, massimo rispetto. Uno degli autori preferiti di Paul Smaïl, e di cui una sera Manuel mi citò tutta una tirata!

Il risveglio da una notte così folle, conclusasi così penosamente a La France? Rimbaudiano: *au réveil*, *il était midi*, nella camera 63 del Borges.

Jbed? Non jbed, non cazzinculo, né scopate... Ma fare l'amore. Eccome!

Poi? Lavaggio accurato in duetto, bis degli amanti magnifici nella vasca, replica sotto la doccia... Altra doccia per lavare le tracce di sperma prima di asciugarsi, lavaggio reciproco dei denti... Dita dentro e inculate, con delicatezza, tu dentro di me, poi io dentro di te. Doccia, la terza, e baci sulla bocca da non contarli più. Ci asciughiamo, ci vestiamo. Usciamo? Usciamo!

Fame? Una fame da lupo. Allora carne. Quindi: al vicino Tavares – grande ristorante dall'arredo modern style. Qui lo sguardo dei camerieri sulla tenuta dell'invitato del distinto caballero che ha prenotato un tavolo rasenta l'insulto. "Modern", in verità, ma non molto "style" quelle Nike e quel cappellino da randa in quel tempio della gastronomia; di un formalismo così antiquato!

Quando usciamo, Manuel suggerisce con infinito tatto al suo raffinato giovane amante che le carte American Express, Mastercard e Visa non sono fatte per ammuffire in un portafoglio, almeno non le sue, e quindi, forse, potrebbe lasciarsi convincere che esistono altri tipi di elegenza oltre alla fashion teppaglia dei Poeti; e, per esempio, se non è chiedergli troppo, potrebbe fare lo sforzo di provare qualche vestito in due o tre boutique di quella rua Garrett che, fatte le debite proporzioni, è un po' la via Montenapoleone di Lisbona.

"Just say yes, Ali, amor de mi vida!"

Inaspettato accesso di pudibonderia piccolo-borghese nell'interessato interpellato in tali termini:

"I'm not a gigolo, Manuel!".

"Who said you are?"

E a ripensarci, oggi sono convinto che nel dirlo fosse sincero: Manuel non ha mai visto in me una marchetta. Né io ho mai visto in lui un cliente.

"Bueno! Adelante!"

A Manuel sarebbe piaciuto vedere l'amore della sua vita in nero, tanto per cambiare. Quello che vuoi, Manuel! Come mi vuoi! Perché no, in nero?

"*Je me ferais teindre en blonde, si tu me le demandais...*"

Impresa speditamente portata a termine nella ressa di quel sabato, l'ultimo prima di Natale: tre boutique di lusso e cinquanta minuti dopo, ritorno al Borges che si trova fortunatamente nella stessa rua Garrett. L'angelo bianco si ritrova trasformato nello specchio dell'armadio in angelo nero, e la visione lo incanta. Dolcevita di cachemire nero – see, see, quello di Zizou che posa per Dior! Mi sarebbe tanto piaciuto posare per Dior, come Zidane. Come Zidane: con il dolcevita nero tirato su fino agli occhi, ma talmente famoso che mi riconoscete subito. Bello, sono bello. Almeno bello quanto lui. Avrei voluto anche la sua gloria. Solo un anno prima, non sapevate pronunciare correttamente il mio nome: Zanedane Zadine, Zinane Zadidine, Zinine Zadadane, Zenine Zadidane – stronzate simili. Zizou, insomma. Ma oggi vi basta vedere su un manifesto in bianco e nero metà del mio sporco muso di arabo, di moro, di algerino, di africa, di beduino e mi riconoscete. Nascondo metà delle mie "fattezze" eppure non avete più paura: mi desiderate. Il dolcevita è di cachemire. E non puzzo più della mia razza! So di *Eau Sauvage*. Selvaggio, lo sono, ma so di *Eau Sauvage*. Dior! Sono salvo. Il Male non può più colpirmi.

E davanti allo specchio mi divertivo a srotolare il collo e a tirarmelo su fino agli occhi.

Poi: un paio di pantaloni di alpaca neri, polacchini neri, e una giacca di leggerissima pelle nera *glacé*, taglio aderente, quattro bottoni.

Grazie, Manuel grazie, grazie, grazie, grazie... Avevo anch'io una cosetta per te: questa cravatta Lœwe di seta ruvida, tinta unita, rosa fucsia. Ma?... Non mi aveva visto comprarla! Eh no: babbata, la cravatta, mio Manuelito querido! Mentre tu saldavi con la tua Amex i 190.000 escudos che quei ladri ti facevano pagare la mia giacca.

Manuel si è limitato a farmi con l'indice il segno del papà che rimprovera amorevolmente quella peste del figlio: Vabbé, per questa volta non dico niente, ma che non succeda più eh, sennò sono sculaccioni!

"E poi?"

Serata più tranquilla della precedente.

"Eyes in eyes, cheek to cheek..."

Libertinaggio. Altra dimostrazione che il sesso, come il pianoforte, ha i suoi virtuosi. Quel che Martha Argerich è alla tastiera, Manuelito y Alicito, los chicos mágicos, lo sono a letto!

"E poi?"

Domenica – l'ultima dell'Avvento. Suonano le campane. E Manuel mi stupisce dicendomi che deve lasciare per un'ora il suo Alicito: va a messa, deve solo attraversare la strada, pregherà per me, ci rivedremo a mezzogiorno alla Brasileira, ai tavolini fuori.

"Te quiero, Ali! See you later, Ali... gator!"

"Ah ah!"

Quando ci ritroviamo al tavolo vicino a quello di Fernando Pessoa, mi dice che deve aggiungere un'altra lagnanza a tutte le ragioni già elencate di disprezzare i portoghesi: era una messa "*de mierda*" – senza fasti, senza emozioni, senza incenso né fiori, e quei miserabili spilorci lesinano persino sui ceri! Ah, se tu avessi visto la bellezza delle messe in Andalusia!

Un bicchierino di Amontillado O-y-V, per ritrovare il buonumore e poi via per un gran giro di Lisbona: l'Alfama – la loro medina –, il Castelo de São Jorge – bleah! i giardini sono una discarica pubblica... La sporcizia, la sciatteria, l'incuria portoghesi sono diventate l'argomento preferito delle nostre battute. Ci sbellichiamo dalle risate. E dell'ingiunzione ripetuta ovunque di pagare prima di consumare o di pisciare: *Prepagamento!* che ci esaspera tanto, Manuel ha fatto un *Precagamento*! Quando mi avrà spiegato il significato volgarissimo del suo gioco di parole, che il mio ben noto senso del pudore mi vieta di ripetere, l'allegria sarà alle stelle. E in quello stato di euforia che non avrebbe potuto darci nemmeno il fumo di prima qualità fornito dall'amico Moh, ai Poeti, sempre più innamorati con il passare del tempo, concluderemo quella domenica che prima o poi, ahimè, diventerà lunedì.

Già lunedì. E Manuel deve alzarsi presto: passa la giornata a Porto, a trattare con dei clienti "*de mierda*" che vogliono comprargli il suo know-how in vinificazione. Ma sarà di ritorno stasera verso le nove. E ha prenotato un tavolo allo Strawsee, per la nostra ultima cena tête-à-tête, di già – 'Llah!

Davanti allo Strawsee è parcheggiato un roadster Z3 2.8 BMW, metallizzato *Stahlgrau* – rimango paralizzato.

Manuel, divertito dalla mia ammirazione puerile, in tono distaccato:

"Same as mine".

Io, esaltato, sull'orlo della demenza:

"Cosa? Hai una Z3 2.8 BMW! E *Stahlgrau*! O mio Dio!".

Lui, sarcastico:

"Dio non c'entra, è solo questione di soldi!".

Certo. Ma Dio ha sicuramente qualcosa a che fare con il fatto che l'uomo che amo e che mi ama ne possegga una.

Il buttafuori all'entrata del ristorante, nel vedermi così elegante, tutto di granoso e di nero vestito, fa un profondo inchino e mi sorride servile. Non posso fare a meno di buttare lì a voce alta perché lui senta:

"Coglione!".

...pregando che capisca il francese.

Ma tutto il risentimento cessa di fronte allo splendore dello spettacolo: il Tago di notte, le candele sui tavoli, i riflessi sulle vetrate, la magia del lusso. Un pianista snocciola, *cool*, i voluttuosi arpeggi esageratamente appoggiati di un immortale tema jazz: *As time goes by*...

E io:

"He's playing our song, Manuel! *Casablanca*!".

E Manuel:

"Indeed, Ingrid!".

E allora tutti e due canticchiamo in duetto, mentre il maître d'hotel ci accompagna al nostro tavolo:

The world will always welcome lovers
As time goes by...

Ma dentro di me la sensazione cocente, sfumatura di tristezza che fa risaltare la gioia, futuro anteriore che già precipita nel presente perfetto: avrò vissuto questo.

Manuel chiede che ci portino subito una bottiglia di Amontillado O-y-V e un'ampia scelta di tapas: per permetterci di leggere il menu e scegliere con calma. Sotto il tavolo, ha incastrato le mie ginocchia tra le sue... E a quel punto, getta una busta nel mio piatto ed esclama:

"Merry Christmas! Happy New Year!".

È una busta con lo stemma dell'Iberia, la apro con mano tremante. Contiene un biglietto aereo emesso a nome Ali Benengeli: Lisbona-Madrid-Madrid-Siviglia, partenza il 4 gennaio 2000, alle 13.10, arrivo alle 17.15 – *Business class*. 67.005 escudos. 337 euro.

Manuel verrà a prendermi all'aeroporto – sì, nel suo roadster Z3 2.8 BMW, precisa maliziosamente; a meno che io non preferisca la vecchia jeep che usa per l'ispezione delle vigne e la caccia nella Sierra de Aracena? Sarà tornato il giorno prima da New York. Mi invita a casa sua, a Jerez de la Frontera. Sono troppo sconvolto per porre la domanda cui peraltro si affretta a rispondere:

"Per una settimana... Un mese... Un anno... La vita... Dio solo lo sa!".

"Inch'Allah!"

Scoppio in lacrime. Mi metto a singhiozzare come un bambino – come il bambino che sono ancora. Manuel stringe più forte le mie ginocchia tra le sue. Quando riprendo un po' fiato, è per confessargli sottovoce:

"È una grossa cazzata, quella che ho fatto, lo sai, Manuel".

"Hombre! Who cares?" mi risponde.

Finta disinvoltura, ma vera compassione? O continua a credere che io non abbia commesso nulla di così tremendo? O in effetti sa che sono un assassino, l'autore di tre omicidi gratuiti ma se ne sbatte, punto e basta?

Non voleva saperne di più, se aveva intuito qualcosa della mia storia? O non aveva indovinato nulla del motivo della mia fuga? Sapeva? E se sì, fin dove sapeva? – non l'ho mai saputo.

E come dire la mia gratitudine a un uomo che mi offre tutto il suo amore, senza riserve, e rifiuta di giudicarmi perché il suo Dio gli intima di non farlo? Pur sapendo quanto il mio gesto sia ridicolo, apro il braccialetto d'acciaio del mio Officine Panerai e glielo tendo, dicendogli:

"È la cosa più preziosa che ho e non è niente, ma è tua Manuel, te lo regalo. Ti prego, accettalo! È garantito a vita".

"Anche il mio orologio," mi risponde ridendo.

Si toglie l'orologio dal polso e me lo tende: un Bréguet – cazzo! mica paccottiglia anche il suo, di orologio, il suo *reloj*.

"Leggerò su un Bréguet le ore che da adesso ci separano dal 4 gennaio."

"A New York, il 31 a mezzanotte, sarà il tuo orologio a dirmi... Olé!"

"Il XXI secolo lo vivremo insieme, Manuel."

"E il XXII no? Vuoi lasciarmi così presto?"

Ma mi sorge una preoccupazione: cosa farò delle due settimane che mi separano dal volo per l'Andalusia? E soprattutto, dove posso passarle? Mi sembra rischioso rimanere all'hotel dove sono registrato come Benengeli. Non so come affrontare l'argomento, esito:

"Mi domandavo... Pensavo...".

Ma Manuel:

"Dove aspetterai fino al 4 gennaio?".

Era fatto così, Manuel! Ci aveva pensato anche lui. Manuel non pensava solo a sé, pensava agli altri. E non pensava solo agli altri relativamente a sé: aveva il dono, così raro, di immaginarsi al loro posto, nella loro situazione. Da Porto, fra un incontro di lavoro *de mierda* e l'altro aveva chiamato Aquilino e Roque, che avevano una camera degli ospiti e sarebbero stati felici di avermi con loro, visto che né l'uno né l'altro passavano le feste in famiglia, poiché entrambi erano proscritti dalle famiglie per ragioni di omosessualità.

Commento sghignazzante di Manuel:

"Sono famiglie molto molto molto cristiane!".

Sentimentale come si può essere in una telenovela, mormoravo tra me, fuori campo: l'Uomo della mia vita.

E trovavo ancora più bello dirmelo in spagnolo: *Hombre de mi vida!*

Hombre: contemporaneamente ombra e uomo. Ombra della mia vita, uomo della mia vita! Manuel!

Uomini e ombre della notte, siamo usciti dal ristorante a mezzanotte, salutati con un profondissimo inchino dal portiere che ci apriva le porte del taxi.

Siamo tornati in albergo per il nostro ultimo recital di sesso a quattro mani, due bocche, due uccelli, due culi... La nostra ultima notte di questo secolo a dormire insieme abbracciati.

Il 4 gennaio 2000, alle 17.15, Manuel sarebbe stato lì; nel salone degli arrivi dell'aeroporto di Siviglia... Ma nasceva in me in quel momento la sensazione atroce, la pressoché totale certezza – ma come dirlo all'hombre della mia vita? che io non ci sarei stato. Non sarei mai salito su una Z3 2.8 BMW. Avevo fatto una grossa grossa grossa cazzata. Tre volte una cazzata. Mi avrebbero arrestato prima. Lo sapevo. I knew it.

L'ultimissima immagine che conservo di lui... Le ultimissime inquadrature... L'ultimissima sequenza è per me la più bella di tutta la storia del cinema – voglio dire della mia vita.

Interno giorno. Camera Hotel Borges. Martedì 21 dicembre 1999, poco dopo le nove del mattino. Ali, Manuel.

Manuel si prepara per la giornata di lavoro e chiude la borsa da viaggio: infatti andrà direttamente dal luogo del suo ultimo appuntamento di lavoro all'aeroporto. Ali può prendersela comoda: deve solo liberare la stanza prima di mezzogiorno. A quel punto andrà a portare le sue cose a casa di Aquilino e Roque, che abitano vicino al Jardim Botânico. Dal letto dove osserva amorosamente la scena smanettandoselo, Ali assiste agli ultimi preparativi dell'uomo che ama e che lo ama. Manuel annoda con l'autorevolezza e l'abilità che uno può aver aquisito solo se vi è stato formato dall'età di dieci, dodici anni, la cravatta Lœwe di seta ruvida tinta unita rosa fucsia fregata da quel delinquente del suo amante in un'elegantissima boutique dell'elegantissima rua Garrett... Viene a prendere un bacio sulle labbra di colui che al primo colpo ha saputo scegliere così bene la tinta che si intonava all'azzurro lazulite dei suoi occhi, alla camicia viola e alla carnagione olivastra iberica, o semitica, o berbera, chi lo sa, della sua pelle.

Manuel si infila la giacca e torna davanti allo specchio per l'ultimo colpo d'occhio dell'uomo attento alla propria eleganza... Perfetto? Quasi. Manca un non so che, il dettaglio che fa la vera classe, la piccola nota insolita necessaria a un dandysmo rigoroso: saper abilmente ovviare alla noia mortale derivante da una eccessiva perfezione formale... Cosa? Ah, ecco! Manuel ha trovato. Raccatta dai piedi del letto gli slip che il suo amante aveva gettato lì la sera prima, tutti impregnati dei suoi odori corporei che lui annusa con piacere. Infila gli slip bianchi nel taschino della giacca nera, li spiegazza e li dispone a mo' di pochette con la consumata perizia di un elegante intenditore di pochette da taschino.

Ali gli sorride, incantato, e immagina di leggere queste righe su "Uomo Vogue": *Il profumo dell'elegantissimo Manuel Ojeda y Vázquez?* Acqua di Parma *con una nota sottile di* Palle, uccello & culo *di Sid Ali B...*

Manuel alza il pollice in un gesto di approvazione ed esclama fiero, come per incoraggiare l'amante a dar prova di essere un uomo al momento degli addii – a meno che non sia per trovare lui stesso il coraggio di lasciarlo con sobrietà, con leggerezza, con dignità, come si confà a un vero uomo:

"Hombre!".

Ali capisce che Manuel teme all'ultimo momento un'effusione troppo violenta del suo sentimentale amante... E che non è per indifferenza se di colpo sembra sulle sue ma al contrario per vero amore, per vera attenzione nei confronti dell'altro. Manuel non tornerà verso il letto da dove Ali, con gli occhi offuscati dalle lacrime, lo contempla. Prende la borsa da viaggio, apre la porta e dalla soglia dice in tono virile, in tono autorevole:

"Please, trust me!".

Bella lì! l'esatta battuta di Rick (Humphrey Bogart) in *Casablanca*.

E Ali, Ilsa (Ingrid Bergman) di quel film sublime che in fondo è la sua vita, di quel capolavoro del romanticismo:

"I will".

Non avrei mai più rivisto Manuel. Avrei sentito la sua voce, certo: mi chiamava praticamente tutte le sere a casa di Aquilino e Roque. Gli mancavo, mi mancava, certo. Nevicava a New York, faceva così bello a Lisbona che prendevo il traghetto per Cacilhas, dove andavo a sedermi su un molo a leggere per ore al sole. Andava tutto bene, sì, proprio bene. Come passavo le giornate? Niente di speciale – cincischiavo, andavo a zonzo... E Aquilino e Roque erano così carini con me!

"And you Manuel?"

"Well! Very well! But I long for you, Ali!"

"So do I, Manuel."

L'ultimissima volta in cui ci siamo parlati mi trovavo in camera di Aquilino e Roque, davanti alla tivù cui avevo tolto il volume sentendo squillare il telefono. Dicevo, ripetevo a Manuel che tutto andava bene mentre sullo schermo appariva una star che mi assomigliava molto: il criminale più ricercato dell'area Schengen era stato localizzato in Portogallo. Il suo arresto era ormai questione di ore.

Aquilino e Roque hanno patito tanto per aver ospitato in perfetta buona fede un assassino, non posso rendere loro migliore omaggio che non dicendo nulla di loro e della loro meravigliosa ospitalità: mi limiterò soltanto a dire: dal profondo del cuore, grazie! Subito dopo il mio arresto, quei poveretti si sono visti piombare in casa l'orda degli avvoltoi della stampa e della tivù spazzatura. Questi sciacalli sono arrivati al punto di forzargli la porta con il piede di porco, li hanno accecati con i flash, li hanno aggrediti con i microfoni tesi, li hanno insultati perché si rifiutavano di rispondere o hanno tentato di comprargli a colpi di decine di migliaia di escudos rivelazioni scabrose sugli ultimi giorni di libertà del loro amico francese, quel mostro sanguinario... La loro vita è stata messa a soqquadro. E so che entrambi ne hanno ricavato un esaurimento nervoso.

A casa loro ero come un bambino coccolato. Passavo le giornate a oziare. Regredivo. Non pensavo più come l'adulto nel quale mi aveva trasfigurato l'amore di Manuel, tornavo a essere l'adolescente odioso ed egocentrico fino all'autismo che ero sempre stato.

E poi ho fatto la cazzata di telefonare ai miei genitori e ai raga della cité.

E poi una sera ho deciso di chiamare Djamila.

Ho fatto il suo numero. Non ero particolarmente agitato. Al primo squillo, ha risposto: era lei.

"Dja?"

"Sapevo che mi avresti chiamato. Lo sapevo."

"Che cosa sai?"

"Che sei stato tu."

"Ah."

"Non ti giudico, Sid Ali. Non ti ho mai giudicato."

"Come hai fatto a capire? Quando hai visto l'identikit? Eppure non mi somigliava! Cazzo, mi hanno fatto una di quelle micche."

"Sid Ali!"

"Cazzo, che seghe!"

"Sid Ali! Non so da dove mi chiami, ma non dovresti farlo. Il mio telefono può essere..."

"Ti chiamo da Lisbona, in Portogallo."

"Grazie, Sid Ali! Non sapevo che Lisbona fosse la capitale del Portogallo! Lo scopro da te."

"Mi detesti?"

"No. Ti farebbe piacere, forse, ma no. Non ti detesto."

"Sei sempre stata una bella persona, tu."

"Sì, ma dovresti riattaccare, Sid Ali."

"Ho preso una carta da 120, più dieci scatti in omaggio: Speciale nuovo millennio, cazzo, con le carte Portogallo Telecom in questo momento c'è una promozione: nella busta sigillata della carta, in più c'è una carta da grattare, sai, del tipo *Gratta e vinci. Annullata se scoperta.*"

"Sì, Sid Ali: *Annullata se scoperta*... L'hai detto!"

"Gratti e se vengono due A, vinci una BMW, cazzo! Non un roadster, ma una Serie 3. Sul serio. Finora non ho vinto niente. Nemmeno il premio di consolazione: una carta da 50 scatti. Ho chiamato i miei e i raga: già due carte da 120, ma non ho vinto niente."

"Sì, Sid Ali. Ma dovresti riattaccare!"

"Ti sto sulle palle?"

"No, Sid Ali."

Sentivo che era sull'orlo delle lacrime.

"Mi detesti?"

"No, Sid Ali. Ma non sono... Come posso dirtelo? Ho bisogno di calma in questo momento. Non vorrei che tu mi..."

Sentivo che era sconvolta.

"Bella lì, bella lì e perché?"

"Perché sono incinta, Sid Ali."

"Incinta? Di me?"

"Sid Ali, sei ancora più demente di quanto pensassi! Quando ci siamo lasciati, Sid Ali?"

"Bella lì, bella lì."

"E comunque sia, usavi il preservativo."

"Non sempre. Ma senza preservativo, riuscivo meno bene a farmelo rimanere duro..."

"Sì, avevo notato anch'io."

"Cazzo! Ma..."

"E ti supplico! Adesso non rifarmi il tuo solito numero della serie: Come può una ragazza proba, una musulmana perbene eccetera?... Ho già i miei fratelli Tufiq e Nabil, a casa, che me lo fanno, 'sto numero! Lo conosco a memoria, il numero che mi fanno i miei fratelli! Mio padre è più evoluto di loro! I padri sono più evoluti di voi figli, in generale."

"Mah! Il mio, Dja, scusami ma..."

"Mio padre non mi mollerà due ceffoni quando glielo annuncerò... E mia madre lo sa già. E comunque, Sid Ali, ho preso la pillola quando abbiamo cominciato a..."

"Cazzo, non me l'avevi mai detto, Dja!"

"No, Sid Ali, no! Non te l'ho detto! Se te l'avessi detto, ai tuoi occhi sarei passata per una puttana."

"Uuuh!"

"Ma sì, Sid Ali! Per una puttana! Vi conosco!"

"Vi conosco chi?"

"Voi! I fratelli!"

"Ma se prendevi la pillola come hai fatto a ritrovarti piena?"

"Bleah! Che parola: *piena*! Ma dove siamo?"

"Sorry, Dja! Incinta, volevo dire!"

"Preferisco. Ho smesso la pillola, se vuoi saperlo."

"Ah! Ma allora l'hai voluto, questo bambino?"

"Sì, Sid Ali! L'ho voluto. Lo voglio. Lo aspetto."

"È un maschio? Hai già fatto l'eco?..."

"Ho già fatto due eco: è un maschio, Sid Ali!"

"Uuu, cazzo! Mi rimangono 92 scatti! Ma tanto ho comprato due carte. Ho tutto il tempo, dimmi!"

"Però faresti meglio a riattaccare!"

"Allora l'hai fatto apposta, a smettere la pillola?"

"Sì, Sid Ali."

"Questo bambino, l'hai voluto?"

"Sì."

"Ma non sei sposata? L'avrei saputo!"

"Non ancora."

"Bella lì. Cazzo, i tuoi daranno fuori! Incinta prima del matrimonio!"

"Vedremo."

"I tuoi fratelli ti scasseranno il cazzo di brutto!"

"L'hai detto l'hai, Sid Ali. Quando la smetterete di scassarci il cazzo, voi fratelli?"

"Non t'arrabbiare, Dja! Non t'arrabbiare! 73 scatti."

"Quando vi toglierete dalle palle, voi fratelli? Quando la smetterete di tirarvela con i vostri coglioni e il vostro uccello, cazzo! Preferiremmo un po' più di cervello! Siamo in Francia, non nel Maghreb! Siamo donne francesi, va bene?"

"*Allons enfants de la patrieee...*"

"Parità di diritti eccetera!"

"E posso sapere chi è il fortunato papà?"

"Puoi, Sid Ali! Un certo Éric."

"Éric Cheb Rush?"

"L'hai detto l'hai!"

"Che cognome è, Rush?"

"È il suo *nom de plume* al giornale."

"Cazzo, Dja, era bello quel tuo pezzo: *Cronaca di un massacro annunciato!*"

"*Di una carneficina annunciata*... Grazie."

"E il suo vero cognome?"

"Raouschech."

"Cazzo, puro algerino. Ma cos'è, 'sto nome da infedele: Éric?"

"È il suo nome."

"È un infedele, un Cheb? Un Raouschech?"

"No, è di origine algerina."

"Ma non esiste! Solo i marocchini integrati o al limite i tunisini danno dei nomi da infedeli ai figli."

"Be', come vedi, ci sono anche degli algerini!"

"Suo padre è un collaborazionista?"

"Chiedi scusa, Sid Ali! Chiedi scusa, immediatamente!"

"Sì, sorry, Dja! Ma allora il padre di Éric era un *harki*? È il figlio di un harki, suo padre?"

"No, Sid Ali."

"È un apostata, allora?"

"È un apostata, Sid Ali! Éric è il figlio di un apostata, Sid Ali! E ci sposeremo solo ed esclusivamente in municipio, Sid Ali! E sarà Tiberi a sposarci. Avrei preferito un sindaco meno corrotto per il più bel giorno della mia vita, ma non abbiamo scelta: Éric ha la residenza a Parigi, nel V arrondissement."

"Cazzo! Il quinto!"

"Una camera al pensionato studentesco, Sid Ali! Non un appartamento di trecento metri quadri al Panthéon, Sid Ali!"

Sentivo che era sull'orlo di una crisi di nervi. Ho ripreso nel tono più dolce, più affettuoso di cui ero capace – e a quel punto non recitavo più, avevo davvero la sensazione di essere sincero, di sentire nel profondo quello che le dicevo:

"Se lo ami, vuol dire che è una bella persona, Dja!".

Era ancora narcisismo, cazzo? Djamila ha fatto un sospiro sconsolato e quasi affettuoso, come se rimproverasse un bambino troppo piccolo per capire:

"Sid Ali... Sid Ali...".

Ero in imbarazzo. Ma proseguivo nella mia idea:

"E... Tu ed Éric?...".

"Qual è la domanda: Jbed, come dicevi tu?"

"Ehm..."

"Se Éric ce l'ha lungo come il tuo, o corto come il tuo? Lungo, o corto, come il tuo, Sid Ali! Non ho termini di paragone: ho avuto solo due uomini nella mia vita: tu e lui."

"Cazzo! Mi distruggi, Dja!"

"Io ti distruggo ma tu mi hai distrutta, Sid Ali."

Non avevo mai immaginato di essere così penoso, di aver fatto soffrire così tanto Dja senza saperlo. H'chuma alik, Sid Ali!

Ma adesso Djamila si sfogava. Balbettava:

"E le... le... palle, come dicevi tu... Le palle! Grosse come le tue, Sid Ali!".

Ero disorientato. La conversazione, che volevo affettuosa, o magari amorosa, perché no, diventava aspra. Ma il mio credito di scatti era quasi esaurito: ne approfittai per cambiare argomento:

"Sta per cadere la linea, Dja. Fammi cambiare carta...".

"Ti ho detto che faresti meglio a riattaccare, Sid. Lo dico per te, ma non vuoi capire."

Ah no? Ma in fondo neanche lei riattaccava. Aveva voglia di chiacchierare ancora un po' con me, checché ne dicesse. Cambiai carta. *120 unidades mais 10 – prenda Milenium*.

"Mi ascolti, Dja?"

"Ti ascolto, Sid. Non faccio altro."

"Pensavo, adesso, mentre cambiavo la carta... Una cosa che volevo chiederti: l'hai saputo che sono finocchio?"

"L'ho saputo, Sid. Ma tu non sei finocchio, non sei etero, non sei bisex, Sid, tu non sei un tubo. Sei l'unica persona al mondo che te lo faccia davvero venir duro. Tu non facevi l'amore con me: tu facevi l'amore con te stesso che faceva l'amore con me."

"Non l'afferro, questa! Ma a proposito, come sta Agnès, che non ho mai conosciuto?"

"Bene, grazie. Sta ancora aspettando che tu passi al Comitato per l'Abolizione della Duplice Pena a incollare un po' di buste come mi avevi promesso."

"Ma va? Che aspetti e speri! Perché lo chiedono a noi di fare la bassa manovalanza e non alle star che hanno firmato l'appello? Emmanuelle B. non potrebbe incollarne un po', di buste, con le sue labbrone siliconate? Oppure regalarvi delle buste autoadesive con i suoi cachet d'oro massiccio?"

"Buffone!"

"Buffone? Cazzo, Dja, sei cattiva da paura con me!"

"Se non vuoi che ti dia del buffone, riattacca! Ti ho consigliato di riattaccare, e non mi dai retta. Dai retta solo a te stesso, Sid, hai sempre dato retta solo a te stesso."

"Bella lì. C'è qualcosa di vero in quello che dici. Anche la professoressa Rénal me lo diceva."

Dovevo forse confessarle che avevo ucciso la professoressa Rénal, che l'insegnante di lettere che aveva tanto amato non era morta di morte naturale? Che non era stato un incidente come avevano creduto tutti? No, mi sembrava inutile calcare la mano e sconvolgerla ancora di più: Djamila aspettava un bambino. Le ho detto:

"Visto che è un maschio, potresti dargli il mio nome: Sid Ali! I miei nomi!".

"Sei matto da legare, Sid! Sei matto da legare!"

"Ah no, che coglione! Gli darete sicuramente un nome cristiano! Che poi, guarda, anche a me sarebbe piaciuto avere un nome cristiano! Invece di Ali: Alain, Alexandre, Alexis, Alex... Oppure un nome composto, con il trattino, mezzo-halal mezzo-nazareno, fifty-fifty: Sid-Alain! Mica male, no, Sid-Alain? Originale."

"Che odio!"

"Mi odi, Dja?"

"No! Sto parlando dell'odio che *tu* provi per *te stesso*!"

"Non dirmi che mi compiangi, Dja, ti supplico! Non anche tu."

"Non te lo dico, ma per l'amor di Dio, riattacca, Sid! Riattacca!"

E di colpo Djamila urlava nella cornetta come se fosse diventata isterica:

"Basta, adesso! Basta! Hai ucciso tre donne, tutte le polizie ti cercano, la tua foto è in tutte le stazioni, su tutte le pensiline degli autobus, e tu mi stai a parlare del nome del mio bambino! Ma non ci sto dentro! Non ci sto dentro! Ti rendi conto, almeno, di quello che hai fatto? Ti rendi conto del male che hai fatto? Ti rendi conto di quello che stanno passando i tuoi genitori? Puoi non pensare più a te stesso e immaginare per un attimo cosa provano gli altri? Solo per un attimo! Tu mi uccidi! Mi uccidi!".

"Sì, sì, mi rendo conto del male che ti ho fatto Dja!"

"Ti stavo parlando di... Come si chiamavano, a proposito? Donata, Angéline e Julie. Di loro, ti stavo parlando... E tu non hai ancora capito, tu che più mi parlavi, più rischiavi di farti localizzare! Hélier mi ha avvertita: tutti noi che ti abbiamo conosciuto un po' da vicino, può essere che abbiamo il telefono sotto controllo. Non la farò l'infamata, non dirò a nessuno che sei a Lisbona, ma ti supplico, adesso riattacca! e non richiamare neanche a casa tua! A meno che tu non voglia farti localizzare e farti prendere... Ma se è questo che vuoi, faresti meglio a consegnarti alla polizia! ad andare al primo commissariato... Non so come si chiama in Portogallo..."

"*Esquadra...*"

"Sarebbe molto meglio per te, se hai le palle per farlo, che ti consegnassi alla polizia! Per una volta ti comporteresti da uomo, invece di aggravare la tua situazione!"

"Continua, Dja! Continua! A manetta! Ho capito perché non riattaccavi! Speri che io mi faccia blindare dalla madama intanto che noi..."

"Sei ignobile, Sid! Mi fai sboccare!"

"Scusa, scusa, Dja! Ritiro quello che ho detto! Ma allora sono un paria? Sono un appestato, se non posso più chiamare!"

"Sei un paria, Sid! Sei un appestato! Ti do il numero del cellulare dell'avvocato Hélier..."

"Il papà di Zoé, Silvestre e Balthasaaar, Jean-Chaaarles?"

"Sì, l'avvocato Jean-Charles Hélier de Hocquencourt. Che accetta di difenderti... E che mi ha autorizzato a darti il suo numero nel caso tu mi telefonassi. E che probabilmente sosterrà la follia."

"Sono pazzo?"

"Sì, Sid."

"Aspetta, Dja, per ora sono solo sospettato, eh!"

"Ecco, vai avanti, Sid, continua a fare il coglione! Ti do il numero..."

"Non ho da segnarmelo."

"Ma tu hai una memoria incredibile!"

"Ma ora, da quando ho... Dimentico tutto. Non riesco a tenere a mente niente. L'amnesia, quasi. Non sono più il superdotato che ero una volta. Trovo una matita e ti richiamo, Dja."

"Ti ho detto di no. Riattacca! E non richiamarmi mai più!"

Adesso singhiozzava. Capivo a stento quello che mi diceva.

"Che cosa... Cosa?"

"Stavo dicendo che sei anche una bella persona, Sid Ali."

"'Anche'?"

"Sei una bella persona. Salvati!"

Dopodiché, Djamila ha riattaccato. E non ho osato richiamarla. Oltre tutto mi restavano solo i dieci scatti dati in omaggio da TLP per celebrare l'entrata nel 2000.

Il giorno prima del mio arresto, il 2 gennaio 2000, ho ripreso la mia tenuta da randa della cité dei Poeti, mi sono rimesso il mio cappellino Fila *Pro-race*. Sono andato al Rossio – a Barbès, insomma – a cambiare i soldi che mi restavano, duecento carte, a quell'ufficio cambio davanti al quale era costantemente appoggiato l'Elephant Man, quel mendicante malato di neurofibromatosi la cui mostruosità mi affascinava. E uscendo ho gettato i miei documenti in un cestino: non solo il passaporto di Aziz, ma anche la mia carta di identità infalsificabile e plastificata. Perché? Sa Dio. Ho tenuto solo il biglietto aereo. In fondo, il Portogallo e la Spagna fanno parte dell'area Schengen, perciò non avevo bisogno di documenti per andare in Spagna, no?

Hombre!

Il Mare di Paglia scintillava. Avrei richiamato Djamila. Dovevo parlarle ancora un po', dovevo soprattutto chiederle scusa.

Marca o numero.

00... 33... 1...

La porta a vetri è tirata dall'esterno, l'ombra bianca riflessa precipita nel vuoto.

"Polícia! Lei è Sid Ali Benengeli?"

"Sì, sono io. Fate di me quello che volete!"

Era finita. Compiuto.

Non è finita. C'è ancora dell'incompiuto.

Quale sarà la mia sorte? Non verrò estradato e sarò giudicato in Portogallo. Oppure sarò estradato e giudicato in Francia. O sarò dichiarato incapace di intendere e di volere al momento dei fatti – *schizofrenico*, la parola è scritta chiara e tonda nella cartella sulla cui copertina un malato di mente ha tracciato, con la pretenziosa esuberanza di mio padre quando firma, *Il Caso Sid Ali B.* – e internato a vita. Me ne sbatto. Fate di me quello che vi pare. Mi è indifferente. Sono colpevole e sono innocente.

In un mondo senza punti di riferimento, un mondo in cui i padri non sono più padri, un mondo che confonde il Bene e il Male e li fonde nel magma del troppo-figo, del troppo-simpatico, del democratico, del checazzoneso, nel caos fatto di "non esiste verità", di "un'opinione vale l'altra, tutto è soggettivo", di "perché te la meni?" e di "a cosa serve indignarsi?", fra questi morti viventi che vedono l'unico Aldilà nella hit-parade, nella classifica dei best-seller, nel gradino più alto della scalinata di Cannes, o nei titoli al rialzo dell'indice Dow Jones –, sono colpevole, sì, come tutti quanti, o sono l'unico innocente.

Oggi sono tranquillo. Sono... come dire? sono riconciliato. Redento? Non lo so: la mia religione non è redentrice, ma placato sì. E buono, credo. Non ho più risentimento. Per nessuno – contro nessuno –, no, non ho più risentimento. Nemmeno nei confronti di Sid Ali. Gli ho perdonato le sue cazzate. Ho perdonato tutti, compreso me stesso. Bella lì. Ho perduto ogni pudore, e mi sono perdonato.

Ormai voglio ricordare solo i momenti belli della mia vita passata. Senza odio nei confronti del presente, questo presente che risuona di chiavi che sbattono contro il ferro, di mani che picchiano contro muri di cemento grezzo, di urla e di puzza di baccalà: la realtà – la realtà di una prigione in Portogallo. Senza rimpianti per la vita vissuta e fuggita per sempre, profumi, sentimenti, tonalità, colori, bagliori... Cose da nulla, pochezze. Ma tutto.

Mi piaceva – no, perché scriverlo all'imperfetto, al compiuto? ormai vivo nel presente, un presente che dura in eterno, un eterno incompiuto... Mi piace: il larghetto del *Quintetto per clarinetto in la maggiore* di Mozart; mi piace il suono dell'oûd quando è Alla, il Foundou di Béchar, a suonarlo; mi piace la melodia di *As time goes by*; mi piacciono tutti i libri che ho letto fra quelli che compaiono sulle liste della professoressa Rénal; mi piacciono i gesti pieni di grazia di Djamila, quel suo modo di sollevare la sua pesante massa di capelli sull'orecchio; mi piace il rumore del vento nella pineta; mi piacciono le piccole frittelle spugnose spolverate di zucchero a velo che vende sulla spiaggia il vecchio Abderrafi; mi piace il fumo e l'erba e la nuocegrave; mi piace il sapore dolceamaro dell'Amontillado O-y-V, e il riesling Kayserberg; mi piace l'Acqua di Parma; mi piace l'ironia di Manuel, e quel suo modo virile e tenero di dirmi "Hombre!" eccetera. Eccetera.

Mi ricordo la mia professione di fede:

Lâ 'llah illah Allah!

Dio è l'unico dio.

E questo, in *Una stagione all'inferno*:

La raison m'est née. Le monde est bon. Je bénirai la vie. J'aimerai mes frères. Ce ne sont plus des promesses d'enfance. Ni l'espoir d'échapper à la vieillesse et à la mort. Dieu fait ma force et je loue Dieu.

Non è finita. Ancora questa scena. Mi vengono le lacrime agli occhi oggi, a ripensarci, ma ne provo anche gioia.

Ero ancora in stato di choc per aver visto tracciato con il gessetto o la vernice bianca sul marciapiede di boulevard de Barbès il contorno del corpo di un uomo ucciso o suicidatosi, con le braccia spalancate, che forse non era altri che mio fratello Ahmed. Ero sconvolto dalla preoccupazione, dal dolore, dalla paura, dalla pietà, quando mi è venuta voglia, vi ricordate?, di ascoltare la musica che a lui piaceva tanto: il raï delle origini, quel raï ruvido e puro e forte, che dà alla testa come un alcol forte – il raï di una Cheikha Rimitti.

Sapevo dove andare: "Chez Omar" – il "Chez Omar" di rue d'Oran, in cima alla Goutte-d'Or, quella bettola tenuta da un algerino anarchico, Omar.

Quando sono entrato la musica che andava non era raï ma improvvisazioni all'ôud, il liuto arabo, la musica bella e solenne, benché leggera come un invito alla felicità, immateriale eppure reale come la gioia, e profonda come una preghiera ad Allah: la musica di Alla, il Foundou di Béchar, l'immenso Alla, colui il cui nome si scrive senza *h*, il musicista sahariano la cui arte lo ha condotto dalla più grande miseria alla gloria senza che lui abbia mai fatto la benché minima concessione allo showbisnes... Non lo conosci ancora, lettore, non ne hai mai sentito parlare? Be', quando avrai finito questo libro che stai leggendo – solo sei o sette pagine ed è finito! –, se non è troppo tardi, se è ancora aperta, corri alla Virgin o alla Fnac, reparto Musiche del Maghreb, e se non lo trovi lì, vai al reparto Musiche Orientali, dove a volte quegli ignari classificano Alla, e se il Megastore o gli Agitatori culturali sono chiusi, vacci domani, ma promettimi di farlo: c'è Mozart, lo conosci, ma c'è anche

Alla – il contributo di noi mori all'universale bellezza, quella che trascende ogni cultura, ogni censura dell'io, ogni divieto... Ecco: il liutista Alla, che ha preso il suo soprannome di artista dal mestiere del padre, minatore di fondo – *foundou* – nelle miniere di Béchar, in Algeria, un dannato tra i dannati della terra. Il figlio, invece di esprimere la sua rivolta, quale omaggio a quel padre che l'ha amato – non posso dire altrettanto del mio –, in una rabbia vana o in un qualsiasi baccano elettrico, ne fa, talora per un'intera notte e fino all'alba, improvvisazioni all'oûd... Cosa? Nuba andalusa in solo, raga indiani ma con modi africani, ispirazione pura ma che attinge a tutte le fonti delle diversissime musiche del Maghreb, non sappiamo cos'è, che importa? è Alla, il Foundou di Béchar. Alla trasforma le nostre tenebre interiori e i nostri terrori in una offerta musicale che ci libera dal Male... Come Sheherazade trasformò la notte e l'attesa angosciosa della morte, cui era destinata se non improvvisava, in racconti, in poesia, in magia che durò mille e una notte – *Alf Layla wa Layla*.

Il padrone, Omar, dietro il banco, asciugava dei bicchieri. Non c'erano altri clienti all'infuori di una tavolata di cinque giovani che, ho subito capito, brindavano allegramente al ritorno di due di loro sani e salvi da un'azione rischiosa, pericolosa. Avendo letto *La Passion selon moi*, ho capito che tornavano da una missione del "Duz al-hudûd" – il nome fittizio che Smaïl ha dato alla quanto mai reale rete di sostegno agli algerini perseguitati dagli islamisti e dal potere e, il più delle volte, perseguitati contemporaneamente dagli islamisti e dal potere, promessi a sicura morte se non lasciano in fretta l'Algeria, ma cui il governo francese, nella sua meschina politica di indulgenza nei confronti dei sanguinari fascisti che guidano i paesi del Maghreb, rifiuta i visti di ingresso in Francia –, *un esercito delle ombre in un mondo potentemente illuminato dal telegiornale. Un esercito? Volete scherzare: un piccolo reparto. Di arruolati molto poco di ruolo. E senza armi.*

Un gesto, un semplice gesto *per la bellezza del gesto quando tutti piagnucolano e rivendicano la propria quota di mercato del risentimento universale, della compassione globalizzata.*

Uno dei cinque, gli altri quattro lo chiamavano Paul, e l'ho subito riconosciuto dalla fortissima somiglianza con il ritratto del Fayoum che illustra i suoi romanzi: ma sì, cazzo! era lui, il mio idolo letterario, il mio Paulou!

Ho preso un calice di bianco secco che ho cominciato a sorseggiare insieme alle mie lacrime, ascoltando le improvvisazioni di Alla, e senza poter staccare gli occhi da quegli uomini di cui invidiavo l'evidente fierezza e la gioia... Finché Paul, il cui sguardo aveva già incrociato più volte il mio, si è alzato bruscamente per venire verso di me. Mi ha posato la mano sulla spalla e mi ha detto:

"Chiunque tu sia, non startene solo con il tuo magone, vieni a sederti al nostro tavolo! Mi chiamo Paul".

"Io sono Sid Ali Benengeli."

"Ah! Come l'autore del *Don Chisciotte*..."

"Cosa?"

"Non lo sai? Non l'ha scritto Cervantes, il *Don Chisciotte*, lui stesso ha l'onestà di ammetterlo: ha trovato nel ghetto di Toledo la storia di quel cavaliere dalla triste figura scritta in arabo, da un arabo, Sid Ahmed Ben Engeli... Nelle vecchie traduzioni francesi, quelle illeggibili, *Cid* si scrive come quello di Corneille, e Ahmed è diventato Hamet, ma in quella nuova, che è molto bella, la traduttrice scrive correttamente: Sid con la *s* e *Ahmed*. Il capolavoro dell'arte romanzesca, il romanzo considerato l'Egira del romanzo in Occidente, è stato immaginato da un arabo. Cervantes lo confessa, denuncia la propria impostura nel capitolo IX, ma da quattro secoli che il libro è apparso, tutto ciò viene considerato uno scherzo. Un arabo non può aver scritto *Don Chisciotte*, vi pare?"

Ma non scherza un po' anche lui, il mio Paulou? Il vino bianco alsaziano non è male da Omar e gli avventori non hanno preso cinque calici, hanno chiesto dei bicchieri grandi e due bottiglie, che vedo già asciugate, e mi sa che ne seguirà una terza! c'è hul al tavolo, rollio e beccheggio, e il Paulou non si tira indietro quando si tratta di – stavo per dire gassare, scusi, professoressa Rénal, diciamo: tormentare! Quante ne sparano e come si spisciano, quei cinque... Un fuoco d'artificio!

Ma di colpo il Paulou scatta in piedi come spinto da una molla – basta! – e butta sul tavolo due Cézanne, e i suoi amici protestano tanto che lui finisce per riprenderne uno, non senza fare un gran sospiro, ma non ha voglia di discutere, eh? Ha fretta!

"Vabbé ciao! Eccola! L'amore della mia vita!"

Dietro il vetro, una bellissima donna, dalla pesante chioma scura e dagli occhi di gazzella, con qualcosa che mi ricorda Djamila... Myriam? Certo. Che probabilmente torna dal suo lavoro al Museo Picasso e viene a prendere il suo uomo al bistrot. No no! fa segno con la mano, non vuole entrare, neanche un attimo.

Allora Paul la raggiunge fuori, la bacia con foga, la prende per la vita, la solleva da terra, e gira e gira come un ballerino che regge sulle braccia la ballerina... È un colosso, Paul: su per giù la mia statura, e si vede che ha fatto pugilato. E sono così affascinato da questa immagine dell'amour fou che non resisto: mi alzo, saluto rapidamente la compagnia ed esco per vederli allontanarsi a braccetto dandosi baci sul collo e canticchiando in duetto *As time goes by*:

A kiss is still a kiss
A sigh is just a sigh

Soli al mondo, come dicono nei romanzi rosa, soli in mezzo alla strada, diretti verso Barbès.

In mezzo alla strada, ma senza alcun pericolo, poiché non passa più niente in rue d'Oran: in fondo – mi volto, anche loro si voltano, incuriositi dal silenzio – la via è sbarrata da un cordone di celerini. Il nostro Papon, Chevènement, ne ha mandate dieci camionette per disperdere una manifestazione silenziosa e pacifica di un centinaio di militanti del Comitato per l'Abolizione della Duplice Pena – in cinque contro uno, dovrebbero riuscirci. Paul, Myriam e io ci scambiamo uno sguardo in cui c'è tutta la nostra rabbia, tutto il nostro disprezzo per l'ignominia di quest'uomo che presiede al Movimento dei Cittadini – il movimento! i cittadini! bella lì!

I celerini, in tenuta antisommossa – elmetti, piastroni, parastinchi, scudi, lunghi manganelli, maschere antigas appese al cinturone –, sono ammassati lì in fondo alla via, ancora immobili ma pronti a caricare. Ci voltano le spalle. Stronzi.

E?... È finita? Naaa, non ancora! Colpo di scena! Romanzesco colpo di scena! Perché la vita è romanzesca.

Lo sapete? Sì, forse lo sapete già: leggete i giornali, guardate il tiggì, e lo scandalo è enorme. Quindi siete ormai al corrente del fatto che tra dieci giorni potrò essere prosciolto. Il Tribunal de Relação ha deliberato in tal senso. La Francia e il Portogallo sono in un vicolo cieco. Poiché nel mio paese incorro in una pena superiore a quella in cui incorrerei qui, poiché, soprattutto, la mia cartella clinica è stata letta con occhio attento dai portoghesi, che sono rimasti colpiti dalle carenze della medicina giudiziaria francese nei miei riguardi, parrebbe che io non possa essere estradato, e possa quindi essere prosciolto!

Ha giocato anche a mio favore l'insopportabile pressione esercitata dagli avvocati delle vittime sulla giustizia portoghese. Hanno talmente insistito che alla fine hanno ottenuto udienza dal ministro in persona. Durante il colloquio, l'avvocato Stocazzo ha continuato a fumare senza chiedere il permesso, il cellulare dell'avvocato Bercione non ha smesso di squillare un secondo e quanto all'avvocato Culopeso, be', essendo venuto in roller, ha tolto gli scafi nichelati montati su rotelle dei suoi pattini da competizione solo nel momento di entrare nel ministero e si è quindi presentato in babbucce a Sua Excelência... Pessimo, ma proprio pessimo effetto, se volete il mio parere! Se non lo volete, ve lo do lo stesso. E per giustizia, il ministro della Giustizia doveva accettare la richiesta di udienza dell'avvocato dell'imputato, il quale fu quindi ricevuto a sua volta. Una volta tanto che la dignità, la buona educazione e il rigore morale hanno la meglio sulla volgarità, sulla brutalità e sull'assenza di scrupoli, non snobbiamo il piacere che abbiamo provato! A quanto pare il su misura Yves Saint Laurent linea Hedi Slimane ha sconfitto su tutta la linea, è il caso di dirlo, i completucci in poliestere Prisunic.

Sia ben chiaro, l'Interpol è coinvolta, in stato di massima allerta, nel caso in cui, se il mostro dovesse eccetera. Bella lì. Ma se tra dieci giorni sono prosciolto, è fattibile! Non starò a dirvi tutto ma insomma sappiate che la signora Anne Hélier de Hocquencourt, moglie del mio avvocato, è per parte della madre di sua madre una Braganza, dei Braganza che regnarono in Portogallo dal 1640 al 1910, e ha quindi ancora qualche nobile cugino qui. Sappiate anche che la mia prigione è situata a meno di un chilometro dal porto di Belém dove levarono l'ancora le caravelle di Magellano e di Vasco de Gama, porto divenuto oggi porto turistico: yacht, gommoni, fuoribordo... Mi spiego?

Quindi può essere – *Aspettare e sperare*, come dice il conte di Montecristo –, può essere che tra una quindicina di giorni io mi ritrovi in una cave raï della Casbah di Algeri... E allora, Intik:

On est comme des oiseaux en cage qui ne peuvent plus voler
Assoiffés de joie et de liberté!

O la sconvolgente Cheikha Rimitti:

Rayi tuweder
Rah el galb m'ridh...

Bella lì! Rimitti rimitti rimitti ancora! Absolut, champagne, vino bianco, nuocegrave, fumo e un po' di erba, eh? Ci vuole, e hul? E risate, e gioia, e l'amore di mio fratello Ahmed, che è un uomo, lui, un vero uomo! e, come scrive l'amico Rimbaud, Arthur: *Cris*, *tambour*, *danse*, *danse*, *danse*, *danse!*

L'hai detto l'hai, Sid Ali!

Non smetterò mai di stupirvi.

CONGEDO

Iniziato il 22 marzo 2000, finito il 13 maggio 2000. Scritto in cinquantatré giorni, quindi, cioè poco più di quanto abbia impiegato Stendhal a dettare *La certosa di Parma* – cercheremo di far meglio la prossima volta. Non credo in Dio, è il mio onore, ma Allah, che mi ha ispirato queste pagine, è grande.

Non maledite la vita! Spegnete i vostri schermi, tutti i vostri schermi! Leggete, uscite, amate, ascoltate musica, ballate, fate l'amore, bevete vino e acquavite, fumate erba o nuocegravi, se vi va, cantate, cantate, cantate nel buio, non tutta la speranza è perduta, vinceremo! infrangeremo gli specchi segreti dello Spettacolo, disperderemo sotto le nostre risate i miraggi del Mercato! popolo, faremo arretrare e fuggire nel ridicolo il People! Libertà, libertà adorata! In piedi, uomini! e voi, donne, le nostre donne, nostre sorelle, nostre madri, nostre compagne, tutte voi che ogni giorno ci date alla luce! Dio è morto? Chissenefrega: noi siamo qui! Dio è vivo? Cin cin! Alla nostra salute! Alla vita! Gli assassini non hanno ancora vinto definitivamente! Bill Gates può cadere un giorno come il suo modello Al Capone! E anche Ted Turner! Forse il popolo russo dissuaderà Putin dal premere il bottone della bomba atomica il giorno in cui le casse saranno vuote, forse il miliardo e rotti di cinesi si stancheranno più in fretta di Madame Chirac di ballare il valzer con il sanguinario Jiang Zemin e i maghrebini dei loro tiranni amici personali di Chevènement. Le Vedove Scozzesi non ci annegheranno nei loro fondi pensione, se ci difenderemo! La Total non inquinerà di petrolio tutti i mari del mondo, se non lo vorremo! Non scenderemo, tremanti come mucche pazze, la dolce china che porta al macello! Noi sappiamo, abbiamo già visto. Mai più! Non ci eliminerete con gli antibatterici *Pro-*

fumo Limone né con gli antiacari spray *Aroma lavanda*, non ci gasserete con l'auditel, con il credito, con il virtuale, con il prime time, con gli aggi, con le misure sociali di controllo, con i sostegni all'inserimento, con i mutui agevolati, con l'istruzione light, con la cultura di massa, con i consumi informatizzati! Troveremo un altro futuro che non siano 35 ore di telelavoro settimanali e il resto del tempo a fare trading on line... La Morte programmata a computer non avrà l'ultima parola! Viva la letteratura! Viva lo spirito romanzesco! Non c'è che questo di vero.

*

"Massimo rispetto" a: Alla, il Foundou di Béchar, Martha Argerich, Cheikha Rimitti, Fellag, Rachid Taha, Boualem Guerdjou, gli avvocati del Gisti, l'équipe di "Pote à Pote", Salah El-Ouadie, i musicisti dell'Orchestre National de Barbès, Magyd Cherfi e il gruppo Zebda.

Gratitudine e ringraziamenti sconfinati a: Ahmed B., Ahmed H., Alain, "Clara", Claude, Élisabeth, Ghislaine, "Iñigo", Isabelle A., Isabelle F., "Myriam"; Rachida, Rajaâ, Saïd, "Sami", Smaïl – il suo è il nome –, Hadj Yacine e "Zoraïa d'Aubervilliers".

E a te, figlio mio che non sei ancora nato e che non hai ancora nome ma che non tarderai ad arrivare. E faremo il possibile, tua madre e io, perché tu possa crescere ed essere felice malgrado tutto, a dispetto di tutto, in un mondo in cui più che mai coloro che detengono il potere non l'hanno acquisito grazie al coraggio, o alla virtù, o all'intelligenza, ma grazie all'inerzia, all'ignoranza, alla disumanità, all'istrionismo, all'isteria, alla sfrontata demagogia, al disprezzo degli umili, e ai loro lunghi anni di servilismo nei confronti dei grandi di cui hanno finito per conquistare le poltrone, e alla loro eccessiva coglionaggine e alla loro sconfinata troiaggine... E sarò un padre per te, figlio mio, non un amicone, non un socio, non il tipo troppo-simpatico troppo-figo che va a letto con tua mamma! Sarò un uomo per te; figlio mio, mi sforzerò di esserlo! e farò di te un uomo, figlio mio! e tu sarai un uomo, figlio mio! te lo prometto! te lo giuro!

L'autore

GLOSSARIO

Âbâ: *padre.*
Abna: *figlio.*
Adab: *nella civiltà araba classica, insieme di conoscenze ereditate dalla tradizione e necessarie per essere un musulmano a pieno titolo.*
Aid-el-Kebir: *nella religione musulmana "festa del sacrificio" che viene celebrata immolando un animale.*
Ain: *occhio, anche malocchio.*
Al Fatiha: *apertura del Corano e professione di fede musulmana.*
Al Haghrib: *l'occidente.*
Al-hamdulillah: *lett. "sia ringraziato Allah".*
Al-Jena: *paradiso.*
Alif: *prima lettera dell'alfabeto, corrisponde alla* A.
Almodradillo: *specie di pag di origine marocchina.*
As siyam: *digiuno durante il ramadan.*
Aziz, aziza: *amato, amata.*
Azouz: *nel romanzo, allusione sprezzante allo scrittore francese di origine algerina Azouz Begag, considerato emblema del conformismo integrato e compiacente.*
Balek: *attenzione.*
Bendir: *strumento a percussione diffuso in Nordafrica costituito da una pelle di capra tesa su un cerchio di legno.*
Beur, beurette: *nato come* verlan (cfr.) *di* arabe *e poi usato per indicare prevalentemente i cosiddetti "immigrati di seconda o terza generazione", perlopiù di origine algerina, figli o spesso nipoti della grande ondata migratoria dei primi anni sessanta.*
Bismillah!: *lett. "nel nome di Allah", formula con cui iniziano tutte le sure del Corano, a eccezione della nona, e tutte le azioni di ogni buon musulmano.*
Boubou: *lunga ampia tunica portata dai neri africani.*
Chaâbi: *musica popolare.*
Cheb: *giovane.*

Chèche: *lunga sciarpa di cotone che può servire da copricapo.*
Chekkara: *borsa di pelle con tracolla usata dai beduini e dai contadini marocchini.*
Chorba: *specie di minestra.*
Chucrane: *grazie.*
Cité: (fr.) *nome con cui si designano i quartieri dormitorio sorti nelle periferie delle grandi città francesi.*
Derbuka: *strumento musicale.*
Djinn: *spirito malefico o, alternativamente, genio buono.*
Faua: *ragazza*
Fellah: *contadino.*
FIS: *Front Islamique de Salut* (Fronte islamico di salvezza).
FLN: *Front de libération nationale.*
Fqih: *il saggio, il sapiente.*
F'tur: *durante il Ramadan, momento della rottura del digiuno, che coincide con l'arrivo dell'oscurità.*
Gaita: (sp.) *cornamusa.*
Ganga: *strumento musicale a percussione.*
Glam: *Groupe de Liaison Aérien Ministeriel.* Gruppo di collegamento aereo ministeriale.
Gunbris: *strumento musicale (basso acustico) berbero.*
H'chuma: *vergogna, disonore.*
Haji: *colui che ha compiuto il pellegrinaggio alla Mecca (sorta di titolo onorifico).*
Hafif: *tranquillamente, piacevolmente.*
Hala: *disordine, caos, confusione.*
Halal: *si dice della carne di un animale ucciso secondo il rito musulmano.*
Haluf, halufa: *maiale.*
Haram: *divieto, interdetto secondo la religione musulmana.*
Harki: *militari indigeni del Nordafrica che durante la guerra d'Algeria si schierarono a fianco dei francesi.*
Hul: *atmosfera allegra, euforica, eccitata.*
Ibn: *figlio.*
Jad, jadda: *nonno, nonna.*
Jbed: (molto volg.) *fare l'amore.*
Karama: *dignità, nobiltà d'animo.*
Kissaria: *quartiere commerciale delle antiche città arabe.*
L'drari: *i bambini.*
Laa: *no.*
Labès: *interrogativa significa "Come va?", affermativa significa "Bene!".*
Lam: *lettera dell'alfabeto, corrisponde alla* L
Licra: *Ligue Internationale Contre le Racisme et l'Antisémitisme* (Lega internazionale contro il razzismo e l'antisemitismo).
'Llah: *contrazione di Allah.*
Lokum: *dolce orientale.*
Malhun: *genere musicale marocchino.*
Masgid: *moschea.*

Mechui: *agnello arrostito allo spiedo.*
Mim: *lettera dell'alfabeto, corrisponde alla* M.
Mokkadem: *in Marocco, funzionario incaricato dell'ordine e della sorveglianza di ogni quartiere della città. Spesso corrotto e molto temuto dalla popolazione locale.*
MRAP: *Mouvement contre le Racisme, l'Antisémitisme et pour la Paix* (Movimento contro il razzismo, l'antisemitismo e per la pace).
Mussem: *festa popolare spesso a carattere religioso.*
OAS: *Organization Armée Secrète* (Organizzazione armata segreta): movimento clandestino che tra il 1961 e il 1963 tentò di opporsi con la violenza all'indipendenza dell'Algeria.
Oûd: *liuto arabo.*
Raï: *genere musicale popolare nato a Orano, in Algeria, in cui si fondono influenze pop-rock e musica tradizionale.*
Ras-el-hanut: *miscuglio di spezie indispensabile per il cuscus.*
RMI: Revenu Minimum d'Insertion (Reddito minimo d'inserimento), reddito minimo garantito per legge ai meno abbienti.
SDF: *Sans Domicile Fixe* (Senza domicilio fisso).
Sharia: *legge islamica.*
Trabendo: *mercato parallelo, illegale.*
Umm: *mamma.*
Verlan: *sorta di gergo nato tra i giovani delle periferie e basato su un'approssimativa inversione (*verlan *da* l'envers = il rovescio*) delle sillabe di una parola (da* arabe *si è creato* beur*).*
Yema: *termine affettuoso per mamma.*
Zawiya: *lett. "angolo", in senso estensivo piccolo monastero, luogo di preghiera.*
Zellige: *quadratino smaltato usato nella decorazione nell'arte islamica.*

Ultimi volumi pubblicati in "Universale Economica"

Marcela Serrano, *Nostra Signora della Solitudine*
Asha Phillips, *I* no *che aiutano a crescere*. Presentazione di G. Bollea
Erri De Luca, *Montedidio*
Pino Cacucci, *Ribelli!*
Domenico Starnone, *Via Gemito*
Ivana Castoldi, *Meglio sole*. Perché è importante bastare a se stesse
bell hooks, *Tutto sull'amore*. Nuove visioni. A cura di M. Nadotti
Jesper Juul, *Il bambino è competente*. Valori e conoscenze in famiglia
Gianni Celati, *Cinema naturale*
India Knight, *La mia vita su un piatto*
Hermann Broch, *La morte di Virgilio*
Hugo Claus, *La sofferenza del Belgio*
Gabriella Turnaturi, *Tradimenti*. L'imprevedibilità nelle relazioni umane
Remo Bodei, *Geometria delle passioni*. Paura, speranza, felicità: filosofia e uso politico
Claude Lévi-Strauss, *Le strutture elementari della parentela*. A cura di A.M. Cirese
Salvatore Natoli, *La felicità*. Saggio di teoria degli affetti
Stefano Benni, *Teatro 2*
Antonio Tabucchi, *Si sta facendo sempre più tardi*. Romanzo in forma di lettere
Banana Yoshimoto, *H/H*

Ryszard Kapuściński, *Il Negus*. Splendori e miserie di un autocrate
Pierre Kalfon, *Il Che*. Una leggenda del secolo. Prefazione di M. Vázquez Montalbán
Max Frisch, *Il mio nome sia Gantenbein*
Pekka Himanen, *L'etica hacker e lo spirito dell'età dell'informazione*. Prologo di L. Torvalds. Epilogo di M. Castells
Isabel Allende, *Ritratto in seppia*
Gino Strada, *Buskashì*. Viaggio dentro la guerra
Stefano Benni, *Saltatempo*
Doris Lessing, *Il sogno più dolce*
Giorgio Bocca, *Piccolo Cesare*
Michele Serra, *Cerimonie*
Rossana Campo, *Sono pazza di te*
Ursula Hegi, *La visione di Emma Blau*
Peppe Lanzetta, *Tropico di Napoli*
J.G. Ballard, *Il condominio*
David Gilmour, *L'ultimo Gattopardo*. Vita di Giuseppe Tomasi di Lampedusa
Duccio Canestrini, *Andare a quel paese*. Vademecum del turista responsabile
Colin Thubron, *Il cuore perduto dell'Asia*. In treno dal Turkmenistan al Pamir
Alain Laurent, *Desiderio di deserto*
David Le Breton, *Il mondo a piedi*. Elogio della marcia
Anna Freud, *Normalità e patologia del bambino*. Valutazione dello sviluppo
André Brink, *Desiderio*
Gustaw Herling, *Un mondo a parte*
Philippe Meirieu, *I compiti a casa*. Genitori, figli, insegnanti: a ciascuno il suo ruolo
Hilde Bruch, *La gabbia d'oro*. L'enigma dell'anoressia mentale
B.B. King, David Ritz, *Il blues intorno a me*. L'autobiografia di B.B. King
Cynthia Ozick, *Lo scialle*
Gianni Turchetta, *Dino Campana*. Biografia di un poeta
Nadine Gordimer, *L'aggancio*
Paolo Rossi, *I segni del tempo*. Storia della Terra e storia delle nazioni da Hooke a Vico
Anna Laura Braghetti, Paola Tavella, *Il prigioniero*
Marcela Serrano, *Quel che c'è nel mio cuore*

Jonathan Coe, *La banda dei brocchi*
Amy Tan, *La figlia dell'aggiustaossa*
Imre Kertész, *Essere senza destino*
Amos Oz, *La scatola nera*
Ryszard Kapuściński, *Shah-in-shah*
Pablo Tusset, *Il meglio che possa capitare a una brioche*
Elena Gianini Belotti, *Voli*
Alan W. Watts, *Natura uomo donna*
Richard Ford, *Sportswriter*
Max Frisch, *Don Giovanni o l'amore per la geometria*
Michael Walzer, *Esodo e rivoluzione*
Carlo Maria Martini, *Verso Gerusalemme*
Alessandro Dal Lago, *Non-persone*. L'esclusione dei migranti in una società globale. Nuova edizione
Michel Foucault, *Scritti letterari*. A cura di C. Milanese
Reinhard Schulze, *Il mondo islamico nel XX secolo*. Politica e società civile
Mariateresa Aliprandi, Eugenia Pelanda, Tommaso Senise, *Psicoterapia breve di individuazione*. La metodologia di Tommaso Senise nella consultazione con l'adolescente. Presentazione di P.F. Galli
Paolo Rigliano, *Piaceri drogati*. Psicologia del consumo di droghe
Frédéric Beigbeder, *Lire 26.900*
Gianfranco Bettin, *Nemmeno il destino*
Emily Dickinson, *Sillabe di seta*. Traduzione e cura di B. Lanati. Testo originale a fronte
Simonetta Agnello Hornby, *La Mennulara*
Cristina Comencini, *Matrioška*
Pino Cacucci, *La polvere del Messico*. Nuova edizione ampliata
Manuel Scorza, *La Vampata*
Will Ferguson, *Felicità®*
Giovanna De Angelis, Stefano Giovanardi, *Storia della narrativa italiana del Novecento*. I volume (1900-1922)
Umberto Galimberti, *Il gioco delle opinioni*. Opere VIII
Barbara Ehrenreich, *Una paga da fame*. Come (non) si arriva a fine mese nel paese più ricco del mondo
Alexander Lowen, *Bioenergetica*
Vandana Shiva, *Le guerre dell'acqua*
Amos Oz, *Fima*
J.G. Ballard, *Crash*

Isabel Allende, *Il mio paese inventato*
Banana Yoshimoto, *La piccola ombra*
Dario Fo, *Il paese dei Mezaràt*. I miei primi sette anni (e qualcuno in più). A cura di F. Rame
Josephine Hart, *Ricostruzioni*
Witold Gombrowicz, *Cosmo*
Nina Berberova, *Alleviare la sorte*
Manuel Rivas, *Il lapis del falegname*
Eduardo Mendoza, *Il Tempio delle signore*
Giorgio Bettinelli, *Brum brum*. 240.000 chilometri in Vespa
Alex Roggero, *Australian Cargo*
Eva Cantarella, *Itaca*. Eroi, donne, potere tra vendetta e diritto
Gulag. Storia e memoria, a cura di E. Dundovich, F. Gori, E. Guercetti
Massimo Mucchetti, *Licenziare i padroni?* Edizione ampliata
Robert L. Wolke, *Al suo barbiere Einstein la raccontava così*. Vita quotidiana e quesiti scientifici
Maurizio Maggiani, *È stata una vertigine*
Paul Watzlawick, *Il linguaggio del cambiamento*. Elementi di comunicazione terapeutica
Edoardo Sanguineti, *mikrokosmos*. Poesie 1951-2004
Witold Gombrowicz, *Bacacay*. Ricordi del periodo della maturazione
Stefano Benni, *Achille piè veloce*
Daniel Pennac, *Ecco la storia*
Paolo Rumiz, *È Oriente*
India Knight, *Single senza pace*
Witold Gombrowicz, *Trans-Atlantico*
Alex Zanotelli, *Korogocho*. Alla scuola dei poveri. A cura di P.M. Mazzola e R. Zordan. Postfazione di A. Paoli
Salvatore Natoli, *La verità in gioco*. Scritti su Foucault
Erich Auerbach, *Studi su Dante*. Prefazione di D. Della Terza
Kevin D. Mitnick, *L'arte dell'inganno*. I consigli dell'hacker più famoso del mondo. Scritto con W.L. Simon. Introduzione di S. Wozniak

Stampa Grafica Sipiel
Milano, febbraio 2005